Lu Xun

GRITO

Tradução e estudos críticos
Giorgio Sinedino

Ilustrações
Feng Zikai

editora 34

EDITORA 34

Editora 34 Ltda.
Rua Hungria, 592 Jardim Europa CEP 01455-000
São Paulo - SP Brasil Tel/Fax (11) 3811-6777 www.editora34.com.br

Copyright © Editora 34 Ltda. (edição brasileira), 2025
Tradução e estudos críticos © Giorgio Sinedino, 2025
Ilustrações de Feng Zikai © Yang Ziyun, 2025

A FOTOCÓPIA DE QUALQUER FOLHA DESTE LIVRO É ILEGAL E CONFIGURA UMA
APROPRIAÇÃO INDEVIDA DOS DIREITOS INTELECTUAIS E PATRIMONIAIS DO AUTOR.

A Editora 34 agradece a Yang Ziyun, detentor dos direitos autorais
das ilustrações de Feng Zikai, assim como ao Beijing Lu Xun Museum
e à Lu Xun Culture Foundation, pela cessão das imagens utilizadas nesta edição.

Fontes das imagens biográficas:
*Beijing Lu Xun Museum (8, 9, 10, 11, 12, 13, 14, 15, 16, 17, 19, 21,
22, 24, 27, 29, 30, 31); Lu Xun Culture Foundation (3, 4, 5, 6, 7, 18,
20, 26, 28, 32); reprodução (1, 2, 23, 25)*

Capa, projeto gráfico e editoração eletrônica:
Franciosi & Malta Produção Gráfica

Tratamento das imagens:
Cynthia Cruttenden

Revisão:
Alberto Martins, Danilo Hora, Beatriz de Freitas Moreira

1ª Edição - 2025

CIP - Brasil. Catalogação-na-Fonte
(Sindicato Nacional dos Editores de Livros, RJ, Brasil)

Xun, Lu, 1881-1936
X598g   Grito / Lu Xun; tradução e estudos críticos
de Giorgio Sinedino; ilustrações de Feng Zikai —
São Paulo: Editora 34, 2025 (1ª Edição).
576 p.

Tradução de: Nahan

ISBN 978-65-5525-246-0

1. Literatura chinesa - Século XX.
I. Sinedino, Giorgio. II. Zikai, Feng (1898-1975).
III. Título.

CDD - 895.1

SUMÁRIO

Um mestre na periferia do comunismo:
  Grito e a pré-história de um símbolo cultural chinês —
  Lu Xun entre 1881 e 1922, *Giorgio Sinedino* 7

GRITO

Prefácio do autor 107
Diário de um alienado 117
Kong Yiji, o ladrão de livros 137
Panaceia 153
O dia seguinte 177
Nada demais 195
Confidências de uma trança cortada 201
Fumaça sem fogo 213
Minha terra 237
Crônica autêntica de Quequéu, um chinês 259
O Feriado dos Dois Cincos,
  ou O dia do acerto de contas 375
O brilho no escuro 393
Sobre coelhos e gatos 413
(Tragi)comédia dos marrecos 423
Ópera rústica 431

E Lu Xun falou português...
  Pressupostos teórico-críticos
  de uma tradução dramatizada, *Giorgio Sinedino* 459

Cronologia até 1923 549

Sobre o autor 571
Sobre o tradutor 573
Sobre o ilustrador 574

UM MESTRE NA PERIFERIA DO COMUNISMO: *GRITO* E A PRÉ-HISTÓRIA DE UM SÍMBOLO CULTURAL CHINÊS — LU XUN ENTRE 1881 E 1922

para JS

"bonus homo de bono thesauro cordis sui profert bonum
[...] ex abundantia enim cordis os loquitur"

(Lucas, 6:45)

Como pressuposto para a leitura de *Grito*, o presente estudo intenta disponibilizar um conjunto de conhecimentos indispensáveis para a contextualização do autor, da obra e de sua tradição literária. Justificamos nossa empreitada com a escassez de textos introdutórios, a nosso ver, adequados. Ao assumir uma perspectiva de "literatura mundial", pretendemos descrever, de forma objetiva e isenta, de que maneira *Grito* funda a literatura chinesa moderna na encruzilhada entre nacional e estrangeiro, conservador e radical, passadismo e vanguarda. Nesse sentido, tentamos ilustrar de que maneira *Grito* possui significância aquém e além dos limites de sua cultura. Lu Xun (鲁迅, 1881-1936) realizou um contributo original ao criar uma linguagem literária própria, ao atualizar gêneros chineses tradicionais e, questão que começamos a compreender melhor, introduzir um leque de influências estéticas sem paralelos na China em que viveu. Sopesadas as diferenças que o separam da literatura ocidental, Lu Xun afirma-se como um mestre da ironia e do subentendido, com um senso de humor rico em tonalidades, o que é mais facilmente perceptível mediante o contraste com seus contemporâneos. Num nível mais abstrato, Lu Xun distingue-se por tentar dignificar o indivíduo e submeter os excessos do coletivismo ao ridículo, posições que exigiam coragem no seu ambiente histórico. Por tais motivos, tentaremos retratá-lo como um "humanista irônico".

Podemos tomar o desenvolvimento intelectual de Lu Xun, no período que leva a *Grito*, como uma miniatura da transformação da cultura chinesa entre a crise final da dinastia Qing e a primeira década, também de crise ininterrupta, da República Chinesa. Lu Xun nasceu no período mais conturbado da história da China, nunca tão exposta a influências estrangeiras. Sem dúvida, *Grito* não apenas marca o nascimento da moderna literatura daquele país, mas ainda simboliza a etapa heroica de sua nova cultura. Além de *Grito*, suas traduções e obra esparsa de até 1922, seja de natureza literária, acadêmica ou de polêmica social, ilustram como os chineses no início do século XX foram capazes de realizar uma das mais intensas transfusões de ideias que se conhece, negociadas com milênios de dogmatismo.

Ao seguirmos o trajeto existencial do escritor em seus primeiros 41 anos, tentamos explicar de que maneira suas experiências, privadas e públicas, criaram condições para a composição dessa obra importante no plano da literatura universal. Mantemo-nos atentos à influência da vida familiar, bem como de eventos políticos, menores e maiores, sobre a formação do caráter e dos valores de Lu Xun. Esforçamo-nos para tratar dos principais textos de juventude e da maioridade, comparando-os a outros congêneres — material disponível apenas na língua original. Descrevemos a erudição chinesa clássica enquanto elemento genético das ideias e da arte desse escritor. Destacamos, o que ainda é raro na literatura especializada, as influências centrais da literatura japonesa de final do período Meiji/início do período Taisho e, numa escala menor, da literatura russa da Era de Prata.

De forma esquemática, analisamos o período que culmina com a publicação de *Grito* em três fases e um epílogo. A primeira fase (1881-1902) cobre os anos de juventude nos quais, a despeito do provincianismo, Lu Xun foi capaz de perceber "A Questão" como sombras refletidas sobre a parede da caverna. A segunda (1902-1909) descreve os *Wanderjahre* no Japão, em que se dá, efetivamente, a descoberta d'"A Questão" iluminada sob o sol. São experiências que o permitiram observar o "eu" dentro da comunidade de estudantes chineses no estrangeiro e da comunidade japonesa. A terceira (1909-1917) marca o retorno, a despeito de si, para a caverna, surpreendendo-se como uma parte d'"A Questão". Em meio à inércia da realidade bem conhecida, somada ao sucesso profissional e à prosperidade financeira, "A Questão" persiste na mente de Lu Xun como uma brasa maldormida. O epílogo analisa os primeiros anos do incêndio criativo (1918-1922), em que ele nem se tornou um "visionário" líder do debate público, nem terminou devorado pelos seus competidores. Escondido no serviço público e nos campos (ainda apolíticos) da tradução e da teoria literária, Lu Xun disse coisas sobre "A

Questão" que ninguém dissera, assumindo a condição, inédita na China, de humanista irônico.

O que é "A Questão"? Não há uma definição inequívoca. Ela pode ser relanceada *pêle-mêle* ao longo da leitura de *Grito*, sobre o pano de fundo do que se segue...

FASE I: SOMBRAS NA PAREDE

DO SÍMBOLO AO HOMEM: EM BUSCA DE ZHOU SHUREN

Via de regra, os estudos sobre Lu Xun começam do fim, ou seja, dissertando sobre a imagem construída durante e após seus 55 anos de existência: a de símbolo cultural. A crítica literária de seus textos também segue tal condicionamento. As obras luxunianas, independentemente do momento de composição, tendem a ser vistas teleologicamente, como respaldo de tal imagem póstuma. Em outras palavras, a leitura canônica de *Grito*, e das outras obras, presume um consenso sobre a questão da Nova Cultura e sobre a questão da Nova China. Sigamos, portanto, esse precedente, descrevendo primeiro o símbolo Lu Xun e depois problematizando sua historicidade, no intento de encontrar o indivíduo Zhou Shuren.

Pela tarde do dia 22 de outubro de 1936, fotografias registram uma pequena multidão seguindo o cortejo fúnebre de Lu Xun (cf. imagem 2, p. 13). Embora não seja mais possível comprovar a dimensão real do evento, reza o folclore que o cordão humano "estendia-se por (vários) quilômetros", contando de "milhares" a "dezenas de milhares" de participantes. Também se enfatiza que um reduzido grupo de literatos teve a honra de carregar o féretro, a maioria sendo jovens escritores que teriam um papel central na literatura da Nova China, membros engajados do Partido Comunista chinês. Certo é que, na ocasião, sobre o caixão estendeu-se uma bandeira retangular branca com três caracteres chineses pretos que liam *minzuhun* [民族魂] (alma da nação). Constata-se das fotos que a multidão era preponderantemente formada de membros da nova classe média urbana, notando-se uma quantidade expressiva de jovens. Havia um estandarte com o retrato do falecido, umas poucas faixas anunciavam "funeral do senhor Lu Xun" — o termo "senhor" (*xiansheng* [先生]) indica reverência devida a uma pessoa de grandes méritos intelectuais e/ou morais. Na imprensa, uma manchete dizia "Morreu o grande literato de nossa era" — "grande literato" (*wenhao* [文豪]) sendo um outro termo honorífico para os mais distintos escritores. Sem dúvida, até uma multidão de dez, vinte mil pessoas seria insignificante num país que contava com cerca de 450 milhões de habitantes, a maior parte dos quais camponeses alheios ao que acontecia nas cidades. Mas, mesmo assim, o prestígio que Lu Xun assumira junto à nova elite intelectual, a integridade que conseguira preservar em tempos difíceis, a autoridade que tinha face a ambos os espectros políticos garantia que "alma da nação" não era um exagero.

Em abril de 1938, Mao Tsé-Tung, ou Mao Zedong (毛泽东, 1893-1976), decidiu criar um centro educacional vocacionado para a luta ideológica através das artes, seja contra o regime do Kuomintang [国民党], o Partido Nacionalista, seja contra o Império Japonês. Era um período em que o Partido Comunista ainda estava se reorganizando após a Grande Marcha, encastelando-se em Yan'an [延安], uma região montanhosa ao norte da província de Shaanxi [陕西]. Aquele centro, instalado no prédio de uma igreja católica, viria a ser rebatizado, em 1940, de Luxun Yishu Wenxueyuan [鲁迅艺术文学院] (Academia de Artes e Literatura Lu Xun). Foi confiado a Zhou Yang (周扬, 1907-1989), um conterrâneo de Mao reconhecido como influente ideólogo, mas hoje caído no esquecimento. Como Zhou, os vários escritores e artistas envolvidos eram parte de uma geração muito diferente da de Lu Xun, sem o mesmo tipo de experiência de estudos no exterior e crescida numa realidade, doméstica e internacional, ainda mais complexa e violenta. É verdade que, antes de morrer, Lu Xun cada vez mais identificava-se com bandeiras da esquerda, em parte devido à simpatia que, por temperamento, nutria pelos jovens que se entregavam passionalmente aos seus ideais. Apesar das diferenças, estéticas e ideológicas, que distinguem Lu Xun dos literatos mais radicais, prevalece o fato de que se notabilizou como crítico do que pensava serem os vícios de origem da cultura e defeitos ingênitos do povo chinês, brandindo um tipo de sarcasmo iconoclástico até então inexistente na literatura sínica.

Após a fundação da República Popular da China (RPC), a "Nova China", em 1949, Lu Xun foi progressivamente canonizado como um "grande revolucionário, grande pensador, grande literato". É notável que, na seção XIII de "Xinminzhu Zhuyi Lun" [新民主主义论] ("Sobre a Nova Democracia"), Mao Zedong declara que Lu Xun, assumindo-se comunista, foi a personagem central da terceira etapa (de quatro) da "Revolução Cultural Chinesa", que se estendeu entre o final da Primeira Frente Unida entre o Kuomintang e o PC chinês (1927) e a eclosão da Guerra de Resistência contra o Japão (1937). Na seção XII, Mao enfatiza que Lu Xun foi

> "o mais grandioso e heroico dos porta-estandartes no novo exército cultural [...] ele tinha a coluna vertebral mais dura, não tinha um fio de cabelo que fizesse dele um subserviente ou um bajulador, a personalidade mais preciosa para um povo colonizado ou semicolonizado. Ele está de pé na linha de frente da guerra cultural, representando a maioria de toda a nossa nação, investindo de frente contra a fortificação inimiga. Ele é o mais corajoso, o mais decidido, o mais fiel, o mais caloroso herói nacional, sem qualquer precedente em nossa história. A direção que Lu Xun tomou é a direção da Nova Cultura da nação chinesa" (OS, II, 691).

Apesar de tais palavras terem sido publicadas em 1940, foi essa a imagem que se consolidou e se mantém influente até os nossos dias. O quadro *Lutar sem nunca dar trégua* (*Yong bu Xiuzhan* [永不休战]), criado em 1972 por Tang Xiaoming (汤小铭, 1939-2022) e hoje disposto no Museu Nacional de Arte Chinesa em Pequim, registra como os chineses estão habituados a ver Lu Xun. Sentado em seu quarto, ele está cercado por objetos ocidentais modestos de cores sóbrias, indicando abertura ao outro, protegida por sua austeridade e parcimônia. Lu Xun está vestido com simplicidade à moda chinesa, numa beca preta de gola alta, com uma camisa branca por dentro. Tem ar professoral. Apoiado para escrever, seu corpo forma um triângulo que domina a pintura, estável como uma montanha. Diferentemente do Lu Xun real em seus últimos anos, muito pálido e doente, o rosto e as mãos do quadro são pintados em cores vivas, sanguíneos, atraindo a atenção do observador. A expressão, sisuda e concentrada, anuncia que estamos diante de um homem decidido e incorruptível. Seus olhos fogem de nós, como se à espera de uma inspiração além do alcance de homens comuns. A mão direita segura uma caneta, pronta para entrar em ação a qualquer instante. É ela que intermedia o diálogo com o público, pois Lu Xun tem os lábios cerrados com vigor, reforçando a expectativa criada pelos olhos serenos. O código ico-

Um mestre na periferia do comunismo

nográfico descrito por Tang é amplamente reproduzido por outras imagens e esculturas dispostas em logradouros relevantes, por exemplo, a que saúda os visitantes do Museu Lu Xun. É uma obra canônica.

Em contraste com a uniformidade iconográfica de Lu Xun enquanto símbolo cultural, suas fotos pessoais documentam mudanças constantes e profundas de seu perfil, sobretudo durante o período formativo que se conclui com a publicação de *Nahan* [呐喊], doravante referida como *Grito*. Como exemplo, vale a pena analisarmos sucintamente uma foto de 1909, tirada em Hangzhou [杭州], logo após o retorno definitivo de Lu Xun do Japão (cf. imagem 16, p. 45). O jovem de 28 anos tem um olhar ligeiramente nervoso, traindo uma certa soberba e insegurança. O penteado e o bigode, muito bem cuidados, provam uma atenção para com a aparência ainda dessuetas na China. O terno de três peças é bem cortado, com a lapela da jaqueta elegantemente alta, o colete na mesma cor e material das outras duas peças, e uma camisa de gola alta impoluta, o nó da gravata bem dado. Mais do que bom gosto pessoal, há um código semiótico associando Lu Xun à moda ocidental. Nesse sentido, é interessante comparar uma foto de Lucien Daudet (1878-1946), datada de 1905, em que veste um terno idêntico, com uma pose ousada. Daudet era um membro da elite francesa, escritor associado às tendências decadentistas/pós-simbolistas e, significativamente, um dândi íntimo de Marcel Proust. Mesmo que as fotos tenham poucos anos de diferença, o fato de Lu Xun estar vestido da mesma forma indica que não apenas ele valorizava um certo estilo de traje, mas também assumia o estilo de um escritor ocidental como Daudet, de preferências individualistas e sem qualquer atenção para a luta social no sentido próprio do termo.

Essa conclusão é reforçada quando notamos que Natsume Sōseki (夏目漱石, 1867-1916), uma das referências fulcrais da literatura moderna japonesa, também aparece vestido com o mesmo tipo de terno, camisa e gravata por volta de 1909-1910. Apesar das diferenças culturais e artísticas que separam Sōseki de Daudet, percebe-se nos escritos do autor japonês um tipo de angústia existencial e um senso de incompatibilidade social que o colocam no mesmo espectro de individualismo e esteticismo que o francês. No caso de Sōseki, podemos suscitar uma influência artística e literária direta sobre Lu Xun, que em 1908 alugou junto com outros quatro amigos uma casa onde vivera Sōseki, batizada por eles de Wushe [伍舍], "Morada dos Cinco". Estabelecido o vínculo do gosto comum de vestuário, podemos extrapolá-lo para abranger certas caracte-

12   Giorgio Sinedino

1. Lu Xun em retrato de Tang Xiaoming, 1972, Museu Nacional de Arte Chinesa, Pequim.

2. Cortejo fúnebre de Lu Xun em 22 de outubro de 1936.

rísticas axiológicas e estilísticas que, de forma intrigante, não se coadunam à descrição de Lu Xun enquanto símbolo cultural.

Por mais frívolo e circunstancial que pareça tratarmos do vestuário de Lu Xun ao voltar do Japão em 1909, ele não só provocou uma reação negativa dos compatriotas e ocasionou um dos traumas que se tornaria *leitmotiv* de algumas histórias de *Grito*; ainda mais importante, a rejeição social do terno reflete uma incompatibilidade entre as convicções mais aferradas de Lu Xun à época sobre a modernização de seu país e o que ele viria a considerar como um dos vícios de origem da cultura chinesa: o instinto de conformidade. Foi devido ao penteado e ao terno que ele ganhou a alcunha de *Jiayangguizi* [假洋鬼子], "Diabo Estrangeiro de Araque". Como o próprio assinala, ele em certas ocasiões tanto foi ridicularizado por pessoas do povo, como marginalizado pelos seus colegas de trabalho. Nessa altura, os chineses ainda usavam a trança característica dos governantes manchus e a elite intelectual a serviço nas repartições públicas, tradicionais e novas, utilizavam a indumentária oficial da túnica e saias ou casual das longas becas que se tornariam o padrão durante o período pós-Qing. O desconforto de Lu Xun com tal situação é palpável. A despeito de afirmar que chegou a usar da força para reagir contra os que criticavam sua aparência, pelo que vemos nas fotos, ele voltaria a adotar o vestuário chinês, nos anos que se seguiram. Embora o símbolo cultural prescreva a reputação de possuir um caráter inflexível e espírito de revolta, o que lemos no *Grito* aponta para uma realidade mais matizada, de rebeldia e concessões, que põe em questão a trajetória de vida de Lu Xun antes e depois de 1909. Esse será o fio condutor de nossa exposição.

Origens: o clã Zhou de Shaoxing (1881-1893)

Lu Xun [鲁迅] é um pseudônimo adotado por Zhou Shuren (周树人, 1881-1936) pela primeira vez em abril de 1918, quando contava 36 anos. Esse nome artístico cresceu a ponto de se sobrepor e, em última instância, substituir o nome pessoal do indivíduo que o inventou. Se Lu Xun, enquanto símbolo cultural, é lembrado por sua visão crítica do caráter chinês, há boas razões para buscarmos as raízes de sua forma de pensar e valores nas experiências pessoais de Zhou Shuren, motivadas geneticamente por seu contexto familiar e social imediato.

Ele nasceu com o nome de berço Zhou Zhangshou [周樟寿] em 25 de setembro de 1881 (no calendário chinês, 3º dia do oitavo mês no 7º ano do reino do imperador Guangxu) na mansão de um ramo do clã Zhou. A mansão ficava dentro dos muros de Shaoxing [绍兴], sede da prefeitura de mesmo nome, hoje parte da província de Zhejiang [浙江]. Pode-se dizer que sua terra natal definiu sua trajetória de duas maneiras. Primeiro, como veremos, há uma proporção significativa de conterrâneos de Zhejiang envolvidos no processo de transformações políticas e intelectuais que criaram a China pós-imperial. Essa foi a rede de conexões que viabilizou a carreira profissional e literária de Zhou Shuren no período que nos interessa. Segundo, Shaoxing possui uma característica peculiar, que não deixou de moldar o temperamento do escritor. Embora pertença à região de Jiangnan, distante do núcleo da cultura chinesa arcaica, desde tempos imemoriais Shaoxing está relacionada à região hegemônica dos "Países do Meio", mas não raro como um polo de contestação. Embora seja uma cidade interiorana, ao longo de mais de dois milênios, ela produziu uma quantidade de vultos da cultura chinesa desproporcional para suas dimensões, vários dos quais compartem com Lu Xun um marcado pendor de individualismo e de oposição ao *status quo*.

A história do clã Zhou também é um elemento central para a interpretação de Lu Xun e da hermenêutica de *Grito*. De origens modestas, o clã a que pertencia Zhou Shuren fixou-se em Shaoxing pelo século XVI, prosperando segundo um padrão conhecido. Ao se dedicarem ao comércio, os Zhou adquiriram recursos que foram utilizados para a preparação de membros mais talentosos para os exames de acesso à carreira burocrática. Através do prestígio político trazido pelos títulos conquistados nos exames, era possível proteger a riqueza obtida pelo comércio, transformando-a em terras e criando alianças matrimoniais com outros clãs. Abandonando o comércio, malvisto pelos valores confucianos, os que se tornavam funcionários imperiais assumiam a liderança de seus próprios ramos e continuavam a defender seus interesses, seja por meio da atividade político-burocrática, seja pelas rendas de suas terras, alugadas para empreendimentos privados de camponeses. As famílias de maior sucesso no mundo da política burocrática criavam seus próprios ramos, morando em mansões, chamadas de *taimen* [台门]. Na verdade, os *taimen* eram pequenos condomínios de mansões, dispostas contiguamente em fileiras, a frente de uma para os fundos da outra, arquitetura que caracteriza a velha zona nobre no centro de Shaoxing. Os seus moradores

Um mestre na periferia do comunismo

ou eram famílias nucleares de um mesmo clã ou, em caso de dificuldades econômicas, incluíam também inquilinos de outras linhagens. Diversos ramos dos Zhou em Shaoxing produziram titulados de primeiro e segundo graus, o bastante para distingui-los como elite em suas comunidades e nos arredores.

A família de Zhou Shuren era liderada por seu avô, Zhou Fuqing (周福清, 1838-1904), que conseguira receber o título de *jinshi* [进士] — "Literato Aprovado" — por ter passado na terceira e mais alta etapa dos exames de acesso à carreira burocrática, chamados de Keju [科举] em chinês. É preciso assinalar que Zhou Fuqing era um *homo novus*, ou seja, o primeiro membro conhecido de seu clã a chegar tão alto. Em contraste, havia clãs que produziam gerações de *jinshi* ao longo de séculos, que podiam ser considerados o suprassumo da elite intelectual/social do período imperial. Some-se que Zhou Fuqing não teve uma performance extraordinária entre os seus pares após ingresso no serviço. Ele foi atribuído para a Academia Hanlin [翰林学院], uma instituição milenar que pelo final do período imperial tinha funções de treinamento de recursos humanos e de secretariado (redação/revisão de documentos) para outras repartições administrativas. O avô de Shuren seguiu o curso-padrão de três anos, não conseguindo se efetivar na Academia Hanlin. Por esse motivo, teve que prosseguir para um cargo nas províncias, em que tinha que colaborar com autoridades locais, normalmente membros de famílias influentes que compravam suas patentes. Apesar de que a prática fosse legítima, os "funcionários concursados" tinham desprezo por esses colegas os quais, no entanto, tinham a vantagem de estar em suas bases de poder. A certa altura, Zhou Fuqing retorna a Pequim para assumir o cargo mediano de *neige zhongshu* [内阁中书], uma quase sinecura numa repartição esvaziada de poder real. Ele permaneceu nesse cargo até 1893, quando se viu envolvido numa situação grave que marcaria a vida de seu neto.

Enquanto Zhou Fuqing seguia carreira fora de Shaoxing, cabia a seu primogênito Zhou Boyi (周伯宜, 1861-1896), pai de Lu Xun, a responsabilidade de cuidar diretamente dos assuntos da família. Diferentemente de Fuqing, que conseguiu aprovação como *jinshi* aos tenros 23 anos, Boyi nunca conquistou o título de *juren*, na segunda etapa do exame. Portanto, enquanto temos um belo quadro de Fuqing nas vestes formais da corte, de Boyi contamos apenas com um modesto retrato. Malgrado a relação de parentesco imediato, a expressão apática e distante de Boyi

3. Zhou Fuqing, o avô paterno de Lu Xun.
4. O pai Zhou Boyi.
5. Shaoxing, a casa do clã Zhou onde Lu Xun nasceu.

é coerente com os poucos e mornos testemunhos que chegaram a nós de seus filhos. A pressão familiar e social para ter sucesso nas provas consumiu-o. Ademais, pelo que confidenciou o seu segundo filho Zhou Zuoren (周作人, 1885-1967), tinha inclinação para beber e, por má influência de parentes vizinhos, também fumava ópio ocasionalmente. Diz-se que falava pouco com as crianças, exceto quando estava alegre da bebida, momentos em que lhes contava estórias. Zhou Shuren, o futuro Lu Xun, trata dele como uma personagem muda e passiva, ao descrever o trauma de sua doença final.

Nesse contexto, o patriarca Fuqing teve que retornar de Pequim em 1893 para guardar luto da mãe (na verdade, madrasta), um costume milenar chinês. Por tal ocasião, decidiu subornar um colega, então responsável pela supervisão das provas, para que ajudasse o filho Boyi a ser aprovado numa das provas da segunda etapa. O suborno foi descoberto e veio a público, desdobrando-se em prisão domiciliar para Fuqing. Os filhos de Boyi foram mandados para viver com os avós da mãe, no outono desse ano, ocasião em que Zhou Shuren recorda ter sido humilhado pelos revezes do patriarca. Depois de tergiversações pelas instâncias locais, as autoridades imperiais decidiram ser necessária uma demonstração enérgica. Condenou-se Fuqing à morte por decapitação, pendendo marcação de data. Como soía acontecer, foi possível prorrogar a execução por meio de mais subornos, pelo que o patriarca logrou ser libertado no início de 1901. Nesse processo, Boyi adoeceu gravemente em 1894, sem nunca ter conseguido se recuperar. Retornado para casa nesta altura dos acontecimentos, Zhou Shuren teve que enfrentar as repercussões sociais do escândalo. A súbita degradação daquela que era uma das mais ilustres famílias de Shaoxing tornou-se um fardo insuportável para o futuro escritor, ainda mais quando ele se aproximava da idade de se submeter ao seu primeiro exame de acesso à carreira burocrática. Pode-se dizer que era um triplo fardo: da alta titulação de seu avô, do escândalo social causado pelo suborno e do definhamento psicológico e, por fim, físico de seu pai. Em suas criações literárias, os exames são vistos consistentemente pelos dois extremos. Por um lado, são fontes de intenso vazio existencial e, por outro, são ridicularizados como méritos inúteis de pessoas vulgares.

Revolta inconsciente:
Educação tradicional, infância provinciana (1893-1898)

Zhou Shuren era o filho mais velho de Boyi, o que o colocava no ponto de maior pressão familiar. Conforme os valores confucianos, ele era o primeiro na ordem de sucessão, tendo que se destacar nos estudos e obter a titulação na frente de seus dois irmãos para justificar a autoridade advinda de sua hierarquia etária. Embora Lu Xun seja lembrado como o escritor que deu o golpe mortal na velha cultura, Zhou Shuren cresceu nos moldes antigos, recebendo uma educação estritamente tradicional, baseada na memorização de obras clássicas e na composição dos poemas e redações meticulosamente formalizados que eram os objetos dos exames.

Como era praxe no período imperial, a "alfabetização" era feita em casa por membros mais bem-educados do agregado familiar, consistindo em geral na recitação dos *Analectos*, do *Clássico dos Poemas* e, mais importante no caso de Shuren, do *Livro de Mêncio*, cujas citações pontuam *Grito*. Num texto anedótico, Lu Xun recorda-se de seu primeiro mestre, um monge que não tinha conseguido manter seus votos de castidade (OC, VI, 596-604). No entanto, essa é uma falsa pista, cômica. Ele ingressou no Sanwei Shuwu [三味书屋] (Estúdio dos Três Sabores), escola mantida pelo mestre Shou Jingwu (寿镜吾, 1849-1930), titulado na primeira etapa dos exames, que ficava na frente de sua própria casa (cf. imagem 6, p. 23). O currículo era padronizado utilitariamente, conforme os conhecimentos do tutor e as demandas práticas de participar das provas. Nesse sentido, diz-se que ele foi treinado nos Quatro Livros [四书] (*Daxue* [大学], *Analectos* [论语], *Mêncio* [孟子] e *Zhongyong* [中庸]) e em fundamentos dos Cinco Clássicos [五经] (*Documentos* [书], *Poemas* [诗], *Ritos/Música* [礼乐], *Primavera e Outono* [春秋] e *Mutações* [易]), mais o glossário *Er'ya* [尔雅], base para os estudos filológicos, tão importantes para a intelectualidade da dinastia Qing. Não há indícios de que Shuren tenha se revoltado desde o início contra a única via para o sucesso que se conhecia, dado que, mesmo durante o tempo em que teve que ir morar com parentes, há relatos de que continuou a buscar orientação do mestre. Apesar de que, muitos anos depois, tenha renegado a educação que recebeu, ele continuou a se referir respeitosamente a Shou.

Nada obstante, além das obras com que se celebrizou, Lu Xun manteve um interesse consistente pela erudição tradicional em toda a sua vida, comprovada por sua larga produção literária, filológica e crítica. Essa é uma contradição difícil de resolver, quando nos lembramos que Lu Xun repetidamente exortava os jovens chineses a lerem literatura estrangeira, deixando de lado o que tinha sido feito em seu país. Ao evitarmos saídas fáceis, tais como alegar condicionamento ou hipocrisia, parece melhor tentarmos justificar topicamente os interesses antiquários de Zhou Shuren.

O primeiro deles, manifestado desde criança, era o talento para as artes visuais, incluindo *design* e gravura, campos em que Lu Xun viria a atuar em sua vida adulta. Das leituras infantis de Shuren, pelo menos três obras antigas continuaram a influenciar o gosto estético do escritor em seus anos maduros: *Shanhaijing* [山海经] (*Escritura das Montanhas e dos Mares*), *Maoshi Caomu Shouchongyu Shu* [毛诗草木兽虫鱼疏], um glossário aos animais e plantas do *Clássico dos Poemas*, e o *Huajing* [花镜] (*Espelho das Flores*).

O segundo remete a um elemento genético para a arte literária de Lu Xun. Nas leituras infantis, destacam-se obras da chamada literatura "coloquial" do período imperial tardio (em sentido amplo, a partir da dinastia Song, ou meados do século X). Obviamente, estavam presentes obras como *Sanguo Yanyi* [三国演义] (*Exortação ao Dever*, baseada na *História dos Três Reinos*) e *Xiyou Ji* [西游记] (*Registro da Peregrinação ao Oeste*), famosas narrativas extralongas organizadas em capítulos intitulados com poemas clássicos, gênero chamado em chinês de *zhanghui xiaoshuo* [章回小说] — "*xiaoshuo* extralongos divididos em capítulos". Além disso, também se notam narrativas breves, como a antologia *Liaozhai Zhiyi* [聊斋志异] (*Relatos do Sobrenatural, Compilados no Estúdio Liao*), um exemplo do que os chineses chamam de *chuanqi xiaoshuo* [传奇小说], narrativas sobre lendas/fatos curiosos. Há ainda obras como o próprio *Shanhaijing* ou *Youyang Zazu* [酉阳杂俎] (*Miscelânea do Monte You*), classificadas como *biji xiaoshuo* — micronarrativas "em formato de notas". Neste caso, pertencem à categoria literária *bowu* [博物], sobre folclore, usos e costumes populares, podendo ser relacionadas de certa maneira ao antiquarismo ocidental representado por Aulo Gélio ou Macróbio. Da mesma forma que suas contrapartidas europeias, os antiquários chineses demonstravam um profundo gosto por conhecimentos esparsos e um tanto pedantes. A começar no final da dinastia Ming, tal espírito antiquário firmou-se como centro da *scolarship* chinesa.

Efetivamente, como detalharemos ao longo deste texto, a cultura imperial tardia baliza tanto as reflexões teóricas como a criação novelística de Lu Xun. Isso explica as dificuldades de traduzir este autor satisfatoriamente para qualquer língua que não tenha sido exposta à cultura tradicional da China. De qualquer maneira, podemos afirmar com segurança que, mesmo com todo o tempo, energia e recursos dedicados à erudição tradicional, isso não impediu que as convicções mais íntimas e o pensamento de Lu Xun fossem em sentido contrário. Por um lado, reiteramos que as obras antigas prediletas do escritor tinham um estatuto não canônico, mesmo marginal, aos olhos dos eruditos que seguiam o caminho dos exames de acesso à carreira burocrática. Por outro, em termos de conteúdo, ele usava esses textos como um *outsider* do mundo dos mandarins: essas obras tampouco ofereciam respostas para os problemas pessoais imediatos do jovem Shuren, ainda menos para os novos dilemas a serem enfrentados pelo homem em formação.

O CHOQUE COM A MODERNIDADE: A PASSAGEM POR NANQUIM (1898-1902)

Na primeira metade de maio de 1898, Zhou Shuren deixa sua terra natal rumo a Nanquim, com o objetivo de estudar numa escola, gratuita, do novo modelo ocidentalizado. Sabe-se muito pouco das razões que o levaram a tanto, pois suas reminiscências sobre convicções juvenis a respeito da ciência e o futuro da China parecem ser uma racionalização *post facto*. De forma característica, as reminiscências de Lu Xun dramatizam a má situação financeira em que tinha caído a sua família e falam com ressentimento da reação negativa de conterrâneos, quem sabe membros da família, os quais supostamente acusaram-no de "vender a alma para os diabos estrangeiros" e de dar as costas para os exames imperiais, que eram "o único caminho correto" (OC, I, 437). Uma razão inquestionável era a de que as novas escolas normalmente estavam associadas à atualização das forças armadas chinesas e uma carreira militar era tradicionalmente evitada pelas boas famílias que ainda tinham meios para ajudar seus filhos a fazerem outra coisa. De qualquer forma, tudo indica que a situação material de Shuren não era precária, nem o plano de deixar para trás os exames era irracional: ele foi cuidado em Nanquim, uma cidade exposta a influências internacionais e menos interiorana do que

Shaoxing, por um tio-avô. Note-se que esse parente era supervisor e instrutor na Academia Naval de Jiangnan, em Nanquim, justamente a escola em que Shuren (e, depois, seus dois irmãos) se matriculariam. Porém, insatisfeito com a qualidade do ensino, ele se transferiu no mesmo ano para a Escola de Ferrovias e Minas, vinculada ao Exército. A liderança de ambas as escolas estava relacionada a grupos de Zhejiang em geral, e Shaoxing, em particular.

Podemos entender melhor a mudança de rumo de Shuren e seu lento despertar para a "questão nacional" se associarmos o contexto histórico à discussão. O mesmo ano de 1898, poucos meses após a chegada dele a Nanquim, é marcado pela chamada "Reforma do ano Wuxu", resultado da aliança política entre o imperador Guangxu (光绪, *regnavit* 1875-1908) e um grupo de ativistas políticos liderados por Kang Youwei (康有为, 1858-1927), um literato-burocrata dos velhos moldes. Como se sabe, essa foi uma tentativa efêmera de transformação das instituições chinesas dentro da ordem de Qing, após o fracasso do "ressurgimento" conservador sob o reino anterior, do imperador Tongzhi (同治, *regnavit* 1861-1875). A despeito de a corte Qing ter então derrotado a revolta do Império Celestial da Grande Paz e conseguido se acomodar à influência estrangeira na década de 1860, após as Guerras do Ópio, ficara claro que o regime imperial não seria capaz de responder às necessidades de rápida transformação tecnológica, econômica e social, demandadas pelo processo de globalização provocado pela expansão imperialista e colonial das potências industriais. Na nova geração chinesa, formava-se um consenso de que a visão de mundo e os valores tradicionais deveriam ser postos em debate, na prática ameaçando a comunhão multimilenar de interesses que mantinha integradas as diversas camadas da elite (aristocracia imperial, burocracia civil, exército, comerciantes).

Durando cerca de cem dias, a "Reforma do ano Wuxu" comprovou que a casa de Qing não estava disposta a ceder mais autoridade aos focos independentes de poder, como o dos *compradores*, chineses que intermediavam as trocas econômicas com estrangeiros, e milicianos. Essas duas classes, na prática independentes da corte Qing, já controlavam o Sul da China, onde a globalização do país se acelerava. Essa fragilidade dos governantes manchus incentivava a ressurreição do sentimento "nativista" contra tal etnia "conquistadora", da mesma forma que a presença estrangeira incentivava o sentimento "nacionalista" contra a influência cultural vinda de fora. Nesse contexto, Kang Youwei pode ser visto

6. Estúdio dos Três Sabores: escola em Shaoxing onde Lu Xun recebeu as primeiras letras.
7. Academia Naval de Jiangnan, em Nanquim, escola preparatória da Marinha frequentada por Lu Xun e seus dois irmãos.

como representante da última geração da elite intelectual chinesa efetivamente cooptada pelo sistema "confuciano" dos exames de acesso à carreira burocrática. É sintomático que Liang Qichao (梁启超, 1873-1929), o *protégé* de Kang coautor das reformas Wuxu que se tornaria um dos primeiros e mais importantes pensadores a refletirem sobre o legado intelectual de Qing, não conseguiu passar na terceira etapa dos exames. Embora seja verdade que a titulação já tinha deixado de garantir uma carreira burocrática, ela ainda continuava a ser um invejável símbolo de prestígio e autoridade. Todavia, com o esboroamento das instituições, talvez pela primeira vez na história da China, a frustração de se ver rejeitado nos exames podia ser canalizada contra o regime.

É interessante notar que Zhou Shuren, em sua tenra idade, ainda não dá sinais de ter uma atitude crítica da realidade em que se inseria. Podemos lamentar a perda dos seus diários de adolescência, mas há indícios suficientes nos fragmentos da produção literária mais antiga, cujos espécimes datam deste período (OC, VIII, 527-529). De fato, o primeiro pseudônimo que adotara, Gajian Sheng [戛剑生], "jovem senhor (que brande) lança e espada", é sugestivo, mas a forma, conteúdo e tom dos textos não se distingue daquelas obras tradicionais de antiquários Qing, com concessões ao temperamento e à personalidade do escritor.

Ainda assim, os estudos em Nanquim foram importantes pelas primeiras experiências, muito rudimentares, com línguas estrangeiras e por confrontarem Shuren com a alta cultura ocidental, através de referências de segunda mão. Nota-se a presença da literatura da Antiguidade clássica — que se tornaria foco dos primeiros estudos acadêmicos da maturidade de seu irmão Zhou Zuoren. No campo da política, Lu Xun esclarece que uma nova orientação educacional o familiarizou com o *Shiwu Bao* [时务报] (lit. *Jornal de Atualidades*), efêmera publicação reformista editada desde agosto de 1896 por Liang Qichao e cancelada após o fracasso da Reforma Wuxu. Liang e seu mentor Kang Youwei fugiram para o Império Japonês, sob proteção de suas autoridades. Talvez sabedor de que o Império Japonês vencera a guerra contra Qing em 1895, Shuren começou a atentar para a influência cultural crescente daquele país vizinho, um fato inédito na história chinesa.

Impacto consistente ao longo dos anos teria o Darwinismo Social, uma das fontes intelectuais de *Grito*, provocado pela leitura de *Evolution and Ethics*, de Thomas Huxley (1825-1895). Embora já caído no esquecimento, Huxley foi um *best-seller* em seu tempo, popularizador da nova ideologia materialista de Darwin. É importante enfatizar que, enquanto leitor monolíngue, Shuren consultou o ensaio traduzido e comentado por Yan Fu (严复, 1854-1921), "He Xuli Tianyanlun" [赫胥黎天演论] (lit. "A doutrina da transformação [realizada] pelo Céu, por Huxley"). Aproveitamo-nos desse exemplo representativo para indicar que a visão construída por Lu Xun do Ocidente seria sempre filtrada (e distorcida) pelos intermediários de que dependeria até o fim de sua vida: neste ponto, as traduções chinesas, produções submetidas aos limites de seus autores em termos de experiências no estrangeiro e recursos linguísticos. Essas limitações eram inevitavelmente compensadas por reinterpretações centradas na cultura de chegada e transvestidas na língua e vocabulário autóctones. No texto de Huxley, por exemplo, Yan Fu refletia sobre a condição de Qing, um país fraco ameaçado por fortes.

Seja como for, Zhou Shuren concluiu seu curso em janeiro de 1902, sem que conheçamos dele uma visão de mundo clara. Do período de 1900 até a partida para o Japão em meados de 1902, temos oito poemas conhecidos (OC, VIII, 531-542). São todas obras de ocasião conservadas pelo irmão Zhou Zuoren, convencionais no sentido em que exprimem sentimentos na forma altamente estilizada dos intelectuais chineses antigos. Todas conformam-se a gêneros poéticos clássicos (quartetos do tipo *jueju* com sete sílabas; octetos regulados *lüshi*; poemas na forma *sao*) e, atente-se, sugerem matriz "daoista" de literatos do período das Seis Dinastias (séculos III-VI). Esses literatos são vistos como avessos à vida burocrática, apegados à sua liberdade existencial e interessados no lado "místico" da realidade. Essa estética fundamental permeará o lado chinês clássico da erudição de Lu Xun.

Por outro lado, é certo que Zhou Shuren se submeteu pelo menos uma vez aos exames, cuja primeira etapa era realizada em nível de prefeitura. Atribuía-se então o título de *xiucai* [秀才] (lit. "Talento Florescente") para quem fosse aprovado em três rodadas de provas eliminatórias. Além dele, vários membros da família também participaram, ostensivamente pelo condicionamento social de buscar afirmação e prestígio. Era o final de 1898, ano em que a imperatriz Cixi (慈禧, 1835-1908) e os conservadores tinham as mãos firmes no cetro. No ano seguinte, explodiria a Revolta dos Boxers que, após vitórias iniciais, obteve apoio da corte Qing. Como se sabe, as potências estrangeiras formaram a Aliança das Oito Nações, denominadas de Baguo Lianjun [八国联军] (Oito Exércitos Aliados) em chinês, em parte para proteger suas legações e interes-

Um mestre na periferia do comunismo

ses. Isso culminou não só na derrota dos boxers, mas também na submissão da corte. Esse conflito também pôs a nu a fragilidade da ordem de Qing, em que as autoridades de fato no Sul da China se recusaram a guerrear contra os estrangeiros. A derrota e humilhação final da corte, face não só aos estrangeiros, mas também às elites sulinas, talvez seja um outro motivo para que Shuren não tenha continuado a se submeter aos exames de acesso à carreira burocrática e, como efetivamente ocorreu, tenha ido estudar no Império Meiji.

FASE II: VENDO O SOL

Iniciação "revolucionária"? Tóquio (1902-1904)

Por ironia, o governo conservador da imperatriz Cixi em 1901 adotou parte das Reformas de Wuxu, inclusive a de encorajar o treinamento de seus súditos no exterior. Desta forma permitia-se algo sem precedentes na história chinesa, a saber, que seus melhores cérebros pudessem, com relativa liberdade, deixar o país. A ironia é dupla, porque uma parte desses indivíduos iria se aproveitar do novo ambiente (e de estarem fora da jurisdição de Qing) para produzir ideias, organizarem-se em associações ou realizar planos para derrubar a última dinastia imperial.

Zhou Shuren foi um integrante das primeiras levas dos súditos de Qing a irem estudar no Império Japonês. Com um regime forte o bastante para conter pressões anômicas, o Japão da era Meiji (明治, 1868-1912) tinha conseguido estabelecer um certo patamar de abertura para o exterior e modernização tecnológica. Embora não deixasse de ser uma sociedade majoritariamente agrária sob um governo legitimado tradicionalmente, a vida intelectual era dinâmica e japoneses bem (in)formados sobre assuntos estrangeiros moldavam o debate público, a exemplo da defesa da "via britânica" ou da "via alemã" para as reformas institucionais. Geograficamente próximo da China e com uma cultura afim, o Império Meiji tornou-se rapidamente um ímã para os jovens membros da classe social chinesa mais dinâmica, mesmo que ainda estivessem motivados pelos mesmos objetivos utilitários de se empregarem na burocracia em casa. Por tal ensejo, essa classe de expatriados chineses começava a se metamorfosear, produzindo indivíduos bilíngues que se expunham a novas formas de pensar, não obstante seus valores e visão de mundo estivessem majoritariamente moldados pelos interesses de seus clãs em suas terras natais. Como *Grito* sugere ironicamente, só num nível mais abstrato é que se podia falar, e negativamente, de uma "identidade nacional" ou de uma "cultura cívica" em tais pessoas.

Isso se aplica ao caso do próprio Zhou Shuren. Os estudantes vindos de Qing tendiam a se organizar em associações que reproduziam o mesmo tipo de identidade regional de suas terras de origem. Depois de sua chegada no porto de Yokohama, o grupo de alunos de Zhejiang foi viver em Tóquio, ingressando numa turma própria do Kobun Gakuin [弘文學院]. Essa instituição havia sido criada em resposta a *démarches* diplomáticas de Qing, após a sua derrota para o Império Meiji em 1895. Sob recomendação dos reformistas de Wuxu, solicitava-se do inimigo que estabelecesse um centro de ensino do idioma local, facilitando a entrada de seus concluintes em escolas técnicas e universidades frequentadas pelos próprios japoneses. De inícios modestos, o Kobun Gakuin cresceu exponencialmente com a reviravolta da imperatriz Cixi em 1901. Shuren seguiu o curso-padrão de dois anos, que não parece ter absorvido a maior parte de suas energias. Além de aprender o idioma, ele afirma ter participado das atividades de seus conterrâneos e, *hobby* que se prolongou até seu falecimento, adquirido e colecionado livros, especialmente de humanidades e literatura. Neste período ele se aproximou de Xu Shouchang (许寿裳, 1883-1948), o seu mais importante amigo. Mais competente e bem conectado do que o escritor, Xu o ajudaria em vários momentos decisivos de sua carreira profissional. Depois do falecimento de Lu Xun, Xu participou da compilação de uma das primeiras cronologias do grande literato e escreveu suas memórias do querido amigo, em que estão plasmados sentimentos de fidelidade e admiração.

Nestes primeiros anos de Zhou Shuren em Tóquio, é possível documentar com mais clareza as suas convicções. Há dois grandes temas na produção desta época que, combinados, sugerem interesse na "questão nacional".

O primeiro é de "divulgação científica", na medida em que "ciência" pode ser tratada como um conceito humanístico e transmitida pelo estilo chinês de exposição anedótica. Por exemplo, temos o breve ensaio "Shuo Ri" [说鉬] ("Sobre o elemento químico Rádio") que descreve os *breakthroughs* científicos associados ao tema, com um estilo inevitavelmente literário, destacando os benefícios dos raios X para o progresso humano (OC, VII, 21-29). Um outro opúsculo similar é "Zhongguo dizhi Lüelun" [中国地质略论] ("Breve ensaio sobre a geologia da China"), que talvez se motive por reminiscências da Academia do Exército. Caracterizado pelo intento de assimilar conhecimentos teóricos ocidentais, há uma atitude de crítica aberta à passividade de Qing e à cobiça dos estrangeiros pelos recursos de seu país (OC, VIII, 5-24). Ambos foram publicados em outubro de 1903 na revista *Zhejiang Chao* [浙江潮] (*Maré do Rio Zhe*), organizada pelos estudantes dessa região no Kobun Gakuin. Ainda no mesmo tema, Shuren retraduziu do japonês duas novelas de Jules Verne, *De la Terre à la Lune* (TC, I, 5-62) e *Voyage au centre de la Terre* (TC, I, 63-100), encaradas como leituras sérias. Apesar de estarem plasmadas nas convenções literárias dos *xiaoshuo* da era imperial tardia, estas obras são o protótipo do que se tornará a ocupação principal de Lu Xun em sua meia-idade: a tradução literária.

O segundo tema é o do patriotismo militarista. Não há precedentes inquestionáveis para o militarismo na cultura chinesa tradicional, o que é confundível com pacifismo. Como se depreende dos uniformes escolares japoneses, o sistema educacional em Meiji era militarizado. Esse foi um dos meios adotados pelo governo para insuflar um sentido compartilhado de nação através do ensino patriótico, universalizando valores marciais antes restritos à classe dos Bushi [武士]. Quando Zhou Shuren chegou ao Japão, o Império Meiji estava às vésperas da guerra contra a sua contraparte tsarista, que se desdobraria na primeira derrota de uma força "ocidental" por um exército asiático. Desde 1900, qualquer súdito de Qing estava atento para que o Japão se afirmara como par das potências ocidentais, pois fora o único integrante da Aliança das Oito Nações que não tinha raízes culturais europeias. Desta forma, o militarismo começa a integrar, como uma sombra, a psicologia da intelectualidade chinesa nesse período.

O "patriotismo", por outro lado, é uma constante na literatura chinesa desde Qu Yuan (屈原, 339-278 a.C.), se entendido como metonímia para a fidelidade ao país enquanto propriedade do soberano e da casa real. Em março de 1903, pouco menos de um ano após a sua chegada ao Japão, Zhou Shuren corta a trança característica dos súditos de Qing, adotando o penteado chinês moderno, de cabelos cortados curtos. Essa questão possui dois lados, um pessoal e outro simbólico. Em nível pessoal, algumas passagens escritas por Shuren sustentam que ele, originalmente, não pretendia assumir qualquer postura política ao cortar a trança, apontando para uma sensação difusa de vergonha dos estudantes chineses no

Japão devido ao fato de que o penteado delatava a sua procedência. Em compensação, ele diz que, ao retornarem ao seu país, os jovens sem trança tornavam-se objeto de chacota das pessoas, vexame que ele mesmo passaria reiteradas vezes até a abolição desse penteado em 1911.

Embora pareça uma questão menor, a trança tinha um significado histórico, estando no centro do debate sobre a identidade nacional chinesa. Durante a consolidação da dinastia Qing, pela metade do século XVII, impôs-se à força o uso da trança e a raspagem do couro cabeludo acima da testa, diferente do penteado utilizado pela etnia chinesa de então. Embora aceito durante o período de prosperidade de Qing, o penteado era um símbolo da dominação manchu. Na juventude de Lu Xun, isto é, na decadência final de Qing, a trança voltou a ser criticada pelo "nacionalismo" incipiente da etnia chinesa. Importantes ideólogos começaram a associá-la à fraqueza internacional do país. Enquanto cortar a trança continuava a ser sancionado, criminal e socialmente, em Qing, o mesmo não ocorria em Meiji, que se tornou um centro da movimentação "revolucionária" chinesa, a que voltaremos a seguir.

Após cortar a trança, Zhou Shuren tirou uma foto famosa, que inicia o seu registro fotográfico (cf. imagem 8, p. 31). Ele escreveu um quarteto da forma *jueju* no verso, dando-a de presente para Xu Shouchang. A *scholarship* chinesa canônica trata esse poema como prova do patriotismo militarista de Lu Xun desde a sua juventude. Vale a pena fazermos uma breve discussão:

灵台无计逃神矢, 风雨如磐暗故园.
寄意寒星荃不察, 我以我血荐轩辕.

Literalmente:

"[No] Mirante dos Espíritos, não [pretendo] fugir às flechas da deidade,
Vento e chuva [tempestuosos] criam a impressão de um rochedo escurecendo a minha terra natal.
Dedico as minhas intenções às estrelas frias [no céu noturno], mas a erva fragrante [i.e., metáfora para quem tem o poder nas mãos] não consegue entender,
Darei o meu próprio sangue em tributo a Xuanyuan [i.e., o Imperador Amarelo, fundador lendário da civilização sínica]."

A leitura canônica interpreta "o meu coração (outra leitura possível de 'Mirante dos Espíritos') não se nega às flechas de cupido [que causam o meu "amor patriótico"]. As turbulências de meu tempo são ominosas para a minha pátria. [Longe da minha terra,] confio [meu "amor patriótico"] às estrelas cadentes, mas meu povo (interpretação de "erva fragrante": o povo chinês é o soberano de Lu Xun) não me compreende. Estou pronto para dar meu sangue pela pátria (Xuanyuan é metonímia para a China)". Com efeito, o poema é críptico e a leitura oficial não deixa de ser consistente. Contudo, é possível outro tipo de mensagem, mais pessoal e irônica, em que "Mirante dos Espíritos" seria uma metáfora para a vida feérica no Japão, a "flecha do cupido" tenha o sentido mais literal possível e que as referências à terra natal na verdade indiquem o senso de dever de Shuren para com seu clã, já que ele era o chefe da família, como primogênito de Boyi. Essa leitura não se coaduna à descrição que Xu Shouchang faz do caráter de Zhou Shuren, apesar de que Xu não fosse dizer nada que maculasse a imagem construída, e merecida, por Lu Xun. Fosse como fosse, não seria aceitável que ele desposasse uma mulher estrangeira e é um fato que ele estava a dois anos de um casamento surpresa, motivado por boatos (medo?) da mãe de que Shuren tivesse vindo a engravidar uma moça japonesa.

Apesar da controvérsia, a interpretação canônica ecoa preocupações com o futuro da China, que estão manifestas em outros textos desse período, apesar de que sem o mesmo fervor. O mais significativo chama-se de "O espírito de Esparta" (OC, VII, 9-20), dividido em duas partes e publicado na *Zhejiang Chao* no ano em causa. A história dos Trezentos de Esparta e da batalha de Termópilas, divulgada em Qing na língua chinesa por Liang Qichao, era uma espécie de grito de guerra contra o que os intelectuais chineses consideravam agressão e ocupação estrangeira. Trata-se de uma narrativa antiga, algo apreciado pelos intelectuais chineses, vinda de uma cultura diferente, o que também estava em voga. A alegoria é o principal: uma nação, pequena e de valor, contrapunha-se heroicamente e prevalecia sobre um grande império invasor. O texto de Shuren, escrito em chinês arcaico, adota uma linguagem familiar para os eruditos de seu país, apesar de que a mensagem pareça mais universal do que em outros panfletos da época.

Chegando a este ponto, devemos considerar o chamado movimento "revolucionário" chinês de então, a que a interpretação canônica relaciona "O espírito de Esparta". Antes de mais nada, é preciso entender que

8. Tóquio, 1903, Lu Xun, "Foto da trança cortada".
9. Tóquio, 1903, Lu Xun de pé à direita, com conterrâneos de Shaoxing.
10. Tóquio, 1905, Lu Xun de pé à direita, "Foto do bigode falso", pintado posteriormente.

Geming [革命], o termo chinês para "revolução", era tradicionalmente aplicado à "Mudança do Mandato do Céu", ou seja, a passagem do poder de uma dinastia para outra. As transições dinásticas eram resultado da perda do "Mandato" pela casa reinante e a concessão do favor divino a uma nova casa. Portanto, o termo não significava o mesmo tipo de transformação radical, do velho para o novo, implicada pela experiência ocidental, à exemplo das revoluções francesa, americana, científica, etc. No Império Qing de 1903, "revolução" tinha uma conotação "nacionalista", mas no sentido restrito ao rancor entre as etnias chinesa e manchu.

Neste contexto, a região de Zhejiang foi um dos berços do movimento "revolucionário" chinês, utilizando a imprensa que, pela primeira vez, tornara-se um importante veículo do debate público. Um caso típico é o de Zou Rong (邹容, 1885-1905) que, depois de retornar do Japão, escreveu um panfleto chamado "Gemingjun" [革命军] ("Exército Revolucionário"), curiosamente no mesmo ano de "O espírito de Esparta". Vale a pena explicar os desenvolvimentos culminando em 1905. Depois que "Exército" saiu no periódico *Subao* [苏报] (*Diário de Jiangsu*), as autoridades fecharam o jornal, prendendo Zou e seu mentor, Zhang Binglin (章炳麟, 1869-1936). Enquanto Zou morreu na prisão, Zhang conseguiu fugir para o Japão. Sendo um reconhecido intelectual de Zhejiang e gozando da reputação de "revolucionário", ele estabeleceu uma relação com os estudantes conterrâneos, também influenciando Zhou Shuren. Em 1908, sob organização de Xu Shouchang, Zhang realizou um ciclo de palestras no jornal *Minbao* [民報], de que Zhou Shuren participou. Relata-se que Zhang sempre encontrava formas de relacionar questões filológicas ao problema da revolução. Assim como outros ativistas antimanchus, ele não tinha sequer sido aprovado na primeira etapa dos exames imperiais, apesar de seu notório brilhantismo.

Dado o círculo de relações pessoais, argumenta-se que Shuren teria participado de uma organização "revolucionária" de Zhejiang, chamada de Guangfuhui [光复会], Sociedade da Restauração Gloriosa. A possibilidade de que tenha estado presente nas reuniões em si não basta para confirmá-lo, pois não há uma separação rígida entre reuniões sérias e confraternizações de conterrâneos. O líder da Guangfuhui, Tao Chengzhang (陶成章, 1878-1912), era colega de Zhou Shuren no Kobun Gakuin. Afora comentários avulsos e sem teor "revolucionário" evidente, não há qualquer evento concreto que faça de Zhou Shuren um agitador ou conspirador. De toda forma, se podemos falar de atividades "revolucionárias" em sentido estrito da Guangfuhui, o único exemplo importante é o do assassinato do governador da província de Anhui [安徽], que ocorreria em 1907, malgrado a conspiração ter fracassado por extrema desorganização e não ter gerado repercussões no plano nacional.

Para entendermos o estado de espírito de Zhou Shuren à época, há dois pontos relevantes. Primeiro, "O espírito de Esparta" possui conteúdo e tom muito diferentes de "Exército Revolucionário". O objetivo principal do texto parece ser o de contar uma estória, expondo o seu valor moral. Já Zou Rong compôs um texto ideológico, que tenta produzir uma síntese entre o pensamento contestatário do Iluminismo e o pré-Romantismo ocidentais, sobretudo francês, e o pensamento tradicional chinês. Shuren não só carece de uma visão de meios e fins, como recorre a um feito de estrangeiros, o dos Trezentos, que nada tinha em comum com a tradição chinesa. Em segundo lugar, ao concluir seu curso de idioma no primeiro semestre de 1904, Shuren decidiu ir estudar medicina na Sendai Igaku Senmon Gakko [仙台医学専門学校] (Escola Técnica de Medicina de Sendai), diferentemente de seus compatriotas, que preferiam permanecer mais perto de Tóquio, seja pela conveniência de estarem juntos, seja pela melhor qualidade das escolas. Em que pesem as palavras do próprio Shuren ao irmão, a ida para um lugar "interiorano" também era motivada pelo seu desejo de evitar estar junto dos chineses.

Le médecin imaginaire: Sendai (1904-1906)

Muito pouco do material disponível pré-Sendai explicita por que Zhou Shuren decidiu abraçar a carreira médica. O fato de que ele desistiu do curso antes do fim do segundo ano só aumenta a perplexidade sobre esta etapa de sua vida. Lu Xun veio a providenciar uma justificativa heroica, já como autor conhecido, no prefácio a *Grito*. Enfatize-se que esse texto foi escrito dezoito anos depois dos eventos. Graças a esse testemunho de dezembro de 1922, tanto a escolha como a desistência da carreira médica são elementos importantes do símbolo Lu Xun.

No "Prefácio do autor", Lu Xun diz que Zhou Shuren sofreu um grande trauma ao ver seu pai definhar, a despeito dos cuidados da medicina chinesa tradicional haverem reduzido a família à pobreza. Nas estórias de *Grito*, a medicina chinesa tradicional é tratada como um embuste. Hostil a tais práticas milenares, o escritor relaciona-lhe o cariz supersticioso do povo chinês, acrescendo uma nova camada de sentido sobre o ressentimento de sua própria tragédia familiar. Nesse contexto, a medicina ocidental é elevada a resposta para a "questão nacional". Lu alega que já tinha interesse naquela carreira durante os anos de Nanquim, quando pôde, de iniciativa própria, ler obras estrangeiras traduzidas sobre o tema. O fato de essas obras serem ilustradas é mencionado, acenando para a bibliofilia peculiar a Lu Xun. Ainda conforme o prefácio, sua ida para o Japão estava relacionada à medicina, já que as reformas do período Meiji, em última instância, tinham sido encorajadas pela adoção da medicina ocidental. Sem mencionar os seus amplos interesses literários e humanísticos, que sempre parecem ter sido sua motivação, Lu Xun deixa os primeiros anos, aparentemente felizes, em Tóquio de fora do prefácio e argumenta que só desejava "salvar pessoas que sofreram os mesmos malcuidados que o pai" e "em tempos de guerra, servir como oficial médico, pregando a Fé no Weixin" (维新, "Renovação", os mesmos ideogramas de 明治维新, "Renovação Meiji") (OC, I, 438).

De maneira a situarmos essa passagem em nossa narrativa cronológica, vale a pena tentarmos imaginar os problemas práticos vividos por Zhou Shuren em 1904. Isso contribui para entendermos por que a escolha de uma carreira médica fazia sentido nesse ano, assim como fez sentido ir para Nanquim em 1902. Enquanto estudante bolsista, um curso avançado em temas técnicos seria um meio para que Shuren continuasse no Japão, o que certamente ele queria. Ademais, o título de médico garantiria um bom emprego, se por fim retornasse, e seria um meio de defender a imagem de seu clã. Note-se que, no "Prefácio", Lu Xun critica o utilitarismo de seus compatriotas, nenhum dos quais se dedicava às artes e à literatura, o que tanto reconhece um certo patamar de pressão social como serve de desabafo sobre a própria situação. Sabendo-se que a escola em Sendai já tinha aceito um estudante chinês, que abandonaria o curso não muito depois que chegou Zhou Shuren, isso demonstra que Sendai era uma escolha viável, mais acessível do que um centro de excelência e mais conveniente do que uma outra escola com muitos compatriotas — o que ele tampouco desejava. Obviamente, nada disso contradiz as convicções e o idealismo do jovem.

O "Prefácio" também explica as razões para a desistência do curso. Numa passagem célebre, batizada de "Episódio do diapositivo", Lu Xun descreve a sua total perda de confiança no espírito nacional chinês. Em 1905, estavam em tempos de Guerra Nipo-Russa, vencida habilmente pelos japoneses. Os professores projetavam imagens ao final das aulas, com notícias que incentivavam o fervor militarista dos alunos. Um deles reproduzia a punição de um chinês, reconhecível pela trança, que atuava como espião russo. O que mais chocou Lu Xun não foi a execução em si, mas a postura de interesse passivo com que assistiam à decapitação de um patriota. De acordo com o "Prefácio", isso fê-lo desistir da carreira médica, porque "qualquer povo fraco e estúpido, não importa se tenham corpos saudáveis, por maior que seja sua força bruta, só dão para plateia daquela execução, são matéria-prima para gente inútil". Como solução, "o que se deve fazer em primeiro lugar é transformar o intelecto dessas pessoas. Com esse objetivo, nada melhor do que promover as letras e artes" (OC, I, 439). É relevante notar que no "Prefácio" (e em *Grito* como um todo) não há qualquer ataque ao imperialismo estrangeiro; todas as forças são concentradas na análise e crítica da "questão nacional", o que demonstra que isso doía pessoalmente em Lu Xun. Precisamos concordar que a medicina não é capaz de transformar o pensamento das pessoas e, dentro do que o próprio Zhou Shuren já vinha fazendo por iniciativa própria desde Tóquio, a literatura e as humanidades em geral já tinham manifestado, para si próprio, esse papel civilizatório.

A julgar pelas aparências, Zhou Shuren teve uma passagem relativamente aprazível por Sendai. Ao chegar lá, o jornal local noticiou sua chegada, elogiando seus dotes linguísticos. Algumas fotos com colegas registram sua passagem e sabe-se que a turma dele organizou uma despedida. Um de seus professores, Fujino Genkurō (藤野嚴九郎, 1874-1945), é lembrado com gratidão por ter ajudado e orientado Shuren num texto de 1926 que integra *Zhaohua Xishi* [朝花夕拾] (*Flores matinais colhidas ao anoitecer*), volume de ensaios breves sobre lembranças de juventude. Naturalmente, por mais que se goste de um país estrangeiro, a vida não é fácil. Zhou Shuren foi lembrado por seus colegas como um aluno taciturno. Com certeza sofria uma pressão imensa: não podemos nos esquecer de que ele estava fazendo um curso exigente, voltado para falantes maternos, em que as aulas eram ministradas oralmente, sobre temas muito especializados. Sob estas condições desfavoráveis, ele esforçou-se e conseguiu provar seu valor, com notas que o colocavam na média da turma. Apesar disso, ele narra um evento desagradável, que pode ter contribuído para sua saída. Colegas difamaram-no após ele conseguir notas ligeiramente melhores do que as usuais. Mais de vinte anos depois, ele ainda mostra rancor, acentuando que se sentia desprezado por sua origem étnica, sem apontar fatos, mas também mostra equanimidade ao afirmar que colegas japoneses ficaram de seu lado (OC, II, 317).

Essa não deve ter sido a razão principal, mas talvez tenha ajudado Shuren a reconhecer que o curso em Sendai demandava sacrifícios maiores do que ele estava pronto para fazer. De mais peso, deveria ter sido o sacrifício das leituras e atividades preferidas. Note-se que a produção literária de Shuren em 1905 foi muito pequena, quem sabe projetos iniciados no ano anterior, e que o ano e meio de estudos em Sendai provocou um hiato em 1906. Ele publicou somente um texto sobre mineralogia, que não só surgiu de uma colaboração, mas também dizia respeito a interesses antigos, do período em Nanquim.

Se Zhou Shuren estivesse atento à evolução do movimento "revolucionário", os estudos em Sendai atrasá-lo-iam. Por exemplo, passou em branco a formação da Tongmenghui [同盟会] (Liga Unida) em Tóquio, sob liderança de Sun Yat-Sen (孙逸仙, 1866-1925), mais conhecido na República Popular da China como Sun Zhongshan [孙中山]. Sun foi a figura de proa do movimento "revolucionário" chinês até 1926, indo além da visão dinástica e puramente antimanchu, para agregar elementos de transformação institucional, atrás de *slogans* como "Democracia" e "Qualidade de Vida" (dois dos três conceitos "Min", a que se juntava o terceiro: "Nação/Etnia"). No momento da fundação (agosto de 1905), Zhou Shuren provavelmente estava de férias na capital Meiji, Tóquio. De qualquer forma, o fato de Sun ser de Guangdong e a circunstância de que os conterrâneos da Guangfuhui rejeitaram filiar-se de imediato talvez tenham influenciado a visão de Zhou Shuren sobre a iniciativa. O mais provável é que ele não se importava.

Vita Nuova abortada: de volta a Tóquio (1906-1909)

De acordo com o "Prefácio" a *Grito*, Lu Xun partiu de Sendai imbuído da convicção de que deveria organizar uma revista de "letras e artes", para "transformar o intelecto" dos compatriotas. O que dizer daquelas publicações com que ele vinha colaborando e continuaria a fazê-lo? Uma justificativa fácil é a de que não havia revistas do gênero dentre as existentes. É mais sensato admitir, contudo, que faltava uma com a visão de Shuren sobre o tema e voltada para divulgar tal visão. Porém,

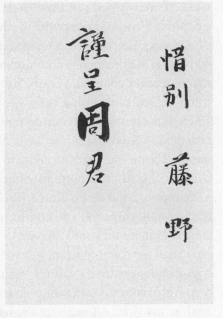

11. Faculdade de Medicina de Sendai, 1905,
despedida do Prof. Shikinami Jujirō
(Lu Xun está na quarta fila, 5º da dir. para a esq.).
12. Sendai, 1907, retrato do Prof. Fujino Genkurō, presente a Lu Xun.
13. Verso da fotografia do Prof. Fujino inscrita "Triste separação".

antes de que pudesse fazer algo a respeito, Shuren foi chamado com urgência, em julho, de volta para Shaoxing devido a uma "doença da mãe", sem saber que, na verdade, ele estava indo se casar. A sua esposa tinha sido escolhida previamente, coerente com o fato de que, em sociedades tradicionais, o objetivo das uniões matrimoniais é o de beneficiar o clã. A noiva, Zhu An (朱安, 1878-1947), vinha de uma família com perfil compatível com o dos Zhou e a sua idade avançada de 28 anos presumia uma grande impaciência de seu próprio clã. Depois de contrair núpcias, Shuren retornou para o Japão poucos dias após a cerimônia, acompanhado do irmão. Fosse como fosse, enquanto primogênito e agora casado, Zhou Shuren tornara-se o chefe da família Zhou.

Neste contexto devemos citar a famosa frase de Lu Xun, segundo a qual Zhu An "fora um presente de minha mãe". Mais do que ironia, distinguimos uma autêntica manifestação de "piedade filial", que podemos definir como o valor nuclear da sociedade chinesa tradicional: obediência e serviço aos pais. O leitor crítico de Lu Xun surpreende-se com uma situação oposta à que se esperaria de alguém com sua fama. Embora seja visto como o crítico por excelência dos valores "atrasados" dos chineses e como o filósofo da "revolta", em uma das situações mais importantes de sua vida, aceita um casamento arranjado, com uma pessoa por quem não nutria sentimentos e com quem não tinha afinidade. De fato, Lu Xun não parece ter coabitado com Zhu An e permaneceu celibatário até a entrada de Xu Guangping (许广平, 1898-1968) em sua vida no ano de 1925. Por estar fora do marco temporal deste estudo, resumimo-nos ao fato de que Xu havia se recusado a entrar num casamento arranjado, da mesma forma que Lu Xun se recusou a consumar o seu. Claro que há o lado de Zhu An, que permaneceu agregada ao seu novo clã sob o estatuto de esposa legal de Lu Xun e servindo à mãe dele, conforme as práticas tradicionais chinesas. Excluindo juízos de valor pessoais, no plano da cultura chinesa tal como era em 1906 e tendo em vista o arranjo familiar específico de Zhou Shuren, é certo que se havia encontrado um tipo de compromisso entre os valores vigentes e as convicções do escritor.

Aproveitamos este ponto da exposição para enfatizarmos que, até o final de sua vida, Zhou Shuren parece ter dedicado os melhores sentimentos a sua mãe, no contexto de crises e rupturas com seus dois irmãos depois de 1922. Do que recolhemos de seus testemunhos, ela apoiou-o em suas decisões mais importantes, como ir para Nanquim e para o Japão, por mais controversas que tenham sido. Supomos, ainda, que o fato de retornar para Qing sem uma titulação formal não causou tensões na relação, da mesma forma que a mãe tentou protegê-lo da má imagem causada pelo penteado e indumentária estranhos com que o filho voltou de fora. Outro argumento convincente é o de que ao utilizar Xun como nome próprio após a publicação de *Grito*, Zhou Shuren estava empregando o sobrenome materno, algo inusitado para um chinês. É inquestionável que as vezes nas quais a mãe aparece em *Grito* são momentos de profunda ternura e respeito, que fogem ao tom geral da obra. Portanto, a obediência de Shuren à mãe no que tange ao seu casamento é coerente com a relação especial que tinham, sem comprometer os princípios do filho. Seria um sacrifício feito para alguém que ele amava ternamente.

Quando voltaram para o Japão, os irmãos Zhou iniciaram uma parceria que, do ponto de vista da obra de Lu Xun, representou um salto qualitativo. Sistemático e metódico, Zhou Zuoren era academicamente superior a seu irmão mais velho, o que se depreende com facilidade de uma comparação entre as obras que ambos legaram. Ainda em contraste com seu irmão, Zuoren seguiu uma carreira reta, sem desvios. Ele concluiu a Academia Naval de Jiangnan em Nanquim e conseguiu bolsa para ir ao Japão estudar engenharia. Chegando a Tóquio, seguiu um curso preparatório na Universidade Hosei [法政大学] e, com pragmatismo, direcionou seus estudos à área que desejava: línguas e literatura ocidental, não diferente de seu irmão Shuren. Depois de ser admitido na Universidade Rikkyo [立教大学], fundada pela Igreja Anglicana, dedicou-se a estudos de inglês e grego antigo. A certa altura parece ter manifestado interesse em traduzir os Evangelhos para o chinês, possivelmente para angariar simpatia em sua instituição. Pelo fato de ele ter sido contratado para ensinar nas melhores universidades chinesas imediatamente após seu retorno, deduz-se que, diferentemente de Shuren, Zhou Zuoren deve ter conseguido um diploma superior no Japão.

A revista de "letras e artes" teria sido um dos aspectos dessa cooperação entre os irmãos Zhou, que ainda envolvia outros amigos como Xu Shouchang. No "Prefácio" a *Grito*, Lu Xun afirma que a publicação, chamada de *Xinsheng* [新生], ou *Vita Nuova* em sua tradução estrangeira, teria uma orientação passadista. Isso indica que os textos seriam escritos em chinês clássico. Sabemos que o grupo escolheu a ilustração para a capa da revista, uma pintura chamada *Hope* (1886, 2ª versão) do então famoso pintor simbolista inglês George Frederic Watts (1817-1904). Nela, uma musa cega (de olhos vendados), vestida com um dra-

Um mestre na periferia do comunismo

pejado translúcido classicizante, está sentada sobre a Terra, prestes a dedilhar uma lira em que resta apenas uma única corda gasta. A imagem é coberta por um tipo de *sfumato*, que opacifica tanto o globo amarelado como o espaço atrás da figura, escondendo uma única estrela, de brilho palescente. É óbvio que a seleção dessa capa, com sua alegoria individualista, esteticista e pessimista, não contribui para um suposto pendor "revolucionário" de Zhou Shuren (e seu grupo).

Para tentarmos imaginar qual teria sido a linha editorial de *Vita Nuova*, é preciso considerar a influência das revistas de letras e artes (*bungei* [文芸]) do período Meiji, que Shuren certamente conhecia e, a seguir, resumir o pensamento que ele tinha desenvolvido sobre o tema nesse ano de 1907. O modelo de *Vita Nuova* muito provavelmente era a revista *Shincho* [新潮] (*Nova Onda*), fundada em 1904 pelo que hoje é um dos mais importantes e tradicionais grupos editoriais do Japão. No que importa ao contexto de Lu Xun, a *Shincho* revelou literatos promissores e lançou obras de autores consagrados, exercendo uma função insubstituível no desenvolvimento da literatura japonesa moderna. Natsume Sōseki, Mori Ōgai (森鷗外, 1862-1922) e Akutagawa Ryūnosuke (芥川龍之介, 1892-1927), colaboradores da *Shincho*, servem de exemplo desses autores canônicos, que seriam traduzidos para o chinês pelos irmãos Zhou. Uma outra revista importante, *Chuō Kōron* [中央公論] (*Debate Público*), fundada em 1887 pelo grupo Chukōsha, ainda deve ter chamado a atenção de Shuren e seus amigos. Akutagawa e Kikuchi Hiroshi (菊池寛, 1888-1948), outro literato que seria traduzido pelos irmãos Zhou, trabalharam como jornalistas nessa publicação. Igual a *Shincho*, *Chuō Kōron* também publicava as narrativas breves conhecidas em japonês como *shōsetsu* [小説] (*xiaoshuo* [小说], na língua chinesa), que influenciariam a escrita literária de Lu Xun, além de textos de comentário e crítica. O dinamismo das revistas de "letras e artes" japonesas estava relacionado à existência de um público leitor, que viabilizava sua exploração comercial.

Para especularmos qual teria sido o conteúdo intelectual e ideológico de *Vita Nuova*, podemos analisar o que Zhou Shuren estava lendo e escrevendo nesse momento. Os últimos anos em Tóquio são um período de acúmulo de leituras informais de literatura ocidental e de estudo (sem titulação) num curso de línguas da Associação de Língua Alemã de Tóquio. Apesar das anedotas sobre os dons linguísticos de Lu Xun, Zhou Shuren não parece ter ido além do uso instrumental do idioma teutão.

Mais do que a língua, porém, interessam as influências intelectuais a que ele foi exposto por ensejo da "onda alemã" que tomara o Japão no fim da era Meiji. A curiosidade por Nietzsche, por exemplo, viria a sugerir as temáticas fundamentais de *Grito*, bem como legitimar os instintos individualistas de Lu Xun. Somadas ao Darwinismo Social que continuou a estudar, o amálgama dessas leituras, preponderantemente de segunda mão através do japonês, produziu uma visão de mundo peculiar nas mentes chinesas. Provam-no quatro opúsculos de 1907, ainda escritos em chinês clássico. Publicados em Tóquio na revista *Henan*, dos estudantes da província epônima, incluem: "Renjian zhi Lishi" [人间之历史] ("História da Humanidade)", publicada em dezembro de 1907; "Kexueshi Jiaopian" [科学史教篇] ("Apostila de história da ciência"), publicada em junho de 1908; "Wenhua Pianzhilun" [文化偏至论] ("Ensaio sobre extremismos culturais"), publicado em agosto de 1908; e "Moluo Shilishuo" [摩罗诗力说] ("Sobre o poder *mara* da poesia").

O primeiro texto (OC, I, 24) é um breve resumo de diversas posições sobre o Evolucionismo. Como afirma o subtítulo "pesquisa explicativa de um elemento embriológico racial no pensamento de Haeckel", o texto faz um aceno a Lamarck, por intermédio das ideias de Ernst Haeckel (1834-1919). As transliterações dos conceitos são feitas em alemão, refletindo que a fonte primeira não era britânica. Além de resumir o debate intelectual entre os teóricos mais famosos então, o objetivo do texto parece ser o de encontrar argumentos em favor de uma origem comum para os diferentes animais. Uma ideia que atraía Lu Xun e os pensadores chineses em geral, busca-se a explicação para que alguns animais tenham ido mais adiante na escala evolutiva, enquanto outros ficaram para trás.

Malgrado intitular-se "história da ciência", o que lemos no segundo texto (OC, I, 25-44) é uma tentativa de descrever o papel da ciência no processo de transformação da cultura europeia, explicando os motivos para a supremacia intelectual dos povos daquele continente distante. É interessante estar atento aos ecos do debate nacional chinês, escondidos nas entrelinhas, como a relação entre apego à tradição e atraso político e econômico. Uma linha fulcral de argumentação é a de que os europeus conseguiram realizar um *breakthrough* científico indo além dos limites prescritos pela Antiguidade grega. Shuren está atento para a decadência da Europa na Idade Média, a transmissão indireta do legado aristotélico por via árabe, os contributos do renascimento intelectual sob o Humanismo, mas também da relevância da competição internacional, das aplicações militares da ciência e de como ela potencializou a hegemonia francesa no século XIX. A peroração inclui uma defesa das letras e artes como coroamento da civilização científica europeia.

"Extremismos culturais" (OC, I, 45-64) começa da "questão nacional", com uma denúncia dos males do sinocentrismo e do eurocentrismo, numa crítica acerba tanto aos conservadores como aos reformistas chineses. Para o autor, os reformistas de seu país estavam errados por destacar os aspectos "matéria" e "coletivo" da cultura ocidental, dando as costas para a função salutar exercida por "espírito" e "indivíduo" nela. Shuren tenta resumir as transformações políticas europeias, da dominação militar romana na Antiguidade Tardia e a dominação espiritual do Vaticano na Idade Média Baixa à reforma de Lutero e as Revoluções Liberais dos séculos XVIII-XIX, como reflexos de um movimento intelectual entre duas polaridades: espírito/matéria e indivíduo/coletivo. A metade final do texto concentra-se nessas duas questões, tratando do "Individualismo" com breves menções a pensadores centrais do pós-Romantismo germânico e do "espírito" com base no Idealismo (e Rousseau). Os dois fundamentam-se na "resistência contra o 'vulgo'" ("vulgo" é mais bem compreendido como o que hoje se critica de *groupthink*). Pelo final, Shuren trata do imperialismo europeu no século XIX e afirma que a razão para o sucesso estrangeiro está na formação voltada para indivíduos, aspecto para que a China deve estar atenta em suas reformas. Não há nenhum conteúdo flagrantemente xenofóbico.

O quarto texto (OC, I, 65-120) é a exposição mais detalhada e sistemática de Lu Xun sobre a função das "letras e artes" em geral. Como um todo, trata do poder da Poesia enquanto *Dichtung* na formação de um cânone literário e nas transformações políticas. Embora o foco seja dado às tradições centrais da Europa, há uma particular atenção à periferia no Leste. O valor dado às literaturas ainda em busca de reconhecimento, natural para alguém que admitia a inadequação de Qing à "modernidade" de então, servia como autocrítica e como busca de soluções. O título "Sobre o poder *mara* da poesia" utiliza um termo do folclore budista (e hindu). Mara era uma deva (uma das seis formas de vida que integram o ciclo de reencarnações chamado de *samsara*) maligna que assumiu a forma de mulher (ou enviou suas "filhas") para tentar Shakyamuni, o Buda, quando este meditava sob a árvore de Bodhi. Como há pouquíssimas referências à cultura indiana no texto, o símbolo de Mara talvez seja uma forma de isolar a cultura chinesa, nunca mencionada a fundo, para além de criar uma conexão com a narrativa bíblica e miltoniana de Satã. Muito importante: Shuren subscreve-se à releitura romântica do Demônio, relacionando-o ao papel social e à função criativa do poeta. O texto é precedido por uma citação de *Assim falou Zaratustra* (III, 12.25), sugerindo que o autor se considerava "sábio a respeito das velhas origens [...], buscando as fontes do futuro e novas origens" (SW, IV, 265).

Dividido em nove seções, o minitratado começa do poder da poesia e da função social do poeta, tentando conciliar a expressão individual do artista e sua influência sobre seu meio. George Byron é louvado como arquétipo do "poeta *mara*/satânico". A seguir, Shuren contesta a busca da paz por filósofos como Platão, alegando que o mesmo ideal existe como atavismo na cultura chinesa, a exemplo de Laozi. Menos do que propalar o militarismo, ele implica a consequência de que os chineses são pouco tolerantes para com indivíduos que contestam o coletivo "fazendo de tudo para matar todos os seus *gênios*" (aqui utilizado sob a acepção romântica, do lado demoníaco e antissocial do poeta). Terceiro, num tom mais positivo, ele afirma que ciência e poesia são complementares, em que a poesia serve para destacar a condição essencial do homem, o *taedium vitae* (*menji* [闷机]), e conclui com a alegoria mítica da queda do homem e da revolta de Satã. As seções restantes, embora de interesse teórico, são exercícios de crítica literária. De quatro a seis, temos uma análise de poesia romântica byroniana, enfocando o próprio Byron (em seu cariz de mito); a influência que exerceu sobre autores como o norueguês Henrik Ibsen, situada entre a misantropia e a revolta contra os costumes, e, por último, Percy Bysshe Shelley. Nas seções de sete a nove, Shuren volta-se para o Leste, explorando o espírito byroniano na tradição literária russa, com Aleksandr Púchkin e Mikhail Liérmontov; na Polônia de Adam Mickiewicz; na Hungria de Sándor Petőfi. A peroração do texto retoma os temas gerais do pensamento de Zhou Shuren, enfatizando o valor da competição entre culturas, a contribuição seminal do poeta enquanto voz de um indivíduo na vanguarda de seu meio, a crítica de que a China carece de um "poeta-guerreiro", donde a impossibilidade "de se conclamar os compatriotas a uma *Vita Nuova*".

A sucinta análise dos quatro textos acima serve para ressalvar que, com todas as suas idiossincrasias e imperfeições, Zhou Shuren tinha a paixão, o talento e a visão que o capacitariam a produzir textos de impacto sobre a minoria urbana e educada, mesmo que nunca tivesse entrado na política ou participado, em primeira mão, de atividades "revolucionárias". Sobre este respeito, 1907 marca o fracasso do levante em Anhui, planejado em sentido lato pela Guangfuhui e, em sentido estrito, por dois indivíduos mencionados *en passant* em *Grito*, Xu Xilin (徐锡麟, 1873-1907) e a militante Qiu Jin (秋瑾, 1875-1907). Hoje honrados como protomártires revolucionários, ambos eram conterrâneos de Shaoxing e membros do mesmo círculo social de Shuren, cuja postura política era reconhecida pelo escritor e objeto de simpatia condicionada. Em *Grito*, Lu Xun elogia a coragem dos jovens, sendo menos explícito sobre a sabedoria do curso de ação que tomavam. A crítica chinesa menciona uma passagem de "Fan Ainong" [范爱农], o último texto de *Flores matinais colhidas ao anoitecer* (OC, II, 321-332), como aprovação ao atentado de Anhui, mas uma leitura detida revela que Lu Xun apenas parece criticar Fan como insensível ao falecimento de Xu Xilin, seu mentor. Além disso, a homenagem velada a Qiu Jin em "Panaceia", quarto texto de *Grito*, é contrariada pelo tom de sacrifício inútil criado pelo enredo da história.

Outros dois eventos enfatizados pela visão de símbolo cultural tampouco parecem ser relevantes neste período. Primeiro, o de que um colega talvez teria mostrado a Zhou Shuren uma tradução do *Manifesto Comunista* de Marx e Engels em 1906. Como vimos, não há qualquer reflexo sobre as leituras e os escritos. Segundo, Shuren teria participado de um curso dado por Zhang Binglin, que se refugiou no Japão depois de ter sido preso pelo "Caso *Subao*". Na verdade, esse curso, formalmente sobre filologia chinesa e tratando de um importante dicionário etimológico, foi dado a um grupo de estudantes de Zhejiang, entre os quais estava Zhou Shuren. Tudo indica, porém, que Xu Shouchang era o catalisador dessa iniciativa, já que tinha uma relação mais próxima com Zhang. Zhou Zuoren lembra-se de que o ministrante se dava a tiradas antimanchu, de modo que ele (e seu irmão mais velho) talvez estivessem mais interessados na matéria do curso.

Seja como for, há um esboço de Zhou Shuren que mostra influência intelectual de Zhang Binglin, intitulado "Po Eshenglun" [破恶声论] ("Destruir a má fama") (OC, VIII, 25-40). Escrito num chinês clássico muito obscuro (sugere-se que por imitação de Zhang), o autor confronta o que, a seu ver, são as duas direções do patriotismo chinês: a dos nativistas e a dos internacionalistas. Esses grupos pecam respectivamente por abraçar as superstições nativas ou a adoração de ídolos estrangeiros. Ambas as posições têm uma origem comum, que para Lu Xun é o defeito da

14. Tóquio, 1909, Lu Xun com Xu Shouchang (de pé) e Jiang Yizhi (à direita).
15. Tóquio, 1909, quando da visita de Jiang Yizhi para tratamento médico (detalhe).
16. Hangzhou, 1909, de volta à China.

conformidade. Apesar da influência estilística de Zhang, as referências intelectuais permanecem as mesmas (Haeckel, Nietzsche, Byron, etc.) e a crítica da conformidade e falta de originalidade dos chineses continuará intocada em *Grito*.

O período japonês termina melancolicamente. Por um lado, há a frustração, pouco divulgada, de que Zhou Shuren e Xu Shouchang tentaram em vão bolsa para irem estudar na Alemanha. Por outro, a parceria com o irmão rendeu frutos, mas com méritos menores para o mais velho. Sob o título *Yuwai Xiaoshuoji* [域外小说集] (*Antologia de contos de regiões estrangeiras*) foram publicados dois volumes de traduções de literatura estrangeira em janeiro e julho de 1909. A contribuição efetiva de Shuren foi módica, três contos, um poema e algumas notas biográficas (TC, I, 101-131), entre duas dúzias de textos. Esse é um livro importante para o estudo da recepção da literatura estrangeira na China e de interesse para entendermos a formação de Lu Xun, pois ele certamente conhecia bem as obras que o irmão traduziu. A coletânea começava com obras de Oscar Wilde, Edgar Allan Poe, Guy de Maupassant e Hans Christian Andersen (um conto cada), mais algumas mininarrativas do escritor simbolista francês Marcel Schwob, muito famoso então. A despeito da literatura "hegemônica" servir de "abre-alas", o maior interesse é posto sobre a literatura eslávica e de outros países do Leste Europeu. Primeiro vêm obras esparsas de autores da Polônia, Hungria, Sérvia, Finlândia, etc. Segundo, nota-se uma forte ênfase em autores russos, ocupando quase metade da extensão do livro. Zhou Shuren traduziu Leonid Andrêiev, que por esses anos era a maior celebridade literária russa, e Vsiévolod Gárchin. Além deles, a obra também trazia textos de Tchekhov e Fiódor Sologub. Retornaremos com mais detalhes sobre as influências literárias russas de Lu Xun e *Grito* no momento oportuno.

FASE III: DE VOLTA À CAVERNA

O DURO RETORNO: PROFESSOR DE LICEU EM ZHEJIANG (1909-1911)

O período de quase nove anos entre o retorno à China em julho de 1909 e a composição de "Kuangren Riji" [狂人日记] ("Diário de um alienado") em abril de 1918 é tradicionalmente compreendido como uma etapa de "narcose intelectual" para Lu Xun. Essa leitura é autorizada pelo "Prefácio" a *Grito*. Em termos de fatos concretos, o "Prefácio" dá um salto no tempo, do trauma do fracasso de *Vita Nuova* ao convite que Lu Xun recebeu para contribuir para a revista *La Jeunesse*, o que o elevaria a uma das vozes centrais do debate intelectual chinês. Os parágrafos que ligam esses dois fatos são dissertativos, expondo o sentimento de "solidão" e "desesperança" que levaram o autor a "retornar à Antiguidade (chinesa)", preenchendo o tempo com pesquisas antiquárias sobre assuntos, como o próprio insinua, vazios de significado. A narrativa-padrão, que trata Lu Xun como símbolo cultural, funda-se nas pistas dadas pelo "Prefácio" para afirmar que o autor se sentia desanimado com os rumos das transformações do país, com a passividade ínsita ao temperamento chinês e com a falta de instinto revolucionário de seu povo. É verdade que o quadro nacional afundaria numa crise sem fim à vista. Após a morte do imperador Guangxu e da imperatriz-viúva Cixi no ano de 1908, o regime imperial esfacela-se rapidamente e a República da China entra num processo caótico de reorganização sob regimes militares que, de fato, deteriorar-se-á ao longo da Primeira Guerra Mundial. No entanto, nos primeiros anos após voltar do Japão, Shuren estava longe de Pequim, de modo que o problema mais próximo de si nesses anos era o oposto: nada tinha realmente mudado desde sua saída.

Dito isso, é preciso entendermos melhor essa etapa pré-*La Jeunesse*, porque foi justamente ela que deu origem a *Grito*. A composição dessa obra deve ser analisada como um acúmulo de experiências de vida, veiculadas através de uma forma literária que Zhou Shuren não havia concebido em sua passagem por Meiji. No período japonês, seus textos foram integralmente redigidos no chinês clássico, versando sobre questões abstratas e tradições literárias estrangeiras. Em contraste, a prosa de *Grito* está marcada pela busca de uma nova linguagem literária, questão debatida com intensidade crescente na China após a Revolução de 1911. A matéria-prima desse livro são lembranças da terra natal e do dia a dia em Pequim, sem qualquer referência a Tóquio. De fato, alguns textos mais famosos de *Grito* têm um verniz de patriotismo, mas, lida literalmente, a obra em geral trata das frustrações e amarguras pessoais de Shuren. Dependendo de enfatizarmos o contexto chinês ou as vivências pessoais do autor, tanto podemos generalizar *Grito* como uma denúncia dos vícios de origem da civilização chinesa, como podemos entendê-lo como um registro do desconforto existencial do autor e de seu exame de consciência sobre defeitos que também são seus. A leitura mais eficaz envolve os dois, contexto e vivências. E claro que o período no exterior é um importante contraponto, que permanece conspícuo nas entrelinhas.

No início do presente estudo, discutimos uma foto de 1909, que mostra Zhou Shuren recém-chegado do exterior. Podemos analisar a influência dos anos que precedem a partida para Pequim, notando como a imagem se transforma para reassumir um aspecto nativo em 1911 (cf. imagem 18, p. 49). Sem ter conseguido prolongar sua estada no exterior, o que ele muito provavelmente desejava, Shuren teve que vir buscar emprego em casa, ou seja, retornava para uma realidade de que ele nunca parece ter gostado. Piorando a situação, para os sete anos que passara no Império Meiji, somente obtivera um simples certificado de conclusão de curso no Kobun Gakuin. Felizmente, o sistema de exames imperiais, antes condição para emprego público, fora abolido em 1905. Xu Shouchang, em contraste, permanecera em Tóquio, seguindo curso na Koto Shihan Gakko [高等師範学校] (Escola Superior de Educação) e graduando-se em história e geografia no ano de 1908. Xu também construiu uma rede de contatos junto aos seus conterrâneos e foi por intervenção desse amigo que Shuren conseguiria emprego ao longo de sua vida profissional.

A primeira colocação de Zhou Shuren foi em Hangzhou, na Liangji Shifan Xuetang [两级师范学堂] (Academia de Educação de Dois Níveis), tendo sido recomendado por Xu Shouchang ao superintendente, junto com outros colegas retornados de Tóquio. Os "dois níveis" referem-se à existência de dois currículos, para alunos em geral e avançados. Cabia a Shuren ensinar química e fisiologia, matérias de que talvez ainda se lembrasse dos rudimentos por sua passagem por Sendai. Registra-se que preparou duas apostilas, sobre biologia e fisiologia. Ele ficou apenas um ano na posição, demitindo-se "à moda antiga", ou seja, aproveitando o ensejo da morte de uma parente. Ironicamente, permaneceu em Shaoxing, como supervisor da Shaoxingfu Zhongxuetang [绍兴府中学堂] (Escola Média da Prefeitura de Shaoxing).

Não se deve idealizar as condições de trabalho numa escola chinesa durante esse período de transição de modelos. Dadas as condições de então, Shuren era membro de uma minúscula minoria que não conseguiria se sentir "em casa" em Qing, com exceção, talvez, de Xangai. Um evento tratado como atividade "revolucionária" de Lu Xun remonta aos seus primeiros meses em Hangzhou, quando o superintendente que o acolhera se demitiu sob pressão do governo da região, ainda leal à corte, geran-

17. Hangzhou, 1909, fotografia conhecida como "Abaixo o mamão!" (apelido do diretor-geral da instituição), conflito entre linhas pedagógicas (e ideológicas) moderna e tradicional nas escolas normais de Zhejiang — note-se a diferença de indumentária das duas facções (Lu Xun está na primeira fila, 3º da dir. para a esq.).
18. Hangzhou, 1911, Lu Xun reassumindo a indumentária chinesa.

do uma reação de seus protegidos, alega-se, em defesa da modernização do ensino. Essa era uma luta de poder entre duas facções políticas, a conservadora e a reformista, nominalmente em torno do currículo que deveria ser ensinado, mas na prática sobre a lealdade política e a correção ideológica. Os reformistas não só eram antimanchu, mas também tinham uma atitude crítica para com a ortodoxia confuciana, mobilizada para sustentar o regime imperial. Depois de Zhou Shuren se demitir em Hangzhou e voltar à sua terra natal, o mesmo padrão de tensões e conflito se repetiu, embora dessa vez fosse Shuren em pessoa a sofrer pressões do governo da localidade. Ele não conseguiria encontrar facilmente válvulas de escape para um estado de espírito de isolamento. Faltavam as livrarias, as palestras e as pessoas interessantes que mudaram sua visão de vida em Tóquio. Rejeitado por sua aparência e seus hábitos, mesmo estando convicto de serem mais civilizados, podemos assim compreender o rancor que Lu Xun dedicará a todas as classes sociais nos textos interioranos de *Grito*.

Em maio de 1911, Zhou Shuren retorna brevemente ao Japão para trazer o irmão de volta. Antes da partida de Shuren em 1909, Zuoren já havia desposado Habuto Nobuko (羽太信子, 1888-1962), que o acompanhará no retorno à China e permanecerá casada com ele até a morte. Depois, uma irmã mais jovem dela, Yoshiko, irá a Shaoxing ajudá-la a cuidar da casa, terminando desposada em 1914 pelo irmão caçula de Lu Xun, Zhou Jianren. Os três irmãos viveriam juntos em Pequim por um breve período a partir de 1919. Diz-se que Nobuko, vinda de uma família pobre, tinha cuidado do lugar em Tóquio que alugaram os irmãos Zhou. Parece certo que Zhou Shuren a conhecera primeiro e mantivera uma relação próxima com os Habuto. Esse elemento japonês do clã Zhou é fonte de muitos problemas biográficos, vistos com paixão pelos especialistas chineses. Embora fuja ao âmbito temporal do presente estudo, um aspecto incontornável do desenvolvimento intelectual e artístico de Zhou Shuren é o de que Nobuko está diretamente envolvida no desgaste da relação entre ele e Zuoren, culminando com a ruptura total de relações dos dois irmãos em julho de 1923. Ambos se pronunciam com circunspecção sobre o assunto, tendo inclusive redobrados cuidados nos registros que deixaram em seus diários.

Por volta de novembro de 1911, Wang Jinfa (王金发, 1883-1915), um partidário da Guangfuhui oriundo de Shaoxing, organiza um grupo armado e inicia operações em Hangzhou. O registro oficial do evento diz que "a convite do 'Partido Revolucionário' de Shaoxing", Wang estabeleceu um governo militar "provisório", o qual chefia. Este é um evento que nos permite entender, numa escala reduzida, o processo de reorganização política da China que foi honrado pela história como "Revolução de 1911" ou "Revolução do ano Xinhai". Com um imperador infante no trono e uma burocracia disfuncional na capital, poderes locais amalgamavam-se em grupos militares. Em 10 de outubro de 1911, acontecera o chamado Levante de Wuchang [武昌起义]. Embora seja saudado como o início da Revolução de Xinhai, o que ocorreu em Wuchang foi uma ação isolada de um grupo paramilitar frouxamente associado à Tongmenghui. Na verdade, o que chamamos de Revolução Nacionalista chinesa é uma constelação de golpes locais independentes entre si, mas similares, em que grupos armados se declararam "governos provisórios", sem que a corte Qing fosse capaz de reduzi-los à obediência. O que deu representatividade à Revolta de Wuchang foi o fato de que Li Yuanhong (黎元洪, 1864-1928), um oficial comandante da Guarnição do Novo Exército Qing em Hubei, virou a casaca e assumiu a liderança das operações na região. Lu Xun satiriza-o na parte VIII da "Crônica autêntica de Quequéu", sugerindo que a consolidação do "partido revolucionário" foi realizada através da negociação com elites das localidades.

Embora a falência imperial se estendesse por todo o país, havia uma diferença entre o Sul e o Norte da China. No Sul, o movimento "revolucionário" antimanchu da Tongmenghui, consolidado com tenacidade por Sun Yat-Sen, expandia sua influência ideológica com um "Governo Provisório" em Nanquim, apoiado por Li Yuanhong. Isso possibilitava um consenso político entre as velhas elites locais e novos setores dinâmicos da sociedade chinesa, embora pulverizado em termos econômicos e militares. Isso mudaria, passo a passo, com a militarização do Kuomintang, o que ocorreria daí a quinze anos. No Norte, com a falência da corte imperial, o poder burocrático não conseguia mais preservar a unidade do regime. Porém, as forças armadas tradicionalmente encarregadas da defesa do poder central tinham os meios para se afirmarem, pelo menos no curto prazo, como as garantes da ordem. Desta forma, no Norte da China formar-se-iam os grupos militares conhecidos em chinês como *junfa* [军阀], em inglês *warlords* e, para nós, "caudilhos".

Não importa se no Norte ou no Sul, a grande ironia histórica é que a nova ordem estava sendo executada por grupos cujo treinamento e equipamentos foram financiados pela modernização do governo Qing. Já mencionamos Li Yuanhong. Em finais de 1911, as diversas facções que pretendiam retomar o poder da aristocracia manchu conseguem aliados entre altos funcionários da dinastia Han a serviço na corte, cuja figura central será Yuan Shikai (袁世凯, 1859-1916), protetor de Pequim enquanto comandante do Novo Exército de Beiyang. Embora seja malvisto pela historiografia chinesa, em seu tempo Yuan gozava de muito prestígio por suas credenciais de serviço e foi importante por manter unidos os diversos grupos armados do Norte da China. Esses eram os elementos do regime conhecido como Governo de Beiyang (北洋政府, 1912-1928), que lideraria a China até o sucesso final da ofensiva conhecida historicamente como "Expedição punitiva para o Norte" [国民革命军北伐], dois anos depois de seu lançamento pelo novo Kuomintang em 1926.

Voltando à situação em Shaoxing, Wang Jinfa nomeia Zhou Shuren diretor da Shankuai Chuji Shifan Xuetang [山会初级师范学堂] (Academia de Educação de Currículo Básico do Distrito de Shanyin/Kuaiji). Em questão de dois meses, o relacionamento chegou a um ponto de fratura. Os detalhes são obscuros, e quase risíveis. Os alunos da academia fundam uma "revista literária", sob os auspícios secretos de Wang, convidando Shuren para atuar como "editor-chefe". Wang certamente esperava que a revista se tornasse um meio de promovê-lo. Descontente com um ataque verbal de Zhou Shuren, conta-se que o caudilho estava pronto para usar da força. Mais uma vez, Xu Shouchang socorre o amigo como um *deus ex machina*, conseguindo um cargo no Ministério da Educação que seria a principal ocupação de Zhou Shuren até a publicação de *Grito*. Pelo menos, essa é a versão autorizada do ocorrido. Xu tornara-se funcionário do ministério pouco tempo depois de retornar do Japão, conseguindo o emprego por sua proximidade com Cai Yuanpei (蔡元培, 1868-1940). Cai não só era um conterrâneo de Shaoxing, mas se tornaria uma importante personalidade da história do período pré-RPC, por seu trabalho à frente das instituições educacionais chinesas.

Como não podia deixar de ser, Cai era um membro da Guangfuhui que migrou para o grupo de Sun Yat-Sen. Respeitado por haver sido aprovado em todas as etapas dos exames imperiais, enquanto *insider* da Tongmenghui e próximo de Sun, Cai entrou no primeiro escalão do gabinete como ministro da Educação. Formalmente, Xu Shouchang era um funcionário de média patente, mas ganharia influência com rapidez por sua habilidade burocrática. Logo, Zhou Shuren entrava no grupo, essencialmente, por critérios de origem regional comum e laços de *amicitia*.

Vale acrescentar que seu irmão Zuoren também sairia beneficiado desse círculo de relações, com um emprego no Departamento de Educação da província de Zhejiang. Ao longo de 1912, Zuoren deixaria o trabalho administrativo para ensinar inglês numa escola secundária.

UM REVOLTOSO BEM-COMPORTADO: BUROCRATA EM PEQUIM (1912-1914)

Quando assumiu funções em Nanquim, em março de 1912, Zhou Shuren possivelmente já sabia de sua mudança iminente para Pequim. Não é impossível que também tivesse ouvido falar que Sun Yat-Sen chegara a um acordo com Yuan Shikai, no sentido de este persuadir a imperatriz-mãe a aceitar a abdicação de seu filho Pu Yi. Conforme o acordo, Sun abria mão do governo provisório que criara no Sul, anuindo a que Yuan assumisse a presidência de um governo unificado na antiga capital do Império Qing. No cálculo de Sun, o movimento que liderava, agora denominado de Kuomintang (embora o partido viesse a ser fundado oficialmente em 1919), tinha tudo para ir bem nas eleições para a Assembleia Nacional que se prenunciavam. Considerando que havia um elemento parlamentarista na Constituição adotada pela China, cabendo ao primeiro-ministro organizar um gabinete executivo, era uma questão de tempo até que o poder, ora legitimado pelo Grupo de Beiyang, retornasse às mãos do partido de Sun.

O texto "Huaijiu" [怀旧] ("Nostalgia") (OC, VII, 225-234), composto após o Levante de Wuchang e o conflito com Wang Jinfa, pode ser lido como uma crítica da Revolução Xinhai, sob forma de ataque irônico contra os políticos e, sobretudo, o povo. Abertamente, "Nostalgia" gira em torno de lembranças da Rebelião Taiping, também conhecida como do Império Celestial da Grande Paz (太平天国, 1850-1864). A despeito da roupagem cristã, essa foi uma rebelião tipicamente chinesa, no sentido que, aproveitando-se do enfraquecimento do poder central, grupos locais organizavam revoltas armadas e, prosperando, abraçavam bandeiras ideológicas alternativas para tentar substituir-se à casa reinante. No caso da Rebelião Taiping, o Cristianismo assumiu o papel antes exercido por escritos "apócrifos" do Confucionismo, ou do Daoismo, ou por profecias budistas. Nada obstante, com o êxito das revoltas, as heterodoxias que lhes serviram de bandeira logo davam lugar ao *status*

Um mestre na periferia do comunismo

quo ante. As rebeliões que tinham sucesso normalmente se legitimavam como novas casas reais reclamando o *Tianming* [天命] ("Mandato do Céu", um tipo transcendente de legitimação) e reassumindo as instituições ortodoxas (confucianas) da casa imperial e sua burocracia. O termo *Geming* [革命], "Mudança do Mandato do Céu", que indicava esse processo, foi adotado na língua moderna como sinônimo do termo ocidental "Revolução".

Em *Grito*, o termo *Geming* e os movimentos a que se referem são consistentemente tratados de forma irônica. O título "Nostalgia", inclusive, possui esse tom. "Nostalgia" dos tempos de criança? "Nostalgia" da invasão de Shaoxing pelos Taiping? "Nostalgia" da debandada dos revoltosos? No contexto de 1911-1912, "Nostalgia" possui um claro intento satírico. Com a única exceção da linguagem (ainda escrito em chinês clássico), essa obra já contém todos os elementos da arte literária dos textos de *Grito*, sejam formais ou materiais. É um texto breve, com enredo pouco claro, mesmo ausente. Discernimos apenas temas, nunca desenvolvidos o bastante, que servem de pretexto para que Lu Xun disserte, ou sugira sua percepção da realidade. As mensagens são pesadamente camufladas, não só devido aos traumas que o autor havia colecionado até então, mas é provável que também ao fato de que ele dependia de patrocínio político para se manter bem empregado. As personagens, moralmente imperfeitas, são também referidas amiúde por sua aparência, o que atribui um caráter grotesco aos textos. O sentimento de revolta é destacado pela presença direta ou indireta do autor nas histórias. No caso de "Nostalgia", Lu Xun é a criança autora-narradora (que permanece anônima), que não escapa ao grotesco, com seus impulsos espontâneos de maltratar insetos.

O texto possui dois temas. Primeiro, o da rejeição que o narrador-protagonista sente pelo ensino tradicional. O segundo tema é o das meias lembranças de algumas personagens sobre a chegada dos Taiping décadas antes. Esses dois temas misturam-se para revelar a mensagem: as pessoas são universalmente covardes e oportunistas, lembrando-se ou esquecendo-se do passado seletivamente. Quando os revoltosos recém-chegados estavam por cima, usavam de ameaças e violência para coagir, enquanto os conterrâneos do autor, membros da elite, ou fugiam ao primeiro sinal de perigo, ou viravam a casaca com submissão degradante. Quando a rebelião rumava para o fracasso, os Taiping ou fugiam ou se submetiam, tornando-se objeto do desprezo e violência dos conterrâneos do autor. A ironia é potencializada pela circunstância de que, embora o narrador-protagonista ainda seja uma criança, ele já dá sinais de ter a mesma inclinação de maltratar os fracos com crueldade, como ilustra o prazer confesso que sente de massacrar formigas, afogando-as vivas. Um outro aspecto material do texto, reiterado em obras de *Grito*, é o da fragilidade da consciência e inconfiabilidade da memória. Por que as pessoas usam desse artifício para se esconderem umas das outras? A resposta é dada no plano metatextual, na medida em que Lu Xun utiliza personagens marginalizados (crianças, viúvas, loucos, tuberculosos, etc.) para refletir o mal dissimulado sob o manto da normalidade.

Ao ler "Nostalgia", fica no ar que a Rebelião Taiping apenas difere da Revolução Xinhai por ter fracassado. Ambas utilizaram intimidação e força bruta por trás das bandeiras de derrubar a dominação manchu. Eventualmente, o sucesso não se deve ao desejo verdadeiro de mudanças, mas à capacidade de consolidar a dominação repartindo vantagens. Lu Xun fará críticas explícitas à Revolução Xinhai em *Grito*, à exemplo da situação da capital no conto "Confidências de uma trança cortada" (OC, I, 484-488) e da situação particular de Zhejiang, território que não deixava de estar relacionado ao Kuomintang, na "Crônica autêntica de Quequéu" (OC, I, 537-552).

Política à parte, a instalação de Zhou Shuren em Pequim não parece ter sido difícil. Como indica o "Prefácio" a *Grito*, ele conseguiu um aposento no prédio da Associação dos Conterrâneos de Shaoxing (nome resultante da reunião dos distritos de Shanyin e Kuaiji). Posteriormente, ele trocaria de quarto devido ao comportamento do vizinho e seria ali onde escreveria as primeiras quatro (ou cinco) estórias de sua grande obra. Shuren ingressou no serviço público com o mesmo cargo que Xu Shouchang e logo foi apontado Diretor da Primeira Seção do Departamento de Educação Social. O salário era desproporcionalmente alto para a realidade do país. De acordo com notas do diário pessoal de Zhou Shuren, o expediente não era atarefado, causando-lhe um profundo tédio. Ainda assim, não há registro de conflitos graves com superiores e colegas, quanto mais comentários que pudessem ser vistos como subversivos. Pelo que voltaria à superfície alguns anos depois, ele continuava revoltado por dentro, mas se mantinha bem-comportado por fora. Um motivo óbvio é o da extrema instabilidade do ministério, com nove ministros em três anos. O seu patrono Cai Yuanpei, não se dando bem com Yuan Shikai, renunciou ao cargo de ministro da Educação em julho de 1912, partindo para um autoexílio no exterior em 1913 e só retornando após a morte de seu inimigo em 1916.

Por outro lado, pesquisas acadêmicas mais recentes tendem a rever a atuação burocrática de Shuren como fonte de várias realizações, incluindo a organização de bibliotecas, a promoção da educação básica, o *design* de símbolos nacionais, passos em direção a definir a nova língua-padrão, etc. Num lado menos positivo, chegam ao ponto de pôr em dúvida o que Lu Xun diz no "Prefácio" sobre sua "narcose intelectual", sugerindo que o autor encontrava algum tipo de gratificação pessoal em suas funções e que alguns de seus comportamentos não se coadunavam à rejeição da "velha cultura", por exemplo, sua participação em cerimônias memoriais a Confúcio. Apesar de que todo escritor falhe em ser transparente e mascare a si próprio em certa medida, parece estar certo que, como muitos dos indivíduos que entram no serviço público em qualquer lugar do mundo, Shuren não tinha inclinação para o trabalho governamental. Além disso, dada a natureza hierárquica da burocracia, quaisquer realizações que porventura hoje lhe sejam atribuídas não podiam ter sido méritos exclusivos, além de estarem condicionadas pela lentidão processual e limitadas pelo zelo ou ciúme dos superiores. Como sinal da inadequação de Shuren, percebe-se que, no início, ele tentou continuar a fazer dentro do ministério as mesmas coisas que fizera como estudante no Japão, nomeadamente, dar palestras e escrever textos teóricos. Por ensejo do trabalho, traduziu textos japoneses avulsos sobre educação e psicologia infantil. Porém, com o passar do tempo, esse tipo de produção desaparece e, se considerarmos o seu desenvolvimento de longo prazo, as experiências no governo não amenizaram o seu pendor crítico.

A instabilidade do Ministério da Educação refletia a conjuntura geral do governo. Em fevereiro de 1913, a China realizou eleições para a sua primeira Assembleia Nacional. Como Sun Yat-Sen esperava, o Kuomintang ganhou a maioria das cadeiras. Para sua surpresa, Yuan Shikai não acatou as consequências dos resultados. O presidente em exercício do Kuomintang Song Jiaoren (宋教仁, 1882-1913) foi assassinado em 22 de março, antes de que pudesse assumir o cargo de primeiro-ministro que, supõe-se, cabia-lhe. Seu acordo com Yuan estando violado, Sun Yat-Sen conclamou o Kuomintang a uma "Segunda Revolução" [二次革命]. Em resposta ao apelo de Sun, seus aliados de partido retornaram às bases políticas no Sul da China, do que resultou uma série de declarações de "independência". Seguiu-se um breve período de guerra civil, vencido

19. Pequim, Associação dos Conterrâneos de Shaoxing, onde Lu Xun se alojou nos seus primeiros anos na capital.
20. Pequim, Ministério da Educação do Governo de Beiyang, onde Lu Xun exerceu funções como chefe de seção.

antes do fim do ano pelo Norte. Sun fugiria para o Japão. Em outubro, Yuan Shikai assumiria a presidência e uma nova Assembleia Nacional lealista seria eleita. Em 1914, a Constituição seria revista para sacramentar a ascendência do Norte em geral e de Yuan em particular. Começava o Regime de Beiyang.

Livros velhos, erudição inútil?
Os anos mortos (1915-1917)

Nos anos de "solidão" e "desesperança" iniciados em 1909, os três anos de 1915 a 1917 são os mais incolores, no sentido em que não existe qualquer produção intelectual publicada, nem mesmo atividades intelectuais públicas de relevo. É verdade que, entre 1912 e 1914, Zhou Shuren tinha concluído feitos acadêmicos, admiráveis para a velha erudição, como a reconstituição de uma antologia de fontes sobre a história da Shaoxing antiga e uma edição crítica da poesia e prosa de Ji Kang (嵇康, 223-263), um literato muito influente no período que sucede à desagregação da dinastia Han. De fato, o interesse pelas Seis Dinastias (六朝, 220-589) acompanhou Lu Xun em toda a sua vida. Tais dinastias foram as ordens políticas, etnicamente chinesas, que se desenvolveram no Sul do país na sequência da queda dos Han. Diferentemente do Han, foi um período de relativa "liberdade intelectual" e com importantes avanços na "teorização" das letras e artes clássicas. Por esta época, Shuren tinha estudado com atenção as histórias oficiais da dinastia Han Posterior (后汉, 25-220) e da dinastia Jin (晋朝, 265-420), períodos de fraqueza do poder centralizador da corte, quando se desenvolveram culturas regionais na China, inclusive com o florescimento de Shaoxing. De qualquer maneira, talvez seja possível encontrar uma certa coerência entre esses interesses avulsos que prepararam Shuren para a criação de *Grito*.

Nos "anos mortos", a vida de Zhou Shuren, até onde podemos saber, resume-se aos compromissos da repartição e a seus passatempos privados. Sobre estes últimos, intensifica-se uma mudança radical de interesses em relação aos de quando estava no Japão. A filosofia e literatura estrangeira desaparecem, em proveito dos interesses antiquários de sua infância e adolescência. Como sublinhado, já os tinha retomado desde antes da mudança para Pequim. É inegável que essa etapa contradiz uma posição de princípio veiculada por Lu Xun à medida que se tornava uma voz influente no debate sobre a literatura nacional na segunda metade dos anos 1920. Reiteramos que ele costumava exortar publicamente os jovens chineses a lerem literatura estrangeira, deixando de lado as obras de seu país.

As circunstâncias em Pequim talvez expliquem, em parte, o comportamento contraditório de Shuren. De certa forma, a vinda para a capital foi um bálsamo em relação a Zhejiang: ali havia livreiros. Zhou Shuren era um *habitué* do Liulichang [琉璃厂] (lit. "Fábricas de Cerâmica Esmaltada"), bairro em que se concentravam os livreiros de Pequim. Apesar de que as primeiras editoras modernas começassem a dar seus passos na China, elas concentravam-se em Xangai, pelo que as obras adquiridas por Shuren eram majoritariamente da velha literatura. O diário desse período está repleto de notas sobre suas visitas àquele lugar, e as referências a obras antigas traem o gosto por adquiri-las. Portanto, o "retorno à Antiguidade" referido no "Prefácio" a *Grito* não deve ter sido uma experiência totalmente dolorosa. Ao mesmo tempo, tampouco deve ter sido totalmente voluntária, já que, como amante e comprador inveterado de livros, Shuren não tinha acesso amplo a obras estrangeiras em Pequim.

A justificativa mais cabal para o "retorno à Antiguidade" é a de que, depois do período japonês, a atitude de Zhou Shuren para com a literatura chinesa havia sofrido uma reorientação substancial. Enquanto o menino lia os textos no intuito de memorizá-los como verdade sacrossanta (e matéria para a prova), o adulto estudava-os por lazer, sem dúvida, mas ainda criticamente, para fins de documentação. Ao analisarmos o catálogo de leituras de Shuren, combinando-o às respectivas obras que seriam publicadas posteriormente, notamos que ele retornou do Japão com um problema fixo em sua mente, conscientemente ou não: o "romance" (entendido de modo frouxo como "prosa de ficção") exerce um importante papel no debate público de países estrangeiros; nesse contexto, como atualizar os textos da literatura chinesa antiga afins ao "romance" para que exerçam o mesmo papel na China? É difícil exagerar a importância deste problema. As leituras e os estudos privados destes anos não só orientarão a atividade acadêmico-docente de Shuren a partir do final da década de 1910, mas também estarão na gênese de *Grito*.

Logo em 1910, Zhou Shuren iniciou a compilação de textos que se encaixavam nesse perfil, dispersos por antologias, enciclopédias e séries bibliográficas. Chegando a Pequim, esse trabalho intensificou-se, com visitantes de Shuren comentando sobre os livros, manuscritos, decalques de estelas, cadernos de notas, etc. estarem por toda parte. Formalmente, os métodos de trabalho envolviam a cópia, a colagem (comparação de testemunhos) e a crítica — métodos típicos de eruditos chineses à moda antiga. Ao longo da década de 1920, esse trabalho daria frutos, com duas coletâneas e uma compilação de breves notas críticas.

No entanto, havia uma dimensão criativa nessa busca. As obras terminaram sendo reunidas sob a rubrica de *xiaoshuo* [小说] (lit. "breves narrativas") e serviriam de fio condutor para as aulas que Lu Xun daria sobre o assunto no início da década de 1920. O termo *xiaoshuo* não deixa de criar dificuldades. Na classificação bibliográfica oficial de Qing, cuja lista definitiva foi concluída em 1783, esse termo passa a servir de guarda-chuva para micronarrativas em "prosa", classificadas em três tipos de anedotas de origem popular: "estórias prodigiosas" [异闻], normalmente remetendo a folclores regionais; "miscelânea de fatos" [杂事], com curiosidades e conhecimentos aleatórios; e "relatos diversos" [锁语], ditos e tradições não autorizados como de outras categorias bibliográficas. Além disso, os *xiaoshuo* não eram um gênero literário comparável a "romance", mas um *pot-pourri* de subgêneros como "notas" [记], "tradições/lendas" [传], "registros/memórias" [录], "crônicas (históricas)" [志], etc. Um outro problema de história literária, que certamente confundiu Zhou Shuren, é o de que *Exortação ao Dever*, baseada na *História dos Três Reinos* (mais conhecido como *Romance dos Três Reinos*), *Registro da Peregrinação para o Oeste* (ou *Viagem para o Oeste*), *Sonho de Pavilhões Vermelhos*, em suma, as grandes obras atualmente reconhecidas como ápice dos *xiaoshuo* chineses, sequer tinham sido inseridas no catálogo bibliográfico de 1783. Além disso, ao longo dos últimos 120 anos de império, outros *zhanghui xiaoshuo* [章回小说], "*xiaoshuo* extralongos divididos em capítulos", continuaram a ser publicados, com temáticas contemporâneas e características afins ao "Realismo", despertando o interesse de pessoas alijadas dos exames de acesso à carreira burocrática, como Shuren.

Por fim, no chinês moderno, o termo *xiaoshuo* veio a prevalecer como sinônimo de "prosa de ficção" e uma nova classificação foi adotada com base na extensão da obra, de maneira que há uma equivalência quase completa aos subgêneros de "romance", "novela", "conto", "ensaio/crônica", etc.

Esse não foi um contributo pessoal de Lu Xun, mas uma convenção criada coletivamente, podendo ser adotada como referência à fundação da revista *La Jeunesse* em Xangai no mês de setembro de 1915. Como veremos, dali a três anos, Zhou Shuren será um integrante do diverso círculo de intelectuais a colaborarem com tal periódico.

Há três razões que apontam para a fusão dessa literatura heterogênea, antiga e nova, sob o termo *xiaoshuo*.

O primeiro é ideológico. Esse termo é venerável por sua antiguidade, algo indispensável no contexto chinês. O *Hanshu* [汉书] (*Livro de Han*), do primeiro século da Era Cristã, reconhecido como a segunda compilação histórica ortodoxa, divide os chamados "Textos dos Mestres" em "Nove Escolas e Dez Tendências". As primeiras incluem Confucionismo, Daoismo, Moísmo, etc., doutrinas organizadas em torno de mestres como Confúcio, Laozi, Mozi, etc. As tendências incluem as "Nove Escolas" mais uma tendência sem fundador: a do *xiaoshuo*. O autor do *Hanshu* trata das "tendências" como ensinamentos associados a certos cargos burocráticos, tendo, por conseguinte, vínculo com o trabalho de governo. Nesse contexto, os *xiaoshuo* eram vistos como obras de pequenos funcionários públicos a serviço dos governos locais, relatando a vida do povo, retratando o que pensavam do governo, seus usos e costumes, etc. Isso casou-se bem com a ideologia da Nova China, em que "democracia" presumia inverter o sistema de valores da época imperial, deslocando a ênfase da corte para o interior, dos burocratas para o povo, do erudito para o coloquial.

A segunda razão está relacionada à busca de uma nova literatura. Como dissemos, os *xiaoshuo* abrangem textos marginais da tradição chinesa. Eles sequer chegaram a ser devidamente canonizados, o que, naquela tradição, implica a formação de uma genealogia hermenêutica, ou seja, gerações de eruditos especializados, canalizando seus esforços para a crítica textual, explicação e transmissão do texto. Foi nesse período inicial da República da China que se promoveu um grupo de "*xiaoshuo* extralongos", as chamadas Sida Mingzhu [四大名著] (Quatro Grandes Obras), incluindo, além das três citadas (*Três Reinos, Viagem para o Oeste, Sonho de Pavilhões Vermelhos*), também *Shuihuzhuan* [水浒传] (*Tradições sobre as Margens do Rio*, mais conhecida como *Bandidos do Pântano* na tradução de Sidney Shapiro). O *Sonho*, em especial, adquiriu um prestígio que hoje ultrapassou a maior parte das obras centrais no velho cânone. A despeito dos valores artísticos dessas obras, no período imperial elas eram consideradas leituras nocivas, sendo pesadamente censuradas pelo governo. No quadro da educação confuciana, a

Um mestre na periferia do comunismo

literatura é um meio para incutir valores e concepções corretas no públi-co. Mesmo que pareçam anódinos aos nossos olhos, os *xiaoshuo* tendem a tratar de questões tabu para a moralidade tradicional, tais como amor fora do casamento, elogio do espírito marcial, a influência de forças es-pirituais, o desrespeito a superiores, etc.

Por último, há um elemento raramente mencionado nos estudos lu-xunianos: na literatura Meiji, os *shōsetsu* (escrito com os mesmos ideo-gramas de *xiaoshuo*) tinham sido atualizados com sucesso. Quando Zhou Shuren chegou a Tóquio, a literatura japonesa moderna já estava se aproximando do seu primeiro pico com Ōgai e Sōseki. Na raiz dessa modernização estavam problemas semelhantes aos enfrentados em mea-dos da década de 1910 pelos escritores chineses. Mozume Takami (物集高見, 1847-1928) lançou os inscritos intitulados *Genbun Itchi* [言文一致] (*Sobre a unificação da língua escrita e falada*) em 1886, atacando o uso continuado da língua clássica — uma língua gramaticalmente dife-rente daquela falada e de difícil acesso para a população em geral. Nesse sentido, a nova língua escrita seria implementada no ensino básico a par-tir de 1900. Seguindo essa bandeira, o crítico literário Tsubouchi Shoyo (坪内逍遥, 1859-1935) e o escritor Futabatei Shimei (二葉亭四迷, 1864-1909) colaboraram na concepção do primeiro *shōsetsu* na nova língua literária — decalcada da forma de falar padrão. Inspirado pelo tratado "Shōsetsu Shinzui" [小説神髄] ("Sobre a essência do *shōsetsu*") de Tsu-bouchi, Futabatei lançou sua obra-prima *Ukigumo* [浮雲] (*Nuvens va-gantes*) de forma serializada entre 1887 e 1890. Além de tentar registrar por escrito a forma usual de se falar, esse "romance" enfoca a competi-ção de dois colegas, burocratas de baixo escalão, pela mão da mesma moça, disputa que segue os altos e baixos das respectivas carreiras. A obra seguia os princípios de se retratar a realidade, ou seja, de fugir aos temas-padrão estilizados pela tradição, e de se concentrar em sentimen-tos pessoais, dando as costas para qualquer intuito ético-didático.

Para oferecermos um contexto aos compromissos de Zhou Shuren no Ministério da Educação, é útil sintetizarmos os principais desenvolvi-mentos do Regime de Beiyang ao longo desses anos. Com a derrota da "Segunda Revolução" de Sun Yat-Sen, Yuan passou a represar os avan-ços estrangeiros e a consolidar seu poder internamente. No início de 1915, o Japão dirigiu um ultimato secreto com as chamadas "Vinte e Uma Exigências", cuja questão mais candente era o controle sobre as an-tigas possessões alemãs na província de Shandong. Os contatos foram vazados, causando profunda insatisfação nos setores mais dinâmicos da classe média urbana chinesa. Em retrospecto, podemos dizer que este foi o ponto de partida para o recrudescimento do imperialismo japonês na China, bem como o momento em que as relações entre esses dois países entraram num processo irreversível de deterioração. Inferiorizado diante dos atores estrangeiros, Yuan assumiu uma estratégia de acomodação, com danos para a sua autoridade. Em compensação, começou a articular a retomada do regime imperial, contando para tanto com o apoio dos seus mais próximos lealistas. Assim, no final de 1915, Yuan foi aclamado pela Assembleia Legislativa como imperador e assumiu o trono. Na medida em que esse novo estatuto formalizaria a ascendência de Yuan sobre os outros caudilhos, sua base de poder mais próxima rachou. Os poderes locais revoltaram-se, ocorrendo uma situação análoga à da "Segunda Revolução", batizada de forma altissonante como "Guerra de Proteção Nacional" [护国战争]. Contudo, desta vez, as forças controladas por Yuan perderam. Ele abdicou em março de 1916 e, doente, morreu em junho. A partir daí, os diversos grupos que tinham sido equilibrados por Yuan Shikai entraram em conflito direto. Duan Qirui (段祺瑞, 1865-1936), que então atuava como primeiro-ministro, e Li Yuanhong, que então assumira a presidência em substituição a Yuan Shikai, desentenderam-se. Li destituiu Duan, que fugiu para sua base em Tianjin, angariando apoio das facções de caudilhos no Norte. Em meio a essa situação caótica, em julho de 1917, Zhang Xun, um caudilho ex-aliado de Yuan Shikai, ocupou Pequim com suas forças e tentou restaurar Pu Yi. Num gesto de desespero, Li pediu socorro a Duan, que liberou Pequim. Sem a mesma habilidade e capital políticos de Yuan Shikai, Duan não conseguiu conciliar os interesses das facções sulinas. Nesse contexto, o movimento Kuomintang, junto com caudilhos das regiões periféricas, redeclarou, em agosto, a existência de um governo nacional em sua base na cidade de Cantão (Guangzhou). Essa manobra foi batizada de "Movimento de Defesa da Constituição" [护法运动].

Desse resumo sumário dos fatos maiores da vida política em Pequim, depreende-se que os compromissos de Zhou Shuren na repartição não podiam ser muitos, quanto mais importantes. Como eventos maiores dignos de representar a sua atitude nestes momentos de crise, fontes simpáticas listam a sua oposição ao "programa educacional de Yuan Shikai" em maio de 1916 e o seu pedido de demissão simbólico durante o golpe de Zhang Xun em julho de 1917. Porém, em maio de 1916, Yuan já tinha abdicado e estava prestes a morrer. Segundo, apesar de ser um intervalo de anomia quase absoluta, a insurreição de Zhang Xun durou apenas dez dias e, como diz Lu Xun em seu diário, ele mal conseguia sair de casa, tendo em vista a situação caótica nas ruas. O que se destaca no trabalho destes anos são as reuniões de alguns comitês e grupos de trabalho, de que podemos dar o exemplo de um sobre os *xiaoshuo*. É interessante que os debates versavam sobre o tipo de censura e controle governamental que deveriam ser exercidos sobre os *xiaoshuo*. A postura de Shuren é elogiável, em que ele se mostra mais interessado em divulgar as melhores obras do que dar vazão a instintos censórios.

EPÍLOGO: UM HUMANISTA IRÔNICO

O DESPERTAR NA "CASA DE FERRO": *LA JEUNESSE* E O DEBATE SOBRE A NOVA CULTURA (1918)

Na célebre alegoria do "Prefácio" a *Grito*, 1918 e 1919 são os anos em que Lu Xun começa a abrir os olhos dentro da "casa de ferro". Como ele mesmo reconhece, o seu despertar não foi um ato autônomo, mas decorrência do que prometia ser uma nova situação no meio intelectual em Pequim. Por tal motivo, antes de descrevermos como as circunstâncias para Zhou Shuren melhoraram em 1918, voltemos ao final do regime de Yuan Shikai para entender o que se passou. Malgrado ter intensificado o quadro de instabilidade política nacional, quem sabe até mesmo devido a isso, a queda de Yuan Shikai permitiu o reagrupamento da intelectualidade fora do mundo burocrático. Dois pontos, que propiciaram a composição de quase todos os textos de *Grito*, merecem ênfase: as primeiras atividades da revista *La Jeunesse* e o surgimento de uma coalizão informal de intelectuais na Universidade de Pequim.

O primeiro número da revista *Xin Qingnian* [新青年] (lit. *Nova Juventude*, título estrangeiro *La Jeunesse*) foi lançado em 15 de setembro de 1915 na cidade de Xangai. Como área sob controle estrangeiro, Xangai era a região mais internacionalizada da China e estava relativamente fora da jurisdição dos grupos políticos de outras regiões. Embora negativa do ponto de vista da soberania do país, essa situação criava vantagens para os grupos perseguidos por quem estivesse no poder e era favorável para os intelectuais dispostos a explorar os limites da censura. O editor e figura de proa de *La Jeunesse*, Chen Duxiu (陈独秀, 1879-1942), é hoje lembrado como primeiro secretário-geral do Partido Comunista chinês e pioneiro da promoção do Marxismo e da linhagem soviética de socialismo na China. No entanto, essa situação configura-se nitidamente apenas em 1920, de maneira que precisamos resumir qual a situação política e as convicções de Chen na etapa inicial de sua revista.

Apesar de ser da província de Anhui, é importante enfatizar que o perfil social e início de carreira de Chen Duxiu são idênticos ao de Lu Xun (e de outros intelectuais chineses da geração de 1880). Proveniente de um estrato da classe letrada cujo clã não estava bem ancorado a um cargo da burocracia imperial, Chen foi treinado na erudição confuciana tradicional, sem conseguir aprovação na segunda etapa dos exames imperiais. Depois de ingressar numa das novas escolas militares de regime "ocidentalizado" (construção naval, no Qiushi Xueyuan [求是学院] em Hangzhou), fez curso de japonês em Tóquio no Kobun Gakuin e começou a cursar uma escola do exército naquela cidade. Ele terminou sendo expulso de volta para Qing em 1903 após cortar à força a trança de colegas. Uma particularidade de Chen Duxiu é a de ter se envolvido na imprensa nascente, como ferramenta de agitação política. Antes da Revolução Xinhai, Chen organizou panfletos antimanchu que o obrigaram a retornar ao Japão, formalmente para fazer curso superior, que terminou sendo abandonado pela metade. Ao obter patrocínio de conterrâneos antimanchus, retornou a Qing em 1909 e, após a Revolução, serviu de secretário pessoal de uma liderança de Anhui. Pertencendo ao Sul, o grupo de Anhui pegou em armas contra Yuan Shikai, o que ocasionou outra fuga de Chen Duxiu para o Japão em 1914. Nessa ocasião, voltou a colaborar com Zhang Shizhao (章士钊, 1881-1973) numa revista em Tóquio. Apesar de futuramente vir a ser atacado, na posição de ministro da Educação do final do Governo de Beiyang, Zhang era um integrante da Tongmenghui que tinha apoiado Chen nos seus primeiros anos de agitação na imprensa. No contexto do debate sobre a Nova Cultura em 1919, tornar-se-ia um dos principais "passadistas" e viria a ser criticado por Lu Xun.

O título *La Jeunesse* reflete um interesse da juventude de Chen Duxiu pela França, cuja língua e cultura ele tentou estudar. Na verdade, carecendo de experiências de primeira mão sobre a realidade da Europa Ocidental, os intelectuais chineses não raro interpretavam conceitos e

Um mestre na periferia do comunismo

doutrinas ocidentais de acordo com a educação (tradicional chinesa) que receberam, mais as limitadas experiências de vida que tiveram no exterior, neste caso, o Japão. Tomando por exemplo o texto "Jinggao Qingnian" [敬告青年] ("Para os jovens, com respeito"), manifesto que abre o primeiro número de *La Jeunesse*, notamos que predominam as referências e o vocabulário ocidentais. Entretanto, uma leitura mais cuidadosa revela que tais conceitos são definidos negativamente *vis-à-vis* a realidade ou o pensamento chinês: o *Übermensch* nietzschiano é entendido como revolta do escravo/fraco contra o opressor/forte; o Evolucionismo (Darwinismo Social) é visto como lei histórica da morte dos impérios; o ativismo político é remanejado para o ambiente de competição internacional; o isolacionismo imperial é reinterpretado como explicação para o atraso do país; o Utilitarismo é glosado como o abandono da ideologia confuciana, representada como maior barreira à prosperidade material do povo chinês; a "Ciência" é mais claramente explicada como rejeição "objetiva" das ideias chinesas tradicionais "subjetivas" sobre a natureza e seus fenômenos. De uma forma mais profunda, tal plataforma ideológica parece refletir um amplo consenso da classe média urbana ascendente e, da maneira como as coisas ocorreriam, não foi substancialmente transformada com a popularização e vitória final do pensamento comunista.

Fosse como fosse, *La Jeunesse* era uma publicação política que se divulgava como apolítica. No início de 1916, a eclosão da "Guerra de Proteção Nacional" acompanhou-se do repúdio amplo dos intelectuais à restauração do império por Yuan Shikai. Isso motivou uma linha editorial aferradamente anticonfuciana, para que Chen Duxiu contribuiu com uma série de artigos radicais, "sacrílegos" aos olhos dos tradicionalistas. Confúcio, entendido como metonímia do sistema político e social da China antiga, foi pesadamente atacado como símbolo do atraso social e da inferioridade política da China. Apesar de que esse ainda não fosse o ponto de vista majoritário dos intelectuais que participavam do debate público nos anos 1910, as ideias de Chen Duxiu no longo prazo tiveram grande influência sobre os primeiros tempos da República Popular da China. O próprio Lu Xun utiliza ironia letal ao se referir aos clássicos confucianos e, de forma mascarada, à figura de Confúcio, no conto "Kong Yiji, o ladrão de livros". Logo no início de 1917, *La Jeunesse* seria transferida para Pequim: Chen Duxiu tinha sido "recrutado" como deão da Faculdade de Humanidades da Universidade de Pequim. Isso nos leva ao segundo fator do "despertar" de Zhou Shuren, a constituição desse importante centro de ensino em cabeça de ponte da luta ideológica chinesa contra o caudilhismo.

A reestruturação da Universidade de Pequim foi realizada por Cai Yuanpei, na condição de reitor dessa escola. Lembramos que ele foi o primeiro ministro da Educação da República da China, demitindo-se poucos meses após assumir o cargo devido a conflitos com Yuan Shikai. Durante a crise final da Restauração Imperial, ele certamente se articulou com seus conterrâneos no ministério, viabilizando sua escolha para reitoria da reputada escola. Como disséramos, Cai, em última instância, foi o patrono de Xu Shouchang e de Zhou Shuren, que mantinham cargos de chefia e alguma influência decisória. Embora a escolha do reitor fosse ato administrativo do ministro, na prática, as universidades eram coordenadas diretamente por um departamento. No mais alto nível, era Li Yuanhong quem governava Pequim, e ele não era hostil a Cai. Aparentemente, Zhang Binglin, o "revolucionário" antimanchu de cujas palestras Zhou Shuren participara no Japão, também tinha sido um nome considerado para o cargo. Vários de seus discípulos tinham assumido docência no departamento de língua chinesa da Universidade de Pequim em 1914, dentre o quais se nota Qian Xuantong (钱玄同, 1887-1939), que serviria de ponte para a entrada de Shuren na equipe de *La Jeunesse*.

Cai Yuanpei entrou para a história chinesa como um importante educador, a quem se devem várias iniciativas de modernização universitária, a (re)fundação da Universidade de Pequim como celeiro doméstico dos melhores cérebros da China e a criação de bases para o despertar da consciência nacional entre os jovens. Para os nossos fins, é importante compreender como tais méritos resultaram da construção de um círculo político e como Zhou Shuren veio a se encaixar nesse círculo. Dito da forma mais singela, ao assumir o cargo, Cai adotou uma dupla política. Falemos sobre ela.

Por um lado, ele fez de tudo para reduzir o amplo poder de supervisão/ingerência que o ministério tinha sobre a universidade. Nesse sentido, ele tentou quebrar a relação entre universidade e governo tanto administrativamente, tomando decisões sem reverência à sua chefia no governo, como criando a regra de que funcionários públicos somente podiam assumir funções docentes enquanto instrutores, nunca como professores do quadro. Isso reduzia a possibilidade de funcionários públicos extrapolarem sua autoridade na universidade. O novo reitor também

Um mestre na periferia do comunismo

tentou quebrar uma mentalidade enraizada nos estudantes universitários, de que o objetivo final do curso superior é uma carreira pública. Essa mudança de direcionamento iria permitir que uma nova geração de estudantes se encaminhasse para o ativismo político, criando a massa crítica para um movimento nacionalista de contestação que desencadearia o Quatro de Maio em 1919.

Em segundo lugar, Cai organizou um amplo programa de contratações que serviriam tanto para fortalecer o quadro da instituição como para capacitá-la a ter uma voz forte na arena pública. Ele trouxe pessoas qualificadas e talentosas, mas também com o mesmo perfil ideológico antimanchu e, agora, anticaudilhista. É bem verdade que, ao longo da década seguinte, esses quadros formariam seus próprios grupos, de acordo com linhas ideológicas mais refinadas. Porém, aproveitava-se então o consenso firme contra os militares no poder, a unir intelectuais novos e tradicionais. Uma breve análise dos novos professores contratados por Cai como *inner circle* da Universidade de Pequim revela que eram todos conhecidos seus, sendo possível distinguir quatro grupos principais. Primeiro, e mais importante, os correligionários da Tongmenghui, inclusive um grupo de jovens que Cai havia enviado para estudar no exterior após a cisão entre Yuan Shikai e Sun Yat-Sen. Foram estes laços que trouxeram o irmão de Lu Xun, Zhou Zuoren, para os quadros. Em segundo lugar, havia indivíduos que conheceram Cai Yuanpei em seu autoexílio na França e Alemanha, não alinhados à Tongmenghui, mas com quem formaram uma aliança tática. Por último, os retornados do Japão, ligados ou não à Tongmenghui, que tinham um perfil mais radical e experiência na imprensa de agitação, dentre os quais se destacam Li Dazhao e Chen Duxiu. Como esmiuçaremos, esses dois converter-se-iam ao comunismo, agitariam o movimento jovem e fundariam o Partido em seus primeiros momentos. Além do *inner circle* de conhecidos, é preciso enfatizar que Cai também contratou um conjunto de especialistas qualificados para garantir o padrão acadêmico à universidade, sem terem necessariamente um papel na luta ideológica. Neste último grupo estava Hu Shi (胡适, 1891-1962), que se notabilizaria rapidamente como um dos principais intelectuais do início da Nova Cultura, apesar de que fosse se apagar progressivamente com a radicalização ideológica da China nas décadas seguintes. Egresso de universidades americanas, Hu tinha um perfil comparativamente "liberal", apesar de compartilhar as convicções nacionalistas e modernizantes dos intelectuais urbanos em ascensão.

21. Cai Yuanpei (1868-1940), conterrâneo de Lu Xun e patrono da Nova Cultura.
22. Qian Xuantong (1887-1939), conterrâneo e colaborador em *La Jeunesse*.
23. Pequim, Universidade de Educação para Moças, onde Lu Xun ensinaria e conheceria sua companheira Xu Guangping.

O exposto acima serve de pano de fundo para a passagem do "Prefácio" a *Grito* em que Lu Xun descreve uma das visitas de Qian Xuantong, em algum momento antes de abril de 1918. As relações entre os dois nunca parecem ter sido muito calorosas, malgrado serem conterrâneos de Zhejiang e de se conhecerem desde os tempos no Japão. Enquanto colega de Qian na Universidade de Pequim, o irmão Zhou Zuoren deve ter servido como ponte, no contexto da reorganização de *La Jeunesse* para se tornar um veículo mais diversificado. É verdade que, com a notável exceção de Li Dazhao, predominavam os sulinos no corpo editorial e de colaboradores. De qualquer maneira, os organizadores chegaram à conclusão de que, para o momento, a revista deveria "deixar a política de lado e se concentrar na cultura", o que significa poupar os políticos e atacar as instituições. Em termos ideológicos, isso significou deixar as diferenças de lado e formar uma frente única contra os inimigos do que entendiam ser o "senhor De" [德先生] e o "senhor Sai" [赛先生] — cujos nomes significam, respectivamente, "democracia" e "ciência". A plataforma dava continuidade ao anticonfucianismo que Chen Duxiu deflagrara em 1916 e agora se delineava uma agenda construtiva: a da Nova Literatura. Em termos práticos, *La Jeunesse* assumiu um acentuado cariz literário, com traduções e obras originais, o que justifica o convite a Zhou Shuren por seus méritos artísticos e acadêmicos. Esse foi o ensejo para que ele começasse a se afirmar pelo que havia acumulado em silêncio e assumir uma posição condizente com a visão original que construíra.

É de saber comum que *Grito* é a primeira obra-prima da nova língua literária, respondendo a uma das demandas centrais da elite pensante chinesa por uma Nova Cultura. O chinês clássico era uma língua artificial, nunca foi idêntica ao idioma falado. No processo da modernização chinesa, descobriram-se as limitações da velha língua escrita para a tradução, tanto no campo das obras técnico-científicas como no da literatura estrangeira. Reitere-se que quem tivesse passado pelo Japão sabia que a modernização Meiji enfrentara um problema similar. Em 1900, adotou-se lá uma reforma linguística que abandonou a escrita clássica em favor de outra, baseada na expressão coloquial. Na China, o debate ganhou relevância por volta de 1916, dando início a experimentos e teorizações que, com efeito, produziram o chinês escrito de hoje em dia. Nos debates teóricos, o protagonismo coube a Hu Shi, com dois textos fundadores publicados naquela revista.

O primeiro deles é o manifesto "Wenxue Gailiang Chuyi" [文学改良刍议] ("Primeiros pensamentos sobre o aprimoramento da literatura nacional"), publicado no 5º número do segundo volume (1/1/1917). Nesse opúsculo, ainda escrito na língua clássica, Hu propõe oito pontos para caracterizar, no plano estilístico e axiológico, as novas obras. Estilisticamente, incluem-se as recomendações de "escrever gramaticalmente" (embora os chineses antigos possuam uma tradição filológica e crítica profunda e sofisticada, nunca desenvolveram um conjunto de conceitos e regras comparáveis ao que entendemos por gramática); evitar expressões poéticas gastas (a poesia chinesa antiga, nos seus piores momentos, assemelha-se a uma montagem feita pela recombinação de um conjunto relativamente limitado de peças); o abandono de *loci classici* (um elemento fundamental da estilística chinesa antiga); abandonar a ênfase em paralelismos (o principal procedimento estilístico na criação poética); ainda mais importante, não ter receio de usar linguagem coloquial e expressões populares. No plano axiológico, Hu Shi fazia três exigências: escrever sobre "algo concreto", explicado, também de forma vaga, como "sentimentos" e "pensamentos" autênticos, o que interpretamos ter relação com experiências peculiares do escritor enquanto indivíduo; não imitar (de modo servil) os Antigos, o que, um tanto contraditoriamente, envolve um cânone exemplificativo de *xiaoshuo* e poetas até então marginais, justificando-se que os mesmos "não teriam plagiado"; não assumir uma *persona* poética pessimista, o que, segundo Hu, era um fenômeno da juventude de então, desesperançosa e inconsciente de sua capacidade de transformar sua situação (OC, I-1, 7-24). Esse artigo gerou um intenso debate ao longo dos anos seguintes, que se pode acompanhar nas páginas de *La Jeunesse*.

Ao escrever "Primeiros pensamentos", Hu Shi já vinha fazendo experimentos com a literatura na nova língua, que desembocaram na antologia poética *Changshiji* [尝试集] (*Antologia de tentativas* ou, simplesmente, *Tentativas*). É esse o livro lido pelo protagonista Fang Xuanchuo (*alter ego* de Lu Xun) no final do *xiaoshuo* "O Feriado dos Dois Cincos". Qian Xuantong, especializado na filologia tradicional, demonstra seu engajamento na questão da Nova Cultura, escrevendo um prefácio a *Tentativas*, publicado no 2º número do quarto volume de *La Jeunesse* (15/2/1918). Nele, Qian distingue o problema linguístico do problema literário. Por um lado, enfatiza que a unificação da pronúncia era uma necessidade ínsita à questão de *yanwen yizhi* (言文一致, mesmo termo que o adotado no Japão Meiji sobre a unificação das línguas falada e escrita), exigindo a escolha, em última instância política e criadora de dissensões, de qual dialeto chinês seria tratado como padrão para a língua chinesa como um todo. Por outro, havia uma questão literária, mais conciliadora para variantes regionais, prescrevendo-se o uso de "linguagem atual para tocar pessoas atuais". É interessante que, mesmo criticando a literatura antiga, Qian (igual a Hu Shi) contemporiza, afirmando que uma parte do cânone está escrita na língua falada de seu tempo ou contém fortes elementos de oralidade.

No 4º número do quarto volume de *La Jeunesse*, em 15 de abril de 1918, Hu lançou o segundo manifesto, "Jianshede Wenxue Geminglun" [建设的文学革命论] ("Sobre uma revolução literária construtiva"), em que avalia a influência de "Primeiros pensamentos". O termo "revolução literária" já tinha sido utilizado em fevereiro de 1917 por Chen Duxiu no panfleto homônimo "Wenxue Geminglun" [文学革命论], uma resposta a "Primeiros pensamentos" publicada no número seguinte de *La Jeunesse*. Chen não era um pensador original, mas um ativista político imbuído de fortes convicções. Neste caso, o seu "Revolução literária" está marcado pelo pensamento circular segundo o qual a Europa é grande por suas "revoluções" e que as suas literaturas são grandes pela relação existente entre o elemento "nacional" de cada uma e suas respectivas "revoluções". Ele reitera sua rejeição do Confucionismo e, malgrado o tom radical, repete o mantra de que uma parte da literatura chinesa canônica não é tão má assim, orientando-se pelos oito pontos de Hu Shi. O que distingue Chen Duxiu é a sua fixação contra a hierarquia social antiga, a "questão social" que o conduzia, passo a passo, ao Comunismo (OR, I, 202-205). Nesses termos, com "Revolução construtiva", Hu Shi busca fazer com que o debate permaneça adstrito à "literatura", ou seja, deve-se buscar uma revolução na literatura, não uma literatura da revolução. Diferente de Qian Xuantong, Hu Shi vê o desenvolvimento de uma língua-padrão nacional como inseparável do desenvolvimento da literatura chinesa. "Revolução construtiva" mostra uma preocupação com o desenvolvimento de meios técnicos para que a literatura chinesa possa produzir os mesmos feitos que a literatura europeia. Neste ponto, é válido dizer que, por ter o inglês como língua estrangeira, esse texto revela uma visão pouco orgânica da tradição europeia "continental", sem qualquer aporte do Leste Europeu e nenhuma menção aos passos dados no Japão. De qualquer forma, os "métodos" reclamados por Hu Shi envolvem desenvolver temáticas, para ele muito limitadas na literatura antiga; o segundo ponto é encontrar uma forma literária adequada aos novos temas; por fim vem definir um conjunto de campos em que se concentrem tais obras (indivíduos, situações, estados de espírito, eventos), o que possivelmente reflete uma preocupação com gêneros e tipos literários. Além dos métodos, Hu por fim debate a tradução de literatura estrangeira, o que tem a ver com a necessidade de modelos — traindo o instinto literário chinês de emular alguma coisa reverenciada (OC, I-1, 71-98). No mesmo mês em que saiu "Revolução construtiva", Zhou Shuren estava a finalizar o seu "Diário de um alienado", que viria a ser publicado no dia 15 de maio, integrando o 5º número do quarto volume de *La Jeunesse*. Dentre os vários níveis de significância deste texto fundador da Nova Cultura chinesa, vamos nos restringir ao biográfico e ao teórico-literário.

Em primeiro lugar, o "Diário" foi a primeira vez em que Shuren utilizou o pseudônimo Lu Xun. Seu amigo Xu Shouchang registra as razões para tanto. Os editores de *La Jeunesse* pediram a Shuren que escolhesse um nome artístico diferente de Xunxing [迅行], "Passos Ligeiros", um dos que vinha utilizando em suas colaborações. Por tal ensejo, ele manteve Xun [迅], "veloz", como nome e somou-lhe Lu [鲁], o adjetivo "estúpido/desastrado/rude" — dando um tom irônico (ou de oximoro) a Xun — Lu Xun, "destrambelhado elétrico". Mas Lu também era um sobrenome. Zhou Shuren deu duas razões, nomeadamente, a de ser o mesmo de sua querida mãe e, segundo, de indicar o mesmo clã que Zhou, o de seu pai. Esta era uma brincadeira erudita, pois nos inícios da dinastia arcaica de Zhou, pelo final do século XI a.C., Ji Dan [姬旦], conhecido como "Duque de Zhou" [周公], serviu como regente de seu sobrinho infante. Depois da subida ao trono, o novo rei recompensou Ji Dan com o feudo de Lu. Apesar de que Zhou Shuren continuasse a utilizar outros pseudônimos, ele terminou adotando Lu Xun como "nome pessoal", tornando-se conhecido e honrado pelos textos que escreveu sob ele.

Em segundo lugar, o "Diário" encaixa-se perfeitamente nos debates capitaneados por Hu Shi, fornecendo-nos elementos para julgar o que Shuren pensava sobre a questão da reforma linguística e, mais importante, sobre a sua visão pessoal para a nova literatura chinesa. Formalmente, o texto é redigido em duas partes, havendo um contraste entre o prefácio do editor, composto na língua clássica, e as entradas no diário do alienado, redigido inteiramente na língua nova. Num primeiro gesto de ironia, o editor qualifica o estilo do alienado como marcado por "desli-

Um mestre na periferia do comunismo

zes de melhor estilo", ao mesmo tempo que parece ser um dos homens da nova sociedade, ligeiramente familiarizado com o vocabulário da psiquiatria. O autor do diário, por outro lado, é um intelectual à moda antiga que, depois de "curado", passa nos exames e vai buscar colocação na burocracia Qing. Lu Xun também assume a língua coloquial, desprovida de adornos, pontilhando-a, contudo, com *loci classici*, dando-lhes uma finalidade irônica: não para embelezar o texto, mas para atacar o pedantismo dos intelectuais antigos e para desvelar a hipocrisia de quem usava o moralismo ortodoxo para encobrir seu interesse próprio. Todos estes elementos vão ao encontro de Hu Shi. Um outro aspecto do "Diário", porém, tem uma relação complexa com os debates então em curso, a saber, o da concepção genérica do texto. Em nosso ponto de vista, apesar de assumir elementos ádvenas no enredo e mensagem do texto, "Diário" não deixa de ser uma tentativa de atualização do gênero tradicional dos *xiaoshuo*, que lhe servia de modelo. Era isso que Hu Shi e outros partidários da Nova Literatura tinham em mente? Não é possível afirmar com certeza, tanto mais Zhou Shuren se referia à revolução literária entre aspas. Em sentido oposto, todas as partes da discussão tinham sido formadas na literatura tradicional e mesmo as mais radicais ainda acreditavam, pelo menos a esta altura, que as obras antigas, no mínimo um conjunto de obras marginais, podiam continuar a exercer algum papel. Os modelos de Lu Xun vinham dessas obras marginais e ele inquestionavelmente tentou modernizá-los.

É seguro que "Diário", enquanto primeiro *xiaoshuo* na nova língua, foi mais do que um texto eventual de *La Jeunesse*. Ele é um marco de uma nova etapa dessa publicação. Muitas mudanças aconteceram em 1918. O irmão Zhou Zuoren foi efetivado como professor do quadro da Faculdade de Humanidades, o que o transformava num integrante sênior da equipe do deão Chen Duxiu, como também eram Hu Shi, Qian Xuantong e outros. Reiteramos que esse foi o ensejo para que Zhou Shuren fosse recrutado, apesar de não pertencer ainda ao círculo da Universidade de Pequim. Desde a primeira edição de 1918, *La Jeunesse* passou, em regra, a publicar textos apenas na nova língua escrita. Além disso, um editorial publicado no 3º número do quarto volume (15 de março) explicou, retroativamente, que a revista passara, desde janeiro, a atuar com um quadro fixo de colaboradores, não estando mais aberta às contribuições externas. Em termos de conteúdo, percebe-se um intenso trabalho de tradução de literatura estrangeira, com dossiês dedicados

24. 1918, *La Jeunesse*, vol. 4, nº 5, estreia de Lu Xun com "Diário de um alienado".
25. Ilustração de Feng Zikai para o personagem Quequéu, da "Crônica autêntica...".
26. Lu Xun, "Crônica autêntica de Quequéu", página do manuscrito.

75

a grandes nomes como Henrik Ibsen (1828-1906) e August Strindberg (1849-1912), mas também à literatura de países em luta nacional — em continuidade ao projeto de trabalho dos irmãos Zhou Shuren e Zuoren. A temática política envolve temas como reforma dos costumes, enriquecida por discussões e estudos de países estrangeiros.

Isso não apenas mostra que se adotava uma linha editorial fixa, voltada para o debate sobre a Nova Cultura, mas que também seria necessário administrar diferentes concepções e prioridades dos membros. No 5º número do terceiro volume (julho de 1917), Chen Duxiu respondeu dubiamente à carta de um historiador da Universidade de Pequim, dizendo que a orientação de *La Jeunesse* era a de formar as mentes jovens e não de discutir acontecimentos políticos, com a ressalva de que "não se podia ficar calado a respeito de questões relevantes para a sobrevivência e a morte de nosso país" e de que "conhecimentos amplos que não podem ser aplicados [...] em nada diferem da situação dos que se preparavam para os exames burocráticos da velha China" (OR, I, 260-261). Como veremos a seguir, a situação política chegaria a um ponto de ebulição em 1919, expondo o conflito de interesses entre apolíticos como Hu Shi e ativistas como Chen Duxiu.

Descobrindo-se como intelectual público: o Movimento Quatro de Maio (1919)

O processo que, retrospectivamente, foi denominado de Movimento Quatro de Maio [五四运动], de 1919, está na base da narrativa sobre a construção de uma Nova China. Em si, as ocorrências do dia em causa são simples. Um conjunto de estudantes universitários, a maior parte oriunda da Universidade de Pequim, decidiu lançar uma manifestação contra o Governo de Beiyang, ostensivamente para pressioná-lo nas negociações do Tratado de Versalhes. Não era uma questão nova. Desde o início da Primeira Guerra Mundial (chamada de "Guerra Europeia" [欧战], na China), já se sabia que as autoridades chinesas estavam abertas a aceitar a transferência das possessões alemãs para o Império Japonês, a chamada "Questão de Shandong", o que de fato ocorreria por meio do artigo 156 daquele tratado. A manifestação por fim reuniu alguns "milhares" de pessoas na praça Tian'anmen e seguiu pela cidade, culminando com o incêndio da residência de um ministro. Com o passar dos dias, universitários de Xangai também aderiram ao evento. Diz-se que trabalhadores desta cidade se integraram às manifestações. O governo reagiu, prendendo uma pequena parte dos manifestantes, enquanto acenava para a opinião pública, demitindo diplomatas diretamente envolvidos na negociação, vistos pelo público como traidores filonipônicos, e se recusando, abertamente, a assinar o documento final. Secretamente, no entanto, o Governo de Beiyang deu garantias de que a "Questão de Shandong" seria cumprida. Lu Xun, tal como a esmagadora maioria dos novos intelectuais, era crítico a esse arranjo.

Por mais que se exagere o número de participantes, não é possível encobrir sua insignificância face à população de 450 milhões de chineses. Ao mesmo tempo, é difícil exagerar a importância simbólica dos eventos do Quatro de Maio como primeiro evento envolvendo homens e mulheres oriundos de instituições educacionais, algo sem precedentes na história do país. Ideologicamente, também, pois era a nova cartilha progressista da "Ciência e Democracia" que, pela primeira vez, legitimava um movimento patriótico/nacionalista, com anônimos assumindo altruisticamente um papel ativo. Além disso, embora fossem elementos de uma minúscula elite urbana, o efeito das movimentações foi potencializado através da imprensa, agora escrita na nova língua facilmente inteligível, e sua herança foi cultivada por diferentes grupos políticos. Embora não se possa dizer que os estudantes tivessem um pensamento consistente, o Comunismo chinês tem parte de suas raízes nesse movimento, pois, pelo que consta, havia a intenção de estimular associações de classe e de promover a "conscientização" dos camponeses. Essa tinha sido a agenda de Li Dazhao, divulgada junto aos pouco numerosos colaboradores e seguidores que tinha.

É revelador que o Marxismo (e Comunismo) chinês também seja um produto da Universidade de Pequim e de *La Jeunesse*. Nesse tema, é preciso dizer algo sobre Li Dazhao (李大钊, 1889-1927). Oriundo de uma família de aspirantes à burocracia, ele conseguiu ser aprovado no primeiro nível dos exames imperiais. Nas repetidas vezes em que tentou, sem sucesso, obter a segunda titulação, ele ingressou numa academia do novo regime, voltada para os estudos de direito e política. Em 1911, ingressou no chamado "Partido Social", que logo foi proibido. Fugindo para o Japão, assumiu o ativismo anti-Beiyang na imprensa e se aproximou do patrono Zhang Shizhao. Em 1918, assumiu funções administrativas na biblioteca da Universidade de Pequim, por recomendação de Zhang, que

Um mestre na periferia do comunismo

também apresentara Chen Duxiu ao reitor Cai Yuanpei. Além de provirem da mesma facção, Li Dazhao e Chen Duxiu tinham muito em comum pessoalmente, por exemplo o fato de que foram agitadores e panfletistas da imprensa antimanchu em jornais radicais e de que buscaram asilo no Japão, onde organizaram suas atividades. Diz-se que Li Dazhao era um grande orador. Dois de seus discursos sobre a "Revolução na Europa" foram publicados no 5º número do quinto volume de *La Jeunesse* (15 de novembro), o segundo dos quais, "Buershiweizhuyide Shengli" [布尔什维主义的胜利] ("Vitória do Bolchevismo"), celebrizou-se como o primeiro texto do Marxismo chinês. Sua ideia central é a de que a rendição alemã, portanto, a vitória na Primeira Guerra Mundial, deveria ser atribuída não às armas, mas ao despertar da consciência popular, com atenção para o papel do Bolchevismo, que Li não só relacionava em sentido estrito ao socialismo e ao trabalhismo, mas também retoricamente à liberdade, à democracia e até ao pacifismo. Li percebia um papel ecumênico para a revolução social em curso na Alemanha e na Rússia, na medida em que considerava a queda dos Hohenzollern e dos Románov como um fato significativo também para a China, cujas tentativas de restauração, primeiro com Yuan Shikai e, depois, com Zhang Xun, caíram no vazio. O que distingue esse texto de outros congêneres é que ele transparece maior clareza doutrinária, refinada por estudos que Li Dazhao começará a realizar, ao longo de 1919, sobre Marx e a situação russa. Desta forma, a metade final do discurso é didático-programática, resumindo alguns pontos básicos do Marxismo e indicando, claramente, a existência de um conflito de princípios entre o Capitalismo e o Socialismo, culminando com a utopia histórica de união entre os povos e destruição das barreiras nacionais (OC, II, 258-263).

Ficava no ar a questão de qual o papel a ser exercido pela Rússia Vermelha (futura União Soviética) nesse processo. Tradicionalmente, a Rússia era vista com desconfiança pelos intelectuais chineses, sendo um outro império com que Qing possuía uma longa fronteira comum. Durante o início do período republicano chinês, o Império Tsarista possuía uma série de conflitos de interesse, por exemplo seus privilégios na Manchúria, a participação na Aliança das Oito Nações, o controle da Ferrovia do Leste de Qing, entre outros. Num primeiro momento, a ascensão do Japão foi vista positivamente, como um contrapeso às ameaças territoriais russas. A situação mudou quando o imperialismo japonês se tornou uma ameaça mais grave, já que o Japão entrou na Primeira Guerra

Mundial ao lado dos Poderes Aliados, e a Rússia, sob uma série de conflitos intestinos, retirou-se do conflito. Num capítulo bem conhecido da história contemporânea, os bolcheviques, vendo-se invadidos pela Alemanha, assinaram o tratado de Brest-Litovsk e se isentaram das obrigações que a Rússia assumira anteriormente para com os Poderes Aliados. Sob o cálculo de evitar que a Rússia caísse nas mãos das Potências Centrais, os Aliados decidiram intervir na Guerra Civil russa, apoiando os Brancos. Isso teria profundas consequências geopolíticas, prefigurando as relações entre o Ocidente e a República Popular da China na Guerra Fria. Do ponto de vista chinês, a "partilha" feita em Versalhes reforçaria a percepção de que a Rússia Vermelha não apenas carecia dos mesmos interesses predatórios, mas sua revolução social também tinha sido ameaçada pela ingerência e ocupação estrangeira. Os Vermelhos, por sua vez, acenavam amizade para com a China ao mesmo tempo que reforçavam a propaganda comunista, cooptando importantes aliados dentre os intelectuais.

Pelo final de 1918, Li Dazhao tinha organizado um grupo de estudos informal sobre a doutrina marxista. Na verdade, o Marxismo surgiu como um avanço natural de seus interesses. Seus escritos anteriores mostram que ele já vinha acompanhando a situação do movimento trabalhista europeu e a atuação dos partidos socialistas e social-democratas em países industrializados (OC, II, 123-139). Como Chen Duxiu, Li idolatrava a Revolução Francesa e já tinha estabelecido uma relação entre ela e as transformações na Rússia (OC, II, 225-228). Ainda no espírito de "Humanismo" que precedeu o dogmatismo cada vez mais rígido da propaganda soviética, textos desse ano chamam a atenção para o vínculo existente entre a literatura russa e sua revolução (OC, II, 233-241), o que se tornou um importante contributo para a cultura chinesa no médio prazo. A literatura do vizinho setentrional, tanto revolucionária como realista-social, progressivamente se tornaria a mais importante influência estrangeira nas décadas a seguir, eclipsando o estudo das obras vindas da Europa Ocidental e do Japão.

Em resposta à crise política de 1919, Chen Duxiu e Li Dazhao entregaram-se à luta partidária. Ambos vinham encorajando os seus estudantes a participarem diretamente dela e a irem conhecer a realidade social no campo. A imprensa foi mobilizada, direcionando-se o hebdomadário *Meizhou Pinglun* [每周评论] (*Comentário Semanal*), criado no fim de 1918, para a discussão de acontecimentos políticos — Hu Shi também era membro da comissão editorial, logo, não havia pureza ideológica. Junto com o jornal *Chenbao* [晨报] (*The Morning Post*), os dois serviriam como plataformas de divulgação do pensamento de esquerda na China, mesmo que não se assumissem comunistas. No processo de eclosão do Movimento Quatro de Maio, os textos de Li Dazhao adquirem um tom mais urgente e partidário, soando, para os convertidos, como declarações proféticas a respeito da Revolução Vermelha (OC, II, 357). Deste período resulta o influente texto "Wode Makesizhuyiguan" [我的马克思主义观] ("Minha visão do Marxismo"), dividido em duas partes e publicado em *La Jeunesse* (OC, III, 15-51). As teses mais importantes de Karl Marx vêm resumidas com clareza sem precedentes. Em maio, um número especial, dedicado formalmente ao "Dia do Trabalho", enfatiza a doutrina do Marxismo (5º número do sexto volume). No campo da ação política, a participação em pessoa de Chen Duxiu teve o resultado de dar uma cara ao movimento, embora lhe custasse um alto preço e precipitasse a marginalização dos radicais de esquerda face à que seria tratada como a ala "burguesa" da Nova Cultura. Em março de 1919, Chen Duxiu perdeu seu cargo de Deão de Humanidades (o reitor Cai cancelara essa posição na Universidade). Depois de ser preso em junho, ao distribuir panfletos subversivos, Chen descobriu que foi demitido da Universidade de Pequim ao sair do cárcere. O *Comentário Semanal* foi fechado temporariamente pelo governo em setembro e ficaria sob a supervisão de Hu Shi ao reabrir. Chen Duxiu se radicaria na concessão francesa de Xangai, de onde continuaria o trabalho editorial de *La Jeunesse* e desenvolveria os contatos com a Comunista Internacional para lançar as bases de seu braço chinês. Ele estaria no foco da articulação de células comunistas chinesas e seria aclamado secretário do Partido Comunista chinês em sua fundação, no ano de 1921.

Esses detalhes sobre a facção marxista ajudam não apenas a antecipar o significado do Quatro de Maio no longo prazo, mas também a situar Zhou Shuren em 1919. Durante esta etapa, sua participação resumiu-se à produção de textos, nos mesmos moldes da parceria que estabelecera originalmente com *La Jeunesse*, *Comentário Semanal* ou *The Morning Post*. Não há registro de que tenha participado de estudos marxistas, nem de que tenha se posicionado face à Revolução de Outubro ou ao Partido Bolchevique. Ainda que, de forma ampla, não desaprove os movimentos sociais, é notável que ele reitera, vez e vez, sua simpatia para com o sofrimento e sacrifício dos ativistas — tomados individualmente.

E que ideias Zhou Shuren representava na equipe editorial de *La Jeunesse*? Os indícios mais elucidativos são um conjunto de 27 textos que ele publicou na coluna "Suiganlu" [随感录] ("Pensamentos aleatórios") entre setembro de 1918 (3º número do quinto volume) e novembro de 1919 (6º número do sexto volume), portanto cobrindo todo o processo pré- e pós-Quatro de Maio. Essa coluna tinha sido criada por Chen Duxiu em abril de 1918, cujos três primeiros textos concerniam, respectivamente, a: uma denúncia dos grupos que advogavam a Guocui [国粹] ("Quintessência da Cultura Nacional"), em que se encontrava o mesmo Zhang Binglin cujas aulas Shuren participara no Japão; uma apologia críptica da Assembleia Nacional no contexto de suas relações com a Presidência do governo de Beiyang; uma defesa da Universidade de Pequim por haver criado cursos dedicados ao estudo do "teatro/ópera/poemas cantados" Qu da dinastia Yuan (OR, I, 298-301). Esses exemplos prefiguram o caráter polêmico da coluna, que servia de palanque para que o grupo de *La Jeunesse* defendesse sua agenda contra os adversários. Enquanto Chen Duxiu normalmente soa dogmático e cheio de razão, Zhou Shuren prova-se um polemista mais interessante, argumentando *via negativa*, com ironia acerba e talento para desmoralizar os inimigos, não raro submetendo-os ao ridículo. Esses textos de Shuren, conhecidos em chinês como *zawen* [杂文] (lit. "prosa miscelânea", de certa forma afins ao nosso gênero literário da "crônica"), respondem por uma parte essencial de sua carreira de escritor, mesmo que não sejam tão atraentes se lidos fora de seu contexto cultural, de seu tempo e de sua língua original.

Vistos separadamente, os "Pensamentos aleatórios" são textos de ocasião a respeito de um conjunto variado de temas, cujo movimento acompanha os interesses pessoais de Shuren. No entanto, há o *leitmotiv* d'"A Questão". Ele critica a "identidade chinesa" por meio da reflexão objetiva e imparcial sobre o significado de ele próprio pertencer à cultura sínica, com todas as suas idiossincrasias. Ele via com clareza que a realidade histórica refutava a narrativa chinesa que preponderou como "Verdade" ao longo de milênios. Segundo ela, a "China" (entendida como um sistema político e social multimilenar) era o centro de onde irradiava a civilização, distinguindo-a dos bárbaros, habitantes da periferia que tinham instituições e vida material inferiores, aos olhos da elite chinesa. Mesmo sob a complexa situação de fins do século XIX, uma parte da sociedade chinesa, especialmente membros da elite intelectual, continuava apegada atavicamente aos seus preconceitos de superioridade, tentando redescobrir em sua tradição motivos para justificar o orgulho recalcado de serem chineses (OC, I, 327-332 e 352-353). Embora essas pessoas conseguissem ver com seus olhos que a verdade era diferente, ninguém ousava tocar na ferida (mesmo alguém como Chen Duxiu e Li Dazhao). O que transformaria Zhou Shuren num símbolo cultural é a sua coragem ímpar de verbalizar esse trauma profundo e submetê-lo a um exercício de análise sem precedentes na história chinesa.

A matriz intelectual de "Pensamentos aleatórios" continua a ser o cientificismo evolucionista (Darwinismo Social), de cujo ponto de vista Zhou Shuren interpreta as ideias de Nietzsche (OC, I, 340-343). No entanto, o Evolucionismo é empregado de forma invertida, irônica, como advertência contra os compatriotas chineses que, ao ver de Shuren, estão apegados a uma mistura de coletivismo, no que diz respeito à conformidade social (OC, I, 356-359), e individualismo, ou seja, um instinto de autopreservação que inviabiliza o sentimento de empatia fora dos grupos consanguíneos e de *amicitia* (OC, I, 382-385).

É indispensável assinalarmos que, mesmo após o Quatro de Maio, não há grandes guinadas de pensamento nos escritos de Zhou Shuren, o que não significa insensibilidade. No 6º número do sexto volume, que saiu em novembro de 1919, Shuren traduz uma seção comovente do *shōsetsu* "Para os jovens" de Arishima Takeo (有島武郎, 1878-1923), escritor da chamada "Escola Shirakaba" [白樺派] (Escola das Bétulas Brancas), que voltaremos a mencionar. A conclusão do texto é a de que os jovens devem persistir em sua busca da verdade, apesar das dificuldades. Seus pais fracassaram, "não tendo sabido amá-los verdadeiramente", sendo preciso que a nova geração "salve os mais velhos de sua própria solidão" (OC, I, 380-381). O último "Pensamento aleatório" desse período conclui com uma reflexão sobre a morte hipotética de um desconhecido qualquer, observando que ela só causa dor a um círculo pequeno de pessoas próximas, passando despercebida à medida que o âmbito de visão se amplia até chegar à raça/nação. Num último golpe de ironia, "Lu Xun" aparece no texto como interlocutor do pseudônimo sob o qual Zhou Shuren escrevia, corrigindo-o ao dizer que a falta de empatia é uma verdade "por Natureza", mas é falaciosa "pelo que o homem deve ser enquanto ser humano" (OC, I, 386-387). Esse tipo de Humanismo/Humanitarismo está claro em outros textos desse número, como quando Zhou Shuren enfatiza, em meio à grave crise internacional e arroubos de nacionalismo, que "apesar dos pesares, o pensamento estrangeiro que hoje [chega em nosso país] nunca deixou de irradiar um espírito de igualitarismo e liberdade [inexistente em nossa própria cultura]" (OC, I, 373). Outra peça no mesmo número da revista incita os leitores a sacrificarem seu senso de autoimportância e a refletirem sobre sua condição, resistindo à tendência de sempre culparem outrem (OC, I, 376). O destinatário dessas mensagens, não mencionado, parece ser a sociedade chinesa como um todo. Se colocarmos essas palavras no contexto da crise de 1919, damo-nos conta da originalidade (e do isolamento) de Zhou Shuren.

LITERATUR ALS BERUF:
CONSOLIDANDO UM PERFIL
INTELECTUAL E ESTÉTICO (1920-1922)

A despeito do recrudescimento da conjuntura nacional, os anos de 1920-1922 marcam uma reorientação positiva da carreira profissional de Zhou Shuren. É o início de sua etapa mais profícua, que testemunha a redação da maioria dos *xiaoshuo* posteriormente incluídos em *Grito*, com destaque para "A-Q Zhengzhuan" [阿Q正传] ("Crônica autêntica de Quequéu, um chinês"), o texto serializado que garantiria fama internacional a Lu Xun. Também se destacam as primeiras traduções de fôlego, agora com finalidade comercial, que não deixam de ser contribuições relevantes para a difusão da literatura estrangeira na China. O fato de que Lu Xun e, honrosamente, seu irmão Zhou Zuoren não são lembrados como grandes tradutores deve-se à mudança de gosto literário na China a partir da década de 1930. A velha geração, representada por Lin Shu (林纾, 1852-1924), tinha sido marcada por sua diferente visão de mundo, em que textos estrangeiros eram domesticados segundo os padrões estético-estilísticos da língua clássica. Justamente por tal motivo, agravado pelo fato de não conhecer nenhum outro idioma além do chinês, Lin tinha se tornado um alvo de *La Jeunesse* em sua luta pela língua coloquial. Um terceiro aspecto da reorientação é que Zhou Shuren voltou à cátedra universitária, desta feita para ensinar matérias mais adequadas às suas inclinações.

Esse período tem como pano de fundo a reunião do clã Zhou em Pequim sob um mesmo teto. Com ele e o irmão Zuoren bem estabelecidos na capital, Zhou Shuren decidiu alugar uma mansão no número 11 de Badaowan, próximo ao portão de Xizhi, pelo final de novembro de 1919. Esse será o palco de algumas das últimas estórias de *Grito*, intituladas "Tu he Mao" [兔和猫] ("Sobre coelhos e gatos") e "Ya de Xiju" [鸭的喜剧] ("(Tragi)comédia dos marrecos"). No início de dezembro, Shuren partiu para Shaoxing, onde permaneceria algumas semanas antes de voltar trazendo a mãe, o irmão caçula, as cunhadas e seus sobrinhos. Ele imortalizaria os pensamentos e sensações desta sua última passagem pelo lugar de seu nascimento em "Guxiang" [故乡] ("Minha terra"). A nova mansão de Pequim seguia o desenho do *siheyuan* [四合院], diferentes em termos arquitetônicos da mansão em que Shuren crescera. Os *siheyuan* não são prédios enfileirados, um de frente para as costas do outro, à maneira dos *taimen* de Shaoxing, mas casas muradas, dispostas nos quatro lados de um pátio central. Desta forma, ele e a mãe (mais a esposa enjeitada Zhu An) viviam num prédio; o irmão Zhou Zuoren e a esposa Habuto Nobuko viviam ao lado com o filho; o caçula Zhou Jianren e a esposa Habuto Yoshiko viviam nos fundos.

Chegando a este ponto, vale falar um pouco sobre o irmão caçula, Zhou Jianren (周建人, 1888-1984), que teve a vida menos movimentada dos três. Até então, ele tinha permanecido na sombra dos dois irmãos. Depois de estudar em Nanquim, regressou a Shaoxing para cuidar da mãe, enquanto realizava trabalho docente nas escolas públicas locais. Como disséramos, ele casou-se com Habuto Yoshiko (羽太芳子, 1897-1964), a irmã da cunhada, que a viera ajudar e, certamente, também para dar mais familiaridade à sua vida desenraizada no exterior. É certo que Jianren não possuía uma língua em comum com sua esposa. Depois de sua ida a Pequim, ele atuou como secretário nos projetos dos dois irmãos mais velhos. Não conseguindo colocação na Universidade de Pequim, terminou beneficiado com um emprego de editor na Commercial Press em Xangai, mais provavelmente por influência de Zhou Zuoren. Essa editora seria uma importante parceira nos projetos dos Zhou. Note-se que a esposa de Jianren permaneceu em Pequim, donde a separação de fato, que traria graves tensões familiares. Enquanto chefe da família, a responsabilidade de intermediar os conflitos cabia a Shuren.

Reconhecida a maior produtividade e brilhantismo de Zuoren na tradução, os três irmãos Zhou agora formavam uma equipe editorial que dinamizaria o trabalho que até então tinha sido divulgado a granel, especialmente em artigos de *La Jeunesse*. É interessante registrar quais os autores envolvidos, para termos presentes as influências e preferências

27. Pequim, Badaowan, nº 11, onde Lu Xun residiu com a família estendida a partir de 1919.
28. Lu Rui, mãe de Lu Xun.
29. Zhu An: a esposa de Lu Xun escolhida pela mãe.

literárias de Zhou Shuren. Podemos tomar como exemplos representativos duas coletâneas, *Xiandai Xiaoshuo Yicong Diyiji* [现代小说译丛 (第一集)] (*Antologia de contos modernos*, vol. I), publicada em maio de 1922, e *Xiandai Riben Xiaoshuoji* [现代日本小说集] (*Antologia de shōsetsu modernos do Japão*), publicada em junho de 1923. Ambas foram editadas pela Commercial Press, trazendo na capa o nome de Zhou Zuoren.

Uma rápida leitura do índice da primeira obra mostra que sua visão editorial é semelhante à *Antologia de contos de regiões estrangeiras*, que saiu em 1909 (e foi reimpressa em 1920). O prefácio, escrito por Zuoren, reitera os objetivos de divulgar as "letras e artes" de outros países ainda pouco conhecidas na China, sob a crença de que nenhuma cultura goza de estatuto hegemônico. Mesmo assim, o prefácio declara sua "simpatia por aqueles indivíduos e nações que 'foram humilhados e prejudicados'", o que também acena para as convicções de 1909, documentando tal simpatia com criações de autores da Tchéquia, Bulgária, Polônia, Finlândia, Grécia, Espanha, etc.

É significativo que os autores russos venham em primeiro lugar e que Shuren tenha traduzido a maioria deles. Mais significativo ainda é o fato de que se confirma o interesse por Leonid Andrêiev, Anton Tchekhov e Mikhail Artsybáchev (1878-1927), com dois contos cada. Em 1921, Zhou Shuren traduziria, para a Commercial Press, a novela *Rabotchii Cheviriov* (*O operário Chevirióv*), com um importante prefácio teórico em que declara sua simpatia pela atitude estética que chama de *xieshizhuyi* [写实主义] (TC, I, 137-140). *Xieshizhuyi* tanto pode ser interpretado como "Realismo", indicando de forma vaga as linhagens realista/naturalista-simbolista/expressionista europeias, como pode ser associado ao *shajitsu shugi* japonês (写実主義, os mesmos ideogramas são utilizados). No plano ideológico, acentue-se que Shuren relaciona o "anarquismo individualista" de Artsybáchev a Nietzsche e Max Stirner (1806-1856), autor de *O único e sua propriedade*. É importante atentarmos para a linhagem específica das referências: não é "anarquismo" político, mas um resultado lógico da autossuficiência individual. Em junho e setembro de 1920, Zhou Shuren publicou duas traduções do "Prólogo" de *Assim falou Zaratustra* na revista *Xinchao* [新潮] (*La Renaissance*), uma revista de estudantes da Universidade de Pequim, pelo que parece mais afim à atitude de Shuren (TC, VIII, 72-89). Também se destaca uma influência literária: como Nietzsche e Stirner, os protagonistas de *Grito* revelam um complexo psicológico em que o isolamento social gera *taedium vitae*, podendo se desdobrar em alienação, megalomania e loucura.

Via de regra, a crítica especializada hoje classifica os autores russos que despertaram o interesse dos irmãos Zhou como pertencentes à Era de Prata, um momento de transição entre os grandes romancistas da Era Dourada e a vanguarda modernista da segunda década do século XX. Em termos político-ideológicos, foi uma geração marcada pelo processo compreendido entre o assassinato do tsar Alexandre II e a Revolução de 1905. Politicamente, é uma geração que mistura revolta e passividade, sendo conservadora em termos éticos. Esses autores tinham um perfil individualista e desengajado, nenhum dos quais podia ser considerado de esquerda, sem que se fizesse tantas concessões a ponto de o termo "esquerda" querer dizer qualquer um que se opusesse ao *status quo*. Na verdade, tanto Andrêiev como Artsybáchev, ostensivamente os mais visados por Zhou Shuren, eram hostis ao bolchevismo. Em termos mais pessoais, esses dois autores são uma reiteração de Gógol, outra influência fundamental de Lu Xun com quem se pode identificar afinidades relevantes. Não obstante alcançarem fama literária (e mesmo sucesso financeiro) em alguma altura, continuam a ser *outsiders*, seja em termos de classe, origem social, convicções religiosas, etc.

A história e a crítica literária chinesas enfatizam que a literatura "ocidental" (incluindo a russa) foi mais importante no desenvolvimento literário de Lu Xun. Em sentido estrito, a evidência que temos vai no sentido contrário, de que a literatura japonesa é muito mais essencial para os dois irmãos do que as leituras russas como um todo. É certo que a literatura russa influenciou profundamente as primeiras gerações de escritores japoneses da era Meiji, seja no que toca às criações dos pioneiros, seja na concepção moderna dos *shōsetsu* japoneses, seja em temas específicos, por exemplo a influência de Turguêniev sobre o tratamento da vida emocional masculina. Essa influência, contudo, diluiu-se progressivamente, já que os escritores maiores de Meiji dialogam mais de perto com as literaturas europeias "hegemônicas" e também essas influências se perdem no caráter genuinamente nacional das criações nipônicas.

De qualquer maneira, a *Antologia de shōsetsu modernos do Japão* serve de prova de que os irmãos Zhou foram formados por aquela tradição literária. O título da obra é o único na produção de até esse momento que destaca um único país. No prefácio, Zhou Zuoren saúda os méritos dos artistas nipônicos: "Não precisamos justificar a organização des-

Um mestre na periferia do comunismo

te fascículo, pois, no século XX, os *shōsetsu* japoneses vivenciaram um desenvolvimento espantoso. Não apenas são a essência da literatura de seu povo, mas muitas obras renomadas também possuem uma significância mundial, podendo serem comparadas às [melhores] letras e artes da Europa moderna" (TC, IX, 255). Não há motivos para duvidarmos que Shuren estaria de acordo. Com extensão comparável à da *Antologia de contos modernos*, a *Antologia de shōsetsu* revela não só a intimidade que os irmãos Zhou tinham com os autores, pequenos e grandes, mas também o conhecimento no nível de história literária, das tendências vivas no período em causa.

A *Antologia de shōsetsu* seleciona quinze autores, um conjunto representativo do que havia de melhor na literatura japonesa de então, embora vários deles hoje sejam conhecidos apenas entre especialistas. Zhou Shuren traduziu os três personagens vistos como centrais no cânone: Natsume Sōseki e Mori Ōgai, representando as duas grandes matrizes da escrita japonesa ao longo de sua idade dourada, e Akutagawa Ryūnosuke, um precoce artista idiossincrático no sentido próprio do termo "gênio". Além desses, Shuren traduziu também Eguchi Kiyoshi (江口渙, 1887-1975) e Kikuchi Kan (菊池寛, 1888-1948), dois escritores então ainda no início de suas carreiras, próximos de Akutagawa. Enfatize-se que Eguchi é uma das raras influências de Lu Xun neste período que tinha convicções socialistas, tendo ingressado numa das iterações do Partido Comunista japonês. Mais importante que os dois, influências menores, talvez seja Arishima Takeo, já mencionado, pelo fato de ser membro da "Escola de Shirakaba". Dos quinze autores da *Antologia de shōsetsu*, cinco são personagens fulcrais dessa escola, inclusive o patrono Mushanokōji Saneatsu (武者小路実篤, 1885-1976), de quem Lu Xun traduziria obras de mais longa extensão. Para dar um exemplo deste período, em 1922, Shuren publicou o guião da peça pacifista *Aru seinen no yume* [ある青年の夢] (*Sonho de um jovem qualquer*), pela Commercial Press (TC, I, 299-438).

Na literatura japonesa do período final da era Meiji percebem-se temas basilares para a escrita de Lu Xun, nomeadamente a questão do indivíduo com foco na experiência social, privada e pública. Não está longe da verdade que todas as tendências do *shōsetsu* seguem a agenda fundadora de explorar a *persona* do escritor, partindo da longa maré do *shizen shugi* [自然主義], o "Naturalismo" japonês. De forma esquemática, os japoneses parecem ter se dividido entre partidários de Émile Zola

(1840-1902) e Guy de Maupassant (1850-1893). Diferentemente de sua contrapartida zolaniana, que tanto serviu de modelo como de antimodelo, o *shizen shugi* não é cientificista. A "desilusão do mundo" de Maupassant possui profundas afinidades como o *mono no aware* [物の哀れ], o tradicional senso japonês de melancolia pela transitoriedade das coisas. No Japão, o efeito principal do "Naturalismo" foi o de retirar o tabu de certos aspectos da existência humana, por exemplo o do desejo sexual, e o de abrir espaço para reflexões contrárias ao consenso oficial, por exemplo sobre a Natureza, provocando uma certa tensão com os interesses urbanos, tecnológicos e militaristas da modernização patriótica e coletivista.

No entanto, o que também se aplica à literatura chinesa dos anos 1920, é preciso matizar a ênfase sobre os estilos de época ("-ismos"), vetores da influência europeia, com o papel típico dos grupos literários conhecidos em japonês como "escolas" (ha [派]). Nesse contexto, embora Ōgai seja mais relacionável ao *shizen shugi*, Sōseki é um adversário de tal tendência, cujas obras representam uma tripla reflexão crítica: do eu, do Japão moderno e de suas influências ocidentais. Ōgai e Sōseki são mais facilmente definíveis por seus estilos individuais e pela influência que causaram do que por um movimento estético em particular. O mesmo se aplica a Akutagawa, em quem vida e arte se misturam, gerando um fascínio extraliterário em seu público. Já a "Escola de Shirakaba" fazia oposição aberta ao *shizen shugi*, usando sua própria revista literária para se afirmar na margem da literatura acadêmica e comercial que então dominavam o *mainstream*. Seus autores, assumidamente diletantes, tinham um grande fascínio pela arte ocidental do impressionismo tardio e pela literatura do pós-simbolismo.

Esse breve relato configura a genealogia intelectual e artística de Lu Xun no período em epígrafe. De forma geral, assim como os autores russos, a literatura japonesa deixou marcas visíveis em *Grito*. Como uma leitura atenta da obra revela, todos os protagonistas são indivíduos deslocados de seu grupo e normalmente tratados como *outsiders*, o que prova a rejeição sumária do coletivismo, da mesma maneira que exclui a possibilidade de se encontrar um meio-termo na busca da afirmação do eu. Embora seja explorada de diversas formas, a angústia existencial e o sentimento de solidão são temas centrais em Sōseki, da mesma forma que em Vsiévolod Gárchin (1855-1888) ou Fiódor Sologub (1863-1927). O Humanismo/Humanitarismo, aqui entendido como simpatia natural pelo gênero humano e o desejo de viver com benevolência, é um contributo frontal da Escola de Shirakaba e pode ser encontrado em Tchekhov, muito embora apareça invertido nas estórias de *Grito*. De fato, às vezes é mais fácil encontrar influências invertendo-as, como expectativas frustradas. Por exemplo, a "Crônica autêntica de Quequéu" é afim artisticamente a *Botchan* [坊つちやん] (*Doutorzinho*) de Sōseki; porém, em vez de sentirmos simpatia bem-humorada pelo protagonista, em Quequéu prevalece o sorriso amargo de recalques mal escondidos. Lu Xun recorre com frequência ao bizarro ou ao humor negro para aliviar o sentimento de alienação e opressão pela maioria, o que sugere a admiração por estilos adeptos do grotesco, como o de Gógol, Andrêiev ou Akutagawa. Com efeito, o niilismo do escritor chinês justifica-se pelo total estranhamento que sentia entre os seus, o que não só se manifesta num círculo tão amplo e abstrato como o da "nação", algo que o aproxima de Artsybáchev em sua ojeriza pelos movimentos revolucionários, mas sobretudo no estranhamento que ele devia sentir em sua própria família, prenunciando as rupturas dos anos seguintes. Um problema importante é o de que, passado dos quarenta anos, Lu Xun não convivia com a esposa, e seus conflitos internos sobre a vida carnal estão documentados, obliquamente. Esse era um tabu na China, mas constituía um tema importante da literatura japonesa. Os autores favoritos de Lu Xun foram consistentemente infelizes no casamento. A Escola de Shirakaba oferece as soluções mais próximas do temperamento de Lu Xun, com Mushanokōji, preferido de nosso autor, notabilizando-se por seu puritanismo, e Arishima que, mesmo abandonando o Cristianismo, preferiu buscar sublimação da carne.

Argumentáramos que as criações literárias de Lu Xun não teriam sido possíveis sem a sua significativa produção acadêmica no campo da literatura tradicional. No período em discussão, surgiu a oportunidade de organizar e sistematizar todos esses conhecimentos. Em agosto de 1920, Zhou Shuren foi contratado para dar aulas na Universidade de Pequim e, a partir de janeiro do ano seguinte, na Gaodeng Shifan Xuexiao [高等师范学校] (Escola Superior de Educação). Tal foi o ensejo para o curso que repetiria até o final de sua vida, sobre a história dos *xiaoshuo* (aqui, num sentido amplo e diacrônico, a ficção em prosa) durante o período imperial. Junto do "teatro/ópera" (uma tradução aproximada do chinês *xiqu* [戏曲]) que surgiu no período imperial, os *xiaoshuo* eram uma parte marginal da literatura chinesa pré-moderna. Uma das conquistas da Nova Cultura foi a de valorizar a periferia do cânone e, nesse sentido, Shuren foi uma figura de grande importância para mapear um campo de dois mil anos que, pela ênfase do "Classicismo" ingênito à intelectualidade chinesa, permanecera quase virgem, a não ser como passatempo de curiosos ou fracassados na carreira burocrática. Logo no início do curso sobre *xiaoshuo*, já existia uma apostila mimeografada. Em 1923-1924 veio à lume a primeira edição. O processo de composição concluiu-se em 1935, com um longo tratado que acumulara nada menos do que dez edições, hoje ocupando as páginas 1-307 (em português, teria entre o dobro e o triplo da extensão) do volume IX de suas *Obras completas*.

Sem termos acesso ao material elaborado até 1922, podemos apenas destacar o que nos parecem ser os dois pilares da doutrina luxuniana do *xiaoshuo*. Em primeiro lugar, o trabalho acadêmico sobre as fontes, que revela as mesmas características da filologia do final do período Qing, assentada sobre uma concepção tradicional de "história", nomeadamente, subordinando a literatura à sucessão de períodos dinásticos. Desta forma, consoante o temperamento chinês, os dois mil anos de *xiaoshuo* não configuram uma transformação como a que separa os protorromances helenísticos dos romances burgueses da Inglaterra do século XVIII. Antes, há um "desenvolvimento para dentro", conforme um conjunto de gêneros e subgêneros existentes em cada época. O segundo pilar é o da influência estrangeira, que se manifesta no campo da crítica literária. Para ficarmos com dois exemplos, Shuren foi capaz de associar conceitos ocidentais, como "mitos" (*shenhua* [神话]) e "lendas" (*chuanshuo* [传说]), às narrativas arcaicas chinesas, por um lado justificando o surgimento dos *xiaoshuo* e, interpretamos, legitimando a literatura chinesa como porção da "literatura universal". O segundo exemplo é o do emprego de ferramentas de crítica literária para a discussão das qualidades formais das obras. Nas entrelinhas, nota-se o interesse no *xieshi zhuyi/shajitsu shugi* — o "Realismo" sino-nipônico, destacando questões de enredo, caracterização, etc., muito diferentes do antiquarismo e casuísmo dos críticos Qing.

Além do curso sobre *xiaoshuo*, também se sabe que Zhou Shuren lecionou, por esses anos, uma introdução à estética. Nesse caso, ele adotou como material o livro *Kumon no shōchō* [苦悶の象徴] (*Símbolos da agonia*), uma obra inacabada de Kuriyagawa Hakuson (厨川白村, 1880-1923) que Shuren traduziria em 1924. Também formado como professor de inglês, Kuriyagawa manteve uma relação de pupilo sob Sōseki. Ele perdeu a vida tragicamente no Grande Terremoto de Kanto, quando entrava na fase mais promissora de sua carreira. *Símbolos da agonia* revela uma profunda influência ocidental, situando-se nas fronteiras do ultrarromantismo e do simbolismo. O livro começa com uma teoria da criação artística, descrita como interação de duas forças, o conflito entre eu e o mundo, luta que gera angústia e busca de sentido. A seguir há uma teoria da apreciação, completamente centrada no "eu" e na busca de uma comunhão entre dois indivíduos: o artista e seu destinatário. Kuriyagawa então discute algumas das "questões fundamentais" das "letras e artes": o poeta como profeta; "Idealismo" e "Realismo"; uma discussão de "Kubi Kazari" [頸かざり] (tradução de "La parure", conto de Maupassant); uma exploração psicanalítica da inspiração; a relação entre moralidade e arte; por último, uma discussão dos limites em que os prazeres carnais (álcool e desejo sexual) podem gerar *joie de vivre*, ainda que efêmeros, não estando em contraposição, em essência, com o ideal "correto" de *art pour l'art* (em francês no original). Por último, Kuriyagawa discute duas possíveis origens para a literatura, contrastando uma visão funcionalista, centrada na oração e no trabalho braçal (o *ora et labora* de São Benedito), com uma abordagem antropológico-psicanalítica do *breakthrough* vivenciado pelo homem primitivo que se dá conta do universo abstrato dos mitos (OC, II, 135-236).

É possível sabermos como Zhou Shuren era enquanto professor. Ele não gostava particularmente de dar aulas, nem se mostrava tão diferente de seus colegas em termos da relação mestre-aluno. As lembranças de estudantes marcam Shuren como uma pessoa sisuda e pouco aproximável. Diferentes testemunhos identificam-no por dois tipos de atitude, que ainda são perceptíveis nos professores chineses de nossos dias. Uma delas era a de ler para a classe as suas notas de leitura mecanicamente, sem grande atenção para o público. A outra atitude era a de deixar o material de lado para monologar sobre questões avulsas. Os alunos nem sempre entendiam o que ele estava a dizer. De qualquer maneira, nada disso soa a crítica em seu contexto. Aos nossos olhos, o estilo de ensino chinês não envolve muita interação com os alunos, cujo interesse é o de se dedicar, com toda seriedade, à memorização dos materiais e às provas.

Não sendo um professor entusiástico, permanece a questão dos motivos para esse redirecionamento. Note-se que na mesma altura de 1920 em que Zhou Shuren voltou à cátedra, Xu Shouchang tinha sido transferido para a província sulina de Jiangxi [江西], onde foi promovido a diretor-geral do Departamento de Educação provincial. Concomitantemente, Xu também se envolveu na política universitária, como reitor da Nüzi Shifan Daxue [女子师范大学] (Universidade de Educação para Moças), em Pequim. Zhou Shuren viria a assumir cargo de professor lá também, a partir de 1923. O reposicionamento talvez tenha a ver com uma movimentação de bastidores do grupo a que pertence. O Kuomintang foi fundado oficialmente em 10 de outubro de 1919 em Xangai e essa passagem pelas universidades pode ser interpretada como parte da lenta organização do regime contestatário a Beiyang. Sun Yat-Sen criaria um governo paralelo em Guangzhou, em 2 de abril de 1921, recriando a fratura entre Sul e Norte da China. Apesar de que não se conheçam as intenções de Zhou Shuren, é fato que ele se envolveria cada vez mais no trabalho universitário, em detrimento das funções no Ministério da Educação que, por outro lado, não era prioridade para os governantes do Norte. No médio prazo, Shuren se desligaria da função pública e migraria para o Sul, sempre apoiado por Xu Shouchang.

"Quem sou eu?"
Os limites do engajamento e *Grito*

A reorientação profissional de Zhou Shuren também tem circunstâncias políticas, observáveis pelas dissensões na equipe de *La Jeunesse*. Apesar de que a revista fosse manter um ritmo regular de publicação até setembro de 1921, seu fim estava prenunciado dois anos antes pelo surgimento de incompatibilidades ideológicas. Lembremos que em maio de 1919 *La Jeunesse* publicou "Minha visão do Marxismo" de Li Dazhao, cuja militância através de seu grupo de estudos e proselitismo em outras universidades avançava junto à comunidade dos estudantes. No mesmo número que "Visão do Marxismo", aparecera uma nova seção, chamada de "estudos marxistas". A partir do primeiro número de 1920, essa parte foi renomeada "estudos russos" e começaria a ocupar uma extensão cada vez maior de *La Jeunesse*, somada às traduções de Lênin e outros textos teóricos, mais dossiês de literatura vermelha. Revelavam-se também os colaboradores de Li Dazhao que, como ele, seriam os comunistas chineses originais. Parece inegável que esses conteúdos estavam voltados para divulgar a ideologia, as atividades revolucionárias e experiências político-sociais dos bolcheviques.

Essa situação criava um problema para os membros originais do grupo editorial de *La Jeunesse*. Dada a saída da Rússia Vermelha da guerra e a agitação que o Partido Operário Social-Democrata Russo (protótipo do Partido Comunista soviético) fazia junto aos movimentos afins nos países industrializados, despontava a luta ideológica que caracterizaria o século XX. O Governo de Beiyang havia assumido compromissos com as Potências Aliadas, particularmente o Japão, de modo que teria que se posicionar contra os bolcheviques. Deduzindo-se que foi lançado um aviso contra os "radicais" (*guojipai* [过激派]), pelas consequências do Quatro de Maio, há evidências de que os outros colaboradores de *La Jeunesse* queriam preservar a margem de liberdade de expressão que conquistaram junto a Beiyang, de modo que temiam a retórica inflamada de sua facção comunista. Lembremos que os meses pós-Quatro de Maio de 1919 foram um momento de vulnerabilidade do grupo "bolchevista" de *La Jeunesse*. Depois de ter sido preso e exonerado da Universidade de Pequim, Chen Duxiu instalou-se na concessão francesa de Xangai. A partir daí, aceleraria sua adesão ideológica ao comunismo, assumindo a frente no trabalho de organização em Xangai e de consolidação do Partido nacionalmente.

Desta forma, em 20 de julho de 1919, Hu Shi lançou um desafio público através de "Duo yanjiu xie wenti, shao tan xie zhuyi" [多研究一些问题, 少谈一些主义] ("Vamos estudar melhor as questões e falar menos de ideologias"). Esse panfleto iniciou a breve, mas importante, "Querela das questões e das ideologias". Coerente com a plataforma original, de que *La Jeunesse* deveria permanecer isolada de comentários políticos, o texto foi lançado em *Comentário Semanal*. Sem romper com o seu conterrâneo Chen Duxiu, Hu vergasta Li Dazhao. Ele acentua que os valores centrais de *La Jeunesse* diziam respeito à recusa da velha ideologia confuciana, à crítica dos costumes e instituições tradicionais. Além disso, enfatizava que o método de trabalho a ser adotado não era o da investigação dogmática de textos sem relação com a realidade chinesa, mas o de tentar compreender as condições sociais específicas do problema chinês. Nas entrelinhas, também ficava a mensagem de que os "-ismos" de Li Dazhao iriam criar uma situação negativa para todos os intelectuais, "pois os politiqueiros chineses agora vão utilizar esses '-ismos' como pretexto para (nos) perseguir" (OC, I-2, 147-153).

A resposta de Li veio em 17 de agosto, ponto a ponto, também num tom mal contido de ofensa pessoal. Numa reiteração do coletivismo intelectual peculiar à sociedade chinesa, ele argumentou que "questões" e "ideologias" são inseparáveis, de modo que a maioria deve ser envolvida na luta intelectual. Sem dar nomes, mas intentando denunciar Hu Shi, Li atacava os intelectuais renomados, "cujos livros ninguém lê" (Hu Shi era, de longe, o intelectual *best-seller* nos anos 1920), que justificavam a própria passividade com falsos alarmes. Reconhecendo-se minoria no movimento democrático chinês, Li isenta Chen Duxiu ao colocá-lo no mesmo espectro intelectual do "Movimento (da Nova) Literatura" que Hu Shi, assumindo que ele, Li Dazhao, é quem era o bolchevique e fazendo *mea culpa* pelo aprisionamento de Chen, o bode expiatório. Como conclusão, enfatizou a necessidade de institucionalização, de criar grupos e movimentos para, na leitura marxista, transformar a sociedade desde suas bases, isto é, desde as relações econômicas. Não era apenas uma questão de "divulgar o evangelho do sistema produtivo coletivista", era preciso encontrar meios práticos para realizar o que ele chama de "revolução econômica" (OC, III, 1-7).

Embora Hu Shi ainda viesse a escrever sobre a "Querela", as linhas ideológicas estavam claramente demarcadas. Logo no início de 1920, com o texto "You jingjishang jieshi zhongguojindai sixiangbiandong de yuanyin" [由经济上解释中国近代思想变动的原因] ("Explicando as transformações intelectuais recentes da China por meio da economia [política marxista]"), Li Dazhao tentaria reconstruir a narrativa do processo "revolucionário" chinês para indicar que o abandono das instituições tradicionais tinha um sentido fundamental de alteração das relações econômicas. A estagnação política da China pós-1911 devia-se à preservação das instituições econômicas tradicionais, de modo que era necessário encontrar um lugar para a China no que se refere ao movimento trabalhista mundial. Essa relação íntima entre o "proletariado" chinês e sua contraparte europeia possibilitaria que a China preservasse seu ímpeto revolucionário (OC, III, 143-150).

Apesar das fricções com os colegas de *La Jeunesse*, o contexto mais amplo nos anos até a morte de Sun Yat-Sen era favorável aos intelectuais bolchevistas. No curto prazo, eles seriam aliados do Kuomintang contra o inimigo comum de Beiyang e, mediatamente, do que começariam a chamar de Potências Imperialistas. É importante lembrar que Li Dazhao saiu ileso do Quatro de Maio. A Universidade de Pequim continuou a apoiar seu trabalho intenso de escrita, ativismo e movimentação política. Isso ficou claro quando, depois de seu grupo de estudos marxistas ser formalizado, Li Dazhao foi promovido a professor em agosto de 1920. Nesse ínterim, ele tinha criado uma célula do Partido Comunista e organizado o primeiro grupo da Juventude Socialista, sempre protegido pelas paredes de sua instituição. A partir de 1921, o esforço de criar organizações expandir-se-ia para fora da Universidade de Pequim. Na crise dos salários retidos, pano de fundo para "Feriado dos Dois Cincos" de *Grito*, Li Dazhao assumiu a presidência da comissão unida de oito centros de ensino superior. Apesar de não poder ter comparecido à fundação do Partido Comunista chinês em 23 de julho de 1921, no ano seguinte ele entrou para o Comitê Central e, pelo final de agosto, integrou a comitiva que visitou Sun Yat-Sen. Como se sabe, por meio do "Sun Wen Yuefei Xuanyan" [孙文越飞宣言] ("Manifesto Sun-Joffe"), de janeiro de 1923, o Kuomintang estabeleceria formalmente parceria com o Partido Comunista, dando início ao que este chamou de "Primeira Frente Unida".

Zhou Shuren manteve-se alheio à "Querela das questões e das ideologias", com sua peculiar circunspecção. Por um lado, as relações com Li Dazhao parecem ter sido casuais, do tipo que se espera numa colaboração editorial. Há uma entrada no diário de Shuren, referindo a uma carta que enviou para Li, não parecendo ser nada especial. Além disso, há uma única e breve reminiscência de 1933, em que ele afirma "tê-lo conhecido". Li Dazhao foi executado em 1927 pelo caudilho Zhang Zuolin (张作霖, 1875-1928), após o Kuomintang, sob a liderança de Chiang Kai-shek (蒋介石, 1887-1975), ter cancelado a "Primeira Frente Unida", purgando os membros comunistas. Seja como for, Zhou Shuren e Li Dazhao careciam de origens regionais comuns, possuindo temperamentos e inclinações intelectuais distintos. Pudemos ver que, no período em questão, as leituras de Shuren, bem como suas preocupações artísticas, não podiam estar mais distantes do Marxismo. Ele carecia da mesma filosofia de ação, sem demonstrar conhecimento, e interesse, no funcionamento das instituições.

É verdade que Lu Xun se refere mais frequentemente ao que Hu escreveu, especialmente sua visão da literatura, suas composições na nova língua literária, etc. Em parte, isso era inevitável, porque nos anos heroicos da Nova Literatura, em que a luta ideológica ainda não tinha remodelado o debate nacional, Hu estava no centro do debate. Dadas as fricções com a ala marxista, foi ele que tomou a iniciativa de mencionar a alteração de linha editorial. Em 2 de janeiro de 1921, Hu escreveu uma carta-circular aos colegas de *La Jeunesse*, em que confessava que "as cores [ideológicas da revista] estava carregadas demais", sugerindo, com pouca sutileza, que o material sobre o Marxismo e a Rússia Vermelha fossem remanejados para "uma nova revista filosófica" e que se retornasse "aos propósitos originais de [não se posicionar ideologicamente ao] falar sobre política". No final do mês em causa, Hu enviou uma outra circular, em termos ainda mais explícitos, acusando *La Jeunesse* "de ter se tornado uma tradução para o chinês de *Soviet Russia*" (revista oficial de propaganda do Governo Soviético entre o fim de 1919 e dezembro de 1922). Em ambos os casos, Zhou Shuren ostensivamente não tomou partido, ao mesmo tempo que dava a entender que a equipe editorial havia chegado a um ponto de não retorno, sendo melhor "deixá-la se despedaçar".

Ainda que as relações pessoais entre Zhou Shuren e Hu Shi não pareçam ter sido muito próximas, é inegável que os interesses dos dois se situam num campo afim: concentrar-se nas "questões" e nunca entrar nas "ideologias". Podemos documentá-lo com os principais textos que Shuren produziu entre 1919 e 1922: as estórias de *Grito*, mais o importantíssimo "Prefácio do autor". Mesmo que a interpretação canônica tente advogar um interesse nas "ideologias", no mais das vezes justificando-se com base nas intenções implícitas do autor, é fato que essas intenções, se de fato existem, nunca estão expressas claramente, nem nos textos publicados por Zhou Shuren, nem mesmo no que se sabe de suas conversas privadas dessa época — como constam em registros suficientemente imparciais. O que nós lemos nas estórias, e nos comentários que Lu Xun fez sobre as mesmas muitos anos depois, é que estamos sempre pisando no solo firme das perplexidades sobre "questões", ou "A Questão", para Zhou Shuren. O caráter aberto das soluções, ou ausência de solução, é o que constitui tais estórias em literatura.

Para comprovarmos melhor tal posição de Zhou Shuren, podemos explorar o que talvez seja o melhor ensaio de opinião disponível, "Jintian Zenyang zuo Fuqin" [今天怎样做父亲] ("Como ser pai nos dias de hoje?"), publicado em *La Jeunesse* em novembro de 1919 (6º número do sexto volume). Ele harmoniza-se perfeitamente ao tipo de discussão conduzida por Hu Shi sobre a família chinesa no contexto da emancipação feminina, entendida como eliminação das desigualdades com os homens e igual acesso a oportunidades de educação e trabalho. Por estar atento aos sacrifícios e sofrimentos individuais envolvidos, Zhou Shuren é cauteloso e moderado face a qualquer "revolução social". O objetivo final,

Um mestre na periferia do comunismo

de fato, é emancipar mulheres e crianças do pesado fardo de obediência ao patriarcalismo institucional. Porém, os meios para fazê-lo na China, com os tabus existentes sobre sexualidade e o dever sacralizado de servir aos pais, vão em sentido contrário à "evolução dos seres", submetendo o jovem e forte ao velho e fraco. A solução é permitir que essa evolução ocorra, talvez implementando um sentido depurado de "amor" [爱] que substitua a noção chinesa de "gratidão" [恩]. Para tanto, é preciso que os indivíduos se esclareçam e que os velhos aprendam a se sacrificar pelos jovens, tal como ilustra a experiência "da Europa e dos Estados Unidos". De uma forma tipicamente chinesa, Shuren encontra justificativas para suas ideias no pensamento antigo — num descendente de Confúcio por acaso — para argumentar que ascendentes e descendentes devem ter uma visão desprendida das obrigações morais devidas uns para com os outros. De forma antiutópica, uma extensão mais larga do texto é dedicada a possíveis cenários futuros, ponderando o sofrimento e frustração de pais e filhos com as repercussões dessa transformação (OC, I, 134-149). Embora esteja fora do âmbito temporal deste estudo, as posições de Shuren avançariam, ironicamente, para o lado conservador, justamente pela simpatia sentida pela desilusão, sofrimento e estranhamento das moças que "se libertaram" sem que as instituições oferecessem caminhos para sua realização. De fato, a citação de Artsybáchev no *xiaoshuo* "Confidências de uma trança cortada" (OC, I, 488) já prefigura essa posição.

Os anos de 1920-1922 marcam a entrada de uma nova geração na vida intelectual da República da China. Diferentemente de Zhou Shuren, eles começavam a receber educação superior na China, pois a Universidade de Pequim já se afirmava, aos seus olhos, como um importante centro de ensino. Um índice dessa mudança eram as revistas literárias e os jornais. Por este ensejo, vislumbramos o papel que Lu Xun desejava para si, o de mentor da juventude, orientando a nova literatura. Podemos ilustrá-lo com base nos textos publicados por Shuren em outros veículos, como o jornal *The Morning Post*, que podemos contrastar com a intensa luta ideológica e movimentação política para a ala marxista. Há dois breves artigos, do final de 1922, em que ele discute a situação dos críticos literários. O primeiro, intitulado "Duiyu Pipingjiade Xiwang" [对于批评家的希望] ("Minhas esperanças para com os críticos"), aborda a mentalidade fechada de seu tempo, que ele sarcasticamente resume: "Minha esperança para com os críticos literários é a menor possível: bom senso". "Bom senso" quer dizer o meio-termo entre os extremos de passadismo

30. 1922, Congresso de Esperanto, Universidade de Pequim:
na primeira fila, Zhou Zuoren (3º da esq. para a dir.),
Lu Xun (3º da dir. para a esq.) e Vassíli Ierochenko (4º da dir. para a esq.).
31. 1923, Lu Xun, *Grito*, capa da primeira edição.
32. 1925, retrato de Lu Xun.

chauvinista e de adoração desmesurada do estrangeiro, com ênfase em "americanos e britânicos" (OC, I, 422-424). O segundo chama-se "Fandui Hanlei de Pipingjia" [反对含泪的批评家] ("Contra os críticos que 'seguram as lágrimas'"). Apesar de que Lu Xun reconheça barreiras morais para a literatura, ele intervém numa discussão entre dois outros jovens escritores, contrapondo-se a concepções radicalmente puritanas e pietistas que, como em tempos passados, impediram que escritores chineses entrassem em novos terrenos (OC, I, 425-428). Em ambos os casos, fica plasmada uma busca de equilíbrio e moderação, com a finalidade de conter a poderosa inércia dos valores e mentalidades.

Por fim, notamos uma articulação clara da posição programática de Lu Xun sobre o potencial de a nova literatura abrir horizontes. Há dois artigos representativos de 1921, também do *The Morning Post*, que confirmam a moderação de Zhou Shuren no que toca a idolatrar o estrangeiro e/ou idolatrar a China. O primeiro, "Zhishi ji Zuixing" [知识即罪行] ("Conhecimento é pecado"), polemiza contra um intelectual que propunha um tipo de obscurantismo "niilista". Shuren ironiza-o com uma estória em que os adeptos desse pseudomodernismo terminariam retornando às superstições de tempos recentes, ameaçando o frágil legado da Nova Cultura (OC, I, 389-393). O segundo intitula-se "Shishi Shengyu Xiongbian" [事实胜于雄辩] ("A verdade vencerá a retórica"). Ao enfatizar sua concordância com o título do artigo, que considera "um ensinamento da filosofia ocidental", Shuren relata uma situação do dia a dia, em que foi ludibriado pela lábia de um vendedor, que ele apresenta como chinês típico. A moral da estória vem depois, voltando seu sarcasmo contra os "grandes patriotas" que se recusam a reconhecer os defeitos ingênitos da China (OC, I, 394-395). Além disso, as inclinações ecumênicas de Lu Xun estavam manifestas no seu interesse pelo esperanto. A Universidade de Pequim apoiava a divulgação desse idioma, organizando um congresso internacional de que Zhou Shuren participaria em maio de 1922 e em cuja escola ensinaria o curso de história dos *xiaoshuo*. O tema do esperanto está refletido em *Grito*, pela presença de Vassíli Ierochenko (1890-1952), um militante anarquista russo que viera ensinar o *shijieyu* [世界语] (literalmente, "língua mundial") na Universidade de Pequim por intervenção de Zhou Zuoren e que morou por um ano com os Zhou. Apesar de Shuren discordar das visões utópicas de esquerda do seu hóspede, ele traduziria estórias infantis que Ierochenko escreveu em japonês (TC, I, 439-555). O posfácio que escreveu a esse trabalho é um relato fiel de como ele conseguia simpatizar com o sofrimento físico, moral e espiritual dos *outsiders*, independentemente de sua ideologia.

De fato, foram essas qualidades observáveis em 1920-1922 que deram luz a *Grito*. Somando-se-as às influências ecléticas que ele aceitou do estrangeiro, notamos um tipo característico de "Humanismo", que se comunica através da ironia. Em que pesem as experiências traumáticas da infância e da juventude, calejadas por uma vida de "sucesso profissional" e "harmonia familiar", Lu Xun conseguiu potencializá-las num esforço criativo de atingir uma espécie de consenso consigo próprio. O caráter precário desse consenso, que lemos em *Grito*, será submetido a uma série de provações logo após a publicação do livro no início de 1923. A ruptura definitiva com o irmão Zuoren, a mudança para uma casa onde viverá com a mãe e a esposa enjeitada, a chegada de uma jovem conterrânea em quem ele observará os dilemas da juventude, uma catástrofe envolvendo o irmão caçula Jianren, são todos elementos que permanecem lado a lado do recrudescimento do regime militar e da contestação ideológica, dois extremos que não o atraíam.

Infelizmente, não temos um retrato pessoal de Zhou Shuren no período em que concluiu *Grito*. Os que temos são quatro chapas que fez para as edições estrangeiras de "Crônica autêntica de Quequéu", duas de meados de 1925 e duas de meados de 1926. Neste livro, incluímos a "melhor" de 1925 (cf. imagem 32, p. 99). Obviamente, não é mais a mesma pessoa de 1909. Veste uma jaqueta chinesa de gola alta, o cabelo tosado curto, o bigode bem cuidado, o olhar sisudo de um quarentão com ar professoral. Seu rosto, ainda mais anguloso. Cânone. Um instante basta para captar o símbolo. A outra chapa, tirada no mesmo dia, é "pior". Está retratado nela com os olhos correndo para o alto, à esquerda. Estes olhos têm uma expressão fugidia de inocência tímida. Vem à mente aquela primeira foto de 1903, "da trança cortada", do rapaz que pela primeira vez percebera que o mundo não entendia o chinês. Um olhar de "Quid mihi?". Não surpreende. Comparando as duas fotos de 1925, notamos que um instante capta o símbolo; mas qual o instante que consegue captar um homem inteiro? Talvez seja até melhor não termos uma foto do início de 1923, só termos *Grito*. Esse é o encanto da literatura, de podermos visualizar mediatamente tanto o símbolo como o homem, através de incontáveis experiências transfiguradas em mensagens falsamente compreensíveis.

Obras citadas

Chen Duxiu [陈独秀]. *Obras de Chen Duxiu* [陈独秀集], 3 volumes. Pequim: People's Press, 2011. [OR]

Chen Duxiu [陈独秀] e outros. *La Jeunesse* [新青年], 12 volumes. Xangai: Shanghai Bookstore Publishing House, 2011.

Hu Shi [胡适]. *Obras coligidas de Hu Shi* [胡适存文], 12 volumes. Pequim: Foreign Languages Press, 2013.

Kuriyagawa Hakuson [厨川白村]. *Obras completas de Kuriyagawa Hakuson* [厨川白村全集], 6 volumes. Tóquio: Kaizo Shuppan, 1929.

Li Dazhao [李大钊]. *Obras completas de Li Dazhao* [李大钊全集], 5 volumes. Pequim: People's Press, 2006.

Lu Xun [鲁迅]. *Obras completas de Lu Xun* [鲁迅全集], 18 volumes. Pequim: People's Literature Press, 2005. [OC]

Lu Xun [鲁迅]. *Traduções completas de Lu Xun* [鲁迅译文全集], 8 volumes. Fuzhou: Fujian Education Publishing House, 2008.

Mao Zedong [毛泽东]. *Obras selecionadas de Mao Zedong* [毛泽东选集], 5 volumes. Pequim: People's Press, 1952-1977. [OS]

Nietzsche, Friedrich. *Sämtliche Werke/Kritische Studienausgabe*, 15 volumes. Berlim: De Gruyter/DTV, 2009. [SW]

Zhou Zuoren [周作人]. *Traduções completas de Zhou Zuoren* [周作人译文全集], 12 volumes. Xangai: Shanghai People's Press, 2019. [TC]

Referências primárias básicas

Akutagawa Ryūnosuke [芥川龍之介]. *Obras completas de Akutagawa Ryūnosuke* [芥川龍之介全集], 24 volumes. Tóquio: Iwanami, 1995.

Andreyev [Andrêiev], Leonid. *The Crushed Flower and Other Stories*, trad. Herman Bernstein. Nova York: Harper & Brothers, 1916.

Andreyev [Andrêiev], Leonid. *The Little Angel and Other Stories*, trad. W. H. Lowe. Nova York: Knopf, 1916.

Andreyev [Andrêiev], Leonid. *When the King Loses his Head and Other Stories*, trad. Archibald J. Wolffe. Nova York: International Book Publishing, 1920.

Andreyev [Andrêiev], Leonid. *The Dark*, trad. L. A. Magnus e K. Walter. Richmond: Hogarth Press, 1922.

Artsibashev [Artsybáchev], Michael [Mikhail]. *Sanine*, trad. Percy Pinkerton. Nova York: B. W. Huebsch, 1915.

Artsibashev [Artsybáchev], Michael [Mikhail]. *Tales of the Revolution*. Nova York: B. W. Huebsch, 1917.

Ban Gu [班固] e Yan Shigu [颜师古], *Livro de Han* [汉书], 12 volumes. Pequim: Zhonghua Book Company, 1962.

Chekhov [Tchekhov], Anton. *The Steppe and Other Stories*, trad. Constance Garnett. Londres: Everyman Library, 1991.

Chekhov [Tchekhov], Anton. *My Life and Other Stories*, trad. Constance Garnett. Londres: Everyman Library, 1992.

Huang Qiaosheng [黄乔生]. *Fotobiografia de Lu Xun* [鲁迅像传]. Pequim: SDX Joint Publishing, 2022.

Ji Yun [纪昀]. *Resenhas sobre o índice geral da Biblioteca Completa dos Quatro Depósitos* [四库全书总目提要], 4 volumes. Shijiazhuang: Hebei People's Press, 2000.

Lu Xun [鲁迅]. *Compilação de* xiaoshuo *arcaicos* [古小说钩沉]. Pequim: Blossom Press, 2018.

Lu Xun [鲁迅]. *Notas copiadas de tradições antigas sobre os* xiaoshuo [小说旧闻钞]. Pequim: Blossom Press, 2018.

Lu Xun [鲁迅]. *Antologia de narrativas lendárias e curiosas das dinastias Tang e Song* [唐宋传奇集]. Xangai: Shanghai Ancient Books Company, 2019.

Maupassant, Guy de. *Romans, contes et nouvelles*, 3 volumes. Paris: Gallimard, 2020.

Mori Ōgai [森鷗外], *Obras completas de Mori Ōgai* [森鷗外全集], 9 volumes. Tóquio: Chikuma, 1971.

Museu Lu Xun [北京鲁迅博物馆] e Instituto de Estudos sobre Lu Xun [鲁迅研究室]. *Cronologia de Lu Xun* [鲁迅年谱], 4 volumes. Pequim: People's Literature Press, 1981-1983.

Museu Lu Xun [北京鲁迅博物馆] e Instituto de Estudos sobre Lu Xun [鲁迅研究室]. *Lembranças de Lu Xun: monografias* [鲁迅回忆录专著], 3 volumes. Pequim: Beijing Publishing Group, 1999.

Museu Lu Xun [北京鲁迅博物馆] e Instituto de Estudos sobre Lu Xun [鲁迅研究室]. *Lembranças de Lu Xun: textos curtos* [鲁迅回忆录散篇], 3 volumes. Pequim: Beijing Publishing Group, 1999.

Mushanokōji Saneatsu [武者小路实笃]. *Obras completas de Mushanokōji Saneatsu* [武者小路实笃全集], 18 volumes. Tóquio: Shogakukan, 1987.

Natsume Sōseki [夏目漱石]. *Obras completas de Natsume Sōseki* [漱石全集], 29 volumes. Tóquio: Iwanami, 1993.

Tsubouchi Shoyo [坪内逍遥]; Futabatei Shimei [二葉亭四迷]. *Obras de Tsubouchi Shoyo e Futabatei Shimei* [坪内逍遥·二葉亭四迷集]. Tóquio: Iwanami, 2002.

Zhou Zuoren [周作人]. *Obras de Zhou Zuoren* [周作人著作], 40 volumes. Changsha: Yuelu Shushe, 2020.

GRITO

PREFÁCIO DO AUTOR

Sonhos, como a qualquer um, também me visitavam, não sem frequência, na juventude. À medida que o tempo avançou, imparável, em direção aos meus anos adultos, eu despejei muitos daqueles velhos hóspedes de minha memória. Hoje, quase não me causa pesar ver a casa meio vazia.

Reconheço que lembrar dos próprios sonhos pode, para o coração de alguns, regalar alegria e consolo. Não nego. Incomoda-me, porém, um outro tipo de presente trazido imprevistamente pelos sonhos: a solidão.

Como assim? Quem se recusa a esquecer sonhos frustrados pode se comparar à pupa que teima em deixar o casulo. Aquela reminiscência renitente é o único fio com que a larva enclausura a crisálida, uma forma futura de si próprio, que não consegue se reconhecer como tal. Tece um único fio que, prendendo o presente ao passado, nos tolhe de nosso futuro. Uma prisão no tempo, uma prisão da mente.

Pergunto-me qual o sentido de sentir saudade de algo que ficou para trás, senão o de dar as costas para o que seremos? Por isso me dói a amargura de não esquecer, de não conseguir esquecer muito, quase tudo. Esse amargor, o das meias lembranças que se agarram ao meu corpo, é ele que agora constrange meu peito e lança este *Grito*.

Uma das meias lembranças em causa remonta à minha infância. Passei uma eternidade, quatro anos e tanto, a prestar visitas frequentes, cotidianas quiçá, ao boticário e ao penhorista perto de minha casa. Não estou mais certo de qual idade exata tinha. Lembro-me, todavia, de não enxergar o que estava em cima dos balcões.

O do penhorista era mais assustador — erguendo-se, parecia-me o dobro do que eu era à época. Precisava me espichar e deitar as peças de roupa ou bijuterias sobre o tampo; o sujeito antipático do outro lado vergava-se sobre o móvel para me lançar de volta um olhar desafeiçoado, de desprezo, enquanto tilintava peças de cobre sobre as minhas palminhas.

De imediato, sem abaixar o braço, eu corria para o boticário do outro lado da rua, cujo balcão tinha pouco mais do que a minha altura. Dele, duas mãos pendiam ociosas até que se davam conta da barganha, pelo que uma tomava as moedas e outra me dava os remédios. Sonhava, ingênuo, que pudessem curar a longa moléstia que afligia o meu pai.

Voltando para casa, esperavam-me impacientes mais labores. Cabia-me preparar os elixires raros prescritos pelo doutor, o famosíssimo médico tradicional das redondezas, que, como qualquer um presumiria, não se dava por satisfeito com nenhum ingrediente que não fosse raríssimo por estas bandas: rizomas de junco, apenas os que cresceram no inverno;[1] cana-de-açúcar, a que permaneceu coberta por geada, durante, pelo menos, três anos; grilos, não quaisquer que fossem, mas só os que tivessem procriado juntos; plantas de ardísia,[2] também de luxo... só as que tivessem dado sementes. Os ingredientes incomuns, difíceis de conseguir, pareciam ser um preço tolerável para a cura improvável. E assim foi, dia após dia, durante aquele período, até que meu pai, piorando e piorando, deixou-nos.

Não há aquelas boas famílias que desabam sob os ventos da fortuna? Só quem teve essa vivência, creio, consegue ver as pessoas como elas são, o mundo como ele é... Em meu caso, depois do falecimento de meu pai, decidi ir a N estudar na escola K.[3] O que pretendia, de fato, era mudar de ares, tentar paragens diversas. Fugir para um outro lugar. Em minha terra natal, todos me impressionavam como saídos da mesma forma, por isso queria descobrir gente criada em outros moldes.

Agi de maneira a deixar minha mãe sem alternativa, senão a de levantar oito *iuanes*, o que não era pouco em nossa situação, para as despesas da viagem, navegando a montante. Faça como você bem entender, filho. Mas era de se esperar que chorasse à partida e bastante. Em compensação, parecia natural, também, que num dado momento eu a abandonasse, pois aqui se estuda para um dia prestar exame para uma carrei-

---

[1] Em chinês, 芦根, trata-se de uma erva medicinal bastante comum, não fossem as condições exigidas pelo médico.

[2] *Pingdimu* [平地木] ("arbusto das planícies"), também conhecido como 紫金牛 (lit. "boi aurivermelho") é um arbusto perene, cuja raiz e cujo caule têm propriedades medicinais.

[3] N indica a cidade de Nanquim; K, a Academia Naval de Jiangnan. O autor abandonou o curso em 1898, transferindo-se para a Escola de Ferrovias e Minas, filiada à Escola Preparatória do Exército em Jiangnan. Após se graduar, em 1902, foi enviado ao Japão como bolsista do governo Qing.

ra na burocracia imperial, o caminho certo para tudo e para todos. O problema é que, se um de nós aspira a aprender "as coisas que vêm de além-mar", não só passa a ser visto como alguém que chegou ao fim da linha, mas ainda ganha a pecha pronta de ter vendido a alma para os diabos estrangeiros. Quem ousa sair dos conformes engole o dobro do desprezo, vira o leproso saudável a quem se vira as costas. A isso somem-se as más-línguas. Não permita que seu filho embarque nessas aventuras, ficando sem ter alguém para cuidar de você. A mãe deve ter dado de ombros para eles, mais um sacrifício em meu prol.

Tapei meus ouvidos, fui eu que virei primeiro as costas para todos. Atraquei em N, indo ver o que me aguardava. Foi na escola K que ouvi dizer, uma grata surpresa, que entre nós havia um currículo de disciplinas ocidentais rebatizadas conforme a nomenclatura tradicional chinesa — "ciências" foi traduzido como *gezhi*;[4] "matemática" como *suanxue*; "geografia" como *dili*; "história" como *lishi* —, além de desenho e educação física, as quais nunca foram parte da educação tradicional. É lástima que não houvesse nada relacionado a fisiologia, embora eu, por iniciativa própria, tivesse encontrado algumas obras ilustradas com xilogravuras, do tipo das *Novas lições sobre o corpo humano* ou *Sobre química e higiene*.[5]

Comparando com o que aprendera em meus novos estudos, passo a passo, cheguei à aterradora constatação de que, fossem os pareceres clínicos, fossem as receitas prescritas pelos médicos tradicionais que tinha encontrado até então, eram todos fruto de burla, ou dolosa, ou, no mínimo, culposa. Dissessem o que dissessem, aquela "medicina" não passava de lorota, conversa para boi dormir. As minhas vivências desabrocharam numa empatia espontânea para com as vítimas daqueles charlatães, sem esquecer os clãs das vítimas, que também saíam logrados.

A despeito de todos os preconceitos de minha sociedade, a verdade vinha expressa ali, cristalina: os manuais de história do Japão, que lia

---

[4] Abreviação de *gewu zhizhi* [格物致知], mote encontrado numa passagem do *Clássico dos Ritos*, que integra o cânone do confucianismo. No final da dinastia Qing, utilizava-se costumeiramente o termo para se referir às disciplinas científicas ocidentais como "física", "química", etc.

[5] Alusão à obra do missionário e médico inglês Benjamin Hobson (1816-1873), escrita em chinês e publicada em 1851, e à do químico escocês James Finlay Weir Johnston (1796-1855), traduzida para o chinês em 1879.

Prefácio do autor

traduzidos, reconheciam que o movimento Ishin da era Meiji havia sido deflagrado em grande parte pelo contato com a Medicina Ocidental. Fato irretorquível, que assinalava o caminho a ser tomado.

Sou grato àqueles rudimentos de Revelação. Foi graças a eles que, nos anos em seguida, decidi mudar de carreira, ingressando numa escola médica, mesmo que estivesse perdida num interior do Japão.[6]

Fui para lá inspirado por um sonho que sonhava muito belo. Preparado para retornar à China logo após colar grau, no afã de tratar, curar, salvar o meu pai, digo, quem estivesse na mesma situação, digo, quem sofresse as consequências dos malcuidados da Medicina Tradicional... Era um sonho que se sublimava: na minha condição de médico recém-retornado do Japão, iria ao campo de batalha, não para ceifar vidas, mas para salvá-las da morte; seria não o apóstolo do militarismo daquelas bandas, mas o profeta de uma nova fé neste lado; não do Ishin nipônico, mas do Weixin de minha pátria.[7]

É dos sonhos mudarem.

Não faço mais ideia de como se ensina microbiologia nas escolas hoje em dia, quais os progressos da metodologia. Não vem ao caso. Em meus dias, exibiam-se diapositivos, com o que visualizávamos os micróbios e suas características. Por vezes, as palestras terminavam antes do soar da campainha e o professor entretinha os alunos projetando paisagens ou fotografias de atualidades, preenchendo o tempo até o fim da aula. Como estávamos em meio à Guerra Russo-Japonesa,[8] não é surpresa que houvesse mais material sobre os desenvolvimentos no campo de batalha do que sobre qualquer outro assunto. Sem que nada me dissesse respeito, sentia-me levado a, crebramente, seguir a alegria das palmas e dos gritos entusiasmados ao meu redor. Até, pelo menos, aquela imagem.

Naquela vez, meus olhos se fixaram sobre um grupo de pessoas, compatriotas, que, estando eu isolado no interior do Japão, não via há algum tempo. Destacava-se no primeiro plano, mais para o meio, o que

---

[6] A Escola Técnica de Medicina de Sendai, 350 km ao norte de Tóquio, onde o autor estudou entre 1904 e 1906.

[7] Ishin foi o Movimento de Renovação japonês, ocorrido durante a dinastia Meiji (1868-1912). Weixin é a transcrição chinesa dos mesmos ideogramas do termo japonês.

[8] Conflito ocorrido entre fevereiro de 1904 e setembro de 1905 envolvendo o Japão e o Império Russo, com o objetivo de disputar as prerrogativas da ocupação do nordeste da China e da península da Coreia.

estava amarrado, ladeado pelos restantes, à esquerda e à direita. Chamava a atenção pela estatura alta, pela musculatura forte e pelo aspecto apático, um tanto entorpecido. A legenda esclarecia, o homem a ferros espionava para os russos, estava prestes a ser decapitado pelo exército japonês, sua cabeça seria exibida em público. A julgar a composição da fotografia, os chineses restantes tinham vindo prestigiar o evento, que assumira um cariz de verdadeira celebração popular. A imagem fixou-se em meu espírito, surdo para o aplauso e as ovações em torno de meu corpo.

Algo mudara em meu íntimo. Sem que o ano atingisse o seu termo, eu já estava em Tóquio. Refleti e decidi que a medicina deixara de ser algo imprescindível, mesmo urgente, para mim mesmo. Recordando-me daquela foto, entendera que estatura, vigor, força, de nada ajudam um povo intelectualmente parvo e espiritualmente fraco. Qual a valia de trabalhar para que cresçam mais saudáveis, para tratar de suas doenças? Tornariam a aparecer naquela foto, pois não têm outra serventia, bestas de carga durante a labuta, figurantes de execução pública, finda a faina. São vidas sem sentido. Se adoecem, se morrem, não importa quantos, não é tão mal assim.

O imprescindível, o que nós temos que fazer, em primeiríssima ordem, é transformar o intelecto dessas pessoas. Com esse objetivo, nada melhor do que promover as letras e as artes. Tal como me via à época, entreguei-me ao movimento para promoção de uma nova literatura.

Na capital nipônica, havia muitos estudantes chineses, que se enviam em tudo: universitários que abraçaram o direito ou a política, a física ou a química; habilitandos em coisas menos transcendentes, como assuntos policiais ou processos industriais. Tudo, ou quase tudo, pois não conheci um chinês que fosse cursando literatura ou artes. Fortuna minha foi, nessa atmosfera desencorajadora, ter encontrado alguns camaradas com quem comungava os mesmos ideais,[9] para não esquecer de outros colaboradores, pessoas tão comuns quanto indispensáveis, que reunimos, a despeito de todas as nossas diferenças, numa equipe só. Pelo menos, parecia sê-lo.

Trocamos ideias e, como não poderia deixar de ser, logo concordamos que o primeiro passo seria o de criar uma revista, batizada com a

---

[9] Referência a Xu Shouchang, Yuan Wensou, Zhou Zuoren, entre outros. Pouco depois, Yuan foi estudar na Inglaterra, reduzindo o grupo a Lu Xun, Xu e Zhou.

denominação estrangeira de *Vita Nuova*. A grafia chinesa adotada para o título, contudo, gerou debates acalorados. À época, a maioria de nós tinha uma inclinação mais passadista, donde o título coloquial *Xinde Shengming* ter caído em favor da concisão clássica: *Xin Sheng*.[10]

De tudo, a ironia maior foi que *Xin Sheng*, a nossa *Vita Nuova*, estava perto de vir a lume quando abortou de súbito. Primeiro foram umas penas de talento que voaram para longe, depois foi o dinheiro que sumiu da carteira. No fim, restamos nós três, com a *Vita Nuova* natimorta nos braços e sem um cobre nos bolsos.

Revivendo aquele episódio, entendo que a ideia, por melhor que fosse, viera em má hora. Quem fracassa desse jeito, não tem do que se queixar. E mesmo nós três terminamos cada um indo para onde lhe aproveitasse, sob a espora da própria sina, ficando para trás aquela salinha em que, conversando de frente uns com os outros, era tão real o sucesso de nosso sonho. Morte sem exéquias.

Apatia. A partir dali esta palavra entrara no meu vocabulário, para ser escandida vez e vez. Imaginemos: um anônimo levanta-se em meio ao seu grupo e diz "vamos trabalhar assim"; uma voz reage e diz "acho que ele tem razão"; a proposta vai para frente. Caso contrário: depois do "que tal fazermos assim", uma voz reage e diz "acho que não está bem"; a proposta vira desafio. Tudo é vida, nesses casos. No entanto, às vezes acontece que há uma voz sozinha a tentar trocar ideias com pessoas cujos corpos estão presentes, mas que lhe respondem com o silêncio, sem o calor de quem acata, sem a energia de quem recusa. Eis a proverbial voz perdida no deserto. Só que é um deserto densamente povoado, até onde a vista alcança, com pessoas inconscientes da existência umas das outras. Triste é quem se dá conta de que não está sozinho, pois ele é o mais solitário de todos.

Logo a solidão me fazia companhia. Era uma cobra à espreita no escuro, venenosa, que crescia invisível. Lembro que acordei de um pesa-

---

[10] Ambos os títulos querem dizer *Nova Vida*, em evidente alusão à obra de Dante Alighieri. Ao se decidirem pela língua clássica, associada ao decadente regime imperial, a despeito de ainda ser tomada como critério de elegância e bom gosto, fica patente que o grupo não tinha um perfil de vanguarda, pelo menos não tanto quanto a passagem dê a entender. Também é importante lembrar que os principais textos do período japonês de Lu Xun foram escritos na língua clássica.

delo e a vi, desenvolvida num dragão, silvando enrolada em minha alma, constringindo-a, pronta para o bote.

A despeito do tempo sempre triste, não sentia revolta, sequer indignação. Meditei sobre as pessoas que nascem heróis, os ícones que erguem seus punhos do alto de uma montanha e são buscados por rios de gente. Compreendi ao cabo de minha reflexão que não sou um deles. Não sou.

O problema é que eu não conseguia conviver com a solidão. Tinha que me livrar dela. Aceitara postar-me entre o calor e o frio, parte da multidão de mornos. Narcotizando a minha mente, tornava-me um outro rosto adormecido no deserto de minha pátria. De uma maneira em nada inusitada para nossa cultura, voltei-me para os estudos antiquários, cobiçando o doce torpor do cultivo da Antiguidade. É certo que, ainda assim, provei alguns dissabores na vida real, seja por experiência própria, seja por meio de terceiros, mais solidão, mais tristeza, coisas que resisto a registrá-las em detalhe, nada além de poeira jogada sobre o limo informe da minha existência. Sim, a narcose surtiu efeito, parece tê-lo. Aquele jovem irritado, indignado, inflamado, eu não o via mais, perdeu-se não sei quando.

Tinha achado para mim um retiro adequado na Associação dos Conterrâneos de S.[11] Havia três aposentos livres, contíguos ao pátio interno do prédio. Corria o boato de que, no passado, uma mulher se enforcara numa árvore-do-pagode que crescera ali no pátio. Por isso, aterrorizados pela chance de um encontro ominoso com a desditosa, ninguém ousava morar lá. A árvore, essa estava bem; com assombração ou sem ela, ficara mais alta do que me arriscava a trepar.

Foi nesse lugar que passei vários anos a colecionar e copiar inscrições de estelas antigas.[12] Quase não me recordo das visitas, em si muito poucas, que me fizeram olhar para o que acontecia fora do pátio. Tampouco as estelas me colocavam novas questões, dignas de discussão, nem me davam boas ideias sobre o que fazer com o ócio que tinha nas mãos.

---

[11] Ou seja, Associação dos Conterrâneos de Shaoxing, cujo prédio está situado no Beco Banjie [半截胡同] em Xuanwumenwai [宣武门外], Pequim. O autor morou nesse endereço entre maio de 1912 e novembro de 1919.

[12] Esse material — decalques de estelas de pedra e objetos de metal, seja com imagens, seja com inscrições funerárias — foi posteriormente compilado pelo autor sob os títulos *Catálogo de imagens das Seis Dinastias* e *Catálogo de inscrições funerárias das Seis Dinastias*, o último dos quais permaneceu inacabado.

Prefácio do autor

A surpresa foi que o tempo fugia sorrateiro pelo canto de meus olhos, o que não me desprazia nem um pouco.

No verão, o calor não me deixava sestear e os mosquitos me negavam o silêncio. Como se indiferente, sentava-me pelo fim da tarde sob a árvore-do-pagode, um pé apoiado sobre o joelho, a mão agitando, olvidadiça, um leque de folhas de palmeira secas. Através da copa cerrada, apreciava um pontilhado azul fosco, refugo do dia. E quando por fim chegava a noite, amiúde caíam sobre a minha cabeça as lagartas brancas que dão naquela planta, seus corpúsculos espiralados paravam no meu pescoço deixando um rastro gelado.

Das raríssimas visitas que recebia naqueles anos, a mais assídua era a de um bom amigo, Jin Xinyi.[13] Uma delas merece nota.

A testa larga, muito suada e franzida, passando rápida pela janela; a capanga de couro preto, lançada na mesa estragada; a beca, apressadamente descartada sobre um dos bancos, ele se senta à minha frente ofegando com um chiado úmido. Tem medo do cachorro que sabe estar solto pela redondeza, correu meio bairro para evitar dar de cara com o bicho, o coração ainda a bater forte.

Recuperando o fôlego e com o semblante restaurado, puxou para si o caderno em que eu fazia minhas anotações; passava as páginas como se as espanasse; a certa altura, fitou-me para lançar um desafio: "Você passa o dia copiando essas velharias, para quê?". Surpreendido com a pergunta, respondi: "Não sei para quê".

"Por que fazer isso, então?", esbugalhou os olhos, de ventas acesas. "Não sei por quê", sem encontrar mais palavras, contraí os lábios num sorriso pálido.

Aproveitando-se da cumplicidade cômica da situação, fechou o meu caderno com um estalo: "Daí eu pensar que você poderia tentar fazer algo mais útil, por exemplo, tentar escrever uns artigos para nós".

Do laconismo daquela interação, eu entendi muito bem o que queria dizer o meu amigo. Já tinha ouvido falar que ele e uns outros tinham

---

[13] Trata-se de Qian Xuantong (钱玄同, 1887-1939), que lecionava na Universidade de Pequim. Tomou parte no movimento da Nova Cultura e foi um dos editores da revista *La Jeunesse*. Em março de 1919, o literato passadista Lin Shu (林纾, 1852-1924) publicou uma breve narrativa cujo objetivo era atacar o movimento. Nesse texto, refere-se a um certo Jin Xin-Yi [金心异], cujos caracteres fazem, por associação de ideias, uma referência velada a Qian Xuan-Tong.

criado uma revista, *Xin Qingnian*, que, na denominação estrangeira, lia *La Jeunesse*.[14]

Notei que ninguém nem tinha se erguido para elogiar a *La Jeunesse*, nem tinha se levantado para criticá-la. Reparei que os editores estavam a sofrer do mesmo tipo de solidão que eu. Daí o ensejo para me aproveitar da experiência de quem se rendera outrora à Apatia. Em compensação, podia encorajar-me com um provável desfecho, o de que o trauma da finada *Vita Nuova* se aliviaria, por fim.

Considerei a proposta em meu íntimo, olhando para o teto, e respondi com uma alegoria: "Imagine um povo vivendo numa jaula de ferro, vedadas as quatro paredes. Nem pode entrar o vento, nem se sai à força. Asfixia e morte virão no devido tempo. Que importa? Em meio ao mormaço, caíramos todos num sono inquieto. Quem dorme, não sofre".

Juntei as mãos diante da boca e fitei o meu camarada com sarcasmo, "Agora você aparece, gritando e batendo em nossa jaula, até que desperta uns mais lúcidos, pobres coitados. Agora eles sabem que pela frente só têm o desgosto de constatar o inevitável, a minoria que sabe do que vai perecer. Será que você conseguirá viver com esse remorso?".

Demonstrando uma segurança comovente, Jin contestou: "Se você admite que algumas pessoas acordaram com o meu barulho, talvez mais gente ainda abra os olhos com o seu grito. Antes do inevitável, quem é capaz de dizer que a jaula não virá abaixo?".

Fiquei olhando para ele. Tinha suas próprias razões. Eram diferentes das que me moviam. Não podia negar, acima de tudo, que as pessoas morrem para legar as suas esperanças, mesmo moribundas elas mesmas, a quem fica. Ainda que ninguém as apanhe de imediato, as esperanças permanecem perdidas por aí, meio acesas, até que alguém as apanha do chão e elas raiam para iluminar o futuro. Compreendi que meu niilismo não oferecia provas para dobrar o meio otimismo de Jin.

Em determinado ponto, aceitei o convite, que ensejou meu primeiro texto: o "Diário de um alienado". O "Diário" foi o estopim do que veio a seguir, um punhado de criações moldadas pelo gênero tradicional dos *xiaoshuo*, as "breves narrativas". Em uns anos, consegui juntar mais de dez histórias, que agora publico como uma resposta desajeitada às exortações de meus amigos.

---

[14] Durante o Movimento Quatro de Maio, Lu Xun foi um dos colaboradores mais importantes de *La Jeunesse*, tendo participado também de reuniões editoriais.

Prefácio do autor

Confesso que a experiência não mudou decisivamente o homem que se sentava sob a árvore-do-pagode. Não sinto uma necessidade insopitável de me comunicar, como outrora. Porém, talvez sejam as sequelas de tanta solidão e tristeza guardadas no peito que constrangem meu diafragma a lançar um novo grito, vez por outra. Gostaria de pensar que eles chegam como um lenitivo aos ouvidos dos guerreiros que continuam a lutar, malgrado se sentirem da mesma forma que eu. Pois há pessoas que não titubeiam em seguir adiante, a despeito do sentimento do mundo, que têm tão vivos em si.

Para ser sincero, tampouco estou convicto da qualidade que anima o que escrevo. Corajoso ou triste, odioso ou ridículo, não há mais oportunidade para autocensura. Já que dei um grito e me uni, hesitante, à luta, vou seguindo as ordens de quem me comanda. É por isso que a minha pena carrega nas insinuações de sentimentos autênticos que escondo na neblina espessa da ficção. Por exemplo, pendurei a minha própria grinalda no túmulo descrito em "Panaceia", ou, em "O dia seguinte", recusei-me a revelar o que a minha heroína viu após acordar. Queria transmitir um fio tênue, quase invisível, de otimismo ao leitor, não por convicção pessoal, mas porque a linha a ser seguida era essa. Como reconheci, a solidão transformou-me numa pessoa amarga, mas não pretendo contaminar os sonhos dos outros, em especial dos jovens, que hoje são como eu fui ontem.

Tudo o que escrevo neste prefácio é um ato consciente, que visa destruir qualquer pretensão de que os escritos neste volume sejam vistos como arte. A distância entre os dois deve estar clara para o leitor. O gênero das "breves narrativas", com que classifico meus textos, é um disfarce indigno. A reunião e a publicação dos mesmos é uma obra do acaso. Embora seja gratificante, não posso ter a segurança de arrogar algo mais do que isto que ora vem a lume. E se, tal como gostaria, houver alguém que se interesse e venha a ler este livro, expresso desde já o mais profundo contentamento.

Em que pesem as razões descritas acima, escolho *Grito* como o título mais adequado para definir o conjunto do que se segue.

Pequim, aos 3 de dezembro de 1922

Lu Xun

DIÁRIO DE UM ALIENADO

Nota do editor

Há um longo tempo, convivi com dois irmãos — preservo-os anô-nimos neste relato —, uma relação da época de estudo, eram bons ami-gos meus.

Passaram-se muitos anos, cada qual seguiu o seu rumo, as notícias perderam-se no caminho. Todavia, um dia desses, soube, por acidente, que um deles estava às portas da morte.

Da última vez em que voltei para a minha terra natal, transitando pela aldeia onde moravam, aproveitei para ir vê-los. Só encontrei um de-les; disse-me que fora o caçula a cair enfermo.

Agradecendo-me por haver enfrentado a estrada, desbravando essas distâncias bravas, reportou que o mano se restabelecera, sem mais deta-lhes. Partira para paragem não especificada, na esperança de achar vaga no governo local, tendo sido, pois, colocado à disposição.[15]

Uma gargalhada exibiu seus dentes, conspicuamente alvos, incomu-mente sadios, enquanto procurava algo numa gaveta da escrivaninha. Achou dois calhamaços de papel tosco, que pinçou com as unhas longas, entre o polegar e o indicador.

Era um diário. Pondo-o sobre a mesa, disse que servia de prontuá-rio clínico e de bom presente para um velho amigo. Aceitei a dádiva e, escondendo a estranheza com fingida alegria, enfiei-a no malote.

Depois de chegar ao meu destino, curioso, folheei umas páginas, pa-ra saber do que se tratava. Surpreendido, apercebi-me de que o fulano devia ser como chamam, nestes novos tempos, um "esquizofrênico", ou algo do tipo.

---

[15] No sistema de cargos burocráticos da dinastia Qing, o *Houbu* [候补] era um fun-cionário de médio/baixo escalão, que possuía a patente, mas não um cargo em concreto. Por tal motivo, era enviado, mediante sorteio, para ficar à disposição em alguma repar-tição imperial ou administração local, aguardando nomeação ou encarregatura.

Lendo um pouco mais, suas palavras, entrecortadas e atrapalhadas, não me faziam sentido, o cúmulo do absurdo. Aquelas coisas, escrevinhadas a esmo, careciam da noção de tempo, não citando nem ano, nem mês, nem dia.

Como os pincéis variavam, ora mais espessos, ora mais delgados, como o nanquim era aqui menos denso, ali menos fino, não podiam ser anotações de um fôlego só ou de um único estado emocional.

Todavia, em determinada altura, discerni um certo nexo, que reverberava, lá e cá, abafado. Confesso que me deixou um vago ressaibo de inquietação. Ademais, considerado o evidente interesse clínico, decidi editar uma breve seleção de fragmentos, que parecem mais significativos, para melhor juízo dos especialistas.

Preservo a grafia original, letra a letra, inclusive os deslizes de melhor estilo. As pessoas referidas, alguns moradores de uma aldeia qualquer, gente pequena e sem consequência, altero seus nomes, por pura questão de privacidade.

O título foi dado pelo autor do diário; após a sua recuperação, bem entendido. Deixo-o assim.

O editor

em XXX, aos 2 de abril dos 7 anos da fundação da República

I

Uma bela noite, a de hoje, como é magnífico o seu luar!

Não via uma lua assim há muito, muito tempo; acho que uns trinta anos. Agora a tenho junto aos meus olhos, meu espírito está em êxtase. De repente, dou-me conta de que vivi todo esse tempo sob um completo torpor — da sociedade, do mundo, da existência.

Essa epifania não me vem sem sobressaltos. A vida é perigosa. Tenho que me manter alerta a todos os pormenores. Por que o cão de guarda dos Zhao me segue, rosnando famélico, os olhos ferinos, sempre que cruzo a frente da quinta deles?

Meus temores mais íntimos não são injustificados.

II

Para onde foi a lua? Seu brilho se cobriu. Algo de ominoso escala a minha espinha. Sei que está lá fora. Hoje de manhã cedo, com movimentos leves, aproximei-me da porta, ficando de vigia algum tempo, até poder sair num instante de segurança. Cúmulo do azar: dei de cara com o honorável ancião Zhao. Seus olhos, pequeninos, raiaram-me bizarros: era medo de mim? Ou ganas de me ferir?

Apertei o passo pela rua de barro, o rosto recolhido para olhar os meus pés, que afundavam teimosamente no pastoso solo cinzento. Percebia os vultos ao meu redor. Não eram poucos: sete? Oito? Ouvia que cochichavam de mãos concheadas junto aos ouvidos uns dos outros. Sentia que apontavam para mim. Riam-se com um som de pigarro. Uma cena macabra. Um calafrio correu como um azougue, do topo da cabeça à planta dos pés: entendi que estavam conluiados. Já tinham algo preparado para mim. Mas o quê?

Encontrando forças para manter as aparências, forcei-me a persistir no meu caminho. Ergui também os olhos. Adiante tinha um bando de crianças, que parou de brincar para me olhar. Um deles estendeu um braço para me apontar. Tinha o mesmo olhar do honorável ancião Zhao, a face lívida e os lábios contraídos com violência. O que eu lhe tinha feito? Ou aos seus? Não encontrava na memória quem pudessem ser, ou o que eu tivesse feito para merecer seu ódio. Os outros continuavam com os

Diário de um alienado

119

olhos fixos em mim. Estremecendo, escapou-me um grito que veio das entranhas: "O que querem de mim?!". Então retrocederam, sem me dar as costas, com um silvo felino.

De volta para casa, comecei a refletir sobre o ocorrido. O que poderia ter me indisposto com o honorável ancião Zhao? O que levou os outros, desconhecidos, a tomarem suas dores? A única coisa que me ocorreu foi, alguns, muitos anos atrás, ter pisoteado os escritos do Senhor Antiquário, umas anotações esparsas colecionadas ao longo de anos, disfarçadas de poesia cheirando a mofo. Sei que ele é uma pessoa muito vaidosa, e vaidade pare rancor. O honorável ancião Zhao não era íntimo dele, decerto, mas talvez tenha ouvido falarem as más-línguas e, não sei por que motivo, tomou as dores. Portanto, as pessoas que encontrei na rua são uma panelinha dos Zhao, atiçadas para fazerem a minha caveira.

Faz sentido, mas e as crianças? É possível que não fossem sequer nascidas naquela época. Como é que terminaram tendo raiva de mim, desejando o meu mal? Essa é a origem de meu temor desta aldeia, a justificação para que eu sinta maior estranhamento. Meu coração está em pedaços.

Já sei o que se passou. São filhos dos membros da panelinha. É assim que elas se moldam. Passam de pais a filhos.

III

Dada a situação na aldeia, comecei a perder o sono. Insônia grave. Todas as coisas têm uma razão de ser. Só quem as investiga é capaz de enxergar a luz.

Levantei a fundo os antecedentes de cada um dos fundadores daquela panelinha. Ali havia quem tivesse sido posto na picota pelo magistrado do distrito, havia quem tivesse levado mãozada na cara dos doutores das redondezas, havia quem tivesse tido a mulher roubada pelos secretários bate-pernas... e ainda havia gente cujos pais se penduraram na forca para fugir à vergonha de ver os filhos afundados em dívidas...

Porém, mesmo quando tinham passado por essas humilhações, jamais assumiram a mesma expressão daquele dia, para comigo. Nem era mesmo o temor, nem era mesma a raiva.

Avistei uma coisa muito estranha, ontem. Uma mulher, não me recordo com precisão em que lugar, estava a surrar iracunda o filho, quando escorregou de sua boca uma ameaça horripilante: "Seu moleque! Minha desforra virá com uma bocada da sua carne!".

Dando-se conta de minha presença, a mulher olhou de soslaio, sem se voltar para onde eu estava. Paralisado pelo horror, não sabia como, nem onde, escondê-lo. A mulher então revelou as presas agudas. Um coro ensurdecedor de gargalhadas explodiu atrás de mim. Todos tinham faces lívidas e as mesmas presas afiadas. A cena ficou paralisada por alguns momentos, quando uma mão arfante agarrou meu braço, puxando-me de volta para casa: era Quinto, do clã Chen.

Empurrou-me, enfim, porta adentro. Os de casa, continuaram a agir como se nada tivesse ocorrido. Melhor dito: como se não me conhecessem. Atentei para a expressão pálida no rosto de cada um deles, receoso de que fosse igual a dos de fora. Quinto forçou-me a entrar no estúdio, travando a porta atrás de mim. Sentia-me patético, um ganso preso para a engorda. Estava ainda mais perplexo, incapaz de compreender a minha situação.

De súbito, lembrei-me de um evento dos últimos dias. Um agricultor, velho inquilino de um lote nosso, veio da Vila dos Lobos prestar uma visita ao meu irmão, relatando-lhe que o ano foi mau e a colheita parca. Reportou-lhe, ainda, que a um *malfeitor* da vila, foi-lhe feita justiça: espancado até a morte. Depois, algumas pessoas mutilaram a carcaça do homem, escavando seu coração, seu fígado. Prepararam-nos no óleo e consumiram o estranho manjar, justificando-o com um sorriso: dá coragem para enfrentar as más sinas. Intrometi-me na conversa; olhares de censura, de ambos, reduziram-me ao silêncio. Com todos esses assombros recentes em minha aldeia, não deixei de perceber o quanto a expressão de meu irmão e de nosso inquilino eram reminiscentes das pessoas lá fora. De fato, era a mesma expressão!

Vivo numa aldeia de canibais!!!

Tento conter o estremecimento: eles só comem degenerados e forasteiros — não ousariam pôr os seus dentes sobre a carne de um *homem--bom*.[16]

---

[16] "Homem-bom" [绅士] indica o estrato social dos indivíduos que receberam educação clássica, preparatória para os exames de acesso à carreira burocrática. Pode-se dizer que eram os herdeiros do "Homem-nobre" [君子] confuciano. Normalmente, tinham mais posses do que a esmagadora maioria da população, que se dedicava ao trabalho na terra, e gozavam de um estatuto superior aos olhos da população, atuando não apenas

Todavia, a "bocada de carne", os dentes afiados, as faces lívidas, os risos sinistros ainda estão frescos na minha memória. A anedota do inquilino agora parece selar a questão. Era evidente que estava a passar algum tipo de sinal para o meu irmão. O veneno pingava de suas narinas, a lâmina saía de sua boca. Os dentes, as carreiras de presas rutilantes, exibidos orgulhosamente pelas gargalhadas — são de morder e de lacerar e de estraçalhar carne humana.

Por que eu? Por que agora? Eu conheço muitos deles; não são pessoas más, mas como quebrei as regras de convivência, violando a autoridade do Senhor Antiquário e de seu clã, talvez tenha perdido meus privilégios de *homem-bom*. Talvez tenha sido a má colheita o bom ensejo para que tenham decidido ser eu o próximo prato auspicioso — embora disso não esteja certo. É inegável que me viraram a cara, inclusive os meus próprios familiares — isso fez de mim um degenerado: um *malfeitor*.

Lembro-me de quando meu irmão me ensinava a escrever redações para participar dos exames de acesso à burocracia imperial. Mesmo que numas poucas linhas eu citasse um bom modelo ou uma boa autoridade, bastava ir contra a sua visão pessoal, para que ele riscasse: "errado!". Ainda que fosse tolerante em outras linhas para com pessoas menos exemplares, ou fontes menos respeitáveis, ironizava-me como "um gabola que peca contra o Céu, ávido por se mostrar diferente dos outros".

Tamanho era o peso dos valores tradicionais e a visão arraigada que tinha meu irmão da ordem das coisas. Mas como eu poderia saber o que estava na cabeça dos outros, quanto mais o que queriam colocar sobre o prato?

Todas as coisas têm uma razão de ser. Só quem as investiga é capaz de enxergar a luz. Desde o dealbar de nossa civilização, alimentar-se de carne humana é comum. Fato. Ainda guardo uma vaga lembrança do que me ensinaram.

Cioso de confirmá-lo, busquei na minha estante uma crônica histórica, aleatória, de data incerta. Comprovei que, qualquer que seja a época de nossa longa existência, há grandes verdades estampadas com um emaranhado confuso de palavras repetidas, linha após linha: "Humanidade!", "Senso de Dever!", "Moral!", "Virtude!". Rolando e contorcen-

---

como patronos e benfeitores privados, mas sobretudo como líderes da sociedade e defensores da situação.

do-me sobre minha cama, não conseguia encontrar o sono. Continuei a ler madrugada afora até que percebi, nas entrelinhas, que a nossa história foi escrita com sangue humano e que, atrás daquelas grandes verdades repetidas amiúde, todo o livro se resumia a um único mote: "devora o teu próximo!".

Isso que dizia o livro servia de roteiro para o que dizia o nosso inquilino, enquanto todos gargalhavam e aplaudiam e lambiam os beiços — olhando para mim.

Vivo numa aldeia de canibais. Eu também sou um *malfeitor*. Eles virão me devorar.

IV

De manhãzinha, busquei um lugar isolado para me sentar quieto. Quinto veio em minha direção, carregando o desjejum. Na bandeja posta sobre uma mesinha, ao meu lado, vi uma cumbuca com vegetais mistos salteados no óleo e um prato do que parecia ser bexiga de peixe e frango, cozidos no bafo. O prato estava enfeitado com uma cabeça de peixe. Notei que o peixe estava olhando para mim, com a boca escancarada. Senti-me incomodado pela atenção indesejada de seus olhos duros e brancos. Lembrei-me daquele cidadão, outro dia, os olhos esbugalhados e a boca espumando, o que agora suponho ser afã de comer carne humana. A mesma sensação me domina, o que faz de minha fome algo repugnante. Forcei-me, porém, a saciá-la, trazendo a comida à boca com os *fachi*.[17] O palato goza inconsciente da carne, lisa, macia, gostosa. Era mesmo o que reconhecera? Não seria carne de gente? Era um naco de bíceps, porventura! O asco tomou o lugar do prazer, esvaziando tudo o que tinha entrado no bucho.

Enxugando o vômito de minha roupa com o pano que cobria a cadeira, chamei o Quinto: "Quinto, pode dizer ao meu irmão que estou a passar mal, por favor? Quero dar uma volta no quintal até que a náusea se vá". Medindo-me com uma expressão vazia, deu-me as costas sem na-

---

[17] Talvez mais conhecido pelo étimo japonês *hashi*, trata-se dos pauzinhos utilizados como talher nos países de cultura sinófila no Leste e Sudeste Asiático. Pelo fato de o termo em mandarim *kuaizi* ainda não se ter disseminado, empregamos a palavra cantonesa *fachi*.

da dizer. Antes de passar pela porta, parou por um momento. Segurando a maçaneta, falou, lacônico: "Se o seu irmão permitir, volto para abrir a porta".

Permaneci imóvel, tentando entender o que os dois iriam me ordenar. Eu bem sei que não me permitiriam fugir de seu controle e, sem surpresas, meu irmão convidou um sujeito idoso para que viesse me ver. Pela janela embaçada, observei-o vir, os passos cansados, pé ante pé. Queria muito avaliar o seu olhar, confirmando o palpite de que tinha um brilho diabólico. Contudo, temeroso de que percebesse suas más intenções, o velho vinha com os olhos pelo chão, escondidinhos. Não podia me enganar. Erguendo discretamente o cenho, mirava-me por cima de seus óculos.

Meu irmão aproximou-se por trás de mim, quase que sorrateiro. Com uma expressão alegre, mas rígida, cumprimentou-me: "Você parece bem-disposto hoje!". "É verdade." "Escute, eu tive que pedir ajuda ao doutor He... eu... pedi que viesse dar uma olhadinha... examinar você." "Claro! Claro!" Julgava-me um tolo. Imagine que não ouvira falar do homem — fazia as vezes de carrasco na aldeia! Agora, travestido sob a toga de seda de médico, dava-se ares de filantropia, fingindo que vinha tomar meu pulso. Queria mesmo é apalpar a minha carne, escolher um pedaço bom, nem gordo, nem magro, para comer. Tal era o preço concordado da consulta.

Chegou. Entrando onde estávamos, saudou-nos, sorridente, com uma mão segurando o outro punho cerrado e agitando os braços. Havia algo de sinistro naquele sorriso, deixando entrever os dentes brancos, pontiagudos, sob penugens do bigode fino. Eu não tinha medo. Não tinha me tornado canibal, à maneira dos outros. E eu tinha mais brio. Estirei-lhe ambos os punhos fechados, em riste, pronto para o que viesse. Ignorando meu desafio, sentou-se, calmo, tocando meus pulsos com um toque delicado. Enquanto o suor vertia de minha fronte, o velho mantinha seus olhos fechados, como se num transe profundo. Grande foi o meu pavor, quando, de repente, abriu as pálpebras: tinha olhos de serpente!!! Contive-me com dificuldade, para ouvir suas palavras: "Tente não pensar tanto nas coisas. Tire uns dias para repousar melhor. Você ficará bom".

"Hmph. 'Pare de pensar tanto...' e eu sou de lucubrar? 'Tire uns dias para repousar...' e o que tenho feito, dia após dia? Repouse, engorde um pouquinho mais... eis o que o velho quer de mim... um naco a mais de carne descendo tenro pela goela. Que vantagem isso traz para mim? Como é que vou "ficar bom?" Bom de quê? Esse tipo de gente, esses canibais, tanto querem devorar os outros como desejam manter as aparências, fingidos, sorrateiros, tarados — não ousam satisfazer sua depravação à luz do dia. Ridículos, fazem-me rir de pena. Não resisti, desatei a gargalhar. Prazeroso. Gargalhei mais. Sabia que era um ato de coragem, e de justiça. O velho e meu irmão, de pé, à minha frente, ficaram pálidos de vergonha. Foi a minha coragem que desbaratou seus embustes. Foi a minha justiça.

Essas são as minhas armas invencíveis. Quanto mais querem mordiscar a minha pele, abocanhar os meus músculos sangrentos, mais se banham em minha glória definitiva. Mordia os meus dentes, amarelados e chatos, com toda a força.

Vi o velho saindo apressado pelo portão da casa, virando apenas para se despedir do meu irmão. Não estava muito distante da janela de onde eu o espiava. Pude ouvi-lo, sussurrando para meu irmão: "Mate-o. Coma-o. Mate-o. Coma-o!". Meu irmão parecia assentir, acenando com a cabeça, de leve... Até ele estava envolvido! Escândalo!! Mesmo que fosse uma surpresa, não era de todo impensável. O meu próprio irmão estava envolvido. O meu próprio irmão... também se alimentava de gente. Sou irmão de um canibal! Eu era o prato principal da refeição, meu irmão era um dos convivas. Que ironia.

V

Nos últimos dias, continuando a pensar nessa questão, realizei um grande avanço. Não importa qual a principal ocupação do velho. Carrasco ou médico, não importa mais. Não deixa de ser alguém que se alimenta de carne humana. A nossa medicina respalda essa prática. Li Shizhen, o patriarca da seita de medicina a que se filiava o velho He, afirmara sem equívocos que não havia nada a impedir que se comesse gente. Não é mentira. A obra principal de Li, *O não-sei-o-quê da herbologia*, serve de prova.[18] É saudável, sim, ingerir carne humana — desde que

---

[18] Trata-se do *Compêndio geral de herbologia* [本草纲目], de Li Shizhen (李时珍, 1518-1593). A afirmação do alienado, segundo a qual o *Compêndio geral* afirma que a

bem grelhada. De que modo pretendia me convencer de que não era o que sabia que era?

O meu irmão, não tenho a menor intenção de caluniá-lo. Veja só, quando eu era pequeno, meu irmão me ensinou as primeiras letras, tendo saboreado bem aquele episódio clássico, segundo o qual os homens trocavam os filhos uns com os outros para comê-los sem culpa. Numa outra ocasião, meu irmão criticava um *malfeitor* qualquer quando, num acesso de fúria, bradou que não bastava massacrá-lo, era preciso mastigar a sua carne e se cobrir com seu couro.[19] Como disse, tinha uma idade muito tenra naquela época, interpretei-o como um momento de descontrole. Sendo muito impressionável, o coração me saltou à boca — aquele monstro seria mesmo o meu irmão?

Num dia destes, um agricultor, pesado de dívidas, com uma tirinha de terra na Vila dos Lobos, veio dizer que estavam a comer o coração, fartar-se do fígado dos outros. Pessoas como ele tampouco julgam estranhos esses fenômenos: não apenas os admitem, também os consentem e mesmo se entregam a eles. Ao comparar passado e presente, acordo para a verdade de que o ser humano nada mudou: bruto, de razão e de sentimento. Quem ousa devorar os filhos dos outros é capaz de se alimentar de qualquer um.

Naquela época, eu só o ouvira discursar sobre essas verdades literárias; em minha inocência, deixara passar em branco lições preciosas. Agora que amadurecera, mais do que as literárias, também sabia das verdades do coração. Quando meu irmão falava, o brilho úmido de seus lábios era untado por banha humana, o viço de sua voz vinha da sede de sangue, da fome de carne humana.

VI

Sombra. Escuro. Treva. Noite? Não sei. Dia? Não tenho certeza. O cão dos Zhao está latindo. De novo.

---

carne humana é própria para o consumo, é um dos erros de leitura aludidos pelo editor no início do texto.

[19] Os dois episódios são citados num comentário ao *Clássico da Primavera e do Outono*. O alienado, porém, interpreta como fatos os provérbios *yiziershi* [易子而食] e *shirou qinpi* [食肉寝皮], respectivamente, que nada mais são do que hipérboles.

Insônia. Meus olhos se fixam no teto. O leão é cruel. O coelho é covarde. A raposa... arteira.

VII

Por que ainda vivo? Eu sei por quê. Conheço as manhas deles. Esse tipo de gente não tem peito para matar logo, assim, no ato. Não querem o risco, não o ousam cometer, carecem de convicção. Na verdade, receiam o castigo divino. Por tal motivo, estão sempre em contato, aconchavando-se, passando-se a culpa uns aos outros. É como se estivessem pescando com rede. Vendo-me perdido de meu cardume, incapaz de reencontrar meu caminho, esperam que eu, por erro ou por vontade, enleie-me em minha própria morte.

"Suicide-se!"

Nos últimos dias, arrisquei-me a observar as almas penadas, não importa se de homem ou de mulher, passando pela rua. O jeito dos homens, o olhar das mulheres, e a atitude recente do meu irmão... sim... sim... eu compreendi, enfim, uns 80%, 90%, quase tudo, compreendi o que eles querem de mim.

"Suicide-se!"... "Suicide-se!!"... "Suicide-se!!!"

Nessas situações, talvez seja melhor desatar este cinto aqui. O couro é bom; a fivela, sólida. Não, não vai se partir, não vai perder a forma. Aquele caibro também é firme, a madeira é boa. Que tal atar o cinto no caibro? Que tal me pendurar nele e dar meus últimos passos no ar? Morrer assim não é mal. Também tem a vantagem de que lhes nego o crime de assassinato, realizando os seus desejos mais íntimos. Eles com certeza sentiriam um prazer secreto, daqueles que fazem o mal sem perder a compostura. Consigo até imaginá-los, um riso brotando do ronco do ventre, um riso grave e compassado. Se não for por minhas próprias mãos, será pelas da tristeza, ou do medo, ou do mau humor, ou do tédio, que emagrentam antes de matar. Eles estão de acordo; acenam com a cabeça, salivando.

"Ei! Mas eles só gostam de se alimentar de cadáveres!" — lembrei-me, por acaso, de algo que havia lido numa outra obra... como um animal exótico, de além-mar, "hi-e-ná", acho que é assim que se pronuncia. É um bicho feio, de olhar malicioso. Sem exceção, se farta com carne morta. As presas, poderosas, mastigavam os ossos até formar uma pasta

Diário de um alienado

127

que escorre grudenta da goela ao estômago. Fico enjoado só de pensar. Diz-se que a "hi-e-ná" é parente dos lobos. Os lobos são do mesmo clã dos cães. Os cães são os melhores amigos dos canibais... até que estes os comem. Veja só, há poucos dias, aquele cachorro dos Zhao, mirava-me com ódio; agora percebo. Também é cúmplice, ele, também é. Manco-munaram-se. Há muito tempo. O velho evitou o meu olhar, fitou o chão, acha que consegue esconder a verdade de mim. Pensa que sou tolo.

De todos, o mais digno de pena é o meu irmão. Afinal de contas, ele também é *homem-bom* da aldeia. Como é que não tem nem um pouco de medo? Como consegue se juntar aos outros para me devorar? Ou será que já se habituou, pela repetição de seus erros, e já não vê imoralidade no que faz? Ou será que se esconde de sua consciência, agachado num canto escuro, engolindo os últimos indícios de seu crime?

Eu amaldiçoo todos os canibais desta aldeia, a começar pelo meu irmão. E ainda, se tiver que convencer de que deixem de atentar contra a natureza, devo começar por ele.

VIII

Nossa tradição e cultura foram construídas sobre os alicerces do canibalismo. Dados os desenvolvimentos recentes na aldeia, acordo para o fato de que por aqui já sabemos disso, na prática, há muito, muito tempo.

Espantosamente, veio ao meu cárcere hoje um visitante novo. Meus olhos estavam fracos devido ao isolamento. De início, não consegui distinguir com clareza os traços do rosto, mas o bastante para conjecturar que aparentava uns vinte anos, cerca de. Na penumbra, distingui os sulcos de um sorriso, de orelha a orelha, que oscilavam junto com a cabeça meneante. Era um sorriso ou exibição de presas? Não tirei a dúvida. O que fiz foi perguntar se vinha tratar do meu banquete: "Estou certo?".

A sua voz soou em minha direção. Não é ano de má colheita. Afinal, por que comer gente, quando não há necessidade?

Desconversou bem, fugindo do cerne do problema. Era mais um do grupo dos que fazem porque gostam. Para descobrir o meu destino, encontrei coragem não sei de onde, repetindo:

"Estou certo?"

Que raio de pergunta é essa? Repreendia-me como um dos tais "humoristas", nestes novos tempos. Aliás, você viu como o dia hoje está bonito?

"Ahã. Tempo bom, lua gorda. Mas o que quero mesmo é perguntar a você: estou certo?"

A silhueta em meio à penumbra contraiu-se um tanto, parecia encabulada. Fez pouco de mim e da situação. Está errado. Soou categórico.

"Errado? E nos anos de má colheita? Por que, então?"

Tampouco. Hipocritamente.

"Tampouco? E os incidentes na Vila dos Lobos? E as nossas tradições, com seus falsos moralismos, escritas e copiadas e recopiadas com sangue fresco?!"

Calou-se. Cavei fundo demais, picando algo mal sarado.

A face reluziu lívida, os dentes tremeluziram brancos, os olhos lampejaram fúlgidos. Não posso negar que houve, talvez sim. O que importa é que as coisas são, e devem continuar a ser, como sempre foram.

"Como sempre foram. Isso basta para que estejam corretas?", insisti.

Certas razões estão além da razão. Não é permitido as discutir. Quem se cala está certo. Quem não se cala não está certo. Respondeu assim.

Saltei de onde estava para agarrar aquela figura, cambaleando no vazio. Desaparecera no ar! Minhas pernas tremeram e me dei conta de que estava encharcado, os aposentos fedendo a suor. Embora nunca tivesse visto esta pessoa em nossa casa, parecia-se de certa forma com o meu irmão, mas era muito mais jovem do que ele.

Para que saber mais? Era um cúmplice, sem dúvida; um cúmplice que foi ensinado pelo pai e a mãe a ser como é, herdando um lugar de honra na panelinha. E ensinará aos seus filhos e filhas. Eis a razão para que eu tenha me tornado alvo, até das crianças. Olham para mim como lobos às suas presas.

IX

Se o homem é um animal social, o canibalismo contradiz sua natureza. De que maneira consegue viver uma pessoa que tanto quer comer outrem como evitar que se torne a vítima de alguém à espreita, de outra víbora pronta para o bote? A resposta é simples: a sociedade de canibais é um bando de animais. Vivem uns a suspeitar dos de fora, seus olhares

Diário de um alienado

inquisitivos, desconfiados de quem não é do clã, de quem não é da aldeia. Vigiam-se uns aos outros.

Sem esse elo de sangue à aldeia, à panelinha, ao clã, a vida seria muito mais fácil. Cada qual poderia seguir o próprio rumo, aventurando-se pelo mundo, buscando seu sustento e seu recreio. Não é esse o conforto existencial almejado por cada ser humano? E parece estar a apenas um pequeno passo, um obstáculo fácil de ultrapassar...

Mas não. Pais e filhos, irmãos, maridos e esposas, amigos, professores e alunos, inimigos — até perfeitos estranhos — estão todos unidos pela mesma visão de mundo. Para perenizá-la, premiam-se e se punem, preferem a morte a dar o pequeno passo, a ultrapassar o obstáculo.

Minha cabeça dói.

X

Madruguei esta manhã. Descobrindo minha porta aberta, procurei o meu irmão, decidi abrir o jogo. Encontrei-o parado de pé, na varanda fora do salão. Contemplava o céu, parecia gozar a claridade morna. Coloquei-me entre ele e a porta. Não me percebeu lá. Simulei uma tranquilidade de que perdera o hábito; fingi uma mansidão que não mais era a minha.

Engoli em seco, esvaziei a mente e encetei a conversa: "Mano, tenho algo para lhe dizer".

Despertando do transe, voltou o cenho para mim, vivo. Acenou duas vezes com a cabeça, ansioso, dizendo: "Bom; diga, diga". Não entendia a sua expressão.

"Eu sei o que tenho a dizer, já faz algum tempo. Só que as palavras paravam no nó de minha garganta. Mano, nestes novos tempos, aprendemos que os povos selvagens tinham por hábito se alimentar de carne humana. Com o avançar da civilização, com novas formas de pensar, com maior profundidade de sentimentos, alguns deixaram de praticar canibalismo. Achando isso bem, fizeram-se seres humanos. Verdadeiros seres humanos. Os que permaneceram no passado, determinados a preservar sua tradição, esses continuaram a ser como animais. Por fora, é verdade, passaram pela mesma evolução que o homem. De micróbios a peixes, de peixes a pássaros, de pássaros a macacos, até ganharem a forma de gente. Porém, é só forma, é só por fora: resistindo à mudança, são como animais. Como se dá que não têm vergonha, quando confrontados com verdadeiros seres humanos? Para mim, a vergonha é maior que a sentida pelo micróbio diante do macaco."

Ele preservava aquela expressão indecifrável.

Como sair daquele impasse? Meu irmão era um *homem-bom*. Os *homens-bons* têm cultura, reverência pelos textos sagrados de nossa tradição. Motivado por tal certeza, renovei minha investida, de um modo a que ele tinha que reagir:

"O cozinheiro real Yi'ya era um desses homens por fora, desprovidos de vergonha. Yi'ya cozinhou o próprio filho recém-nascido para satisfazer os caprichos perversos de um soberano depravado, outra das inúmeras iterações póstumas de Jie ou Zhou.[20] É uma história antiga, mas bem comprovada. Bem antes disso, nos primórdios de nossa cultura, o gigante Pan'gu deu origem ao mundo, quando ao se decompor foi consumido pelas Dez Mil Coisas. Quantos milênios se passaram entre Pan'gu e Yi'ya, ninguém sabe. E não me diga que isso mudou. Não faz mais de dez anos, o revoltoso Xu Xilin não foi desmembrado e devorado por seus inimigos?...[21] E os *malfeitores* da Vila dos Lobos?... E a execução fora da muralha do distrito, quando um tísico ensopou seu pão no sangue do decapitado e, lambendo-o, voltou para casa coxeando?"

Meu irmão parecia estar ouvindo o vento soprar forte pelos salgueiros que beiravam o canal fora de nossa quinta.

"A aldeia decidiu que sou o próximo. Sei que você, mesmo sendo um *homem-bom*, não é mais do que uma pessoa só e não pode fazer nada contra a vontade geral. Mas por que se unir a eles, mano? Os canibais são capazes de tudo. Hoje sou eu, amanhã, você próprio. Hoje, comparsa; amanhã, repasto. Basta dar um passo atrás, um pequeno passo, para que a mudança se inicie. A Grande Paz raiará no horizonte, para todos."

---

[20] Yi'ya [易牙], personagem renomado por seus dotes culinários que serviu o duque Huan de Qi (齐桓公, 718-643 a.C.). Jie (桀, 1728-1675 a.C.) e Zhou (纣, 1105-1046 a.C.) são os últimos imperadores das dinastias Xia e Shang.

[21] No original chinês, o autor alterou o último ideograma do nome para mascarar a referência a Xu Xilin (徐锡麟, 1873-1907), membro da Guangfuhui [光复会], grupo revolucionário do final da dinastia Qing. Em 1907, Xu organizou uma revolta nas províncias de Zhejiang e Anhui; ao ser preso, confessou ter assassinado Enming [恩铭], o governador de Anhui, cujos homens tiraram o coração e o fígado de Xu e o comeram.

Diário de um alienado

Ele começou a rir, encabulado.

"Não me diga que somos o que sempre fomos. Não me diga que tudo sempre foi assim, desde o começo. A mudança pode começar hoje. Podemos ser melhores e dizermos não a essa tradição. Mano, você é um *homem-bom*; acredito que pode tentar dizer não. Você pode. O nosso inquilino veio pedir anistia do aluguel. Os tempos são difíceis. Você disse que não podia fazer nada."

Os olhos de meu irmão se encheram de fúria. A face recuperou a palidez característica dos canibais da vila. Os lábios se entreabriram, para revelar a brancura fria das presas famintas.

Entrementes, percebi que o som não vinha dos salgueiros, mas da cerca de madeira na frente de minha casa.

Uma multidão empurrava a cerca cadenciosa, fazendo os postes rangerem. As mesmas faces lívidas, os mesmos dentes agudos. O honorável ancião Zhao estava presente, com seu cachorro. Não conseguia distinguir o rosto de uns; outros pareciam ter escolhido o anonimato de uma carapuça. Uns enfiavam as mãos pelas frestas, apontando-me; outros enfiavam as cabeças, para me ouvir, para me ver, comendo-me com os olhos. Havia ainda os que deformavam o rosto com as mãos, comprimindo suas bocas num sorriso hediondo. Os canibais vieram para o banquete?

Por que, então, não avançavam para o seu objetivo? Desta vez, havia algo diferente no ar. A maioria se mostrava impassível: as coisas devem ser como sempre foram... que se sirva a refeição comunitária! Alguns, não muitos, pareciam estar em dúvida, sabendo, na profundeza inescrutável de suas consciências, que há algo errado em consumir carne humana; mas apegados ao atavismo, nada obstante. Vendo-me, ouvindo-me, enfureceram-se quando toquei na ferida. Eram estes os que empurravam a cerca. Ainda havia aqueles do sorriso hediondo: fome?

Como se inchando e ganhando uma dimensão monstruosa, meu irmão afinal explodiu, rugindo contra a multidão: "Querem ver o quê? Vão embora! Deixem o *louco* comigo!".

Essa era a conspiração implícita da aldeia. Nem meu irmão, nem qualquer outro estava disposto a se reformar. Cada evento estava preordenado por um roteiro surrado. *Criminoso*, *malfeitor*, agora também *louco* — são rótulos que dão aos degenerados, justificando a tradição. Comê-los, comer-me, é uma purgação tolerável, o penhor da restauração da paz na comunidade. É como a vingança dos campesinos da Vila dos Lobos, a devorarem seus *malfeitores*. Esse é o método, essa é a cerimônia.

Quinto apareceu do nada, um boi ofegante, a trança oscilando como um chicote que o açoitava avante. Com uma mão, imobilizou meus braços atrás das costas; com a outra, tentava sufocar a minha boca. Resistindo o quanto podia, gritei para a multidão: "Vocês, vocês ainda têm uma chance de se reformar, olhem para seus próprios corações, comecem de lá! Vocês verão, vocês verão! Nestes novos tempos, ninguém comerá carne de gente! Não haverá mais espaço no mundo para nenhum de vocês!".

Projetara-me no chão para evitar a chave de braço: "Parem já! Ou só terão uns aos outros para comerem! Serão caçados pelos seres humanos autênticos! Caçados! Como animais! Exterminados! Como animais!". Desfaleci.

Quando voltei aos meus sentidos, de minha cela vi Quinto a dispersar a multidão; enxotou-os, até o último homem. Meu irmão não podia ser encontrado em lugar algum. Quinto conduzira-me de volta ao meu cárcere; em suas palavras, "pedira-me" para voltar ao "meu quarto". A mesma escuridão total. Minha cabeça fervia.

Vi os caibros e ripas a tremerem, ouvi a madeira rangendo de dor. Senti-me projetado no ar, espremido contra o teto, a madeira pesando sobre o meu corpo. Um peso descomunal impedia meus membros de se moverem. Palpitantes os meus pulmões, buscavam o ar onde o encontravam. Querem que morra em minha cela! Nunca!

A certa altura, notei que o teto não mais pesava tanto. Com um esforço extremo, empurrei-me de volta para a cama. Meio imerso num mar de suor, reiterei minha exigência aos berros: "Parem agora! Reformem os seus corações! Nestes novos tempos, ninguém comerá carne de gente! Ninguém...!!!".

XI

Um fio de luz penetra o teto. O sol já nasceu. Há correntes na porta. Só abre duas vezes. Uma refeição; outra refeição. E o dia se acaba.

Pegando os *fachi* para saciar a fome, lembrei-me de minha família... Nossa irmãzinha morreu, não foi um acidente. Tinha cinco aninhos, tão meiguinha, tão inocente. Nossa mãe, inconsolável; o mano, firme ao seu lado. Não chore; não chore. A culpa faz tudo pior. Em breve, será parte de nós. O choro leva à culpa. A culpa... mata o apetite.

Diário de um alienado

Meu irmão comeu do cadáver de nossa irmã.

A mãe chorava daquela maneira, será que não sabia? Ou será que sabia? Sabia, sim. Eu, não. Ela chorava um choro de culpa. À época, eu o interpretara como tristeza, falto de uma interpretação melhor. Que mãe, naquela situação, não agiria daquela forma?

Parecera-me apropriado, então. Essa é a nossa forma de pensar e sentir. É natural para nós.

Lembro-me de minha primeira infância. Sentávamos na varanda, gozando da aragem fresca. Os nossos textos sagrados mandam que, com pai ou mãe enfermos, os filhos devem estar prontos para cortarem um pedaço de sua carne, se necessário for.[22] Dela se coze a santa cura, a sopa que restabelece. Esses eram os bons filhos, esses eram os eleitos. Quando o mano recitava esses textos, a mãe estava por perto. Parecia aprovar; no mínimo, não censurava.

Quem bebe a sopa, prova um pedacinho. Quem prova... come a coisa toda.

O mais tocante no funeral da maninha é que a mãe chorava, com abandono e sem pista de consolo. Comovo-me só de lembrar. Esse é o supremo mistério das relações familiares.

XII

Não aguento mais viver refém de meus pensamentos. Minha mente não para.

Esta aldeia, esta cultura, são quatro mil anos de canibalismo institucionalizado. Demorou muito para que, por derradeiro, eu entendesse seus motivos, sua ideologia, suas regras. Quantos anos de total inocência, ignorância, cumplicidade. Meu irmão acabara de assumir a gestão de nossa família. A irmã morrera naquele preciso momento. Nada impedia o mano de mandar que um pouco da carne de nossa irmã fosse preparado no banquete fúnebre. Eu nascera um *homem-bom*? Talvez tenha comido e sequer saiba. Eu me fiz um *homem-bom*.

Tenho vivido como um canibal, contra a minha própria vontade. Não é improvável que tenha até comido algo de minha irmã. Mas des-

---

[22] Referência ao provérbio gegu *liaoqin* [割股疗亲], que faz referência a uma prática bastante citada nos textos antigos.

pertei do torpor e quebrei as regras, tornando-me um *louco* para os outros. *Louco*, não: *alienado*. Agora, será o meu próprio corpo a reconciliar a aldeia.

Tornar-me-ei mais um elo dessa longa corrente de carne, inconsútil, que se estende por quatro milênios e adiante. Nunca suspeitara, mas agora sei: é difícil encontrar um ser humano, autêntico, entre nós.

XIII

Minha derradeira esperança é a de que, nestes novos tempos, uma nova geração seja poupada de nosso crime fundador. Será que ainda há tempo? As crianças que acabaram de nascer, talvez? Há alguém que ouse falar por elas?

Quem conseguirá salvar o nosso futuro?

Abril de 1918

KONG YIJI, O LADRÃO DE LIVROS

Os bares da Vila de Lu têm um aspecto próprio, diferente dos das outras terras da China. Em Lu, os bares são longos balcões quase a céu aberto, como se jogados no meio do barro das ruas, tentando teimosamente esquadrejar o traçado indeciso dos becos que seguem. Esses balcões são miraculosos. Escondem barris de água quente, para aquecer a aguardente de quem a quer sempre morna.

Quando o sol está a pique ou quando o sol volta para casa, os clientes, umas almas quebradas pela vida, vêm recobrar as forças de suas magras labutas, gastando quatro moedinhas pretas de cobre para cada cumbuquinha trincada de álcool turvo.

A propósito, a estória que vou contar é uma estória de mais de vinte anos; lembro-me com clareza, porque hoje as cumbucas custam dez cobres.

Voltando ao ponto, os clientes repousam da realidade apoiando o lado do corpo nos balcões enquanto bebem ou, quando falta dinheiro, apenas cheiram a danada. Quem tiver mais um cobre sobrando, pode jogá-lo sobre o balcão para comprar um pires de brotos de bambu cozidos em salmoura. Se preferir, pode trocá-lo por um de favas de funcho. Tanto um como o outro, não são para matar a fome, são para o álcool tosco descer macio goela abaixo.

Matar a fome é mais caro. Mais de dez cobres por um pratinho mixuruca com muito alho-poró e um resto de aroma de carne. São pratos que terminam comidos pelas moscas; como disse, os clientes, em geral, são uns famintos quebrados. O hábito anuncia o homem: as calças revelam os calcanhares, as mangas param no antebraço — qualquer um sabe que são trabalhadores braçais. No bar, nós os chamamos de "roupas-curtas".

Para trás dos balcões, os bares têm umas salinhas, quase claras e quase limpas, reservadas para pessoas quase respeitáveis. Vestidos com longas becas que cobrem as mãos e os calcanhares, vê-se que são homens de cultura. Ou quase. Pelo menos, não trabalham com braços e pés, como os "roupas-curtas". Eles pedem aguardente, pedem comida, e passam horas sentados preguiçosos.

Desde os meus doze anos, trabalho como garçom no bar Felicidade Geral, aquele que fica na entrada da vila. Na primeira vez que o patrão me viu, disse que eu tinha jeito de burro, não dava para atender os clientes que usam beca, só podia ficar no balcão, para ajudar no que precisassem. Logo vi que os "roupas-curtas" não eram tão maus assim. Todavia, apesar de que fosse fácil tratar com eles, não eram poucos os que tinham uma conversa longa, um emaranhado confuso do qual era difícil se desvencilhar.

O passatempo deles era inspecionar a aguardente espumando amarelada ao sair das gordas jarras de cerâmica, concha após concha. Seus olhos, rigidamente fixos, queriam ver se o patrão tinha ou não metido água na bicha, para ganhar uns a mais. Depois disso, menos tensos, averiguavam se a água quente era usada, com exclusividade, para esquentar as jarras e nada mais. Então morriam afogadas as suas angústias.

Sob a pressão de tantos olhos, só o mais manipresto dos garçons consegue se safar dos protestos urrados pelos clientes contra as duas ou três conchas d'água que conseguiu jogar na jarra, aguando a aguardente. Talvez por tal razão, passados uns poucos dias, o patrão disse que eu não tinha talento para trabalhar nesse ramo. Tive sorte, porque quem tinha me ajudado a arrumar o emprego era uma pessoa importante; o gerente não tinha como ficar bem com o dono do bar se ousasse me mostrar o olho da rua. Afinal de contas, restou para mim ficar de pé atrás do balcão, esquentando as jarras de aguardente. Era o trabalho mais maçante do bar.

A partir daí, comecei a trabalhar mais com as pernas: ficava de pé o tempo inteiro. E como eram longos os períodos de total inação, descobri que era mais vigia do que garçom, pensamento que, no início, não me desagradou tanto. Também deixei de ser alvo das críticas e reparos do patrão, o que já era o bastante para compensar a eterna dormência nas pernas.

Mas todo o tempo extra para bocejar e coçar os ouvidos afinal alertou-me para a monotonia de minhas funções e a total falta de contentamento com minha existência. Já que não havia nada de interessante em mim mesmo, comecei a buscá-lo nos outros. O patrão ia e vinha com seus olhos de concupiscência gorada, transparecendo eterna irritação conosco. Os clientes tampouco animavam o dia, a única surpresa era a de que rostos tão diferentes pudessem pensar e falar de maneiras tão semelhantes.

Os dias passavam lerdos e não deixavam memória alguma. Até o instante em que apareceu Kong Yiji. Suas visitações ao bar eram as poucas ocasiões em que me apanhava sorrindo. Dos "convivas" do bar, a sua figura é a única de que me lembro com voz e sentimento próprios.

Para qualquer um ali, Kong Yiji era uma visão única. Alto como um varapau, trazia sempre um semblante muito carregado, tendendo para uma palidez azulada. O rosto era recortado por rugas de expressão, parte das quais, observadas de perto, vinham vincadas por cicatrizes ora mais, ora menos profundas. O retrato se concluía com um bigode e uma barbicha de tufos oleosos, tão longos como ralos, parte escuros, parte reluzentes.

Embora bebesse de pé, o lado do corpo descansado no balcão, vestia a roupa longa dos letrados. Em tantos anos, foi a única beca que vi bebendo fora. Feita de cânhamo tingido de cinza-claro, a cor original tinha assumido um tom mais escuro com o desasseio diário, saltando à vista a gola e a área das axilas, severamente encardidas. Fedia pouco, ou muito, dependendo da distância; estava certo de que nunca fora lavada. Pelo que os buracos e rasgões contavam, Kong trajava-a sem remendá-la há mais de dez anos, desde que, era provável, desistira de participar na primeira etapa dos exames de acesso à carreira burocrática, realizada na sede do distrito, uma cidade a meio dia de caminhada para o norte, caso faltasse dinheiro para um passeio agradável de sampana.

Ao falar conosco, Kong afetava as cadências dos eruditos que, mal desmamados, já recitavam os *Clássicos*, sequer sabendo o que queriam dizer. Cada elocução dele terminava com interjeições da língua antiga, um *hu* para cá, outro *hu* para lá. Nós outros, os sem-escola, ficávamos aturdidos, as bocas escancaradas num "o" mudo.

Na verdade, Yiji não era o seu nome, mas um apelido irônico que lhe deram. Muitos já viram aquelas folhas para prática de caligrafia com pincel, o contorno dos ideogramas marcado em vermelho, centrados em quadrados brancos com bordas vermelhas. Naquele tempo, as primeiras seis palavras eram sempre *shang*, *da*, *ren*; *kong*, *yi*, *ji*, que líamos, entendendo sem entender, como "nobre-senhor-augusto, Kong Yiji". Já que ele vinha do clã Kong, o mesmo de Confúcio, e o que dizia nós também entendíamos sem entender, "Kong Yiji" pegou. Ele virou "Kong Yiji". Era só chegar no balcão que todos os fregueses desatavam a rir, num desfile de gengivas esbranquiçadas e dentes escurecidos.

Já era cliente do bar por um bom tempo quando se tornou objeto de menoscabo geral. Lembro-me do dia, quando um dos menos habitua-

Kong Yiji, o ladrão de livros

dos à vista foi ao ataque: "Kong Yiji, outra cicatriz na sua cara, caiu de maduro ou levou uma nova sova?!". Amuou-se a beca; ele contraiu o cenho voltado para baixo, enquanto a mão cerrada dava um coque no balcão: "Esquente duas cumbucas para mim. E me dê um pires de favas de funcho". Rabugento, espremeu nove cobres da algibeira, esperançoso de que lhe dessem uma trégua.

Outra voz anônima saltou do coro: "Ei, Kong, me conte aí, é verdade que você ajudou alguém a perder as coisas de novo?". O estrondar das gargalhadas deitava um vapor alcoólico sobre o balcão. Ele suspende a cabeça, mostrando os olhos arregalados, e grita: "Que ganha a denegrir a minha inocência com difamações?". Entretidos com a cena, os frequentadores fizeram silêncio, aguardando o golpe de misericórdia a ser dado por outro acusador, que vem: "Inocente? Que inocência, bandido! Eu lhe vi dois dias atrás, suspenso na corda, sovado de pau. Vai negar que furtou livros da mansão dos He?".

Por dentro, o orgulho de Kong fez-lhe ferver o sangue. Por fora, a silhueta, apoiada no balcão, estirou-se inteira para exibir sua estatura. O que mais causava impressão era a face do homem: vermelha de fúria — e de vergonha, com as veias das têmporas e os nervos do pescoço túrgidos. A boca vacilou uns instantes, até que partiu para a polêmica, acompanhada por um dedo em riste: "Fur-furtar livros... não é crime! Furtar livros não é furto! Eu visto beca; ele veste beca! É intercâmbio intelectual!".

E daí começou a jorrar aquelas citações que ninguém sabe o que querem dizer ao certo, dos "homens nobres sempre foram pobres"[23] às que terminam enfatizadas com interjeições da língua escrita clássica, *zhe--hu*: alguma coisa incompreensível e *zhe-hu*; outra frase obscura e *zhe--hu*; e mais um provérbio que só ele sabe e *zhe-hu*. Os bebuns entreolharam-se, concordando tácitos em brindar a performance de Kong com um transbordar de risos. O bar virou uma pândega zombeteira. Dando as costas para aquele rebuliço, voltei-me para os meus próprios pensamentos.

Sentia uma dor de dó. O que trouxera aquele dia?

Com o passar do tempo, fui recolhendo pedaços da história de Kong Yiji, que eu ouvia por acaso, quando ele ia embora, das conversas no bal-

---

[23] Leitura grosseiramente literal de "Junzi gu qiong" [君子固穷], ensinamento de Confúcio consagrado nos *Analectos*. Propriamente entendido, quer dizer: "o Homem Nobre persiste quando se encontra em meio a dificuldades", ou seja, não muda sua forma de ser, nem seus princípios.

cão. Confidenciavam que tinha, sem dúvida, estudado por um tempo, almejando se credenciar para a burocracia imperial. Com maldade mal disfarçada, entendia-se o refrão "Que pena que nunca conseguiu passar na primeira etapa dos exames...".[24] Ouvi também que era um homem sem disposição para o trabalho, que havia caído numa pobreza cada vez menos digna para alguém de sua condição. A certa altura da vida, o *homem-bom* estava prestes a pedir comida aos outros. Salvaram-no as suas mãos: tinha uma bela caligrafia, o que lhe permitia copiar livros em troca de cumbucas de comida. E voltavam as más-línguas, "Tinha um gênio difícil", "Muita barriga para pouca labuta" etc.

De qualquer maneira, parece que a acusação não era sem causa. Uma voz fofocou que Kong raramente copiava mais do que uns dias, antes que desaparecessem o livro, o papel, a placa de tinta, o pincel... e o próprio. A anedota terminava com uma piada: "Tudo desaparecia junto com a sombra dele". E não foi só uma vez: foram várias. Outra voz, fingindo descrença: "Como é que você sabe disso?". O fofoqueiro comprovava: "Ninguém mais o quer para copista". Uma nova voz soava a nota de sarcasmo: "Não tem mais jeito, só dá para sobreviver fazendo um furto vez ou outra".

Como poderia ser verdade? Em nosso bar, não era Kong o de melhor conduta? Mais do que qualquer outro, era direito. Nunca dava calote. Ainda que faltassem os cobres nos bolsos num dia, marcava com o próprio punho o nome e o valor no quadro e o dinheiro aparecia, sem falta, dentro de um mês. Era o meu punho que apagava o seu nome e o valor não mais devido. Sirvo de testemunha.

Outro dia, porém, chegou-se a um consenso sobre o papel de Kong Yiji. Depois de servir um outro presente, voltei minha atenção para aquela triste figura, notando que já havia esvaziado outra meia cumbuca de amarelinha. A face, não mais vermelha, assumira uma tonalidade

---

[24] No regime de acesso à carreira burocrática das dinastias Ming e Qing, depois de passarem em três provas, os "examinandos juniores" (*tongsheng* [童生]) eram declarados aprovados, tendo seus nomes inscritos no registro específico mantido pelo governo local e recebendo o título de *xiucai* [秀才] — "Talento Florescente". Além disso, a cada três anos o segundo nível dos exames (*xiangshi* [乡试]) tinha lugar, de que os "Talentos Florescentes" e os *jiansheng* [监生] (título que, no final da dinastia Qing, podia ser comprado) podiam participar. Caso tivessem sucesso, receberiam o título de "Homem Recomendado" (*juren* [举人]).

púrpura pálida. Recostava-se no balcão, quase relaxado, quando outro se aproximou para zombar dele. Olhava de lado, com o olho carregado da embriaguez, como se fizesse pontaria, "Kong Yiji, pare de fingir, você não sabe nem ler". O que não chegou a afetá-lo. Com uma expressão orgulhosa, não deu ares de que valia a pena manter uma troca com o homem.

Porém, o "Olho-de-Pontaria" não estava sozinho. Dois abutres, um barbudo e outro com a pele muito queimada de sol, vieram tripudiar sobre o erudito fracassado. Não me lembro qual disse, "Kong Yiji, você não deu nem para a saída...", "você não passou sequer no exame para meninos...", "não vale nem meio homem...", seguido por um riso de chafurdo. Evitando me envolver, baixei a vista, ainda que não resistisse ao impulso de mirar a pobre silhueta, de soslaio. Desta vez, Kong parecia ter sentido o golpe. O olhar perdido, como se procurando encontrar o próprio valor, que, compreendo, não via há muito.

Um dos cantos da boca tremia, os olhos embaçados, era como se lhe tivesse caído um véu de cinzas mortas sobre a cara. Balbuciou outras frases perdidas, pontuadas com *zhi-hu*: *zhi-hu, zhi-hu, zhi-hu...* — a frase seguinte mais fraca do que a anterior, uma cantiga de pássaro a morrer na gaiola. Eu não entendia o que queriam dizer. Ninguém entendia. Ninguém queria entender. Queriam apenas um fraco para devorarem. A pândega zombeteira virou bar.

Kong Yiji tornou-se um número cômico. Naquelas horas em que a beca subia ao palco, via-me num dilema. Se fosse dos que queriam ganhar, eu deveria entrar no coro dos roupas-curtas... Sem dúvida, eram uma fonte de lucro para o meu patrão, portanto, eram a origem dos cobres que sobravam para mim. O patrão não censurava ninguém, pois o espetáculo era gratuito. Como bom homem de negócios, aprendeu a agradar o seu público. Era ver aquela beca suja encostando-se no balcão, que começava a açoitar a sua dignidade. A rotina transformou-se em tortura. Até as risadas soavam iguais.

Isso continuou até um ponto em que Kong percebeu que não dava mais para puxar conversa com ninguém, só com os mais jovens, por lhe deverem algum respeito, coisa de bons costumes. Certa vez, fitando-me abaixo de meus olhos, perguntou acanhado, "Você memorizou os *Clássicos*?". Acenei imperceptivelmente. "Bravo... que tal um teste?" Apontando para as favas de funcho: "olhe este pires aqui. É um pires de...", pronunciando sílaba a sílaba, "...*hui...xiang...dou*. Sabe como escrever o ideograma de *hui*?".[25] Senti o orgulho ferido. Quem acha que é este quase mendigo? Desprezado por todos, agora quer ser meu mestre?? Virei--lhe a cara, sem dizer nada. Era como se não estivesse lá.

Alheio a que estava sendo ignorado, olhou para os lados e se assegurou de que ninguém o tinha como alvo. Vendo-me ocupado, deixou transcorrerem uns minutos. Ainda sem qualquer reação minha, fez um gesto acanhado, reatando o contato com um interesse sincero: "Não se lembra de como escrever *hui*? Venha cá que mostro para você" — as cicatrizes contraíam-se num sorriso quase infantil. — "Não se esqueça mais! Será uma palavra importante para você... quando for o gerente, será útil para você fazer as contas".

Paguei-lhe o interesse com uma olhadela insossa. Intentava um elogio ou um insulto? Qualquer um sabia que eu estava a uma década, na melhor das chances, de me tornar algo próximo de gerente. E o gerente nunca põe as favas de funcho na conta; dinheiro pouco, não vale o trabalho. Bobo, irritante. Para matar a conversa de vez, respondi-lhe aberto e de frente: "Não preciso que ninguém me ensine. O ideograma *hui*, de funcho, escreve-se com um radical de erva em cima e o ideograma *hui*, de voltar, dois quadrados, um dentro do outro, embaixo. Não é assim?". Kong bateu palmas e deu uma meia risada que cobriu parte do bigode com espuma de saliva. Estava muito contente. Batucou duas unhas, longas e sujas, sobre o balcão, acenando e cantarolando como um refrão: "Cer-to! Cer-----to!".

"Há três outras formas de escrever essa letra, quando a trabalhamos caligraficamente — dando-lhe variedade e interesse aos olhos. Sabe quais?" Tirando de sua frente os pires e pondo de lado a cumbuca de aguardente, preparou-se para usar o balcão como papel. A tinta era a aguardente; o pincel, uma das longas unhas, que, agora, molhava com leveza. Ao levantar os olhos, não me achou. Fiz questão de provar meu desinteresse, indo ver se o pinguço do lado oposto queria algo mais. Ele suspirou, cabisbaixo.

Lembro-me de momentos em que Kong causava algazarra, cercado de crianças da vizinhança. Para cada uma que saía da roda, chegavam outras duas correndo. Dividia com elas as suas favas de funcho. Bradava

---

[25] Ou seja, o primeiro ideograma da palavra chinesa *huixiangdou* [茴香豆], "favas de funcho".

gozoso: "Uma para cada, nada mais!". A maior parte não ia embora depois de comer. Era por interesse? Com os olhos colados no pires, contavam as favas que restavam. Eram tantos pequenos que ele se exasperava, cobrindo o pires com a mão espalmada, dobrando-se sobre o balcão para impedir as mãozinhas sorrateiras. "Não tem mais, estão acabando!" — revelava o alívio de se sentir sendo alguém de novo — e abanava a cabeça, improvisando uma cantiga de "Não tem mais" com a cadência de uma passagem de Confúcio: "Não tem mais, mais tem não! Mais tem — *hu*? Tem mais — *zai*? Não tem — *ye*!", de praxe usando interjeições desusadas da língua escrita. Com todos rindo satisfeitos, as crianças, uma a uma, iam embora. Não era só por interesse.

Dou-me conta de que a inocência daquela beca surrada trazia alegria a muitas pessoas. Triste é que a vida, mesmo privada de alegria, não para. Com ou sem Kong Yiji, os dias continuavam a se suceder.

Lembro que estávamos a dois ou três dias do Feriado do Meio Outono[26] quando o patrão, fechando as contas, meticuloso como de costume, deu-me uma cotovelada de leve. Puxando o quadro do fiado para que eu pudesse ver, exclamou: "Kong Yiji não vem faz um tempo, olhe aqui", apontou, "pendurou dezenove cobres". Pus uma mão sobre a testa para pensar melhor, "é mesmo".

Sobrava um frequentador grogue, de olhos amarelos, que acordara do torpor ao ouvir "Kong Yiji". "Aleijaram-no", soltou um arroto, "mesmo que quisesse, não dava para vir." Eu fitei-o assombrado. "Quebraram-lhe as duas pernas, sim, senhor." "Ah", o patrão ficou decepcionado com o prenúncio de calote. O beberrão prosseguiu: "Aquele lá, uma vez ladrão, sempre ladrão. Desta vez, perdeu o senso, meteu-se com o clã do letrado Ding, o Homem Recomendado, um aprovado nos exames provinciais! Gente grande, grande demais... Furtou da casa dele. Procurou e encontrou, aquele Kong Yiji".

"O que levou de lá?", interrompi-o, "o que lhe aconteceu?" "O que lhe aconteceu? Digo agora. Assinou uma confissão, e daí à sova. Uma sova bem sovada, para aprender de vez. O bambu vibrou até a caída da noite. Partida a primeira perna, vibrou até a meia-noite, partindo a outra." Eu não conseguia dizer mais nada, quando outro presente atiçou:

---

[26] Zhongqiu [中秋], o feriado do décimo quinto dia do oitavo mês lunar, conhecido também como Festa do Bolo Lunar.

"E depois, o que aconteceu depois?". Eu tinha os olhos marejados. "Depois? Quem quer saber o que veio depois? Morreu? Quem se importa?" O patrão deu de ombros, "O que era fiado virou calote", continuando a fazer as suas contas.

O feriado se foi e veio o vento. Nos últimos dias do outono, ele sopra cada vez mais cortante, anunciando a entrada do inverno. Trabalhar no balcão é mais duro nessa época. Tento mover-me o mínimo, para que minhas pernas permaneçam próximas ao fogareiro. Claro que isso só resolve o problema da metade de baixo. No andar de cima, cubro-me com um colete acolchoado de algodão. De qualquer forma, nesse período, o tempo escurece rápido e está frio demais lá fora, pelo que, na segunda metade do expediente, não há uma alma penada — só os mais dependentes do elixir — e o patrão tampouco aparece. Aproveito a ocasião para fechar os olhos e dar um cochilo de pé. O tempo passa mais rápido.

Numa dessas ocasiões, para minha surpresa, ouvi uma voz meio distorcida, perdida na ventania: "Esquente uma cumbuca para mim". Aquela frase soou anêmica, meio suspiro, meio gemido. Lembrou-me, contudo, alguém cujo paradeiro continuava incerto até aquele exato momento. Estiquei o tronco para ver quem era — e nada, só a poeira seca. A seguir, debrucei-me sobre o balcão para tirar qualquer dúvida. Lá estava Kong Yiji, todo encolhido, sentado junto ao batente que servia de rodapé para o balcão. Assombrei-me com o seu rosto, muito chupado e queimado de sol. Estava irreconhecível. A beca dera lugar a uma jaqueta de cânhamo de duas camadas, emblema da sua derrocada final.

O inusitado de encontrá-lo numa tarde tão fria fez-me esquecer do boato de que tinham quebrado suas pernas. Antes que meus olhos revelassem qualquer curiosidade, Kong sacudiu-se, desaprumado, projetando o tronco sobre as pernas. Em vão tentava impedir-me de ver as suas duas pernas, cruzadas como mortas sobre uma esteira grossa de junco. A esteira vinha atada transversalmente ao seu tórax. Fitando-me, os olhos rutilaram foscos: "Esquente uma cumbuca para mim".

Permaneci sem reação por uns instantes, até que uma voz trovoou de uma das salinhas reservadas para os eruditos de beca: "É o Kong Yiji?". Alguns passos apressados arfavam a uma só voz: "Não se esqueça de que você ainda deve dezenove cobres". O patrão olhava para o rodapé por trás do meu ombro. Embaixo, o pobre homem levanta o rosto disforme para fitá-lo, explicando-se com palavras sem ânimo: "Deixe... para a próxima, sim? Aqui...", mostrou-lhe um punhado de cobres as-

querosos, "... Tenho dinheiro, quero cachaça, da melhor, amarela espumante, quentinha".

Os traços do patrão ficaram ainda mais redondos, o nariz mais bojudo, as orelhas mais polpudas. Com as mãos na cintura e rindo como se nada de grave tivesse ocorrido, censurou: "Kong Yiji, olhe para você, que é que você roubou desta feita?". O homem esmoreceu de vez. Com uma mão sobre a jaqueta e outra sobre um dos joelhos, não tinha mais como se defender. Sem qualquer citação dos *Clássicos*, opôs um mero "Não se ria de mim". "Rir, de quê? Se não tivesse roubado, ainda teria as duas pernas inteiras." Kong Yiji ganiu, "Foi uma... queda. Eu caí". E olhou para o patrão. Não era um olhar de enfrentamento, era um pedido de misericórdia. A lágrima involuntária preenchera uma de suas cicatrizes.

Dois ou três frequentadores que haviam deitado seus fardos por perto se aproximaram para um trago, para acalentar os ossos. Passando pelo que restava de Kong Yiji, deram uma olhadela de desprezo para o patrão, que retribuiu com uma larga risada interesseira. Mais um pouco e estavam alegres todos, no bar, rindo a plenos pulmões, de irrisão.

Tirei uma concha da aguardente mais pura, esquentei-a com todo o cuidado e coloquei-a sobre o batente. Kong Yiji assentiu com a cabeça, retirando de um bolso do colete quatro moedas de cobre. Colocou-as sobre a palma de minha mão, deixando parte do barro que lhe cobria os dedos. Ele tinha se arrastado não sei de onde até o bar. Simulava não prestar nenhuma atenção, enquanto atentava para cada sorvo que dava. Bebeu como se não estivesse ali. Arrastou o corpo, sentado inerte sobre a esteira. Passando penosamente pelos cachaceiros de sempre, atraiu alguns lances derradeiros de riso, e isso foi tudo.

Depois daquele dia, transcorreu um bom pedaço antes de que me lembrasse de Kong Yiji. O Feriado da Nova Primavera estava no horizonte, quando o patrão parou para fechar as contas. Suspirou ao pegar o quadro do fiado: "Kong Yiji, dezenove cobres". Cinco meses depois, estávamos celebrando o Feriado dos Dois Cincos.[27] "Kong Yiji, dezenove cobres." O Feriado do Meio Outono passou sem menção. Ao fechar

---

[27] Duanwu [端午], o feriado celebrado no quinto dia do quinto mês lunar, pelo início do verão. Apesar de ser hoje mais conhecida como Festa do Barco do Dragão, a data era originalmente uma celebração religiosa de caráter apotropaico. O calor do verão trazia consigo um conjunto de pestilências que eram associadas a maus espíritos, e nessa data havia um conjunto de sacrifícios vocacionados para apaziguar essas forças. Quem

as contas do ano, ninguém se lembrava da última vez em que Kong Yiji aparecera no bar.

Nas minhas andanças pela cidade, não encontrei rastro do homem. Será que morreu? Parece que sim.

Março de 1919

---

sabe por esse motivo, associou-se o pagamento das dívidas à data, donde o contexto da estória "Feriado dos Dois Cincos ou O dia do acerto de contas", deste livro.

PANACEIA

1

Era a alta noite de um outono ora mal lembrado. A lua já tinha se escondido sob o chão, o sol se demorava por lá para trocar umas palavras. O encontro do céu e da terra deixara uma marca azul-escura pendurada no horizonte. Afora esta ou aquela criatura notívaga, tudo permanecia entregue ao sono.

Também a casa de chá dormia, até que o Pino Pai, do clã dos Hua, se levanta de supetão, risca um fósforo e acende uma lamparina, o corpo encharcado de óleo. A luz se apavorou branco-azulada, correndo por dois quartos que ficaram acesos. Vista de longe, parecia que a casa de chá abrira os olhos.

"Pai do Pino Filho, chegou a hora?", perguntou uma voz feminina, meio velha. Um outro quarto tossia uma tosse seca e ritmada.

"Hum", postergava monossilabicamente a resposta cansada, sua atenção dirigida ao barulho no quarto contíguo, enquanto abotoava a jaqueta puída sobre a camisa suja, de cânhamo. Lutando contra a indolência do sono mal acordado, estende a mão num gesto lenitivo, "passe para mim".

A Esposa de Pino Hua, Mãe do Pino Filho, caçou durante meia hora algo debaixo do travesseiro, apalpando, ao cabo, um saco de moedas de prata da medida nova, apelidada "do além-mar",[28] que vale muito mais do que as moedas chinesas de cobre. Ela passou-o para Pino Pai, que, tateando o vazio, agarrou por fim o pacote, enfiando-o trêmulo na algibeira e apalpando-o repetidas vezes, para confirmar que estava bem posto e seguro.

Ainda gingando grogue, Pino acendeu uma lanterna, a mecha protegida por um globo de papel, para iluminar o caminho fora de casa. Pronto para sair, soprou a chama da lamparina que, suspirando aliviada,

---

[28] Moedas de prata. O termo tem sua origem no fato de que esta prática de cunhagem foi importada do estrangeiro.

Panaceia

deitou um fio vertical de fumaça, comandando a casa de volta ao silêncio. O quarto ao lado ressonou com leveza, inspirando e expirando tranquilidade, que, não muito depois, voltou a se desfazer sob um eco de tosse grossa.

Pino Pai parou onde estava, acompanhando a tosse com os ouvidos. Ela fez finta de que viraria um acesso, mas terminou amainando num pigarro. Esperando por esse momento, o homem sussurrou aflito um consolo: "Pino Filho, não precisa levantar da cama... as coisas da loja, deixe com a sua mãe". Ficou sem resposta; talvez tenha adormecido.

E partiu de casa pela escuridão profunda, nenhuma alma a ser vista sobre a estrada margeada de cal cinzenta. Tinha a lanterna pendurada na ponta de um bastão, que mal iluminava, um após o outro, os pés calçados com sapatilhas de pano grosso. Os sons surdos de seus passos traíam a calada absoluta do caminho. Intermitentemente, sua figura atraía um ou outro cão vadio que, sem ladrar, espreitava da esquina aquela cena rara.

Absorveu-se em suas sensações. Sentiu o sereno arder sobre o rosto e as mãos, quando se deu conta de que aqui fora estava muito mais frio do que em casa. Sorriu, no entanto, com o que sentia ser uma esperança de dias melhores. Era um frescor vivo, o vigor que voltava, a juventude perdida e reconquistada. Seria essa a faculdade sobrenatural dos imortais daoistas, o poder de dar a vida? Sentia que a escuridão cessara, também: prédio, árvore, carroça, bomba de poço, o crepúsculo desvelava todos os contornos. Suas passadas se alongavam, como se estivesse a levitar, cobrindo distâncias sobrenaturais.

Assustou-se, porém, quando um de seus pés se fincou no chão, a sola lisa se arrastando para a frente, levantando uma nuvem de poeira. A rua terminava mais à frente, bifurcando-se em direções opostas. Cheguei. Venta.

Retrocedeu um pedaço, até encontrar uma loja isolada que formava um ângulo com os prédios adjacentes, cujas portas ainda estavam fechadas. Escondeu-se sob o seu beiral. Passado um tempo, a umidade fria começou a mordiscar seu corpo. Encolheu-se de face rente à porta.

"Olhe o velho!", ouviu algo assim, não sabendo de onde. "Uma alegria... infundada", uma segunda voz, intimidadora.

Pino Pai tremeu nas pernas, torcendo o pescoço com os olhos arregalados, para tentar ver o que estava acontecendo. Alguns vultos tinham surgido atrás de si, seguindo para o final da rua. Apenas um deles pare-

cia ter se dado conta de que havia alguém escorado na porta daquela loja. O Pai fechou um dos olhos para, com o outro, relancear a figura parada, espichada, macérrima, como ficam os choupos no inverno. Exsudava sede de sangue. Os traços do rosto, Pino não os conseguia enxergar com clareza, por um momento ficando com a impressão de que brilhavam centelhas frias no lugar dos olhos.

Pino Pai se lembrou da lanterna, que há um tempo jazia sobre o chão, certificando-se de que estava apagada. O dinheiro! O dinheiro! A mão aperta a algibeira num reflexo, constatando, não sem alívio, estar tudo aqui.

Virando-se, pôde olhar para ambos os lados, entendendo o que se passava: muita gente, de aspecto bizarro, convergia, aos pares, aos trios, para o final da rua. Vagavam, titubeantes, como as *pretas*,[29] espíritos famélicos que assombram este mundo, ensinamento dos monges budistas. Roçando os olhos, escrutou cada um deles, não apresentavam nada de extraordinário.

A seguir, avistou alguns soldados, que iam e viam como se a esmo. Trajavam túnicas folgadas, com discos brancos de pano aplicados sobre o tórax e as costas. Por isso, identificavam-se de longe com facilidade. Chegando mais perto, notava-se que seus uniformes tinham as orlas arrematadas com um tecido vermelho-escuro. E constatou que tampouco se moviam a esmo: marchavam compassados, os pés soltando estalos ocos.

Num piscar de olhos, um tropel de gente aparece no seu encalço, mas o ultrapassa, não era a ele que queriam. Os pares e trios que vira há pouco coagularam-se em massas que inchavam, preenchendo a bifurcação da rua. Ali paravam e, quem sabe por ameaça dos militares, dispunham-se, quase em ordem, num semicírculo.

Pino Pai aproximou-se, tímido, da multidão; só conseguia enxergar uma parede humana. Os mais de trás tinham pescoços longos como os de gansos, os da frente um pouco menos longos e assim por diante, de maneira que, presumia, os da primeira fila deveriam ser normais. O comportamento daquele barranco de gente não fazia sentido: um silêncio,

---

[29] Termo que no Budismo pode ser comparado às "almas penadas" do espiritismo, que continuam a existir desencarnadas em nosso plano. Essas almas são punidas ao continuarem dependentes de alimento, bebida, etc., sem que nunca consigam satisfazer suas ânsias.

solene e longo, manteve-se antes de que mãos e pernas, agitando-se, reagissem ao burburinho que começara, súbito, com os que estavam na frente. Virando tumulto, todos recuaram ao mesmo tempo, uns empurrando, outros cambaleando. Fugiam todos desorientados. Pino Pai por um triz não cai conculcado, erguendo-se ágil e se abrigando num lugar seguro.

Em meio à confusão, ele é descoberto em seu esconderijo. "Ei", diz uma mão puxando a roupa dele. "Passe o dinheiro e passo a mercadoria!" Era uma mortalha preta, de pé ao lado do esfolegado. Tinha uma cabeça hirsuta, coberta por um barrete, também preto. Ela fitava-o como se tivesse uma espada aguçada em cada um dos olhos. Pino Pai, encolhido de medo, fez um gesto apaziguador com ambas as palmas. A mortalha estirou os braços junto ao seu rosto; uma mão, gigante, exigia o dinheiro com um movimento oscilante dos quatro dedos unidos; a outra, bem menor, pinçava imóvel um pedacinho diminuto de pão vermelho--fresco.[30]

Acuado pela veemência da mortalha preta, o olhar atraído pelo rosto hirsuto, as mãos buscando esquecidas o bulbo de prata escondido na algibeira, Pino Pai encontra-o de alguma forma e o exibe cerrado no punho, tremendo dos pés à cabeça, rezando para que a mortalha fosse embora, como se o dinheiro fosse de exorcismo. Não ousava pegar o pão, estava apavorado.

A coisa crescia, impaciente, trovejando a plenos pulmões: "Está com medo de quê? Pegue logo!". Pino se ajoelha de mãos levantadas; verte lágrimas de suas pálpebras fechadas. A mortalha pega a lanterna do chão, rasga-a em duas metades, embala grosseiramente o pão, enfiando--o numa das abas da jaqueta do velho diminuto com sua mão gigante. A mão menor toma, sem resistência, o pacote de dinheiro, agitando-o como um chocalho, sentindo o volume das moedas. Voltando as costas, some com um resmungão, "Velho imbecil".

"Para que serve essa simpatia?", ainda prostrado, de olhos fechados, numa atitude de adoração, Pino Pai descobre outra voz desconhecida. Entreabre um dos olhos para ver alguém com cabeça de cabaça, as sobrancelhas muito ralas, que destacam com sutileza a expressão de ignorância, característica em qualquer trabalhador braçal. O Pai não lhe

---

[30] O "vermelho-fresco" alude ao fato de que o manto foi embebido em sangue humano. Segundo as superstições da velha sociedade, acreditava-se que o sangue humano era capaz de curar a tuberculose.

responde. Aquela embalagem que tinha apertada sobre uma das mamas, o pedaço de pão, era maior do que toda a China. Nutria ali um bebê abençoado, uma reencarnação de *bodisatva*,[31] evento único em dez gerações de dez gerações. Pino repete em seu íntimo: "Nada mais importa, tudo está resolvido". Semearei esta semente no meu salão e brotará um broto de árvore da prosperidade.

Levitava de volta para casa. O sol ergue-se magnífico do seu trono de nuvem para, ele acreditava, iluminar o seu caminho. À frente, uma faixa de luz dourada chegava à porta da casa de chá. Em sua exultação com o favor divino, Pino Pai olha para onde o raio de luz termina, constatando que não num paraíso celestial: lá atrás, o raio morria na longínqua bifurcação da rua onde comprara o pão, fazendo cintilar letras douradas que se desbotaram, quatro palavras esquecidas sobre uma placa de madeira no alto de um portão de bairro, "Pavilhão do ... velho".

2

O dia raiava nas imediações de sua casa de chá; Pino Pai não mais despertava suspeita por andar na rua. Sua casa também acordara, estando pronta para a labuta, o andar da loja limpo aos seus olhos. As fileiras de mesas quadrangulares, dispostas em ordem militar, aguardavam o negócio. Os tamboretes aparentavam preguiça, escondidos sob os tampos lustrosos de laca. Os clientes? Para onde tinham ido? Havia apenas uma silhueta minguada, debruçada sobre a sua cumbuca, à margem de uma das mesas na fileira de dentro, de costas. Era Pino Filho.

Estava comendo o desjejum, mas não se alimentava. Segurava os *fachi* olhando para o arroz. Sua cabeça estava coberta de grãos grossos de transpiração, havia três linhas líquidas correndo pela metade rapada do cimo da cabeça,[32] testa abaixo, represadas pelas sobrancelhas. Seu colete fino tinha várias manchas escuras, que o toque do pai descobriu serem poços de suor. Estava tão magro, as escápulas saltavam das costas estrei-

---

[31] Na crença budista, um ser perfeito que se recusa a se tornar um Buda para lutar pela iluminação de todos.

[32] Referência ao penteado tradicional dos súditos de Qing, inclusive os chineses da etnia Han. Embora deixassem o cabelo crescer, como era a sua prática milenar, os Han também tinham que rapar a parte alta da testa até cerca de um terço do cimo da cabeça.

tas formando um acento circunflexo. O velho permaneceu calado. Coseu o cenho por fora, por dentro algo apertou.

Antes que a dor do homem falasse mais alto, a mulher irrompeu da cozinha, esfregando as mãos no corpo. O nervosismo assumira o controle de seu rosto. "Você conseguiu?" "Consegui. Está aqui." Apertava, esperançoso, a tumefação sobre o seu peito.

Entraram os dois na cozinha para confabularem, ignaro o filho, pois o que disseram os pais se perdeu sob o crepitar do fogão de alvenaria. A certa altura, a Mãe de Pino Filho acenou com a cabeça, saindo da casa em direção à ribeira baldia e voltando apressada com uma folha de lótus meio murcha. Colocou-a sobre a mesa em que se preparava a comida e esperou pelo marido. Com um gesto de pia veneração, Pino Pai retirou o relicário da aba de sua jaqueta. Abrindo o papel de lanterna que embalava o pão, notou que deixara uma leve marca rubra sobre a massa. As quatro mãos concluíram o ritual, colocando o manjar exumado no seu novo envoltório.

Naquele ponto, Pino Filho tinha terminado de comer, pois o tamborete rangeu comprido: estava se levantando. "Fique sentado, filho, estamos ocupados, saímos já, já." Apressaram-se em colocar a madeira certa no fogo e, então, duas cápsulas, verde-escura e alvirrubra — o papel de lanterna tinha que ir junto — entraram na boca ardente. Logo, logo, serpenteando até o teto, duas labaredas saíram, uma vermelha, outra negra, e desapareceram exalando um olor incomum pela casa de chá inteira.

"Que cheiro bom! Qual é o pitéu que está no fogo?" Era a voz trêmula do corcunda, Jovem Senhor Quinto, que respondia pela alcunha de Bicho-Bonito. Todos os dias, dava as caras na casa de chá e ali ficava a maior parte do tempo. De fato, fora os Hua, que moravam no lugar, ele era quem primeiro chegava e saía por último. Naquela ocasião, acantoara-se na mesa mais próxima da rua, o lombo ereto sobre o tamborete, o tronco rente à mesa, equilibrado por um cotovelo do braço magriço. Estranhando que ninguém reagira ao seu elogio, dá um cascudinho na mesa, "Cheiro bom mesmo, hein! Estão cozendo mingau de arroz frito?", "Já sei, já sei... vão torrar tofu podre?"... Como se para acabar a conversa, Pino Pai atendeu o fiel cliente, servindo-lhe chá enquanto despia a jaqueta que trajava desde a madrugada.

A Mãe de Pino Filho agitou-se, "Pino Filho, vem aqui agora", a voz fina revelando um tom de histeria. Pino Filho passou pela cozinha e foi para dentro, sabendo de onde a mãe o chamara. No meio de um aposen-

to mínimo nos fundos do prédio, a mulher de semblante cansado havia posto um tamborete. "Sente-se." Ato contínuo, duas mãos impacientes colocaram um tablete chamuscado à frente da boca do rapaz. "Coma. É sua cura."

Fiando-se na mãe, Pino Filho examinou aquela coisa preta com temor e tremor. Sentia que estava prestes a segurar nas mãos o próprio segredo da existência humana. O coração parou naquele instante, uma pedra dentro do peito, enquanto abria a casca preta, liberando um vapor branco. Mas o que era aquilo? Duas metades de... pão cozido? Os dedos hesitaram por um instante, beliscando a massa fofa e jogando-a goela adentro sem sequer mastigar. E, num átimo, nem se recordava do que tinha feito, não fosse pelo invólucro vazio sobre o prato, que a mãe ainda sustentava. Mirava-a sem saber o que dizer.

O pai aparecera ao seu lado. Agora eram dois a observar Pino Filho, quatro olhos parados sobre a cabeça suada do mocinho. A mãe apertava o seio esquerdo com ambas as mãos, sossegando a si mesma. Queriam perguntar "sente-se melhor?" e "sim, papai, mamãe" era a resposta que queriam, mas não ousavam ameaçar a esperança dúbia que os animava. O que tinha entrado no filho haveria de expelir o mal que se instalara dentro dele. Sua respiração, porém, birrou com o coração palpitante. Alguns espasmos de tosse encerraram o suspense.

"Volte para o quarto, filho, descanse. Você vai ficar bom", uma voz feminina, firme. Muito obediente, tomou o caminho da cama, uma tosse para cada par de passos. A mãe acompanhou-o em silêncio até a cama. Com amor resignado. "Xiu, xiiiiiu, meu menino, xiiiu", cobrindo-o com os incontáveis remendos da colcha.

3

Havia cada vez mais mesas ocupadas na loja, Pino Pai levava uma chaleira gorda, prenha de água fervente, os copos iam se enchendo até a metade.

"Que olheiras são essas, Pino?", inquiriu com interesse um freguês de aparência aparentemente respeitável, o bigode e o cavanhaque grisalhos muito finos e compridos. "Está combalido hoje."

"Não, imaginação sua", disse Pino, retesando o corpo. "Imaginação minha, deve ser mesmo; hoje você está mais sorridente do que o usual", eliminando em bom tempo qualquer suspeita de pecar por curiosidade e se fingindo absorto no que tinha sobre a mesa.

Bicho-Bonito não deixou o assunto morrer. "Pino Pai está velho para a faina. Eu digo, se o filho dele estivesse aqui para...", o resto ficou esquecido na mente do corcunda que, calando-se, dirigiu sua atenção a alguém que acabava de entrar com passadas violentas.

Tudo levava a crer que era um caráter detestável. O rosto era demasiado largo, as maçãs do rosto por demais protuberantes, a repugnância agravada pelas carnosidades abaixo dos olhos. A camisa preta de cânhamo estava desabotoada, exibindo a carne escura e flácida do tórax. Da mesma cor que a túnica, uma faixa, muito larga, cobria parte do ventre, atada sem garbo, fixo apenas o lado direito da roupa.

Rude e falastrão, o Cara-Gorda berrou: "E então, Pino, seu moleque comeu ou não comeu? Ficou bom na hora, de certo. O mais sortudo é você, que tem a mim como amigo. Gostou das informações que passei? As mais corretas, né? Cadê minha recompensa?". O que quer que estivesse dentro da casa de chá, e até nas redondezas, entendeu o que aquele infeliz disse.

Pino Pai engoliu seco. O bule de cobre tremia numa mão, enquanto a outra palma erguida, voltada de perfil para o cliente pouco desejado, firmava-se num gesto de agradecimento rente ao tronco, que se inclinava para reforçar a reverência da postura. O rosto forçava um sorriso tenso — afetando uma gratidão falsa e acobertando o nervosismo autêntico. Também tentava dispersar a atenção da casa cheia de fregueses, que davam um sorriso guloso de intrigas, perguntando quem queria mais chá. Em vão, perguntava, pois cada par de ouvidos ali atentava para cada palavra sobre a vida alheia.

A mãe viera, acudindo o marido aperreado. Correra de dentro com olheiras idênticas às dele; fazia com a mão livre um gesto de agradecimento idêntico; tinha uma idêntica postura modesta; forçava um sorriso idêntico. De diferente do homem, trazia uma cumbuca com um punhado de erva selecionada, até colocara dentro uma azeitona doce para melhorar o sabor. Tão logo colocou-a à frente do Cara-Gorda, Pino Pai despejou destro um filete de fervura: o aroma calaria aquela inconveniência?

Bradava, todavia: "É remédio bom, é cura certa! Não ligue para quem diz que não. Você trouxe quentinho ainda, né? O rapazote comeu quentinho ainda, né?".

Com o segredo lançado aos quatro ventos, dando-se por vencida, a

Mulher de Pino Pai se entregou à adulação: "É mesmo! Se não tivesse aqui o Tio Kang", dava intimidade a Cara-Gorda, "com tanta consideração por nós, como é que iríamos achar o remédio?". O agradecimento soava perfeitamente sincero. Mais sincera ainda era a vontade de mudar o assunto.

Cara-Gorda não cedia. Sorvendo o chá com os beiços protuberantes, reiterou "É coisa boa, é cura certa". Levantando a cumbuca, agradeceu, "Chá bom!". Um verdadeiro altruísta, "Pão cozido no bafo, banhado em sangue de gente, não tem *doença-ruim* que se aguente, eta-pau!". Abriu um sorriso que empurrou as carnosidades sobre os olhos diminutos, uma carranca medonha: "Remédio bom! Cura certa!".

"*Doença-ruim, doença-ruim, doença-ruim...*", a palavra repetia na cabeça zonza da Mãe de Pino Filho, dando um nó no coração e levando embora o sangue do rosto. A falta de tato daquele homem a deixara contrariada. Entretanto, desmoronada que estivesse no íntimo, para todos ainda era a patroa da casa de chá, ainda tinha o seu orgulho, ainda tinha que manter as aparências.

Com uma desculpa esfarrapada, ela se amontoou de volta num sorriso, buscando uma cara conhecida para puxar conversa, fugindo dali. Cara-Gorda não se apercebia, continuava a se gabar do "remédio bom, cura certa", a voz modulada para acompanhá-la aonde quer que fosse. *Cof. Cof. Cooooof. Coooof. Cof.* Despertara a tosse de Pino Filho, que continuava a dormir lá dentro. A mente da velha de pouca idade perdeu-se em sua direção.

O senhor de bigode e cavanhaque grisalhos, cavalheiro como só ele, interveio com panos mornos: "Senhora, o seu filho teve muita sorte. Ficará bom naturalmente, não há do que se preocupar. Agora entendo porque seu marido hoje é só sorrisos". Deixando a patroa passar, levantou-se e se aproximou da mesa do Cara-Gorda, assumindo ares diferentes dos que aparentava. Cochichou, meio agachado: "Mestre Kang, mestre Kang... disseram que, hoje de manhã, o criminoso que despacharam foi um moço do clã dos Xia, certo? Era filho de quem? O que aconteceu, afinal de contas?", adotando um tom sentido e fingido.

Os olhinhos espremidos do Cara-Gorda evitaram fitar o distinto interlocutor. "E podia ser de quem? O filho da Terceira Concubina, aquele energúmeno!", pigarreou sem escarrar. Embora cada uma das pessoas parecesse alheia ao que não fosse a própria cumbuca de chá, ele sentiu todas aquelas orelhas voltando-se para ele. Escarrou de contentamento e

voltou ao ataque: "O serve-para-nada tinha desprezo pela vida que tinha. Queria morrer mesmo. Quem procura, acha". Estava quase rindo do finado, mas receava ganhar fama de cruel.

"E não sobrou nada para mim. As roupas do dito-cujo ficaram com o Zé Justiça, o carcereiro, aquele dos olhos encarnados" — e como ele queria aqueles andrajos, o Cara-Gorda. "Depois, em segundo, veio o Pino Pai, esse deu sorte mesmo. Em terceiro, veio o Terceiro do clã dos Xia. Dedurou o próprio sobrinho, saindo com vinte e cinco taéis,[33] recompensa da prata mais brilhante. Contam que despejou tudo na algibeira e voltou para casa, deixando o sobrinho para morrer. Não vai gastar nada antes de morrer, aquele muquirana" — e como o Cara-Gorda queria aquela recompensa.

Ouviu-se um arrastar de pés desde os fundos, um som descontínuo, de vem-não-vem. Era Pino Filho, com ambas as mãos segurando o peito, quiçá numa expectativa inútil de que parasse a tosse, que não parava. Andou até a beira do fogão, serviu-se uma concha do arroz cozido de madrugada, ferveu água com displicência, despejou-a sobre a cumbuca, sentou-se enviesado sobre o tamborete, apoiou a cabeça com um graveto de braço, comeu a insossa papa chupando-a fina. A mãe veio espiar, incansável de se querer esperançosa, "Está se sentindo melhor?", com ternura, "O apetite continua bom?"

"Cura certa! Cura certa!", repetindo o mesmo mantra monótono, o Cara-Gorda olhou obliquamente para Pino Filho, com um jeito indiferente. E virou a cara para o cordão de fuxiqueiros, que agora o contemplavam com sentida adoração. "Eu quero que vocês saibam, o Terceiro dos Xia, aquele é um espertalhão. Se não delatasse, tudo que tinham ia para as mãos das autoridades; a cabeça dele iria rolar, a cabeça dos seus também. Agora vejam só... terminou cheio de prata! Está rico!"

Pressentiu que era preciso esconder a inveja, contemporizando: "Mesmo assim, prestou um serviço ao país. O incapaz daquele sobrinho dele, tinha que terminar sob a espada, sem dúvida. Vejam vocês que, já na prisão, ele tentou convencer o carcereiro a conspirar contra o nosso Imperador!".

---

[33] Antiga medida de peso chinesa, cujo valor variava constantemente. No texto, indica o peso-padrão de um pequeno lingote de prata, uma soma considerável para pessoas comuns.

"Ah, isso já é demais!", um punho ergueu-se para gritar. Era de um homem de vinte e tantos anos na fileira de trás. Nem magro, nem alto, nem baixo, nem gordo, estava com o ânimo exaltado.

"Está certo, está certo", concordava o Cara-Gorda, muito patriótico. "Mas não pensem mal do Zé Justiça, que está acima de qualquer suspeita. Ele só queria entender a situação, entender por que o vale-nada tinha sido preso, nada mais. Aí o outro veio falar besteira. Ouçam só: falou que Tudo sob o Céu 'pertence ao povo', que o Grandioso Império Qing 'é de cada um de nós'. Que raios de conversa é essa? E a nossa casa reinante, como é que fica?" Apoiaram-no grunhidos e protestos.

"Escutem. O Zé Justiça tinha tido pena, pois ouvira dizer que o vadio só tinha a mãe no mundo. O que não tinha imaginado era que a pindaíba fosse tão brava, que não conseguiria ganhar uma gorjeta antes de o outro ir perder a cabeça. Vocês já devem ter adivinhado o que vem depois. A paciência do carcereiro se esgotou e o outro saiu com dois murros no focinho antes de levar a espada no pescoço. Quem puxa tigre pelo rabo..."

O enredo enlevou Bicho-Bonito, o corcunda: "Justicinha é bom de kung fu! Dois sopapos e o moleque aprendeu a lição". Cara-Gorda abanava a cabeça, com um riso de cacarejo: "De jeito nenhum! Alegam que o frouxo reagia a cada golpe, choramingando que tinha pena dele".

Fingindo ter entendido mal, o de bigode e cavanhaque aproveitou para falar mal do executado: "E que pena merece um vil sedicioso?". O líder do disse-me-disse desdenhou o ancião: "Você desentendeu a história. O decapitado deu uma de valente. Vendo que ia apanhar de qualquer forma, revidou dizendo que tinha pena, pena do Zé Justiça!", enquanto contraía um lado da boca.

A intervenção fizera Cara-Gorda perder o rumo, o brilho perverso nos olhos embaçou. Vários dos ouvintes viraram-se para a tosse leve consumindo Pino Filho, que acabara de comer o arroz ralo. Embora suasse como se fosse o pior do verão, era a primeira friagem de outono: marolas de vapor se sucediam com franjas finas sobre a cabeça do menino.

Remordendo-se por ter estragado o espetáculo, o cavalheiro de bigode e cavanhaque reacendeu as brasas da conversa. Simula ter, por fim, compreendido, "Aaaaaaah, então era o Zé Justiça o coitado", erguendo as pregas das testas, "palavras de um louco; nada menos, nada mais". "Enlouqueceu, sem dúvida!", fez coro o cliente de vinte e tantos anos na fileira de trás, tão ávido de falar sobre a morte alheia.

A casa de chá reviveu de pronto. O vozerio, ora mais alto, ora mais baixo, alternando-se de mesa a mesa, de canto a canto, pontilhado por risos e gargalhadas que talvez nada mais tivessem a ver com o rapaz executado.

O salão esquentava e Pino Filho tossia cada vez mais alto, o peito prestes a explodir. A figura flácida e desalinhada apoiou-se na mesa para se levantar e andou de esguelha, displicente, até onde estava o menino. Dando-lhe um tapa nas costas, exigiu, "Cura certa, moleque! Pininho, não pode tossir, não. É remédio bom!".

Bicho-Bonito concordava, "Doido varrido...". Essas palavras vinham tão fora de tempo que alguém diria que era uma indireta para Cara-Gorda deixar o tísico em paz.

4

Quem quer que caminhasse até o Portão Oeste logo avistava um terreno que se estendia ao longo das ruínas da velha muralha, baldio ao longo das dinastias passadas, pois, enquanto propriedade imperial, ninguém ousava erguer nada lá. O terreno tinha sido demarcado por uma senda estreita, que ziguezagueava, fora de prumo, em direção a lugar algum.

Obra de uns andarilhos apressados que precisavam de um atalho a qualquer custo, a senda surgira debaixo dos rastros dos pés descalços, das sandálias de vime e dos sapatos de pano que ali marcaram o caminho e, pelas eras, terminou por se constituir num limite natural para as moradas dos mortos.

Assim foi que, sem nenhuma razão particular, a margem esquerda do atalho foi tomada pelos cadáveres dos condenados pela lei, não importa se incorrentes na pena de morte, ou se outros, menos felizes, como os que morreram na prisão de fome, de frio, de doença, aguardando por um dia que nunca veio. A margem direita da trilha desafortunada também era infestada por calombos de terra, só que aqueles eram túmulos dos pobres, visíveis tantos sepultados quantos são os que habitam vivos a vila e muitos outros túmulos mais, já não visíveis, esquecidos pela sucessão das gerações e destruídos pela natureza insensível.

Para quem tem apetite para sarcasmo, mórbido, a paisagem evoca as bandejas de pães cozidos no bafo, postos na frente de *homens-bons*, gente de influência, que passaram dos sessenta anos, para celebrar a sua longevidade e desejar muitos mais aniversários futuro afora...

A primavera veio discreta, mais fria do que nos anos anteriores; inverno por outro nome. As folhas de salgueiros e choupos se recusavam a sair dos brotos. Chegávamos ao Feriado dos Dois Quatros, também conhecido como do Brilho Puro, em que os *homens-bons* varrem as suas tumbas, em que todos celebram a memória dos falecidos.

O dia acabara de raiar cinzento, uma silhueta cansada madrugou para chegar ao lado direito da senda. De perto, via-se uma figura feminina, um tanto definhada, de cabelos cortados curtos, acocorada próxima a um monturo de barro, um pouco mais corado do que os caroços de chão desbotado em redor. Tinha chorado. Quatro pires de bambu tinham sido dispostos com carinho, a melhor comida que podia fazer, mais uma cumbuca de arroz cozido, cujo calor se dispersava numa sucessão de marolas de vapor que se dissipavam em franjas finas pelo ar da estação fria.

Restava um cheiro de papel queimado, o dinheiro dos mortos,[34] que, para quem crê, já devia estar nas mãos do defunto no outro lado. Um novo choro, contido, ameaçava quebrar o silêncio. Sem saber se ia ou se ficava, a mulher permanecia ensimesmada, como se à espera de algo que não sabia o quê, como se quisesse dizer algo que esquecia tão logo chegava à ponta da língua.

E o vento quebrava a imobilidade da cena, fazendo balançar uma mecha solta de cabelo, tão mais grisalha do que poucos meses antes. Era a Mãe de Pino Filho.

Dois pés se aproximavam, espalhando ruído de seixos. A cada três passos, o respiro ofegante parava para buscar mais fôlego. A Esposa de Pino virou o semblante. Era outra mulher de sofrimento grisalho, as vestes puídas de juventude perdida. Uma das mãos levantava ligeiramente a saia para alargar as passadas. A outra segurava, sem prumo, um cesto de madeira redondo, coberto de laca lascada carmim. Pendia da haste um cordão de moedas de falso metal, mais dinheiro para os mortos, brilhando fosco sob a luz mortiça.

Apropinquada, notou a outra de cócoras a olhar para si; fez menção de dar meia-volta, os olhos procurando um lugar protegido da atenção

---

[34] Segundo uma antiga superstição, o dinheiro, uma vez queimado, poderia ser utilizado pelos mortos; era comum também queimar réplicas de objetos feitas com papel ou folha de alumínio.

alheia, a mão livre agarrando com toda a força o pano da jaqueta sobre o próprio seio. A vergonha fazia doer aquela cara, sulcada, pálida. Sem ter escolha, quis ficar, endurecendo a cara para suportar mais humilhação, e carregou, pé ante pé, aquele fardo de si mesma, até o lado esquerdo da senda. Com um suspiro fundo, deitou a cesta na frente de um lugar quase plano.

A leve saliência ficava rente ao arremedo de túmulo do Pino Filho. Se não fosse aquela tirinha de caminho, estariam as duas mulheres prestes a dar as mãos. Sob a observação inquisitiva da outra, a recém-chegada dispôs, estoica, uma cumbuca de arroz cozido mais quatro pires de bambu da melhor comida que podia fazer, não sem carinho. Levantou-se para assumir uma posição rígida, os dois punhos fechados com força ao lado do corpo. Parecia reviver aquela sina desgraçada quando olhou para o céu e urrou um choro que era mais do que carpido de morto. Queimou as moedas que gostaria de ter verdadeiras, batendo as cinzas da roupa.

"Essa também está a cuidar do filho", simpatizava a vizinha de túmulo. A outra, amente, cujas mãos tremiam, os olhos procuravam o caminho de volta, não sabendo, ou não querendo, tomar o caminho de volta. Por fim, levantou-se, ensaiando um primeiro passo e, cambaleando por um tempo, tornou a parar tesa, a alma perdida não se sabe onde.

A outra mãe, a do filho que morreu da *doença-ruim*, compadeceu-se. Teve medo de que aquela mãe fosse desvairar de tristeza ali na sua frente. Esquecendo das próprias coisas, ergueu-se com ânimo e pulou para o outro lado da senda, "Minha senhora, mesmo com o coração em cacos, a gente tem que seguir em frente", a voz falhava ao fazer o convite tímido, "Vamos voltar juntas".

A resposta demorou um pouco, os olhos fora de foco, um aceno leve da cabeça, as palavras tremeleadas com uma vivacidade suspeita: "Olhe! O que é isso?", o dedo apontado para o túmulo do filho executado. A Mãe de Pino Filho se surpreendeu. Na direção indicada, muito feia, a suave protuberância de solo amarelo e virgem, sem os rebentos de carrapichos e ervas daninhas que enfeitam os túmulos esquecidos.

Não era isso que a órfã de filho tinha em vista, mas uma coisa pequenina, aparecendo, de milagre, na frente daqueles quatro olhos. Emergindo do solo, uma guirlanda magrinha, de flores brancas e vermelhas, coroava o último abrigo do rapaz decapitado.

Não eram os olhos cansados, nem qualquer alucinação causada pelo desespero de se verem desamparadas na velhice, sem um filho homem

para cuidar de si. Uma guirlanda havia aparecido do nada. Tal como a tumba, melhor, tal como a vida ceifada, ela não passava por algo belo. As flores, não muitas, eram das que davam os arbustos, das que já brotam meio fenecidas, com as cores mais comuns. Porém, estavam graciosamente arranjadas, com suas corolas oblongas alinhadas.

A Mãe de Pino Filho sentiu-se incomodada com o que testemunhara. Olhou atenta para os montículos do lado direito, primeiro para o do seu garoto, depois para o dos conhecidos. Em segredo, fosse como fosse, desejava que o mesmo ocorresse, sobretudo com os mortos do lado direito. Naquele monturo ou aqueloutro, encontrou umas ervas selvagens, teimosas que nem o frio expulsa. Tinha uma ou outra inflorescência cinzenta, esporádica, que, de forma forçosa, podia chamar de florzinha, mas nenhuma guirlanda, nada parecido com o túmulo daquela mulher ao seu lado. Frustrando-se, desapareceu o interesse em entender o que se passara, perdida numa sensação de vazio, de lhe faltar algo que alguém outro tinha.

A mãe das vestes puídas agachou-se, aproximando o rosto da guirlanda. Maravilhada, "As flores não têm raiz, não sei de onde desabrocharam. Alguém deve tê-las colocado aqui, mas quem? Nós estamos sozinhas, não? As crianças não brincam nestas bandas, os adultos esperam por uma hora menos fria. Como isso pode ter acontecido?". Ela tentou pensar. O Céu não fazia mais sentido; meses atrás, tinha levado seu filho embora, afundando a sua família na ignomínia. Neste momento, uma coroa de flores aparecera sem aviso. Teria se arrependido o Céu?

Ela tentou pensar, a despeito de tudo; mas a única coisa que encontrou foram lágrimas de revolta, de ódio, nascidas de uma vaga intuição de ter sofrido injustiça: "Meu menino de jade, você morreu de uma calúnia", gritava, "sua alma não descansa, seu coração ainda queima do outro lado. Essa guirlanda é um sinal que me dá, não é? Você quer protestar sua inocência!".

Não havia resposta, só a delicada tremulação da guirlanda sob o vento suave. "Teria se escondido atrás de uma pedra, atrás de uma árvore, atrás de...", girava em torno de si, procurando. Encontrou um corvo único, empoleirado num toco de árvore jovem, cuja copa havia sido decepada. A ave parecia estar fitando a velha. "Entendi. Meu Jadezinho, jogaram o seu corpo mutilado nesta vala, assim como este céu continua a nos cobrir, eles haverão de pagar um preço. A retribuição está a caminho! Virá com a virada do vento, num piscar de pestanas presto. Meu filho, se você estiver me ouvindo, segure-me com um sinal de certeza. Chame o corvo para o seu túmulo."

A brisa cessou de imediato. Os carrapichos e ervas daninhas, rígidos, dardos de cobre fincados no chão. O corvo agitou as asas, crocitando forte, a voz profunda propagando-se no vazio, tomando conta do cemitério. As duas mulheres estupefatas olharam para o bicho e o bicho olhava de volta. Ainda se ouvia o eco do crocito, agora nada mais do que uma estridência que ia embora devolvendo o silêncio. A ave permanece no toco, abana a cabeça e para, uma estátua de ferro.

Quanto tempo tinha se passado? As duas mulheres acordaram com as pessoas se cumprimentando, abrindo espaço para sentarem os pires e cumbucas e cestas. Os velhos ressentiam-se de terem sobrevivido aos que se foram. As crianças brincavam pelos túmulos de terra, alheias ao que acontecera aos seus e ao que acontecerá a elas próprias, mais cedo, menos tarde.

A mãe do tuberculoso não compreendia bem por que se sentia como se um terrível fardo tivesse sido retirado de seus ombros. De qualquer forma, fizera o que tinha vindo fazer. "Vamos embora." Tomou coragem de falar.

A mãe do decapitado não compreendia bem por que se sentia como se um fardo tivesse sido retirado de seus ombros e um outro tivesse sido posto, também terrível. De qualquer forma, fizera o que tinha vindo fazer. Suspirou, sentindo-se viva na morte. Recolheu os pires e a cumbuca. A cada objeto que recolhia, parava para confirmar que a guirlanda permanecia onde estava e para ver se algo acontecia. Sim e não. Com tudo de volta na laca, vacilante se levantou e vacilante se foi. "Como isso pode ter acontecido?", repetia amente, sem mais esperar resposta.

O sol forte da manhã imergia a paisagem numa bruma esbranquiçada. Branco de tristeza, branco de luto. As duas mulheres andavam lado a lado, sem terem o que dizer uma à outra. Já iam umas poucas dúzias de passos quando *crá-cráa*, *cráa-cráaa* e um bater de asas fizeram um calafrio correr na espinha de ambas. Sem terem escolha, viraram-se para avistar uma sombra escura de asas abertas em cima da árvore morta, grande como gente. Agachando-se para dar impulso, a coisa se arremessou rápida como um raio e, voando na vertical, esvaiu-se no vazio do céu.

Abril de 1919

O DIA SEGUINTE

"Ei, que silêncio... estranho... tudo bem com a mocinha?", era o Ventas-Vermelhas dos Gong, que saíra para a rua carregando uma cumbuca de aguardente amarela, cheia até a borda. Falava com os olhos no líquido quase a derramar, avançando cambaio, até depois do lugar do balcão em que costumava se reclinar. Respirando pela boca de gaveta entreaberta, apontou para o prédio à sua frente com um espasmo da nuca.

Seu parceiro de vício, Quintinho Beiço-Roxo, gente da pior laia, também se enchia da amarelinha, como fazem nos dias feriados e úteis, ou quase. Deixou o parceiro passar. Mirando-o com malícia, descansou a sua cumbuca vazia, mal untada da bebida oleosa. Inopinadamente, soltou-lhe um murro no meio das costas, com força para derrubar um búfalo. Grunhiu zombeteiro: "Isto é para parar de falar m...".

A Vila de Lu naquela época era um lugar perdido no nada, de que ninguém ouvia falar, onde ainda viviam conforme os costumes antigos. Antes mesmo da primeira hora da noite, quase todos já tinham se trancado em casa para se refazer da lida.

Quase todos. Para lá da terceira hora, pela metade da noite, só dois lugares ainda tinham lamparinas acesas. Um era o boteco Felicidade Geral, onde reina um clima de amizade entre os pinguços do balcão, que comem e bebem — o segundo bem mais do que o primeiro — propiciando a deidade da alegria.

O outro lugar, ali ao lado, era a casa de uma viuvinha que guardava luto desde o ano retrasado, Mulher do finado Quarto, do clã dos Shan. Ela tampouco dormia, o que se dava não por felicidade, mas por necessidade. Como qualquer viúva de família pobre, a morte do marido era um decreto do destino para viver o resto da vida na penúria. Portanto, só lhe restava lutar, como fiandeira, pela própria sobrevivência, e a do filho de quase três anos, pelas horas mortas da noite.

Ventas-Vermelhas tinha razão. Nos últimos dias, não se ouvia o chiado arrastado da roca. Ainda assim, as lamparinas dos dois lugares seguiam acesas madrugada adentro. O bêbado, que tinha as oiças finas, era quem sabia, talvez o único que sabia, quando o silêncio se fazia ou se quebrava ali ao lado. Ninguém quer saber das viúvas, pelo menos, ninguém respeitável.

Voltando ao murro de Beiço-Roxo, Ventas-Vermelhas não caiu, nem derramou um pingo da bebida sequer. Tampouco reclamou. Fechando os olhos, soltou um gemido fundo, *hmmmm*, que virou um refrão, *hmmmm-hmmmm*, que virou uma melodia, *hmmmm-hmmmm-hmmmm*... Cantou de prazer, com uma talagada da danada. Sentia-se feliz.

Alheia à folia dos ébrios, a viuvinha Shan sentava-se à borda do estrado de madeira, com o seu Tesouro nos braços. Tão calada como ela, a roca olhava-a abandonada sobre o chão. A lamparina queimava chamas turvas, quase escuras, dando um brilho fantasmagórico ao rosto do menino — traços de prata sobre um fundo escarlate.

Em sua pequena mente, listava tudo o que devia ter sido feito. Tinha comprado bilhetes da loteria divina?[35] Tinha. Tinha feito promessa para os budas? Tinha. Tinha tomado o elixir do Dao? Tinha. Tinha...? Tinha. Por que não surtira efeito? O que fizera de errado? Só lhe restava ir consultar o mestre Divino, do clã dos He.

Por outro lado, melhor não. É possível, a moléstia do Tesouro aparecia de noite e se ocultava de dia, tal como o Yin é forte no escuro, e o Yang, quando fica claro. Yin é moléstia; Yang é restauro. No dia seguinte, com o retorno do sol, a febre cessaria de imediato, a cascalheira pararia de pronto. Não, não: era uma situação comum, todo doente passava por aquilo. Vou esperar pela manhã.

Uma mulher simples, a viuvinha Shan. Boçal, mesmo. Não se dava conta de que "por outro lado" era a mais fatídica das expressões. Devido a ela, vários eventos que poderiam ter terminado mal só deixaram de sê-lo por um titubeio... E o oposto, tão mais verdade é.

Era verão, quando as noites são curtas — para alguns. Ventas-Vermelhas, todavia, se enfeitiçara com sua cantiga etílica. Só parou quando o horizonte a leste brilhou como uma espuma branca. Viu a luz filtrada pelas frestas do teto. Imaginou-se num banho de aguardente.

---

[35] Prática divinatória comum em países do Leste e Sudeste Asiático. A forma referida neste texto envolve um grosso molho de varetas de bambu com versos gnômicos que são acondicionadas num recipiente, como um cilindro ou uma caixa. O fiel sacode o recipiente até que uma vareta cai no chão e então se lê (interpreta) a sorte. Há variedades que utilizam papeletes.

A viuvinha, uma vez tomada a decisão de esperar pelo fim da madrugada, atravessou o pouco tempo restante como se fosse um trecho de eternidade. Que fácil teria sido, se conseguisse dormir como as outras pessoas, ou como o braço que jamais cessara de abraçar o Tesouro... Seus olhos pesados acompanhavam a respiração do menino, que se espichava cada vez mais. Um minuto... uma hora... um ano! Sobressaltada, abriu os olhos secos para ver os salpicos de luz sobre a parede branca. Era dia, e a lamparina queimava inútil ao seu lado. "Tesouro!" As asinhas do nariz achatado batiam fortes.

Em sua pequena mente, sabia que algo não estava em ordem. Aquilo não podia estar certo. Não era bom. *Aiaiaiaiai*, abanando a cabeça, *aiaiaiaiai*. Tentava listar tudo o que ainda podia fazer. O que fazer? Só lhe restava ir consultar o mestre Divino, dos He. Não havia mais outro caminho. Era uma mulher estúpida, era uma mulher boçal, mesmo, mesmo. Mas também era uma mulher forte e decidida, quando necessário.

Levantou-se rápido, malgrado a precisão de firmar as pernas fracas da vigília, coxeando até a arca de madeira desbotada pela umidade, a mão livre puxando uma e outra gaveta, até que, vasculhando o fundo de uma delas, puxou fora todas as noites consumidas pela roca, treze *iuanes* em moedas de prata e 180 nas de cobre, e pôs dentro de uma bolsinha de pano. Sempre com Tesouro pendendo do braço morto, trancou abruptamente a tosca porta de madeira e saiu, quase correndo, em direção à mansão dos He.

É certo que ainda era muito cedo, mas, naquele momento, havia quatro pacientes sentados no salão daquele famoso clã de praticantes das artes médicas. Enfiando a mão pela boca da bolsa, a viuvinha sentiu quarenta centavos de prata, preço do canhoto da consulta. Encostados num canto de parede, esperaram uma voz chamar o número 5. Vamos, Tesouro.

Mestre Divino estava sentado de perfil, vestido numa túnica fina de seda, a pele firme e corada, o semblante concentrado. Com um gesto, pediu que a mãe estendesse o braço do menino. Para sentir o fluxo de energia vital pelo corpo do cliente, o médico então apalpou seu punho, segurando-o com o polegar por baixo e apertando as veias com o indicador, médio e anelar, por cima. As suas unhas, muito limpas, sobravam umas quatro polegadas, pelo que parecia pinçar o braço do doente.

Apreensiva, o nervosismo tomou conta dos pensamentos da mãe sozinha. Por um lado, admirada daquele sucessor dos imortais daoistas,

debatia consigo própria as chances de sua cria, convencendo-se de que o mestre Divino iria salvá-la da mordida da morte. Por outro, a angústia engordava no escuro de seu ser, um lugar que não conhecia bem, porque era onde escondia todos os seus medos. No fim, decidiu que, mesmo pequena a possibilidade, o Tesouro poderia vir a não se recobrar.

Inconformada com a decisão a que chegara, exacerbou-se. O que fazer? Só lhe restava perguntar com todas as palavras, que saíam ríspidas, espasmadas: "Mestre, o Tesouro de minha vida, ele tem o quê?".

Com um ar distante, o sábio pronunciou um oráculo monótono: "A energia vital está congestionada, no aquecedor, do meio".[36] Os olhos da viúva esbugalharam-se: "Isso não é sério, não é? Ele vai...?".

Sem qualquer sentimento, cortou-a: "Antes de mais nada, dê esses dois preparados para ele"; parecia acenar para um amanuense, sentado diante de si. Mostrando à autoridade o rosto da criança, a viuvinha estava perplexa: "O senhor olhe, ele respira com dificuldade; veja como as narinas estão latejando acesas".

Sem ceder aos apelos da mulher, o homem dispensou-a com um ultimato, "É porque um elemento, fogo, está a destruir outro elemento, metal"[37] — e fechou os olhos, como se tivesse entrado num profundo transe. A viuvinha não ousaria importunar o mestre Divino com mais perguntas.

Sem esperar um segundo, interveio o amanuense, que devia ser um aprendiz na casa dos trinta anos. Ele estendeu um braço, fazendo sair a mão de dentro da longa túnica de seda, que segurava a prescrição. Chamou a atenção para uns poucos caracteres escrevinhados sobre o canto do papel e complementou, falando: "O primeiro dos dois remédios, as pílulas Vive-Bebê, só pode ser encontrado em Salva-Mundo, a loja tradicional dos Jia". A viuvinha acenou a cabeça obediente.

Com o papel segurado respeitosamente na mão livre, ela saiu correndo para cumprir as instruções do mestre Divino. Até encontrou tempo

---

[36] Termos da medicina tradicional chinesa, segundo a qual o Aquecedor Superior [上焦] influencia a parte do estômago à garganta, inclusive coração, pulmões e esôfago; o Aquecedor do Meio [中焦] influencia o baço e o estômago; o Aquecedor Inferior [下焦] influencia os rins, os intestinos e a bexiga.

[37] Segundo o jargão da medicina tradicional chinesa, com base na correspondência entre órgãos e elementos, "fogo destrói metal" quer dizer que o funcionamento do coração interfere com o funcionamento dos pulmões.

para pensar com sua pequena mente. Era uma mulher estúpida, era uma mulher boçal, mesmo, mesmo, mesmo. No entanto, sabia que a loja dos Jia ficava mais perto da casa dos He do que de sua morada. Assim, poupava tempo se fosse primeiro à farmácia comprar as pílulas e, em seguida, voltasse para o seu lugar. Vamos para o Salva-Mundo!

Lá, encontrou um vendedor sorridente maroto, que leu, fleumático, os caracteres da receita com ajuda das unhas, mais compridas que as do médico — e menos limpas. Deu-lhe as costas para preparar as ervas e outros ingredientes, empacotando-os, também fleumático, com papel.

Nesse comenos, o Tesouro agitou-se todo, ensaiou um choro que não passou de um ronco estirado, vibrando a coriza grossa como resina, e varreu o rosto da mãe com o braço, procurando alguma coisa, até que os dedos se engancharam em seu cabelo, desfazendo uma mecha da trança, de um preto profundo de azeviche. Que dor aguda. Procurando pela sua memória, um casebre pouco amplo, a Viúva Shan achou que isso nunca tinha acontecido e, sem saber o que fazer, seu rosto assumiu um tom amarelo-pálido.

O sol, uma mancha oblíqua à meia altura no horizonte, cegava a mãe no retorno para casa. Uma das mãos segurava firme o pacote da cura, dando a direção para os passos bambos. Cavalgadura do pequeno, o outro braço virara, cuja dormência acordara com o desconforto e pura dor. Ele pesava cada vez mais, ora esperneando, ora esbracejando, como se lhe quisesse dizer algo e não tivesse como. Ela sucumbia à impaciência: o caminho tinha se encompridado?

Decidiu que tinha que parar. Buscou o limiar do portal de uma mansão, acocorando-se diante dele, onde sentou o filho doente. Resfolegando-se, sentiu a picada da exaustão. A roupa de pano áspero embebia-se do suor da pele lisa, ficando gelada pelo tempo ameno. Quanto tinha suado, naquele corre-corre! Ele também se arremansara, o corpo mole, quase fofo, caído num sono precário.

Era um bom momento, devia aproveitá-lo. Acomodaria Tesouro de volta no braço e, com cuidado, avançaria em direção ao seu destino. Uma voz alcoólica, junto ao seu ouvido, interrompeu-a:

"Viúva Shan... me passe a carga que eu levo." Sem olhar, imaginou de imediato que fosse o timbre do Quintinho Beiço-Roxo. Sem ter escolha, olhou na direção do cheiro, e era o próprio, contraposto, tentando se equilibrar, cai-não-cai, perscrutando com os olhos injetados, buscando encontrar a verdadeira viuvinha dentre várias vertigens.

O dia seguinte

Não era quem queria. Ela tinha rezado para que o Buda enviasse um general de suas hostes celestiais, alguém que pudesse salvá-la de seus labores. Terminara mandando o Quintinho. Pensando bem, a despeito das beiçolas púrpuras, ele até que tinha os ares de um dos espadachins errantes que corrigiam as injustiças em tempos de desgoverno.

Fosse como fosse, o beberrão insistiu com tanta obstinação que não havia margem para rejeição. Afrouxando o abraço, deixou o corpo meio adormecido da criança pender em direção ao homem que, por embriaguez ou safadeza, enfiou a mão entre as costas do menino e o seio da mulher, bolinando-a antes de puxá-lo para si. A viuvinha não deixou de sentir um arrepio fervente, que correu do bico do peito até a ponta da orelha. O rosto se enrubesceu. Era um gostoso de que quase se esquecera. Mas não. Mulher de bem é mulher de um.

Quintinho e a viuvinha andavam juntos, não à distância que convinha entre pessoas fora do matrimônio, mas àquela que permitia ao cachaceiro gozar daquele aroma de mulher. Ele tentava puxar conversa, motivado por interesses translúcidos para ouvidos sóbrios; ela continha-se, reservava-se pudorosa, fechava-se com meias respostas. Não tinham ido muito longe quando, perdendo a paciência, o grosso devolveu-lhe a carga desalinhadamente, lembrara-se de que tinha acertado com uns amigos no dia anterior, era quase hora de com eles comer — encher a cara estava mais próximo da verdade.

Recebendo a criança de volta, a mãe não deixou de ficar aliviada. Além do mais, o seu quarteirão logo aparecia mais à frente. E a gratidão foi sincera no momento em que avistou a Mãe Nona, do clã dos Wang. A grisalha acocorava-se ao lado do barro da rua, acompanhando o movimento. Um encontro de olhos, e a velha berra de longe: "Viúva Shan, seu menino está doente? Já foi ver o mestre?".

Com passos apressados, aproximou-se para lhe mostrar o doente: "Fui, sim, mas...", guardando suas dúvidas para si própria, "Mãe Nona, a senhora tem mais experiência de vida, passou por tudo neste mundo... Por favor, a senhora pode usar o Olho do Dharma[38] para ver o que está de errado com meu Tesouro? O que ele tem?".

---

[38] Termo budista que, em seu sentido original, significa a sabedoria absoluta das *bodisatvas*. Neste texto, é empregado como uma expressão elogiosa, mera polidez, referente à capacidade perceptiva da interlocutora.

A mulher ergueu-se. Depois de criados os filhos, Mãe Nona tinha adotado o Caminho da upássica,[39] observando os votos de uma seguidora leiga do Buda. Em sua comunidade, havia quem acreditasse que ela tinha conquistado poderes sobrenaturais.

A testa engelhou-se, os olhos fecharam-se, o corpo convulsou-se. Em transe, deu um gemido longo... *"Uhmmmmm"*... "O que a senhora vê, Mãe!?!"... *"Uhmmmmmmmmm!"*... Abriu os olhos, com as íris escondidas sob as pálpebras, acenando com a cabeça duas vezes e meneando-a duas vezes. Nada disse.

Passava do meio-dia quando Tesouro tomou a infusão feita com a pílula Vive-Bebê. A mãe colocara-o sobre o estrado duro, para observar melhor como reagiria. Aliviou-se por ver que a sua respiração melhorara sobremaneira, dizendo para si própria que voltava ao normal. Cansada, deitou-se ao lado do filho, mantendo-o sempre sob sua terna vigília.

Pelo meio da tarde, "Mãe!!". A Viúva Shan acordou. Era o Tesouro. Olhou para ela em silêncio e desmaiou com um suspiro curto. Começou a transpirar, os pingos grossos acumulando-se sobre a testa e correndo pela ponte do nariz abaixo. Não podia ser normal, pensou a mãe, tão viscosa assim, a transpiração, fazendo grudar os dedos. Já em desespero, pôs uma mão sobre o peito dele, choramingando uma ladainha ininteligível.

A tranquilidade do Tesouro era um prenúncio da vida que se ia aos poucos. A respiração alongou-se, compassada e comprida, até que não foi mais.

Dando puxões leves na mãozinha inanimada, a Viúva Shan viu-se desabar. Podia ser porque mulher de marido morto quase não é mais nada neste mundo. Podia ser porque agora o filho fora embora, filho homem, esperança derradeira de voltar a viver, de voltar a valer alguma coisa, quando ele casasse e tivesse filhos homens. Porém, com sua pequena mente, não conseguia pensar tanto, tão longe. Apenas via o corpo sem vida de seu filho fora de si, dentro de si um vazio morto comprimindo o útero, um segundo parto que pare nada mais do que dor. Foi aí que o choramingar explodiu num berro, um longo uivo que ecoou por todo o bairro.

Aquela casa, dantes ignorada pelos passantes, num átimo ficou em polvorosa. Uma pequena multidão aglomerara-se, fosse para acudir, fos-

---

[39] O termo denomina a religiosa budista que "não deixou sua casa", isto é, que não assumiu formalmente o manto.

se para satisfazer a curiosidade. Pessoas relativamente mais íntimas — ou desfaçadas, como a Mãe Nona ou o Beiço-Roxo — tinham entrado. Ficaram fora pessoas menos conhecidas, ou mais respeitosas, como o gerente do Felicidade Geral e o Ventas-Vermelhas.

Vendo o estado da viúva, a velha compadeceu-se, seus instintos maternais vindo à pele, movendo-a a assumir responsabilidades que não lhe caberiam. Com autoridade, começou a comandar os que estavam por perto e serviam para alguma coisa. Vão ali queimar dois cordões de moedas de papel. Levem dois tamboretes e cinco peças de roupa para o penhorista — não aceitem menos do que dois *iuanes* de prata. Esse dinheiro vai para a comida de quem ficar para ajudar.

A maior despesa era o caixão. Por sorte, a Viúva Shan ainda possuía um par de brincos de prata e um alfinete de cabelo, do mesmo material, marchetado com uns três fios de ouro. A velha preferiu entregá-los ao gerente do Felicidade Geral como garantia, incumbindo-o de adquirir o ataúde, fiado, meio à vista, meio a prazo, incerto.

Lambendo os beiços roxos, Quintinho se meteu na frente do gerente, as mãos pidonas e a cara sonsa, dando ares de disposição e benemerência, "O caixão compro eu". A Mãe Nona, mulher vivida, declinou sem cerimônias, atribuindo-lhe, contudo, a honra de carregar o caixão do anjinho. Ele se indispôs. Um grunhido ferino, "Cadela caduca", com cada sílaba dita pausadamente, "se você fosse homem...", e se postou em pé, com o canto da boca contraído, o desafio lançado pelo olhar.

O gerente fingiu que nada ouviu, colocou as joias no bolso da túnica, partiu para a funerária. Demorou-se. Quando voltou, as lamparinas estavam acesas. Relatou obediente o negócio à velha: caixão, só de madrugada; como era para um anjinho, não tinha nada pronto. E atravessou a rua para começar a trabalhar.

Dado que passara da primeira hora da noite, quase todos os habitantes da Vila de Lu, praticantes dos costumes antigos, tinham se retirado. Inclusive quem ficara para ajudar na casa da Viúva Shan apressou-se em comer a refeição com que se lhes agradecera. E Beiço-Roxo, abraçado ao balcão do Felicidade Geral, enchia-se de aguardente amarela. E Ventas-Vermelhas, de olhos semicerrados, começara a cantar sua cantiga etílica. Retornara a normalidade.

Também reinava uma normalidade, irônica, na casa ao lado. A roda da roca abandonada no chão, a criança deitada quieta sobre o estrado, a mãe exausta olhando para sua cria. Até o choro da viúva, diga-se de passagem, tinha sido mais regra do que exceção, desde que Quarto dos Shan a havia abandonado. Desta forma dormira sem dormir, desde a morte do marido.

Todavia, num dado momento, acabaram-se as lágrimas da viúva e, com elas, a vontade de chorar. Pela primeira vez em anos, percebeu um grande silêncio. Ela abriu seus olhos, não se sentindo estúpida, quanto mais boçal. O quarto reluzia luminoso, não havia sombras, muito estranho. Listava para si tudo o que é. A vida é sonho. O sofrimento é ilusório. A morte é um acordar para dias melhores. E assim, ao despertar, no dia seguinte, tudo que se passou neste dia será um pesadelo mal lembrado. Amanhã, estarei nesta cama; amanhã, Tesouro estará ao meu lado; amanhã, pulará sobre o estrado, cheio de vida: "Mãe!!".

Ventas-Vermelhas terminara o seu número. Um garçom varria limpo o palco. As luzes do Felicidade Geral apagaram-se. Um galo protestava.

Lusco-fusco. O horizonte a leste tem um brilho leitoso, que penetra pelas frestas das janelas. Mais um pouco e o sol se cora fúlgido, tingindo os seus arredores de escarlate. Os raios, de coloração ouro mate, agora incidem sobre as cumeadas dos tetos de telhas cinzentas. Era o dia seguinte.

Duas palmadas, duas chamadas. Surpreendendo-se a olhar sorridente para o vazio, a viúva encontrou-se sentada sobre a arca. Correu para atender, não era uma voz familiar. Espiou pelas treliças da janela, descobrindo a Mãe Nona atrás de um homem que carregava uma pequena caixa. O caixão de meu filho. Vinham iniciar o velório. Agarrou-se à parede. Tinha acontecido como se lembrava.

O caixão fechou-se pelo meio da tarde. Antes disso, a mãe do defunto, enlouquecida, empurrava aberta a tampa, chorando, sempre que alguém tentava concluir a cerimônia. Com um misto de piedade e impaciência, a Mãe Nona se interpôs entre a viúva e seu Tesouro, escorando a mais moça com veemência. Várias mãos acudiram para selar a tampa.

Recolhida num canto da sala, de costas para todos, a Viúva Shan comprime os joelhos um contra o outro, as duas mãos pressionando a pelve. Fez tudo pelo Tesouro, do início ao fim, nada lhe faltou, nada. Em sua pequena mente, lista tudo o que fez no último dia. O que fez? Queimou um cordão de moedas de papel? Queimou ontem. Queimou 49 rolos do encanto da Grande Compaixão?[40] Queimou, hoje de manhã. An-

---

[40] Referência ao "Sutra do encanto do grande coração misericordioso da *bodisatva*

tes de depositá-lo no caixão, vestiu-o com roupas novas? Vestiu. E os brinquedos, e as coisinhas de que gostava, colocou-as em seu caixão? Sim, o boneco de barro, as duas tigelinhas de madeira, as duas garrafinhas de vidro, postas com carinho em ambos os lados do travesseirinho. Depois, para confirmar, ela contou nos dedos todas as coisas que deveria ter feito, contando nos dedos todas as coisas que efetivamente fez. Assim certificou-se de que tudo fez, de que nada faltara.

As pessoas punham-se de pé, perfiladas. A procissão estava pronta para se pôr a caminho. Onde estava o Beiço-Roxo, aquele celerado? Devia ter se afogado num jarrão de aguardente. Deixem para lá. O gerente do Felicidade Geral contrata apressado dois carregadores, pernas fortes, em nome da Viúva Shan. Cada um pediu 210 moedas de cobre, um absurdo, para levar aquela caixinha até o seu lote no cemitério, subsidiado pelos poderosos locais com dinheiro do tesouro imperial.

Estavam todos de volta. A Mãe Nona desdobrou-se para que a Viúva Shan pudesse se entregar ao luto, cozinhando em agradecimento aos que ajudaram. Quem quer que tivesse contribuído para o decorrer exitoso da cerimônia sairia de barriga cheia.

De fato, quem quer que fosse tinha comido à saciedade, mesmo os dois carregadores de pernas fortes. Apesar do clima pesado, os presentes aguardaram o sol começar a se recolher para atrás dos montes, quando cada um julgou apropriado mostrar na cara que, eles também, deveriam se recolher para suas casas. O funeral acabara.

Sozinha, senão pela companhia da roca silenciosa, a Viúva Shan levou a mão aos olhos. Tontura, vertigens. Deitou-se no estrado para repousar. Num dado momento, ouviu-se perdida em meio a um grande silêncio inopinado. Apercebia-se, outra vez, da estranheza do mundo que havia dentro de si. Tinha sido filha, tinha sido esposa, tinha sido mãe. Passara por coisas que nunca imaginara que fosse passar, coisas que, até acreditara, não iria vivenciar tão cedo. E, no entanto, não podia mais negar a sua sina. Tomada pela sensação de singularidade, da morte, da vida, perdia-se no mistério da separação que a afirmava como alguém. Alguém em paz. A paz reinava naquele quarto. A solidão é um tipo de paz.

Avalokitesvara" [观世音菩萨大悲心陀罗尼经]. Os supersticiosos acreditam que se o encanto for lido, ou se seus manuscritos forem queimados, em proveito dos mortos, é possível eliminar o sofrimento destes nas "Regiões escuras" [阴间] e até levá-los à "Terra da felicidade" [乐土], o paraíso budista.

Escuro demais. Levanta-se para ir acender a lamparina. O pavio lança uma chama gorda, exalando um cheiro forte, com um chiado que, naquele silêncio enorme, parecia com o de um incêndio. Levou-se até a porta, ferrolhando-a com um movimento súbito, e se arrojou a trancos de volta para o quarto, os pés pesados. Sentou-se de volta no canto do estrado, meio pensa, olhando para a roca, muito calada. Abrindo os olhos pesados de cansaço, notou que o quarto era maior do que há pouco, e mais quieto. E parecia ficar ainda maior, e ainda mais quieto, com o estender do tempo. Tão grande, que a roda da roca, a arca, o estrado, pareciam cada vez menores, ocupando cada vez menos espaço. A vastidão de seu quarto oprimia-a, apertando o seu peito, comprimindo a sua cabeça. Mal conseguia respirar. Seu Tesouro morrera. Estava morto e enterrado. Ela sabia disso em suas entranhas vazias. Não suportava mais aquele quarto, tão grande e tão vazio. Queria vê-lo desaparecer, com ela junto. Soprou a mecha, fazendo tudo voltar à escuridão, ao silêncio, à inexistência. Deitou-se. O pano que usava como travesseiro molhou-se, gelando a sua cabeça.

O quarto reluzia luminoso — não havia sombras, como antes —, mas menos estranho. Estava sentada junto à roca, que rangia furiosa, tinha dúzias e dúzias de novelos de todas as cores espalhados pelo chão. Tesouro estava gordo, comendo favas de funcho, que esmagava numa pasta fragrante antes de pô-las na boca. Os dois olhos negros fitaram os seus: "Mãe!". A porta escancara-se, batendo na parede, era Quarto com bolinhos cozidos de carne de porco e outros recheios; sorrindo máscalo, o pai voltou, o rosto dela enrubesceu. "Que gostoso, mãe! Quando crescer, vou vender bolinhos como o pai, vou ganhar muito dinheiro, vou dar tudo para você, o que você precisar, o que você quiser." As pessoas faziam fila fora de casa, para comprar seus novelos coloridos. Tudo era vida, tudo era vivacidade.

Esse era um dos futuros que o passado poderia ter trazido. Mas e agora? Agora, não sabia mais o que o futuro poderia trazer. Estúpida, boçal, aquela mulher. Que poderia ela saber? O silêncio ecoa pelo quarto espaçoso. Há almas que retornam aos seus corpos, como dizem? Não há, não é possível. Nunca mais veria o filho em carne e osso. Inconsolada e inconsolável.

Com suas últimas forças, a viúva, agora órfã de filho, sussurrava para si uma prece: "Tesouro, se seu espírito ainda estiver por aqui, visite-me em sonho". Fechando os olhos, apressava-se para o reencontro. A

sua respiração, todavia, era uma ladainha de lamentos amargos. Grande... Quieto... Vazio... Despediu-se da vigília com um longo suspiro, atravessando a bruma que separa este mundo do outro lado.

Ventas-Vermelhas descera de seu palco imaginário há pouco, a garganta ardendo, nunca seca. Endireitando o rumo para fora do Felicidade Geral, as pernas moveram-se desobedientes. Vendo a casa ao lado, pigarreou para encontrar sua melhor afinação, improvisando um estribilho rude: "Minha canin-gaaa, coisa boni-taaa, cama vazia-aaa, tão sozinha-aaa". Rindo sem controle, Beiço-Roxo agarrou o ombro da camisa fedorenta do parceiro. Abraçado a ele, os dois zarparam alegres, ziguezagueando para porto incerto.

Não se via mais a silhueta dupla dos irmãos de copo. Um garçom cobriu o balcão, sacramentando mais uma noite de filantropia no Felicidade Geral. Com o bar em silêncio absoluto, sobravam apenas uns cães rosnando, latindo e uivando no escuro, e a madrugada sofrendo com as dores do parto do dia seguinte — enquanto a Viúva Shan sonhava, escondida dos olhos alheios.

Junho de 1920

NADA DEMAIS

Seis anos se passaram, num piscar de olhos, desde que debandei de minha terra, no interior, para tentar a vida, ou continuar a fugir dela, na capital. Nesses anos, pude servir de testemunha, seja por ter visto ou por ouvir falar, de muitos eventos que, como querem os homens esclarecidos, são grandes acontecimentos, questões de importância para o Estado.

Seja como for, não foram poucos esses marcos históricos que alteram o destino geral, que redefinem o valor e mesmo o sentido da existência coletiva, que exigem anos e anos de pesquisa, volumes e volumes das crônicas históricas[41] para que se lhes possa entender a sua influência e reconhecer as suas repercussões, quando então todos concordariam que nada foi o mesmo depois que eles aconteceram, por obra do exagero, peculiar a quem deseja promover suas interpretações como o sentido da existência humana.

Eu, de minha parte, continuei a minha vidinha, tão marcada por esses grandes fatos como por pedras lançadas na água. Quem sabe nem mesmo isso. Será...?

Por dever de veracidade, ou mero prazer de revelar meu eu, reconheço que não deixam de me haver transformado, privadamente, regalando-me mais rabugice. E, já que chegamos aqui, não será mal aproveitar o ensejo e me desnudar por completo: essas últimas grandes transformações vinham me adestrando na arte do menoscabo. Dia após dia após dia. Desprezo tudo e todos.

E como não pode faltar edificação às estórias, e por falarmos em eventos que deixam uma marca indelével, de repente seria bom registrar

---

[41] A historiografia chinesa antiga é principalmente constituída de obras oficiais, ou seja, de compilações organizadas e patrocinadas pelos clãs no poder. Com a sucessão das dinastias, firmou-se a prática de que uma nova ordem edita a história de sua predecessora, segundo o princípio de que o poder político é derivado do "Mandato do Céu". Essas "Crônicas Oficiais" [正史] tinham por eixo os anais imperiais, ou seja, os principais fatos, organizados ano a ano, da vida dos imperadores. A isso somavam-se as biografias dos nobres, dos altos burocratas e de outros luminares, sem esquecer de textos sobre as instituições, quadros, tabelas, etc.

um fato que me vem à mente. Coisa pequena, desprovida de consequências, prontamente esquecida pelos envolvidos. Porém, ainda viva em meus olhos. Para mim, para minha vidinha, foi uma casualidade também, embora tenha acalorado minha frieza, alertando-me para que a indiferença está a um passo do cinismo.

Num dia qualquer do inverno do sexto ano da proclamação da República, o vento norte uivava selvagem através de Pequim, cortando tudo o que encontrava pelo caminho. Para ganhar a sobrevivência, arriscava minha saúde saindo cedinho de casa, encapotado num grosso casaco de pele, pelas ruelas esparsamente marcadas por árvores nuas, sem uma alma sequer à vista. Prova de que ainda há bom senso neste mundo.

Para meu alívio, consegui contratar um riquexó desgarrado que, como eu, recusava-se a permanecer em seu abrigo. Sem olhar para o rosto do puxador, mandei-o correr até o portão S, cobrindo-me como podia, rápido, rápido.

O puxador teve sorte, pois, lá pelo meio do trajeto, o vento amainou para exibir uma bela paisagem, da avenida larga, ora varrida brancacenta, sob um céu azulado impoluto. Sem ter tempo para apreciar essas coisas, ele ensebou as canelas, no afã de fazer mais uns cobres com outra corrida. É provável que pensasse desta maneira.

O suor do braçal desaparecia aviado sob o tempo seco, só uma mancha molhada na raiz da trança fazia prova de seu esforço. Outra prova, menos discreta, era a do bodum brabo que vazava do interstício entre o colete e as reentrâncias das costas, delatando-me a prisca data em que sua roupa fora lavada pela última vez. Comecei a pensar em outras coisas.

Regressei de minhas reminiscências para acompanhar o portão S despontando na diagonal. Apressado para chegar na repartição, batemos numa coisa pelo caminho.

Uma das hastes do riquexó, oscilando para os lados sob as passadas vigorosas do puxador, parecia ter-se enganchado com violência à roupa de alguém, que foi projetado para trás do carro. No meu susto, vi o condutor restabelecer pronto a direção, enquanto se inclinava para trás, freando o riquexó com a inércia de seu peso morto. Voltei-me para olhar para a pessoa atingida, que ainda cambalhotava pelo chão. Parecia ser uma mulher.

De fato, era uma idosa, de cabelos pesadamente grisalhos, desarranjados pelo acidente. Com ela de bruços, imóvel, notei os farrapos com que se cobria, sintoma de sua condição. Não que isso me tocasse em especial. Cabe a quem puxa o carro resolver, e que me leve ao meu destino. Ele começa a falar com ela e me deixa para trás, sentado no banco duro, no meio do frio.

Voltando ao ocorrido, parece que aquela mulher tinha disparado de uma das vielas que desembocavam na avenida; parece que tinha se projetado à frente do carro; parece que o puxador até que tinha tentando evitar o choque. Era certo, entretanto, que a velhota não abotoara o seu colete e que ele, tremulando no calor da ação, tinha sido fisgado por um cabo da haste — talvez tenha sido o bolso que foi fisgado — e daí ter acontecido o que já sabemos que aconteceu. Mas por que demora tanto, ela não recuperou os sentidos? A vida continua...

Por fim, concluí que o puxador, com seus bons reflexos, tentara minorar o choque, manobrando rápido as hastes com passadas para o lado e para trás, reduzindo o embalo do bólido que conduzia. Sorte da outra, que, do contrário, teria torcido o pescoço ou mesmo espatifado os miolos na terra dura e fria. O cordão de cambalhotas teria sido a sua última proeza acrobática nesta existência. Acidente, sim, mas com um desfecho aceitável.

Aqueles momentos pareciam horas para mim. Vamos com isso, pensava, cerrando os dentes. Para minha decepção, a velha persistia ali na estrada, prostrada, o rosto enfiado no chão. Era evidente que ainda respirava, por que não sair do meio? O puxador, antes prestativo, agora irritava-me com seu atrevimento, de me deixar aqui, esperando. E vai ajudá-la a se levantar?

Resistindo ao impulso de comandar o fim daquilo tudo, eu tinha chegado à conclusão de que nada se passara com a mulher. Machucara-se? Impossível. Estaria fazendo cena? Insensatez dela: ninguém viu o acidente, não havia ninguém mais diante de quem ela pudesse se fingir de vítima, nem algum outro presente que pudesse tomar suas dores, para saírem ganhando algo do puxador.

Começava a odiar aquela pobrezinha por fazer uma tempestade num copo d'água, transformar uns arranhões numa tragédia pública. E ela estava entre mim e o meu escritório, criando um transtorno, e me atrasando.

Mais algum tempo e fiquei tão irritado que a temperatura sequer me perturbava mais. E eu estava pagando a corrida! O puxador tinha que me dar uma satisfação. Dei um tapa no lado do carro, cobrando, "Ela não tem nada, olhe só! Vamos embora!!". Demonstrando aturdimento, o trabalhador braçal não entendeu as minhas palavras, quiçá tampouco tenha percebido minha indignação justíssima.

O transporte estava num canto da avenida, largado enviesado, comigo sobre o assento. O puxador por fim tinha ajudado a velha a se erguer, com toda a delicadeza imaginável; é natural, não? Oferecia-lhe seu braço, filialmente, para que se apoiasse nele ao andar de volta para de onde quer que viera. "Vovó, você está bem?" "Ai, machuquei-me não sei onde, moço."

Sabia que ela só podia estar fazendo um drama. Eu a vi caindo, foi uma coisa leve. Como é que se alegava "machucada"? Esse meu povinho gosta de se lamuriar, de se fazer de coitado. É por isso que me dão asco. O puxador? Hah. Dava-se a lengalengas, melindrando seus clientes. E ele pagaria o preço por tanto. Espero que saiba como se livrar desta encrenca em que entrou.

Ouvindo obsequioso a lamúria da velha, segue passo a passo com ela, apoiando-a segura, acenando com a cabeça reverente, sem qualquer pista de remorso pelo serviço mal prestado ao cliente abandonado, quase atrasado para o trabalho.

Estranhava aquilo tudo, quando vi, pela direção que tomavam, uma estação da patrulha. Ah, entendi. O puxador péssimo temia que as forças da ordem tivessem visto tudo. No entanto, com um vendaval daqueles, os polícias preferiam fazer a patrulha dentro de suas quatro paredes. Ou temia que a velha fosse denunciá-lo sem ele por perto para ouvir o que ela inventava, e se defender? Além disso, tinha um trouxa de prontidão, convenientemente congelado, para testemunhar sua inocência... Exagero de minha parte?

Pondo minha raiva de lado, entendi que nada do que especulava fazia sentido algum. As ruas estavam vazias. Eu tinha sido o único espectador do acidente. Aquela senhora, com toda a probabilidade, não vira o rosto do homem. E ele, disposto a enfrentar o mau tempo, com certeza precisava do dinheiro que, dadas as presentes circunstâncias, cliente algum pagaria.

Meus pensamentos voltaram-se para os acontecimentos momentosos e os grandes homens que fazem a história e todas as falsidades que se perpetuam sob um manto de grandiloquência, quando a imagem importa mais do que a verdade. Com esse puxador, não parece mesmo ser o caso. Agia imbuído por um autêntico senso de dever, temperado por uma profunda humanidade, sacrificando os próprios interesses em favor de alguém não só insignificante, mas ainda incapaz de retribuí-lo, da forma que fosse. E quem era esse anônimo, qual a educação que recebera, que estatuto possuía aos olhos dos outros, o que legaria para a história? Desconhecendo-o, reconhecia-me.

Os dois estavam quase chegando à porta da patrulha, quando fui possuído por uma visão insólita. O corpo franzino daquele trabalhador braçal, com suas roupas imundas cobertas de poeira, começara a emitir um brilho morno. E então, a cada passo, seu contorno ganhava mais e mais volume, suas pisadas estrondavam sobre o chão: assumira uma majestade colossal. No último relance que tive dele, precisei levantar meus olhos para enxergá-lo por inteiro, sua altura ultrapassava o parapeito das muralhas nas adjacências.

A visão impregnou a minha mente de tal forma que, depois de o homem entrar na estação, senti uma pressão invisível que me comprimia, fazendo com que, pouco a pouco, o meu casaco folgasse nos braços, no colarinho, no peito, escondendo uma coisa minguante, uma coisa tacanha. Eu.

Acomodei-me, chocho, no banco, pronto para esperar pelo tempo que fosse necessário. Não me movia, não mais pensava, não usava de minha inteligência e sabedoria para profetizar sobre o que está na cabeça ou no coração dos outros. Então vi uma farda amarrotada saindo da estação, os passos autoritários e displicentes. Desci do carro para aguardá-lo cerimoniosamente de pé. Ele, espanando as mãos para que tomasse meu caminho, insistiu: "Você procure outro carro, aquele ali não vai poder levá-lo ao seu destino". Puxei, automático, o que tinha no bolso do casacão, uma mancheia de *iuanes*,[42] bronze, prata, o que fosse, estendendo-a ao policial, incapaz de dizer qualquer outra coisa senão "Dê-lhe isto, por favor...". Não me recordo do que aconteceu após.

Quando voltei aos meus sentidos, estava fazendo o resto do caminho a pé. O vento tinha cessado, mas a cidade esquecera de voltar à atividade. Eu era a única coisa a se mover em meio a um silêncio absoluto. O senso de isolamento fez com que recomeçasse a pensar, embora com

---

[42] Unidade monetária no novo sistema centesimal (1 *yuan* [元] = 10 *jiao* [角] = 100 *fen* [分]), que entrou em vigor plenamente durante o período republicano. Antes disso, as unidades monetárias eram definidas com base no peso do metal num sistema de proporções variadas.

Nada demais

um medo sobrenatural de tudo o que reforçasse o meu senso de importância própria. O que acabou de se passar, deixe para lá. Mas não conseguia. Por que cargas d'água quis dar tudo aquilo para o homem? Dava-lhe um prêmio por sua conduta excepcional? Não me tornara, outra vez, o dono da verdade? Quem sou eu para julgar? Fazia muito tempo que não sentia tamanha impotência de encontrar uma resposta para as minhas questões.

Aquele dia passou sem que se apagasse a sua memória. Revivo a cena com frequência, com angústia, fazendo o máximo para não embelezar a maneira como me comportei, para não buscar justificativas para minha forma de pensar. Tampouco desejo conspurcar, com minha ironia e ceticismo, a conduta exemplar daquele anônimo, motivado por uma espontânea franqueza diante dos fatos, face a própria conduta.

Diante daquela nuga, tudo o que aconteceu de grandioso nos últimos anos, sejam os progressos de nossa governança civil, sejam as realizações de nossa força pública, nada importa. Diante daquela nuga, todas as verdades que me foram incutidas na infância, as coisas que tive que memorizar, os "o Mestre disse...", os "os Poemas rezam...", nada importa.[43] Peça-me para citar aqueles ou declamar estes, e paro no meio — pois já me esqueci do resto. Nada importa.

Esta nuga, esta nuga é diferente, pois ela vem me assombrar quando menos espero, às vezes mais real do que a realidade. Ela me adestra na arte do remorso, impondo-me a obrigação de tentar me refazer, de ganhar coragem, de querer ter um pouco de esperança no ser humano. Coisas tão dessuetas para todos... não todos, para mim.

Julho de 1920

---

[43] "O Mestre disse" refere-se ao início-padrão das passagens dos *Analectos*, enquanto "os Poemas rezam" remete à autoridade do *Clássico dos Poemas*. O autor aqui se dirige aos *Clássicos* confucianos e à educação recebida no ensino de primeiras letras, que na velha sociedade era realizada privadamente por mestres.

CONFIDÊNCIAS DE UMA TRANÇA CORTADA

Tum-tum-tum. Na manhã de um domingo desses, levantei-me mais cedo do que o usual, com a aldraba batendo oca na porta. Esfregando meu rosto, fui atender todo presto. Ao passar pela escrivaninha, iluminada pelas janelas opacas do papel que cobria o vidro por dentro, vi, entre livros e papéis, um calendário de mesa que capturou a minha atenção quando parei para arrancar a folha da véspera, com o sentimento de começar, formalmente, um novo dia.

Surpreendido com a data, sem me dar conta, interjeicionei: "Ei! Dez de outubro, hoje é o Feriado do Duplo Dez.[44] Como é que pode, este calendário não registra a efeméride...?".

Um pouco adiante de onde estava, a porta abre-se, apressada, com um ranger fino, deixando entrar o rosto do senhor N, meu conterrâneo e sênior no programa de intercâmbio: era a mão sobre a aldraba de há pouco. Sem ter nada melhor para fazer, vinha bater papo, comigo, sem me consultar, óbvio.

Entretanto, uma vez ouvido o meu comentário sobre o calendário, já exalava contrariedade, como fez questão de me expressar: "Esse calendário foi feito por gente sábia. Estão justificados por deixar de lado, para usar de suas palavras, a tal 'efeméride'. Se não colocaram, lá, sobre o papeleto, 'data nacional', ou o que você julgar melhor, de que vale a sua indignação? Você espera que a data tenha algum valor, mas e daí, se ninguém mais se importa?".

O senhor N era, em minha modestíssima opinião, um... excêntrico. Tinha um temperamento descontrolado, vez por outra explodia sem razão aparente, dando-se a umas falações avessas ao que a maioria pensa. Declare-se, solenemente, não era das pessoas de que eu mais gostava.

Conhecendo a figura, certifiquei-me de que não cederia ao impulso de interrompê-lo. Que continue sua ladainha pelo tempo que julgar ne-

---

[44] O Feriado do Duplo Dez, ou do Dez-Dez [双十节], comemora o início da Revolução do Ano Xinhai [辛亥革命], conhecida em português como Revolução Republicana de 1911.

cessário; afinal, não há uma palavra só digna de minha aprovação. Quando por fim fechar a matraca, tampouco vou reagir. Será tudo, até mais ver.

Convidei-o para se sentar, apontando para uma das cadeiras de madeira preta junto à mesa. Ficamos alguns instantes em silêncio, com ele olhando para mim, de lábios contraídos. Lançou o chapéu num canto e esfregou a mão sobre o tampo da mesa, procurando um apoio melhor para o corpo.

"Tenho muito respeito pela forma como festejam o Duplo Dez em Pequim", zombeteiro como só ele. "De manhã cedinho, mandam os polícias baterem na porta dos moradores da área de sua atribuição. Abrindo ou não a porta, ouve-se o mesmo grito de 'bota a bandeira!', e ai do ci-da-dão chi-nês", a pesada ênfase em cada uma das sílabas destas duas palavras, "que não responder 'agora mesmo!' e sair de casa nos seus pijamas, bocejando de preguiça e agitando um pedaço de pano es-tran-gei--ro e bobo, com umas listras coloridas e idiotas. *Puh!*"[45]

Fez uma pausa, como se para me provocar. "E você sabe o que acontece depois, não é?" Persisti no meu silêncio, com um leve aceno de cabeça. "A bandeira perde-se no suporte da parede junto à porta das casas. Fica lá até o cair da noite, quando as portas se abrem para que ela volte, ainda cheirando a guardado, para mais um ano no fundo do baú. Isso quando não é esquecida lá fora, e veja que não são tão poucas as casas em que isso ocorre, para serem timoratamente recolhidas pela manhã do dia seguinte — a polícia está vindo", sorria triunfante, "é isso o que acontece."

Eu não queria mesmo lhe dar conversa. "Toda a gente se esquece da comemoração e a comemoração se esquece de toda a gente", disse meu visitante benquisto, todo angustiado. Aquilo soava como paródia de um bordão budista de quinta categoria.

"Eu sou um dos que esqueceram. Mas tenho meus motivos, viu? É desgosto. Se fosse comemorar, teria que reviver tudo o que transcorreu naqueles dias, o Duplo Dez original. É revolta. A lembrança traz um sentimento de impotência que inunda o coração, uma irritação que a men-

---

[45] Alusão à bandeira da China durante o período da Revolução de 1911 até 1917, também conhecida como Lábaro das Cinco Cores [五色旗] (faixas horizonais nas cores vermelho-amarelo-azul-branco-preto).

te não controla." O senhor N imergira nas águas profundas de suas memórias...

De repente, o tempo escureceu lá fora, pelo visto, foi uma nuvem grande que cobriu as redondezas de minha casa. Minha visita abriu a boca sorumbática: "Você não tem como saber, mas são muitos os rostos que aparecem à minha frente, espectros que só se mostram a mim. Já se passaram tantos anos, mas continuam jovens. Eles tiveram uma vida muito sofrida. Depois de mais de uma década de militância, seu prêmio foi um tiro na cabeça, *pá!*" — fazia a mímica de uma espingarda com ambos os braços. "Outros escaparam à bala, mas não à cadeia, caindo sob meses de tortura. E aqueles, ah, os mais idealistas, os que viviam para o futuro, esses sumiram sem deixar um traço; tiveram que velá-los sem corpo presente."

A atmosfera estava pesada demais para meu gosto, mas não sabia como mudar o assunto sem ferir os sentimentos do homem. E ele continuava, "Foram idealistas que sofreram menoscabo da sociedade por quererem algo diferente para si e para todos. Não só menoscabo, também humilhação, e perseguição, e incriminação... As suas sepulturas, faz muito que ninguém as visita, ninguém se lembra onde estão. Eu ainda vou lá, as lápides emborcaram, os túmulos erodiram, em nada diferem de um descampado qualquer, está me entendendo?".

Tentei simular a mesma expressão lúgubre que ele tinha, num ato de simpatia ao mesmo tempo fingida e sincera. Confidenciou: "Do fundo de meu coração, eu não aguento reviver esse passado". Eu compreendia, mas me faltava a pachorra. "É melhor mudarmos de assunto, não? Que tal algo que nos encha de satisfação?", protestei com doçura. A julgar pelo sorriso que deu para mim, notava-se que escolhera o tema. Vamos a ele.

Ele queria fazer suspense. Penteou o pouco cabelo que restava no cocuruto com três movimentos do pente de dedos. Fitou-me com um ar traquinas e, resistindo às risadas que queria dar, a voz soou mais alta do que seria apropriado: "Você sabe o que mais me deixa satisfeito, orgulhoso, mesmo, com o Duplo Dez?". Entrando no jogo, mordi o meu bigode e retribui algo parecido com um sorriso.

"A minha maior realização é a de que, desde então, ninguém mais caçoa de mim quando saio à rua." Ríamos de cumplicidade.

"Meu amigo, você sabe que, para o chinês, nada é mais especial do que... o cabelo. Seja rico, seja pobre, o cabelo é o mais importante patrimônio desse povo. Toda a gente sabe que o cabelo leva à ruína, mas mesmo assim não abre mão do xodó." Puxou o pitinho de bronze do bolso embutido do paletó e o desentupiu com a unha. "Desde o início dos tempos, quanta gente sofreu e quão grande foi esse sofrimento... Tudo por causa do maldito cabelo!" Eu entendia bem aonde ele queria chegar.

"Eu já pesquisei essa questão com certa profundidade." Inchou o peito, assumindo um ar professoral, pena que não tinha sobrancelhas de folha de salgueiro e o cavanhaque de bode velho, como um mestre de sabedoria da Antiguidade. "Os nossos primeiros ancestrais — quando a Antiguidade para nós ainda era jovem — tenho a impressão de que ainda não se importavam tanto com o cabelo. No cânone das punições, a cabeça, independentemente do que crescia nela, era o que todo homem queria continuar a ter. Por isso, a pena mais grave era a de decapitação. Quem não corria esse risco, tampouco dava importância ao cabelo. O maior pavor, em segundo lugar, claro, era o de perder os colhões. Logo, a ameaça recaía sobre eles." E complementou: "E as mulheres não escapavam; não, senhor! Também se lhes proibia do entra-e-sai".

Divertido pelo papo de antiquário sacana, animei meu interlocutor com meus reles conhecimentos dos *Clássicos* confucianos, esperando de bom grado a aula, como bom aluno. Ele prosseguiu, "Sim, de fato, raspar a cabeça também era uma punição corrente. Contudo, salvo exceções — cada vez mais me vejo como uma delas —, o cabelo volta a crescer. Era uma vergonha que deveria durar uns poucos anos, no máximo. Raspar a cabeça era das mais leves punições. Porém, sabendo como somos, nós e os nossos, não é difícil imaginar que incontáveis ex-carecas continuaram a ser pisoteados pelos conhecidos no resto de suas vidas". Tinha razão.

Interrompi a conversa para tomarmos um pouco de chá. O tempo lá fora continuava encoberto, mas não ia chover hoje. O senhor N queria fumar seu cachimbo, eu queria acender um cigarro.

"Quando um chinês fala das revoltas que ocorrem quando da transmissão do poder, seja de família a família, de dinastia a dinastia, toda aquela história de 'Mudança do Mandato do Céu' é uma desculpa esfarrapada... Que Virtude que nada! Que Vontade do Céu que nada! O ponto central é a p... do cabelo." Neste instante da conversa, senti-me desarmado, gargalhando com todas as minhas forças, segurando-me à mesa.

Arregalou os olhos, o pito bem firme na palma da mão, "Calma, calma. Não cantam por aí os Três Dias de Yangzhou? Não há aquela fanfarrice do cerco de Jiading, a 'Cidade do Massacre'?[46] Fazem parecer que eram chineses patrióticos resistindo aos manchus, ciosos de sua dinastia, chinesa... pura...", dava tapas na mesa, "antes morrer do que se sujeitar aos bárbaros! O ponto central não era o amor à dinastia chinesa dos Ming, não era o ódio à dinastia manchu dos Qing, não. Os chineses não estavam nem aí para a morte de seu 'país'. Ao que resistiam, era a ter de raspar o cimo da cabeça e entrançar o cabelo".[47] Cubro a boca e penso com meus botões: Senhor N, isso beira o sacrilégio, é pelotão de fuzilamento na certa!!

"Nada que não tenha acontecido antes. Os manchus vieram e ficaram. Como de praxe, o 'povo arredio', personagem recorrente de nossa história, avesso a seus novos governantes, foi totalmente dizimado. Os 'velhos objetores', também conhecidos de nossos livros, viveram até seus últimos dias, irresignados por dentro, a dobrarem suas espinhas, por fora. O resultado está aí! Tanto uns como outros desapareceram do mapa, com os seus filhos muito bem adaptados ao novo penteado."

"Porém...", assumindo um tom premonitório, "... isto aqui é a China, você está entendendo? As coisas mudam em um século ou dois, e Hong Xiuquan, Yang Xiuqing lideraram a revolta do Império Celestial da Grande Paz, mandando todo mundo parar de tosar o quengo e desfazer a trança.[48] O resultado? Minha avó contava umas estórias, suspirando como era duro para nós do zé-povinho, que só queríamos continuar a cultivar em paz a terra. Se você soltava a cabeleira, as forças lealistas mandavam bala; se você mantinha a trança, os cabeludos revoltosos passavam a espada!!" Continuava a me divertir.

---

[46] Dois eventos históricos marcados pela repressão dos exércitos imperiais de Qing, clã de etnia manchu, frente a protestos de chineses da etnia han.

[47] Durante a dinastia Qing, de acordo com o decreto 1644 do imperador Shunzhi, todos os homens foram obrigados a adotar o *bian fa* [辮髮], o penteado tradicional manchu, em que se raspa apenas a frente do cimo da cabeça, deixando o cabelo da parte de trás crescer numa trança; o decreto provocou resistência e mesmo revoltas por parte de chineses da etnia han.

[48] Hong Xiuquan (洪秀全, 1814-1864) e Yang Xiuqing (杨秀清, 1820?-1856) foram líderes da Rebelião Taiping (1851-1864), formada majoritariamente por chineses da etnia hakka. Em contraste com os súditos dos Qing, os rebeldes deixavam o cabelo crescer e não o entrançavam, pelo que eram referidos como "cabeludos", "os de cabelo longo", etc.

"Tudo devido ao danado do cabelo, um troço que não fede nem cheira... Aaah, você sabe o que quero dizer... devido a algo que não dói nem coça, incontáveis pessoas passaram amargura, padeceram tormentos, perderam a vida."

N era um homem de sentimentos caudalosos. Olhou para as ripas do telhado; suas pálpebras inferiores continham um filete de lágrimas, da mesma maneira que, julgo, sua mente represava uma inundação de memórias. Choraminga, "Quem diria que eu mesmo também iria sofrer essa sina seva?".

Queria despertar simpatia em mim, "Talvez nunca tenha lhe dito o que vivenciei em meus estudos no exterior". Sabia bem que ele tinha participado de uma das primeiras levas a deixar a China com esse fim. "Eu cortei a minha trança", sussurrou confessionalmente, "sem ter qualquer motivo especial ou transcendente. Achava-a um estorvo, só isso. Porém, o novo penteado deu o mote para que um colega, odiando-me em segredo, começasse a me difamar. Ele mesmo escondia a sua cauda, enrolando-a num coque sobre a cabeça. Pena é que esse patriotismo, fingido, não é privilégio de poucos. O supervisor do nosso grupo, um funcionário do governo encarregado de 'velar pela disciplina e moralidade dos nossos jovens' fez um escândalo e, por muito pouco, não cancelou a minha bolsa — o que teria me mandado de volta à amada pátria."

Olhava para a minha taça de chá, eu. Ele recomeçara a interpretar sua lamúria de autocomiseração, "Não se passaram uns poucos dias, esse supervisor fugiu de volta para a China, depois que um grupo de alunos revoltados cortaram, à força, o rabicho dele. Entre esses estava o notório Zou Rong.[49] Você sabe quem, não? O que escreveu o panfleto *O exército revolucionário*... 'revolucionário', o novo sentido que os meninos estão dando à 'Mudança do Mandato' das velhas dinastias. Pois bem, Zou também foi retornado a Xangai; por causa do texto, morreu na prisão. Você ainda se lembra disso? Esqueceu-se, faz um tempo, não?". Muito cortês, bocejei mantendo os lábios premidos firmes, enquanto acenava com a cabeça.

"Meus estudos também terminaram mal. Aguentei uns anos, já que as finanças de minha família tinham se deteriorado. Sem um trabalho pa-

---

[49] Zou Rong (邹容, 1885-1905) é considerado um mártir do movimento antimanchu. Estudou no Japão, onde escreveu *O exército revolucionário* [革命军], livro que promovia a derrubada da dinastia Qing, sendo preso poucos meses após retornar à China.

ra me sustentar, era ou passar fome no estrangeiro ou passar vergonha na China. Uma decisão pouco difícil... Chegando a Xangai, a primeira coisa que fiz foi procurar uma cauda postiça, que custava uma fortuna — dois *iuanes* de prata na época! Enfiei o troço na minha sacola e fiz o caminho do meu distrito no interior. Consegui chegar em casa sem que meu penteado fosse percebido pela comunidade. Minha mãe não disse nada sobre minha aparência, nem se manifestou sobre a ideia de pendurar aquela cobrona na minha nuca. O problema eram os outros."

O senhor N, um poço de dissabores.

"Era uma contrariedade. Qualquer pessoa que passasse por mim fincava os olhos na trança, cascavilhando a maneira como ela parecia pender do nada. Quando chegavam à conclusão de que era falsa, dependendo da pessoa, eram risadinhas irônicas ou rinchadas de menoscabo. E lembravam que eu havia cometido um crime passível de perder a cabeça, ai de mim. Um de meus amados parentes, brandindo a honra do clã, estava pronto para me delatar às autoridades. Abririam investigação, sabe? Esse parente se exibia como muito fiel à dinastia, só que, ao ver que o Partido Revolucionário estava ganhando embalo, que a 'insurreição' pelo jeito viraria 'nova ordem', ele foi, todo vexado, cancelar o depoimento."

"Mas as coisas não ficaram mais fáceis por aí?", inquiri, como bom anfitrião. E ele, "Eu decidi que era melhor encerrar esse teatro. A realidade sempre está acima do fingimento, correto? Quem não quer agir por fora como pensa por dentro? Com toda a franqueza que gostaria de ter, joguei a porcaria da cauda fora e comecei a me vestir com as roupas ocidentais, que preferia, quando saía para a rua...".

Não podia deixar de... admirar... a coragem do senhor N. Assumidamente, coragem. Porventura seria, também, fruto de uma invulgar carência de tino e sensibilidade para com a nossa forma de ser?

"... Mas era só sair de casa que as risadas e os gritos dos meus conhecidos ecoavam pelos becos. Uma corjinha de arranca-tocos me escolhera como alvo, seguindo no meu encalço, lançando impropérios, dizendo que eu era um diabo estrangeiro de araque, barato, que tinha me vendido, barato, para os narigudos do Ocidente. Barato. Chegou um ponto em que me rendi: de volta com a beca dos *homens-bons*, assim me dedicarão algum respeito." A lembrança o enfureceu.

"Não tinha antecipado que minha capitulação inflamaria ainda mais os arranca-tocos, que vinham com sede de sangue. *Homem-bom* não se

Confidências de uma trança cortada

vende. Contra minhas inclinações, concluí que caíra a gota-d'água. Ou era eu, ou eram eles. Esperei pela ocasião certa e, armando-me com um porrete, dei uma pisa em cada um quando estavam menos valentes, isto é, quando estavam sozinhos. Com medo de mim, esses deixaram de me azucrinar. O problema é que não podia espancar a vila inteira, e os que não conheciam a minha fama ainda me faziam passar vergonha."

Defrontado com aquela pilha de traumas mal cicatrizados que se chamava N, perguntava-me se era um caso isolado, ou se tinha a ver com um problema mais fundamental, alguns traços perversos de nossa cultura, ou, indo mais longe, se refletia verdades atávicas — a panaceia sempre à mão quando nos damos conta de que somos piores do que nos fazemos crer pela disciplina diária de dissimulação diante de nós mesmos.

"São cicatrizes que ostento. Vez e outra, quando me observo no espelho, amorrinho-me murcho. Esta nossa cultura... Estava estudando no Japão quando li uma reportagem sobre o dr. Honda, o paisagista.[50] Ele tinha acabado de viajar pelo Mar do Sul e pela China. O jornalista perguntou como ele conseguira se achar pelo caminho, sem entender e nem se fazer entender em chinês ou em malaio. A resposta veio lapidar: 'Falando a língua que entendem melhor, a do cacete!'. Diz-se que mostrou o fiel cajado de bambu grosso ao repórter. Veja que fiquei revoltado por dias a fio, naquela ocasião. Quem diria que, um dia, entraria em acordo tácito com o dr. Honda e que, como ele, sentaria o bambu no lombo dos meus e os meus entenderiam na hora?..." Gargalhávamos juntos, eu abanando a cabeça.

"No primeiro ano da era Xuantong, quando se prenunciava um breve reino para o último imperador Qing, eu tinha sido colocado na posição de bedel da única escola secundária de meu distrito natal. Imaginei ter entrado num ambiente de ares mais leves. No entanto, o aleijão da trança, e o fandango da roupa, continuaram a me assombrar. Os colegas só queriam me ver de longe; as chefias, de bem perto, a minha caveira, só. Cada dia era um martírio. Ou era posto na masmorra, ou precisava subir no cadafalso. Sem abrirem o jogo, estava claro para qualquer um que a razão para tanto era uma reles cauda que tinha caído de minha nuca."

---

[50] Honda Seiroku (本多靜六, 1866-1952), botanista japonês especializado em reflorestamento. Criador de diversos parques espalhados pelo Japão, sua obra mais famosa é a floresta em torno do Santuário Meiji, em Tóquio, com setenta hectares.

Lamentava que, se N tivesse nascido uns poucos anos mais tarde, teria sido poupado de um punhado das rugas que tem. Intervim, com relutância, para pontuar que a China havia mudado muito a respeito da questão do cabelo.

"Sim, é aquela velha e surrada história... Uma certa noite, um aluno veio, o motivo é um mistério, visitar-me em minha casa. Sob o manto da escuridão, percutiu uma janela com a ponta dos dedos. Aproximando--me para entender o que se passava, ouvi um 'Professor, professor', aspirado, nervoso. O 'Quem é?' foi reciprocado com um anônimo 'Quero cortar a trança... como o senhor'. Fui recebê-lo à porta."

Reconheço que o meu bom quase amigo às vezes tinha um certo talento para criar suspense.

"As minhas situações pessoal e profissional, muito delicadas, precipitaram a posição que manifestei com insegurança: 'Cortar a cauda? De jeito nenhum!' — em outras palavras, que ninguém me atribuísse a responsabilidade", levantou as duas mãos, espalmadas.

"O rapazote, ladino como tínhamos sido naquela idade, colocou-me então num dilema, 'Professor, explique melhor: na sua opinião, é melhor cortar ou deixar como está?'. Por um lado, se mentisse, ele retrucaria com o fato patente de que eu me livrara daquele penteado ridículo há anos. Para evitar a pecha de mentiroso, disse-lhe, pois, a verdade: 'No meu caso, foi melhor cortar'. Por outro lado, como disse, estava num dilema, já que meu aluno interpretaria minha opinião, mesmo que cuidadosamente ressalvada, como um aval para sua própria decisão: 'Então por que o senhor se opõe?'. Calei-me. Nesse momento, um coro de tranças surgiu de trás da porta: 'Por que, professor? Por quê?'."

Perguntei ao senhor N como ele tinha saído daquela enrascada.

"Senti-me esmagado pelos dois lados, pró e contra a cauda, e me faltava a astúcia para não ficar malvisto, de lambuja, também pelos mais jovens. Ensaiei uma desculpa encabulada, 'Não vale a pena... pensem com mais calma... Não percam a cabeça, digo, as tranças... Esperem mais um pouquinho'. Você sabe como as crianças são. Decepcionados, amuaram-se e dispararam cada um na sua direção. Por fim, cortaram a cauda, por conta própria." Pela modulação de sua voz, sinto que esse resultado o satisfez intimamente.

A escola deve ter ficado um tumulto só..., perguntei, intrigado.

"Ah, nem conto para você... foi um escândalo geral. As pessoas tinham palavras de recriminação de sobra, só faltava um culpado. Vinham me sondar, mas eu me fazia de besta. E deixava os 'descaudados', como eram chamados, virem assistir aula como de praxe. Era uma visão interessante, ensiná-los perdidos num mar de tranças. Os mais exaltados dos colegas 'amantes das nossas tradições' chegavam a apoucar os meninos como a 'doença' da escola. A ironia é que essa 'doença' era contagiosa como ela só..."

Em outras palavras, os meninos tinham matado a tradição, com efeito, e ninguém achou a arma do crime. "Passados uns três dias, uns seis estudantes do curso normal, gente mais graduada do que os meus alunos, também vieram para a aula liberados das caudas. Ali a reação foi mais grave, pois, pelo final da tarde, os seis tinham sido expulsos. O interessante é que, como eram de internato, eles não podiam voltar para casa e estavam proibidos de viver na escola. E veio o Duplo Dez. Durante mais de um mês, ninguém sabia o que fazer com esse refugo, quando, num passe de mágica, o cabelo curto deixou de ser um ferrete de criminosos. Ponto final."

Aproveitei a oportunidade para conduzir a conversa a um final feliz. Lembrei-lhe que, como sugerira logo de início, o Duplo Dez, com todas as suas imperfeições, havia provocado mudanças positivas. Ledo engano: "No meu caso" — a palavra "meeeeeeeeeu" estendeu-se por um minuto, se bem me lembro —, "tudo continuou na mesmíssima. Tendo me mudado para Pequim no ano da fundação da República, no inverno testemunhei-me sendo xingado na rua em plena luz do dia. Várias vezes; sim, senhor. Mas lavei o peito quando dedurei uma das figuras para a polícia, que cortou a cauda do dito-cujo, à força. Já que tinham me caguetado pela razão oposta, por que não o fazer agora que era eu a ter razão? A partir desse ponto, ninguém se meteu a besta comigo. Mesmo assim, não me arrisco a dizer que as coisas mudaram para valer; voltar para o meu interior, nem pensar".

Conversar com N era como sair de casa num dia de fim de primavera. Quando você confia no tempo bom e sai desprevenido, termina voltando todo molhado. Depois de raiar de contentamento, a cara dele carregou-se de nuvens cinzentas.

Vieram então mais escarmentos, numa tirada típica de um reacionário renitente: "E agora vêm vocês, esse bando de idealistas, queixando-se disto e daquilo, insuflando as mulheres a também cortarem o cabelo. Para satisfazerem sua presunção, vocês vão causar mais sofrimento desnecessário. Desnecessário e desperdiçado!". Por pouco não contra-argumentei que as mulheres podem decidir por si próprias, segurando-me no último segundo.

"A história se repete. Nestes dias não há algumas que se alardeiam adeptas dos penteados curtos, para terminarem vetadas nas admissões às escolas — ou serem expulsas de seus cursos? Vocês inculcam nas coitadas que elas têm que lutar pela revolução, mas onde estão as armas? Vocês impingem que elas têm que trabalhar enquanto estudam, mas onde estão as fábricas?" N estava imbuído da convicção inflexível de que conhecia os rumos do país.

"Dada a situação atual da China, é melhor que deixem o cabelo como está, e que procurem um marido bom para si próprias. Esqueçam esses castelos de vento e encontrarão o caminho da felicidade. Intoxicadas com 'liberdade', embriagadas de 'igualdade', vão passar o resto de suas vidas, menos ou mais curtas, num deserto de frustrações."

Guardando o pito num bolso do colete ocidental cáqui, as mãos muito trêmulas, faz menção de se levantar, mas volta à cadeira com o dedo em riste: "São aquelas palavras de Artsybáchev, que eu quero presentear a vocês: ao prometerem uma idade de ouro aos filhos e netos, terminam pondo os que estão vivos no mundo sob ferro e fogo".

A seguir, o homem entrou num frenesi louco, como se pregasse a um rebanho invisível: "Antes do chicote do Criador marcar o espinhaço da China, este país sempre foi o que foi. Orgulhoso até do que tinha de pior, nunca quis mudar um pingo que fosse. Uma sociedade de muitos mendigos e poucos mestres! E vocês se gabam de ser as cabeças de cobre,[51] as víboras que vão morder os calcanhares dos mestres. Mas vocês não têm presas, tampouco veneno; que farão quando mandarem os mendigos pisotearem vocês?".

Cruzei meus braços para sinalizar que o senhor N tinha saído dos eixos. Felizmente, a visita notou que seu anfitrião não estava mais disposto a ouvi-lo. Freou algo mais que estava na ponta da língua. Levantou-se, muito cansado, para procurar o chapéu de volta de onde o tinha perdido.

Sem transparecer nenhum desejo de retê-lo por mais tempo, disse um "Já vai?" pouco convincente. Ele anuiu à cortesia, com outra, "Sim,

---

[51] Cobra altamente venenosa do gênero *Agkistrodon*, não endêmica no Brasil.

Confidências de uma trança cortada

sim, vai começar a chover já, já". Satisfiz a etiqueta com um conciso "É verdade". Acompanhei-o até a porta, sem dizer mais nada.

Não é que eu não compreenda o senhor N. Sua expressão carrancuda era uma desforra estéril, máscara de alguém que teve que esquecer os próprios sonhos para preservar a ilusão de que é possível ser feliz num lugar em que as pessoas não podem existir apenas para si próprias. Com o chapéu cobrindo a calvície, lançou-me o olhar duro de um perdedor que caiu de pé e se despediu, "Até a próxima. Perdoe-me qualquer palavra fora do lugar. Pelo menos, amanhã não é mais Duplo Dez e nós podemos voltar a deixar tudo para trás, por mais um ano".

Outubro de 1920

FUMAÇA SEM FOGO

O sol afundava aos poucos. Recolhia, dobra a dobra, seu longo manto de transparência melosa, que ainda cobria um barranco entijucado na beira do rio. Um matagal de árvores-de-sebo comemorava a cheia recente; suas folhas, um tanto mirradas, davam a impressão de respirarem com alívio. Junto ao chão, uma nuvem de mosquitos da dengue, estes sempre bem alimentados, fazia festa com vozes fanhas.

Mais longe da margem, via-se uma concentração de casebres, uma aldeia de camponeses. A única chaminé do fogão comunitário deitava uma fumaçada densa e grossa, que dava mostras de se dispersar e se adelgaçar, sinal de que a janta estava quase pronta para ser servida. A molecada, tanto meninos como meninas, corria para borrifar água no terreiro à frente de suas moradas, dispondo mesas e banquinhos para a refeição do clã. Não precisavam de som de sino, nem de mensageiro ligeiro para saber que a hora estava próxima; era o costume e a barriga que davam o sinal do fim da labuta.

Os velhos sentaram primeiro, privilégio de quem contribuiu mais para o grupo. Depois os homens feitos, que pegam no mais pesado. Uma fileira de ventarolas redondas, qual uma floresta de bananeiras de folhas secas, agita-se em compasso. Não há bocas caladas, apesar de viverem todos todos os dias juntos. A maior parte das crianças, poupadas da lavoura, corre desabalada sem saber para onde, num jogo que só elas entendem. Outras, menos expansivas, acocoram-se junto aos paus-de-sebo, brincando de adivinhar em que mão estaria a pedrinha. Retribuindo a espera, as mulheres trazem tigelas de passas de vegetais, pretinhas e apetitosas, para dar mais sabor ao arroz gostoso, com caroços gordos que lembram os bagos amarelos de flor de pinho. O forno larga um bafo quente em que se banham os narizes famintos.

Aquela era uma cena típica, imudável há milênios, que despertava o sentimento lírico no peito dos nossos gigantes literários. Observavam tudo de longe, enquanto passeavam em suas sampanas de luxo, destilando sua poesia da doçura insossa da aguardente: "Não têm dessossegos, não têm cuidados; tamanho o contento dos que vivem da lavoura!".[52]

Certo? Errado.

Por mais belas que fossem essas descrições e mais rico tenha sido o patrimônio que nos legaram, há muito que não corresponde à realidade vivida pelo povo pequeno. Uma prova é o que aconteceria naquele jantar, começando com o que a Viúva de Nove Jin, a Mãe Velha, estava prestes a dizer para os seus. Quem quer que estivesse de passagem num barco não perceberia que ela estava fitando alguém, furiosa, batendo intervaladamente nos pés de seu banco com o cabo de sua ventarola — o resto despedaçara-se no primeiro golpe.

Com uma voz gasta, "Setenta anos eu vivi...; setenta... e nove; chega!", o que restara de seus dentes tinha uma pátina escura. "Quero morrer agora mesmo e não ver mais a ruína deste clã. A gente não vai começar a comer? Não dá para esperar? Para que comer os feijões? Não tem arroz na mesa? Todo mundo vai passar fome para pagar seu luxo!", não se distinguiam suas sobrancelhas das outras rugas.

A vilã era a bisneta, Seis Jin. Ela tinha sido pega em flagrante, indo sorrateira para a mesa à frente da velha, com um punhado de feijões numa das mãos. Tendo sido descoberta, a única escapatória, melhor, protelação, da surra, era o caminho do rio. Sem pensar duas vezes, disparou pelos paus-de-sebo, para se embrenhar por lá. As perninhas ligeiras faziam saracotear os dois totós no alto da cabeça — "Bruaca de uma figa!", ecoou de dentro da mata — uns feijões ficaram pelo caminho.

O desafio da menina ficou ignorado. Mãe Velha tinha sobrevivido demais. Os ouvidos, mais gastos do que a voz, já não alcançavam aquela distância. Como reação inconsciente a que algo talvez tivesse ficado perdido para si, a velha repetiu o refrão amargo de sua impotência: "Neste clã, é uma geração pior do que a outra...".

Interrompo a história para explicar, de uma cajadada só, a razão para o refrão e, também, para os nomes das personagens deste causo.

Aquela aldeia tinha um costume muito peculiar. Quando davam à luz os seus filhos, as mulheres gostavam de pendurá-los imediatamente

---

[52] No original, o narrador assume a voz de um membro da classe dos literatos-burocratas, dando voz a um lugar-comum da poética chinesa, desde pelo menos Tao Yuanming (陶渊明, 365-427).

num prato de balança, usando o peso em *jin* como os apelidos que acompanhariam a cada um pelo resto de suas vidas.

Já o refrão, o primeiro uso de que tenho notícia remonta à celebração da "Grande Longevidade dos Cinquenta", o aniversário de cinquenta anos da Mãe Velha. Se não estou errado, foi por essa altura que ela começou, palmo a palmo, a virar uma pessoa amarga e a manifestar seu desagrado, protegida pela hierarquia etária, ralhando a todos e a cada um como lhe aprouvesse. Sua explicação favorita era a de que, quando fora jovem, o tempo não era tão quente como agora, pelo que os feijões eram mais tenros — como era certo que fossem, mais tenros. Logo, o mundo estava de pernas para o ar; todas as coisas estavam fora do lugar.

Quem contestasse a "doutrina dos feijões" era imediatamente treplicado com o fato de que o Bisavô, seu marido, nascera com nove *jin* e a bisneta, de quem não gostava tanto, com apenas seis — queda de um terço do peso, em três gerações! E ai de quem duvidasse! Seria repreendido com o fato de que o pai da menina tinha sete *jin*, um a mais do que a bisneta. Verdade inabalável do Qi, a Energia Vital que preenche tudo entre o Céu e a Terra.[53] E berrava rouca: "É uma geração pior do que a outra!".

Voltemos à cena daquele jantar no fim da tarde.

Esposa de Sete Jin — eis como chamam a nora-neta da Mãe Velha — era uma das mulheres a quem cabia levar a cesta de bambu com o arroz cozido até a mesa. Muito pesada, carregava-a com as duas mãos, dando passos anormalmente curtos e lépidos. Largou-a, aliviada, com um baque surdo sobre o móvel.

Esposa de Sete Jin esfrega as mãos, marcadas e meio cozidas, com um olhar irado para quem ralhara com sua filha. Seu temperamento pugnaz via de regra falava mais alto do que o estatuto, ignóbil, que tinha no clã. Remoendo as palavras da Mãe Velha, dá-lhe um rexoxó: "E lá vem a senhora com essas intrigas de novo. Quando Seis Jin nasceu, ela tinha seis *jin* e meio, quase sete... Para que rebaixá-la toda vez? E sua balança é viciada, sempre dá um peso menor, cada *jin* conta dezoito partes. Não negue, que eu mesma conferi. Nós ajustamos sempre a nossa, que equi-

---

[53] Qi [气] era o elemento essencial da cosmogonia chinesa. Dividido em Yin e Yang [阴阳], ele deu forma ao Céu e à Terra, produzindo também tudo o que existe, o que se chama de Dez Mil Coisas [万物].

libra com as dezesseis partes de costume. Seis Jin nasceu com mais de sete — o resto é intriga sua".

Ouvindo bem ou ouvindo mal, a velha contraiu uma das pálpebras, de raiva; a boca batia como se estivesse mascando algo.

Sem um pingo de medo, a Esposa de Sete Jin não recuou: "E fique sabendo que o Bisavô e o Avô não mereciam os apelidos de Nove Jin e Oito Jin; não, senhora; vocês usaram balanças de catorze partes para eles, desconfio. Todo mundo aqui", olhando em torno para as mesas, "tinha quase o mesmo peso quando nasceu".

A insolência daquela mulherzinha que entrou para o clã como um apêndice, uma barriga para os filhos do filho de meu filho... eu que era a esposa do finado Nove Jin! Como poderia saber melhor do que eu... o ódio condensou-se numa única frase, duramente impessoal: "Neste clã, é uma geração pior do que a outra!!".

Esposa de Sete Jin preparava-se para revidar, quando seu marido, o manicaca do clã, surge de um beco, constrangido e pronto para dar uma cacholeta — como macho, que era. Ela sabia algo diferente, que ele era um adversário menos admirável do que a matriarca. Matreiramente, esquece da Mãe Velha e se vira para lançar um olhar, de cima para baixo, no marido, "Sua lesma! Como é que só agora dá as caras? Todo mundo está esperando você para comer!".

Malgrado seu medo da mulher, Sete Jin era bem de vida. Logo em sua juventude, conseguira um emprego invejável. De fato, já há três gerações, os homens cabeças da família nunca precisaram alisar cabo de enxada, um dia que fosse. Tal como seu pai, e o pai de seu pai, ele também tanchava sampanas.[54] Um único trajeto por dia! Cedo de manhã, ia da Vila de Lu à cidade e, pela tarde quase à noite, retornava. Pelos seus contatos com o mundo exterior, Sete Jin era o único do clã que sabia do que acontecia pela China.

Por tal motivo, ele gozava de uma aura de sabedoria junto aos seus. Afinal, quem é que sabia responder, com discernimento, onde a Deidade

---

[54] A sampana (do cantonês 舢舨) é uma embarcação típica do Sul da China e adjacências. De baixo calado e com proa e popa largas, é própria para o transporte em águas tranquilas, sendo manobrada com longas varas (tancha) e propelida da popa através de um timão comprido e profundo como um remo. Dados os grandes sistemas fluviais da região, a sampana era um importante elemento da vida das populações, seja como meio de transporte, seja como barco pesqueiro.

do Trovão havia desferido seu golpe mortal no Homem-Lacraia? Ou como é que uma moça virgem tinha parido um *iaksha*, um daqueles espíritos das florestas, mencionados pelas lendas budistas?[55] Ele tinha esclarecimento, e era respeitado por isso. Daquela vez, porém, fora esculhambado pela mulher na frente de todos. Uma humilhação? Humilhação. Hora de reagir? Chegou a hora... Suava frio, porque a sua mulher era braba.

Antes de abrir a boca, lembrou-se, porém, de que era incontestável que já tinha chegado o verão, e, no verão, ninguém pode acender lanterna para jantar. A esposa tinha seus motivos. São os costumes da aldeia, que nem ele, cabeça da família, podia alterar. Ela também estava certa aqui. Logo, reagir não era certo; pelo menos, neste momento. Também era verdade que foi ele que se atrasou. Chegou tarde; demasiadamente, mesmo. Pensando melhor, a esposa tinha toda a razão, a reprimenda foi merecida. Numa reflexão mais desapaixonada sobre o ocorrido, adotou o parecer final de que tampouco tinha sido uma humilhação. Calou-se antes de falar.

Com a mulher olhando selvagem, Sete Jin marchou, cabisbaixo, para o seu banquinho de honra. Sentou-se majestático, mas de crista arriada. Para lembrar a todos, inclusive à esposa, de seu estatuto conspícuo, ele sacou o seu cachimbo. Era a inveja da aldeia: comprido, tinha uns seis *chi*.[56] A piteira era de marfim trabalhado. O tubo, ah, o tubo! Ele era da-

---

[55] Lu Xun aqui inventa minienredos a partir de personagens relativamente eruditos. A "deidade do trovão" [雷公, lit. duque/senhor Trovão] aparece num capítulo da *Escritura das montanhas e dos mares* [山海经·海内东经], que "tem corpo de dragão e cabeça de gente; gosta de tamborilar sua barriga". O "homem-lacraia" [蜈蚣精, lit. elemental-lacraia] é um tipo de demônio que figura na *Peregrinação para o Oeste* [西游记], cujo exemplo mais famoso é o Lorde-Demônio dos Cem-Olhos [百眼魔君], que tenta devorar o Monge de Tang após paralisar parte de sua comitiva com chá envenenado. Já os *iakshas* [夜叉, do sânscrito Yaksa] são subdivindades elementais no folclore budista/hindu. Embora originalmente desafie a distinção entre o bem e o mal no seu contexto original, os *iakshas* são preponderantemente maus na China. Vale notar que seres humanos (quanto menos uma moça virgem) são incapazes de conceber *iakshas*.

[56] Unidade de comprimento tradicional chinesa. Embora esteja atualmente equivalente ao pé anglo-saxônico (cerca de 30 cm), a medida do Chi [尺] oscilou ao longo da história, sendo muito mais curto nos primórdios da literatura clássica (séculos VI-V a.C.). No presente caso, não é absurdo que o cachimbo tivesse 80-100 cm.

quele bambu de que cantam as lendas, manchado pelas lágrimas das concubinas do antigo reino de Xiang.[57] Eita, que beleza!

Tendo terminado de saborear seus feijões furtados, Seis Jin decidiu que era bom voltar, senão perderia o arroz. Aquele era o melhor momento, pois a atenção tinha ido para longe dela. Fingindo que tudo estava normal, correu da mata gritando "Papai!" e se sentou ao lado do rei manicaca, parecendo querer carinho. Sete Jin ignorou-a, fascinado pelo seu tesouro. Não que Seis Jin se importasse, no fundo. Queria o arroz e não queria a peleira da avó, da mãe, ou de quem fosse.

A Mãe Velha espumava, brandindo o seu toco de ventarola, os olhinhos baços de catarata. "Neste clã... é uma geração... pior do que a outra!", arfava, procurando a esposa do neto.

O efeito da "cacholeta" que não deu e terminou levando, da mulher, passara. Sete Jin levantou com cautela os olhos de seu cachimbo, tomando a precaução de confirmar a cor na cara da esposa. Tempo calmo. Com um longo suspiro, deu uma má notícia que o oprimia. Anunciou a todos que Pu Yi, o imperador destronado, havia sido restaurado em Pequim como o Imperador Xuantong: "O Dragão está de retorno à sua Corte".

Choque geral.

Esposa de Sete Jin foi a primeira a desfranzir as sobrancelhas, tendo assumido a expressão de quem recebera uma revelação epifânica: "Isso não é ruim! Quem sobe ao trono sempre dá uma anistia geral". O homem cabeça da família arrematou, desesperando-se: "Não tem jeito, eu cortei a minha trança" — cortar a trança, muitos veriam assim, equivalia a uma declaração formal de fidelidade à ordem republicana e de desafio à velha ordem imperial.

Esposa tinha que encontrar uma saída para ele. Com o mesmo caráter combativo de sempre: "E quem disse que o Imperador vai exigir que todos tenham a cauda ilesa?". O pavor era tamanho que Sete Jin não se acovardou diante da mulher, contradizendo-a: "O Imperador vai exigir, com certeza".

Ela se levantou subitamente, as costas das mãos postas firmes sobre as ancas estreitas, uma postura de enfrentamento: "E como é que você

---

[57] De origens obscuras, as duas concubinas do reino antigo de Xiang [湘妃] tornaram-se um paradigma de companheira fiel nas *Biografias das mulheres virtuosas* [列女传], texto do final da dinastia Han ocidental que mais desenvolve as personagens.

Fumaça sem fogo

sabe?". No fundo, Esposa de Sete Jin tinha ficado preocupada com a notícia, queria que o marido a tranquilizasse.

O que não ocorreu. "Essa é a conversa de quem quer que estivesse no boteco Felicidade Geral quando passei por lá. Não ouvi ninguém, ninguém, negar que as tranças vão voltar." A voz tremida traía transtorno. Quase chorava.

Ai, ai, ai. Aquilo era o prenúncio de mais coisa ruim, sentia a mulher, que precisava do marido vivo, na cabeça do clã, para que ela continuasse a ter um lugar seguro e de influência no seu mundo. Agora as tranças iam voltar mesmo. Não tinha como rebater a autoridade dos boatos do Felicidade Geral, o templo da verdade naquela província da China.

Torceu o pescoço, só um pouquinho, para espiar, de perfil, se Sete Jin tinha crescido o cabelo, um toco de cauda que fosse. Nada. Continuava careca de trança. Maldito o dia em que tivera a ideia de deixar seu homem assumir a nova moda. Tudo parecia tão bem encaminhado. O caldo entornara. A filha, ela, a Mãe Velha, tudo se misturou na sua cabeça, com um caroço de ódio doendo no meio do peito. Odiava aquele homem. Era tudo culpa dele, culpa dele! Que poderia fazer, na frente de todos? Desesperou-se. Então fez o que faria qualquer esposa prendada. Encheu uma cumbuca de arroz. Deitou-a na frente de Sete Jin, barulhentamente, "Aqui, coma, rápido! Cara de enterro não ajuda a crescer cauda".

O sol já tinha ido embora, despedido em silêncio pelo hálito fresco das águas. Os arredores tingiam-se da luz cinza-azulada que prenuncia o repouso da noite. O barranco, porém, animava a paisagem, tinindo sob o ritmo dos *fachi* tamborilando as cumbucas meio vazias. Quem via a cena, entendia que comer também é parte do trabalho do agricultor, com todos suando as costas pela última vez no dia, transpirando gotas grossas como grãos de cereais.

Esposa de Sete Jin terminara a sua terceira cumbuca com uma trepidação íntima, um aperto no coração que, inexplicável, disparou em pânico: olhando através dos paus-de-sebo, vira uma silhueta aproximando--se, ainda pouco clara. Um homem, de dimensões diminutas, roliço como uma jarrona de cachaça, cruzava, meio desequilibrado, sobre o tronco de árvore caída que usavam como ponte para a Vila de Lu.

Seria o Honorável Senhor Sétimo, do clã dos Zhao? E trajava uma túnica azul-turquesa de dois tons, cortada de um tecido chique de algodão leve.

Não conseguia achar sentido na cena. Por que deu na veneta de vir, sem motivo aparente? Por um lado, não chegara a melhor hora para seu negócio, o boteco Olho d'Água? Por outro, o que um homem daquela estatura queria com o clã? Num raio de trinta *li*[58] de distância, era, por consenso, o homem de estirpe distinta e de ampla erudição. Tinha estudado tanto que cheirava a livro velho... isto é... a um sábio conselheiro, digno de servir a Casa Imperial.

Sua fama era inquestionável. Seu maior chamego era uma edição dos *Três Reinos*, uma dezena de volumes grossos, anotados por ninguém menos do que Jin Shengtan, o grande erudito, editor das imensas narrativas da dinastia Ming.[59] Era visto amiúde com esse livro a tiracolo, sentado fora do bar, lendo-o ideograma por ideograma. Conquistava aplausos quando elencava, com sobrenome e nome, cada um dos Cinco Tigres, famosos generais que serviram a Liu Bei, rei de Shu. E para provar que sabia o que ninguém mais sabia, era capaz de se lembrar dos nomes de cortesia, de dois deles: Huang Zhong era honrado como Hansheng — "Aquele que ergue os chineses" — e Ma Chao, como Mengqi — "Aquele que irrompe com ímpeto".

De fato, o Honorável Zhao sabia mesmo das coisas. Depois da Revolução — o novo nome da velha Mudança do Mandato do Céu — os republicanos davam as cartas, as dinastias imperiais tinham ficado para trás. Ele começou, então, a prender a trança num coque sobre o alto da cabeça, como um monge daoista, escondendo-a sob o seu barretinho de melão.[60] No entanto, continuava a ser um saudosista inveterado. Ah, se o grande general Zhao Yun, outro dos Cinco Tigres — lembrava-se de repente, seu nome de cortesia era Zilong!, "Afilhado de dragão!"... Se Zhao Yun ainda estivesse vivo! Sonhava acordado que esse seu ancestral,

---

[58] Unidade de distância chinesa, atualmente fixada em quinhentos metros.

[59] Jin Shengtan (金圣叹, 1609-1661), intelectual do final da dinastia Ming e início da Qing que preparou edições comentadas de obras de ficção como o *Romance da Margem do Rio* e o *Romance dos Três Reinos*.

[60] Tradução literal de *guapimao* [瓜皮帽], chapéu sem aba denominado por sua parecença com a casca de um melão cortado ao meio. Embora seja conhecido entre nós como "chapéu de mandarim", na verdade era uma peça de vestuário informal, comumente trajada pelas classes menos necessitadas, mas sem estatuto burocrático — ou fora de serviço.

putativo, não permitiria que Tudo sob o Céu caísse no caos em que se encontrava hoje.

Tropeçando pelo matagal, era o próprio: o Honorável Sétimo do clã dos Zhao, agora tinha certeza a Esposa de Sete Jin. Só que, seu rosto... o cimo da cabeça e as têmporas tinham sido raspados, uns dias atrás, no máximo. O cabelo, ainda muito preto para a sua idade, estava arranjado, impecável, numa trança longa, que serpenteava solta.

Esposa tinha faro fino. Como previra, o Honorável abandonaria o seu penteado de monge daoista tão logo quanto possível. Mais uma prova de que o Imperador, o Dragão, havia voltado à sua Corte. Exigirá a trança de todos os homens, como prova de fidelidade. Meu marido está em perigo de vida.

Mas por que tinha vindo em pessoa, e tão tarde? Aquela túnica bela explicava o motivo, quiçá. Ela só vira o Honorável Zhao trajá-la umas poucas vezes em tantos anos, pelo que, com ela, o homem desejava assinalar as ocasiões mais especiais. Mas quais?

Buscava tudo no fundo de sua memória. Foram duas vezes em quase três anos que a vestiu. A primeira foi quando o Qua-quarto, vulgarmente conhecido como Cara de Jaca, pelas feridas que lhe deixara a catapora no rosto, caiu doente, grave. O Honorável tinha um ressentimento incurável dele, pois Qua-quarto não lhe prestava o devido respeito. A segunda foi para comemorar quando o Honorável Senhor Lu bateu o prego. Depois descobriram, Lu fora o mandante de um quebra-quebra que aconteceu no Olho d'Água, por pouco não causando sua falência. A origem da rinha entre os dois, porém, ainda está no segredo dos deuses.

Agora seria a terceira vez em três anos, Esposa de Sete Jin concluía, mais outra comemoração, para tripudiar sobre outro de seus inimigos jurados. A roupa intentava agourentar o clã de seu ódio. Quem me dera o Sete Jin não ter se enchido de caeba há um tempo atrás no Olho d'Água e ficado tão valente que embirrou com o Honorável Zhao. No calor do momento, altercou com o grande homem, "Seu filho da p..."; "Com minha mãe, ninguém mexe!". Meu marido está em perigo.

A visita indesejada era só sorrisos, cumprimentando os jantantes com uma mão agarrada ao outro punho fechado.[61] "Bom apetite, bom apetite", arreganhando os dentes, a cabecinha de azeitona. Em sinal de

---

[61] Típica saudação chinesa antiga que, atualmente, continua empregada no meio das artes marciais ou durante a prática daoista.

reverência, as pessoas se erguiam dos tamboretes, ainda mascando sonoras seus arrozes. Apontavam para as cumbucas de comida com os *fachi*, convidando o homem ilustre a que se sentasse, "Honorável Sétimo, sente-se aqui conosco, a casa é sua". Ele continuava a fazer o gesto, agitando as mãos vigoroso, "Não se importem comigo, bom apetite!!", enquanto se aproximava da mesa em que Sete Jin se sentava com a sua família imediata.

O cabeça da família também convidava com insistência o recém-chegado para provar a comida — sentindo mais medo do que reverência. Sete Jin tinha uns caroços de arroz no canto da boca, o que lhe dava um ar patético.

O Honorável perscrutava-o com o canto dos olhos, enquanto os lábios forçavam um sorriso instável. Para não ser direto demais, elogiou primeiro a delícia daquelas passas de verdura, revelando o que o levara à aldeia: "Você ouviu as novas que trouxeram os ventos, não?". Postara-se atrás de Sete Jin, fitando a esposa dele do outro lado da mesinha.

O cabeça da família tentou desconversar, fingindo não haver nada em jogo para si: "O Marechal de Trança restaurou o Império. O Dragão retornou à sua Corte".[62]

Esposa de Sete Jin, mais esperta do que o marido, media as reações do baixinho diante de si, pois o conhecia bem. Esforçando-se para imitar a satisfação que tinha a visita na cara, tentou apaziguar os ânimos: "Mil anos para o Imperador e sua Corte do Dragão! Viva!! Viva!!!...", dava socos no ar, "... Mas quando é que veremos a Grande Anistia da Graça Imperial?".

O Honorável Zhao, desconcertado: "Anistia? Que Anistia?". Aquilo arruinaria seus planos; mas não podia ser explícito em demasia, "É verdade, cedo ou tarde, a Grande Anistia virá... passo a passo". Aquela mulher feia, que ele também conhecia bem, tocara na ferida aberta. O Honorável não conseguia manter o simulacro de urbanidade, secretando seu veneno: "Mesmo assim, que fazer da trança de seu marido? Ele a

---

[62] Zhang Xun (张勋, 1854-1923), caudilho do Exército de Beiyang. Zhang tinha servido ao governo Qing e, depois da Revolução de 1911, continuou a usar a trança junto com seus comandados, em sinal de contínua fidelidade à dinastia derrubada, o que lhe valeu o apelido "Marechal de Trança". Em 1º de julho de 1917, ele lançou um movimento armado para restaurar Pu Yi (溥仪, 1906-1967), o imperador Qing destronado, que fracassou após meros onze dias.

cortou, não cortou?". Rejubilando-se, apontou para a nuca do homem: "Ei, Sete Jin, cadê a sua trança?". O cabeça da família voltou seu tronco para ficar de frente com a visita, segurando a mesa para parar naquela posição.

A jarra de aguardente coberta de pano turquesa continuou, "A trança é o mais importante, pois é lídima prova da fidelidade do súdito ao seu Imperador", edificava, agitando o dedo indicador em direção ao céu. Olhou ao redor de si, apontando para os convivas, "Vocês ouviram falar dos cabeludos, de quando tentaram derrubar a Dinastia e criar o Império Celestial da Grande Paz,[63] não lembram? Naquele tempo, mandavam deixar o cabelo solto e parar de raspar o alto da cabeça. Só que a Dinastia do Dragão deu a volta por cima: 'Ou a cabeceta, ou a hirsuteza!!'". *Ru-ru-ru-ru*, ria-se fitando o inimigo sentado à sua frente.

Nem Sete Jin, nem Esposa jamais foram à escola, pelo que lhes escapavam os arcanos daquela expressão castiça: "Ou a cabeceta, ou a... fioteza?". Todavia, as palavras daquele homem tão culto tinham que ser verdade e seu tom era tão grave. Inarredável. A pena de morte por decapitação estava lavrada e posto o carimbo vermelho das autoridades. Esposa calou-se e o cabeça da família não ouvia mais nada — um zumbido nos ouvidos dava-lhe vertigens.

A Mãe Velha tinha captado algumas coisas do discurso que fizera o abutre azul. Seu coração cansado também se abalara inquieto. Tinha que agir, custasse o que custasse. Limpou a garganta, pigarreando, "É uma geração pior do que a outra". Depois, defendeu o neto como podia, ironizando o Honorável Sétimo, "Os cabeludos da Grande Paz de hoje em dia são diferentes, só querem cortar a trança... os carecas de trança são como monges budistas que não são monges budistas... os que escondem a trança num coque são como monges daoistas que não são monges daoistas... o mundo está de pernas para o ar, sim, mas os revoltosos da Grande Paz de então, será que eram a mesma coisa?".

O visitante indesejável pôs as mãos sobre a pança, estupefato pela lucidez da matriarca.

"Setenta e nove anos eu vivi, chega!! Eu vi a revolta da Grande Paz com meus próprios olhos. A multidão de soldados enfaixava a cabeça com um longo cetim vermelho, deixando livre uma tira longa, longa até

---

[63] Referência à Rebelião Taiping, revolta milenarista tipicamente chinesa (daoista) que incorporou elementos superficiais do Cristianismo.

Fumaça sem fogo

a altura dos tornozelos. Os senhores reis, os oficiais comandando os seus, tinham os mesmos turbantes, só que amarelos, de cetim brilhoso, cetim amarelo brilhoso. De longe, era um mar de cetim, vermelho e amarelo... de perto, as ondas davam medo." A viúva de Nove Jin perdera o rumo, "Vivi demais... basta... Setenta... Setenta e nove anos".

Esposa de Sete Jin também perdera o rumo, de modo diferente. Levantou-se da mesa sem saber por quê, vocalizando seus pensamentos: "E agora? Tanta gente velha, tanta gente miúda, o clã vai perder a cabeça, vamos todos perder o sustento, vamos virar um bando de foras da lei... Vou virar a esposa de um fora da lei".

A praga azul se deleitava. "Lamento muito, mas não tem jeito" — e como queria que não tivesse mesmo! —, "a Lei diz, 'cortar a trança, morte por decapitação'; está escrito, preto no branco." Esperara tanto tempo para dar o bote naqueles desafetos: "E o comportamento das outras pessoas do clã não serve de atenuante, viu? Vocês todos vão pagar o mesmo preço".

"Preto no branco, preto no branco, preto no branco...", ecoava como um estribilho modorrento nos ouvidos de Esposa de Sete Jin, que queria se prostrar longe dos olhos do clã e lastimar sua desgraça até a execução de seu homem. Esse é o fim. Sem o marido, ela não era ninguém. Sem um filho homem, ela não era ninguém. Sem um homem em sua vida, ela não era ninguém. O clã todo iria marginalizá-la. De cara para o desespero, azoratou-se. Queria um culpado, odiava aquele inútil do Sete Jin.

Deu um tapa na mesa; armou-se com os *fachi* com a outra mão, apontando-os para o nariz de seu marido. "Bem feito para você, seu cachorro! Quando você decidiu se rebelar, eu não disse para você parar de tanchar a sampana? Pelo menos, não vá para a cidade!", e buscando com os olhos a atenção dos outros familiares, "Foi esse troço troncho que insistiu, fosse como fosse. Desandou para aquelas bandas e foi cortar a trança no barbeiro de lá." Pretendendo se eximir de culpa, fez-se de coitada: "Tão bonita, brilhosa de azeviche e agora ficou assim. Monge budista que não é monge budista, monge daoista que não é monge daoista, não é, Mãe Velha?", mal-entendendo, malevolamente, a indireta da Mãe Velha.

Já que o clã corria risco de ficar descabeçado (e que ela só tinha uma filha, que terminaria casada para outra aldeia...), Esposa de Sete Jin deu-se conta de que era necessário um novo consenso, com ela à frente. Por

isso, declamou então a denúncia pública: "Cada um se deita na cama que faz. Muito justo. Porém, este criminoso aqui nos envolveu sem termos consentido. O que vamos fazer?", e, com o aspecto transformado, destratava o marido, "Bandido! Cachorro...!". Histérica.

Todos já tinham terminado a janta, apressados pela presença do digníssimo e gordo visitante. Nesta altura, os parentes tinham se levantado, sem exceção, rodeando a mesinha em que Sete Jin e a filha eram os únicos ainda não de pé.

Vendo-se no banco dos réus desta maneira, infame, Sete Jin remoeu a ofensa de sua esposa, xingatório de uma mulher, na sua cara, na frente de todo o clã, diante daquele baixote... Rangeu os dentes. Levantou os olhos para fitar o vazio e disse, fazendo pausas, "V-você... agora... quer dar uma de... boazinha. Mas... naquela época...", cruzou os braços. A mulher fervia, "Sua peste dos infernos...", um comprometedor segredo, que cria selado após juradas reconciliações, ameaçava seu disfarce de coitadinha.

Esposa de Oitavo, há pouco enviuvada, era, talvez, a pessoa de melhor coração no clã. De pé próxima ao cabeça da família, segurava nos braços o bebê de dois anos, que não chegou a ver o pai vivo. Embora tivesse assistido calada até aqui, revoltara-se com o rumo da situação. "Vamos ficar por isso", aconselhou várias vezes, "Esposa de Sete Jin, deixe para lá. Nós somos gente, ninguém é imortal daoista, que vê o futuro." Então disse, "Não foi você mesma que falou, naquela época, que ele era tão bonito sem trança? E olhe que o mandarim do Yamen, magistrado do distrito, ainda não denunciou o seu marido para que...".

O sangue correu para a cabeça da nova líder do clã, deixando suas orelhas vermelho-vivas. Sem permitir que a viúva terminasse de falar, apontou a sua arma, os *fachi*, para o novo alvo, ralhando, "Você me poupe! Que raio de conversa é essa? Viúva do finado Oitavo, eu ainda sou gente decente, você entende o que isso é? Como é que eu diria uma asneira desse tamanho?". Acuada, "Quando ele cortou a cauda, eu chorei dia e noite, dia e noite, dia e noite por três dias! Todo mundo aqui viu. Até essa coisa ruim aí", indicava a filha, Seis Jin, "chorou comigo". Rezava para que os outros, qualquer um que fosse, ficassem do seu lado.

Gulosa como só ela, a menina achou que era um bom momento para pedir mais arroz. Choramingava, "Quero mais", agitando a sua cumbuca, grande qual a de qualquer adulto. Infeliz insistência. Sua mãe tinha chegado ao ápice da cólera, e ninguém que fosse tomava o seu lado. Cansada da cantilena da criança, ela decidiu, *fachi* empunhados, descontar a frustração com um cocorote no coscoro entre os cocós. Um *pá* seco. "Cale a boca! Sua chifreira!!"

A cumbuca voou das mãozinhas, resvalou na mesa e se espatifou num espinhaço de pedra no chão — perdendo um caco com forma de V largo. O pai bem que tentou apanhar a louça antes do acidente, mas só conseguiu catar o utensílio quebrado e seu fragmento. Encaixou o V no seu lugar original, certificando-se de que ainda se assentava bem. Também o pai se aproveitou da situação para extravasar seus sentimentos, "P... que p...!!", sacudindo um safanão em direção ao rosto da pequenina.

Atingida abaixo da orelha, Seis Jin deu uma cambalhota para trás do banquinho, emborcando-se no chão meio molhado. Levantando o cenho sujo de lama inteiro, a boca se abriu redonda num berro comprido. Compadecida, Mãe Velha esqueceu o rancor contra a bisneta, vindo em seu socorro, ligeira, puxando-a de pé. A voz, límpida e ressoante, moestava a mãe, moestava o pai, moestava aquilo tudo: "É uma geração pior do que a outra! É uma geração pior do que a outra!!". E foram embora, com a velha repetindo seu refrão. A Viúva de Oitavo também se sentiu ultrajada: "Você só presta para se vingar nos mais fracos". Perdendo a face[64] diante do clã, Esposa de Sete Jin, que também viera de outra família, entendeu que não tinha mais autoridade para dizer nada.

O Honorável Zhao saboreava a sua desforra, satisfeito com o espetáculo lastimável que testemunhara, o esboroamento das relações de parentesco num clã de camponeses. Porém, em seu íntimo, enraivecera-se com a observação de que o mandarim ainda devia se pronunciar sobre a trança cortada de Sete Jin. Com as pessoas ainda desnorteadas pelo episódio da cumbuca, ele se colocou, sorrateiro, na frente do cabeça do clã. "E que há de mais em se vingar nos mais fracos?", olhava nos olhos dele. Queria continuar a massacrá-lo.

---

[64] A "face" é um conceito essencial da cultura chinesa, sendo ela o "órgão" do corpo que concentra informações sobre o estatuto social e o nível de cultivação pessoal de alguém. Dada a influência do Confucionismo, esperava-se dos superiores sociais que mantivessem uma expressão amena, matizada pelas circunstâncias do convívio social, como reverência para as pessoas hierarquicamente acima de si, simpatia para com amigos e próximos, amistosidade reservada para com os inferiores sociais, etc. Segundo esta idealização, excessos de riso, raiva, ou seja, expressar emoções fortes pelo rosto não eram e não são normalmente vistos como marca de um caráter superior, daí "perder a face" ser algo doloroso e vergonhoso para qualquer um.

Fumaça sem fogo

"As tropas da Restauração vão chegar aqui, em breve." Intimidava os presentes, jogando-os contra Sete Jin. "O protetor do Dragão não é ninguém menos do que Zhang Xun, o Marechal de Trança! E vocês sabiam" — preparava-se para causar inveja com sua erudição —, "ele é descendente de um dos Cinco Tigres de Shu, Zhang Fei, cujo nome de cortesia era Yide, 'O que apoia a Virtude'! Zhang Fei era homem do velho país de Yan, atual Pequim!" Os olhos dos presentes brilhavam admirados.

Num arroubo messiânico, levanta as mãos para o céu: "Ele virá! Ele virá! Com a coragem de quem não se encolhe face a dez mil guerreiros, um gigante agitando sua lança viperina, mais comprida do que três homens juntos. Ele é imparável!!".

Aquela figura, mais larga do que alta, havia caído num transe e incorporado o Zhang Fei do romance. Movendo-se como um ator de ópera de Pequim, havia empunhado uma lança viperina fictícia e fazia evoluções em direção à Viúva de Oitavo: "Será você capaz de detê-lo?".

Assombrada, a viúva agarrou firme o seu bebê, temendo e tremendo. O Zhang Fei nanico suava a cântaros, o olhar de um demônio. Ela assumiu que só estaria segura se retornasse correndo para sua casa, e assim fez, não ousando dizer mais nada. O homenzinho correu atrás, agitando a lança.

A gente do clã abriu caminho para a perseguição frenética. Culpavam a viúva por se meter e criar confusão. Uns se camuflavam na pequena multidão, escondendo a cauda cortada, ou pouco crescida, da vista do estreado artista cênico, que não tinha tempo para mais nada. Depois da Viúva de Oitavo se retirar, ele pegou o caminho dos paus-de-sebo. Ainda viram-no atacando outro de seus inimigos, este invisível, "Será você capaz de detê-lo?!" — e, triunfalmente, deixou o palco cruzando o tronco de árvore caída.

A partida bizarra do Honorável Sétimo deixou todos sem reação, além de um sentimento difuso de que nenhum deles seria capaz de deter Zhang Fei com sua lança viperina. Portanto, Sete Jin, o cabeça da família, tinha seus dias contados. Ele tinha violado o édito do Imperador. Não podia bravatear como bravateou, exibindo o cachimbo, que só ele tinha, e falando das notícias que ouvira na cidade, aonde só ele ia. Como dissera Esposa, ele deitou na cama que fizera. Criminoso. Todos estavam contentes com a perda da cabeça do cabeça da família.

Mesmo assim, havia uma vaga sensação de que precisavam discutir, era necessário um novo consenso. Porém, faltante um líder, não sabiam

exatamente o que discutir. Escurecera. Uma nuvem fanhosa rugia em direção aos braços, pescoços, mãos, o que quer que estivesse nu e parado em torno das mesinhas. Cada um por si! Retornando aos seus abrigos, fechavam portas e janelas. Os mosquitos também retornaram aos paus--de-sebo. Hora de dormir.

Depois da vergonha que passara, Esposa de Sete Jin esperou que todos tivessem se recolhido. Por força do hábito, recolhera as louças, os banquinhos, a mesa — resmungando, naturalmente. Retornando ao seu abrigo, fechou portas e janelas. Hora de dormir.

Sete Jin? Também voltou para casa, mas esperou que a mulher tivesse se recolhido. Era o último, assegurava-se. Segurava a cumbuca da filha abraçada ao peito. Bateu a porta atrás de si, sem ter vontade de ir ver a esposa feia, e ruim. Escorou-se perto da ombreira, puxou o cachimbo bonito, pensou em fumar. Todavia, seu coração estava pesado com tudo o que acontecera, em tão breve tempo. A tristeza era tamanha que passou a fome de fumo. Alisou o seu tesouro. Piteira de marfim. Seis *chi* de comprido. Tubo de bambu marcado pelas lágrimas... O tabaco aceso no bocal de bronze brilhava rubro. Pouco a pouco, o calor foi embora e só ficou um negrume. Um cheiro de morte.

E agora? Naquelas circunstâncias, tinha pressa de viver além do perigo. O que fazer? Que planos podia traçar? As ideias iam e vinham rápidas, sem assumirem uma forma clara. Os pés não tinham cabeça, a cabeça não tinha pés. "Minha trança, cadê? A lança viperina, mais comprida que oito homens, um em cima do outro. Uma geração pior do que a outra! O Dragão no seu trono. A cumbuca precisa de uns grampos, na cidade. Quem será capaz de detê-lo? Preto no branco, preto no branco. P... que p...!!!"

Ele não dormiu. A madrugada chegou, hora de ir trabalhar. Coçou a cabeça e deslizou a palma da mão, parando na nuca. Andou até o trapiche na Vila de Lu, viu o barco, a sua vara e partiu para a cidade. O dia transcorreu como os outros e a tarde chegou como as outras. Retornou para casa, com o cachimbão e a cumbuca, que se tornaram a conversa do jantar. "Mãe Velha, consertei a louça, veja aqui os dezesseis grampos, três moedas de cobre cada, quarenta e oito no total; ficou bom, não?"

Nove Jin, a Mãe Velha, chupava a língua, fitando não sei o quê, enfezada com a vida. Será que tinha ouvido? "Uma geração pior do que a outra... Vivi demais." Subitamente o ranzinzar caduco: "Três moedas por

grampo? Os grampos do passado, custavam isso tudo? Antes, me lembro... Setenta e nove anos...".

Os dias seguintes seguiram o mesmo ramerrame. A diferença foi a de que o dinheiro apoucou, menos carga, menos passageiros. O clã também mantinha distância de Sete Jin, ninguém vinha ouvir as notícias ou admirar o cachimbo, quem queria ser cúmplice desse cabra marcado para morrer? Esposa, aquela fementida, de cara amarga e voz azeda, chamava o homem de criminoso — e pensava, secretamente, no Honorável Sétimo dos Zhao, um homem letrado, dono de um estabelecimento de respeito, com uma bela trança...

O cabeça da família passou umas semanas assim. Acostumara-se. Até que, não se lembrava que dia, fazendo o caminho para casa, foi abordado por Esposa, que vinha com uma radiância na cara. "Teve alguma notícia hoje, o que falam as pessoas na cidade?" Ele deu uns passos para longe da coisa; risonha, ela era ainda mais terrível. "Como assim? Não sei de nada."

Fazendo menção de usar ambos os braços para abraçar o braço direito de Sete Jin, fazendo charme de falar com aquela vozinha feminina de quando gostava dele, perguntou: "O Dragão retornou ou não à sua Corte?". Ele amolecia, mas só um pouquinho; sorrindo de volta, "Ninguém disse nada". Aproximando-se mais dele, "Ninguém mesmo? Nem no Felicidade Geral?". "Não." Andavam juntos. "Eu acho que o Imperador não vai voltar", ela insistia.

"Hoje eu passei pelo Honorável Sétimo, do clã dos Zhao. Ele não queria nada com nada, só ler aquele livro dele." Sete Jin sentiu um calafrio. "A trança voltou para debaixo do barrete; a roupa turquesa também se escondeu no armário." Ela apertava levemente o braço daquele homem, seu homem, pai de sua filha. Ele se calou, contente com o calor dela.

"Você acha que Pu Yi volta a sentar no trono?", queria ouvir, promessa de cabeça da família. "Não, para mim, não vai." Ela o deixou andar um pouco adiante de si.

E foi assim que, pouco a pouco, a Esposa de Sete Jin e todo o resto do clã voltaram a honrá-lo, com toda a deferência devida a quem é o cabeça. No verão seguinte, repetiram-se os jantares de lanternas apagadas, quando os ramos do clã se confraternizavam com sorrisos e respeitos.

Passado, presente e futuro estavam em harmonia. A Mãe Velha celebrara mais uma Grande Longevidade, a de oitenta anos, com a velha

saúde de ferro e o velho humor de cinzas. Os totós de Seis Jin viraram uma trancinha e, para provar que já não era bebê, começara a enfaixar os seus pezinhos de lótus,[65] pensando no marido de um futuro não longínquo. Apesar de toda a dor e de toda a dificuldade de se equilibrar sobre eles, a menininha ajudava a mãe e as outras mulheres a fazerem o que faziam. Finalmente, agarrou a sua cumbucona, orgulhosa dos dezesseis grampos, e mancou para comer seu arroz em paz.

Outubro de 1920

---

[65] Refere-se à prática de enfaixar os pés das meninas desde a primeira infância, efetivamente fazendo o pé dobrar-se sobre o calcâneo a partir do metatarso. A mobilidade era então severamente limitada, o que reforçava a visão confuciana tradicional de que a mulher deve permanecer dentro de casa — daí vinha a concepção de que "mulher sem pé de lótus não consegue casar".

MINHA TERRA

Dois mil e tantos *li*, a distância que percorri para dar adeus aos vinte e poucos anos que tinham feito a minha terra minha. Aguentava a friúra, que castigava severa o caminho, mais demorado do que revolvia em minha memória.

Ela despontava, quase atrás do horizonte, encravada na margem esquerda. Sentia... O céu alternava tons de chumbo e prata, alto do inverno, o tempo agora piorando, o cai-não-cai do granizo, o vento espanando o costado do barco com sua mão gelada, um ulular de lado a lado. O toldo de vime peneirava a luz vinda de uma coalhada de nuvens baixas, que encobriam carreiras intervaladas de aldeias idênticas, semimortas, seu viço exaurido por séculos e séculos de labuta de sol a sol. Entrando no meu coração, aquela paisagem frígida deixava um rastro de tristeza.

Eu não me lembrava de que aqui era assim. Lembrava-me de algo diferente, muito diferente. Melhor. Mas o que era melhor? O que era bonito neste lugar? O que, aqui, tinha de bom para alguém querer ficar? Lembrança é uma coisa traiçoeira, furtando as imagens e as palavras com que pudesse persuadir o meu novo eu, para quem nada parecia ter mudado. Neste porfiar de reminiscência e atualidade, triunfa quiçá o desânimo de quem pensa que não há nada de novo e que tudo é como sempre foi.

Aconselhei-me a mim mesmo que apesar de não ter ido para a frente, minha terra não deveria jogar-me para baixo. Tamanha melancolia estava além da medida. É que não sou mais o mesmo; é que não tenho o temperamento desanuviado de anos atrás; é que não volto para cá por causa de coisa quista.

Volto para despedir-me, de uma vez para sempre, do lugar onde cresci. O casarão velho, o conjunto de prédios que abrigou gerações do meu clã, minha família, minha casa, já está vendido para outro sobrenome. Temos que o desabitar antes do fim do ano, pelo que precisamos, antes da Festa da Nova Primavera, dar adeus àquelas paredes, àqueles tetos, àquela Vila que foi nosso torrão. Quem ainda está aqui, tem que me seguir para o lugar onde ganho, desambientado, o sustento.

Aurora. Cheguei. Porta da velha casa, madeira trincada. Ervas fenecidas deitadas sobre telhas cansadas, vagando a esmo sob o sabor da brisa. Sinal de descuido. Os donos antigos já se foram, os novos ainda não vieram. Os parentes que viviam nos prédios deste lado se foram, deixando um silêncio desacostumado. Adiante fica o meu casario. A minha mãe, de pé à porta, a gola da jaqueta forrada apertada junta pela mão, os cabelos cobertos por um gorro de pano, treme de frio. Chegou. Pequeno Hong, meu sobrinho, sai correndo em minha direção, oito anos, está ficando um homem.

O sorriso do reencontro, de se ver reunida ao filho, passado tanto tempo, abre-se rápido, malgrado vacilar às vezes com cacoetes de aflição e dissabor. O corpo um pouco penso, cacunda da idade. Entramos. Sente-se. Repouse. Seu chá. Um diálogo arrastado, de pouco conteúdo. O assunto da mudança para um lugar que ela nunca foi permanece intocado. Aceitou sem aceitar. Pequeno Hong, uma cara quadrada meio oculta atrás do móvel redondo, vigia-me de uma distância precavida. A estranheza desses laços de sangue... meu tio, visto pela primeira vez.

Não tem jeito. Temos que falar da desgraçada mudança. A morada naquela cidade, assinei o contrato. Também comprei algumas peças de mobiliário. Quase pronta, para a senhora e os outros. Esta mesa e cadeiras, aqueles armários, cômodas, cabideiros, arcas, camas, baús, balaios e caixas, venda, venda! Todas as coisas, tudo. Venda o velho, que eu compro o que for necessário para o lugar novo. Certo, com os olhos esquivos e a voz embargada. Nada obstante, não queria se tornar um fardo. A equipagem estava quase arrumada. Os móveis não cabiam na bagagem, de qualquer maneira. Além disso, metade já tinha sido comprada pelos locais — apesar de que poucos foram os que já deram o dinheiro. Desfez, desfiz, o nó da garganta; deitou, deitamos juntos, o peso do peito. Entreolhávamo-nos.

Preparando-se para voltar aos seus afazeres, a Mãe expirou o ar, bufando, como costumava fazer. Tocou no meu ombro, prova de saudade, "Não se apresse, que um ou dois dias de descanso não vão fazer mal. Você pode ir visitar nossos parentes. Quando tiver visto todo mundo, nós podemos partir".

Antes deste momento, a nostalgia não tinha rostos, era um sentimento difuso pela paisagem e pelo pavor de enfrentar a ruptura derradeira dos vínculos com o passado, metade de minha vida. "Está bem."

"E não se esqueça de Runtu, que, desde quando você foi embora,

sempre perguntou por você. Basta vir aqui que ele se lembra. Quer muito rever você. Eu disse-lhe a data que esperávamos sua chegada. Acho que ele virá aqui prestar uma visita."

Run... Tu. Tal como mágica, esse nome iluminou um quadro escondido num recesso de minha mente. Acima, pairava o céu, de um azul-marinho grosso, em que a vista não mergulhava até o fundo. A lua cheia ardia sem queimar, os contornos muito nítidos, qual um disco de fogo frio pendendo do nada. Abaixo, um areal sem fim se espraiava em ondas invadindo o mar, pontilhado por melancias gordas, globos de verde-escuro, balangandãs do chão. Perdido no meio, um adolescente de uns doze anos, o pescoço rutilando com um colar de prata, de olhar ferino, agarrando um forcado apontado para um animal arisco, que se contorce para evitar o golpe e, pelo trajeto imaginário da fuga, desvencilhar-se-á do atacante, correndo através de suas pernas abertas. Runtu.

Quanto tempo, meu estranho amigo? Eu não tinha mais do que dez anos quando conheci você. E já se foram trinta, quase trinta, desde então. O pai ainda estava conosco; a vida ainda era festejada em abundância; eu ainda era o herdeiro de uma casa de bem, de erudição, de posses, o "Jovem Senhor", um rebento de *homem-bom*.

Naquele ano, cabia a meu pai, como chefe do meu ramo do clã, realizar o sacrifício aos ancestrais, uma magna celebração, responsabilidade que se repetia uma única vez em várias décadas.[66] A rareza da ocasião exigia pródiga suntuosidade, uma demonstração pública da afluência e da situação social de quem celebrava. No primeiro mês do ano, postavam-se as oblações diante das imagens dos ancestrais, com oferendas sortidas, separadas rigorosamente em vasilhas cerimoniais, conforme regras escrupulosíssimas de longuíssimo costume. Uma multidão vinha prestar seus respeitos, juntando as mãos, curvando-se, queimando incenso, e sempre havia este ou aquele que surrupiava uma das vasilhas. Tínhamos que estar atentos. Portanto, decidimos encarregar um de nossos empregados de ficar de guarda — o único "avulso" que tínhamos.

---

[66] Nos grandes clãs da sociedade imperial, todos os anos eram marcados por sacrifícios aos ancestrais, pelo que as despesas eram todas levantadas de terras cuja produção era reservada exclusivamente para produzir os fundos necessários. O conceito de "ano devido" definia-se rotativamente entre os ramos próximos do clã que cultuavam o mesmo ancestral.

"Avulso" era um dos três tipos de regimes de trabalho usuais em minha terra. Havia aqueles empregados regulares, os "longos", que serviam apenas a um clã durante todo o ano. Havia aqueles empregados ocasionais, os "curtos", que recebiam diárias pela duração de seus serviços. E havia os "avulsos", na verdade, inquilinos de um clã que plantavam a terra por conta própria, mas que, em ocasiões excepcionais, a Nova Primavera, um feriado, a vinda à cidade para o pagamento do aluguel, aproveitavam para ajudar em qualquer necessidade. Pois bem, o nosso "avulso", que naquela altura estava abarbado, sugeriu a meu pai que confiasse a tarefa ao seu filho, Runtu. Ele consentiu.

Entusiasmado, fiquei muito, pois já ouvira falar dele, sabendo que tinha mais ou menos a mesma idade que eu. Um termo auspicioso, "Runtu" foi escolha do pai. Eu gostava desse nome. "Run", para recordar o fato de que nascera num mês *run*, mês intercalar, que a cada dois ou três anos lunares é acrescido aos doze normais. E "Tu", "terra", porque precisava desse elemento no nome para compensar o fato de que seu horóscopo carecia dele. Também era motivo de arrebatamento para mim o fato de que ele sabia como armar arapucas e capturar passarinhos bonitos que não se viam por aqui...

A partir daí, comecei a contar os dias para a chegada do feriado. Porque, com ele, viria Runtu. Mas como pareciam longas as horas, comigo a olhar para as paredes de meu escritório. Recordo-me que a véspera por fim chegara, meio recalcitrante; a Mãe disse pela fresta da porta: Runtu chegou. Eu não sabia que eu tinha asas.

Pousei junto à mesa tosca da cozinha apertada: tinha um menino de pé, a cabeça de beterraba, o bonezinho de feltro sem aba cinza-escuro, o colar de prata faiscando sob aquele rosto violeta de sol. Era a proteção das deidades e dos budas que pendia do pescoço magro, votada das preces e súplicas que seu pai fizera — tenho medo de que ele se vá antes de mim, consagro-lhe este colar de prata, não deixe meu menino morrer. E como amava Runtu.

Meu amigo desconhecido era muito tímido. Exceto comigo. Quando não havia ninguém por perto, virava um tarambela. E eu também. Chegou não fazia um dia, tornamo-nos como unha e carne.

Não sei mais o que estávamos conversando, recordo unicamente do que Runtu disse para mim. Disse que estava tão feliz, desta feita tinha vindo à cidade, vira coisas sobre as quais nunca tinha posto os olhos. Tantas coisas.

No dia seguinte, pedi a ele para irmos pegar pássaros. Ele falou que não. "Não dá. Só depois de cair neve pesada é que é bom. O solo da gente é arenoso. Eu cavo um buraco na neve, apoio um balaio chato de bambu com um pedaço de pau, espalho uns grãos mangrados e espero os bichos virem." Tinha um ar travesso, de menino que cresceu solto na roça. "Eu fico vigiando de longe, segurando um cordão atado ao pedaço de pau, quando os bichos vêm eu dou um puxavante e o balaio cai em cima." Exibia seus troféus invisíveis, "Já peguei perdizes-de-bambu, faisões-de-chifre-escarlate, rolinhas-de-pescoço-rubro, pitas-de-lombo-azul..." Não gostava de neve, eu, que me deprimia por ela apagar as cores do que podia ver da janela de meu escritório. Nada obstante, depois de ouvir Runtu, comecei a pedir que a neve viesse rápido, pelo menos no curso daqueles dias.

Numa outra ocasião, ele e eu juramos um reencontro. "Agora não pode ser, está frio demais. Espere pelo verão e venha me ver. De dia, podemos ir à praia caçar conchas e búzios. Há de todas as cores e formas que você puder dizer. Há espanta-fantasma, há mãos de Guanyin[67] — têm poderes mágicos! E com o cair da noite, nós podemos acompanhar o pai para vigiar as melancias. Você também pode vir!"

Eu estava embevecido com a cena inusitada que se descortinava em minha imaginação, "Como assim, vigiar as melancias? Vem gente roubá-las de noite?". Desatou um riso de mim, melhor, da ignorância dos meninos livrescos, cuja única experiência é a do que veem da janela do escritório. Não me irritei. Era um riso fácil, ingênuo, simpático. "Claro que não há ladrões. Qualquer passante pode pegar uma para comer, se estiver com sede, que não é roubo, não em nossa vila. O que temos que vigiar são os texugos, os ouriços e os *cha*. Nas noites de lua, você ouve uns chiados ecoando das dunas, são os *cha*[68] roendo as cascas das melancias. Então você usa o forcado para picá-los de leve, que eles fogem."

---

[67] Termos populares para tipos de conchas. No passado, os habitantes do litoral de Zhejiang tinham o costume de pendurar búzios num cordão, fazendo suas crianças usarem-nos nas pulseiras ou nos tornozelos, como talismãs capazes de protegê-las do mal.

[68] Numa carta escrita em 4 de maio de 1929, endereçada a Shu Xincheng, editor do *Mar de palavras* [辞海], um importante dicionário, o autor afirmou: "a palavra *cha* [猹], inventei-a para corresponder ao termo utilizado oralmente pelos capiaus de minha terra. Como o som se aproxima de *cha*, acrescentei um radical de "besta" à palavra co-

Minha terra

Naquela altura, eu não sabia que tipo de animal era um *cha*. Até hoje em dia eu nunca vi um. Não sei por que razão, quando ouvia Runtu descrevendo os *cha*, a ideia que formava em minha imaginação era a de algo com a forma de um cão pequeno, muito selvagem. "E ele não gosta de morder gente?", perguntei com a surpresa de descobrir uma besta quase que mitológica. "Não tem problema, eu tenho o meu forcado. É só ver o bicho que *fhh-fhh, fhh-fhh*, pico a bunda dele", Runtu assumiu o ar de um daqueles guerreiros das lendas, "mas é esperto demais que só ele. Foge, correndo na direção da gente, saltando o forcado, passando por entre as coxas, depois sumindo no buraco que achar mais próximo", fazia a mímica do que encenava na sua mente. "E se você tentar agarrá-lo, a chance de capturá-lo é ainda menor. É escorregadio como sebo." Aquilo devia ter acontecido várias vezes.

Ouvi, boquiaberto, naquele que foi — pelo que me lembro — o mais infantil de meus êxtases, de repente transportado pela imensidão de tudo que há sob o céu, meus olhos vendo, ao mesmo tempo, e a roça e o mato e a praia, os búzios nas Cinco Cores[69] espalhados pelas mãos do mar batendo na costa, onde estavam os perigos e aventuras oferecidos pelas melancias que descansavam silenciosas e traiçoeiras... E eu que, por costume, pensava nelas como as mais bobas das frutas, deitadas nos tabuleiros dos vendedores à espera do primeiro e último dono.

"Mas e o mar? O que você sabe do mar?" Runtu reconheceu que nunca nadou até o outro lado. "Mas há coisas incríveis que acontecem, como uma levantada de peixes saltadores disparando em fuga para a terra, na virada da maré baixa; a praia fica cheia deles, pulando para lá e para cá sobre duas patas, iguais às das rãs!"

Admirei-me com a sabedoria daquele menino de cor púrpura, que vira tanta coisa rara que nem eu nem meus amigos tínhamos aprendido com o mestre. Runtu era da roça, mas tinha o mar para si. Nós, por ou-

---

mum [查]. Pelo que me lembro da vez em que vi um, parecia-se com um texugo, talvez seja um texugo.

[69] Em sentido lato, "cinco cores" significa "todas as cores". Em sentido estrito, representa a classificação chinesa tradicional: azul/verde, vermelho, branco, preto e amarelo. De acordo com o sistema do Yin-Yang, cada uma das cores está relacionada a um dos "Cinco Elementos", respectivamente, Madeira, Fogo, Metal, Água e Terra. As equivalências estendem-se a pontos cardeais, estações/etapas do ano, sabores, etc.

tro lado, só tínhamos um pedaço quadrado do céu, mesmo assim fora de nosso alcance, recortado pelas paredes altas de nosso casarão.

Com o passar da Nova Primavera, chegou a hora de meu amigo voltar para casa. Lembro que, menino já quase rapaz, empacou num choro sentido, agarrado à mesa tosca da cozinha apertada. Recusava-se a sair, resistindo recalcitrante ao pai. O homem foi da pena ao ódio, com a vergonha que seu querido lhe causava na frente dos senhorios.

Nunca mais nos vimos, embora o calor daquela intimidade tenha queimado por algum tempo. Através do pai, Runtu mandou-me um saco de conchas e búzios, além de plumas de pássaros, tudo muito belo. Dei-lhe coisas em troca outras vezes, miudezas de que agora me esqueço.

"... Acho que ele virá aqui prestar uma visita." Acordando daquela enxurrada de memória e emoção, dei-me conta da brancura das paredes de minha casa, da luz tênue que fazia brilhar o ar espesso no vazio das janelas, das árvores calvas e dos barcos parados nos canais ali fora. Não era uma cena de morte, mas de expectativa da vida que viria em breve; a minha terra sabia de seu próprio ressurgimento e nada mudaria a sucessão de términos e recomeços, dos invernos às primaveras. Havia beleza ali, minha terra.

"Bom demais, Mãe!" — ela abriu um sorriso largo. "E Runtu, como tem estado?" O sorriso dela fraquejou e sumiu. "Mal. As coisas não têm dado certo para ele..." Talvez tenha visto algo lampejar em minha expressão, por isso quis dizer algo melhor, queria que eu me sentisse em casa. Olhando pela janela, encontrou um bom motivo para não continuar: "Esses aí estão de volta. Vieram com uma história de que queriam comprar móveis, precisavam dar uma olhadinha antes. Mentira. Querem uma chance de levar algo sem pagar. Tenho que ficar de olho". Decidida, saiu rápido. Minha mãe... Várias vozes, femininas, começaram a confabular...

Notei que o Pequeno Hong continuava a me espionar. Chamei-o para perto de mim, procurando algum assunto em comum. Você já está aprendendo a escrever? Mostre-me isso, mostre-me aquilo. Nada obstante, o assunto de nossa partida sempre achava uma maneira de sobrepujar meus esforços de ignorá-lo. "Pequeno Hong, você quer ir viajar?" "Só se for de trem!" "Vamos pegar um trem, sim." "Só se for de barco!" "Antes do trem, vamos passear de barco." Risadinhas. Ah, a inocência...

"Eta-pau! Virou homem. Olhe só esse bigodão de escova!" Assustei-me com uma voz de bruxa percutindo fina em meus ouvidos, materiali-

246

Lu Xun

zando-se onde há pouco não havia ninguém. Foi com certo pavor que me virei rápido para saber quem era. Estava junto de mim, uma coisa hedionda. As maçãs do rosto saltando das bochechas descarnadas, dois riscos exangues fazendo as vezes de lábios, devia ter uns cinquenta e tantos anos de feiura.

Aquilo estava além de tudo o que eu lembrava de ter vivido naquelas paragens. Não tinha o vestido atado sobre a túnica e as calças, o que indicava que ainda estava trabalhando ou, explicação mais singela, ignorava a melhor etiqueta. Tinha as mãos na cintura, postura que reforçava a impressão de desleixo e impertinência. Os cambitos, demasiado finos, tortos além da conta, traziam-me à cabeça a aparência de um alicate aberto, abandonado pelo dono. Quem era?

Ela transpareceu decepção. "Ih, não me reconhece? Justo eu, que carreguei tanto você aqui", juntou os braços junto dos seios caídos e mal cobertos pelos molambos de cânhamo. Forcei um sorriso, com o rosto quente de vexação. Antes de que eu dissesse qualquer mentira decente, a Mãe voltou para salvar o dia, os passos gingando apressados.

Apoiando-se no respaldar de minha cadeira, entrou na conversa: "O meu menino já saiu há tantos anos de casa, esqueceu-se de muitas coisas, mas dela, acho que ainda se lembra, né?", sorrindo para a inesperada. Com um tapa leve no meu braço, "Claro que se lembra! A vizinha da frente, Esposa do Segundo do clã dos Yang!". Eu segurava o sorriso, os olhos carentes de convicção, "Eeehhhh...". Deu-me um outro tapa, menos leve: "... Ela é a dona da loja de tofu!".

Perplexo, lembrei. Quando era pequeno, de fato, havia uma Esposa do Segundo, que ficava o dia inteiro sentada na loja de tofu do outro lado da rua. Todo mundo a chamava de "Formosa do Tofu", de uma boniteza par da Xi Shi das lendas,[70] aquela que tentou o rei de Wu até a sua destruição. Incrédulo, justifiquei-me, era a pomada branca que antes escondia aqueles promontórios de maçãs do rosto; os lábios quase inexistentes podiam ser perdoados como algo tendo a ver com a idade; e a experiência de vida ajudava-me a resolver o mistério: ela ficava sentada, o dia inteiro, para esconder aquelas perninhas de palito, por isso nunca as tinha visto.

Não, não, isso não pode estar certo, porque outros devem ter visto

---

[70] Xi Shi [西施] é uma beldade proverbial do país de Yue no período da Primavera e do Outono. Por antonomásia, o termo significa beleza feminina.

algo diferente. As línguas eram unânimes em que aquela loja sempre tinha muitos clientes, vindos mais para apreciar a vista do que para qualquer outra coisa. O tofu era apenas o ingresso. Pensando melhor, naquela época eu ainda não tinha chegado à idade de perceber os encantos de uma mulher bonita, não sendo indesculpável que tenha me esquecido por completo.

Contudo, mulher que foi bonita um dia é orgulhosa para sempre. O olhar de desprezo me cheirava a desgosto, intencionalmente reforçado pelo deboche da expressão, uma crítica muda à ignorância estética de quem estava sentado nesta minha cadeira aqui. Eu era o francês que nunca ouvira falar de Napoleão; o americano que sequer sabia dizer quem fora Washington. Eu sorria, ainda.

Talvez por se saber mais passa do que uva, a "Formosa do Tofu" buliu comigo, meio de amargura, meio de malícia: "Pare, pare, pare de falar, que eu sei que você já se esqueceu de mim. Eu ouvi dizer que você agora é gente importante, sem um minuto que seja para alguém como eu". Verdade seja dita, ela sabia como deixar um homem sem saída: "De jeito nenhum, comigo não tem essas coisas...". Aflito, levantei-me rápido para que ela não tivesse a impressão errada.

Colocara-me onde ela queria. "É mesmo? Eu acredito em você. Escute, mano Xun. A gente sabe que você ficou bem de vida. Estes cacarecos são indignos de você, digo de coração, e vão embaraçar a sua viagem. Para que vocês vão querer tanto móvel velho? Dê para nós que a gente precisa. Faça essa caridade."

Noutras palavras, tinha que dar os móveis para não parecer um muquirana e cair na boca do povo. Sem saber como sair do dilema, bati o pé: "Não enriqueci, não, senhora. Estou vendendo os móveis porque preciso do dinheiro, do contrário não vou conseguir...". Levantou a mão para que eu silenciasse: "*Aiaiaiaiai*... Nada disso, nada disso. Você foi promovido a Supervisor Provincial, que eu sei, alto funcionário, salário alto. Partidão, partidão. Com certeza já escolheu uma nova madame para terceira concubina. Um palanquim luxuoso, oito carregadores, aguardando fora de casa... E quer me engambelar que não enriqueceu? Hum, acha que consegue esconder algo de sua conterrânea?".

A desformosa era uma encrenca. Nem a Mãe estava à altura dela. Não importava o que eu dissesse, seria usado contra mim mesmo. Não importava o caminho que eu tomasse, seria o de meu opróbrio. De pé, calado, com cara de palerma, aguardei que ela se retirasse.

Minha terra

Os protestos vieram sem misericórdia, indiferentes a que se estava perante um anfitrião: "*Tsc, tsc, tsc...* Quanto mais cheio de prata, mais mão de vaca... Quanto mais mão de vaca, mais cheio de prata...". Astuciosa, compreendeu que nem eu, nem a Mãe iríamos entrar no jogo. Restou-lhe espumar de raiva, dando as costas para partir com suas perninhas tortas de alicate, repetindo uns impropérios, não deixando de bifar um par de luvas, que enfiou, furtiva, sob a faixa na cintura. A "Formosa do Tofu".

Depois desse memorável encontro, fui honrado com entrevistas, lembranças e respeitos menos notáveis de parentes de meu clã e outros distantes. Vários compromissos de um mesmo molde, que cumpria a rigor, achando tempo para arrumar as malas entre um e outro. Mais três ou quatro dias perderam-se de tal maneira, convencendo-me, pelo cansaço, de que não restava mais nada ali para mim.

O tempo esfriava, na expectativa tensa do último adeus. Tinha comido meu almoço sem apetite, tantas coisas me aguardando de volta naquela cidade estranha. Acomodara-me no salão para beber um chazinho, alheio às horas que transcorriam sem deixar rastro. Meio sonolento, desconfiei de uma presença lá fora. Observei pela janela para confirmar, constatando um vulto, uma silhueta, de homem. Vira quem tinha que ver, despedira-me de quem tinha que me despedir, pelo que a aparição avulsa me trouxe um receio inexplicável. Levantei-me com pressa para saber o que viera fazer aqui.

Tão logo meus olhos caíram sobre ele, o meu íntimo contraiu-se, como a mão que, por reflexo, agarra alguma coisa para evitar uma queda. Era Runtu, em detrimento de todas as memórias que havia guardado dele. Tinha crescido e ganhado corpo e amadurecido e definhado numa senilidade precoce. Teria vivido mais do que eu?

O rosto de beterraba murchara e apodrecera, tomando uma coloração de icterícia, raiado por rugas profundas. Fixei-me nos olhos, agora iguais aos de que me lembrava em seu pai, emoldurados por uma intumescência vermelha. Conhecia o dito popular de que as pessoas que lavram perto do mar sofrem desse mal, é a brisa salobra e úmida que envenena de sol a sol.

Runtu ficara maltrapilho. O bonezinho de feltro puído pelos anos, um jaquetão forrado de algodão roto, menos grosso do que exigia aquela frieza. Também por isso tremia dos pés à cabeça, com o peito contraindo-se forte a cada respiração. Procurei as suas mãos com os olhos, en-

contrando-as ocupadas: um pequeno pacote de papel numa e um cachimbo longo noutra. Percebi que não mais eram roliças e coradas de sangue, assemelhando-se agora à casca de um pinheiro velho, tosca e seca, a caneladura traindo o acúmulo dos outonos e o secar da seiva.

Em minha indizível alegria, procurava as palavras para conversar aquela amizade solitária de décadas. Por fim, só articulei um pobre "Runtu, meu amigo, você veio me visitar...".

Havia muitas coisas que queria dizer naquele tão desencontrado reencontro. Queria mostrar a ele que havia guardado, como um colar de pérolas e pedras preciosas, todas aquelas lembranças: os faisões-de-chifre-escarlate; os peixes saltadores; os búzios e as conchas; os *cha*... Um turbilhão de memórias com mais existência do que a sucessão dos anos em minha repartição no exílio, ou naquela terra onde o que mais se quer saber é de dinheiro e posição e vantagens. Para meu desencanto, essas lembranças negavam-se a transbordar de meu interior, invadindo o mundo como nostalgias e esperanças.

Sem que me dissesse nada, vi algo passar pelo semblante de Runtu: silvo de nevasca, nuvem de chuva, raio de sol e folhas secas. As quatro estações acumularam-se em instantes no espelho de seu espírito, criando reflexos indistintos de júbilo e melancolia. Runtu choramingava sem articular fala de gente grande.

Não ficamos muito tempo nessa comunhão, antes de ele se curvar cheio de respeito e, o olhar recolhido, pronunciar uma maldição de duas palavras: "Honorável Senhor".

Algo se quebrou em mim. Sabia que, por mais perto que Runtu estivesse do meu corpo, uma distância intransponível nos separava, um abismo medonho e deprimente. O que podia fazer? Como salvar aqueles dias achados das minhas andanças perdidas? Perdi a voz.

Runtu entendeu minha reação como uma deixa para apresentar o seu filho. Escondido atrás de si, "Venha aqui, Shuisheng, prostre-se diante do Honorável Senhor". De trás de suas ancas, despontou a cabeça de um Runtuzinho rejuvenescido, de vinte e muitos anos atrás, só que mais magro, só que mais doente, só que sem o colar de prata provando a proteção dos budas e das deidades. "Esse é meu Quinto, nunca viu o mundo, ainda acha que pode se esconder da vida..." Sorriu revelando os dentes e as gengivas, muito escuros.

O ranger das ferragens dos degraus anunciou que a Mãe vinha, acompanhada do Pequeno Hong. Os passos de quatro pés pequenos batendo nos batentes, descendo do andar onde dormíamos. Deviam ter ouvido a voz das visitas.

Runtu dirigiu-se a ela com a mesma reverência, de um servo ao seu benfeitor. "Grande Matriarca, recebi a carta da senhora, já faz um bom tempo. Estou feliz demais em saber que o Honorável Mestre está de volta..." Sentindo-se contente pelo nosso reencontro, a minha mãe tentou emendar a situação, "O que é isso, Runtu? Como é que ficou tão cheio de cerimônias? Vocês não costumavam ser unha e carne? Para você, é 'mano Xun', como sempre foi".

A despeito de ficar contente com essa prova de intimidade e de confiança, Runtu aprendera, não sei por que duros meios, que conhecer e permanecer no próprio lugar é parte de nossa condição: "De jeito nenhum, Grande Matriarca, não é assim que as coisas são. Naquele tempo éramos crianças, só crianças, não sabíamos como as coisas são".

Firme, ele mandou o menino saudar a protetora com as mãozinhas unidas frente ao peito, só que a criança, um bichinho do mato, permanecia colada ao corpo do pai. Querendo encerrar aquelas formalidades, a Mãe voltou a tranquilizar Runtu: "Este é o Shuisheng, o seu quinto! É a primeira vez que nos vemos, todas caras estranhas, não é, Shuisheng? Não se preocupe, é normal que os meninos se encabulem. Shuisheng, este é o Pequeno Hong, que tal vocês irem brincar por aí?".

Com um leve aceno da cabeça, Pequeno Hong soltou a mão da Mãe, dando uns passinhos curtos e apressados em direção ao novo amigo. A obediência da educação. O outro menino abriu uns olhões de curiosidade, expondo metade do corpo à nossa vista. Pequeno Hong e Shuisheng entreolharam-se, por não mais do que um breve momento, e saíram correndo sem maiores formalidades, iniciando um fuzuê quando estavam à meia distância de nós mais velhos.

O gesto da Mãe deixou Runtu ainda mais desconcertado. Convidou-o para entrar e se sentar um bocado, ao que ele reagiu com um misto de hesitação e deferência. Sob o peso de nossas reiteradas exortações, tirou seu bonezinho, puxando uma cadeira e se acomodando na borda do assento. Tolhido pelo cachimbo, abandonou-o num cantinho da mesa, temoroso de estar invadindo mais espaço do que toleraríamos. Os três sorríamos.

Runtu passou-me aquele saquinho de papel, explicando que era o agrado da visita, "No inverno, não temos nada de melhor para dar, por isso trouxe apenas umas ervilhas secas. Fomos nós que as preparamos.

Tome aqui, Honorável Senhor...". Não precisava, obrigado pela lembrança.

Então perguntei sobre como iam as coisas. Ele passou a mão sobre a cabeça, que meneava com abandono, olhos fechados. "Pretas, muito pretas. Já botei o Sexto para ajudar na lida, mesmo assim continuamos a passar fome." Tinha um ar sombrio, carregado de preocupações inexpressas, "Não há paz no mundo... você precisa peitar as pessoas para o que quer que seja... ninguém sabe quais as regras que estão valendo". Falo palavras de esperança, um consolo que se esboroa contra os fatos, "A colheita foi péssima. E quando tento vender, exigem imposto, exigem desconto, exigem fiado, saio no prejuízo. Mas qual a alternativa? Deixar apodrecer?". Cruzei meus braços.

Como sair daquele impasse? Eu balançava a minha cabeça, ele meneava a sua. Observei os sulcos esculpidos naquela figura estoica. Nenhum dos músculos da face se movia sob tamanha exasperação. Era uma estátua, um memorial à impotência humana. Queria expressar algo amargo que se entalara lá no fundo, procurava palavras que talvez nunca tivesse aprendido. Permaneceu calado, remoendo, remoendo. Perdeu-se pelo caminho. Puxou o cachimbo, enfiou o fumo, acendeu, *pu-pu-pu*, pitando a fumaça turva.

Minha mãe e eu aguardamos, de solidariedade, até que Runtu fizesse trégua consigo próprio. Com dó do homem, ela levou a conversa para umas amenidades, confirmando que Runtu tinha que voltar rápido para casa, no dia seguinte, cedo, pois interrompera um trabalho que não podia parar. Ele também confessou que não comera desde que fez o caminho da vinda. A Mãe empurrou-o gentilmente da cadeira, para que fosse à cozinha, ele estava em casa, sirva-se com o que quiser comer de almoço.

Ele agradeceu e foi para dentro. Voltamos a nos sentar por um tempo, o salão alumiado de uma tarde de inverno. Suspiramos por aquela tragédia de homem. Tantos filhos para cuidar; a terra avarenta; as peitas maiores que a colheita; soldados e bandidos entre os quais ninguém via diferença; os funcionários e *homens-bons* que só querem fartura. Em suas vivendas, Runtu virara a hóstia dos males do mundo. A Mãe disse, "O que não formos levar embora, demos a ele, que escolha o que precisar, o que quiser". Anuí.

De barriga cheia e mais bem-disposto, Runtu veio escolher as coisas, não muitas, demonstrando muita vergonha por querer o alheio. Duas mesas longas e quatro cadeiras, para a família sentar junta; um par de

objetos de latão, incensário e castiçal, para celebrarem os antepassados; uma balança de braço, para as pesagens pesadas das colheitas. Ainda pediu que lhe déssemos todas as cinzas de palha de arroz, refugo do combustível que usávamos no fogão da cozinha, que ele usava como fertilizante para o solo arenoso de sua roça. Agradecendo repetidas vezes, enfatizou que, quando estivéssemos de partida, ele viria de barco buscar as coisas.

Conversamos com animação umas conversas furadas; nem me lembro mais do que possa ter sido. O que vale é que consumavam aqueles momentos, momentos derradeiros. Falamos noite afora. Amanhecendo o amanhã, cedinho, Runtu buscou Shuisheng de onde estava dormindo e, com o menino lutando contra o sono, voltaram para casa.

Dali a nove dias, éramos nós a pormos os pés na estrada. Runtu, fiel, chegou de madrugada para ajudar com tudo. Não sei por que razão, Shuisheng ficou por lá; quem veio foi uma menininha, filha de uns cinco anos, muito sabida, encarregada de tomar conta do barco. Aquele dia era de canseira, pegamos no pesado sem qualquer distinção e sem tempo para prosearmos. Faces diferentes sucediam-se, umas se despedindo, outras levando coisas e, claro, havia aquelas que vinham se despedir para, aproveitando a viagem, levar umas coisas embora. O suor só secou no final da tarde, cair da noite, quando iríamos tomar o barco.

Não preciso dizer que, escondido na penumbra gelada, distante dos curiosos, passeei por dentro do meu lar ancestral uma última vez. Velhas, novas, quebradas, usáveis, grandes, pequenas, refinadas, grosseiras: as coisas tinham desaparecido. Aquele vazio entrava em mim pelos olhos, um silêncio largo que nem as lembranças conseguiam preencher mais.

O barco largou lento por um braço de rio, seguindo o vale criado pelo espinhaço das montanhas. Aqui, no Sul, as montanhas são pouco mais do que umas colinas baixas, que se sucedem em ondas até onde os olhos alcançam. Verdes ou azuis, dependendo da hora do dia, neste momento orlavam o crepúsculo sob um céu malva-escuro. Na popa, prenunciava-se uma noite sem estrelas.

Tinha me sentado junto à janela, observando a paisagem confundir-se paulatina em manchas indistintas de cores escuras. Pequeno Hong estava ao meu lado, quiçá vendo as mesmas coisas que eu. Sem mais nem menos, dirige-se a mim, inquisitivo, "Grande Tio, quando é que vamos voltar?". Acariciando seus cabelos macios, "Voltar? Nem chegamos e você já está falando de retorno...". "É que Shuisheng... nós juramos que eu iria à casa dele para brincar...", o olhar preto plácido, sem cicatrizes da experiência, cresceu sobre o meu rosto. Pensava a vida com inocência.

Encarei a Mãe, à frente, um pedido tácito de socorro. Ambos sem jeito, só nos restava desconversar. Num momento mencionei Runtu. Com um aspecto contrariado, ela confidenciou-me, a Esposa do Segundo do clã dos Yang — a "Formosa do Tofu" — tinha vindo lhe delatar um suposto crime dele. Pois bem, nos dias em que estávamos arrumando as coisas, ela era uma presença cativa, vinha todo dia controlar o estoque. Anteontem, relatou, havia encontrado uma dúzia de cumbucas e pratos, coberta pelas cinzas da palha de arroz. As duas deduziram que devia ter sido Runtu a escondê-la lá premeditadamente, no intuito de levar tudo embora, depois de termos partido todos, para sua casa.

O pior de tudo é que aquela dedo-duro se julgou no direito de reclamar uma recompensa, "Pelo bem que nos havia feito". A Mãe disse que ela, joeirando o que restava ao seu redor com a vista, agarrou, sem pedir, o que chamamos de "emagrece-cão". "Emagrece-cão" é um tipo de gaiola, comum na minha região, em que colocamos a ração das galinhas. Para evitar que os cães venham comer, a grade da gaiola é larga o bastante para que as aves estiquem seus pescoços e biquem o que há no fundo. Os cães podem enfiar os focinhos, mas não alcançam o que há dentro. Essa foi a despedida da "Formosa do Tofu", que voltou para casa num embalo que ninguém alcançava. A Mãe admirou-se, nunca tendo visto Pezinhos de Lótus calçados com botinhas tão altas correrem tão rápido. Rimos e rimos enquanto o Pequeno Hong brincava com algo que só ele via.

Fora do barco, a escuridão era quase total. O casarão perdera-se, muito atrás das matas na margem. A minha terra restava esquecida, além dos montes e das águas que rastejavam para longe. Que falta me fará, ele? Essas poucas semanas não me deram novas razões para sentir saudade, nem me deram as mesmas que nunca tive nos anos que passei fora. Pois o que fiz foi reviver a mesma solidão que me fora tão companheira no passado, a mesma sensação de estar cerrado em paredes invisíveis, a mesma realidade de isolamento. Uma asfixia, uma mudez. Se antes tinha aquela imagem brilhante do herói mirim entre as melancias, o colar reluzente, agora ela ficava opaca. Teria pensado a vida com inocência? A Mãe e Pequeno Hong caíram no sono.

Também eu procuro uma esteira para me deitar, fechando os olhos sob a cantiga do frolo molhado do rio sob o casco do barco... Escolhi o meu caminho na vida; repeti e repeti, para me convencer. Consolava-me dizendo que Runtu e eu havíamos nos perdido, Runtu e eu, em nossos caminhos, mas a próxima geração, Shuisheng e o Pequeno Hong, tinham expectativa de proximidade. Um não estava pensando no outro, por acaso? Que não ficassem como nós... como eu... diferente, estranho. Que preço pagaria o Pequeno Hong? Óbvio que não poderia pagar demasiado alto — um desenraizado, como eu; um entorpecido, como Runtu; um perverso, como tantos outros. Desejava uma nova vida para os dois. Novo quer dizer novo, o que nem eu nem Runtu conhecemos.

As palavras são traiçoeiras, porque dão a esperança de que as coisas que elas representam existem de fato em algum lugar. Ter esperança é o que me é mais terrível. Naquela vez que Runtu pediu o incensário e o candelabro, eu ri-me dele, daquela sua superstição ridícula de adoração dos mortos, de celebrar ídolos que não existem — de sempre tê-los diante dos olhos. E me surpreendo sobre esta esteira, conjurando esperanças; não são ídolos que crio com as minhas próprias mãos? A única diferença entre mim e ele seria a de que ele cultua algo imediato e eu, inalcançável...

Insone, levanto-me para observar o caminho avante. Uma névoa fina, reverberando pálida, insinuando uma longa praia, hirsuta de esmeralda. O biombo escuro do céu, de que se pendura o disco dourado da Lua. Onde estava o caminho avante? Na verdade, não havia caminho algum, pelo menos antes de que alguém o fizesse, e outro depois, e assim por diante. A esperança, acho, é algo parecido. Embora não possamos dizer que aponte para algo que já é, tampouco podemos afirmar que nunca será.

Janeiro de 1921

CRÔNICA AUTÊNTICA DE QUEQUÉU, UM CHINÊS

CAPÍTULO PRIMEIRO:
UM PRÓLOGO

Um lustro, caro leitor, transcorreu desde que concebi, em meu espírito, a nobre tarefa de organizar uma crônica, autêntica, do nosso ínclito personagem, Quequéu. Nobre, digo, porém, ingrata tarefa, para este que ora lhe escreve, pois aspirar a algo, sem fazê-lo, pouco se distingue de se negar a fazê-lo.

Não desejo esconder de seus judiciosos olhos o fato, prontamente visível a um exame sumário das páginas que se seguem, de que não sou uma pessoa de "legar palavras imortais", como fizeram os artesãos da nossa língua, em milênios de nossa literatura. Pois uma pessoa de gestas imorredouras exige um pincel imortal, que registre suas proezas para a posteridade em folhas de papel ou seda indeléveis.

Tal como o leitor amigo, bem sei, muito sei que "grandes homens fazem grandes escritores e grandes escritores fazem grandes homens". No entanto, perdido no labirinto desse paradoxo, incerto de que subindo nas costas desse gigante ou atingiria eu os píncaros que ele contempla, ou tombaria ele à ignobilidade do que escrevo, tomei a temerária decisão de escrever, sim, sobre o grande Quequéu, assombrado pela palurdice de minha inventividade.

Embora cônscio de que a minha obra terminaria perdida numa prateleira qualquer, deitei o pincel, farto de tinta, sobre o papel. E ficou assim, até que uma grande mancha de nanquim expressou, com grande eloquência, a mudez de minha arte. Por onde começar?

É de praxe começar do nome, do título, da obra. Confúcio já dissera que "se os nomes não estão corretos, o discurso não corre fácil". Ora, eis algo que um bom escritor de nossa tradição não deve ignorar. Apesar de ter intitulado o presente escrito de "crônica", não posso negar, seria preciso situá-lo dentre diversos e variados gêneros de crônicas, tais como os das séries biográficas, das breves memórias, das narrativas ortodoxas[71] e suas contrapartes, pouco ou não autorizadas, sem pôr de lado os anais das famílias importantes ou as modestas notícias históricas...

Nenhuma delas, porém, coaduna-se com o material de minha empreitada.

As séries biográficas têm por objeto homens de substância, cujo estatuto social os autoriza um lugar, maior ou menor, nas Crônicas Oficiais do Império,[72] o que, sem dúvida, não é o caso deste texto. Tampouco, o que é óbvio, Quequéu não é o autor do escrito que prefacio, do que se depreende a incompatibilidade com o gênero da breve memória.

Quem poderia atestar a veracidade do meu escrito como uma das narrativas pertença ao subgênero das exotéricas, pertença ao das acroamáticas?[73] Com relação às últimas, Quequéu não é, de forma alguma, o integrante ilustre de uma linhagem daoista, nem um grande sábio confuciano.

Ainda menos posso falar de uma "biografia complementar", já que não há uma biografia oficial de Quequéu: onde está o decreto presidencial resolvendo pela compilação de uma, para constar nas *Crônicas Oficiais da Academia de História da República Chinesa*?[74]

É bem verdade que, nos *Anais Históricos* da Grã-Bretanha, não há uma *Série biográfica sobre apostadores inveterados*, embora isso não tenha impedido Charles Dickens de haver escrito sobre Rodney Stone no que chamou de *Série biográfica alternativa* do tema.[75] Admito que es-

---

[71] *Neizhuan* [内传], um tipo de narrativa biográfica relacionada ao gênero dos *xiaoshuo*.

[72] Zhengshi [正史], obras históricas organizadas ou autorizadas pelo governo durante a era imperial.

[73] "Exotérico" traduz 外 (lit. "fora"), e acroamático, 内 ("dentro"). No primeiro caso, eram textos circulados no público em geral, sendo escritos numa linguagem mais usual. Tudo o que é classificado com 内 tem caráter sectário, usualmente estando associado a aspectos místicos ou herméticos. Por tal motivo, uma "biografia acroamática" possuía traços hagiográficos — donde o comentário do narrador.

[74] Na China imperial, um personagem importante que tivesse jurado fidelidade ao clã governante tornar-se-ia, após a sua morte, por mandato oficial, matéria de uma biografia em que seus atos e ditos seriam louvados.

[75] *Biografia alternativa dos apostadores inveterados* é o título de uma das traduções chinesas do romance *Rodney Stone*, de Arthur Conan Doyle (1859-1930). Em 8 de agosto de 1926, numa carta a Wei Suyuan (韦素园, 1902-1932), Lu Xun confirma que "a atribuição de autoria a Dickens [...] foi um erro de minha parte — lembrei errado".

sas liberdades são permitidas a gigante literários como ele, o que não se aplica a esta figura menor, que ora se dirige a um mais do que generoso leitor!

Vejamos as outras escolhas. A seguir, há os anais familiares, o que tampouco me assegura além da relutância de que padeço, uma vez seja possível que não tenha eu — oh, tamanha conspiração da fortuna! — um ancestral comum com aquela figura admirável, nem tenha obtido a incumbência formal de um dos seus descendentes para que escrevesse em seu nome.

Uma "notícia histórica", com três parágrafos, então? Recuso-me com indignação convicta. Disparate, ofensa, sacrilégio! Quequéu dá pano para mangas reais, não: semidivinas! Pois lhe falta uma verdadeira crônica, uma crônica integral, de maneira que, por derradeiro, sobra apenas o texto a seguir que, como já expliquei, carece das qualidades que o constituiriam uma obra de tamanho quilate.

Logo, dado que, em termos literários, não sou um comerciante de sedas raras e preciosas, mas empurro meu carrinho de leite de soja escrevendo na língua do povo, pobre língua falada, e não no idioma clássico dos tempos mais gloriosos da China, não usurparei o gênero da "biografia autorizada", filiando-me à antiga escola dos Mestres das Breves Narrativas, apêndice minúsculo das Três Doutrinas e Nove Tendências, síntese de nossa história intelectual e artística![76]

O princípio que seguirei neste trabalho, proposto pelos Mestres das Breves Narrativas, é o de que "não se deve mencionar coisas sem fundamento; todo o texto deve servir de crônica autêntica", axioma em que encontro, com grato alívio, um gênero adequado, de "crônica autêntica", que entrará no título de minha obra. Os leitores mais precavidos protestarão que não é tão novo assim, confundindo-se com obras de autores de

---

[76] As Três Doutrinas são o Confucionismo, o Budismo e o Daoismo. As Nove Tendências, ou Nove Escolas, remetem a obras do período formativo da cultura chinesa, anterior à dinastia Han (202 a.C.-9 d.C.), uma das quais é a da Escola da Breve Narrativa (*xiaoshuo*). Segundo o "Tratado de Letras e Artes" do *Livro de Han*, "a Escola dos Xiaoshuo é um produto de funcionários das mais baixas patentes, responsáveis por sair pelas ruas para espiar o que a arraia-miúda estava dizendo, qual o tipo de conversa que estava na boca do povo... eis algo que está abaixo do Homem Nobre".

mais venerável vetustez, tais como a *Crônica autêntica da arte caligráfica*,[77] crítica que, nas presentes condições, escuso-me de comentar.

Uma vez estabelecido o gênero literário, a segunda dificuldade em implementar o mote confuciano de "Corrigir os nomes" concerne a que deveríamos iniciar o nosso texto, conforme os precedentes seguidos à risca em nossa literatura pregressa, com três dados: nome completo, nome de cortesia e procedência: "fulano de tal; nome de cortesia x; natural de y".

Apesar de que referende essa fórmula, todavia, confesso que não tenho plena certeza de a qual clã pertence Quequéu... Ouvi dizer que, numa certa feita, reivindicou ele que era um dos Zhao; porém, não passou um dia antes de que surgissem controvérsias.

Naquela ocasião, o filho do Grande Patriarca Zhao havia acabado de obter o título de "Talento Florescente", por ter sido aprovado nos exames distritais, a primeira etapa de três que levavam a um cargo na burocracia imperial. De modo a celebrar o triunfo, aquela potestade pagara a uma banda completa, incluindo címbalos, gongos, pífaros, buzinas, tambores, para que desse sucessivas voltas pela cidade, percorrendo áreas abastadas e outras menos felizes, garantindo que ninguém passaria incauto da grande notícia.

Cheio de orgulho, Quequéu celebrou com duas cumbucas, cheias até a borda, de cachaça amarela. Foi nesse momento que, quase irrompendo em canto e dança, declarou em público que o feito do moço era uma glória de que participava, pois ele não era ninguém menos do que parente consanguíneo do Grande Patriarca.

Aos sussurros e exclamações, respondeu com a genealogia, que o colocava três gerações acima do recém-titulado. De pronto, os interlocutores e circunstantes assumiram um ar de solenidade, com uma certa atitude de respeito por ele.

Cumpre-me, por dever de veracidade, registrar o que se passou a seguir, tal como ouvi, de fontes mais ou menos fidedignas, nos respectivos termos:

Um dia depois de ter se declarado um Zhao em público, a notícia chegou aos ouvidos do Grande Patriarca, sentado magnífico em seu salão, da boca do chefe de polícia do distrito, reverencialmente curvado.

---

[77] Texto compilado pelo erudito Feng Wu (冯武, 1627-1708), tendo dez rolos de extensão. O termo *zeng* [正], presente no título original, quer dizer transmissão autêntica ou correta.

Decidiu-se então convocar Quequéu, que veio de imediato, encontrando um homem vestido magnificamente, com uma túnica de seda brilhosa, um saiote escuro de dois tons, um barretinho de melão novo em folha, sentado sobre uma cadeira maciça de sândalo vermelho. Velho, corpulento, com bolsas sob os olhos e uma boca oval minúscula, seus lábios comprimidos davam-lhe um ar de contrariedade e os bagos de suor sobre o rosto rubro provavam a sua raiva.

"Quequéu, seu picareta de uma figa", estas foram as suas primeiras palavras, "você está espalhando a notícia de que é meu parente?", gritou o Grande Patriarca. Não fosse a icterícia, perceberiam que o distinto visitante ficara amarelo de constrangimento. Agora que estava diante daquela potestade, ladeado pelo chefe das forças da ordem, Quequéu julgou melhor não abrir sua boca.

Isso só piorou a situação. O Grande Patriarca passara da raiva à cólera, fazendo chover fogo sobre o raquítico alguns degraus abaixo: "Como você ousa cometer um despropósito desses?". Escrutinando aquele homem magriço e maltrapilho por uns instantes, estende-lhe o braço: "Olhe para si próprio, você acha que vou ter um parente como você?". Sem esperar a resposta, levanta-se do trono e avança em direção a Quequéu: "Por acaso o seu sobrenome é Zhao, seu indigente?".

O olhar fixo no chão, Quequéu continuava calado, pois não valia a pena discutir suas convicções. No entanto, sentindo-se ameaçado, planejava retroceder com passadas discretas e, quando atingisse uma distância segura, dar meia-volta e bater em retirada. O Grande Patriarca, contudo, antecipa-se à fuga e, com um ágil salto, surpreende Quequéu — dando um único bofetão, de mão estendida, sobre a bochecha descarnada, repercutindo seco pelo salão: *pá!* "Um Zhao, você? Não nos rebaixe!"

Esfregando a face esquerda, como formigava!, Quequéu não quis desafiar o Grande Patriarca, retrucando que era, sem dúvida, um Zhao, verdade verdadeira. Já que o dono da casa tinha lhe dado as costas, restava apenas ir embora, beliscado no braço pelo chefe de polícia.

Distante da atenção de outrem, a autoridade fala nos ouvidos de Quequéu, "Pare de criar caso para as pessoas importantes, do contrário você vai para a ganga",[78] e exige duzentas moedas de cobre como inde-

---

[78] Instrumento de suplício que consiste numa estrutura com um quadrado de madeira sustentado por uma armação. O quadrado possui cerca de um metro, dotado de

nização pelo contratempo causado — seriam gastas em cachaça e ópio depois do expediente.

Pelo que apurei de outras fontes familiarizadas com o ocorrido, todas elas parecem assentes que as alegações de Quequéu eram um tanto desarrazoadas, reputando até mesmo justificada a atitude do Grande Patriarca, tanto mais porque a maior autoridade policial estava presente. Um de meus entrevistados resumiu-o com uma frase lapidar: "Bem feito para ele".

Nada obstante, assinale-se, as mesmas fontes não parecem tão certas após um exame mais aprofundado, insistindo que, embora Quequéu talvez não fosse, com segurança, um Zhao, não é impossível que seja. Ainda assim, por escrúpulos de quem vive numa vila minúscula, enquanto o Grande Patriarca Zhao estiver vivo, Quequéu "não deveria fazer uma burrada desse tamanho".

Para desespero dos biógrafos, nunca mais se tocou na questão da pertença de Quequéu ao clã dos Zhao, de modo que não tenho como aferir qual a estirpe de nosso personagem.

Sem solução satisfatória para a segunda questão, resta um terceiro problema no que se refere a "corrigir os nomes", um problema que me causa sentida vergonha: Quequéu é o apelido com que se notabilizara, pelo que nunca aprendi qual a grafia real de seu nome próprio. Enquanto estava entre nós, chamavam-no sempre de Quequéu. Contudo, depois de seu trágico óbito, ninguém mais lembrava de seu nome, do contrário o teríamos, como diz o provérbio, "registrado em tiras de bambu ou toalhas de seda",[79] como faziam os historiadores chineses desde a mais remota Antiguidade.

Para o bem ou para o mal, o primeiro "registro no bambu ou seda" será o nosso, portanto, tenho que enfrentar o desafio com destemor. Sem pistas seguras, especulo duas possibilidades.

Primeira, o "Quéu", palavra que serviria de nome pessoal, seria escrita com o ideograma de "jasmim do imperador"? Correto, caso tivesse

---

orifício central para prender o pescoço, mantendo o apenado curvo ou de pé numa posição desconfortável.

[79] Na China antiga, antes da invenção do papel, bambu e seda eram os materiais utilizados na confecção de livros.

nascido no oitavo mês ou se tivesse um nome de pena[80] como "quiosque da lua" — ou qualquer outro aludindo à famosa lua cheia do Feriado do Meio Outono. Pois é nessa altura que florescem os arbustos daquela planta. Entretanto, não parece que Quequéu tenha tido um nome de pena — não é impossível, apesar de que ninguém me tenha confirmado e de que o próprio fosse analfabeto. Sequer encontrei algum registro sobre alguma reunião de aniversário, comprovado por um convite ou outro documento escrito. Por consequência, o nome "Jasmim do Imperador" é arbitrário.

Segunda, o "Quéu" seria o do ideograma de "nobre"? Penso, se Quequéu tivesse um honorável irmão mais velho, ou um distinto irmão mais jovem, alcunhado de "Fufu", sendo "fu" o ideograma de "rico", faria todo o sentido que seu nome fosse "Nobre", já que "Rico" e "Nobre" são duas palavras que se combinam naturalmente na língua chinesa, sendo uma boa escolha para o nome de dois irmãos. Porém, ao que me consta, Quequéu vivia sozinho em plena paupérie. "Nobre" permanece uma virtualidade, tão apenas.

É inquestionável que "Quéu" vocaliza outros ideogramas, menos comuns em nomes pessoais, mas esses outros não servem, suspeito, de candidatos melhores do que "Jasmim do Imperador" ou "Nobre". Nesse contexto, entrevistei-me com o Talento Florescente, filho do Grande Patriarca, aquele de quem Quequéu se proclamou parente mais velho. Quem diria, um homem de tamanha erudição e refinamento tampouco conseguiu desvendar o mistério.

Nossa conversa migrou para os males da China, com aquela sumidade investindo contra os reformistas da laia de Chen Duxiu que, promovendo a utilização do alfabeto dos bárbaros ocidentais, terminaram sacrificando os ideogramas e vulnerando a Quintessência da cultura chinesa.[81] "Veja só as asneiras que o sr. Chen propõe na sua revista, *La Jeu-*

---

[80] Tradução por analogia de *zi* [字], um nome honorífico que os chineses letrados de eras passadas assumiam ao entrarem na maioridade. Dados os complexos tabus sobre o uso dos nomes pessoais, os *zi* eram empregados no convívio pessoal e, obrigatoriamente, por escrito entre iguais.

[81] Chen Duxiu (陈独秀, 1879-1942), um dos fundadores da revista *La Jeunesse* e figura central do movimento da Nova Cultura chinesa. Do Japão, Chen atuou na imprensa antimanchu clandestina, juntando-se à ampla coalizão de intelectuais que deu impulso

nesse", falava sem me encarar, o abanico parado sobre o ventre, "agora todos escrevem Quequéu para cá, Quequéu para lá — cadê o ideograma? Não disseram que não precisa mais? Sr. Biógrafo, a questão de qual o verdadeiro nome daquele sujeito é indirimível".

Incansável, meu último recurso foi o de delegar a um conterrâneo o encargo de ir ao lugar onde tudo aconteceu para consultar os autos, criminais, do caso em que se vira envolvido Quequéu. Tarefa hercúlea, intermináveis oito meses depois, a resposta chegou-me, frustrante. Não havia uma única parte no processo cujo nome se aproximasse do som "Quéu". Dispensei o emissário, refletindo demoradamente sobre se não podia, ou podia, confiar nele. Visto que não tinha os meios para refazer a pesquisa, malgrado inconvicto, resignei-me à incerteza de haver registro daquela figura.

Infelizmente, o sistema chinês de transliteração dos ideogramas ainda não vingou, o que me força a utilizar, na crônica a seguir, o "alfabeto dos bárbaros ocidentais", como diz o gênio dos Zhao, de maneira que nosso protagonista será referido como Quéu, ou melhor, Quequéu, com Q — sem ideogramas. Não nego que assim me exponho a críticas de servilismo para com as propostas mirabolantes de *La Jeunesse*, mas o que posso eu fazer, quando até o Dr. Talento Florescente, do ilustre clã dos Zhao, não tem uma ideia melhor?

O quarto e último ponto suscitado pelo princípio de "corrigir os nomes" importa em esclarecer qual a terra dos ancestrais de Quequéu. Se um Zhao fosse, poderíamos nos socorrer de uma edição-padrão do *Catálogo dos Cem Clãs*, acrescida das *Notas sobre as respectivas províncias*,[82] em que se lista o saber comum a respeito das famílias de grandes e famosos de toda a China. Neste caso, aprenderíamos que os Zhao tive-

---

à criação da república. Após 1919, canalizou seu radicalismo para o então nascente movimento comunista. Em 3 de março de 1931, Lu Xun explicou a Yamagami Masayoshi: "era Qian Xuantong quem propunha a adoção do alfabeto romano — essa passagem, que a atribui a Chen Duxiu, é um equívoco do Senhor Talento Florescente".

[82] O *Catálogo dos Cem Clãs*, um relato dos principais sobrenomes chineses compilado no início da dinastia Song (segunda metade do século X), era uma das obras utilizadas para ensino das primeiras letras na China imperial. De maneira a facilitar a leitura em voz alta, os sobrenomes eram elencados em versos rimados de quatro ideogramas. As *Notas sobre as províncias* são um complemento àquela obra, no qual se agregam notas sobre a procedência de cada clã.

Crônica autêntica de Quequéu, um chinês

ram sua origem no distrito de Tianshui, perdido a oeste das montanhas Long.

Que pena que, como expusemos, Quequéu não pode ser atestado, asseguradamente, como um Zhao, de maneira que a questão do lar ancestral também permanecerá em aberto. Apurei que ele mantinha domicílio na Vila do Nunca, sendo que, em que pesem as suas andanças infatigáveis, tomava emprestados estrados e esteiras em vários outros lugares. Por conseguinte, não há como considerá-lo um habitante, de direito, daquela vila. Qualificá-lo como "natural de Nunca" não se conforma às melhores práticas históricas.

Depois de tantos malogros, o meu único consolo é o de que o "Que", prefixo de "Quequéu", é muito correto e verdadeiro. Não há qualquer indício de mácula como exagero, adulteração, fabricação, conseguindo passar pelo crivo dos mais bem estudados. É um prefixo de proximidade, de intimidade, de afetividade, que tão bem sugere a personalidade e a reputação que gozava Quequéu. No entanto, para que se registrem todas as circunstâncias, boas e não tão boas, o prefixo, por vezes, é sinal de baixa estatura na hierarquia social, mesmo de desprezo, quando se trata de alguém de menor estirpe. A biografia a seguir deixará claro, porventura, qual seria o caso.

De resto, meu texto tem tudo a ganhar com novos olhares dos eruditos, homens de luzes, dentre os quais deposito as minhas maiores esperanças nos jovens discípulos do Dr. Hu Shi,[83] jovem professor na Universidade de Pequim, cujas reconhecidas "manias" de historiador e de investigador encontrarão abundantes oportunidades para abrir novos horizontes para o objeto de meu estudo, a despeito de que, creio eu, esta "Crônica autêntica de Quequéu, um chinês" desaparecerá com a suces-

---

[83] Hu Shi (胡适, 1891-1962) foi talvez o mais importante intelectual desse período, destacando-se dos outros retornados do exterior. Estudou nos Estados Unidos sob John Dewey (1859-1952) e, de volta à China, foi integrado à Universidade de Pequim, tudo indica, por seus méritos pessoais, já que nunca esteve ligado ao movimento anti-Qing nem era relacionado à Tongmenghui, o núcleo original do Kuomintang. Nada obstante, ele rapidamente se afirmou como uma das figuras mais importantes de *La Jeunesse*, com uma atitude menos radical (e mais elitista) do que Chen Duxiu e Li Dazhao. Foi pioneiro em utilizar a língua vernacular em seus escritos, incluindo na poesia, o mais alto gênero literário para os chineses.

são de poucas primaveras, após uma breve e desastrada existência, superada por obras de maior excelência.

Como prólogo, creio, servirão as palavras acima.

Capítulo segundo:
A arte de viver

É válido traçarmos um perfil psicológico de nosso personagem, na expectativa de que ponha a nossa narrativa sobre pés sólidos. Para tanto, retornemos a eventos que precederam o bofetão dado pelo Grande Patriarca Zhao.

Quais os antecedentes[84] do grande Quequéu? Como vimos, seu sobrenome, nome, lar ancestral, entre outros dados individuais, persistem incógnitos. Quem foi o seu pai? Dentre seus antepassados, qual o homem de substância do qual herdou seus talentos? Essas são outras questões que não me sinto autorizado a responder.

É de saber comum que as melhores famílias chinesas têm o hábito de conservar os perfis biográficos de seus mais proeminentes integrantes — por exemplo, listando a data de suas aprovações nos exames burocráticos, os cargos que ocuparam em sua carreira, as amizades importantes que fizeram, os livros e poemas que transmitiram... entretanto, infelizmente, nada chegou ao meu conhecimento no que tange a Quequéu.

Um dos motivos é que, na Vila do Nunca, meus entrevistados apenas conheciam o homem dos biscates que lhes prestava, ou das partidas que lhe pregavam, sem terem tempo ou interesse pela informação, importantíssima, de a quem remontavam os apanágios de Quequéu. Porém, a despeito de o próprio nunca ter afirmado com clareza quem eram seus antecessores, está bem documentado que, altercando-se com outras pessoas, esbugalhava seus olhos a ponto de quase caírem das órbitas e esgoelava um bordão como "Passa-fome, se enxergue! Meus ancestrais eram gente estribada...". Isso sugere que tinha pessoas distintas em sua linhagem.

---

[84] *Xingzhuang* [行状], termo que, na era imperial, indicava breves textos, usados como obituários, em que se mencionava as pessoas mais importantes da ascendência, a terra de origem do clã, data de nascimento e morte, bem como os principais fatos e realizações de sua vida. Em geral, sua redação era confiada a um parente de melhor educação e dotes literários.

Crônica autêntica de Quequéu, um chinês

Mas qual tinha sido o fim da fortuna de Quequéu? Os chineses gostam de acumular terra, com uma mansão espaçosa, construída maior e mais luxuosa do que a dos outros grandes clãs, para se coroarem de glória. Ele, contudo, era parcimonioso. Sem ter uma habitação própria, acomodava-se no Templo da Deidade da Terra e dos Espíritos dos Cinco Grãos, longe dos senhorios e dos vigias das propriedades privadas.

Tampouco se apegava a uma profissão fixa, preferindo a conveniência de fazer bicos, durassem quanto durassem, seja ceifando cevada, seja pilando arroz, seja tanchando barcos, seja qualquer outra atividade, de caráter eventual. Pois sabia fazer de tudo um pouco. Em certas ocasiões, Quequéu aceitava responsabilidades mais protraídas no tempo, alojando-se nos aposentos que lhe eram oferecidos pelo patrão da hora, mas sempre de forma provisória, pois, tão logo terminava seu quefazer, tomava o caminho da próxima paragem.

Dito de outra forma, Quequéu vinha à cabeça dos outros quando estes necessitavam de uma mãozinha: a sua mão. Eram relações limitadas ao vínculo de trabalho, alheias à grandeza acumulada pelos séculos, cristalizada naquele indivíduo. Por que haveria de se vangloriar das façanhas, dos seus e de si próprio, se não estivesse altercando com os outros? É por tal razão que, ao fazer o que tinha que fazer, ia embora sem mais, esquecido de si. Via de regra.

Registro uma exceção. Aprendi de uma entrevista que um senhor idoso louvou Quequéu, como "pau para toda obra", "um cabra disposto". Era o descanso do almoço, nosso personagem estava encostado no tronco de uma árvore, dorme não dorme, gozando dos seus merecidos instantes de indolência, o corpo raquítico, nu da cintura para cima, revelando as cicatrizes de varicela. Aquelas palavras de reconhecimento, dizem, tocaram profundamente Quequéu, apesar de que haja controvérsias sobre o seu fundo, alguns defendendo que era um tipo de ironia.

Nada abatia o sentido inato de sua própria dignidade, contudo. Contam, as más-línguas, que Quequéu tratava todos os moradores da Vila do Nunca por cima do ombro, inclusive dois estudantes profissionais — quem só os clãs mais ricos conseguiam sustentar, e sustentavam, até conseguirem ser aprovados nos exames distritais.

Destaco esses dois, porque isso demandava muita coragem do objeto desta biografia. Desde seu nascimento, tudo indicava que era uma questão de tempo até que conseguissem o título de Talentos Florescentes naquelas provas, o que lhes daria inigualável prestígio e influência em toda a vila, quem sabe um cargo público informal no distrito.

Era um povo que dava valor ao estudo, na medida em que conduzia a mais estatuto. O Grande Patriarca Zhao e o Grande Patriarca Qian eram os chefes dos clãs mais ricos daquelas bandas, a que se somava a veneração extra por terem dois estudantes profissionais como filhos, a promessa de que continuariam a prosperar pelo futuro afora. Note-se que Quequéu era o único a, no âmago de sua mente, não se prostrar em subserviência. Talvez pensasse: "Meus descendentes serão mais estribados do que os seus!".

De onde vinham o refinamento e a sofisticação de Quequéu? Na condição de homem com várias passagens pela capital do distrito, não espanta que ele se visse como distinto, superior à choldra que nascera, crescera e morrera mal saindo dos limites da Vila do Nunca. Apesar desse débito para com paragens mais arejadas, a certa altura também começou a ver o que as pessoas da cidade têm de feio e de limitado.

Permita-me dar exemplos. Na Vila do Nunca, os ubíquos bancos de madeira, com assento largo de três *chi* e três *cun*,[85] são chamados de "tamboretes", enquanto na capital chamam-nos de "mochos". Quequéu julgava-o um absurdo, estava errado, "tamborete" é "tamborete". Da mesma maneira, ao fritarem carpas-cabeçudas, o povo da Vila do Nunca acrescenta tiras de cebolinha, longas de meio *cun*, ao passo que, na cidade, a cebolinha é cortada em anéis finos: "Um absurdo, está errado! Meio *cun* é meio *cun*".

Ao fim e ao cabo, entre o interior e a cidade, ele não tinha dúvidas: "Os da Vila do Nunca são uns jecas, não viram o mundo, nunca se sentaram num mocho para comer peixe frito com anéis de cebolinha! Eta ferro!!".

Do exposto acima, decorre que Quequéu era um indivíduo admirável: seus ancestrais estribados, sua capacidade e disposição invulgares, sua visão sofisticada do mundo... seria um homem perfeito? Lamento, em nível pessoal, que não deixava de ter alguns defeitos menores, pequenas máculas, do que não posso me recusar a menção.

O defeito mais desagradável tem a ver com o fato de que o couro cabeludo de Quequéu era pontilhado por furúnculos de sarna, bem cica-

---

[85] Medida de comprimento chinesa. O *cun* [寸] atualmente equivale a uma polegada anglo-saxônica (2,5 cm).

trizados, mas sempre visíveis sob os cabelos já ralos, e cada vez mais ralos, malgrado a sua tenra idade. Esse era um dos motivos para andar sempre com seu bonezinho de feltro quase no lugar.

Com isso, não desejo sugerir que Quequéu não se achasse formoso de aparência. Os furúnculos, por outro lado, afetavam sua autoestima, tendo se tornado tabu nas conversações que mantinha. Ai de quem usasse a palavra "sarna", ou mesmo "careca", em sua presença. Demasiado sensível, com o passar do tempo qualquer expressão relacionada às duas, "jererê" e "rabugem", "testa lustrosa" ou "lua cheia", entraram no índice de termos vedados.

Bastava tocarem na ferida, perdoem o trocadilho, para que Quequéu perdesse a paciência, o que era ainda mais cômico para os circunstantes. Pois a primeira coisa que lhe acontecia, independentemente de os outros terem ou não má-fé, era um vermelhão tomar-lhe o rosto, tingindo suas cicatrizes de um tom roxo. Enfuriado, ele media as fraquezas de seu adversário: se fosse lento nas palavras, ele lançava um carrilhão de impropérios; se fosse fraco de corpo, ele lhe metia braços e pés.

Contudo, por razão que não compreendo, Quequéu não raro saía perdendo, tanto nos bate-bocas como nos quebra-paus. Dessas adversidades, sublimou uma nova técnica: revidar aos seus inimigos com um olhar arregalado e de viés, as sobrancelhas arqueadas e as maçãs do rosto contraídas numa careta, pavorosa para os de coração fraco, a que chamou de "a Fúria". Assim era o nosso protagonista.

Não antecipou que a sua arma secreta teria um efeito limitado às pessoas de bem. Os vagabundos e arruaceiros da Vila do Nunca não apenas se acostumaram com "a Fúria", mas encontraram nela um motivo extra para chacotear e tripudiar sobre Quequéu. Narremos um caso bem conhecido.

Numa dada vez, ele tinha se intrigado com um grupelho de malfeitores locais. Ao ver Quequéu retornando pelo início da tarde para o seu repouso, um deles fez uma pose teatral do outro lado da rua, boquiaberto de espanto, ambas as mãos levantadas, "Desastre! A lua raiou ao meio-dia!". Os outros relincharam. Nosso personagem estacou o passo, cerrou os punhos, o ódio saindo pelos poros. Voltando o corpo subitamente, revidou com "a Fúria", permanecendo imóvel por alguns momentos. Segurando o riso, o líder da súcia troçou, "Cachola lustrosa!" e outros, num coro pouco síncrono, "Ninguém tem medo da sua 'Fúria', careca!".

Quequéu contabilizou um, dois, três... quatro... cinco!, não tinha jeito, era melhor se vingar com as armas do fraco, a retórica do desprezo: "Vocês não têm o meu nível...". A superioridade forçada, traída pela raiva contida, fez intumescer ainda mais dois furúnculos, sinal de sua glória, protuberando da testa como chifrezinhos roxos. Entrementes, do alto de sua sabedoria, Quequéu sabia quando parar; pressentindo que a qualquer instante iriam tocar no segundo tabu, as cicatrizes, calou-se e retomou o caminho.

Nada obstante, a tribo do arranca-toco sentira o cheiro de medo que exalava de sua presa. Acossaram-no, expondo-o a um ridículo cada vez mais degradante. Quequéu, por fim, parou para reagir e começaram a trocar socos e pontapés. Um dos covardes agarrou o arremedo de trança, desbotada, oleosa, escassa, desequilibrando o homem, enquanto outro empurrou a sua cabeça, esmagando-a contra um muro, uma, duas, três, quatro, cinco vezes, deixando-o indefeso e rendido, afogado pelas risadas. Tinha sido formalmente derrotado. Satisfeitos da vida, foram embora, deixando Quequéu para trás.

A ínclita figura levantou-se, bateu a poeira da jaquetinha forrada que vestia quase sempre e descansou um tempo curvando o tronco, apoiado com os braços firmes sobre as coxas. Os pensamentos indo e vindo na cabeça, exclamou para si, "Vocês são meus filhos e não sabem, canalhas! Que mundo é esse em que os filhos batem no pai!". Cuspiu no chão, sorriu e foi para onde tinha que ir, o coração satisfeito, tinha saído por cima!

Quequéu concluiu que aprendera a vencer. Depois daquela experiência, entendeu que nenhum espancamento era capaz de reverter o "Você é meu filho, pergunte à sua mãe!". Apanhava feliz, como prenúncio de uma vitória acaçapante: "Você está quebrando os dentes de quem concebeu você!!".

Todavia, com o reiterar das cenas de humilhação física, quase todos os seus algozes perceberam o efeito psicológico desse triunfo moral de nosso protagonista, de modo que, com a trança nojenta em mãos, a cabeça vibrando contra o muro, impediram-lhe a sua defesa infalível: "Quequéu, meu pai está em casa, estou batendo num animal. Agora repita para ouvirmos: vocês são gente, eu sou um verme!".

Continuavam até que o homem se rendesse; uma mão tentando recuperar a trança da corja, a outra tentando se equilibrar em algo, o rosto virado para fitar um dos atacantes, "Sou um inseto, está bem? Inseto.

Crônica autêntica de Quequéu, um chinês

Solte-me agora...". Mas os valentões continuavam a abusar dele, "Como não me soltam?", procurando um lugar qualquer para esmagar o crânio do coitado, vezes a fio, deixando-o indefeso e rendido, afogado pelas risadas, como naquela primeira das incontáveis vezes futuras. Satisfeitos da vida, foram embora, deixando Quequéu para trás.

Mesmo assim, Quequéu era um forte. Havia quem pensasse que, então, seria o fim dele, mas não. De surra em surra, o tempo de que necessitava para se refazer se encurtava cada vez mais. Por fim, meros dez segundos e reencontrava sua paz interior. "Saí por cima." O método era simples: ele aprendera a desistir de todo e qualquer resquício de dignidade e de amor-próprio que tivera — até se enxergar como o mais vil de todos os seres.

Uma vantagem desse estatuto era o de que se lhe abriram as portas para que se tornasse "o mais" alguma coisa. "O mais" esbofeteado, "o mais" humilhado, "o mais" insignificante. Que importava o que vinha depois de "o mais"? O primeiro nos exames imperiais,[86] aquele cujo nome figurava na cabeça da lista registrada no Ministério dos Ritos, aquele que se sentava diante do Imperador em pessoa para dele ouvir uma palestra, aquele cuja glória permanecia gravada na pedra para a posteridade, não era ele "o mais" alguma coisa, como ele também era "o mais" qualquer coisa? Glorioso era. "Vocês que me agridem, vagabundos, mandriões, o que vocês valem? Eu sou 'o mais'." Saíra por cima. Triunfo absoluto.

Agora que descobrira este segredo do Buda, esta Flor do Dharma, segundo o qual todos os seres são iguais, uns mais do que os outros, e ele mais do que todos, vencera, por fim, o mundo, saindo por cima de seus odiados inimigos. E com que alegria corria até o seu barzinho para sorver algumas cumbuquinhas de aguardente, vez por outra trocando troças, vez por outra batendo boca, mas sempre vencendo. Concluída a bebedeira, cambaleava de volta para o Templo da Terra e dos Grãos, encostando-se pelo meio do caminho para recuperar o rumo, até o prêmio maior, deitar-se na sua esteira, dormir e sonhar. A vida era boa.

Se tivesse dinheiro de sobra e o dia fosse de bom agouro, procurava um lugar para apostar, perdido pelas esquinas escuras. Avistando uma

---

[86] O termo *zhuangyuan* [状元] indicava o primeiro lugar na terceira e última etapa dos exames. Essa etapa, realizada no palácio imperial e com a presença do imperador, conferia o título de *jinshi* [进士], "Literato Aprovado".

malta acocorada junta, sabia que no meio havia um tabuleiro de apostas, um dono da banca e a oportunidade de se estribar com o jogo da Caixa do Tesouro.[87]

Sem pedir licença, indiferente aos odores corporais e aspectos ameaçadores de seus vizinhos, abre para si um lugar no meio da gente, com o coração quase pulando pela boca e a face pingando de suor. A caixa já estava posta sobre a mesa, com a tampa cobrindo o dado. O dado indicava uma ou mais posições do tabuleiro. Ele ergue a mão suja tremendo, fazendo tirlintarem as moedas escuras de cobre, que aposta numa marca tosca da tábua de madeira. Extravasando suas emoções, grita "Quatrocentos no dragão verde!", a voz mais alta do que a de qualquer outra pessoa.

A banca declara "Apostas feitas!", uma voz também tremendo de emoção, o rosto igualmente coberto de pingos de suor, arreceado de sua própria fortuna, "E... vamos abrir...!". Os olhos convergem para o tesouro sob a tampa, que sobe lentamente até que, alívio, a banca anuncia o prêmio das posições: "Porta do Céu, ganha em dobro! Ângulo do canto, recupera! Corredor e lado do apostador, perdem... Passem para cá o cobre de Quequéu!!".

Ao grito grosso de "Próximas apostas!", a mão amealha automática o resto das moedas que tinha, "Cem, não, cento... e cinquenta... cobres, no Corredor!", fazendo o rico dinheiro de Quequéu fluir, moeda a moeda, para a algibeira pendente da cintura do dono da banca, quem suava mais e mais. Ao cabo, o nosso protagonista se retira, desacoroçoado, do círculo de gente apoiada sobre o tabuleiro, para ficar de pé, como mais um dos circundantes, gozando, de segunda mão, do prazer do jogo, sofrendo e desfrutando de quem fazia um lance perigoso ou solerte.

Restava ali até que o grupo se dispersasse, quando o caminho de volta para casa era feito perdido nas lembranças dos dissabores e êxtases da noite. Uma vez no conforto do Templo da Terra e dos Grãos, sobre a esteira puída, o sono elusivo negava-lhe o descanso, donde os olhos vermelhos e inchados no dia seguinte, com os quais ia trabalhar e ganhar mais cobres para apostar e perder no jogo, quem sabe não.

---

[87] *Yapaibao* [押牌宝], um tipo de jogo de azar. As palavras "dragão verde", "Porta do Céu", "corredor", etc. são jargões desse jogo, denominando as divisões do tabuleiro em que se fazem as apostas.

Os bem lidos conhecem aquela fábula do *Mestre de Huainan*, em que se extravia o cavalo de um velho sábio, sabendo ele que a perda talvez anunciasse a vinda iminente da boa fortuna...[88] De fato, não é que, depois de uma sucessão infinda de prejuízos, Quequéu, para o seu azar, tirou a sorte grande...?! Narrarei esse importante episódio.

Numa noite em que se celebrava a procissão das deidades[89] da Vila do Nunca, encenavam-se as apresentações de ópera e acrobacias, como de rigor, havendo não um, mas vários tabuleiros de apostas dispersos próximos ao palco, como não podia deixar de ser.

A cacofonia de gongos e címbalos, de tambores e claquetes, não quebrava a concentração de Quequéu nas palavras do dono da banca, como se não passasse de uma música de fundo perdida a dezenas de *li*. Aquela era uma noite quente, de vitória após vitória, do cobre da medida velha à prata da medida nova, "de além-mar", e centavos viravam meios *iuanes*, meios *iuanes* dobravam em *iuanes*, e *iuanes* amontoavam-se diante dos olhos gulosos de nosso protagonista. No auge de sua glória, desgoela-se para a China toda ouvir: "Porta do Céu. Dois. *Iuanes*. De prata. Pura!".

---

[88] Um *locus classicus* da literatura chinesa, remetendo a uma passagem do *Livro do Mestre de Huainan* [淮南子]: "Dentre as pessoas que viviam junto de uma guarnição na fronteira, havia um velho, muito conhecedor das *técnicas*. Sem razão aparente, um de seus cavalos desgarrou-se, perdendo-se pelos bárbaros nômades, o que fez com que as pessoas se condoessem pelo ocorrido. O pai do dono do cavalo, consolou-o: 'e por que razão isso não pode ser boa fortuna?'. Passados alguns meses, o cavalo voltou unido a uma égua, corcel de raça dos bárbaros, do que se rejubilou o dono. O velho interveio: 'e por que razão isso não pode ser desgraça?'. Seu clã enriquecido, possuindo agora cavalos de tão distinta cepa, levou o dono a sempre sair montado no bicho. Resultado, o homem caiu e fraturou a perna, o que fez com que as pessoas se lamentassem. Passado um ano inteiro, os bárbaros invadiram a região próxima à guarnição, de maneira que todos os homens crescidos e em boas condições foram convocados a se armarem de arcos e saírem para resistir. Dos habitantes da região, morreram nove de cada dez. Um dos poucos que saíram vivos foi o dono dos cavalos, aleijado que era, que ficou para cuidar de seu pai velho, e ele do filho. Logo, fortuna pode virar desgraça, desgraça pode virar fortuna, uma se transforma na outra. Por se transformarem mutuamente sem fim, é algo profundo, que não pode ser perscrutado".

[89] O termo *saishen* [賽神] indica uma antiga prática supersticiosa da China, que consistia em receber as deidades que saíam do templo (sob a forma de estátuas, placas cerimoniais, etc.) com música, procissões, performances acrobáticas, entre outras, com o objetivo de agradecer os benefícios já recebidos e rogar prosperidade no futuro.

"Seu trapaceiro de m...!". *Pá-pá-pou*. Uma assuada levantou-se, primeiro só de dois, num dos outros tabuleiros, crescendo num rebuliço rechonchudo de braços e pernas, cumbucas e vasilhames, tamboretes e mesas. Quequéu não sabia quem, nem quantos, tinham ido às vias de fato quando tudo explodiu. "Corno!", "Ladrão!!", "Filho de uma égua!!!", várias vozes desencontradas nos ecos do quebra-quebra vertiginoso, gente em cima de gente, sapatos de pano perdidos, suor e saliva e siúba vertidos sobre quem não queria.

Com heroísmo, Quequéu encontra uma brecha no caos, os olhos caçando o seu tabuleiro, os seus parceiros de jogo, encontrando apenas machucões em seu corpo. "Aiiiiiii...", com a mão sobre as costelas, "Quem me deu um murro? De onde veio o pontapé?", tocando onde doía, "Aiiiiiii". Uns curiosos olhavam pasmos para aquilo tudo, e para ele próprio, da segurança de quem ficou pelas bancas de comida.

Coxeando de volta para o Templo da Terra e dos Grãos, esfregando os galos na cabeça para que parassem de cantar, a sensação cada vez mais viva de que faltava algo, o que era... o que era...? Cadê a minha prata?!? Toda aquela pilha de dinheiro de além-mar! Hoje era dia de procissão, toda a malandragem das outras vilas veio jogar, amanhã não sobrará nem a sombra de quem me roubou. Ah, minha pratinha brilhante, um monte... Perdi tudo!

Embatucou-se. Voltava para casa ou para a feira? Até então estava vencendo todas, ficaria rico, riquíssimo. Nunca tinha tido tanta prata em suas mãos. O prejuízo imprevisto incomodava mais do que a carência cotidiana. Respirou fundo. "Mesmo que tenha sido um daqueles filhos que são meus e não sabem, não tenho como me alegrar", coçando o lombo, "mesmo que admita que sou um inseto e um verme, não tenho como me alegrar..." Sem encontrar uma forma de sair por cima, baldaram-se todos os segredos do Buda e feneceram as miraculosas Flores do Dharma que descobrira.

"Preciso sair por cima, de qualquer jeito!" Num estado de contemplação, fechou a mão direita num punho que tinha gula de sangue, desferindo um golpe e mais um golpe sobre a própria face, fazendo ranger os dentes e ossos. A carne da cara ferveu do pugilato consigo próprio. Mais um pouco e a dor se abrandou. Ainda um pedaço e entrou num estado de tranquilidade e paz interior. "Fui eu quem deu o sopapo... foi outro quem recebeu a pancada", repetia o mantra. No final, Quequéu se lembrava apenas de que ele tinha batido em alguém que se foi — não

Crônica autêntica de Quequéu, um chinês

obstante o rosto quente —, e como era bom descontar em terceiros. Vencera. Feliz da vida, arrastou-se para a esteira surrada. E dormiu, apesar dos hematomas.

Capítulo terceiro:
Três duelos épicos

Os eventos relatados no capítulo anterior, concernentes à psicologia de nosso personagem, em especial à sua inigualável arte de viver, remontam a um tempo quando Quequéu ainda não havia se notabilizado como o "mestre de sair por cima", o que ocorreu, com efeito, após o notório bofetão que lhe deu o Grande Patriarca Zhao. Retornemos àquele dia para falar sobre os seus desenvolvimentos.

Quequéu tinha pago os duzentos cobres de indenização ao chefe de polícia, recolhendo-se para descansar, as lembranças furiosas indo e voltando na mente, o corpo inquieto virando-se para lá e para cá. Os olhos abrem-se súbitos, com um diagnóstico preciso: "Este mundo de hoje está de pernas para o ar... é filho que bate no pai... é homem que não é gente... é polícia que arranca dinheiro, para cachaça e ópio...".

Em meio a tantos pensamentos profundos, vem-lhe à lembrança o Grande Patriarca com aquela filáucia majestática; depois será a vez do filho dele, já passou no exame, já se tornou um Talento Florescente e herdará a filáucia majestática... De geração em geração... A inveja queima no peito como um carvão incandescente. Confrontado com essas coisas que não pode mudar, sem mais, a melancolia vai embora, como muda de direção o vento. Quequéu se senta, amparado numa coluna, entoa "E a viuvinha foi varrer a vala do noivo",[90] e se levanta, começando a cantar, mal, o trecho de ópera, "E a vi-u-vi-nha fooooooi varreeeer...", tomando o rumo do barzinho. "O Grande Patriarca é maior do que todo o mundo, que cabe na mão dele...", pensou cabisbaixo.

O cúmulo da estranheza é que, depois do bofetão, sem mais nem menos, as pessoas começaram a manifestar um respeito desproporcional por Quequéu. Ele especulava que todos tinham admitido a verdade, nomeadamente, a de que ele era, de fato, um ascendente daquela estrela do

---

[90] Ópera local de Shaoxing, muito famosa na época.

céu da Vila do Nunca. Pelo que pude apurar em minhas investigações, não era essa a razão.

Um costume peculiar do local é o de que se um joão-ninguém briga com um zé-ninguém, ou se um pé-rachado renhe com um pé-rapado, todos ignoram. Para ser louvado pelo povo, tem que ser a mão de alguém grande e famoso a bater no rosto de um felizardo, que sai coberto de glória, atrelada à do agressor. Não preciso dizer que, na mente do vulgo, Quequéu tinha culpa antes mesmo de levar o golpe. Embora questionamentos não sejam bem-vindos, Quequéu teimava, por que as coisas são assim? Teimava, sabendo. Porque gente como o Grande Patriarca Zhao não comete erros, nunca... "Cabe na mão, sim, senhor."

Ora, se a culpa cabia a Quequéu, qual o motivo para o respeito alheio? Isso não é paradoxal? Eu mesmo nunca consegui compreender ao certo. Segundo uma explicação forçada, e um tanto absurda, sugeriram-me que era pela dúvida pairante sobre se ele era, ou não, membro dos Zhao. O Grande Patriarca enfezou-se, certo; bateu, fato público: mas quem atestaria, de juramento jurado, que não tinha nem um pingo de Zhao naquele escalvado sarnento? Pelo sim, pelo não, seria mais seguro mostrar respeito. A Vila do Nunca era um lugar sem lógica.

Uma observação mais cínica é a de que a nobreza se transmite pelo contato. É de saber comum que as reses sacrificadas no Templo de Confúcio são animais como porcos ou cabras quaisquer; todavia, são honradas como Oferendas Magnas a partir do momento em que viram carne para os *fachi* do espírito do Velho Mestre, de modo que nenhum estudioso ousava se meter com os bichos. Porventura não seja um hábito exclusivo da Vila do Nunca; quiçá seja algo mais amplo, mais antigo, mais arraigado em nossa própria cultura chinesa.

À nossa crônica, interessa que, sob tal ensejo, alguns anos se passaram, felizes, para um mui respeitado Quequéu, felicidade penhorada da palma da mão do Grande Patriarca.

Feliz, dizia, até um dado dia na primavera de um dado ano, não tenho como afirmar ao certo qual, quando nosso personagem entrou em três pelejas, a primeira das quais com o seu mais assustador antagonista.

Andava então por uma ruela, resvalando bêbado de parede a parede, quando o tempo parou: tomando sol, com as pernas estiradas, ali no nicho do sopé colapsado de um muro, um homenzarrão parrudo de tronco nu estava sentado, catando piolhos de sua longa crina negra. Voltando aos seus sentidos, o corpo todo de Quequéu, dos furúnculos da cabe-

Crônica autêntica de Quequéu, um chinês

ça aos calos secos dos pés, queimaram num comichão irresistível. Era o famigerado Wang das Costeletas.

Aquele membro desgarrado do clã Wang tinha por nome pessoal Tigre, sendo mais conhecido pela sua alcunha de Costeletas — cerradas como as de um tigre, a propósito. E visto que sua pele era coberta de tinha, celebrizou-se como "Wang das Costeletas, o Tinhoso", assim mesmo, com direito a epíteto.

Quequéu nutria um arraigado desprezo pelo mendigo, recusando-se, entretanto, a chamá-lo de tinhoso. Ora, o que tinha demais a tinha? Ele próprio não era um modelo de saúde epidérmica; mas aquelas costeletas eram despudoradas, atraindo a ojeriza de pessoas mais razoáveis.

Então se sentou, as nádegas voltadas para Costeletas, negligência que não ousava contra os outros vagabundos e arruaceiros da Vila do Nunca. Mas sentar ao lado do mequetrefe, que medo dava em Quequéu? Nenhum. No fim das contas, a proximidade e as nádegas viradas eram, todo mundo entenderia dessa maneira, um prestígio que emprestava ao outro.

Olhando por cima do ombro, notou que Wang o ignorava completamente, continuando a sua toalete. Então Quequéu teve a ideia de competir com ele, tirando a sua jaqueta, que mais parecia um pano de remendos, no intuito de catar piolhos. Inspecionou-a de lado a lado, encontrando só um punhado, para sua decepção, o que atribuía à má vista ou a uma lavagem recente, de que não se recordava mais quando. A mão direita de Costeletas, por outro lado, fazia um movimento contínuo da cabeleira à boca, da boca à cabeleira, com um estalido intermitente de piolhos morrendo entre seus dentes.

Quequéu admirou-se da performance inigualável de seu adversário, primeiro desapontado consigo próprio, depois com uma irritação crescente dirigida ao homem marcado de porrigem. Seus olhos invejosos cobiçavam a multidão de parasitas que habitava um indivíduo desprezível. Por que Quequéu só tinha aqueles três ou quatro? Era uma perda de face que não podia admitir! O seu cabelo era muito ralo, teria mais um ou dois bichos balofos, para compensar...? Não tinha. Recolocando sua jaqueta, pôs a mão num bolso e abriu um sorriso revelando seus dentes tortos — era um piolhinho, muito minguado. Exibindo-o entre o indicador e o polegar para o homem de barbas hirtas, colocou o inseto entre os molares, mordendo com todo o gosto, ainda juntando as beiçolas escuras de olhos fechados, transmitindo o prazer que sentia no ato. No en-

tanto, o estalo do piolho solitário em nada se comparava à crocância ininterrupta produzida por quem estava ao seu lado.

O rubor da cara tingira purpúreos os furúnculos do seu cocuruto. Em sinal de desafio, tira desastrado a jaqueta, amassando-a entre as mãos e jogando-a no chão à frente de Costeletas. Tendo atraído a atenção dele, Quequéu pigarreia e escarra, "Seu lombriguento barbudo!". O Tinhoso aceita o duelo, fitando seu novo e raquítico inimigo com declarado desdém, "Filho de uma cadela sarnenta, você está esculhambando quem?".

Como havia explicado, nos últimos anos Quequéu tinha sido brindado com uma certa medida de respeito público, o que ele recompensou com um tantinho de arrogância extra no seu porte e no seu aspecto. Porém, no respeito público não estavam incluídos os vagabundos e arruaceiros, que continuavam a judiar dele por hábito, donde o medo incurável que Quequéu costumava ter daquelas pessoas e donde o mistério daquele dia: donde viera a repentina coragem face a face com Costeletas?

"Eeeeeeeeeeeeita", Quequéu levantou-se de supetão, quase tropeçando nas próprias pernas. Iria deixar as bochechas felpudas falarem o que quisessem de si? De jeito nenhum. Com as mãos na cintura, "Se a carapuça serviu, o problema é seu".

Wang franziu a testa. Com uma das mãos puxou a camisa perdida num canto, com a outra, alavancou-se de pé. Cobrindo as costas cobertas de marcas com o cânhamo, "Você não tem pena dos seus dentes?".

Em seu embriagamento, Quequéu desentendeu. Costeletas, o Tinhoso, não estava se preparando para passar sebo nas canelas, mas para entrar no combate que se prenunciava, para vencer. Cheio de confiança, nosso protagonista lançou um soco flácido e lento, que não chegou a lugar algum, pois o Tigre deu o bote, célere, agarrando-o do lado da perna de apoio. Seguiu-se um puxavante violento e Quequéu por pouco não emborca, tendo que usar as mãos e aparar a queda. O outro, melhor lutador, agarrou sua trança e, subjugando-o, começou a esmagar sua cabeça contra o muro.

Virando o rosto, com não poucos arranhões, para tentar fitar Costeletas, "homem de bem... luta com sua astúcia... não com as mãos", era o ato formal de rendição, recusado sem formalidades por Wang, o Tigre, que não era um homem de bem. Continuou a bater o crânio de Quequéu contra a pedra, e mais uma vez, e mais outra, até que se deu por satisfeito, lá pela quinta feita, jogando o corpo meio desfalecido do inimigo, como se fosse um fardo de palha de arroz, que caiu a uns seis *chi* de distância. Costeletas sacudiu a cabeça e foi para outro lado catar seus piolhos.

Quequéu recuperou os sentidos, saindo da posição de bruços para se sentar no chão, observando aquele dia claro, o canal fluindo embaçado. Sofrera a maior humilhação de toda a sua vida, não lhe ocorria nada que pudesse sequer chegar perto. Rememorou quem era Wang em sua vida. Wang era um ninguém. Era um mendigo de costeletas ridículas: Wang das Costeletas, o Tinhoso. Quem podia fazer pouco de quem? Ele, de Wang; e jamais o oposto. Quem diria, saíram no braço e ele saiu por baixo? Admirou-se.

Agora que tinha levado uma bela de uma tunda, quais os motivos para ter perdido o respeito geral? O mundo saíra dos eixos. Será que era mesmo verdade o que ouvira na sede do distrito, que o mundo virara de pernas para o ar? O Imperador decretara o fim dos exames de acesso à carreira burocrática?[91] Ninguém mais queria "Talentos Florescentes", nem mesmo estudantes do quilate de "Homens Recomendados", que passaram na segunda fase, provincial, do exame? Suspirou, desencantado. Bem, isso significava que a autoridade dos Zhao minguara, não? Mas isso não podia ser bom; quem sabe isso explicava por que, de repente, as expressões de pouco-caso que os outros faziam ao vê-lo. Wang vencera.

Pôs-se de pé, esquecido do que pretendia fazer antes de seu pugilato fracassado com o Tinhoso. Pelo menos a embriaguez melhorara. Aprontou-se como podia e partiu, sem saber para fazer o quê. Dia azarado: da direção contrária, lá no final da avenida ladeando o canal, uma figura avizinhava-se, ainda indistinta. O ódio que tinha por ela, porém, era tão profundo, que a mera sensação de que iriam se dar de cara fez ferver o sangue de Quequéu: era aquele janota, o filho mais velho do Grande Patriarca Qian.

A repulsão tinha raízes no patriotismo de Quequéu. Quando era mais jovem, o herdeiro dos Qian tinha frequentado uma escolinha de ensino de além-mar, trocando depois a Vila do Nunca pelo país dos Mares do Leste — que, na China, recentemente começava a ser chamado de Japão. Não tinham se passado seis meses e ele retornou transformado. Começara a andar como os *diabos estrangeiros*, sem dobrar os joelhos, e

---

[91] Em 1905 o governo Qing decretou que, a partir do ano seguinte, estaria abolida a instituição de exames de acesso à burocracia.

Crônica autêntica de Quequéu, um chinês

perdera a sua trança, marca de quem é chinês. Tornou-se um transtorno para a família: a mãe chorava sempre que alguém vinha visitá-la; a esposa, preferindo o suicídio àquele marido careca de cauda, fora salva diversas vezes de dentro do poço que servia a mansão.

Para evitar uma desgraça maior para o nome do clã, a matriarca, mulher de luzes, puxou os cordelinhos no intento de que na Vila circulasse uma versão menos demeritória dos fatos, "Saiu para beber com os amigos, uns malandros que o embriagaram, cortando o rabicho do menino, só para fazer o mal". Por outro lado, era seguro que os malévolos e maledicentes que avistavam o rapaz interpretavam seu penteado como um ato de submissão ao estrangeiro, a que reagia a responsável genitora: "Ele sonhava em servir ao Imperador, agora vai ter que esperar a trança crescer de volta".

A armação, que era, não convencia o nosso protagonista, habituado a empregar o apelido de "Diabo Estrangeiro de Araque" — encurtado como "Diabo de Araque" — em referência ao Jovem Senhor Qian. Sempre que tinha oportunidade, dizia às pessoas que "Esse aí está mancomunado com a gringalhada". Fosse ao ver o rapaz, fosse até ao ouvir falar do próprio, as tripas de Quequéu reviravam-se com todo tipo de turpilóquios, misturados a "traidor", "vira-casaca" e coisas do tipo.

Justiça seja feita, o Diabo dos Qian tentava tergiversar... Nas palavras do sábio, "o que mais causava repúdio e sentida condenação" em Quequéu era uma imitação de trança que aquele lá começou a exibir pendurada de sua nuca, por pressão da mãe, sem dúvida. Nosso personagem implicava, "Que tipo de homem usa um rabicho falso? Não, não, homem que é homem não faz isso". Às vezes, desejava que o Diabo de Araque sofresse a maior das ignomínias, que a mulher dele o enjeitasse, pulando uma última vez no poço e recusasse ser salva, "Mulher honrada tem que se comportar dessa forma".

Bem, lá estava ele, em pessoa, com seu rabicho mixuruca, passando por Quequéu, quando os olhos se bateram. "Seu jerico sem trança..." As palavras não eram novas, tendo já fermentado inúmeras vezes no peito de Quequéu, embora morressem surdas na garganta. Naquele dia, contudo, à meia-voz, escapuliram elas, raposinas, o caminho aberto pela indignação, indignação de quem era um chinês autêntico. "A vingança é minha, quero-a hoje!"

Não foi esse o desenlace, é preciso assinalar. Um zunido amarelo e *vape!* Quequéu levou um golpe de bengala, firme, no pé do ouvido, apesar de que contraíra o pescoço e erguera o ombro, num ato de puro reflexo à longa passada que dera o Diabo dos Qian, sem dobrar o joelho, em sua direção. Defendeu-se debalde. A bengala, melhor, o cacete, de madeira de lei, disfarçado por uma camada de laca grossa, afundou-se na sua cara, contundente.

Um detalhe irônico daquela situação é que a bengala — mais um porrete — amarela era uma velha conhecida do nosso patriota. Vira-a muitíssimas vezes e até lhe dera o nome de "pau de luto",[92] termo de mau agouro, demasiadamente indiscreto, exprimindo o desejo de que morresse um dos pais do seu desafeto.

A dura realidade, por outro lado, é que o Jovem Senhor Qian não a portava como um símbolo de seu sofrer pelo falecimento do pai ou da mãe, pois ambos estavam em boa saúde, mas como uma arma para dissuadir aqueles que teimavam em fazer pouco de sua cauda ou como um remédio extremo para restaurar o bom senso dos menos cautos.

O que fez Quequéu, além de esfregar o trauma e enxugar as lágrimas? Apontou para uma criança remelenta qualquer, que brincava próxima na beira do canal. "Estava falando com ela, seu grosso!" Palavras em vão. *Vape-vape!* Mais duas bordoadas lhe pousaram no braço. Quequéu encolheu-se; o "pau de luto" parou no ar, pronto para mais um golpe. Permaneceram imóveis naquelas posições. Ensinada a lição, o Diabo de Araque partiu.

"Como é que pode?", refletia. No intervalo de uma horinha, hora e meia, tinha sofrido as duas maiores humilhações de toda a sua vida. Questão fechada; as cacetadas só ficaram atrás das pancadas de Wang, o Tigre. "Não tem jeito, só saindo por baixo mesmo...", reconheceu, desolado. Só que sair por baixo não era da natureza de Quequéu! Friccionando o braço, o comichão passou. "Novo em folha", a despeito das lesões e inchaços. O perfeito bálsamo foi constatar que ninguém testemunhara nenhum dos dois episódios. Assim, quase que totalmente esquecido — "ó Flor do Dharma, ó tesouro dos mestres...", cantarolou refeito —, voltou, alegre da vida, para esquentar o bucho com outras cumbucas de aguardente amarela.

---

[92] O termo *kusangbang* [哭喪棒] indicava o bastão com o qual o filho mais velho tinha que se apoiar durante o velório e o funeral do pai ou da mãe, um símbolo de seu desamparo.

Não sabia que o dia lhe reservava uma última, e decisiva, vitória, malgrado o inimigo não ser tão valoroso. Quase às portas do bar, encontrou uma monjinha do Convento do Cultivo da Tranquilidade. Que alegria! Odiava aquela mulher, que não era mulher. Via de regra, tinha grande prazer em xingá-la e, nuns dias especiais, em lhe dar uma cuspidinha, para pô-la no lugar. Afinal, ela era fraca e nunca reagia. Esfregando as mãos, pensou no que iria fazer hoje, um dia marcado pelas duas maiores humilhações de que se lembrava. "Vamos ao ataque, o inimigo espera!"

A monja era moça, muito baixinha, trajada num manto surrado, o tronco oculto por um chapéu de palha de bambu com abas largas, que carregava preso sob uma axila. Tomando coragem para praticar uma ruindade, Quequéu concluiu: "Agora entendi por que passei por tanta desgraça num dia só, foi você que me trouxe essa urucubaca!". Dirigindo-se ao encontro da sua vítima, um pigarro ribomba como um trovão e *plof!* no rosto da outra.

Tentada, a religiosa abaixou o rosto, conseguindo ignorar aquele gesto gratuito, prosseguindo como se nada tivesse ocorrido. A reação agravou ainda mais Quequéu, que correu atrás dela e tocou a cabeça da noviça, indignidade maior do que a cusparada. Ela tinha acabado de receber a tonsura quando o atacante, abrindo um riso sardônico, esfregou o alto da sua cabeça com força, "Olhe a carequinha da menina! O que você está fazendo aqui? O abade não precisa de você para badalar o sino? Volte logo!". Perdendo a paciência, ela protestou: "Pelo Buda Amitabha! Bulindo numa monja...!" — e apertou o passo.

Assistindo com interesse à cena, os pinguços e demais inúteis do bar intervieram com palmas e gargalhadas. Percebendo-se aclamado, um calor gostoso aqueceu o peito e Quequéu se preparou para provar sua perícia em engolir corda. Projetando ligeiramente a virilha, "Então o abade não pode? Por que eu não posso?", e beliscou a bochecha da santa. Consagrado, virou os olhos para fruir dos reles rostos risonhos que pruriam sua vaidade, comprimindo com força os dedos, para deixar uma marca na face de monja, e a permitiu partir, gozoso...

Como é doce o consolo que vem da vitória. Onde está você, Tigre do clã dos Wang? Onde está você, Diabo de Araque? Livrei-me da urucubaca, desde a raiz! Abluído pelos aplausos, purificado pelos assovios, Quequéu ergue ambos os braços, os olhos cerrados, o corpo leve, prestes a levitar.

"Quequéu, seu maldito! Que você morra sem prole, filho dum demônio!", com a voz embargada pelos soluços, a noviça quebrava seus votos, à distância. Quequéu a desrespeita com um último gesto obsceno e se vira para a sua plateia. Todos riem, compartindo a maliciosa intimidade, nosso protagonista com franqueza ingênua, os outros, com uma ponta de desprezo, por ele.

Capítulo quarto:
Uma paixão trágica

Meditando a respeito dos três duelos de Quequéu, lembro-me de algo que ouvi: é doce a vitória que se obtém de adversários bravos como tigres, ágeis como águias; já bater gente mole e lenta como galinhas e ovelhas, que graça tem?

E há outros triunfos, não mais simples vitórias, em que não poucas, mas todas as dificuldades ficam para trás, com os que devem morrer perdendo as suas vidas, com os que devem se render entregando as suas armas, mais uma missiva composta pelo seu líder com as palavras "Eu, servo seu, defiro, com o mais absoluto terror e o mais sincero temor, a que os crimes mortais que cometi sejam punidos com a sentença correspondente"... Vitória total.

Mas o que se passa no coração desse grande conquistador? Seus inimigos caíram sob sua espada e seus estratagemas; seus adversários ou não mais existem ou se lhe submeteram; seus amigos e aliados, reduzidos à condição de servos e escravos. Só sobrou ele, governando sozinho, melancolia que desvela a amargura da glória.

Bem, o nosso Quequéu não deve ter passado por nada disso. Perdesse ou vencesse, tudo era uma vitória para ele, de modo que estava cheio de si, eternamente. Arrisco-me a postular que nosso personagem serve como prova de que a China, com sua civilização intelectual, é a cabeça coroada de todas as nações do planeta, não estou certo? Olhem só como Quequéu estava prestes a volitar de goivo, depois da derrota que infligiu à indefesa noviça!

Nada obstante, acompanhemos os desenvolvimentos após aquele episódio, pois nos prestam uma oportunidade valiosa para compreendermos os movimentos das emoções do protagonista desta crônica e um aspecto diferente de sua personalidade. Nesse sentido, ele vagou, esvoaçante, pela cidade durante o resto do dia, pousando afinal em sua esteira do Templo da Terra e dos Grãos, cujas lamparinas já tinham sido acesas há várias horas.

Se tivesse dado roncos bêbados logo após se recolher, como de praxe, não teríamos nada a relatar. O que se passou, na verdade, é que ele não dormiu naquela noite, queimando devido a algo que ainda não compreendia, mantendo os olhos fechados somente com um grande esforço. Levantava, vez e outra, a mão direita até um lugar na penumbra, observando o polegar e o indicador, que queimavam de uma calidez esquisita: tenros, fofos, femininos. Algo estava impregnado neles, um cheiro sedoso, do sebo da cara da monjinha?

As palavras "Que você morra sem prole", a maldição, ressoavam em seus ouvidos. "Sem prole...", "sem prole...", "sem prole"! Era isso, tinha que encontrar uma mulher. Espírito de quem não teve filho, sendo homem, ficava sem o arroz dos sacrifícios, passando fome no outro lado, tendo que sair assombrando os outros, se incorporando nos vivos e fazendo coisas ainda mais medonhas...

Não, não, não. Fazer um filho era muito melhor. Tinha ouvido as palavras do sábio, "há três coisas que violam o dever de piedade filial — a mais grave é não ter descendentes", e tinha ouvido a história dos anais arcaicos, "Sem filhos para fazer sacrifícios em seu prol, o fantasma de Ruo'ao passou fome mesmo...". Quequéu sentiu-se triste e vazio como nunca antes, não podia mais ignorar sua condição de celibatário, já que fora determinado: tanto pelas escrituras sagradas como pelos vultos de nossa história.

O único senão, lamentável, é o de que o desejo manifestado por Quequéu de perpetuar o serviço aos espíritos, muito pio, corrompeu-se com desejos impuros pelos prazeres da carne, como alertara um dos reis da Antiguidade, numa exortação célebre à Virtude: "Quando se dá asas a um coração selvagem, é difícil cortá-las".

Com efeito, o tom dos pensamentos de Quequéu tomava um rumo cada vez mais... selvagem: "Preciso juntar-me a uma mulher" virou "Preciso possuir uma mulher", que virou "Preciso emprenhar uma mulher". Rolando na esteira a noite inteira, tirou a conclusão, "Se a monja pode badalar o sino com o abade... por que não posso? Uma reladinha de leve...? Um chameguinho gostoso...?".

Por derradeiro, não se sabe quando, ou se, Quequéu roncou naquela ocasião. Mas foi desde aquela noite que reparou que os dois dedos

Crônica autêntica de Quequéu, um chinês

cheiravam deliciosos ao sebo da monja, lúbrica fragrância, perene na sua pele, que o deixava nas nuvens. E aí queria, "uma fêmea para mim".

Gostaria de intervir neste ponto para enfatizar, em prol de nosso protagonista — pois não é culpa dele! —, que esta sua particular vivência confirma uma preciosa lição de nossos ancestrais... Mulher faz mal ao homem.

Antes de suscitar reparos, imerecidos, lembro que os homens chineses são um gênero à parte, do qual uma generosa maioria está, estaria, estava, predestinada a se tornar Sábios, tal qual Confúcio, e Homens de Valor, à maneira de seu maior discípulo, Yan Hui. Para nosso desespero, como referendam os cronistas da história chinesa, tudo foi por água abaixo, devido, correto, às mulheres. Quer provas? Vamos lá, por que as dinastias mais antigas caíram? São lições que decoramos todos na escola.

A dinastia Shang, por que acabou? Devido à belíssima Da, filha dos Ji, uma libertina de primeira. Gostava de gandaia, fazendo o rei Zhou construir palácios com lagos repletos de aguardente e florestas carregadas de assados.

A dinastia Zhou, por que decaiu? Outra concubina, menos safada do que Da, porém mais perversa do que ela, Bao, do clã Si. O rei You, encantado, queria fazê-la rir a qualquer custo. E Bao teimava em não satisfazer o soberano. Numa determinada altura, You mandou tocar os tambores e acender as fogueiras sobre as montanhas em volta da capital, convocando os nobres feudatários para que acorressem: a capital estava sendo atacada! Nada disso, era uma peça que o rei pregava em seus protetores. Vendo a afobação confusa de tanta gente, Bao achou graça e gargalhou, excitando o seu homem e frustrando todos os outros. A cena repetiu-se até que, um dia, a capital foi atacada mesmo, os tambores soaram, as fogueiras queimaram, e ninguém veio.

E a breve dinastia Qin? São histórias que todos ouvimos, mas que não encontram guarida nos textos. Ninguém se incomoda com isso, é verdade, e assume que deve ter sido por causa de outra mulher, especulação que não necessariamente estará longe da marca... A propósito, Dong Zhuo, um dos caudilhos que poderiam ter mantido a moribunda dinastia Han inteira, não morreu por obra de Diao Chan, que ajudou um de seus outros... maridos... a emboscá-lo?

Minhas pesquisas servem de testemunha, Quequéu era um homem direito, até este ponto da história. Apesar de que ninguém saiba qual foi o mestre abençoado sob quem ele aprendeu a viver em sociedade, antes

do episódio que estamos narrando, seguira à risca, rigoroso, o mandamento que diz "O homem evita a mulher e a mulher evita o homem".[93] Também assumira a irrepreensível atitude de discriminar todos os desviantes, elementos heterodoxos da sociedade, tais como a monjinha e o Diabo de Araque.

Qual o pensamento de nosso personagem sobre as mulheres? Eram três princípios. Para começo de conversa, toda monja era do pau oco. Só servia para badalar o sino com o abade ou, no mínimo, lustrar o cajado dele. Em segundo lugar, mulher tinha que ficar em casa. Se dava uma escapada, era para procurar um pé de lã. Terceiro, qualquer conversa entre homem e mulher, por poucas que fossem as palavras, tinha um cariz de flerte. Portanto, nosso paladino punia-os, por prevenção, com "a Fúria", ou, em casos mais graves, dava o alarme, repetido, de "Cachorrada! Cachorrada! Cachorrada!", o dedo em riste. E havia as situações extremas, que exigiam diligências extremas: policial dos costumes, fazia ronda para descobrir impudicícias alheias que, de um lugar oculto, castigava com uma chuva de pedras.

Nesse contexto, é de se espantar que, aproximando-se a idade em que "se deve estabelecer" — dissera Confúcio, sobre os trinta anos para os homens — com uma família, um emprego... Quequéu abestalhava-se por conta de uma monjinha. Isso estava errado.

Ora, a China é a pátria dos Ritos.[94] Eles instituem que a ética deve ser doutrinada a cada um, conforme o seu estatuto social e situação familiar, pelo que se percebe a incongruência do estado mental voltívolo de Quequéu. Ele sabia que tinha que procurar alguém núbil, mas como queria aquela monja, que não podia ser querida: era uma mulher que não era mulher. Que detestáveis são as mulheres. Não fosse aquele resquício

---

[93] No *Registro dos Ritos*, por exemplo, afirma-se que, num palácio, "os homens devem dormir nos aposentos externos, as mulheres, nos internos"; no *Livro de Mêncio*, que "homens e mulheres não podem dar e receber objetos uns aos outros com as próprias mãos".

[94] Os Ritos [礼] representam o conjunto de regras de etiqueta que disciplinava as relações sociais como um todo. Por meio das citações clássicas, Lu Xun pretende destacar a incoerência entre os valores ideais plasmados pela elite e aqueles da base da sociedade. Quequéu serve de ilustração com sua incoerente mistura de conservadorismo e libertinagem.

de olor feminino nos dedos, ele não teria caído no feitiço. Que as monjas ocultem o rosto com um véu!

Pensando bem, a raiz do problema talvez não sejam as coisas da China, mas as abomináveis heresias, especialmente as importadas do estrangeiro, como o Budismo, por exemplo. Cinco, seis anos atrás, durante um feriado importante na Vila, Quequéu estava se divertindo na ópera, a plateia lotada por visitantes das redondezas, ninguém conhecia ninguém, o adiantado da hora prometendo anonimato. Ele então encontra duas coxas mais do que aliciantes, que convidam suas mãos para uma generosa apalpada. Não fossem as calças da mulher, um figurino confuciano, ele teria ido às nuvens. A indumentária chinesa protegia do mal. Repito, culpa da monja, e de seu Buda.

"Como quero um par de coxas", salivava. Tendo confirmado que "toda monja é sonsa", saiu pela Vila com o intento de pôr à prova os outros dois princípios sobre o comportamento feminino.

Vejamos, "Toda mulher que sai de casa está à procura": era só ver alguém do sexo feminino, que se aproximava na expectativa de que fosse dar azo a algo mais. Ele sorria para uma moça, para outra e mais outra, só que nenhuma notava, quanto mais sorrir de volta. Porventura não deveria ser mais incisivo?

"Toda conversa é ensaio de flerte": pôs-se a puxar conversa com qualquer uma que aparecesse na sua frente. Respondiam todas, por cordialidade, enquanto algumas se demoravam mais. No entanto, por mais que se delongassem, o assunto nunca chegava aonde Quequéu desejava. Decepcionado, desistiu daquelas sorrelfas, deixando-as para trás, "Ai, esse lado fingido das mulheres é uma desgraça...".

Ainda assim, numa noite perdida, a grande chance. Os Zhao precisavam de alguém para pilar o arroz e Quequéu precisava de um bico para pagar o fiado. Depois de trabalhar um dia e uma tarde inteiros, jantara duas cumbucas cheias. Estava agora sentado na cozinha, as costas descansadas na alvenaria do fogão, um dos pés parado sobre o tamborete, a mão segurando, meio esquecida, o cachimbinho de cobre desbotado, fumando o fumo adocicado pelo estrume de jumento que o adubou.

Foi quase que um acidente, pois, se fosse numa outra mansão, ele já teria voltado para o Templo da Terra e dos Grãos. É verdade que os Zhao jantavam cedo, em parte porque não queriam ninguém acendendo as lamparinas, o óleo estava cada vez mais caro, mandando todos se recolherem logo após a comida.

Crônica autêntica de Quequéu, um chinês

Todavia, toleravam algumas exceções à poupança, por exemplo, o futuro "Talento Florescente" podia acender a sua lamparina, mas apenas sob o propósito de continuar a se preparar para os exames. Um outro exemplo, mais relevante para a nossa história, é o de que, ao pilar arroz depois de escurecer, permitiam a Quequéu não apagar a luz, mas só enquanto pilasse o arroz. Muito esperto o nosso personagem, que aproveitava para dar umas cachimbadas a mais, antes de pegar no pesado.

Feitos estes esclarecimentos, acrescentamos que havia uma outra personagem em cena. Em frente a Quequéu, num outro tamborete, sentada, relaxada, estava a única serva a que os Zhao, em sua avareza, se permitiam; ela tinha lavado as cumbucas e tigelas e matava o tempo conversando com ele: era a Mãezinha do clã Wu que, viúva precoce, ainda preservava um semblante da frescura e graciosidade, que tivera poucas.

Fofocava serelepe, "Você sabia que a patroa perdeu o apetite faz dias?", cochichando, "É que o Grande Patriarca quer comprar mais uma concubina jovenzinha... ele precisa de mais uma...". Soprando o cheiro doce de adubo no ar, ele ouvia, os olhos perdidos no peito dela, "Coisa boa, a Mãezinha... Esta viúva ainda dá para o gasto...".

Na sua inocência, Mãezinha tocava de forma inconsequente nos assuntos que davam asas a um coração selvagem, "E também tem a Esposa do Jovem Senhor... Acabou de engravidar, a criança deve nascer pelo Oitavo Mês". Quequéu fitava as pernas negligentes da interlocutora, "Preciso de um pouco disso...".

Ele colocou o cachimbo de lado e começou a procurar os olhos da Mãezinha, tolinha como só ela, "Você sabe que a Esposa do Jovem Senhor é aquele tipo de mulher que...".

Sem ouvir mais nada, Quequéu se levanta. Ela taramelava entretida pela própria voz, quando ele dá o bote, ajoelhando-se entre as pernas dela, as mãos segurando os joelhos da mulher, a proposta sôfrega, "Por piedade, Mãezinha, vamos ali comigo balançar o bambuzal".

Com estarrecimento no olhar, a mulher cerra a boca de pronto. Ambos sentem o tempo parar.

"Ahhhhhhhhh, me guarde a *bodisatva*!", tremendo da cabeça aos pés, empurra Quequéu e desembesta para fora da cozinha e se esgoela pelo resto da mansão, ensandecida. Sem saber o que fazer, o nosso protagonista permanece como estava, ouvindo o alarma, que se molha de choro, de sua putativa amada.

Genuflexo, fora de si, sem reação, os olhos postos sobre a parede,

uma vez que Mãezinha não mais estava à sua frente, ele precisa de um tempo para se restabelecer, puxando o tamborete dela para se apoiar, erguendo-se com um estalido das costas, um gosto de podre na boca, um poço de piche na mente — "Desgraça!". Desta vez, tinha realmente perdido as estribeiras, recuperando o cachimbinho e esfregando-o antes de enfiá-lo na cinta, "Que m..., Quequéu, vá trabalhar".

Zum! Paf!, zoar de oiças e vista distorcida. Os tampos latejavam com uma depressão no meio da cabeça, causada por algo cilíndrico, grosso, pesado. Por tontura ou ato reflexo, nosso personagem se volta expedito, entendendo que o Talento Florescente segurava um bambu comprido com as duas mãos, já carregando o segundo golpe, "Você endoideceu, seu patife?!".

O golpe é desferido, com a ponta do porrete descrevendo um semicírculo perfeito no ar, aterrissando, outra vez, no meio do topo da cabeça de Quequéu. Bem precavido desta vez, ele apara o golpe com os punhos, que dão um rangido ósseo, a paulada tinha caído sobre as articulações dos dedos. Uivando das dores, no quengo e nas mãos, ele corre numa rota de fuga aleatória, sofrendo uma terceira ripada, de revestrés, nas costelas. Ficando para trás, o homem culto do clã dos Zhao lança-lhe o impropério mais erudito da nossa língua, "Sua cria de marafaia... camacha e caraolha!".

Escuridão plena. Quequéu chegou na praça do pilão, certificou-se de que estava só, esfregando os dedos doridos, "Sua cria de..." ribombando nos ouvidos. Aquelas palavras, tão instruídas, eram dessuetas para os capiaus da Vila do Nunca... eram privilégio privativo de quem passou pelas repartições imperiais, gente de posses e cultura. Por isso, soavam-lhe demasiado intimidatórias, deixando uma impressão indelével em seu ser.

Toda desgraça traz uma bênção, não é mesmo? Naquele caso, a bênção foi que Quequéu voltou aos seus melhores sentidos. O calor no meio das pernas havia passado. O xingamento rebuscado do Jovem Senhor surtira o mesmo efeito das palavras mágicas dos daoistas, mandando embora, um a um, os seus tormentos espirituais — não havia mais nada obsedando-o. Então pegou a ferramenta, simplesmente, e começou a pilar. A mão do pilão soltava sons secos que ganhavam ritmo; o arroz dançava na concavidade, soltando a casca; soado o pilão, Quequéu tirou a camisa suada. Continuou por um estirado pedaço.

Parado para descansar, notou uma balbúrdia crescente na área ad-

jacente à mansão. Mais do que qualquer outro chinês, Quequéu adorava confusão, sobretudo quando virava arranca-rabo. Cedendo à tentação, o desavisado saiu em direção ao vozerio, o coração palpitando tanto mais forte quanto mais ele se aproximava do pátio do Grande Patriarca Zhao, com uma premonição de desgraça iminente.

Quando o sol se esconde, as pessoas de bem ficam em casa. Nada obstante, a gravidade do ocorrido foi tal que uma pequena multidão estava reunida junto aos degraus da requintada morada do maior dos homens daquela pequena vila. Até a Grande Esposa interrompeu sua greve de fome para se inteirar dos fatos. Membros do clã Zhao, habitantes dos pátios vizinhos, como Olho-Branco e Canto de Galo, estavam lá. E, não nos olvidemos, a Esposa de Sétimo, do clã dos Zou, que adorava um mexerico, tinha vindo da mansão em frente, feliz da vida.

A Mãezinha Wu tinha se trancado nos seus aposentos. Tinha chorado barulhenta por um tempo, quando ninguém estava fora; com as pessoas se aglomerando, passou a choramingar; agora que toda a vizinhança estava ali representada, calou-se. Honra de viúva exigia tamanha cena — pois os ensinamentos dos Sábios não raro exortavam a que dúvidas sobre a própria castidade fossem provadas com a própria morte.

No momento em que Quequéu começou a espiar, a Jovem Esposa do Talento Florescente, muito afável, fazia de tudo para que Mãezinha saísse, "Venha aqui, só um pouquinho para eu ver você... não fique se torturando trancada no quarto". Metendo-se a besta, o arroz de festa dos Zou se colocou juntinha da outra, traindo sua maledicência, "Ninguém duvida de sua honra, Mãezinha... Se você não vê mais esperança adiante, não se entregue, não faça algo precipitado, que é ainda pior...". Isto é, a Esposa de Sétimo não só duvidava, mas queria um suicídio na casa alheia, fofoca para as eras vindouras. Como uma maré súbita, um choro caudaloso ressurgiu de dentro do quartinho, a viúva esganiçando-se com palavras ininteligíveis.

"Essa mulher é uma artista", admirava-se Quequéu de seu esconderijo, "uma senhora choldraboldra, ela arrumou". Não se sabe por que cargas d'água, cedendo à própria curiosidade, suas pernas o levaram para pertinho de onde estava Canto de Galo; falaria consigo? Colocando-se lá, atraiu a atenção do Grande Patriarca que, pelo avançado da hora, tinha o longo cabelo desarranjado, o longo manto de dormir sobre os ombros, e um longo cacete de carvalho nas mãos, ensaiando uma curta corrida, cheia de ímpeto e de sede de sangue.

Confrontado com o cacete, a cabeça e as mãos de Quequéu doeram com a lembrança da lição que já tinha levado do Jovem Senhor — será que ainda guardavam mágoas de mim? Jurava para si próprio, de pés juntos, que aquela comoção só tinha a ver com a Mãezinha. De qualquer maneira, confrontado com o perigo que vinha logo à frente, ele se vira para ir embora pilar arroz. *Zum!*, um golpe seco cai, exato, onde nosso protagonista iria estar no próximo passo. Em desespero, Quequéu busca a saída mais próxima e toma o caminho do Templo da Terra e dos Grãos, safando-se das pancadas seguintes — o Grande Patriarca já tinha envelhecido além de seus melhores anos.

Passado o susto, lá estava ele, sentado no chão, com as pernas estiradas, sujo de barro. Já sossego do lado de fora, dentro inquietação ainda. Um arrepio, o braço em pele de galinha. Normal, pois era primavera, quando a noite se cobria com os restos da friagem deixados pela estação que se fora. "Mas onde está minha camisa?", pensa, olhando o peito nu. A camisa ficara pendurada num cavalete próximo ao pilão, na mansão dos Zhao, terra do perigo. Se fosse buscar, temia o bambu do Talento Florescente, duro no lombo. Ele titubeava, mas o tempo e o frio não.

Som de palmas, pouco alvissareiras. Entra o chefe de polícia do distrito. Muito cordial, "P... m..., Quequéu!!", agitando os punhos no ar. "Que deu nessa sua cabeça oca? Xumbregar com a serva dos Zhao! Dos Zhao! Você quer rebelar a Vila, p...!" Ele botava os bofes pela boca, parecia exaurido, "Chega um menino de recados, cheio de bossa, pois trazia palavras dos Zhao. Faz um barulho que me derruba da cama. Agora não tenho como puxar meu ronco. Tudo culpa sua, seu destrambelhado!".

As reprimendas acumulavam-se, sufocando os ouvidos de Quequéu. Que tinha a dizer? Sabia que, no fim das contas, tinha que dar mais uma peita, um presentinho, para que o chefe pudesse gozar dos prazeres da vida. Ademais, era noite, fora de horas, duzentas moedas virariam quatrocentas moedas. E ele estava liso. Alguém daria algo por aquele seu bonezinho de feltro? Penhorá-lo, de repente?

O garantidor da segurança pública deu um muxoxo e virou os olhos; quem daria dinheiro por aquele farrapo fedido? "Olhe, Quequéu, vou facilitar a sua vida. Você tem que assumir cinco compromissos." O interlocutor, atento e dócil, prepara os dedos para contar, "Quais, chefe?".

"Um, amanhã de manhã, está me ouvindo?" "Estou." "Amanhã de manhã, quero que você prepare uma vela encarnada, grande, pesando um *jin*, e um molho de incenso, de boa qualidade, e entregue na mansão dos Zhao, para se remir da ofensa." "Vou, sim."

"E o segundo?" "O segundo, Mãezinha Wu não se matou, mas a sua libidinagem deve ter atraído uma alma penada que se enforcou em vidas passadas e que, agora, talvez esteja infestando a morada da Mãezinha. Você tem que assumir os honorários do monge daoista que virá realizar o exorcismo. Entendido?" "Entendido", o indicador agora cobria dois dedos da outra mão.

"O terceiro, preste atenção. Nunca mais passe pelo limiar da mansão dos Zhao. Ou é ganga." Quequéu olha para o chão.

"Quarto. Fique longe da Mãezinha dos Wu. Qualquer coisa imprevista que acontecer a ela... eu virei acertar com você." Como o nosso personagem se arrependia do deslize, "E o último, chefe?", o dedo agora descansava sobre a palma aberta da outra mão.

"O último. A paga de ontem, esqueça." "Certo." "E a camisa também." Quequéu meneou a cabeça, "minha camisa!", estupefato. Não se entreolharam. Sem mais, o policial foi embora, também abanando a cabeça.

Dadas as circunstâncias, é óbvio que o nosso protagonista anuíra a todas as obrigações. O problema, todavia, é que não tinha onde cair morto. Tudo o que possuía estava naquele canto escuro de casa emprestada. Avistou uma colcha de algodão, mal dobrada, cobrindo uma jarra de cerâmica. "Primavera; não preciso dela", um pouco desolado, "o penhorista deve me dar uns dois mil cobres, deve bastar para cumprir os cinco compromissos."

Assim fez. Vela, incenso, dinheiro para o exorcismo. Chegou à mansão dos Zhao, alguém saiu para receber as coisas e presenciar Quequéu fazendo o *cautau*[95] para prestar as desculpas formais, prostrando-se sobre os joelhos e batendo a cabeça levemente no chão, uma, duas e três vezes.

Nu da cintura para cima, Quequéu tinha que se habituar à indignidade de não ter com o que se cobrir. A vergonha durou até notar moedas

---

[95] *Cautau* [扣头] era a prostração cerimonial devida por pessoas comuns a seus superiores sociais e pelos filhos aos seus genitores. Devia-se primeiro ficar de joelhos e, depois, bater ligeiramente com a testa sobre o chão três vezes, com os braços apoiando o tronco durante as flexões.

sobrando na algibeira. Feliz, não precisava vender o bonezinho de feltro que escondia os furúnculos na cabeça. Abriu um sorriso e decidiu gastar o dinheiro numas lambadas de aguardente.

A alegria de Quequéu justificava-se. Expiara-se da transgressão. Entretanto, os Zhao decidiram não acender a vela, não queimar o incenso. Ora, a Grande Esposa era devota do Buda, que deixem, a vela e o incenso, para quando ela for cultuá-lo, com as prostrações de praxe. A camisa suada de Quequéu, aqueles molambos pestilentos, que sejam lavados meticulosamente; metade iria para as fraldas do bebê da Esposa do Jovem Senhor; e, não se esquecendo da Mãezinha Wu, a outra metade seria usada como solas para seus novos sapatos de pano. O dinheiro do exorcismo? Bem...

Capítulo quinto:
A luta pela sobrevivência

Cansado, o sol se recolhia em direção ao seu abrigo, por trás das costas dos montes que guardavam a Vila do Nunca, e Quequéu, tendo concluído o ritual expiatório do que fizera à Mãezinha, o imitava, não querendo mais do que sua esteira no Templo da Terra e dos Grãos. Desorientado pela fome, sentia que algo não estava como costumava ser. O vento, que antes refrescava a pele, agora pouco a pouco cortava, cruel e fundo, fazendo nosso protagonista sentir a natureza contaminada pela estranheza entre homem e homem.

Perplexo, aprofundava-se naqueles mistérios, quando se lembrou de que tinha perdido a sua camisa e agora andava com o torso nu. Que sorte que ainda tinha uma jaqueta forrada, que esperava paciente o retorno do frio, pendurada no prego atrás de uma coluna. Chegou depressa, deitando-se logo sobre a esteira, e se cobriu com a jaqueta. Estava exausto, o sono não vinha, ele só podia acompanhar, com os olhos, o brilho do sol estreitando-se na parede a oeste, até sobrar só uma tirinha escarlate, no topo. Uma amargura profunda, mas vaga, oprimia um canto de seu peito. Ele se sentou sobre a esteira e, apoiando-se na parede, encontrou as palavras para aquele turbilhão de coisas, "P... m..., Quequéu!".

A insônia venceu, expulsando o nosso personagem de seu recanto, fazendo-o vagar pelos becos e ruelas, a pele cortada, cruel e fundo, pelo vento, pele grossa daquele torso que pegava no pesado. Sim, o vento era como a estranheza das relações entre homem e homem. Ou entre homem e mulher.

Quequéu sabia que, a partir daquele dia, as mulheres, todas as mulheres da Vila do Nunca, começariam a se intimidar na sua presença. Bastava verem a sua figura aparecendo, que fugiam para dentro de casa. Quequéu, o lascivo. Depois do ocorrido, até aquela fofoqueira da Esposa de Sétimo do clã dos Zou, uma muxiba com quase cinquenta anos, faria mais um drama para atrair a atenção de quem quer que fosse, preferindo se enfiar pelas frestas do portão de um desconhecido a dar de cara com ele, sozinha, na rua. Ah, e a Esposa de Sétimo também gritaria para que a filha mais jovem, uma menininha de onze, corresse para o abrigo mais perto. Quequéu, o depravado.

Caminhando a esmo, "era a estranheza das relações entre homens e mulheres", pensava, com a autoridade de quem tinha experiência no assunto. Parou de pé próximo de um pé de para-sol. "Parece que todas viraram virgens, fingindo-se moças de família... Do pau oco!", e, mordendo a língua de raiva, gritou, "... com toda a putaria que acontece nesta Vila...!".

Nada obstante, a intuição que Quequéu tivera sobre a estranheza do mundo estava mais do que correta, sua confirmação, entretanto, teria que esperar vários e vários dias, perdidos no futuro. Não consegui averiguar com exatidão a data de quando aconteceu, apenas a ordem em que se sucederam os fatos:

Primeiro foi o patrão do boteco favorito de Quequéu que, em suas palavras, "com cara de quem tinha chupado limão, fez não com o dedo quando pedi para pendurar as lapadas de aguardente que eu tinha tomado".

A seguir, o que aconteceu aos poucos, se é que aconteceu, foi a ordem de despejo. O zelador do Templo da Terra e dos Grãos, um velhote de pele vermelha queimada brilhosa, olhos fundos e sobrancelhas ralas, tinha coração mole. Apurei que Quequéu certa feita reclamou, "Aquele lá, de um dia para o outro, ficou cheio de chove não molha, dando a entender que eu não podia mais estirar minha esteira por lá".

Terceiro, e mais grave de tudo, não se sabe exatamente quanto tempo precisou, mas, de repente, ninguém mais procurava o nosso protagonista para um biscate, por mais insignificante que fosse.

Quando chegou a este ponto, Quequéu amofinou-se. Pensou, "se o boteco não aceita fiado, dou um jeito; se o velho enche o saco com seu

lero-lero interminável, faço-me de doido e vou ficando. Mas perder os bicos, isso não dá". Um longo ronco ressoou de seu ventre, que doeu, cheio de nada. O que fazer? Como sair daquele apuro? Não sabia. Sem sombra de dúvida, eram as proverbiais palavras, "P... m..., Quequéu; e bote p... m... nisto!".

Ele quis, tentou, deixar a barriga para lá; que roncasse o quanto quisesse. Logo viu, porém, que jejum não era coisa para ele e, olvidando-se de sua dignidade pessoal, partiu para as moradas de seus velhos empregadores, tentando confirmar se não estavam necessitando de uma ajudinha, qualquer que fosse.

Embora os Zhao fossem os únicos onde não lhe era permitido sequer entrar pelo portão, a situação mudara mesmo. Qualquer que fosse o lugar, atendia-o o servo mais robusto, com cara de pouquíssimos amigos: "Que é?!", os olhos em brasa, a conversa pouca. Quequéu sentia-se um mendigo — que não era, fazia questão de se recordar, apesar de que recebesse o tratamento apropriado a um — explicando o motivo da visita. "Não tem, não tem. Caia fora!", a mão espanada, gesto característico.

"Esta Vila está saindo dos eixos", repetia, a intervalos, no caminho de volta para não sabia mais onde. "Antes precisavam mais de ajuda do que conseguiam encontrar e, de súbito, interrompem todo o trabalho de casa?" Depois de ter acreditado no que disseram tantos olhos em brasa, começava a entender que estava sendo engambelado.

Como ainda havia quem se dispusesse a falar com ele, encontrou uma boa fonte, confiável, que lhe descreveu o que estava se passando. Os privilégios de nosso personagem junto às grandes famílias locais tinham sido transmitidos para Donzinho, que ficara com todos os bicos da Vila.

Quequéu sabia que Donzinho era um moleque, preguiçoso, com físico de tísico, que não tinha onde cair morto. Como é que podia, alguém mais desprezível do que Wang das Costeletas roubar o seu ganha-arroz?

O Qi, a energia vital do Céu e da Terra, que todos respiramos, intumesceu dentro dos pulmões de Quequéu, fervendo a ponto de deitar vapor pelas narinas do homem. Quem o conhecia, disse que nunca o vira assim. De qualquer maneira, partiu batendo os pés no chão e bufando furioso, quando se imaginou o herói da ópera *O Duelo do Dragão e do Tigre*, interpretando o fundador da grande dinastia Song. Foi-se cadenciando o verso com sua voz desafinada, "A-go-o-ra vou dei-taaar minha chibata de fe-eee-rro no seu lommm-bo!", pensando no castigo que merecia Donzinho.

O combate viria a ocorrer por acaso, numa data aleatória, quando Quequéu avistou Donzinho, que estava passando diante da parede-biombo[96] da mansão dos Qian.

"Quando dois inimigos jurados se encontram, seus olhos soltam faíscas" — Quequéu, nem de perto, nem de longe, lançou o desafio, exibindo seus dotes poéticos. Donzinho não se fez de rogado, parando numa pose marcial. Gente começou a se juntar.

Quem via as duas figuras, percebia que estavam prontos para trocar insultos. Olhando de soslaio, o ódio mortal estampado no rosto, Quequéu rosnou, "Seu vira-lata... roubando o biscate dos outros?", a saliva espumosa voando do canto da boca. O outro reagiu com uma cara sonsa, "Vira-lata? Nem isso! Sou um verme... Olha a minha lombrigona aqui!", apalpando a virilha. Já havia uma pequena multidão e uma grande expectativa reunidas.

Desentendendo aquela resposta, que lhe pareceu muito subserviente, Quequéu convenceu-se de que era cheiro de medo que sentia. Por isso, permitiu-se enfurecer mais do que estava, redobrando sua agressividade. Lamentava apenas não ter uma chibata de ferro nas mãos, mas com um inimigo cônscio da sua derrota antes do primeiro golpe, não precisava de uma.

Correu para abalroar Donzinho, estendendo uma das garras para agarrar o rabicho do baixote. Para surpresa geral, o nanico usou a esquerda, guardando o sopé da cauda e, com a direita, fez um movimento rápido para puxar a trança rala de seu adversário, que balançava desprevenida. Escolado pelas numerosas muxingas que tomara, Quequéu segurou a base da sua rabada com a mão vazia. Empate.

O nosso protagonista buscou em sua memória lembranças de Donzinho. Não devia ser o inimigo formidável que prometia se tornar agora. Seria este estirado período de inanição, que o privara da virilidade de antanho, igualando-o àquele tíbio taquariço, a quem não conseguia sobrepujar? Um inimigo formidável, igual em força e ferocidade, comentava para si próprio.

E que cena era. Dois colossos simetricamente atracados, duas mãos

---

[96] A parede-biombo [照壁] é um elemento arquitetônico chinês, comumente encontrado em grandes construções. Ele normalmente é erigido atrás de portões, com o objetivo de cobrir a visão dos passantes, impedindo-os de observar o interior das casas.

puxando as tranças, duas mãos segurando as tranças; as cinturas dobradas pelo esforço, as silhuetas destacadas contra a parede-biombo. Os Qian tinham-na dado uma demão de cal há não muito, donde aqueles corpos adquirirem maior nitidez, como um arco cor de carne amarelada no meio, terminando no cinza-azulado das calças de cânhamo.

Mediram as forças por um longo pedaço, quase imóveis, o suor vertendo sobre a terra lamacenta. Alguns na plateia repleta intervieram, "Chega, chega! Separem os dois!" — não se sabe se era para estragar o prazer da multidão... ou para incitá-la. De qualquer maneira, ainda mais gente reagiu, "Vamos lá! Enfie a mão! Já!", do que se infere não quererem o fim da contenda, mas a sua continuidade e, quiçá, mais emoção do que oferecia.

Por mais que possivelmente apreciassem a atenção, nenhum dos dois se encorajou. Engalfinhados, Quequéu avançou três passos, três passos recuou Donzinho; três passos avançou Donzinho, Quequéu recuou três passos, engalfinhados. Estacaram-se, entreolharam-se. Mais um pedaço, ninguém sabe quanto — pois o relógio, coisa dos bárbaros de além-mar, ainda não havia chegado à Vila do Nunca —, os dois continuavam a ofegar, vapor emanando das suas cabeças. Por derradeiro, os punhos saíram da posição de guarda, os corpos relaxaram a postura de combate, sempre em perfeito compasso.

Tomou cada um o rumo oposto, abrindo caminho através da multidão que ocupava a praceta dos Qian. Quando estavam a uma distância segura, Quequéu voltou-se para advertir seu adversário: "Filho de uma biraia, você tome cuidado!". "Cuidado tome você, filho de uma catraia", respondeu Donzinho.

Aquela medição de forças notabilizou-se como "O Duelo do Dragão e do Tigre da Vila do Nunca". Apesar do epíteto, não se sabe quem foi o vencedor, se houve, nem há certeza sobre quanto prazer do ocorrido retirou o público. Para ser franco, sequer consegui recolher maiores comentários sobre a sua relevância para o folclore local. Os fatos, todavia, confirmam que Quequéu continuou sem encontrar biscates.

Os dias eram mornos e o vento, fraco, era agradável, espalhando o espírito do verão, que chegara na ponta dos pés. Quequéu, contudo, diferia, em que seguia tiranizado pelo frio. "Frio", dizia para si, "dá para aguentar; a primeira necessidade, indispensável, é encher o bucho."

Nesse sentido, o chapeuzinho de feltro teve o mesmo destino da colcha de algodão e da camisa de cânhamo. Depois deles penhorou, sem es-

鴻禧

在鐘家牆廬上映出一個藍色的虹形,至於半點鐘之久。

peranças de recuperar, a sua jaqueta de algodão. As calças eram uma questão de honra, não podia andar sem elas. O seu cobertor improvisado e abrigo das intempéries hibernais, os farrapos que chamava de jaqueta forrada, aquilo ninguém queria, talvez só de graça, para fazer solados de sapato; por dinheiro, não, de jeito nenhum.

Dinheiro, dinheiro, cadê o dinheiro? Sem coisa para fazer, tivera a ideia de procurar dinheiro perdido. Com o aperto aumentando, começou a caçar onde quer que fosse, pelas ruas, pelas margens dos canais, sem sucesso. Até naquela ruína de prédio em que se recolhia para dormir, implicou que encontraria uns cobres para aliviar a penúria, cascavilhando pelos cantos e recantos, remexendo pelos buracos e fendas do Templo da Terra e dos Grãos, mas nada, nada, nada! Só mais fome de arroz e sede da amarelinha. Basta. Deu na cabeça que precisava sair por aí para buscar sustento.

E saiu por aí, muito embora sua visão de buscar sustento não incluísse os botecos em que tinha tomado cachaça, nem aquelas bancas em que tinha comprado pães cozidos no bafo. Nada de conhecidos. Passava por eles, com efeito, mas sem parar para olhar. Repetia para si que não queria nada daquilo, que não era o que buscava para si próprio. O quê, então? Até que pensava, mas não tinha descoberto. Insinuava-se o desejo de um novo estilo de vida.

A Vila não é um interior dos grandes, de maneira que Quequéu, excluindo os estabelecimentos de conhecidos, ruela após ruela, canal após canal, chegou rápido onde Nunca terminava.

Com os montes convergindo no horizonte, uma larga planície abria-se como um leque, quase que sem vegetação mais alta do que seu cenho, tomada por campos irrigados de arroz. Uma visão bela de verde fresco, as mudas do cereal recém-transferidas para os canteiros, com uns pontos escuros movendo-se entre as fileiras rigorosamente dispostas, os plantadores, famílias de camponeses. Por mais pitoresco que fosse, Quequéu vira demais aquilo para se deter, na convicção de que o sustento pretendido não poderia estar ali, de jeito nenhum.

Vagou e vagou, até finalmente chegar ao muro exterior do Convento do Cultivo da Tranquilidade, que parecia uma fortaleza surgindo repentina de todos aqueles campos de arroz, seus muros caiados dando mais graça ao verdor das plantas jovens. As monjas cultivavam seu arroz fora dos muros, usando os terrenos compreendidos pelos muros baixos de terra socada para cultivar legumes. Comida.

Algo dentro de Quequéu o levou a parar uns momentos e se certificar de que, nas quatro direções, não havia ninguém o espiando. Um ronco esticado de sua barriga incitou-o à ação.

Antes de escolher onde pular o muro, apurou os ouvidos. O convento parecia vazio, ainda que um arfar pesado, vindo da frente do prédio, lhe desse calafrios. Procurou um lado mais escondido, aproximando-se de onde o muro era mais baixo e convenientemente adornado por trepadeiras de cabeça preta. Agarrando os cipós que cresciam firmes de dentro da taipa, Quequéu tentou escalar o muro, agarrando o cimo com a mão livre. Porém, seus pés enlameados não ganharam tração, fazendo cair parte do reboco onde queriam dar impulso. A salvação veio de um pé de amoreira, do qual um galho cruzava o muro para fora do convento. Trepou nele e deu uma cabriola muro adentro.

Era um paraíso o que via: tudo bem organizado, as hortas impecáveis... Entretanto, nem sombra de amarelinha, nem de pão cozido no bafo, nem de nada que pudesse ser consumido ali na hora. Procurou. A parede oeste era ocupada por um bosquedo de bambuzal, com muitos brotos pelo chão. Não tinha como colhê-los e cozê-los. A combinação de boas e más notícias, culminando num mal resultado, estava por todas as partes: a colza já tinha dado sementes; as folhas de mostarda já tinham florescido; as couves-china já tinham passado do ponto.

"Eis o que devem sentir os estudantes profissionais quando vão ver o resultado dos exames de acesso à carreira burocrática e descobrem que não passaram", pensava. "Injustiça sem tamanho." Esfregando as pernas arranhadas, tomou o caminho do portão do templo, quando, conformando-se com seu desconsolo, um quase milagre: havia um canteiro repleto de nabos, quase incomestíveis. Jogou-se ali de joelhos, para colher o que podia.

O portão estalou e rangeu indolente. A cabeça redonda de uma mulher baixinha fez finta de entrar no convento, mas voltou a sair. O nosso personagem espiou de banda, ficando com a impressão segura de que era ela, a monjinha do sebo sedoso.

De orelhas em pé, Quequéu sentia um profundo desprezo por gente da laia dela: poderia temer o quê? Ainda assim, sendo o mundo como é, do alto de sua experiência de vida, reconheceu que é melhor como ensina o provérbio, "dar um passo atrás e repensar as coisas", por precaução, para evitar uma desdita. Chegou à conclusão de que, estando dentro do convento, de repente seria melhor pegar quatro dos nabos mais crescidos,

Crônica autêntica de Quequéu, um chinês

arrancar as folhas e escondê-los na jaqueta forrada. Estava fazendo uma visita, tão somente. Acima de qualquer suspeita, não?

Pensou rápido o bastante, mas suas ações perderam o melhor tempo. A monjinha tinha ido chamar a sua superiora, uma velhota roliça das orelhas de abano, que entrou exaltada, apanhando em flagrante o sumiço do terceiro nabo.

"Pelo Buda Amitabha, Quequéu...!" — sabia o seu nome. "Como é que você vai me entrar escondido, num convento, para roubar nabos...?!", pondo ambas as mãos sobre a cabeça. Entre a incredulidade e o estarrecimento, "Ai, ai, pelas sandálias de Shakyamuni... que pecado o seu... ai, meu Buda". Ela não sabia o que fazer.

Ainda com um nabo nas mãos nuas, o rosto dele pintou-se de vergonha, "E quando é que eu entrei neste convento? E quem disse que eu vim roubar nabos?". Chocada com o cinismo do visitante indesejável, "Hoje, agora, não...? E isso aí...?", a abadessa apontava para a jaqueta inchada de nabos.

Levantando-se depressa e começando a andar, Quequéu reagiu, "E agora os nabos são seus? Chame-os aí, para ver se eles respondem!", picando o passo em direção ao lugar por onde invadira o precinto. De fato, os nabos não responderam, mas aquele arfar pesado da frente do templo, inopinadamente, veio ver o que estava acontecendo ali: era um mastim, grande como um bezerro e preto como um demônio.

Como é que tinha aparecido ali? À maneira de todo cão sádico, o mastim não latia antes de atacar. Após um grunhido surdo, disparou no encalço do invasor. Quando Quequéu agarrou o galho da amoreira, sua perna já estava entre as presas da fera, "Solte, condenado!". Porventura sob intervenção divina, um nabo caiu da jaqueta e rolou para longe, distraindo o bicho, que foi averiguar o que era. Em sua lógica, era melhor morder dois do que um só.

Antes de que o mastim descobrisse que era só um vegetal, Quequéu trepara na amoreira de um pulo, tamanho o temor que lhe causara o cão. A perna doída atrapalhou a passagem do muro, fazendo-o cair, junto com os nabos, do outro lado. Nesse momento o cachorro começou a latir, e a monja, a fazer suas preces.

Indiferente ao próprio sofrimento, nosso protagonista recolheu os nabos e saiu manquejando apressado como nunca, pedindo ao Céu que a velhota careca não soltasse o mastim. Pelo sim, pelo não, catou umas pedras de bom tamanho pelo caminho que o levava para não sabia onde.

Nada do monstro preto, podia relaxar. Esfregou um nabo nas calças, dando uma gostosa mordida com o lado onde estavam os dentes bons. Era só avistar um bicho pelo caminho, que treinava a pontaria com uma das pedras. Nem a perna doía mais, assim, tanto...

Caminhava, comia, pensava, "Não tem nada mais para mim aqui". Com o bucho cheio de três nabos, pensava com mais clareza, "É melhor ir tentar a sorte na capital do distrito".

Capítulo sexto:
Vanglória e perdição

O verão veio e o calor se foi, trazendo uma nova estação. Estávamos em pleno Feriado do Meio Outono — e nada de Quequéu na Vila do Nunca. Ninguém o vira até então, ninguém sabia onde tinha estado. Quando voltou, pouco após a festança, causou uma certa surpresa, "Sabe quem deu as caras? Quequéu", "E é? Tinha ido embora?", "Uhm", "Foi para onde?", "Não sei", "De onde voltou?", "Não sei, só sei que voltou", rendendo um ou dois minutos a mais de fofocas, naqueles lugares onde suas peripécias eram conhecidas.

No passado, o nosso personagem fora algumas vezes à capital, o que não passava despercebido a ninguém, pois ele fazia questão, serelepe como um menino, de deixar cada qual muito bem-informado de sua ida à cidade grande. Desta feita, por motivos que já devem ter ficado evidentes, não contou a ninguém. Eis a razão para que seus conhecidos não notassem a ausência. Pensando melhor, é possível que ele tenha dito algo, pelo menos sugerido, ao zelador do Templo da Terra e dos Grãos, o velho da pele brilhosa e sobrancelhas ralas, já que era lá que punha sua esteira.

Em que pesem as tradições daquele interior, só quando se deslocava à capital alguém da influência de um Grande Patriarca, seja ele Zhao ou Qian — com menção honrosa ao "Talento Florescente" —, é que os moradores consideravam uma efeméride digna de nota. O Diabo de Araque não entrava no rol e, digamos a verdade, o próprio Quequéu tampouco. Desta forma explico por que o zelador do templo não teria anunciado à população a grande aventura que se tinha desdobrado.

Aventura, pois. Este retorno era um retorno em triunfo e glória, muito diferente das vezes passadas, que tiveram o caráter mais modesto, de excursões. Sem dúvida, prenunciava assombro e admiração.

Crônica autêntica de Quequéu, um chinês

Quase noite. O alto do céu já escurecera, o baixo do horizonte ainda cintilava amarelo pálido. Um pinguço levanta a vista de sua cumbuca para observar uma figura, quase distinta, os traços borrados pela borracheira do observador, aproximando-se, com um som de guizos, da porta do boteco, quase solene, ao balcão. Aquele homem, personificação do cansaço, enfia a mão na virilha, tirando um punhado cheio de moedas, tantas que o bêbado abre os olhos, agora sóbrios: eram prata e bronze, caindo por entre os dedos, *tlin-tlin-tlin*, sobre o balcão. Sua voz ecoa cheia de confiança, "Patrão, olhe aqui, dinheiro vivo", dando um tapa no tampo de madeira comida pelos cupins, "Cadê minha amarelinha?" — cheio de si.

Vestia uma jaqueta forrada chique, novinha em folha, e agora puxara para fora da roupa a algibeira de algodão, aplicada com um bordado de seda finíssimo, para fanfarronar que não só tinha o dobro do tamanho de uma algibeira comum, mas que também estava apinhada de dinheiro. Para provar que estava estribado, fingiu que ela caíra de sua mão: o peso era tanto, que a faixa da cintura se envergou até a metade da coxa, arretando o tesouro antes que tocasse no chão.

Em que pesem as tradições daquele interior, quando aparecia um indivíduo notável como aquele, antes de começar a mangar, era melhor dar um pouquinho de respeito, por mais fingido que fosse.

"Rapaz! É Quequéu?", abasbacou-se o cachaceiro que acompanhara a sua entrada. "Quequéu?", "Quequéu?", uma corrente de vozes percorreu o salão inteiro. Era, sim, mas um novo Quequéu, diferente daquele molambento de que se lembravam. Na China, as coisas são como ensina um vulto da Antiguidade, "Se um homem de valor passa um tempo fora, mesmo que só uns poucos dias, quando volta, deve ser tratado conforme seu novo aspecto".[97] Voz da sabedoria.

Por consequência, não só os garçons, mas o gerente, mesmo os clientes, por mais ébrios que estivessem, e até os passantes ocasionais, fitavam Quequéu com um ar de profundo respeito.

Num dado momento, veio do balcão o gerente, ajeitando a roupa, a cabeça meio inclinada, "A casa é sua, fique à vontade", curvando-se para colocar a cumbuca, o que fez o cliente encher o peito e endireitar as costas sobre seu tamborete. Com um sorriso duro, "Olhe só, é Quequéu,

---

[97] A expressão tem sua origem na *História dos Três Reinos* [三国志·吴书·吕蒙传].

está de volta?". O importantíssimo anui, "Estou mesmo", tirando a algibeira do seu esconderijo dentro das calças e descansando-a em cima da mesinha. "Eta, estribou-se! Está riiiiiiico! Você foi para... ficou em...", mal disfarçando a surpresa e a inveja. Fazendo pouco-caso, "Voltei da capital...", deu uma bicada.

Quando o galo cantou na manhã seguinte, a Vila do Nunca já estava a par dos acontecimentos. O retorno em glória de Quequéu, o Quequéu chique e estribado, com sua jaqueta nova, sua algibeira abarrotada de prata, já entrara para os anais locais. Os botecos, as casas de chá, as esquinas dos templos, em suma, onde quer que medrasse a vadiagem local, uma boca após a outra, uma orelha após a outra, esse era o único assunto. Quequéu, o respeitado; Quequéu, o reverenciado.

Conforme a versão autorizada pelo próprio, ele tinha feito uns bicos na mansão de um "Homem Recomendado", titular da segunda etapa nos exames de acesso à carreira burocrática, portanto, envolvido na governança provincial. "Eta-pau!", "Eta-ferro!", os ouvintes exclamavam uns para os outros com toda a sinceridade.

Quequéu bazofiava, dizendo que o *Grande Homem* chefiava o clã Bai, contudo, visto que era o único possuidor daquele título em toda a capital provincial, ninguém se arvorava dizendo o sobrenome dele, era o "Homem Recomendado" por antonomásia.

Engolindo corda, enfatizava que "Não só neste c... de mundo, num raio de cem *li*, é o único de sua categoria". E parava para dar mais ênfase, "Quase todo mundo acha que 'Senhor *Grande Homem*, o Recomendado' são nome, sobrenome e epíteto dele".

A conversa comprida servia para dar a medida da importância de Quequéu, pois dar uma mãozinha na mansão de alguém tão distinto concede importância a quem quer que seja o biscateiro. "E por que você voltou, Quequéu?" Reagiu rápido, "Não aguentava mais". "Por quê?" "O dinheiro era bom, mas o patrão era um molesto!" O término daquela relação empregatícia era um verdadeiro bálsamo para as dores da inveja: as pessoas reagiam com doces suspiros de dó satisfeita. Por um lado, Quequéu era um mariola, indigno de fazer bicos na casa de alguém tão augusto; por outro lado, fazer bicos na casa de alguém tão augusto era bom demais, fosse quem fosse.

À medida que seu público aumentava, nosso protagonista logo buscou se afirmar como um crítico dos costumes. Circulou mais motivos para ter deixado a cidade, reiterando questões bem conhecidas, por exemplo, terminológicas, como o uso de "mocho" em vez de "tamborete", e de princípios gastronômicos, a exemplo do uso de anéis finos de cebolinha para temperar o peixe frito...

Uma nova insatisfação com a vida em lugares mais arejados eram as bundas das mulheres da cidade, grave defeito, que embora equilibradas sobre os mesmos pezinhos de lótus, não rebolavam a contento de um bom conhecedor.

Nada obstante, ainda havia alguns pontos, poucos, que podiam inspirar deferência a quem chegava na cidade.

Quequéu gostava de sublinhar o elevado patamar técnico dos sofisticados jogos de azar. "Aqui, os jecas brincam com dominós de bambu tosco, conjuntos de trinta e duas peças, sem graça." "E na cidade grande?", um da pequena multidão de quatro ou cinco vadios de diferentes idades presentes à palestra dava trela. "Lá é bom demais. Neste c... de mundo, só o Diabo de Araque sabe como jogar 'machongue'.[98] 'Machongue' é que é catita, tem cento e muitas peças, peças a rodo. Na capital, qualquer futrica sabe jogar e sabe mesmo. Que Diabo de Araque que nada! Você o bota contra um gato-pingado de doze, treze, e ele *pá*, *pá*, *pá*, leva uma surra! É como confrontar um demônio de quinta categoria com Yama, rei dos infernos." Os interlocutores ficaram vermelhos de vergonha com aquela menção de desprezo, e sacrílega, ao herdeiro dos Qian.

Numa outra feita, o nosso personagem discursava para uma multidão ainda maior, seis ou sete, contando Wang das Costeletas e, no lugar de honra, Canto de Galo, dos Zhao — membro de um ramo menor do grande clã que estava quase reduzido ao trabalho no pesado. "Vocês já viram cabeças rolando?" Todos meneavam a cabeça, em sincronia; "Ai, é bonito demais!", todos sorriam ostentando dentições medonhas; "*tchá*... mais um membro do Partido Revolucionário perde o coco... que rola, *ploc*... um espetáculo!", todos sacudiam suas cabeças em aprovação. O enlevo era tanto que a saliva de Quequéu chovia sobre o rosto de Canto de Galo, tão concentrado na história que sequer percebeu.

Esse episódio deixou todos congelados de pavor. Wang das Costeletas, o Tinhoso, na fileira de trás, o pescoço esticado para ouvir melhor, era o mais concentrado.

---

[98] Corruptela de Mahjong, um jogo de mesa tradicional da China. A pronúncia de Quequéu trai sua ignorância.

"Vocês querem saber como é que é a execução?", Quequéu olha os presentes, olhos nos olhos, um a um, ergue a mão direita, os dedos estirados, "A espada vem... e *tchá!*" — de chofre simula a cutilada, que cai sobre a nuca do Tinhoso. Wang estremece aterrorizado, encolhendo-se num canto, tão veloz que nem cometa, nem relâmpago alcançavam. Os outros ficaram ainda mais intimidados, aliviando-se quando se lembravam que tudo era de mentirinha.

A partir daí, o Costeletas, em compensação, traumatizou-se, mantendo uma distância segura de Quequéu, que assumira uma aura de inviolabilidade. Na verdade, não só Wang, a corja inteira de vagabundos e arruaceiros comportava-se com reservas diante dele, cujo estatuto, aos olhos daquela localidade, havia atingido o seu apogeu, não muito atrás do próprio Grande Patriarca Zhao, fato que registro para a história, sem medo de que seja um exagero de minha parte.

As coisas estavam correndo muito bem para Quequéu, pois não foi preciso muito tempo antes de que se tornasse uma celebridade também, frise-se, junto ao mulherio. Quequéu judiciosamente analisava que, para casar, só havia mesmo as filhas dos Zhao e dos Qian, todo o resto, ou quase todo, era para brincar. Mas como mulher é sempre mulher, a transformação, de pária a partido, não foi menos do que miraculosa.

Essa reviravolta foi motivada por uma breve incursão de Quequéu no ramo, com evidente apelo para as mulheres, da revenda de roupas e adereços populares na cidade grande.

O lado feminino da Vila do Nunca ficou em polvorosa quando circulou a notícia de que a Esposa de Sétimo, aquela do clã Zou, tinha comprado, de Quequéu, uma saia de tafetá turquesa riquíssima. Era certo que tinha visto algum uso, muito pouco, mas a pechincha de noventa moedas de cobre convenceu-a a aceitar a possível vergonha de que a reconhecessem vestida num artigo de segunda mão.

Depois, o frêmito cresceu quando a Mãe de Olho-Branco — ou de Canto de Galo, faltante confirmação; sabe-se que era alguém de um dos ramos menores dos Zhao —, pois bem, a Mãe de um Zhao comprou, para um de seus netos, uma camisa de crepe vermelho-vivo, uma raridade naquelas bandas, por trezentas moedas, só três cordões de moedas! (Mas cada cordão contava apenas noventa e dois cobres, esperteza da pagadora...)

E aconteceu que as mulheres agora procuravam Quequéu com insistência. Era só saírem de casa que arregalavam os olhos, ensandecidas pe-

lo último grito da moda na capital, seja seda, ou, melhor, algo de algodão, fabricado nas fábricas dos diabos estrangeiros, no além-mar ou na própria China.

Um contraste com aquela época longínqua, de poucos meses antes, em que fugiam até da sombra de nosso personagem. Agora elas queriam Quequéu, perseguindo-o por onde quer que aparecesse e puxando conversa: "Queuzinho, você ainda tem algo de popeline? Não? Ai, que desgosto! E de cambraia?".

Com as figuras menos distintas trajando-se cada vez mais alinhadas, nosso protagonista foi convocado, com urgência, para servir às filhas da nobreza local.

O azo foi dado pela Esposa de Sétimo, que foi blasonar, satisfeitíssima, seu lindo tafetá turquesa para a Grande Esposa dos Zhao, "esperando que ela, melhor conhecedora, dissesse se era coisa boa ou não". Natural que, a despeito dos sorrisos e palavras decentes, a anfitriã tenha queimado de inveja, xingando em silêncio aquela mulher que violava a hierarquia decretada pelo Céu e a Terra. Instantes após a partida da visita, entre lamúrias e lisonjas, a matrona mais influente da Vila do Nunca foi ao marido, "Sendo ela quem é, tem algo que não tenho".

A mensagem tinha sido dada, de maneira que se transformou na matéria a ser diligenciada durante o jantar. O Grande Patriarca e o Talento Florescente debateram, compenetrados, lavrando o parecer conjunto de que havia algo de podre nessa redenção inconcebível de Quequéu, recomendando vigilância redobrada de qualquer via de acesso à sua mansão, porta ou janela. Sob essas ressalvas e, tendo presente a opinião favorável da Grande Esposa, que precisava de um colete de pele, atraente em termos de preço e, sobretudo, de qualidade, talvez houvesse algo de bom gosto no estoque daquele vagabundo, de modo que, quiçá, poderiam dar uma olhada e mesmo adquirir algo.

A ata foi feita oralmente e, ato contínuo, tomou-se a providência de incumbir a Esposa de Sétimo — que se sentiria honrada — de ir procurar Quequéu, transmitindo-lhe a convocação formal de se apresentar no salão da mansão, em momento de conveniência dos Zhao, para que pudessem vistoriar os artigos ora disponíveis, sem compromisso. E para simbolizar a revogação tácita de ordem anterior, a saber, a proibição de Quequéu cruzar incólume os portões da mansão Zhao, abriram uma exceção para o racionamento de óleo para as lamparinas: poderiam acendê-las quando Quequéu viesse vê-los.

Na noite marcada, as lamparinas choraram mais do que de hábito, pois o renomado mercador de roupas finas não chegava. A desfeita era gravíssima, mais do que qualquer um poderia imaginar, não só porque fazer a cúpula do clã esperar não era de bom-tom, mas ainda porque havia testemunhas da vergonha: as mulheres dos ramos menores vieram, sem convite e com caradura, faltantes só as recém-nascidas ou acamadas.

Pouco a pouco, o nervosismo infiltrou-se nas expressões risonhas. Uma reclamava baixinho, outra dava um bocejo, mais alguém se sentava para dar de mamar. O Grande Patriarca, as mãos furiosas dentro das mangas da túnica, "Aquele inconfiável de uma figa"... ou, de repente... "Aquela intrigueira de uma figa"... Pressentindo o que estava na cabeça do marido, a Grande Esposa aproximou-se dele, segurando um dos braços que tremiam, "Não será que Quequéu está com medo de uma sova, dada aquela coisa com a Mãezinha?", nervosa também. Meneando a cabeça de leve e dando uma pisada pesada no chão, "De jeito nenhum, porque fui *eu* que chamei aquele bandido, ter medo de quê?".

O grande homem estava certo. Quequéu veio, meio escondido por trás das costas da Esposa de Sétimo, que agora acumulava o cargo de porta-voz do nosso protagonista. Ela entrou no salão e, recuperando o fôlego do esforço que fizera, a fala saía entrecortada, "Grande Patriarca... Quequéu... disse-me que não tinha... mais nada... fim de estoque. Eu lhe disse então... 'Vá lá e diga... em pessoa, que foi o Grande Zhao... em pessoa... que chamou você.' Quequéu resistiu... só aceitando vir quando eu me comprometi... a falar por ele".

"Grande Patriarca, há quanto tempo!!", disse, sem ousar passar pelo limitar da porta, nas suas costas o caminho livre para bater em retirada, o nosso personagem, que agia segundo a etiqueta, estampando um sorriso postiço.

O dono da mansão, sorrindo também postiço, avançou até a porta lento, tirando as mãos das mangas. "Quequéu, há quanto tempo, estamos muito contentes, soubemos que você prosperou bem em suas andanças." Apertando os lábios ovais em sinal de alegria, o sorriso dissimulado quase ocultando os olhinhos de feijão sob as bolsas arroxeadas, examinou minuciosamente aquele indivíduo que desprezava sem limites, usando palavras supérfluas, "Coisa boa para a nossa vila, prosperidade de um é prosperidade de todos...", e entrou no assunto, "Ouvi dizer ainda que você se tornou um comerciante, né? Tem vendido umas mercadorias usadas de ótimo gosto. Nós estamos interessados... Por que não traz aqui

Crônica autêntica de Quequéu, um chinês

para nós, olhe, tanta gente esperando por você... Eu quero comprar mesmo, não tenho outras intenções...".

"A Esposa de Sétimo já disse, Grande Patriarca, é como ela falou. Não tenho mais nada", encabulado. A estranheza pintou-se no rosto redondo do farto cliente, "Mais nada?", dando um grunhido porcino, "Como é que pode, Quequéu, vender tanto com tanta rapidez?". Ele parecia precisar de uma explicação melhor, "Eu só revendo, são uns amigos que... ahn, trabalhamos no varejo. E os clientes têm comprado bastante...".

Procurando o olhar das parentas dispersas pelo salão, o importante, "Mas fazer negócio não é assim, Quequéu, você sempre tem que ter algo guardado...". Tentando se desvencilhar, o vendedor retorquiu, "Acho que eu tenho... uma cortina de porta, muito bela, em estoque". Atiçado em seu desejo de ter algo daquele mercador tão requisitado, o Grande Patriarca reagiu, "Que seja, cortina de porta! Traga aqui para eu ver".

"Amanhã. Eu trarei para o senhor ver." Sem irradiar emoção, o líder do clã Zhao prosseguiu, "Que maravilha, fico aguardando. Olhe, o que você tiver, qualquer coisa, traga primeiro para mim, viu?". Percebendo uma deixa para sua intervenção, o Talento Florescente acrescentou, "Garanto que não vamos pagar menos que seus outros clientes, fique tranquilo", enquanto sua mulher, uma magrinha com os olhos de pomba-rola, olhava de relance para Quequéu no afã de perceber se ele tinha sido fisgado. E a Grande Esposa complementou, "Eu quero um colete de pele, o mais chique que você conseguir encontrar!".

A impressão deixada naquela família tão célebre era a de que, malgrado haver anuído, o negociante de artigos luxuosos partira arrastando os pés, impregnado por uma indolência incurável. Quem podia ter certeza de que tinha concordado, com a intenção de concordar? Uma vez que o salão estava vazio dos parentes de fora, o Grande Patriarca deu um longo suspiro de desapontamento, seguido de punhos trêmulos de raiva, parando de bocejar. Aborreceu-se por não ter as coisas como queria.

O Talento Florescente, intrujindo o diálogo mudo de seu genitor, aproximou-se sussurrando, "Eu também estou muito pouco convencido com a atitude dessa cria de marafaia". O velho fitou-o com as bolsas dos olhos pesando sobre as bochechas. O filho prosseguiu, "Não podemos ter nada a ver com ele. Pode ser melhor darmos um toque ao chefe de polícia para escorraçar o vagabundo".

Com uma expressão inescrutável sob aquele barretinho de melão, o homem vivido agitou com leveza a cabeça, "É melhor não, vamos evitar

criar vingatividades desnecessárias", e compartilhou sua sabedoria, "'A águia não come o que está perto do seu ninho' — quem está nesse ramo sabe que não pode preencher o estoque onde desova a mercadoria. A Vila do Nunca não precisa se angustiar, basta que os *homens-bons* cuidem de suas portas e janelas à noite para prevenir Quequéu e seus varejistas".

Os olhos do Talento Florescente brilharam de orgulho com esse ensinamento castiço, digno de entrar numa das coleções de "preceitos familiares", privilégio dos melhores clãs da China. Portanto, a moção de exilar Quequéu foi retirada, liminarmente, da pauta.

Nesse ponto, os dois surpreenderam-se com o vulto delgado da Esposa de Sétimo que, tendo se feito de desentendida, permanecera meio oculta atrás de um biombo, após a evacuação dos parentes não nobres do clã Zhao. Escondendo o desagrado, o Talento Florescente lembrou à mulher dos Zou, velha amiga, que não deveria transmitir a Quequéu nada do que tinha ouvido daquilo.

Muito obediente, ela, uma plebeia que se tornara "duquesa das intrigas" por seu próprio talento e esforço, não disse nada a Quequéu. Porém, tão logo despertou no dia seguinte, saiu de casa para tingir o seu amado tafetá turquesa de preto piche. O tintureiro admirou-se daquela sandice e só aceitou conspurcar o rico tecido depois que a Esposa de Sétimo abriu o jogo: tinha comprado aquela roupa de Quequéu e, embora não estivesse certa, ouviu dizer que ele tinha se envolvido com uns varejistas suspeitos e, sem ter provas, Quequéu estaria repassando artigos de origem incerta e, não era impossível, mesmo furtados. Voltou para casa orgulhosa de ter mantido o segredo sobre a moção do Talento Florescente. Claro, a caveira de Quequéu já estava feita.

Sendo as coisas como são na Vila do Nunca, maldizeres tornam-se saber comum num piscar de olhos.

O Templo da Terra e dos Grãos ronquejava, metade do corpo de Quequéu tinha se movido para fora da esteira. O som de palmas, sempre pouco alvissareiras, repetiu-se. "Quem é?", tirando o boné de feltro de cima do rosto. Entra o chefe de polícia, com uma expressão que tanto podia ser amical como malévola. "Oi, Quequéu, trabalhou muito ontem? Ouvi dizer que você tem uma cortina de porta, muito bonita? Epa, é esta aqui, né? Homem, que coisa chique..." Estremunhado, "Deixe aí, deixe aí; a cortina é para a Grande Esposa dos Zhao, mais tarde vou lá mostrar para ela". Enrolando o pano e segurando-o sob um braço, "Nada feito, Quequéu, agora é minha". O nosso personagem move os lá-

bios para sugerir um palavrão. O policial dá uma risada, "E não acabou por aqui; vou lhe passar um dever de casa; todo mês, você vai me dar um presentinho, uma certa quantia, para mostrar que é um menino bem-comportado".

Da mesma forma que o respeito veio na virada de uma noite, o desprezo voltou no alumiar de um dia. A vila inteira entendeu que tinha ido além da conta ao atribuir uma reverência precipitada a Quequéu. Embora ninguém ousasse fazer uma desfeita na cara dele, manifestavam-no nos próprios rostos. A atitude geral era a de manter distância, não mais a distância provocada pelo *tchá*, pela intimidação de alguém que vira cabeças de traidores rolando. Dali em diante, a postura dos moradores locais com relação ao nosso protagonista misturava-se, pelo menos um pouquinho, com a lição do Mestre dos Mestres, de "respeitar e manter distância" daquelas coisas que, no fundo, ninguém estimava e mesmo vilipendiava.

Como toda regra possui uma exceção, os vagabundos e arruaceiros cediam à curiosidade, vindo conversar com Quequéu: o que tinha acontecido realmente? "Já que tudo foi para as cucuias, mesmo", ele abria-se, não sem orgulho de suas peripécias, "eu não era o cabeça. Na capital, as mansões têm paredes muito altas e já tinha um trepador tarimbado no grupo. Eu tampouco sabia onde cavar buracos na taipa dos muros, nem tinha coragem de entrar pelos túneis. Eu era o que ficava do lado de fora esperando as coisas." Davam a impressão de ouvir maravilhados, elogiando aquelas aventuras inauditas na Vila do Nunca.

"E, com tanto sucesso, por que você voltou, Quequéu?" Ele escondia as mãos e a vista, "Num dos trabalhos, botamos olhos gordos numa mansão de gente com quem não se brinca... Eu já tinha recebido a primeira sacola, dizendo, 'Basta, vamos embora!', mas o cabeça me chamou de frouxo e voltou para dentro. O tempo se encompridou, até que eu ouvi uns gritos, um quebra-quebra. Sem saber se ia ou se ficava, no final escafedi-me. Encontrando os portões da cidade fechados, escalei a muralha e não parei de correr até que o dia nasceu. Depois, pareceu melhor voltar para cá e, desde então, não fui mais embora". Era como se tivesse tirado um peso do peito. Os ouvintes consolavam-no, parecendo ter pena dos reveses sofridos pelo aventureiro.

Aquela confissão, feita por burrice ou inocência — não importa mais —, arruinou o que restava da reputação de Quequéu. Se antes "respeitar e manter distância" era uma política preventiva — afinal, quem quer fazer inimigos perigosos? —, qualquer um sabia que nosso protagonista não passava de um ladrão que não ousava mais roubar... Como ensinava o Supremo Erudito, "Alguém assim não tem nada que mereça reverência".[99]

Capítulo sétimo:
Revolução, ou só "Mudança do Mandato"?

Pouco depois da meia-noite do décimo quarto dia do nono mês do terceiro ano da era Xuantong[100] — que na Vila do Nunca foi lembrado por uma importante efeméride, nomeadamente, a venda da algibeira bordada de Quequéu para Olho-Branco —, um grande junco de toldo negro chegou, clandestino, ao atracadouro da mansão Zhao, construído num braço de rio exclusivo. O barco, enfatize-se, foi tanchado com extrema cura, gingando mansinho pela escuridão, num momento em que os populares estavam todos no terceiro sono, para que ninguém soubesse.

A embarcação delongou-se desmesurada, partindo pelo nascer do sol, não conseguindo evitar ser notada por algumas pessoas que já estavam se preparando para a lida. Atraídos pela cena, uns vieram espiar, enviesando-se atrás de árvores, agachando-se junto a arbustos de piripiri nas margens, fazendo de conta que estavam perseguindo um porco fugido no charco, etc.

Dessas espreitadas, a cidade ficou sabendo que Quequéu não havia mentido. Havia, de fato, um "Senhor Grande Homem, o Recomendado", e ele tinha vindo, em pessoa, no seu junco particular, à Vila do Nunca.

O que quer que tivesse acontecido, o fato é que uma passageira, clandestina naquele junco, ficou na vila: a inquietação, uma profunda inquietação. Sequer chegara o meio-dia, e cada pessoa da localidade não conseguia mais conter seu coração nas mãos. Indubitado era, de partida, que a boca do Grande Patriarca Zhao foi o túmulo em que morreu a verdade verdadeira sobre a missão daquele visitante de madeira.

Qual era, ou tinha sido, a melhor versão dentre os muitos rumores sobre o ocorrido, contudo? Nem toda a bebida das casas de chá e dos

---

[99] Alusão a uma passagem dos *Analectos*.

[100] No calendário ocidental, 4 de janeiro de 1911, ou o 25º dia posterior à eclosão da Revolta de Wuchang [武昌起义], que deu início à Revolução Republicana de 1911.

botecos bastava para matar a sede de rumores: "O Partido Revolucionário tinha investido contra a capital do distrito", "O Senhor Grande Homem Recomendado, num ato de desespero, fugiu de lá", "O barco de toldo preto veio trazê-lo, exilado, para nossa vila", e assim por diante.

O que ficava nas entrelinhas era que, se os Zhao tinham dado guarida, não a um fugitivo qualquer, mas a alguém tão augusto quanto o Senhor Grande Homem Recomendado, isso os colocava numa situação perigosa face ao Partido Revolucionário, que parecia estar fadado à vitória.

Dissentia, inquieta, a Esposa de Sétimo do clã dos Zou, orgulhosa da subserviência que prestava aos Zhao, "Nada disso, o barco só veio trazer umas caixas... de... uniformes usados, nada mais". Uma boca deitou outra pérola no cordão da fofoca, "Que uniformes, Esposa de Sétimo?". Alarmada, "Não sei. Sei que o Senhor Grande Homem Recomendado pediu ao Grande Patriarca Zhao para guardá-los na mansão, só por um tempo". Outra boca, "E então, ele aceitou?". Intimidada, "Pelo que sei, recusou. Assim como veio, voltou o barco".

E, para deixar os patronos acima de qualquer suspeita, a fofoqueira-mor da vila, persuasiva: "Olhem, o Senhor Grande Homem Recomendado é um *homem-bom*. O Talento Florescente é um *homem-bom*. Os dois são titulados, é verdade, e qualquer um está careca de saber que titulados estão sempre lá uns para os outros" — nisso os fuxiqueiros estavam de acordo. "Mas a relação deles sempre foi complicada", fazendo suspense, "o Senhor Grande Homem Recomendado nunca se deu bem com o Talento Florescente. Por isso, entre eles é cada um por si — da mesma maneira que entre qualquer estranho, diferente do que rezava o ditado, 'doce ou amargo, sempre juntos — solidários nas tragédias e desgraças'." Simulou um sorriso seguro, que pouco durou.

Os fofoqueiros, representantes de todas as classes e ofícios da Vila do Nunca, entreolharam-se em consulta. Ora, a Esposa de Sétimo era vizinha dos Zhao, sendo mais provável que sua opinião sobre os fatos fosse a mais correta e próxima da elusiva verdade. Acreditaram nela... enquanto perdurasse aquela roda de fofoca.

Nada obstante, é da natureza dos rumores crescer e prosperar onde as pessoas não têm mais o que fazer. E lá estavam os fuxiqueiros do boteco de volta ao mote, referendando a versão de que o Grande Senhor Homem Recomendado não tinha dado os ares de sua graça na Vila do Nunca. Todavia, e havia um todavia, além das caixas, o junco tinha trazido uma missiva, extensa, em que o augusto titulado se delongava em

questões de natureza genealógica, encontrando, em meio às seculares copas de sua árvore e da dos Zhao, um vínculo comum de parentesco. Era um pedido velado de socorro, com promessa de favores e recompensas, quando, caso, a situação voltasse ao normal.

E como reagira o Grande Senhor Zhao? Matreiro como ele só, ruminou uns instantes, seguindo o cheiro das vantagens, ou da ausência de desvantagens, em estender a mão a um superior em necessidade. As caixas ficam. Mas onde é que ele vai esconder um troço tão suspeito? Embaixo da camona da Grande Esposa, claro! Mas, mas, e a história do Partido Revolucionário, é verdade? Claro que é verdade, entrara na cidade em formação, com o cair da noite, um batalhão com capacetes brancos e armaduras brancas. Isso mesmo, trajados, da cabeça aos pés, com novos uniformes, alvos, do imperador Chongzheng — "O que adora a correção" — o último imperador dos Ming.[101] Quer dizer que estão se vingando dos manchus, derrubando a dinastia Qing, e restaurando o controle chinês sobre a China? Parece que é isso mesmo.

Encostado no balcão, Quequéu toma a palavra com uma cuspinhada no chão e um cocorote no tampo, exibindo o seu conhecimento do mundo, "Essa história do Partido Revolucionário, ouvi falar faz um tempão. Quando estava na capital, com estes olhos aqui, assisti a um deles perder a cabeça — até contei a alguns de vocês". Capturou ouvidos assim.

No entanto, malgrado os seus dotes de argumentação, uma de suas opiniões, muito abstrusa, ninguém sabia de onde tinha tirado. Reconhecia que o Partido Revolucionário era culpado de insurreição contra o Imperador e que, como toda sedição, importava em inconveniências para qualquer um. Era como no célebre comentário ao ainda mais célebre ensinamento de Mêncio, o Segundo Sábio: "Deve-se ter uma repulsão profunda e, com imenso pesar, romper relações" com esses traidores do Imperador. Em princípio. Até aqui, Quequéu conformava-se ao soberano consenso.

---

[101] O imperador Chongzhen (崇禎帝, 1611-1644), último da dinastia Ming (1368-1644). Mais tarde, uma certa quantidade de grupos de revoltosos adotou o lema "derrubar os Qing, restaurar a dinastia Ming" para se opor ao governo, de forma que mesmo no final da dinastia Qing havia quem acreditasse que os exércitos revolucionários pretendiam se vingar pelo destino do imperador Chongzhen.

Porém, não era essa a conclusão final de Quequéu. O que se distinguia, em tom e conteúdo, do que "todo mundo" acreditava, era o contentamento que ele sentia pela incursão dos revoltosos ter feito o Senhor Grande Homem Recomendado, cuja fama atingia centenas de *li*, tremer nas bases, de uma tal forma que recebera, nas palavras do poeta, "um impulso natural do espírito" para ir buscar melhores paragens... Em outras palavras, o Partido Revolucionário pusera aquele arrogante para correr. Gargalhava-se da sumidade da região, em meio ao sarapantar dos outros.

Seria aquela a resposta para as suas frustrações, o seu desencanto? Viria o Partido Revolucionário vingar as humilhações e necessidades que passara naquele fim de mundo? Quequéu gozava com as expressões de pavor que via nos rostos dos outros, e fez questão de assinalar com todas as sílabas e acentos, "De cada um de vocês, seus b...". Saiu do bar gritando "Revolução é bom demais!", e, exultante, berrou "Bota Revolução no r... desta vila desgraçada", por fim, sacramentando sua posição, "Quando vier, vou me juntar à Revolução! Vou botar tudo abaixo!!".

Reconheço que foram elocuções das menos recomendáveis as de nosso protagonista, tanto em conteúdo como em forma, a que não me furto, porém, de registrar. Em sua defesa, comento, Quequéu naquela altura dos acontecimentos tinha voltado a afundar na indigência, de forma que suas palavras refletiam um estado de espírito turbulento... Ademais, a cachaça também dava a sua mãozinha, pois ele tinha tomado duas cumbucas cheias da amarelinha com um bucho famélico de dias.

O álcool subiu súbito à cabeça, não conseguia pensar ao mesmo tempo que andava, via-se alçado ao mundo de suas imaginações, pelo que, sem entender ao certo, de repente já era presidente da filial do Partido Revolucionário na Vila do Nunca e, conquistador vitorioso, pusera todos no xilindró, indiferente a estatuto e honrarias. Tamanho era seu contentamento que, cambaleando com as vistas turvas, não resistia a gritar "O Partido está vindo! Vou botar tudo abaixo!", por onde quer que passasse.

Por incrível que pareça, a Vila do Nunca acreditou no desvario de Quequéu e, compreensivelmente, fitava-o com um misto de assombro e pânico. Sentia-se ameaçada. Em compensação, por mais embriagado que estivesse, Quequéu percebia os semblantes consternados das pessoas, tão frágeis diante de si próprio, situação que nunca vivenciara. E como era prazeroso! Mais do que beber água gelada no pico do verão!

A sensação de poder ajudou-o a firmar o passo e, ao encontrar não importava quem, apontava-lhe com o indicador e berrava palavras de ordem. Dentre as mais notáveis, registro o ataque a um velho, dono da mercearia que não mais pendurava fumo para ele, "Olhe aí... O que eu quiser, tem que me dar, entendeu?", e à cafetina enrustida de um serralho disfarçado que nunca o permitira ir além do salão, "É aquela que eu quiser, viu?".

Glorioso, interpretava confusamente uma passagem da ópera *O Duelo do Dragão e do Tigre*, procurando por mais vítimas, que se escondiam ao vê-lo passar.

"*Tã-tã-tã-tã-tã-tã, tchóin... tchóin... tchóin!*

Ar-re-pen-diiiiiii-do não faz de novo
Ma-teeeeei o meu vaaaa-lo-roso irmãã-oooo, ai-ai-ai
Embri-a-gaaaaaaaaaaa-dooooo

Ai-ai-aaaaai, ar-re-pen-diiiiiii-doooo
Não faaaaaaz de noooo-vo

Tã-tã-tã, tchóin! Tã, tchóin! Tric, tchóin!
A-go-o-ra vou dei-taaar minha chibata de fe-eee-rro no seu
        lom-bo!"

Perambulando concentrado na parte instrumental de sua apresentação e alheio ao destino tomado por suas pernas, passava pela mansão dos Zhao, onde se descortinava uma cena atípica: o Grande Patriarca, o Talento Florescente e mais dois outros parentes legítimos estavam conversando junto ao portal entreaberto — sobre a Revolução — para todos verem.

"Tã-tã-tã-tã...", imitava um tamboril, quando "psiu, Quéu, meu velho", interpela-o uma voz furtiva. Toldado pela sombra, era o Grande Patriarca, pávido, que o chamava. "*Tchóin! Tchóin!!*", a mão de Quequéu para no ar, prestes a desferir o último golpe no gongo, quando se dá conta, "Meu nome pessoal, mais 'meu velho'? Quem na Vila do Nunca já me deu tanta intimidade? Deve ser engano..." — e continuou a conduzir sua orquestra imaginária de ópera chinesa, "*Tã-tã-tchóin! Tchóin--tric-tchóin! Tchóin!*". O homem mais eminente das redondezas repetiu o gesto interesseiro, "Meu velho Quéu!", que foi igualmente ignorado,

sem intenção, com um verso de *O Duelo*. Nesse ponto, o Talento interveio em socorro ao seu genitor: "Quequéu! Quequéu!!", abstendo-se dos qualificativos derrisórios que acompanhavam, de rigor, aquele detestado nome, até aquele dia.

Estacou o falso músico, ficando imóvel por uns segundos. A cabeça, e apenas ela, girou para fitar os quatro aristocratas, "Que é?", rude. O Patriarca embatucou: a expressão confiante daquele indigente roubara suas palavras, "Ahn... meu velho... ehh...", e, revivendo na memória o que ocorrera com as roupas roubadas, "Você prosperou bem se juntando ao Part... né?". Quequéu virou-se, temível, "Claro! Estou estribado. O que eu quiser, vocês têm que me dar, entenderam?".

O velho avarento empalideceu com a cor da morte e Olho-Branco, embora perdendo o fôlego, ensaiou uma escapatória, "Eta...! É, ahn... Mano Quéu", forçando ainda mais a intimidade, "Você sabe que a gente é seu amigo, mas não tem um pau para dar no gato...". Nosso personagem fustigou-o com um olhar cúpido, "Não tem um pau... que história é essa, Olho-Branco? Você sempre teve mais do que eu", e foi embora, o *chape-chape* das sandálias de vime agourando vingança.

Uma atmosfera de exasperação surda abateu-se sobre o clã dos Zhao. O Grande Patriarca convocou uma assembleia, copresidida pelo Talento Florescente; para tanto emitiu um despacho extraordinário no sentido de que se podiam acender as lamparinas até que se declarasse o encerramento da reunião.

Meio arrependido de sua mais recente compra, Olho-Branco trancou a porta ao voltar para casa, o que nunca fazia, chamando a mulher para acudi-lo. Tirou a algibeira, desatando-a da cintura, esvaziando-a de seus conteúdos, admirando a beleza daquele artigo: não se arrependia, não. Doravante confiava à incauta mulher a tarefa de esconder o objeto de luxo, de preferência na arca dela, dentro de algo que não chamaria a atenção.

Tendo gozado de seu triunfo sobre a Vila do Nunca pelo resto da tarde, Quequéu orientou-se para o Templo da Terra e dos Grãos, evaporado o torpor etílico. A noite reservava-lhe mais um mimo inusitado, com o zelador velhote sobremaneira sorridente, amistoso além da conta, convidando-o para um bule de chá. Vendo um saco de pastéis de vento, meio escondido ao lado de uma jarra d'água sobre um móvel improvisado, "Velho, quero dois pastéis, pode?", "Pode!", e recebeu, e comeu. Vendo um castiçal esquecido ao lado da cama de ripas, "Velho, quero

uma vela, pode?", "Pode!", e a recebeu, pequena, de quatro taéis de peso, bem usada.

Com um movimento da cabeça, Quequéu pediu para dormir no quarto, há muito desocupado, de um servente, onde ainda estavam os restos de uma cama de ripas. O velhote anuiu, uma terceira feita. Nosso protagonista entrou lá com o castiçal na mão, deitando-se com todo gosto. Boas surpresas, reviravolta na vida, uma felicidade festiva, à maneira de alguém que, após décadas, celebrava de novo a Noite de Velas, véspera da manhã da Nova Primavera, contemplando aquela bruxuleante chama periclitante.

Sem esforço, a imaginação adeja-se num futuro de sonho. "Eles estão vindo!! Que maravilha... um batalhão do Partido Revolucionário, uma enxurrada de capacetes brancos, armaduras brancas... armados até os dentes: espadins, chibatas de ferro, bombas, espingardas de além-mar, tridentes chineses, lanças de foice, o escambau... E vão chegar aqui à porta do templo, bater palmas, 'Quequéu! Quequéu, bora! Vamos acabar com esta p... toda...!' E eu irei."

Inebriado pelo poder, "Estes m... da Vila do Nunca... homem ou mulher, não importa, a última risada vai ser minha! Ó, vai ter que ficar de joelhos no chão e pedir arrego: 'Seu Quequéu, piedade!'. Piedade, uma pitomba! Os primeiros que vão levar uma espadada na nuca são os sacanas do Donzinho, que roubou meu ganha-arroz, e do Grande Patriarca, devido àquela coisa da Mãezinha. E depois tem o Talento Florescente, e tem o Diabo Estrangeiro de Araque, porque gostam de se exibir na minha frente... Só que matar todo mundo não é direito, tem que deixar alguém vivo para contar a história... Wang das Costeletas, até que podia dar uma chance para ele... mas não, também vai esticar as canelas...". Ria, macabro.

Não é de estranhar que o poder absoluto conquistado por Quequéu alimentasse uma certa concupiscência. Sua fantasia avançava junto com a noite: "Com os calhordas para trás, ficará para mim o que eu quiser... vou entrar na casa deles, vou abrir as arcas, vou procurar nos baús. Lingotes de prata, dinheiro do além-mar, camisas de crepe, meu, meu, meu... e aquela cama de dossel no estilo de Ningbo,[102] que está no quarto da

---

[102] O estilo de Ningbo, cidade da província de Zhejiang, envolve o trabalho escultural da estrutura de madeira com formas sinuosas e delgadas. Tem um sabor mais "clás-

dona do Talento Florescente, que eu vi um dia; eu vou jogar fora minha esteira e levá-la para o Templo da Terra e dos Grãos...".

Passado algum tempo, Quequéu já compreendia as escolhas complexas de quem tinha patrimônio para dispor. O Templo da Terra e dos Grãos precisava de mais móveis. "Poderia até querer as mesas e cadeiras dos Qian, madeira de primeira, esculpida por quem entende, embora, de repente, fosse melhor ir direto morar na mansão dos Zhao para poupar o transtorno... Que transtorno? De fazer a mudança. Trabalho braçal? Nunca mais. Ao invés de executar de chofre o Donzinho, vamos mandá-lo carregar os móveis? Rápido, sua lesma, rápido! Ou leva uma na cara!"

Com a sua primazia na Vila do Nunca assegurada, substanciada, para todos verem, em forma de dinheiro, bens e propriedades, a solidão em meio a tanta fartura começou a apertar o peito de Quequéu. "Aquela irmã mais nova de Canto de Galo é feia de matar de desgosto; a filha da Esposa de Sétimo promete, só que precisa cevar mais uns aninhos; já a mulher do Diabo de Araque... *pff*, que nojo! Qual a mulher que dá para um homem sem trança? É difícil... Olhe lá, a esposa do Talento Florescente, até que tem porte, um corpo bom... mas aquele sinal peludo nas pálpebras derruba quem quer que seja..."

Catalogou uma a uma, não importa se as tivesse, em algum momento, cobiçado ou não, as mulheres e moças, meninas e velhas da Vila do Nunca, até que... o velho amor surgiu-lhe na mente: "Mãezinha dos Wu... Mamãezinha... há quanto tempo que não a vejo... não sei por onde se perdeu...", e seus pensamentos já singravam em outra direção, uma vez que tinha tantas escolhas pela frente, "Que pena que seus pés de lótus saíram grandes demais...".

Sem ter planejado seu futuro até os últimos detalhes, Quequéu começou a ressonar de leve, despercebido. A vela, de qualidade, não encurtara mais do que a ponta de um dedo, enquanto a sua débil chama rubra temia a expiração daquela boca escancarada.

Nem os sonhos que elencara há pouco, nem a primeira cama decente em muitos anos evitaram os pesadelos: "Haaaaaaaa...", o tronco erguendo-se estremunhado, de medo daquele grito curto que a própria bo-

---

sico" do que os estilos da província de Guangdong, marcados por seu caráter escultural virtuoso profusamente decorativo.

ca emitira; olhos e ouvidos procurando algo no meio do vazio em torno. "Só a vela. Não há nada aqui. Não foi nada." Bocejo. Refestelou-se e adormeceu.

Era tarde na manhã do dia seguinte quando Quequéu despertou, de ressaca, mas refeito: uma senhora cama. Calçou as sandálias de vime e cobriu os ombros com a jaqueta de algodão, partindo para sua perambulação de praxe. Apesar da nova motivação de "Vamos derrubar tudo", era como se nada tivesse acontecido: as coisas no mesmo canto, as pessoas do mesmo jeito, o mesmo sol subindo no mesmo céu. "Brrrrrrrrrrr", a barriga bramiu... e ele não viu diferença da fome que sentia antes dos pastéis de vento, no dia anterior.

"Que é que eu vou fazer hoje para comer?", pensava em intervalos de concentração, em vão, enquanto os pés continuavam levando-o adiante até os limites da vila. E reparou que resolvera algo, espichando as passadas para ir, instintivamente, dar uma olhada no Convento do Cultivo da Tranquilidade, "Vou botar tudo abaixo...".

Paredes caiadas alvas; portões laqueados negros. O mesmo silêncio da primavera passada. Algo mudara? Sem sinais. Pensou em bater no portão, recordando-se do encontro fortuito com o mastim preto, que quase tomara emprestada metade de sua canela. Coincidência funesta, o monstro uivou de dentro das paredes. Nosso personagem catou às pressas pedaços de telhas e calhaus à mão, preparando projéteis para dissuadir o ódio canino. E então bateu no portão, e três e quatro saraivadas de golpes dos nós dos dedos deixaram marcas granulosas sobre a laca. Passos apressaram-se.

Presumindo que iam soltar o cachorro em cima dele, Quequéu preparou-se, fazendo a base do cavalo — a única posição de kung fu que sabia —, carregando um calhau na mão direita, "Venha que tem!". Entretanto, o portão quase que não se moveu, exceto por abrir uma brecha; tinham desenganchado o ferrolho. Por garantia, aguardou uns instantes — nada do bicho.

Com os cambitos bambando, apropinquou-se do portão, espiou pela brecha, encontrando uma monja velha, que arrumava mudas de plantas num carrinho de mão. Era a abadessa do último encontro, que o reconheceu, "Quequéu, seu ladrão sacrílego... como é que você me volta aqui?", apertando juntas as lapelas do manto cinzento, nervosa.

Ele faz menção de entrar, com a segurança de quem era proprietário daquilo também, "Estou vindo acabar com isto tudo... você não sabe da

Revolução?", infenso a maiores explicações. A monja antecipou-se, correndo até a porta.

Não imaginara que a religiosa tinha chegado ao seu limite, "Revolução? Que diferença tem da 'Mudança do Mandato'?". Os olhos injetados, "Cancela o velho Mandato, implementa o novo Mandato; cai a velha dinastia, entra a nova dinastia... e tudo continua na...", e, batendo nas coxas com ambas as mãos ao mesmo tempo, "Quequéu... já vieram aqui fazer a 'Mudança' das coisas! Vocês querem a 'Mudança' de quê? 'Mudança' para o quê?", bradava numa agitação que contradizia o seu estatuto.

O revolucionário ficou sem palavras, "Que é que acont...?". Interrompendo-o, transtornada, "Como é que você não sabe? Seus parceiros já vieram aqui se aproveitar da gente", com amargura. Ele procurava um lugar para enfiar a cabeça, "Meus parceiros...? Quem são...?", com a voz perplexa. "Não se faça de doido, Quequéu, o filho do Grande Patriarca Zhao e o filho do Grande Patriarca Qian!". Ele deixou cair os calhaus no chão: "O Talento Florescente...! E... o Diabo de Araque?".

Perplexo, nosso protagonista ficou sem reação, oportunidade que não foi perdida pela abadessa. A porta fechou-se, o ferrolho enganchou-se; Quequéu empurrou o portão, estava trancado, sólido como uma parede. Lembrou-se que podia bater de novo, até mesmo chamar a monja "para dar uma abridinha". Sequer o mastim reagiu.

Relendo esta parte da narrativa, ocorre-me que o caro leitor talvez necessite de mais elementos para situar o relato acima, um contexto de quando Quequéu tentou, por assim dizer, levar a Revolução ao Convento do Cultivo da Tranquilidade e bateu fofo.

Pois bem, narramos eventos do final da manhã, início da tarde daquele dia. Na véspera, quando o zelador velhote compartilhava os seus pastéis de vento com Quequéu, o Talento Florescente, bem servido por tantas fontes e meios para se inteirar acerca dos últimos acontecimentos, ficou sabendo que o Partido Revolucionário já tinha se apoderado da capital do distrito, de forma que, no momento em que Quequéu estava fazendo planos para o seu futuro, o Talento Florescente decidiu se juntar à Revolução, ou à "Mudança do Mandato", como preferia se referir, enquanto *homem-bom*; afinal, era apenas mais uma dinastia que estava vindo pela frente.

Assim, tão logo nasceu o sol, o herdeiro dos Zhao prendeu a trança num coque sobre o cimo da cabeça, como um monge daoista, escondendo-a sob o seu barretinho de melão, e foi consolidar uma frente única com a outra família nobre da Vila do Nunca, fazendo uma paz estratégica com o seu desafeto de nascença, o Diabo Estrangeiro de Araque. "Façamos a 'Mudança do Mandato' aqui antes que alguém a faça!", trocavam sorrisos e reverências, cerrando o punho fechado na outra mão.

A cultura chinesa exalta esses períodos de grandes sacrifícios e de defesa dos princípios como o momento em que "Todos se unem para buscar o Novo" — está escrito num de nossos livros sagrados. E não é que a busca de diálogo daqueles *homens-bons*, malgrado as diferenças, se deu num momento muito auspicioso mesmo? De imediato os dois se abraçaram, declarando-se camaradas pela comunhão de ideais, de sentimentos e pelo engajamento na luta, que continua, em prol da Revolução... ehm... em prol da "Mudança do Mandato"!

Quequéu ainda dormia quando os seus dois inimigos brindavam, "E aonde vamos levar a 'Mudança do Mandato', primeiro?", pensando sem chegar a uma conclusão... Num momento, um deles raiou iluminado, "E o Convento? Não tem lá um Tablete do Dragão[103] bajulando o imperador da dinastia velha — 'Vida longa! Dez mil anos!'?". O outro, "Boa ideia, é fora da Vila... e dentro de nosso território".

E saíram, acompanhados de seus ajudantes. Chegando, exigiram que as monjas abrissem o portão e se perfilassem para uma inspeção. Os dois "Mudaram" o tablete, reduzindo-o a migalhas. A abadessa interpôs-se, tentando argumentar, sendo interrompida por acusações de que era uma partidária da velha dinastia dos bárbaros manchus, pelo que levou umas bambuzadas nas pernas e uns cascudos na cabeça raspada. Carregando a sua líder desfalecida, as monjas buscaram abrigo num lugar inconspícuo.

Voltando a si, a abadessa organizou suas lideradas e, com a partida dos "Mudadores do Mandato", saíram do esconderijo para fazer um balanço da destruição. O tablete e outros itens sem valor material tinham sido reduzidos a pedaços. O altar à *bodisatva* Avalokitesvara[104] conti-

---

[103] O termo 龙牌 indica um tablete cerimonial — uma plaqueta de madeira ou de metal, inscrita ou gravada — disposto em memória do imperador e de sua casa real. O termo "dragão" é metonímia de "imperador".

[104] Uma das mais cultuadas deidades do Budismo chinês. Enquanto *bodisatva*, Avalokitesvara recusou-se a deixar o "Mar de Sofrimento" do ciclo de reencarnações (Samsara) para guiar os fiéis em direção à iluminação da Natureza Búdica (Buddhata). Com

Crônica autêntica de Quequéu, um chinês

nuava lá — pesado demais —, mas o incensário de bronze, objeto quase muito precioso, tinha sido "Mudado", apesar de que, fato notório, fosse da era Xuande da dinastia Ming — uma dinastia chinesa, não manchu.

Mais tarde, Quequéu apurou o que tinha acontecido, culpando-se por ter sonhado acordado e dormido tanto, ambos na hora errada. "Que estranho que os meus camaradas, o Talento Florescente e o Diabo de Araque, não vieram me chamar...", e refletiu sobre a estranheza de tudo, "Eles deveriam saber, sobretudo o Talento Florescente, que eu me juntei ao Partido, certo?"

Capítulo oitavo:
Enxotado do Partido

E a paz e a tranquilidade voltaram, com o passar das semanas, à Vila do Nunca.

Não só à vila, de fato, pois relatos cada vez mais confiáveis indicavam que o Partido Revolucionário tomara a capital do distrito e as coisas permaneceram mais ou menos as mesmas, a despeito de que as mãos no leme fossem diferentes.

O título de "Intendente do Distrito", o supremo magistrado das redondezas em que se incluía a Vila do Nunca, com efeito, tinha "Mudado", a despeito de que a autoridade encarregada, o "Supremo Senhor Imenso... do que fosse", mantinha-se no cargo. Até o Grande Senhor Homem Recomendado, que supostamente perigara nos primeiros momentos, tinha conseguido um cargo — a questão terminológica transcendia os horizontes da vila e seus jecas. O capitão da companhia de forças locais, chamado de Bazong na velha dinastia, continuava a ser chamado do mesmo, e o militar encarregado, idem.

Das mansões às aldeias, dos campos de arroz às destilarias de cachaça, a satisfação era quase geral, quase total. Um pequeno grande inconveniente, desagradável para aquelas pessoas amantes do sossego presenteado pela tradição, era o de que havia umas "ovelhas negras", gente muito incômoda, no Partido Revolucionário; lembrete: Revolução e "Mudança do Mandato" não eram a mesma coisa até os últimos detalhes.

---

o passar do tempo, ela foi assimilado a outras figuras das religiões daoista e populares, sendo hoje majoritariamente reconhecida como uma figura feminina e maternal.

Reclamava-se que aqueles baderneiros decidiram interferir na ordem natural das coisas. O tema surgiu no boteco quando alguém disse, "Mal invadiram a cidade, açularam os desassisados para que cortassem as próprias tranças". Consultado a respeito da veracidade desse rumor, um beberrão muito respeitado por trazer notícias da capital disse que Sete Jin, tanchador de sampanas de uma aldeia vizinha, tinha caído na arapuca, "Ficou careca de trança, nem parece mais homem". Os alcoólatras cativos, que quase nunca deixavam a vila, protestaram, "E que medo dá à gente? Azar o dele! É só ficar longe da capital que não acontece nada".

Um outro cliente do boteco, que tomara apenas uma lambada para adocicar os beiços, amedrontou-se, "Eu tenho que ir à cidade vez por outra, claro que dá medo!", e terminou censurado por um coro zombeteiro, "Basta mudar de destino... encontre outro lugar para tratar de seus negócios". Quequéu, que bebia ouvindo em silêncio, cancelou de pronto os planos de visitar seus velhos amigos velhacos.

A propósito, visto em retrospecto, é incorreto dizer que nada, nada em absoluto, mudou na Vila do Nunca. Lembram-se do que o Talento Florescente fez quando de sua conversão à nobre causa do Partido? Depois dele, cada vez mais *homens-bons*, ou quase bons, prendiam a trança num coque sobre o topo da cabeça, como um monge daoista, escondendo-a sob o chapéu correspondente à sua condição social. A menção de honra, óbvio, sempre caberá aos Zhao, pois logo depois do filho do Grande Patriarca, também Canto de Galo e Olho-Branco tornaram-se carecas de cauda. Havendo ou não relação com o rumo tomado pelo ilustre clã, Quequéu escondeu o seu benquisto e ralo rabicho.

E como virar a casaca sem perder a face? Durante o calor estival abafado, o dilema não existia, pois muitas pessoas adotavam o penteado daoista: refrigerava as nucas. No entanto, era uma trégua curta dos olhos e dedos alheios. Durante o outono, o inverno e a primavera — frio, gelado e frio —, impor os hábitos veranis para aqueles clãs egrégios, por definição os defensores das tradições e dos valores chineses, era um ato de imensa resolução e arrojo admirável, não posso deixar de reconhecer. Mas não só, os clãs saíam por cima, porquanto tampouco era inegável que a "Mudança" havia chegado àquelas recônditas bandas.

No entanto, isso não aconteceu de uma vez. Os Zhao testaram as águas despachando Canto de Galo, que foi o primeiro a aparecer em público com a trança, símbolo de fidelidade à velha dinastia, oculta sob o chapéu. Com ar encabulado, fechava o punho e dava socos no ar a cada nova face que via, "A Mudança chegou!". Sendo um Zhao, as pessoas riam, dóceis, mesmo pensando que enlouquecera, e gritavam de volta, dando socos no ar: "Viva o Partido!!!".

Quequéu viu a momice, primeiro quis rir, e riu; depois começou a ter inveja, não pouca. Tinha ouvido falar da notícia, de que o Talento Florescente liderara a adoção do novo penteado; nesse momento, arrependeu-se de que nunca passara pela sua cabeça que ele mesmo poderia ter sido o pioneiro daquela mutreta — pois o cabelo continuava intacto, "Talento Florescente, aquele fruto da minha posteridade, está sempre à minha frente".

Passando a miúdo por Canto de Galo, notava que este não desistia do penteado, de forma que, entendera, não só podia, como devia imitar a moda. Surrupiou um *fachi* de bambu de uma casa de chá e procurou um lugar discreto num canto de rua. Vencendo os seus escrúpulos, usou--o para prender o coque, que escondeu sob o bonezinho de feltro. Sem o peso sobre a nuca, sentiu-se nu. Hesitou bastante até que, fechando os olhos, deu passos em direção ao centro da vila.

No início, desenxabido, evitava os olhares, encolhendo-se pela beira das ruas. Tomando coragem, começou a prestar atenção aos outros, sendo a recíproca inverdadeira. "Por que mal olham para mim? Por que não dizem nada?", postado agora no meio do tráfego de gente e de animais. Decepcionado, Quequéu cedeu à lassidão que sentia nos últimos tempos, lassidão que prenunciava um ataque de nervos. E como tinha estado com os nervos à flor da pele, a partir dos últimos acontecimentos na região!

Mas por que tanto nervosismo? Pelo que pude averiguar, após "botar tudo abaixo", a vida de nosso protagonista não piorou, nem ficou mais difícil, com relação ao que tinha sido nos tempos em que "se estribara". Em geral, os moradores da vila tratavam-no com certa deferência; em particular, o dono da mercearia e o patrão do boteco concordaram em pendurar o fumo e a cachaça que faziam a alegria de Quequéu. Mesmo assim, sentia-se desiludido, faltava alguma coisa no mundo. Não acontecera uma Revolução? Como é que a "Mudança do Mandato" redundara em mais do mesmo?

Essas questões abstratas só servem para maquiar a verdade, postergando a busca das razões últimas, que estão nas relações humanas. Houve uma vez, quando viu Donzinho, em que ele por pouco não sofreu um colapso. Donzinho, nem muito antes, nem muito depois de Quequéu, também escondeu a sua trança sob o seu bonezinho e também prendeu o coque com um *fachi* — se furtado, ou não, ninguém sabia. Nosso personagem sentira-se incomodado com a perda de pioneirismo revolucionário para o Talento Florescente, porém, por se tratar de um Zhao, ainda conseguia aceitar. Donzinho, jamais! Recusava, batendo os pés, que aquele pelintra se unisse ao Partido Revolucionário.

Em certa ocasião, queimando de ódio, desinibido pela amarelinha, deu um faniquito em público, gesticulando e verbalizando o que lhe passava pela cabeça, decidido a ensinar uma lição àquele borra-botas. Dava mãozadas no ar, agarrando o Donzinho imaginário, sacudindo o bonezinho e tomando o *fachi* da cabeça dele, partindo-o ao meio com ambas as mãos — a trança revelando-se farta. "Seu b..., quem disse que você pode se juntar à Revolução?!", radiante com a lição que dava no seu inimigo, "Já se esqueceu do seu horóscopo? Você vai ser mendigo do berço à tumba!" Pondo o dedo na cara de quem não estava à sua frente, "Como ousa desmoralizar o Partido?", e parou por uns instantes, até que o Donzinho que só ele via pediu o penico. Quequéu deixou-o partir com um gesto da mão, acompanhando-o com "a Fúria" e terminou o encontro com uma cusparada, *puá!* Vencera, mas havia coisas mais desagradáveis pela frente.

O penteado daoista era uma solução provisória, cuja precariedade era preservada pelo consenso social da Vila do Nunca. Por tal motivo, ninguém ousava ir à sede do distrito, com exceção, óbvio, do Diabo de Araque, careca de trança autêntico e convicto, que fora incumbido de uma importante audiência por seu competidor de nascença e aliado de circunstâncias, o Talento Florescente. Expliquemos como isso se desenrolou.

Vendo que o pior já tinha ficado para trás, Talento Florescente desejava ir à cidade, em pessoa, colher os frutos de seu cálculo político. Ao lembrar que tinha aceito esconder os uniformes manchus do Senhor Grande Homem Recomendado, pretendia marcar uma audiência com a sumidade. Nada obstante, o perigo de ser agarrado e ter a cauda cortada à força não era despiciendo. Sopesando riscos e oportunidades, permaneceu em seu território, delegando o périplo ao seu embaixador.

O mandato que redigiu foi uma obra-prima de puxa-saquismo. Lançando mão de seus dotes poéticos, escreveu uma carta no melhor estilo de "sombrinha amarela",[105] de Talento Florescente para Homem Reco-

---

[105] O termo 黄伞格 se refere a um modelo de comunicação epistolar utilizado para manifestar respeito ao destinatário. Num papel de carta pautado, escrevem-se oito colu-

mendado, de burocrata à disposição para burocrata a serviço, que, por fim, assinou e confiou ao Diabo de Araque. No essencial, a carta rogava à potestade da capital, enquanto colega titulado, que recomendasse o herdeiro dos Zhao para entrar no Partido da Liberdade.[106]

O Diabo de Araque retornou com um sorriso na cara, passando a mensagem de que precisava de quatro *iuanes* de prata em dinheiro do além-mar para as despesas de inscrição. Terminada a intermediação, o Talento Florescente formalizou o seu estatuto de líder partidário na Vila do Nunca, ganhando um broche em forma de pêssego, luzente de prata pura, que prendeu à lapela larga de sua beca de *homem-bom*.

"Eta, que coisinha bonita!", era a reação dos residentes da vila que viam o broche brilhando na lapela do Talento Florescente, "Entrou para o Partido da Viverdade!",[107] corruptela compreensível, já que "liberdade" era uma palavra que tinha sido importada para o chinês nos últimos anos, cujo sentido, bem, não fazia sentido para os capiaus da Vila do Nunca.

De fato, precisaram de algum tempo para concordar sobre o que o broche significava. Uns diziam que equivalia à joia sobre o chapéu formal dos burocratas da velha dinastia, com que se indicava a sua patente na corte; outros diziam que o broche, isto é, entrar no "Partido da Viverdade", era uma glória tão augusta quanto, na velha dinastia, ingressar na Academia Hanlin,[108] servindo diretamente ao Imperador em pessoa.

---

nas verticais, em que cada coluna possui expressões respeitosas ou elogiosas. O nome do destinatário vem precedido por pronomes de tratamento elaborados, destacados por convenções de espaçamento e paragrafação. A mensagem como um todo é organizada para que as colunas do meio sejam mais compridas do que as das extremidades, sendo elas chamadas de "cabo da sombrinha".

[106] Uma das várias associações políticas ultimamente coligadas ao grupo que criaria o Kuomintang.

[107] A tradução literal da corruptela é "Partido do Suco de Caqui". No texto "Meus motivos para escrever a 'Crônica autêntica de Quequéu'", Lu Xun a explica: "os capiaus de minha terra não entendem a palavra *ziyou* [liberdade], por isso a pronunciam incorretamente como *shiyou* [suco de caqui], palavra que conseguem conceber". Note-se, ainda, que o broche tinha a forma de um pêssego, fruta que, no folclore daoista, estava associada à imortalidade, o que torna mais interessante a interpretação dos "capiaus".

[108] Desde a dinastia Tang (618-907), a Academia Hanlin [翰林, lit. "Floresta dos Pincéis"] era uma instituição de grande prestígio, responsável por compilar as crônicas

Melhor do que se tornar um Talento Florescente? Claro! Mais do que passar para Homem Recomendado? Sem dúvida. E todos caíam de joelhos.

Quem mais mudou com essas mudanças foi o Grande Patriarca Zhao. Era o seu herdeiro que exibia o broche, mas a maior pose era a dele. Seu orgulho intumescia, irrefreável, esquecido da segunda maior glória, de quando seu rebento entrara na lista de aprovados da primeira etapa dos exames de acesso à carreira burocrática. Dali em diante, nada na Vila do Nunca significava alguma coisa para ele. Quequéu? Ah, passava por ele quase que sem dar olhos.

Eis a origem, real, profunda, do nervosismo de nosso protagonista, apesar de que ele ainda não a houvesse entendido. Bebesse ou não, vivia de mau humor, sentindo-se menosprezado com frequência, do nada. Inveja.

Estava no boteco quando ouviu falar da maldita fruta, do maldito broche de prata, entendendo, de uma vez por todas, o motivo para seu estado de espírito: "Para trazer a Revolução para a Vila do Nunca, declarar fidelidade não basta; assumir o penteado daoista para esconder o rabicho, não basta; o mais importante é buscar conhecer um pistolão no Partido!", e abriu um sorriso orgulhoso, de gengivas esbranquiçadas.

Despertando do sonho acordado, cravou: "Vou ali procurar meu pistolão". Feito o anúncio solene, afastou-se do balcão e saiu do bar, parando a dois passos do vão da porta, "Vou procurar quem?". Matutou e concluiu que só conhecera dois membros do Partidão. Um era o descabeçado pelo *tchá*. O outro... o Diabo de Araque. "Vamos lá ver se dá para negociar com ele... de qualquer jeito, não tem outro jeito", e foi.

O portal da mansão dos Qian era majestoso. Entreaberto, deixava que os passantes percebessem os faustos do outro grande clã daquele lugarejo. Agora que vinha como suplicante, Quequéu se intimidou com toda a majestade de seus patronos, dando uma topada na soleira do portão.

Assustou-se mais por encontrar o Diabo de Araque, transfigurado em avatar da facúndia, no meio do pátio. Inteiramente de preto, uma jaqueta estranha combinando com as calças justas nas pernas; a faixa, que deveria estar na cintura, pendia patética do pescoço. Devia ser uma roupa dos bárbaros de além-mar... Contudo, o que mais atiçou os olhos de nosso personagem foi aquela maldita fruta, que pendia da lapela estrei-

---

imperiais e redigir documentos oficiais. Vale lembrar que o avô de Lu Xun tinha sido um acadêmico Hanlin.

ta da roupa estranha do Diabo de Araque. Pensou em pegá-la, mas os olhos bateram no "pau de luto", o porrete amarelo que seu corpo conhecia bem.

E não é que, com toda aquela pose de "vamos 'Mudar o Mandato'", o Diabo de Araque tinha deixado a cabeleira crescer?... Estava lá, desgrenhada, passando da nuca, aos poucos recuperando o penteado da dinastia que foi... Quequéu, escandalizado, "Como é que virou uma imitação de Cururu[109] do clã dos Liu, o imortal da montanha da Estrela Polar, com sua cabelugem arrepiada?".

Entretido com o próprio discurso, o candidato a político não se deu conta da presença de Quequéu. O herdeiro dos Qian tinha subido numa caixinha de madeira — era assim que os diabos de além-mar faziam — para discursar, tendo Olho-Branco e mais uma dúzia de cupinchas e puxa-sacos ouvindo com toda a seriedade.

Em meio a tanta cerimônia, Quequéu aproxima-se da minúscula multidão, parando logo atrás de Olho-Branco — afinal, malgrado as controvérsias, Quequéu também era um Zhao. Queria muito dar um bom-dia para o discursante, mas não sabia como fazê-lo. Uma vez que iria se unir ao Partido, chamar seu correligionário, e pistolão, de Diabo de Araque ia contra a melhor etiqueta. "Japona" — referindo-se ao país de onde viera a "diabice" do homem — talvez fosse demasiado informal; naquelas circunstâncias, uma proximidade forçada tinha riscos. E apelidá-lo de "meu Partidão"?, tampouco servia; estava disposto a sabujar o Diabo de Araque, mas não conseguia ir tão... baixo. E "Qian-san"? Parecia adequado. Honrava a hierarquia social do Jovem Senhor Qian, bem como a sua experiência no exterior, sem desmerecê-lo, não é mesmo?

Nada obstante, "Qian-san" continuava inteiramente absorvido na sua fala, os olhos revirados, procurando enfatizar as palavras adequadas, marcando o ritmo com a mão aberta, "Como é de saber geral, sou um homem de convicções firmes e de temperamento forte. Por conseguinte, ao encontrar o meu correligionário, meu patrono, meu líder, digo-lhe, Hong,[110] meu irmão de luta! Basta de medidas procrastinadoras!! Bas-

---

[109] Liu Haichan [刘海蟾, lit. Liu "Sapo-Cururu dos Mares"], personagem das Cinco Dinastias (907-979) que se tornou cultuada no folclore chinês. O ideograma de *chan* [蟾] significa, literalmente, Cururu, sendo um símbolo esotérico da imortalidade para os daoistas.

[110] Li Yuanhong (黎元洪, 1864-1928), comandante militar que participou, em

ta de tergiversações!!! Basta de medo!!!! Vamos à guerra!!!!! Sem embargo, Hong sempre me interrompe com um '*no*'... '*No*, *no*, *no*, jovem Qian!!!'", quando, percebendo a expressão vazia de seus ouvintes, apartou, "Meus camaradas! '*No*' é um termo comum no além-mar, vocês não entendem, mas quer dizer 'nem que a vaca tussa'". Todos acenaram com a cabeça e um sorriso menos vago.

Sem perder o ritmo, "Como estava dizendo, o coronel Li Yuanhong, a quem tenho a honra de chamar de irmão Hong, está responsável pelas forças da Revolução em nossa província. Caso tivesse me dado ouvidos, repito, se tivesse feito o que digo, o Mandato já teria 'Mudado' para valer nossa terrinha amada...", dando-se conta do passo em falso, a pausa não durou muito, "Não que deseje, com isso, criticar o nosso coronel, muito pelo contrário, cuja atitude ilustra, com eloquência, a sua prudência e comedimento...", estufou o peito, "Mas desejaria compartilhar, com cada um de vocês, que ele propôs, e insistiu, e disse, que só sossegará quando eu estiver em funções na região de Hubei, servindo à 'Mudança do Mandato'... Essa, meus queridos apoiadores, foi a minha vez de pensar em dizer '*no*': '*no*, coronel, *no!*', pois o meu desejo, a minha missão, o meu destino, é servir à minha gentinha sofrida!!!...", enquanto dizia isso, pensava: quem quer assumir um cargo neste c... de mundo?

O discurso terminou com uma saraivada de palmas, com dois ou três dos asseclas chorando, pois nunca tinham ouvido alguém falar tão bem na vida. Todavia, os bem-entendidos, se lá houvesse, perguntar-se-iam sobre o intento do herdeiro dos Qian, em particular no que se refere ao seu aliado, e superior na ordem das coisas da Vila do Nunca, o Talento Florescente.

De qualquer forma, Quequéu encontrou ali a oportunidade para meter a sua colher. Estava seguro de que falaria com a mesma segurança e o mesmo encanto que o "Qian-san". Resultado, ergueu a mão, abriu a boca e "Eeeeeeee..... uhmmmmmm... ãããããããã". Algumas pessoas da plateia se voltaram para ele. Encontrando ânimo não sabia onde, Quequéu pediu a palavra, esquecendo-se, no entanto, de se dirigir a "Qian-san".

1911, da Revolta de Wuchang. Li foi um dos beneficiados das reformas ocidentalizantes de Qing, estudando numa nova academia militar em Tianjin e tendo oportunidade de conhecer a experiência japonesa. Tendo sido um importante comandante militar de Qing, tornou-se depois o caudilho da região de Hubei, agregando-se posteriormente ao Regime de Beiyang sob Yuan Shikai.

Desta vez, o Diabo de Araque percebeu, encarando-o, "Que é que você está fazendo aqui?"; "Eu... ããããã... eu..." — por mais que tentasse, não conseguia olhar nos olhos do político enfatiotado sobre a caixinha de madeira. "Cai fora! Quem chamou você?", espanando a mão e lançando olhares para dois parrudos que pareciam ser bem treinados em kung fu. Quequéu ainda se manifestou em defesa de seus interesses, "Eu... é... eu... entrar no...". Por nada.

Sem querer ouvir, o Diabo de Araque desceu do palanque improvisado, munindo-se do "pau de luto", manifestando as suas convicções fortes e temperamento firme. A ele se juntaram Olho-Branco, cupinchas e puxa-sacos, cada um gritando impropérios, "O doutor mandou você sumir, seu m...! Onde foi que você enfiou seus ouvidos?", cercando Quequéu para enxotá-lo.

Nosso protagonista protegeu o alto da cabeça, escapando de outra coça. O Diabo de Araque, talvez ciente de seu novo estatuto, exonerou-se de educar aquele mendigo com bastonadas, cancelando o cerco tão logo o visitante indesejado tinha deixado o recinto. Quequéu, contudo, continuou a correr quase meio bairro, quando, olhando para trás, viu que ninguém vinha no seu encalço. As costas molhadas de suor, andou com passos curtos e tristes, a tristeza vinda repentina, da rejeição rude que sofrera. "Qian-san não me deixou ir 'Mudar o Mandato' com ele... não tem mais jeito..."

A noite em que dormiu naquela boa cama de ripas veio à sua cabeça, gorado o sonho de que os capacetes e armaduras brancas viessem lhe dizer "Bora, Quequéu, vamos acabar com isto tudo...". Choramingava, sabendo que todos os seus ideais, esperanças, futuro, tinham sido apagados por um simples abano daquele cacete laqueado de amarelo. Lembrou-se dos cupinchas e puxa-sacos enxotando-o; imaginou Donzinho, Wang das Costeletas e outros vagabundos e arruaceiros rindo da sua cara, mas nada doeu tanto quanto saber que tinha sido purgado do Partido antes mesmo de ter ingressado nele.

Ser enxotado do Partido, daquela forma, parecia-lhe pior do que todas as humilhações que sofrera. "Que vida de m... a sua, Quequéu." De fato, não conseguia se lembrar de um momento que fosse tão vazio, tão carente de significado, tão perdido em meio aos biscates, às bebedeiras, às barrigas roncantes e às noites em que sentira que nada nunca tinha valido a pena... Tirando o bonezinho de feltro, sentiu com a mão aquele coquezinho minguado, a parte mais desgraçada de seu corpo deprimente, o que tinha de mais sujo e doente naquele pedaço de ossos fracos e carne pouca que se arrastava todo dia pela p... daquela Vila do Nunca.

Agora queria se vingar. Soltou o cabelo e trançou o rabicho. Mas, afinal de contas, cobriu-o com o boné, com vergonha. Arrastou-se a esmo, até que caiu a noite. O boteco. Uma cumbuca. Cheia até a borda, seu trapaceiro! De um trago só. Mais outra. De um trago só. Pendure as duas! Um calorzinho gostoso no bucho. Eta! Que noite bonita. Um capacete branco brilhando perdido lá em cima do monte, como a luz alva da lua vencendo a escuridão do ontem moribundo. Vamos para casa!

Encontrara a solução. Era só achar que estava tudo acabado, e isso ele achava todo dia, que tocava, no cair das luzes, para o boteco, e bebia umas lambadas fiadas, e, se não tivesse mais crédito, cheirava aqueles cheiros de amarelinha — doce, azedo, amargo, picante, fresco —, tantos quanto as cores do arco-íris. E voltava para sua esteira, no Templo da Terra e dos Grãos.

Quebrando essa rotina, *pá-pá-pá-pá-pá-pá!*, uma fileira de pipocos fez Quequéu parar, animado: estavam soltando uma girândola acolá! E como ele gostava de ver aquela animação, com os panchões, pendurados de uma viga ou de uma vara, explodindo, minutos a fio. E mesmo que não fosse alguém soltando traques, adorava intrometer-se nas coisas que não lhe concerniam. Portanto, foi. Foi pelo escuro, acompanhando o barulho e o cheiro de pólvora.

Abeirando-se do quarteirão mais abastado da vila, um som seco de sapatos de pano apressados chispou na direção contrária aos fogos, dum lugar ali mais ou menos à sua esquerda. Quequéu, no susto, percebeu o vulto de relance e desabalou, corajoso, fugindo atrás. Sem saber por que, o outro voltou-se para espiar quem o seguia, e Quequéu também espiou para ver quem seguia a si. Não havia ninguém atrás, só Donzinho à frente. Ambos pararam, concomitantes. "Que que", Quequéu gaguejava agoniado, "aco-conteceu?" Donzinho tentava recuperar o fôlego, "Os Zhao... arrombaram... roubaram... armados...".

Donzinho escafedeu-se antes de dizer qualquer coisa que tivesse sentido completo. O coração de nosso personagem inchou na boca, e ele debandou; e parou; confuso, não era culpado de nada, mas tinha atuado naquele ramo, e debandou; e parou; não, qualquer um sabia, porque ele mesmo tinha confirmado, e debandou. E parou, uma última vez. Intrépido, aproximou-se, pisando manso, das costas de uma esquina junto à mansão dos Zhao. De início, apurou os ouvidos, distinguindo vozes,

umas duras, outras moles. Depois, expôs meio rosto para enxergar —
havia uma tropa de uniformes alvos, capacetes e armaduras, não botando tudo abaixo, mas botando tudo pra fora: caixas, baús, malas e, depois, móveis, até mesmo a cama de dossel no estilo de Ningbo, sobre a qual o Talento Florescente dormia com sua esposa, a do sinal peludo nas pálpebras. Seduzido por sua curiosidade, quis sair do esconderijo, porém as pernas o impediram.

Tirante aquela situação menor, testemunhada pelo nosso protagonista, e somente por ele, a Vila do Nunca era ninada por uma noite sem lua, tranquila, que convidava ao segredo os que importavam e à ignorância os demais. Quem estava em casa dormindo — ou evitando a pequena agitação — diria que reinava uma tranquilidade perene, idêntica à que reinou no reino de Fu Xi,[111] quando a China, milênios e milênios atrás, estava sempre em paz, embora ninguém tenha sobrado para contar a história tal como foi.

Quequéu permaneceu atento por mais um pedaço, aborrecendo-se, pouco a pouco, com a meticulosidade da tropa, que entrava na casa com as mãos vazias e saía dela com as mãos pesadas. Do salão, da cozinha, do escritório, dos aposentos, tal como lembrava, não devia restar mais nada, exceto paredes, chão e teto... "Vão levar tudo!", balançou a cabeça, descrente do que via. Até a sua curiosidade dava bocejos. Com as pernas frouxas, deu meia-volta e foi procurar a esteira.

Bateu mudo o portão do Templo da Terra e dos Grãos, passando o ferrolho de madeira pela argola de arame enferrujado. Tateou pelo escuro, com medo de o zelador ter deixado alguma coisa sobre o chão e encontrou seu abrigo junto a uma coluna. Deitado, lembrou que não tinha pensado em nada após o susto que levara de Donzinho. Não é que não vieram me chamar? Ao invés de acabar com isto tudo, a Revolução parou na mansão dos Zhao? O que mais o inquietava, porém, era por que, de tanta riqueza que tiraram da casa, e mesmo da miríade de bugigangas, não deram nada para ele, Quequéu, o fiel correligionário?

Agitando o punho, "A culpa é do Diabo de Araque, aquele terrulento... não me deixou acabar com tudo com ele". Permaneceu calado um tempo, ruminando, "Eu fui o primeiro a me juntar, cadê minha ganhan-

---

[111] Lendário imperador da China. Atribui-se a Fu Xi [伏羲] a invenção dos Oito Trigramas que deram origem ao *I Ching*.

ça?... Como é que continuo bebendo fiado, sem vela de quatro taéis, sem cama de ripas, vivendo aqui nesta tapera?".

O veneno da mente matou o sono, fazendo um ódio de morte percolar o sangue, "Você acha que pode botar tudo abaixo sozinho, seu filho de uma égua? Erro seu! Vou bater no distrito, denunciar sua traição! A cabeça dos Qian vai rolar: a sua primeiro e aí seu clã inteiro, e eu vou estar lá para assistir o espetáculo — cabelo, barba e bigode: *Tchá! Tchá! Tchá! Tchá!*" — e o braço imitava os golpes da espada.

Capítulo nono:
A grande reconciliação

Mas Quequéu ficou quieto. Pouco após o arrombamento, a Vila do Nunca, Quequéu inclusive, raiou de satisfação pela desgraça alheia, e que desgraça, pois o alheio no caso era dos Zhao, que tinham mais do que todos. Nada obstante, não foi preciso muito para que o tempo fechasse, primeiro com nuvens de desconfiança, cada vez mais densas e, depois, com tormentas de terror, cada vez mais torrenciais.

Não sei quantas noites mais se passaram até que, de madrugada, um alvoroço brotou repentino no Templo da Terra e dos Grãos: era soldado, era miliciano, era polícia, às dúzias, mais os cinco ou seis dedos-duros que mantinham o distrito informado sobre as ameaças à harmonia, saídas de onde quer que fosse. Em suma, uma tropa inteira. Como é que tanta gente, desabituada dos locais, chegou sem levantar suspeita? Certo que se aproveitaram do manto escuro da hora e da rotina imutável da vila.

Cercaram o templo e montaram uma metralhadora logo na frente do portão. Porventura imaginavam que Quequéu fosse se precipitar numa investida, tanto heroica como suicida, "para acabar com tudo"... De fato, a tranquilidade habitual permaneceu inquebrada. E continuaria dessa forma até a manhã do dia seguinte não fosse a pressa, a irritação do Bazong, o capitão da companhia a serviço naquela circunscrição, que compareceu em pessoa. Querendo voltar rapidamente para a capital, ofereceu vinte mil moedas de cobre, uma pequena fortuna dado o risco inexistente, a ser auferida por quem quer que arrancasse o meliante de seu antro.

Dois milicianos, cabras-machos, vestidos apenas com calças que mal chegavam ao meio das canelas, aceitaram o dinheiro fácil de bom

grado. Pulando as cercas baixas que faziam o perímetro do templo, não precisaram de mais que alguns instantes para abafarem um grito assustado, de Quequéu, de modo que acorreram, a um tempo, os soldados que estavam do lado de fora. Arrastado, em meio a um rebuliço que ele não compreendia, Quequéu protestava, "Que foi que houve?", quando o soltaram, de quatro, à frente da metralhadora. Abriu os olhos, bem acordado.

Detido, foi levado sem demora à capital do distrito. Quando saiu da sampana, o sol estava a pino. Tinha as mãos amarradas atrás das costas, dois guardas seguravam-no pelos braços. Foi conduzido ao velho Yamen, antiga repartição do mandarim do distrito, um prédio dilapidado. Viu-se arrastado por uma sucessão de corredores até acabar jogado numa cela imunda.

Ergueu-se, as pernas ainda dormentes, virando-se, cai não cai, a tempo de ver o portão bater e ouvir o encaixe rude da aldraba. Era um portão sólido, gradeado, feito com estacas de madeira maciça, tampando a cela. A cela não passava de três paredes de alvenaria esburacada, sem janelas, com dois outros cativos, já bem acomodados, que ele só avistou com algum esforço, os olhos mal habituados àquele negrume.

O coração batia inquieto. A mente ainda não havia alcançado os acontecimentos, de maneira que Quequéu não sentia nada adequado às circunstâncias: nem amargura, nem sofrimento; nem opressão, nem melancolia. E, como consolação, ficou contente ao notar que era mais confortável e luxuoso do que aquele recanto em que estirava a sua esteira no templo. Bom demais.

A seguir, nosso protagonista quis conhecer e se dar bem com a nova vizinhança. Eram do interior, como ele, arriscava-se a dizer, apesar de que a vila não fosse a mesma. Fez um aceno com a cabeça, que retribuíram, começando a conversar.

"Foi o Homem Recomendado", um deles explicava; tinha arrendado dele um terreno, que cultivava com sua família, ajudado por outras mãos do clã. "Pôs-me de ferros até que pague o aluguer atrasado", o qual, passando por dificuldades, tinha deixado de pagar, a princípio com assentimento da potestade. A dívida não parou de crescer, porém menos rápida do que a impaciência do senhorio e o desamparo do inquilino, donde aquele enclausuramento infeliz.

"E você, por que é que está aqui?", perguntou Quequéu. Uma penumbra ovalada dava a impressão de forçar um sorriso, ou uma careta.

"Fale, rapaz, não estamos presos os três?", brincou o endividado. Aquela silhueta sem características esticou uma perna, "Só detido", coçando o tecido grosso que a cobria, "mas não sei por quê".

"E você, sabe?", breviloquentemente, para Quequéu. "Seeeei, sim!", orgulhoso de suas peripécias, "porque eu quis acabar com tudo na minha vila." Os dois deram uma longa gargalhada, cada qual num tom diferente, em harmonia ressaltada pelo escuro e pelo cheiro de sujo.

Algumas horas transcorreram; se poucas, se muitas, nosso personagem não tinha como ter certeza, porquanto a angústia tinha despontado. Quiçá seria o final da tarde quando o portão se abriu, e dois guardas agarraram Quequéu, escoltando-o a um salão amplo, com janelões entreabertos, vazando o brilho do dia que terminava: era o final da tarde. Num tablado baixo, um homem gordo e velho de bigode curto e fino sentava-se majestático numa cadeira de respaldar alto, diante de uma secretária larga.

Tinha uma cara de lua cheia, o couro cabeludo brilhante, raspado com rigor e escrúpulo, o que impressionou o objeto desta biografia como um monge budista com cara de bravo, daqueles que nunca sorriram na vida inteira. À sua frente, uma fileira imóvel de soldados, com poucas dúzias de becados ladeando o tablado, uns iguaizinhos aos outros, naquela roupa cinzenta de *homens-bons*, não fosse o penteado, metade dos quais tosquiados como o do homem sentado na cadeira, a outra metade careca de trança, a despeito de a estarem crescendo de novo, à maneira de um Diabo de Araque.

Espiou aquelas faces, sem nunca parar para fitá-las. Como é que todas tinham a mesma expressão, a carne das bochechas contraídas sobre as maçãs do rosto, os olhos em brasa sanguinolentos? Nesse exato instante, Quequéu sentiu um baque, "esse povo todo veio aqui por um motivo...", e os joelhos amoleceram sob o tremor involuntário das coxas magras e um esguicho de urina que, com bravura, segurou pela metade. Nada obstante, colapsou genuflexo.

Com ares de satisfação íntima, umas vozes becadas gritaram injuriadas, "Fique de pé, sua cria de marafaia...!". Desorientado, Quequéu procurou com os olhos quem havia lhe dado a ordem, contraindo ao mesmo tempo os músculos das coxas para se erguer de pronto. No entanto, o movimento perdeu ímpeto antes de ele conseguir firmar um dos pés, deixando-o acocorado. Tremelicante, escorregou até parar sobre as próprias patelas. O espetáculo encheu o salão de desprezo. Outra beca deu o golpe de misericórdia, "Seja homem, seu pusilânime!", o que sugeriu permissão para que ele continuasse ajoelhado, em troca da sua dignidade.

Observando Quequéu fixadamente, olhos nos olhos, o presidente daquela sessão manifestou-se com voz cristalina, controlada, compassada, "Testemunhe de boa-fé, conforme a verdade dos fatos. Coopere e escapará do suplício. Nós já estamos a par de seus antecedentes. Basta testemunhar, que nós relaxaremos a sua detenção". Ansiosos pelo espetáculo, da plateia de *homens-bons* alguém gritou, "Desembuche logo!".

Sem ousar erguer os olhos naquela posição desconfortável, estatelado de medo do pau de arara, nosso protagonista abriu a boca, como se para dizer algo. Estava confuso, perdido naquele mais longo dia de sua vida, "Eu... eu... queria", as palavras entrecortadas, "queria... vir aqui me...". Amena, a autoridade o ajudou, "Sendo assim, por que você não veio de livre-alvedrio?". Quequéu procurou apoio no olhar do homem, "Por quê?, porque o Diabo Estrangeiro de Araque, aquele maldito, não me deixou"...

"Não tente me ludibriar com disparates", sempre calmíssima a autoridade, "você já teve sua chance, agora é tarde para isso. Esclareça, onde estão os seus cúmplices?" Quequéu estava perplexo com o rumo daquela conversa, "O quê?... o senhor está falando de quê?". Acima do tablado, um homem impassível e imperturbável, "Pois bem, nós queremos saber o que se passou naquela noite". "Qual noite?" "A do arrombamento." "Que arrombamento?" "Pergunto-lhe sobre onde estão os seus cúmplices no arrombamento da mansão do clã Zhao." Quequéu emudeceu de estarrecimento.

Como reagir àqueles olhos, todos firmados sobre si próprio? O que dizer, com tantos *homens-bons*, gente de berço e importância, reunidos só para ele? Tinha algo entalado na garganta, "Eles não vieram me chamar. Não vieram bater palmas na porta do Templo da Terra e dos Grãos, e dizer 'bora, Quequéu'. Depois, depois eles foram sozinhos levar as coisas da mansão", aquelas lembranças, muito vívidas, transportavam-no para a Vila do Nunca, os nervos à flor da pele.

Movendo-se com leveza para apoiar os cotovelos sobre a secretária, o líder adocicou ainda mais o seu tom de voz, "Entendido. E aonde foram, a seguir? Basta dizer-nos e deixaremos que você vá". O nosso personagem suspirou, aliviado, "Eu não sei, não sei... só sei que eles não vieram me chamar... posso voltar para a vila?". O severo olhou discreta-

阿Q疑心他是和尚、

mente para um lado, apertando as pálpebras uma vez. Dois guardas agarraram Quequéu pelas axilas e carregaram-no de volta para a cela. Silente, o prisioneiro voltou seus olhos para tentar ver o que estava acontecendo. Todos os presentes, de perfil, pareciam indiferentes àquele que saía.

A noite passou em branco, com tantas coisas indo e vindo na cabeça, que ele não conseguia pensar em nada, sequer se lembrava dos dois companheiros de cárcere. Portanto, foi num estado de vigília morta que Quequéu viu a porta se escancarar aberta para que fosse rojado, sem oferecer resistência, pelos dois guardas, como um balaio roto. Os corredores, iluminados pela claridade do sol matutino, levaram-no ao mesmo salão do dia anterior.

Colocando-se de joelhos, notou que estava diante da mesma autoridade com cara de bravo que lhe prometera soltura e que ainda se expressava com um tom aprazivelmente brando, "De ontem para hoje, você se lembrou de mais alguma coisa que poderia nos testemunhar?". Exaurido por duas noites no cárcere, o resto das forças consumido pela fome, Quequéu fitou o homem sem enxergá-lo, alheio às expressões dos becados que tanto o intimidaram na véspera. Sem que nada lhe ocorresse de útil ou de necessário, dispensou-se, "Mais nada... não, senhor".

A autoridade repetiu a olhadela do dia anterior; porém, antes dos dois guardas, acorreu um secretário becado que, tendo colocado uma longa folha de papel sobre o chão, fez Quequéu segurar um pincel.

Com aquele cetro, símbolo do poder dos *homens-bons*, ora frouxo, ora teso na mão esquerda — a mão ruim —, Quequéu sentiu vertigens. A despeito de ter visto o Talento Florescente e outros usando um, era a primeira vez que tinha um troço daqueles nas mãos.

Então parecera uma coisa fácil, mas não. Agarrou a haste, como se mão de pilão fosse, aterrorizado pelo fato de que tantos *homens-bons* o vissem ali, sem saber o que fazer com algo que era tão simples quando brandido por um Zhao ou um Qian. Entre a vergonha e o abandono, olhou para o secretário como uma criança pedindo socorro a um adulto, estranho, "O que eu faço?". O outro, curto, apontou para um canto do papel, "Assine aqui".

Desacoroçoado, Quequéu alheou-se. "Assine aqui!", picava o papel com a unha longa. Seus olhos voltaram a enxergar quando o secretário bradou "Aqui! Logo!". Quequéu tossia como se tivesse engasgado com algo. Passou o pincel para a mão direita — a mão boa —, a ponta prestes a tocar a branca superfície áspera, tão vazia quanto o fardo que Que-

quéu carregava na mente. Sua assinatura? E não era um Zhao? E por que não vinha fácil, a assinatura? Clamando misericórdia de quem executava aquela sentença humilhante, "Eu... senhor... eu não sei escrever", com sentido remorso.

Desejoso de cumprir a ordem de seu superior, o homem abanou a cabeça, "Certo, vou facilitar a sua vida, risque um círculo aqui". Um círculo, ele sabia o que era: a boca do pilão, o aro da peneira, a silhueta da lua, a borda de uma cumbuca de cachaça. Riscar com o dedo era fácil, mas com um pincel? Claro que iriam rir de um círculo troncho! O medo, as contrações, a mão que não parava no lugar.

Foi neste ponto que o secretário firmou o papel, "Vamos logo!". As cerdas espatifaram-se no documento, deitando anéis concêntricos de tinta, do negro profundo ao cinza-esbranquiçado. Nosso personagem então usou toda a força que tinha para girar a ponta mole e chucra da ferramenta. O meu círculo não é redondo o bastante? Estão caçoando de mim? Levantou a cabeça para confirmar e a ponta do pincel resvalou para fora do perímetro demarcado. Ele compensou a desobediência puxando o corpo da haste para arredondar a figura, deixando para trás um traço tremido que, ao voltar à sua origem, legou à história dos autos um borrão cerdoso com o formato oblongo de uma semente de melancia.

Tão logo concluíra a sua primeira obra-prima de literato, puxou-a o secretário, quem também privou Quequéu do cetro que, por uns instantes, o elevara a uma condição insueta. Permanecia indeciso a respeito de quanta vergonha deveria sentir pela semente de melancia que desenhara, a despeito de o secretário não exibir qualquer interesse nela, com os dois guardas intervindo para transportar o objeto desta crônica de volta a sua cela, dando por concluída a segunda audiência de instrução, cujo objeto, todavia, restava por esclarecer.

Em nítido contraste com a tarde anterior, nosso protagonista retornou à sua cela refeito, como se de volta a um abrigo benquisto, as preocupações do dia anterior quase que esquecidas. Sorrindo para os dois companheiros, pensava que sua obra ali estava completa. A vida humana se desenrola na vastidão entre o Céu e a Terra, quem sabe aonde seus caminhos maravilhosos levarão? As coisas eram assim mesmo... há um tempo para ser preso, há um tempo para ser solto... há um tempo para pegar no pilão, há um tempo para pegar no pincel... Se pedem para escrever o nome, desculpem-me, não sei, mas um círculo pode. Redondinho, não, mas círculo, sempre...

Encostado num ângulo formado pela parede e a grade, admitia que a semente de melancia que riscou pesaria negativamente em seus antecedentes — aquelas dúzias de becas, rindo-se como se riram; o secretário, mostrando-a para o presidente mal-humorado; os dois guardas mal se contendo diante do opróbrio do condenado. Mas Quequéu era assim, passaram-se vários minutos antes de que se esquecesse, de que encontrasse sua tranquilidade. Riscar círculos redondos é coisa de bunda-suja... Achou graça de si próprio. O sono veio e ele dormiu, pronto para o que viria a seguir.

Mas nem todos gozavam da mesma paz. Naquele mesmo momento, o Senhor Grande Homem Recomendado andava insone de um lado para outro, no seu escritório. O motivo, ele e o Bazong tinham discutido, brigado, sobre o rumo a ser tomado pela investigação dos arrombamentos — o da mansão dos Zhao na Vila do Nunca era apenas um caso. A contrariedade havia gerado indisposição mútua: o Homem Recomendado indicou que a prioridade era recuperar com presteza o patrimônio perdido pelos *homens-bons*, em especial os titulados. Já o Bazong queria execuções públicas, com o intento de, em sua elocução, "passar um recado para a cambada de vagabundos e arruaceiros".

Com efeito, o Homem Recomendado não perdera apenas o sono, perdera também a face. Já não era a primeira vez, nos últimos tempos, que o Bazong, sentado atrás de seu magnífico birô, dava de ombros para ele enquanto ele permanecia de pé. A mais recente humilhação, de poucas horas antes, vinha e voltava à sua lembrança.

Com aquele temperamento de militar, o capitão falava aos berros, marcando a ênfase com pancadas sobre a mesa — "Vamos matar um para aquietar cem!!". O velho erudito tentava replicar, "Mas, senhor Bazong, é preciso ter em mente o profundo sofrimento, mental e material, das famílias afligidas, pilares de nossa...", sendo interrompido com veemência, "Espere aí, veja só... estou servindo à Revolução neste cargo há um mês, menos de três semanas, e olhe que já foi uma dúzia de ocorrências... uma a cada dois dias!!". "Sim, é certo, mas são doze famílias que...", e o pequeno comandante revidava, "Já estão resolvidos, os casos, não é? Todos. Casos resolvidos e arquivados. Onde estão as cabeças? Não estão me fazendo passar vergonha?".

Fingindo impassibilidade, o Homem Recomendado tentou insistir, mas, "Os casos estão fechados! Como é que você me vem com suas chorumelas de pedante? Cale a boca, que quem manda nesta m... sou eu!". Julgando as palavras da liderança militar do distrito descomedidas, o velho mandarim quase perde a própria moderação, "Em meu modesto entender, senhor Bazong, é imperativo persistir com nossas investigações, é imperativo resgatar os bens perdidos, é imperativo recobrar a paz e harmonia em nossas vilas", do contrário sentir-se-ia forçado a "renunciar de minhas responsabilidades para com a pasta da administração civil...".

Quem viu a expressão no rosto do interlocutor, não sentiu suspense algum. O Bazong esfregou uma única vez a testa, talvez para controlar o impulso de dizer o que queria, da forma como queria, para aquele homenzinho grisalho de feições amenas. "Seja como você preferir...", foi o que saiu de sua boca, num tom extraordinariamente contido. O veterano da velha dinastia retirou-se sem dizer mais nada, rumando para sua mansão, pensando no quão humilhante seria continuar no cargo, pensando no quão humilhante seria não continuar no cargo, dilema que o fez filosofar noite afora...

Quando o dia raiou, o Homem Recomendado decidiu que o problema estava na palavra "humilhante". Fazendo-a desaparecer, desapareceu o dilema, e saiu para o seu gabinete com a gravidade habitual — feliz por dentro. Mais ou menos pela mesma hora, Quequéu foi acompanhado, os braços bem seguros, pelos dois guardas. Tinha uma espécie de sorriso no rosto, que os outros não viam, mas que ele sentia, pois o fim daquilo estava próximo. De qualquer forma, confrontado com o arremedo de monge budista, preferiu ajoelhar-se, conformando-se aos precedentes.

Quase doce, o presidente perguntou, "Então, tem algo mais a acrescentar?". Quequéu sentiu saudade da Vila do Nunca, queria deixar tudo aquilo para trás, "Não..."; parou e pensou, reiterando, "Não, senhor". A autoridade contraiu os cantos da boca no que parecia um sorriso medonho, erguendo a cabeça de leve, com autoridade. De imediato, alguns becados quebraram a formação das fileiras ao lado do tablado, fazendo correr alguns outros, que estavam amontoados atrás, de mangas curtas, que imobilizaram Quequéu, vestindo-o com um colete de algodão cru e levantando-o com um puxavante.

Investigando o próprio peito, Quequéu encontrou algumas letras, escritas toscas, incompreensíveis para ele. O que mais o exasperava, contudo, era a brancura do colete, fazendo-o identificar-se com alguém que põe as vestes de um filho pio, a mortalha grosseira de quem inicia um longo luto por um genitor recém-falecido — não havia nada de mais agourento, nada de mais pestilento do que aqueles andrajos. "Que que é isso?", perguntou, em vão, enquanto um brutamontes atava com firmeza suas mãos doloridas atrás das costas, fazendo-o gemer. Com um safanão, Quequéu foi projetado para a frente, "Marche!", dois guardas contendo-o, dois guardas abrindo o caminho, até que saiu da repartição.

Cegado pela luz do dia ao cruzar o portão, recobrou a vista quando estava prestes a subir numa carroça descoberta, escoltado pelos mesmos homens duros, vestidos com mangas curtas — os becados tinham ficado para trás. Posto sobre um arremedo de banco, afixado na carroçaria do veículo, tentou equilibrar-se no primeiro embalo, quando notou soldados com espingardas pendendo das costas e milicianos sentados no assento, uns vigiando-o, outros conduzindo a carroça. Sem poder enxergar o que estava além, dado o anteparo militar e miliciano, confirmava que o caminho era ladeado por uma verdadeira multidão de cabeças, espectadores contentes da vida, de bocas abertas, rindo, gritando, ofendendo, destratando, uma sucessão inconsútil de rostos que se perdia na lerdeza trepidante da carroça.

O que havia mais à frente? Apesar de não poder vê-lo, um fragmento de memória dilacerou Quequéu... seria o Monte da Decapitação, para onde estavam indo? Sentiu alguma coisa fria como um bloco de gelo arrombando suas tripas, os olhos murchando e fenecendo dentro das órbitas, um zumbido crescente num dos ouvidos, uma torrente cálida brotando do estômago. Balançou para trás, quase caindo desfalecido. Mas se segurou a um cabo. "Segure-se, Quequéu!" A vida humana se desenrola na vastidão entre o Céu e a Terra, há um tempo para perder as estribeiras, há um tempo para se aguentar. Desenrola-se, sim, senhor, entre o Céu e a Terra, e quando a hora se aproxima, há um tempo para ser macho e pôr o pescoço debaixo da espada.

Mas o caminho revelou-se mais longo, e tudo o que sentira no intervalo daquela existência ia e vinha, aparecia e desaparecia, diante dos seus olhos ou implícito na mente, de bom grado ou de má sina, coragem e covardia. Era o medo que lhe assomava. "Como é que passaram do Monte da Decapitação?", estranhava. Vendo o lugar do suplício ficando para trás, perdeu a certeza de morte imediata e, com ela, o alento que sente qualquer moribundo diante de seu exício, o de não precisar curar-se de mais nada. Ressuscitaram, em seu íntimo, os mesmos temores profundos que impelem os homens que têm a vida nas mãos a seguirem por diferentes sendas: teria mais uma oportunidade de entrar no Partido?

Voltaria a encontrar biscates para ganhar os cobres para a aguardente e o arroz? Permitiria-lhe o velho estender sua esteira naquele canto escuro do Templo da Terra e dos Grãos? Na verdade, a carroça não tinha pressa de chegar a lugar que fosse, apenas sofreguidão de ser gozada pelos olhos do público, pelas vias repletas de gente tão diferente em aparência, mas tão semelhante no prazer de gozar do sofrimento alheio. Quequéu tinha encontrado o seu recanto, a vastidão entre o Céu e a Terra, quando há um tempo para tudo, que a carroça fosse aonde quisesse, pelo menos era o que repetia de si para si.

Por fim, nosso protagonista compreendeu: o seu transporte estava exibindo-o, queria que cada uma das pessoas da capital o visse antes de deixá-lo no Monte da Decapitação. Quequéu engoliu em seco. O próximo *tchá* seria o de sua própria cabeça. Bonito... demais...? Contemplou, desapaixonado, aquele cortejo de olhos, à sua esquerda, à sua direita, e vindo por último atrás da carreta, como um batalhão de formigas atraídas pela carniça do morituro.

O nosso personagem investigava as faces, tantas faces como nunca imaginara que houvesse na China inteira. A capital do distrito virara a capital do mundo. De súbito, feições conhecidas em meio à multidão, uma face adorável, querida, apesar das ocorrências, a da Mãezinha, a viúva dos Wu, não mais desaparecida, o mistério desvendado, sua ausência da Vila do Nunca explicada por uma fuga insuspeita para tentar a vida na cidade grande, dava a impressão de não o ter visto, e como ele queria que ela o visse, uma última vez que fosse, envergonhando-se de não ter a bravura de a chamar, ou de agir de forma a que sua atenção caísse sobre ele próprio, não mais importando o seu destino e a sua desgraça debaixo da espada, Mãezinha, olhe para mim.

Nesse momento notou que ainda não tinha cantado uns versos de ópera, como fizeram aqueles outros que vira perder a cabeça. Agora entendia que era preciso coragem, porque quem espera a morte mal se lembra de que ainda está vivo. E uma melodia de "A viuvinha foi varrer a vala do noivo" tangeu na mente como uma melopeia profética, perdida do furacão soprado pelos imortais daoistas. Quequéu tentou entoá-la baixinho, porém, saiu meio choro, meio rouquidão. E se lembrou do *Duelo do Dragão e do Tigre*, "Ar-re-pen-diiiiiii-do não faz de nooooooo-vo", que pareceria admissão de culpa, falta de hombridade. No final, decidiu-se por "Vou deitar minha chibata de ferro!", porque lhe dava força antes da luta, e que seja! Puxou o ar para dentro dos pulmões, dan-

do um pinote para, pairante no vazio, fazer a mímica do golpe com a chibata invisível, momento em que se lembrou das mãos atadas atrás das costas, ato falho, caindo seco sobre seu banquinho e desistindo de um verso que seria tão inapropriado.

As gargalhadas irônicas dos guardas atiçaram o fogo no peito do executando, que quis xingá-los, que quis revidar. Os olhos em brasa, reposicionou-se sobre o seu poleirinho, cantando, "De-po-iiiiiis de viiiiin--te aaaaaa-noooos... vou vol-taaaaar",[112] aquelas palavras seculares, de autoridade ignota para Quequéu e, no entanto, com uma eloquência e uma dignidade mais do que adequada à tragédia anônima dos injustiçados, cujo único consolo era a esperança de reencarnarem e buscarem a vingança que mereciam.

De qualquer forma, o verso foi interrompido por um longo caos de palmas e apupos e gritos de viva e gritos de palavrões e relinchos e uivos, mas todos pediam mais. Em meio à sua própria apoteose, consagração que instintivamente buscara por toda a vida, Quequéu só tinha olhos para a Mãezinha, onde estava ela? Tinha prestado atenção em Quequéu? Tinha ouvido Quequéu cantar o canto de revolta? Tinha reconhecido a voz de Quequéu? Encontrou-a fitando a espingarda nas costas de um soldado, quiçá fitava aquele próprio soldado em particular, com toda a atenção.

Observando as ruas cheias em todas as direções, a carreta movendo--se cada vez mais devagar, Quequéu sentiu-se sozinho. E seus pensamentos voltaram para uma experiência perdida no passado — era inverno, tinha saído para cortar lenha nos montes que ladeavam a Vila do Nunca, quando se deparou com um lobo, um único lobo, nem grande, nem pequeno. O bicho seguia-o, nem de longe, nem de perto, os olhos esfomeados, a língua pendente, os dentes rutilantes. Embora Quequéu estivesse brandindo uma machadinha, ele estremeceu por dentro. Deitou os feixes de lenha, devido ao medo, confiando nas pernas ou em que, se a fera investisse contra ele, teria ainda uma lâmina para oferecer resistência. O

---

[112] Corruptela do famoso mote "Depois de dezoito anos, haverá um outro homem de raça" [十八年后又是一条好汉], da *Narrativa moralizada das dinastias Sui e Tang* [隋唐演义]. O original mistura concepções budistas e confucianas, expondo que, em seus últimos momentos, um indivíduo condenado à morte deseja voltar, numa nova vida, para continuar suas boas obras. Como de praxe, Lu Xun inverte ironicamente o intento moralizante da citação.

bicho talvez soubesse do risco, pois a perseguição terminou sem se consumar, pelos arredores da vila.

Ele nunca se esquecera daquele lobo que, com o passar do tempo, ganhou os contornos de um pesadelo. Uma força maligna e traiçoeira, com olhos reluzentes de fogo-fátuo, emboscando-o na escuridão, pronto para consumir a sua própria carne. Dando-se conta da ironia, percebia quantos lobos havia no mundo, lobos em pele de homem, que consumiam carne alheia com os olhos, uns mais afiados, outros mais embotados. Sentia-se, portanto, sendo devorado, era sua carne que via nas bocas abertas ou sendo mastigada pelos que as tinham fechadas. A carne e o sangue, sua carne e seu sangue, eram de todos; mas eles queriam mais; ele não sabia o quê; só os via seguindo-o; uns de longe, outros de perto.

Com o Monte da Decapitação à vista, o peito arfando, as mãos tremendo, a cabeça formigando, Quequéu viu aquelas centenas, milhares, milhões de pares de fogos-fátuos queimando gelados na sua mente, consumindo a sua alma. Imaginou-se suplicando, "Piedade... tenham piedade...", sem saber se tinha dito, ou não dito, ou desdito... Naquela situação, tampouco lhe importava, com um silêncio grande cobrindo paulatino onde tocavam os seus olhos, com as cores se apagando até que só restou um facho da luz do sol orientando inequivocamente sua lenta ascensão à inevitabilidade. Olhos fenecidos, ouvidos zumbindo, corpo coberto por uma mortalha, desfazendo-se em pó de cinzas.

Quem mais sofre, os que vão ou os que ficam? É uma controvérsia insolúvel. Contudo, na medida do que pude levantar de tudo do que se falou à época, o Homem Recomendado, Senhor Grande Homem Recomendado, a rigor, sofrera os mais graves reveses, os que doem não só no bolso, mas na reputação. Nunca recobrou patrimônio, algum que fosse, dos arrombamentos, para desespero de seu próprio clã, e dos de seus amigos, e dos de seus aliados, e dos de seus companheiros titulados.

O clã Zhao também perdeu face, o que restara dela, quando o Talento Florescente, tendo se dirigido em pessoa à capital do distrito, com o fito de exigir um resultado aceitável para a investigação, terminou agarrado no meio da rua. A despeito do pêssego de prata que reluzia em seu peito, foi tosquiado à força por uns soldados bêbados ou maliciosos — membros pouco exemplares do Partido da Revolução, supõe-se. Além disso, também foram exigidas dele as vinte mil moedas de cobre devidas pelo Bazong aos dois cabras-machos que entraram no Templo da Terra e dos Grãos para cumprir aquela missão de altíssimo risco. Resultado, o herdeiro dos Zhao retornou à Vila do Nunca sem os pertences, e sem a trança, e sem a dignidade, para comoção geral do clã.

"Mudado o Mandato" como mudou, ou nem tanto, os arrombamentos e seus desenvolvimentos marcaram o começo da lenta decadência dos velhos clãs de titulados, os quais já cheiravam a mofo, diga-se de passagem...

Antes de concluir esta "Crônica autêntica de Quequéu", legando-a às incertezas da posteridade, reservo espaço para um último registro, sobre como a opinião pública memorializou o passamento do objeto de minhas investigações.

Na Vila do Nunca, não restavam dúvidas, formou-se o consenso de que Quequéu sofreu o fim que merecia. Perguntados sobre a razão para tanto, reagiam mais ou menos da mesma forma, argumentando que só morrem fuzilados os maus e que o governo sempre está certo, o que prova que Quequéu estava errado e que era mau, do contrário, o governo não estaria certo, o que é impossível.

O público da capital do distrito revelou uma atitude diversa acerca do ocorrido, coerente com sua visão mais matizada da realidade. Segundo meu inquérito, não aprovavam o que tinha se passado. A grande maioria, inclusive, sentia-se profundamente insatisfeita com o procedimento que submeteu aquele coitado a fuzilamento — um tipo de morte muito menos vistoso do que a decapitação. Pior ainda, o condenado fora exibido em cada beco, rua e ruela da cidade, passara diante das casas mais abastadas e mais miseráveis, fora visto pelos mais ignóbeis e mais preclaros, sem que nunca cantasse um verso de ópera sequer, sem que desse um único mote para o seu desfecho — e lamentavam tê-lo seguido em vão, pois o pano caiu sem que vissem qualquer espetáculo.

Dezembro de 1921

O FERIADO DOS DOIS CINCOS,
OU O DIA DO ACERTO DE CONTAS

Nessa etapa de sua vida, em que se aproximava do apogeu de suas faculdades intelectuais, o "doutor" Fang Xuanchuo apegou-se à expressão "o mundo muda sem mudar", que logo se tornou um mantra, a sublimação de toda a sabedoria, secular e divina, para aquele funcionário público inveterado.

Por que precisava desse mantra? Fang havia dedicado os seus anos de juventude a aperfeiçoar o que podemos denominar de "a arte da indignação". Atento às injustiças que encontrava no mundo, sempre, perquiriu-as a fundo, como uma obsessão. Cedo ou tarde, esbarrava na questão: como resolvê-las? E parava na própria apatia, sempre. Sem encontrar uma solução, nem para as injustiças, nem para a sua inércia, tornara-se um neurótico.

Note-se que a invocação do mantra se arraigou nele, de maneira que não era mais um rito, tão somente. "Muda sem mudar", "muda sem mudar", "muda sem mudar"... entrou na carne e nos ossos, começou a fluir no tutano e nos nervos, plasmando a própria existência, pública e privada, desse extraordinário homem comum.

Se estudarmos a etiologia do complexo, perceberemos que, em seus primórdios, Fang surpreendera-se a dizer, quase inconsciente, "Tudo continua como dantes...", verbalizando sua frustração com o mundo e abanando a cabeça. Entretanto, perdido entre seus alfarrábios, oráculos da sabedoria antiga, depois de meditar demoradamente a questão, intuiu que "Tudo continua como dantes" não correspondia com perfeição à natureza das coisas. "O mundo muda sem mudar." Soava ainda melhor e era ainda mais verdade. "Doravante, este será o meu mantra!"

E não é que não estava equivocado, o homem? Fang Xuanchuo descobriu que tal advertência, enganosamente trivial, redundava em muitas oportunidades para revisitar, com um suspiro, as imperfeições da vida, enquanto se constituía num fragrante bálsamo para o seu espírito.

Demos um exemplo. Anos atrás, Fang costumava perder a paciência com o autoritarismo patriarcal nas relações entre velhos e jovens. Invocou "o mundo muda sem mudar!" e, num passe de mágica, entendeu que, após sofrerem décadas sob os seus pais, os jovens de hoje terão filhos e netos, o que lhes faculta uma oportunidade de irem à desforra: que os oprimam com sua tirania, então! O problema deixou de existir para ele e a paz de espírito retornou.

Mais um exemplo. Numa certa ocasião, ele testemunhou um membro da milícia espancando um anônimo puxador de riquexó. Naquele e nos dias seguintes, a indignação queimou como um fogo de monturo. Refletindo e refletindo sobre o assunto, ele inverteu seu julgamento inicial. Se fosse o puxador o miliciano, se fosse o miliciano o puxador, o resultado seria o mesmo; para que ressentimentos? "O mundo muda sem mudar!!!" Pimba, tranquilidade reconquistada.

De qualquer maneira, os efeitos dessa paz de espírito expiravam sob uma pesada rotina de crítica e autocrítica. De volta ao lar, ele costumava acender um cigarrinho após o jantar, soprando o prazer para o teto do estúdio, repassando suas experiências. Às vezes, quando o tédio lhe pesava demais sobre os ombros, pedia ajuda ao copo para continuar a pensar...

Nessas ocasiões, não infrequentemente, se lembrava de um medo que tinha, medo de estar se enganando, medo de admitir que não possuía a coragem de lutar contra essa sociedade, perversa, em que vivia... e, furtiva, uma vozinha suspirava: "contra essa sociedade, da qual você é parte e se beneficia!!". Por essa razão, naqueles instantes, compreendia que o mantra tinha criado uma escapatória para si próprio, adrede, cobrando-lhe o preço de imolar a sua consciência em contrapartida.

Não resta dúvida de que infringira a advertência de Mêncio, o Segundo Sábio, tornando-se "alguém que não possui a consciência do certo e do errado", que todo homem deveria ter, não, tinha que ter, de nascença... Seria muito melhor corrigir-se enquanto podia, voltar a se adequar a essa "lei natural", certo? Em vão. O "muda sem mudar" acabava emergindo ileso, triunfante, no mar incerto de suas ideias. E estava pronto para enfrentar o dia seguinte.

Às suas horas de expediente na repartição, o "doutor" Fang cumulava a honra de palestrar no maior centro de saber de toda a gloriosa China. A estreia de sua doutrina de "O mundo muda sem mudar" foi numa palestra que realizou na ilustríssima Universidade do Melhor dos Lugares. Pequim, claro.

Embora não mais se recorde o contexto com precisão, devia estar comentando algum evento histórico, de grande magnitude, quando obtemperou que "antigos e modernos distam não muito uns dos outros", o que poderia ser entendido como subversão do novo culto nacional, que subvertera o culto antigo. Julgam-se os chineses contemporâneos melhores do que os antigos, pois estes procediam da corrupta "velha sociedade". Na verdade, Fang não via diferença; de ontem, de hoje, todos os chineses "mudam sem mudar".

Mais adiante em sua fala, por achar bem, acrescentou, no plano das classes e ofícios, cargos e honras, que o ensinamento do Supremo Mestre de Todas as Eras era mais do que correto: "Todos temos Naturezas similares",[113] como tinha razão Confúcio. Com isso, doutrinava ser natural que o comportamento de uma mesma pessoa mudasse conforme a sua posição e sua autoridade diante dos outros — os princípios e ideais servindo como um biombo para os interesses e privilégios, nus e crus, de cada um. Novamente, vale a regra de que "mudam sem mudar".

No clímax daquela apresentação, o "doutor" reputou ser apropriado deixar todas as generalidades para trás, puxando o tema para a situação atual dos estudantes e dos funcionários públicos. Um terreno perigoso. É importante registrar as suas palavras, tais como as disse, pois darão o tema para o resto desta história:

Iniciou a sua fala com toda a força de convicção, "em nossos dias, tornou-se um lugar-comum, dir-se-ia um modismo, vituperar os funcionários públicos, tendo os estudantes como os elementos mais notórios dessa prática pouco salutar. Sem embargo, os funcionários públicos não são uma classe separada da sociedade, por definição. Na origem, eram pessoas comuns, como quaisquer outras".

Pressentindo resistência, o palestrante não se abateu: "Que meus ouvintes não se exaltem. Enfatize-se que, nestes novos tempos, há um número, considerável, de funcionários públicos egressos de nossos centros de ensino modernos. Pergunto-me, em que eles diferem da burocracia imperial antiga, da pequena elite treinada nos clássicos ortodoxos?". Alguns resmungos, mal audíveis, na plateia.

"E de que reclamam os estudantes? Para citar o Segundo Sábio, tudo é uma questão de perspectiva: 'Se trocassem de lugar, fariam a mesma coisa':[114] se os estudantes se tornassem burocratas, teriam o mesmo dis-

---

[113] Alusão a uma passagem dos *Analectos*.

[114] Como de costume, Lu Xun inverte ironicamente o ensino moral dos confucia-

curso, o mesmo comportamento, a mesma índole daqueles que tanto criticam. No mínimo, as diferenças seriam irrelevantes. Por exemplo, as atividades que os grupos de estudantes vêm desenvolvendo, quem pode negar que não conseguiram evitar as mesmas velhas mazelas contra as quais protestam no serviço público: panelinhas, privilégios, picaretagens? Não é que esses grupos desaparecem tão rapidamente como são criados? Por que será? O mundo muda sem mudar, meus caros! No futuro, a China tem que estar atenta para isso tudo..."

A verdade doía? Contabilizavam-se umas poucas dezenas de caras de quem comeu e não gostou, espalhadas aqui e ali no auditório pouco cheio. Esta era a maioria. Além deles, havia, sim, uns poucos rostos que acenavam em concordância; porém, não menos eram os extremamente incomodados, os iracundos biliosos, pelo escândalo que sentiam, supõe-se com certeza, naquela ofensa à "sacralidade" da juventude, já que por definição era o "futuro do país".

Os menos errados, porém, eram os dois ou três que escarneciam do palestrante longe de seus olhos, por entenderem que todo aquele falatório não deixava de ser uma desculpa para o que o "doutor" era, de fato: Fang Xuanchuo, um funcionário público que dava aulinhas como bico para reforçar os seus rendimentos.

Errados, todos estavam. Ninguém era capaz de entender o que se passava com aquela criatura. A relação entre funcionários públicos e estudantes representava uma nova reencarnação do velho problema, Fang não conseguia encontrar "paz de espírito" diante da conjuntura social.

E aí vinha a etapa da crítica e da autocrítica. Era inegável que Fang continuaria a refletir depois, em casa, sozinho e de cigarro à mão, arrematando antes de dormir que também a leitura da "paz de espírito" perdida tinha requintes de idealização. Era um palavreado vazio com que ele tentava ludibriar a si próprio, para que aceitasse, sem remorso, a posição confortável que lhe coubera no arranjo social.

E se tivesse insônia grave, o escritório cheio de fumo, especularia um tantinho mais sobre o que se passava em sua consciência. Algo mais lhe dizia que não queria saber de que não passava de um acomodado, de mais um inútil sentado majestoso atrás de sua escrivaninha de repartição pública, com um monte de papéis empilhados, para dar a impressão de

---

nos. Eis a citação do *Livro de Mêncio*: "Yu, Ji e Yan Hui seguem o mesmo Dao [...]. Se trocassem de lugar uns com os outros, agiriam da mesma forma".

que estava ali fazendo alguma coisa. Era por isso que se recusava a participar de todos aqueles "movimentos". Sabia qual o seu lugar — e sabia como evitar os erros que ameaçam esse lugar.

Quais erros? Numa dada ocasião, o chefão em pessoa — o ministro! — espalhou que Fang era um doente dos nervos. Difamação, possivelmente; exagero, indubitavelmente. Contudo, já que ele sabia que aquilo não ia afetar a sua permanência no cargo, permaneceu, calado. Numa outra ocasião, a universidade tinha suspendido os salários dos professores, o que se prolongou por mais de seis meses! Ele? Nem aí. Era só o ministério continuar pagando o seu, que aquele dinheiro não faria falta. Boca de túmulo.

Quando a associação dos professores entrou em ação para exigir o dinheiro em atraso, Fang achou que a mobilização era impensada, que faziam um barulho sobejo. Claro, achou tudo de bico fechado.

Seguindo as suas convicções, os princípios aplicavam-se a ambos os lados. Quando os seus colegas no ministério estavam passando dos limites na gozação daqueles professores falidos, o "doutor" Fang indignou-se, mas não demasiado, nunca a ponto de deixar os outros notarem.

Naquele dia, seguro na privacidade de seu lar, fez mais um de seus exercícios regulares de autocrítica. Indo e vindo nos recessos de sua mente, cigarro aceso entre os dedos, chegou à conclusão de que se alterara com os colegas de repartição porque estava começando a ter dificuldades financeiras — o dinheiro das aulas não entrava — ao passo que nenhum dos que faziam piada ensinavam no tempo livre. "Muda sem mudar." Sossegou e foi dormir.

Passado um tempo, o momento das relações entre as autoridades e seus contratados radicalizou-se. Mesmo que, como os outros, Fang não recebesse o seu pagamento, filiar-se à associação estava fora de seus planos. Por tal motivo, não estava presente quando o grupo votou em favor de suspender as aulas até que os atrasados fossem quitados. Não moveriam um dedo até que o último *iuan* fosse pago a cada um. Quando a notícia chegou aos seus ouvidos, também deixou de ensinar, o que era pouco característico dele. Não custava nada, disse para si próprio.

Em sua astúcia, o governo propôs, "Só vamos pagar quem continuar dando aula", o que revoltou o "doutor" Fang. Mais próximo dos professores, imaginou-se como mais um macaquinho, dançando para a banana oferecida pelas autoridades. Começou a sentir ódio pelo governo, mas só um pouquinho, em princípio.

O Feriado dos Dois Cincos, ou O dia do acerto de contas

Passados uns dias, um evento fê-lo perder o controle. Um eminentíssimo educador — o senhor ministro, nenhum outro — repreendeu os professores, seus subordinados, com as lapidares palavras: "Não há nada de nobre nesses professores que, segurando os livros numa mão, querem levar um saco de dinheiro na outra". Sentiu-se atacado dos dois lados.

Grave, gravíssimo! Aquilo exigia uma medida extrema: abrir-se para a esposa e, com todas as formalidades, queixar-se em seus ombros. Todavia, regressou para casa com o "nada de nobre" na cabeça e, sem saber como colocar aquilo para fora, vingou-se no jantar: "Ei, como é que hoje só tem dois pratos para comer?" — um péssimo início, óbvio, para o pedido de apoio e compreensão de que necessitava.

De qualquer forma, a posição de Fang não era fácil. Fundamentalmente, a esposa e ele tinham crescido na tradição em que o homem tem que prover e a mulher tem que gerir. Logo, nada de ombro para quem não provê!

Além disso, uma dificuldade prática era a de que não sabia como atrair a simpatia dela porque não tinha um termo carinhoso para bajulá-la. Nos velhos tempos, em que cresceram os dois, a mulher estava impossibilitada de adquirir um "nome de pluma" ou um "nome honorífico", com os quais os homens exprimiam proximidade ou reverência uns aos outros, porque aquilo era um prêmio para quem podia receber educação formal. Pior; sendo mulher, carecia até de um nome próprio![115]

Tudo vinha por terra quando ele se recusava, peremptório, a praticidade de tratá-la por "Esposa", como se nome pessoal fosse, à maneira de cada chinês casado dos últimos milênios. Fang gostava de se vangloriar, um homem esclarecido, progressista, "antitradição"... Resultado: decidiu que um compromisso entre o respeito moderno e a hierarquia tradicional era a singela interjeição "Ei".

A mulher, a seu turno, tratada como se via tratada, sobretudo sem o homem a prover, não tinha tantos escrúpulos. Sem "Marido" para ele;

---

[115] Diferentemente dos homens, as mulheres da China antiga estavam em geral restritas à convivência de seus agregados familiares, seja o de seu pai, seja o de seu marido. Nesse caso, tinham um apelido familiar, quando crianças e, depois da maioridade, passavam a ser referidas pela sua posição na família. Mesmo as princesas e imperatrizes eram referidas pelo nome de seu clã, mais o cargo nobiliárquico. Apenas em casos muito excepcionais recebiam um nome próprio — caso tivessem recebido uma educação formal, por exemplo, o que era raríssimo.

nem mesmo uma interjeição; nada disso. Por isso, ambos estavam habituados a que, quando ela falava voltada para o "doutor", era para ele que se dirigia.

Após aquele pedido de socorro canhestro, a esposa de Fang saiu da cozinha, parando de pé junto à mesa. Enquanto gerente da casa, ela também tinha suas queixas, "Claro que são só dois pratos, o que você esperava? A paga do mês passado, já usei um bom pedaço. Fique sabendo que o arroz que você comeu ontem, eu comprei fiado. E não ache que convencer o merceeiro foi uma moleza, viu?".

Era ele que tinha direito de reclamar da vida. Por isso não deu chance para que a mulher preparasse suas próprias queixas, interrompendo abruptamente a lengalenga uxória, "Você ouviu dizer? Aquele coisa-ruim do meu chefe disse que professor que reclama a remuneração é torpe. Em que mundo vive? Como é que não sabe que quem está vivo precisa comer, que comida é feita com arroz e que arroz só se compra com dinheiro? Quem é tão burro que nem isso entende?". Precisava, urgente, de fumaça nos pulmões, mais uma dose tripla de sua birita favorita.

Se Fang queria dó, terminaria frustrado, "Você tem toda a razão. Quem não tem dinheiro, não compra arroz. Sem arroz, como é que preparo comida para você?".

A argúcia da mulher deixou-o sem reação. Com as bochechas infladas de ar, bufou um riso de surpresa. Não é que ela falou bem mesmo? Aquela resposta corroborava o seu mantra de que "tudo muda sem mudar", deixando-lhe a impressão de que havia uma concordância espontânea e implícita entre os dois. O marido fala, a esposa diz sim. Fang levanta-se da mesa, calado, dando as costas para "Ei" e sai da cozinha para ir dar um trago, o que, conforme a prática comum em sua casa, anunciava a ela que a conversa estava concluída.

Os professores chegaram ao seu limite e, num dia que viria a ter consequências sinistras, saíram à rua para reclamar os seus proventos vencidos.[116] Chuva fria, vento gelado. A multidão avançou pelo portão

---

[116] Referência ao Incidente dos Salários Atrasados, ocorrido em 2 de junho de 1921, em que manifestantes das escolas públicas de Pequim foram detidos no Palácio Chunyizhai e mantidos sem água nem comida. No dia seguinte, de maneira a apoiá-los, professores uniram-se aos estudantes nas ruas e foram reprimidos à força, de modo que o reitor da Universidade de Pequim e outros professores saíram feridos.

O Feriado dos Dois Cincos, ou O dia do acerto de contas

Nova China, além do qual estava o palácio presidencial. Amedrontadas as lideranças, o exército, pago com dinheiro público, foi posto na rua. A demonstração fracassou retumbantemente. O sangue verteu da cabeça e virou lama nos pés. No entanto, ninguém esperava que, na sequência do quebra-quebra, o ministério recuasse, liberando uma parte, pequena, do que devia. Mas foi isso que ocorreu.

Ele ficara em casa durante o arranca-rabo dos professores com os soldados, mas saiu para pegar seu pagamento. Depois de uma autocrítica. Com os fundos, preparou-se para honrar umas dívidas antigas, malgrado ainda lhe faltar muito para quitar todo o passivo, uma pequena fortuna.

Agravando o seu apuro, o ministério começou a dar calote nos funcionários públicos. Medida excepcional e provisória, diziam. Porém, "o mundo muda sem mudar" e, vejam só, os funcionários públicos, honestos e abnegados como eles só, começaram a se perguntar se salário era ou não uma coisa que não podiam deixar de reclamar em público.

Prejudicado dos dois lados, "doutor" Fang pouco a pouco se inclinou a manifestar sua simpatia pelos colegas de magistério. Portanto, em sequência à associação haver decidido prorrogar a suspensão das aulas, foi com imensa alegria, e mesmo convencimento, que ele se solidarizou com a deliberação coletiva. Apesar disso, continuando afeito aos seus hábitos de moderação, permaneceu desligado do grupo e ausente de suas atividades.

O cabo de guerra estendia-se monótono, quando o governo, de forma repentina, anunciou que iria pagar aos professores. O que se passara? Não importa. Volta às aulas.

Em seu primeiro reencontro com os pupilos, Fang aproveitou para polemizar sobre um evento dos dias que precederam aquela reviravolta surpreendente. E não é que a associação dos estudantes se colocara do lado do governo? Tinham até entregue uma petição formal, que se resumia ao *slogan* "Professor que não ensina, não merece o atrasado". Fang enfatizou, sardônico, apesar de que essa ajudinha dos estudantes não tivesse dado em nada, era inegável que se assemelhava ao ultimato governamental de "Só vamos pagar quem continuar dando aula", que fizera a crise entrar em ebulição. Nesse ponto, o mantra relampejou em sua mente, deixando um zumbido nos ouvidos, que só parou quando o homem o anunciou a todos os que estavam presentes na sala de aula: "Caros alunos, o mundo muda sem mudar!".

Nos termos de nosso relato, depreende-se que, se levássemos a doutrina do "muda sem mudar" a um tribunal, poderíamos acusar o seu criador do crime de alegar perda da paz de espírito como pretexto para defender seus próprios interesses e privilégios. "Doutor" Fang, sabendo falsa a acusação, até que poderia aceitá-la, por autocrítica. Contudo, punhos erguidos, resistiria até o fim contra o argumento de que o mantra era uma pura desculpa para que ele seguisse sua carreirinha de burocrata sem remorsos.

O problema é que tal indignação não raro o levava a arroubos patrióticos, a ligar todos os problemas ao bem da China, ao futuro da China, ao destino da China, etc., etc., de modo que se erigia num altruísta preocupado com os rumos da nação. Apesar de que pensava estar se colocando acima de qualquer suspeita, provava que toda a infelicidade humana provém do fracasso em seguir o ensinamento de Laozi, o patriarca imortal do Daoismo: "Iluminado é quem conhece a si próprio".

Mas a nossa história não pode acabar aqui. Independentemente da verdade sobre Fang, seu mantra de "muda sem mudar" continuou sendo um leme para os desenvolvimentos seguintes, que, neste ponto da narrativa, ainda não chegaram ao seu clímax.

Tendo cometido o erro de ignorar aqueles professorezinhos arruaceiros, o governo, para consternação geral, deu de ombros também para com os seus funcionários, obedientes como costumavam ser. Mês após mês, era calote em cima de calote. Enfim, deixou-os sem saída, aqueles mesmos funcionários públicos que antes deploravam os professores que ousavam reclamar seus salários. Numa convenção geral que organizaram apressadamente para demandar os proventos em atraso, não poucos ex-acomodados se revelaram aguerridos guerreiros da classe dos "servidores públicos".

Em sua escrivaninha enfeitada de pilhas de papel, Fang Xuanchuo lia seus jornais, rotina diária, o copinho de chá, sempre fiel, às ordens. Reparou que várias publicações deploravam e ironizavam aqueles profissionais inúteis com editoriais de página inteira. Ele ria baixinho, para que ninguém ouvisse, não estranhando, nem se opondo, ao que dizia a imprensa. "Muda sem mudar, meus caros!" Então pensou: os jornalistas ainda estão recebendo seus honorários com regularidade; é só o governo cortar os subsídios, ou os magnatas pararem de financiar, que esses paus-mandados vão fazer assembleia como os outros.

Quem o via, dia após dia, plácido em sua cadeirinha, não imagina-

O Feriado dos Dois Cincos, ou O dia do acerto de contas

va a polvorosa em que estava o ministério. É certo que, nesta altura dos acontecimentos, à sua maneira, Fang simpatizava com ambos, professores e burocratas. Mas não dizia nada a ninguém, nem mesmo se fazia presente nas mobilizações. Ressentidos, os colegas agora falavam pelas suas costas, que era um arrogante, que era um autossuficiente. Se o "doutor" ouvisse essas críticas, diria que eram um mal-entendido.

Sua fama piorou quando um colega mais próximo veio lhe sugerir, com sutileza, que desse as caras, vez por outra, nas assembleias que os funcionários públicos organizavam para reclamar os salários em atraso. Batendo o pé, protestou, cômico, que desde que se entendera por gente, ele só tinha atuado no papel de devedor renitente, nunca no de credor zeloso: apertar caloteiros "não é minha especialidade". O amigo saiu antes de que ele lhe dissesse: "Além do mais, eu não tenho coragem de ir ver o mandachuva".

Anoitecia. A ponta do segundo cigarro faiscou no estúdio, a esposa esfregava os pratos na cozinha. Relembrando aquela advertência do colega-amigo, assumiu que não ousava se colocar na frente de quem tinha a chave do cofre nas mãos, ainda que a tivesse só por um tempo, como o chefão. Depois de levarem um pé no traseiro, as chefias saem aí pregando Budismo para todo mundo, louvando textos como o *Sastra sobre o início da crença no Mahayana*, surpreendendo os seus ex-subordinados como "gente boa, muito afável, fácil de se aproximar"...

Contudo, basta ainda estarem, ou voltarem, a seu trono, que devoram os seus súditos, como Yama, Rei dos Infernos. Quem vê seu rosto, com os olhos esbugalhados, os dentes arreganhados, danação eterna. Durante meu reinado, nada de Budismo para vocês, não, senhores. Se é meu subordinado, é meu escravo. Tenho em minhas mãos poder de vida e morte sobre vocês, pobres coitados.

Jogando a bituca no cinzeiro, disse para si próprio: não tenho coragem, não quero vê-lo. Arrogante? Autossuficiente? Se ouvisse essas críticas, talvez não as negasse de imediato. Mais um copo de autocrítica e ele terminaria suspeitando que, no mais das vezes, a dificuldade de assumir uma posição diante dos outros era resultado de sua absoluta inépcia.

Fosse como fosse, as finanças públicas permaneceram anêmicas. Professores e burocratas, burocratas e professores, tinham que encontrar meios para garantir o arroz de cada dia. Um empréstimo aqui... Um calote ali... Cada qual segurava as pontas da forma que podia, aguentando a pindaíba, cobrança a cobrança, quitação a quitação.

Como "doutor" Fang acumulava as duas funções, seu prévio conforto virara aperto; a pose que podia ostentar, como funcionário de médio escalão e professor de meio expediente, agora tinha a corda no pescoço. Por isso, passo a passo, sua vida privada também sofreu os reflexos da queda. O menino de recados e os merceeiros, de cujos serviços ele se valera com tanta deferência até os últimos tempos, viraram a cara para ele. Sem dinheiro, que "doutor", que nada.

Até "Ei" perdera qualquer sombra de respeito por ele. Observara que, retornado do expediente, a mulher reiteradas vezes recusava-se a anuir sorridente para tudo o que ele decretava. Ao contrário, ela se aproveitou da crise para ter muitas ideias próprias e agir indiferente às cerimônias que deixara de dever a quem não mais provia. Isso fazia sentido. O estúdio contava várias garrafas de aguardente secas pelas reflexões noturnas de Fang.

A partir daí os eventos, públicos e privados, conspiraram para que a nossa história chegasse ao seu clímax. A véspera do Feriado dos Dois Cincos, dia do acerto de contas: o cinco do quinto mês.

A primeira metade do expediente havia terminado. Hora do almoço. Entrando taciturno em casa, com passos leves, Fang se deparou com a esposa à espreita: os músculos da face crispados, um rijo punho fixo sobre a anca, o outro cheio de tiras de papel. Lançadas em direção ao nariz, choveram sobre o seu rosto.

Eram contas, a rodo. "Olhe aqui, calculei tudo para você, 180 *iuanes*, é o que você tem que me dar para pagar todas as contas da casa. E então, pagaram o salário, ou não?!", ela nunca agira com tanto atrevimento, olhava para cima da cabeça dele.

Amedrontado por dentro, por fora engrossou a voz, "Humpf, vou me demitir amanhã, não aguento mais! As ordens de pagamento dos salários já foram entregues, está claro?", que afinou gradualmente, "Só que, hã, a associação me disse, não posso reclamar o meu cheque".

A mulher, franzininha, deu jeito de que ia encrencar, mas Fang a aplacou, "A razão que me deram, primeiro, foi que eu não participei das mobilizações. Bati o pé. E, depois, mudaram a conversa dizendo que eu tinha que comparecer em pessoa para fazer um pedido fundamentado".

Calada, "Ei" olhou no fundo dos olhos do marido, contraindo as próprias pálpebras para indicar que sua paciência estava no fim. Fang gagueja, "Ouvi dizer que a associação estava reunida hoje, seus lacaios agitando, cada um, mancheias de ordens de pagamento, chamariz dos recalcitrantes... Quando estava chegando perto, cada um dos membros transformou-se nos sequazes do Rei Yama, com aqueles mesmos olhos e aqueles mesmos dentes que o mandachuva! Fiquei com medo e vim embora". Ele abriu a pasta como um mazanza, lançando para fora tudo o que estava dentro dela, "Assim, eu não quero o dinheiro, não quero o trabalho, não quero viver de joelhos...!".

Admirando-se com aquela indignação de Fang, meio medrosa, meio neurótica, sua esposa recobrou a serenidade. Desta feita, olhando em sua direção, pleiteou, "Eu acho que é melhor você ir pedir em pessoa. Enfrente. É chato para você, mas, no fundo, não tem nada de mais".

Ele catava os papéis pelo chão, consternado, "De jeito nenhum! É pagamento da folha atrasada e não de compensação. A ordem deveria ser enviada pela divisão de contabilidade direto para mim. Esse é o procedimento correto".

Fang era teimoso, ela o conhecia. Insistindo, ele empacaria. Portanto, "Ei", oblíqua, "Mas e se não enviarem, como é que você vai resolver as nossas necessidades?" — em termos mais familiares, ele tinha que prover. Para deixar tudo em pratos limpos, "A propósito, esqueci de lhe lembrar ontem à noite, a mensalidade das crianças, a escola já me procurou várias vezes, despistei como pude, entregaram-me um ultimato, se você não pagar...", passando um polegar horizontalmente pelo pescoço.

Ele tinha acabado de recolher o último documento, um despacho, quando ouviu aquela ameaça. Soltou a pasta no chão, "Mas que baboseira! Eu aqui... que sou a autoridade! O doutor! O funcionário público, de médio escalão! O professor, de meio expediente! Meu dinheiro, ninguém me dá. Mas quando eu mando meus meninos irem aprender a ler umas frasezinhas bobas, eu tenho que pagar?!". Naquele dia, Fang talvez tivesse deixado seu mantra no escritório.

"Esse aí está além das medidas", "Ei" pensava para si própria, "com medo de enfrentar quem deve, trata-me como se fosse o diretor da escola, não vale a pena." Calou-se e foi buscar o prato de comida, um só, num gesto de agressão implícita.

O almoço transcorreu no menos harmonioso silêncio. O "doutor" mergulhou no seu imenso íntimo, os *fachi* não paravam de trazer o arroz à boca, sem que percebesse. Terminada a operação, atribulado, marchou de volta para a sua cadeirinha e sua escrivaninha. Expediente da tarde.

"Ei" tinha mais do que expectativa. Em tantos anos de função pública, um precedente nunca tinha sido quebrado. A véspera da Nova Primavera, ou de outro feriado importante, era sagrada. Sagrada! Tarde, quase meia-noite, ia abrir a porta para aquele marido seu. Ele fazia a curva entrando no beco em que vivia com um sorriso apalermado, procurando nos bolsos do paletó. Ao chegar à porta, chamava-a, "Ei, o pagamento saiu". Ela abria, apenas uma fresta, esperando que ele tirasse o punhado de cédulas largas, cheirando a novas, friccionando-as em suas mãos. O som da adimplência. Dava-as à esposa, com ar de satisfação. Estou provendo. Ela o deixava entrar, agora pode, como de brincadeira.

Em momento algum pensou que um precedente tão importante seria quebrado. Amanhã seria o Feriado dos Dois Cincos, o mais tradicional dia do acerto de contas, atrás apenas da Nova Primavera! E o homem estava batendo à porta... às sete da noite? Com o coração nas mãos, "Ei" chegou à porta aflita, será que ele tinha se demitido mesmo? Escancarou a porta, examinando tudo — os olhos, a testa, a boca, as mãos, a postura do tronco, a roupa — na caça de um indício, "O que é que aconteceu? Por que está em casa tão cedo?".

Fang deu um longo suspiro, "O pagamento não saiu. Tampouco posso ir pegar os atrasados. Os bancos fecharam e só abrem dia oito". Para a mulher, aquilo soava a três, quatro dias no inferno, "Como assim? Você não foi pedir?", tiritando contérrita.

Ele deu alguns passos até a mesa da sala, largando a pasta, "O pedido em pessoa... desistiram de permitir. Ouvi dizer que, como de praxe, a ordem será enviada pela divisão de contabilidade. O problema é que entramos num feriado bancário, três dias, no mínimo. Não tem solução. Dia oito, pela manhã, eu vou ao banco".

Pediu um bule de água quente com o dedo indicador, descansou no sofazinho olhando para o chão, verteu a água quente no copo, a mesma erva da hora do almoço, ainda molhada, sorveu tudo de um gole e encheu o copo de novo. Lento e pausado, "A boa notícia é que não há mais problemas com a folha de pagamento do ministério, tenho certeza de que me pagam no dia oito". Trégua? A expressão de "Ei" dizia que não.

Então explicou para ela que, logo que se deu conta de que não haveria solução, partiu para a luta. Foi visitar alguns parentes e amigos, aqueles com quem não se dava bem, os únicos que deviam ter algum dinheiro. Sabendo como ele próprio era, mordeu os dentes para enfrentar a contrariedade. O pior de todos foi aquele deus da sovinice, predestinado a uma vida de abundância desde que sua mãe lhe deu o nome Jin Yongsheng, "Vida Eterna de Ouro".

O Feriado dos Dois Cincos, ou O dia do acerto de contas

"Começamos falando algumas amenidades, pois eu não sabia como entrar no assunto, indigno, para alguém da minha posição. Sagaz, Jin percebeu de pronto. Elogiou-me por nunca ter ido exigir o pagamento, não era feitio de *homem-bom*. Com os olhos cerrados e um sorrisinho hipócrita, tocou-me no ombro com suas mãos enormes, 'Mano Fang, doutor, um conselho de amigo; recusar-se a ir pedir a ordem do pagamento à associação, isso deixa a impressão de que você é demasiado arrogante, demasiado autossuficiente. É uma questão de hombridade', apertava meu ombro, agitando-me." "Ei" ouvia-o.

"Naquele momento de intimidade, arrisquei-me a dizer que precisava de uma ajudinha, cinquenta *iuanes*, só por estes dias. Foi como se tivesse jogado um punhado de sal na boca dele. Fez uma careta em que até as orelhas, o pescoço, as costas da cabeça se enrugaram." Os dois gargalharam, meio amargos, sorvendo o chá.

Fang, retomando o relato, "Ele lamentou muito, desculpou-se dizendo que estamos todos em dificuldades, os seus inquilinos não pagam o aluguel há um tempo, os negócios vão mal, temos usado o principal para pagar os prejuízos de seus investimentos, o diabo a quatro... E agarrou meu ombro outra feita, carregando-me em direção à porta de seu estabelecimento, reiterando que ir buscar o dinheiro devido não é nada de mais. Quase fui enxotado".

Condoendo-se do marido, que fizera de tudo para prover, "Ei" disse-lhe, "É o Feriado dos Dois Cincos, o dia do acerto de contas, todo mundo está em apuros, com um aperto tão difícil, quem é que se dispõe a emprestar dinheiro?". Voltou às suas obrigações, sem qualquer queixume.

Cabisbaixo, Fang Xuanchuo continuou a pensar naquela visita ao mão-de-vaca. Não causava surpresa, doutor, não causava surpresa nenhuma. As minhas relações com Jin não eram próximas, nunca foram. Bateu no maço para que um cigarro saísse pela abertura, acendeu e o descansou na borda do copo de chá vazio, puxando uma garrafa de aguardente da porta movediça no armário, um pouco além do alcance da mão.

Hora das reminiscências. "O mundo muda sem mudar." Você se lembra do conterrâneo que veio pedir socorro, na Nova Primavera do ano passado? Precisava de dez *iuanes* e o que foi que você fez, Fang? Você não estava bem de vida? Não tinha acabado de receber seu cheque salário do ministério? Por que não lhe estendeu a mão? Porque você suspeitava que ele não fosse pagar de volta. E você ainda pôs uma cara de quem sentia muito, de quem tinha sido colocado contra a parede. Mentiu, mentiu de fato, alegando que tinha recebido um calote do governo, a universidade também segurara os fundos. Em suas palavras, queria muito ajudar, mas não dá, desculpe-me, mesmo...

Olhava para o cinzeiro cheio de pontas, os maços vazios. O conterrâneo fora embora de mãos vazias. Claro que não vira a própria cara, aquela expressão confusa do homem honrado que não sabe mais o que fazer. Tivera coragem de abrir a boca para pedir algo e recebera um não. Não. E teve que pegar a estrada, o canto da boca espremido para baixo, agitando a cabeça. Deu o último gole, direto da garrafa.

Embriagado de leve, chamou a mulher, "Ei! Ei!". Perguntou pelas caixas de bebida. "Você já tomou tudo." Perguntou pelas latas de cigarros. "Não sei, vou procurar." Em vez disso, mandou-a chamar o moleque, dizendo-lhe que pendurasse mais umas garrafas de Branco de Lótus. Estava lúcido o bastante para tramar mais um calote. Visto que amanhã era o dia do acerto de contas, deduziu que os merceeiros queriam ver o dinheiro entrando no caixa, por isso não recusariam um último fiado... E se recusassem, não veriam um centavo do que já lhes devia. O mundo muda sem mudar.

A aguardente chegou, vestida naquela porcelana de que tanto gostava. Abriu logo, deu uma cheirada, sorveu duas lambadas. A mulher chamou de dentro, a comida está pronta. Brandindo a aguardente de flor destilada, passou pelo espelho e viu que sua tez, do cinza-esverdeado típico, agora estava corada de suco de grão.

Foi um jantar deveras agradável. A mulher achou as latas de fumo, passando-lhe um punhado, Hatamen Longo, que fragrância. Indo em direção ao estúdio, pegou a antologia *Tentativas*[117] de cima do móvel da sala. Mais uma seção de crítica e anticrítica? Sentindo preguiça, deu meia-volta para ler na cama.

Mal tinha se estirado, "Ei" apareceu na porta; diante dele, surpreendendo aquelas pernas abertas desleixadas do marido. "Amanhã de manhã, como é que eu respondo aos merceeiros?" Os olhos emergindo do livro, "Merceeiros? Mande-os vir aqui pela tarde do dia oito".

Como gerente da casa, ela precisava lembrar que a palavra tinha si-

---

[117] *Changshiji* [嘗試集], coleção de poemas de Hu Shi, escritos na nova língua literária chinesa, baseada no falar coloquial, e publicada em março de 1920 em Xangai.

do dada. "Que conversa é essa? Eles não vão acreditar em mim. Quem aceitaria essa proposta?" Com os olhos mareados, sem as ideias coerentes, o homem, "Como não vão acreditar? Mande-os perguntar a situação do ministério. Ninguém recebeu, só no dia oito!! Já disse: o mundo muda sem mudar". Levantando o dedo indicador, desenhou um semicírculo no vazio e, coberto pelo mosquiteiro, voltou à sua leitura ébria.

A mulher, que tinha seguido aquele semicírculo com a vista, entendeu que o marido estava de pileque. Branco de Lótus deixava-o destemido, autoritário. Não dava para argumentar com ele quando estava assim. Por conseguinte, era preciso encontrar outra forma de saber como ela enfrentaria, sozinha, a fila de credores batendo na porta no dia seguinte: "Escute, acho que não dá mais para continuarmos esta arenga. Precisamos achar uma solução para o impasse. É melhor você pensar em outros meios para prover", posto desta forma, ficava mais bem encaminhado.

"Doutor" Fang pôs o livro de lado, a respiração pesada. "Que meio, diga-me? Depois de anos como funcionário público, qualquer um emburrece, não dá para fazer nada mais na vida... com exceção de professor. O que você quer que eu faça? Recomeçar a vida como um amanuense de juiz ou como um patrulha de bairro?"

Ela sentou-se junto à cama, sobre um baú grande que trouxera de sua terra natal como dote, coberto de laca, gravado com grous e outras figuras auspiciosas. "Você não tinha contribuído para uma editora de Xangai, uns artigos avulsos?" "Ah, aquela editora... eles pagam por ideograma, uma mixaria, nem contam os espaços em branco. E não são artigos, mas meus poemas em língua coloquial, um monte de espaços em branco. Lembro que ganhei trezentas moedinhas de cobre pelo serviço, mal pagou poucos dias de cigarros", bocejou, mostrando os dentes manchados, "prometeram-me os direitos autorais, o último contato já tem meio ano. Viver de publicações? Ninguém aguenta... água pouca não apaga incêndio!"

Só trezentas moedas... o marido passava as noites em branco, os fins de semana inteiros... Espantou um pernilongo, "Que tal escrever para os jornais daqui?". Ele fecha os olhos, "Pode ser, mas não é muito melhor, cada mil ideogramas, uma ninharia. O problema é que tenho que pedir um favor para um ex-aluno meu, que está trabalhando como editor. Ainda que trabalhe em tempo integral, de manhã até a noite, você pensa que dá para prover para você e as crianças, enjoados como vocês são? Tampouco tenho muita coisa na cabeça para escrever".

Desanimada com as perspectivas de sua família, "Ei" apertou as duas mãos juntas. Olhou para os seus pezinhos de lótus; um calombo no meio da canela, picada de pernilongo. "Entendi. Como vamos fazer depois do feriado?", queria calcular as dificuldades que tinha pela frente. Fang fitou-a. "Como assim? Claro que vou para o ministério. Se alguém vier encher o saco amanhã, diga-lhe, volte no dia oito, à tarde."

Não era tão mal quanto ela imaginava; continuava mulher de funcionário público. Entrementes, ainda precisava gerir os 180 *iuanes* de passivo. O marido tentava ler o livrinho, lutando contra o torpor alcoólico. Com medo de perder a oportunidade e sem coragem de fazer uma exigência, ela lançou, sussurrando, uma pergunta retórica, "Passando o feriado, de repente, algum de nós poderia ir comprar um bilhetinho de loteria...".

Loteria?! O marido arregalou os olhos. Como é que podia, casada com um professor universitário, ter ideias tão vulgares, superstições do povinho? Atacou-a: "Que idiotice a sua! Coisa de mulher sem educação...". Face a tanta hostilidade, "Ei" saltou do baú e fugiu para um lugar seguro, sentindo-se desprezada.

Sozinho, por fim, Fang descansou o livro sobre o peito, recordando-se de que, depois do balde de água fria que lhe dera Jin Yongsheng, ele passou por uma filial da pastelaria Aldeia dos Arrozais. Ainda estava torcendo a cara, por isso se lembrava bem. Na entrada, viu pendurado um anúncio, longo do teto ao chão, cada ideograma grande como uma roda de riquexó: "Primeiro prêmio: 30 mil *iuanes*". Instantaneamente, um estremecimento, uma premonição fez parar as suas pernas para espiar. Sacou o porta-moedas e viu que sobravam não mais do que... sessenta centavos. Sem querer gastar o último dinheiro que tinha, voltou a apertar as passadas. Deveria ter comprado? A proposta de "Ei" não seria por transferência de pensamento? Parece que...

Encostou as costas na parede junto à cama. E se fosse mesmo o Deus da Riqueza em pessoa a lhe chamar a atenção? E se hoje fosse, no seu horóscopo, o dia em que ficaria podre de rico? "Fang Xuanchuo, você..." Puxando para si o livro, depreciou-se, "o mundo muda sem mudar". E abriu a antologia numa página qualquer, para murmurar o primeiro poema que lhe desse na cara.

Junho de 1922

O BRILHO NO ESCURO

Malgrado fazerem cada vez menos sentido em nossos tempos, ele saíra de manhã cedo rumo à capital provincial para ver os resultados nos exames distritais de que participara — a mera primeira etapa para os que desejam, no final de décadas de estudos e provas, com perícia e, ainda mais, sorte, serem saudados pelo Imperador em pessoa, se este ainda estiver por aí, e assim adquirirem a qualificação para, com sorte e, ainda mais, favor, encontrarem um emprego na burocracia periclitante, se esta ainda estiver por aí.

Nascido no clã dos Chen, ele fora imbuído, desde os primeiros dias de sua existência, do dever moral de conquistar, para os seus e para si, a aprovação, e consequente título, num desses exames; dever inscrito vitaliciamente em seu nome: Shicheng, "Aquele que há de se tornar um letrado, a serviço na burocracia", em outras palavras, "Aquele que tinha que se dar bem na vida, para trazer glória ao seu clã". Portanto, não era sem um sentimento de crise existencial que ele fazia o caminho, de manhã cedo, rumo à capital provincial, lugar onde eram publicados os resultados, uma crise que se agravava ano a ano, com ele nunca comprovando, para si e para os seus, a excelência, mesmo módica, exigida pelos seus e por si.

Com o edital imperial publicado a algumas dezenas de passos do lado de fora da sede da repartição de exames, o reprovado angustiou-se, esfregando as mãos, depois os olhos, depois a cabeça, muito nervoso, até que, chegando próximo a uma das folhas, a vista engodada por um grupo de aprovados com sobrenome Chen, sofria a cada nome diferente do seu. Não eu, não eu, não eu. Eram tantos Chen aprovados! Chen fulano, Chen sicrano, e não aparecia um Shi que fosse, quanto mais Shi... cheng. Terminada a folha, procurava a próxima, em que os nomes também estavam dispostos em círculos em torno do sobrenome Chen, escrito com imponência no meio, repolhudo. Esses Chen... aqueles Chen... por que havia tantos Chen neste mundo? Perguntas que a lista se recusava a responder.

As horas passavam, com grandes grupos e pequenas multidões se formando e se dispersando perante as listas, fazendo Shicheng ir e voltar por aquelas doze folhas, espreitando entre os pescoços e rabichos à sua frente, pedindo licença ou tomando o lugar de alguém que ficasse de pé por mais tempo do que o renitente julgasse razoável. As horas passavam; todos, até o mais jubilante e até o mais descrente, já tinham se retirado; lá pelo final da tarde, com a luz do sol fraquejando, Shicheng, sozinho diante da parede-biombo que formava um anteparo à porta da repartição, se deu por vencido, tendo lido e relido as doze folhas por horas a fio, com um desejo violento de rasgar aqueles papéis ou de morrer ali mesmo, na hora.

O vento fresco do entardecer tentava despedir o inconformado, alisando seu cabelo cortado curto, com mechas grisalhas a contar os percalços que se sucediam na caminhada áspera para chegar ao palácio celestial. Inconsolável o homem, até o sol poente, num dia de final de outono como aquele, compadecia-se, lançando raios mornos incomuns.

Shicheng não entendia, não aceitava; o calor causava-lhe tontura, o frescor deixava seu rosto mais pálido; os olhos continuavam injetados das noites varadas em claro; aquele rosto, aqueles olhos, deixavam um vestígio de estranheza, à maneira de uma luz lânguida. Será que caíra numa espécie de transe, será que não buscava mais no edital de aprovação o próprio nome, será que foram aquelas dúzias de parentes estranhos dissolvendo-se em sua consciência suspensa, círculos de símbolos misteriosos que saíam do papel para flutuar no ar, girando cada vez mais rápidos, transformando-se em olhos espectrais a vigiá-lo?

Quais eram os seus sonhos, melhor, os sonhos de qualquer pessoa na sua condição? Passar na primeira etapa dos exames, obtendo o título de "Talento Florescente", depois enfrentar a segunda etapa, a dos exames provinciais, depois, entrando no plano do impossível, ser aprovado na etapa final, os exames palacianos, realizados em sequência aos provinciais, coisa que só os homens mais consumados eram capazes de empreender... Qual seria a minha vida, depois disso? Os *homens-bons* de posição e de posses fariam de tudo para me dar em casamento as suas filhas mais bonitas e prendadas, forjando alianças para troca de favores, e ao sair na rua eu seria como uma divindade vinda de sua montanha para honrar os reles seres humanos, que se jogavam prostrados pela rua a cada passo meu, sua reverência lhes proibindo contemplar a sabedoria raiando em minha face, penitenciando-se por qualquer desfeita, qualquer menoscabo, qualquer humilhação que me tivessem causado antes de minha divinização perante o Imperador... e eu, eu poderia por fim despejar

aqueles bastardos de outros clãs a quem tive que arrendar partes de minha mansão, e reformaria todo o lugar, substituindo a taipa podre de patameira e a madeira carcomida de cupins, e para que expulsar, para que reformar, quando posso alugar tudo aquilo e ir morar num lugar melhor, o solar mais luxuoso de minha vila, ou até do distrito, com direito a bandeiras tremulando penduradas na parede de fora, anunciando que eu era funcionário do governo, e uma grande placa caligrafada de madeira sobre a entrada principal, declarando que eu era um erudito de distinção. E então viria a minha carreira, que carreira, definida pela atitude que eu assumiria após aquela palestra ouvida diretamente do Senhor da China; se me decidisse por não buscar ganhos, apenas cultivar a minha erudição e moralidade, permaneceria em funções no palácio em Pequim, do contrário empenhar-me-ia em buscar um cargo de relevo nas províncias, exercendo minha influência em prol do bem comum, não sem benefícios para os *homens-bons* de maior contributo, afinal, tudo é feito por homens e através de homens, é natural que as vantagens sejam compartilhadas com as pessoas de bem...

A dor nos joelhos interrompeu o êxtase. Ainda viva a presença daqueles anos que se sucederam velozes em sua imaginação, substituiu-se-lhe uma melancólica amargura, que subiu, lenta, do ventre, solapando aquela torre de jade em que se vira por décadas e que ora se esboroava, mais outra vez, em instantes, despencando sem estrondo, só decepção. E ele procurou pelo chão os detritos, ou qualquer sinal deles que fosse, num gesto de desespero, querendo acreditar que o sonho era real, ou poderia ser real, se não neste ano, no próximo, ou no seguinte.

Vencido, o corpo arregou. As pernas pesaram para um lado, o quadril girou uma meia-volta, os braços agitaram-se compassadamente e o corpo, molenga, seguiu o ritmo bordejante dos passos, esquerda, direita, direita; esquerda, direita, direita; esquerda, direita, esquerda, esquerda... A cabeça ficou para trás. Era o caminho de volta, por horas a visão fixa dos sapatos de pano, cobertos de poeira. Finalzinho da tarde.

Acabara de entrar pelo portal que levava à carreira de aposentos confinantes que ocupava, ele e sua família imediata, num corredor largo e extenso cujo silêncio era quebrado, compasso a compasso, pelo coro das vozes de seus sete discípulos, crianças que dele recebiam as primeiras letras, chilreando seções dos clássicos ortodoxos ritmadas, com sílabas límpidas vibrando das gargantas ainda imberbes. Apoiou-se na ombreira daquela sala, grogue, meio despertado pelo susto que teve com os meni-

nos que continuaram praticando, ele ausente, até esta hora em que já deveriam ter voltado cada um para a sua casa, sete cabecinhas redondas de caras quase iguais, tranças quase iguais, vozes quase iguais, a sala balouçando como um barco subindo a correnteza, os livros folheados abrindo-se como leques para revelar os cadernos de respostas aos exames, as marcas vermelhas, círculos e correções, até que as paredes se cobrem dos editais com os resultados das provas, os círculos negros dos sobrenomes corolados por nomes que se abrem como olhos espectrais, os alunos crescendo adultos, citando as respostas memorizadas, indo embora, aprovados na primeira etapa, na segunda etapa... esquecidos do velho mestre que nunca obteve sequer o título de "Talento Florescente".

Ofegando, sentou-se numa das cadeiras escuras que colocara na expectativa de mais alunos buscarem seus serviços e, fechando os olhos, respirando fundo, tentando recobrar o sentimento de rotina, de estrada que continua avançando para um término indeterminado, teve que reagir aos meninos que, um a um, lhe entregavam as tarefas que tinham feito durante a sua ausência, com um olhar de deboche e desprezo, como se soubessem que ele não tinha passado. Sabiam. Ele não tinha passado. De novo.

Sem saber o que fazer, "Vocês podem voltar para casa agora", o que gostaria de poder dizer para si próprio, entretanto, com um desalento que descolorava aquela despedida que era, para os meninos, só mais um convite para o dia seguinte, cada qual agarrando a bolsa de livros que não colocara perto, uma assuada de arrastar de cadeiras, caindo para trás com um estrondo vibrante de madeira grossa, o som do martelo, *pá, pá, pá*, solto no ar, pregando as folhas de resultados num ritmo frenético, que nunca bastava para as resmas que saltavam da mão do núncio, *pá, pá, pá*, o papel caindo da parede-biombo e voando pelo chão, folhas e folhas apenas com um único sobrenome, Chen! Chen! Chen! Ele correndo atrás de uma e de outra, meu nome não está aqui, deve estar naquela outra página, voando quase no teto do prédio principal da repartição, mais um dever de casa, outra cabecinha trançada sorridente, agora há uma fila delas, a sala está cheia de crianças, cheia de deveres de casa, cheia de folhas de resultado, meu nome não está em nenhuma delas. "De novo" — uma voz masculina, idosa. A sala está vazia.

"De novo?", quem disse "de novo?". Minha voz não foi. Pulando da cadeira, ouviu, "De novo", outra vez, suspirado atrás de si, o mesmo tom condescendente, quase apiedado. Virou-se e nada estava. Pôs a ca-

beça para fora do aposento, constatando que ninguém estava escondido para lhe pregar uma peça. Pensou ouvir um trincolejar de sinos de pedra, que, supôs, vinha do templo budista nas redondezas, embora ecoasse muito mais perto, dentro até de sua cabeça. A sua boca articulou, involuntária, "De novo", mas esta voz que dela soou "Não é minha".

Fugiu dali pela penumbra até a bomba d'água, colocando a cabeça sob o filete gelado que logo virou um esguicho brusco, ensopando os cabelos curtos e inundando as costas da túnica, que se empapou sobre a depressão da coluna, deitando um vapor acre e salgado. Revivia os tempos desde que começou a prestar os exames, os dedos de ambas as mãos dobrando-se para contabilizar a série de fracassos e, dedos faltantes, mais uma rodada da mão esquerda, até que a mão direita concluiu o tormento: dezesseis. Era a décima sexta tentativa consecutiva, o quadragésimo oitavo ano de sua existência gorada.

Cansado, fechou a porta da sala de aula e fechou-se no seu quarto. Acendendo a lamparina, averiguou que estava como o deixara pela manhã, ainda cheio de um cheiro de esperança, após uma noite de suores e expectativas insones. A culpa era dos corretores, uns ignorantes incapazes de reconhecerem uma redação redigida com rigor. De repente o tino deles embotou depois de tanto tempo a fio lendo ensaios insossos, mediocridade que doía, fazendo-o sentir um pouco de pena dos outros, mais fracos do que ele, apesar de serem os corretores e os aprovados. A seguir se irritou, muito justificado, sacando de sua sacola umas cópias de respostas-padrão para as disciplinas de "Criação Artística" e "Improviso Poético", coisa muito pior do que ele fazia nos dias menos inspirados; o desejo de jogar aqueles papéis no lixo, mas a incerteza de precisar descer ao nível do que esperavam os corretores o preveniu de fazê-lo, ao mesmo tempo que sua inquietação o induziu para fora do quarto, pelo corredor até o espaço comum da mansão, antes um jardim, hoje um descampado, andando e lendo e pensando e sofrendo, amassando as respostas-padrão com uma mão e alisando o mesmo papel com a outra, ouvindo as galinhas saírem das moitas cacarejando caçoantes dele, olhando para ele ora com um lado do rosto, ora com o outro, fazendo pouco de sua derrota, enfurecendo-o, despertando seu desejo de torcer os pescoços daqueles bichos malditos ali mesmo, até pisoteou uma morta, em sua imaginação, quando, desapontado consigo próprio, fugiu correndo, entrando no salão, o aposento central daquela vivenda pretendida para múltiplas gerações e ramos do clã dos Chen.

Encontrando um bom lugar para se ocultar das risadas das galinhas, do menoscabo de seus alunos e dos olhos espectrais das folhas de resultados dos exames, entrou naquele largo ambiente caído em desuso, alumiado por um pilar branco infiltrado num buraco do teto, pois brilhava a lua, a lua alva e bela, que ele não tinha visto, ou não se lembrava de ter visto, no último ano, devido à preparação para os exames. Desmoronara a torre de jade, espatifando-se no chão, mais uma vez, bloqueando o caminho para a frente, para onde vou? Futuro, sucesso, uma massa confusa de pensamentos e sensações turvos, uma cacofonia ensurdecedora em sua mente, fazendo-o ajoelhar-se e chorar um choro mudo.

A mansão estava numa tranquilidade tensa. Em cada pátio adjacente, as chaminés dos fogões não expeliam fumaça; as cumbucas e os *fachi*, lavados e secos, esperavam seu próximo uso. Todas as carreiras de aposentos, ocupadas por ramos menores daquela família ou por inquilinos de outros clãs, haviam terminado de jantar e se encaminhavam para mais uma noite de sono, com pressa. Na seção de Chen Shicheng, contudo, o jantar ainda não tinha sido servido, sequer começado a ser feito, com ele extraviado em lugar incerto. Na realidade, na época da publicação dos resultados dos exames, ninguém desejava esbarrar no chefe da família, quanto mais se eram inquilinos, de outros clãs. Por tal motivo, firmara-se o costume de que, apressando-se em concluir a refeição comunitária, trancavam a porta de suas seções e apagavam todas as lamparinas e candeeiros, para deixarem claro que não estavam bisbilhotando.

Cansado das lágrimas, o erudito fracassado contemplava. Nesta noite de inverno, o céu parecia-se com o mar em calmaria. A lua, fulgindo amarelada, singrava-o lenta como um barco em forma de disco, revelando com sua auréola as diversas nuanças de verde da abóbada negramente enganosa. Amiúde, o astro cobria-se de nuvens tênues, qual escuma batida branca pelo seu casco brilhante. Como queria se banhar naquelas ondas de luminosidade, mergulhando no céu até se encontrar frente a frente com ela, refletido pela lua inteiro! Entraria numa comunhão secreta, sua imagem marcada sobre aquele espelho, cujo brilho se impregnaria em seu corpo. Saíra em direção ao pátio interno, descendo os degraus, o olhar controlado, quase pacífico. Quanta tranquilidade naqueles quatro cantos...

... "Ali... para a esquerda!... Para a direita... acolá!", um suspiro sôfrego chegou aos seus ouvidos, desnorteando-o. Em meio à escuridão, procurava quem fosse, não era uma voz desconhecida, era a voz velha de

horas atrás, mas como teria entrado na mansão sem que a visse? Apurou os ouvidos. "Para a direita... acolá!", mais enfático, mais sonoro, mais autoritário, "Ali, ali... mais para a direita!". Havia uma vaga sensação de familiaridade, mas não se lembrava, com todo o esforço que fizera para os exames. O que eram aquelas palavras? O que significavam? A lua raiou sobre as marcas no piso, cada uma das quais evocava fragmentos de seu passado, levando-o a um canto daquele largo.

Afinal, lembrou-se. O pátio tinha sido um lugar marcante em sua infância, quando o pai ainda exercia funções no governo enquanto o resto dos familiares se empenhava no comércio; tempo em que as coisas estavam melhores, antes de que todo o peso da sobrevivência do clã tivesse caído sobre seus ombros, esmagando-os. Era ali que, quando menino, com pouco mais de nove anos de idade, costumava se refrescar, ele e a avó, nas canículas de verão. Todos os dias, ao anoitecer, vinham ali, ele deitando-se num estrado de bambu, a velhinha sentada ao seu lado, contando-lhe histórias, das quais uma versava sobre algo que ouvira de sua própria avó, que por sua vez ouvira de alguém mais vetusto, um segredo de nosso clã, que remontava ao Grande Ancestral em pessoa.

Ela lhe explicara que, como fundador insigne de nossa linhagem, o Grande Ancestral havia prosperado a partir de inícios modestos, provando-se providente para os que estavam, mas também previdente para os que viriam. Aquela mansão, seu legado mais duradouro, comprovava os seus esforços em prol do bem comum. De qualquer maneira, profetizando a decadência dos Chen, dali a gerações, o Grande Ancestral, contava a avó, tinha escondido um tesouro em algum ponto daquela imensa propriedade, eram incontáveis lingotes de prata — "barquinhos de prata", tal a forma que se dera ao metal.

De pé junto ao lugar onde colocavam o estrado, Chen Shicheng reviu, em meio a um brilho cinzento, a cena: "Vovó, onde está o tesouro?"; "Ninguém sabe, meu querido; o Grande Ancestral escondeu esse segredo até do próprio filho mais velho"; "Por que, vovó?"; "Ele previu que um de seus descendentes, uma pessoa de grande sorte, de favor junto ao Céu, encontraria o lugar"; "Mas será que ninguém encontrou, mesmo?"; "Não, meu doce"; "E o Grande Ancestral não deixou nem uma pista?"; "Ele gravou uma quadrinha na pedra: 'esquerda, aqui; direita, ali/ para a frente e para trás/ prata muita, muita prata/ picareta, balde e pás'".

Desaparecendo aquela visão, ele reviveu o encanto duradouro que a quadrinha causara no pequeno e jovem Shicheng, até que, seguindo o

caminho dos exames, atento para os defeitos de dicção e da cadência, desmereceu-a como parlenda de mulheres e criancinhas. Aquele brilho no escuro, porém, mostrava-lhe que era algo mais.

Nos dias que se seguiram, ele continuou a se lembrar da quadrinha, a brincar com as palavras em sua imaginação, como se tentasse desvendar aquele quebra-cabeça ridículo. Não podiam ser direções. E se fossem posições relativas? E se aludisse aos ramos do clã? E se fossem símbolos? Voltando às respostas-padrão e à memorização dos textos para os exames, negócio dos *homens-bons* eruditos, relegava as quatro linhas ao folclore de falsos mistérios que abunda no imaginário do povo comum.

Passara-se um longo mês. Numa ocasião, longe do olhar dos seus, recolhido em seu aposento, notou que havia um diagrama perdido numa gaveta de sua escrivaninha. Era sua letra, mas não se recordava quando o havia grafado. O diagrama quase lhe dava certeza de que o tesouro estava num dos aposentos da carreira adjacente, alugada ao clã dos Tang. Tinha que ser lá. Mas qual o pretexto para entrar na casa dos outros? Como reagiriam a uma cratera aberta durante a sua ausência? E, pior, se julgassem que o tesouro pertencia a eles? Shicheng tinha medo, não queria correr tantos riscos. Esquadrinhou o diagrama, concluindo que havia várias outras possibilidades. Não, a certeza não era forte o bastante.

Apesar de os exames, e as aulas, ainda serem o que tinha de mais substancial em seu dia a dia, a possibilidade do tesouro seduzia-o nos momentos de ócio. Seria a solução para os seus problemas. Seria a realização do Grande Ancestral. Seria uma prova da escolha direta pelo Céu.

Como ninguém mais tinha se dado conta? De fato, tinha visto marcas no piso de um aposento que servira como estúdio de um notório ascendente seu, o que, verificara, acusavam uma tapadura de escavação. Mesmo assim, até então, acreditava ser um ato de desespero, como diziam, de alguém que havia perdido a razão após fracassar nos exames. Sentiu-se envergonhado em seu lugar, assegurando-se de que não era como ele. Por isso, começou a passear de dia pela mansão, fingindo displicência, investigando as carreiras alheias. Estremeceu ao encontrar repetidos indícios de que, em diferentes épocas, diferentes mãos levantaram o assoalho, partiram o pavimento de pedra — foram várias as pessoas a procurar o tesouro. Não podiam todas ser loucas.

Shicheng estudava o seu diagrama à noite, com afinco cada vez maior. Por mais que se extenuasse, entretanto, tinha demasiadas dúvidas sobre a utilidade daquilo. Prestes a desistir, saiu de seus aposentos na calada da noite para ver se encontrava a coragem de se desfazer daquele mapa. Respirando um pouco do ar gélido, surpreendeu-se coberto pelo luar, a mesma lua de espelho daquele dia há exatos dois meses, ouvindo, a seguir, a mesma voz com que já se familiarizara, "Venha... venha..." — em direção àquele pátio, algo dentro de si sabia.

Corria através de um silêncio angustiante, carreira a carreira, aposento a aposento. A escuridão encurtava seus passos, cada vez mais incertos, pois chegara numa zona da mansão há muito abandonada. Fazia uma prece para o Grande Ancestral, quando um pilar de luar raiou oblíquo, guiando-o até um aposento retangular. "É aqui", suspirou a voz.

Entrou ferozmente pela porta caída. Pelas aparências, tinha sido um estúdio e, mais tarde, um depósito. Uma pilha de móveis arruinados, escrivaninhas, estantes, mais jarros de cerâmica em cacos, implementos enferrujados para cultivo da terra e outros refugos. Pairava uma névoa grossa de umidade. Afligiu-se ao notar que o luar não se irradiava ali dentro. Por onde começar?

Derrubou uma prancha que cobria a janela, por onde se projetou, leitoso, o brilho, que assumira uma coloração azul próxima à do fogo de enxofre. A emanação fantasmagórica alcançava o outro lado do quarto, tocando um ângulo próximo da parede leste da construção, em que se escorava um tampo de escrivaninha de estilo Ming, devia ter cerca de trezentos anos.

Com todas as suas forças, jogou o tampo para o lado, revelando uma mancha negra a se agitar na penumbra. No seu pavor, pensou que fosse um bicho ou coisa pior, e recuou até a porta. Já que não saía do lugar, procurou uma lamparina quebrada, acendendo-a. Era uma picareta, parada na parede. Tendo se livrado do entulho, rachou o chão com a ferramenta, um espaço de quatro lajes grossas, fazendo jorrar a areia fina, muito amarela, daquelas paragens. O afã de encontrar o tesouro era refreado pelo temor de que, nestas altas horas, o barulho metálico despertaria suspeitas, pelo que o trabalho avançava cauteloso.

Apesar do frio, o suor vertia grudento, e Shicheng, nunca tendo feito trabalho braçal, bufava aos borbotões, dobrando as mangas de sua camisa. Abaixo da camada de areia, o solo aparecia, negro e pastoso. Tomando cuidado para não machucar o que esperava estar embaixo, ele começou a manusear a picareta pela cabeça, raspando a terra em busca de algo duro e alavancando-o para fora.

O brilho no escuro

Ajoelhado na cratera, já com uns dois *chi* de profundidade, seus ombros estavam na altura do piso, e nada da urna de prata. No seu descuido, a ponta de ferro da picareta lançou um gemido fino, batendo contra um objeto grande, o que fez seu punho doer. Cavando com as mãos, descobriu o contorno de uma laje muito antiga, pondo seu coração em disparada, o suor ardendo nos olhos, a lamparina que não alumiava mais ali. Impaciente, levantou o fragmento de laje como podia, empurrando-o para fora da escavação. Para sua crescente desilusão, era solo negro embaixo de solo negro, que arremessava fora com auxílio de um balaio de bambu rachado. Expressava sua raiva agora golpeando o solo com o lado agudo da picareta, arrebatando um indesejado tesouro, alguns fragmentos de porcelana e moedas hediondas deformadas pelo tempo.

O herdeiro dos Chen sentou-se na beira do buraco, como se para descansar fosse, ainda que descansar não pudesse. Voltou à labuta, agora usando as próprias mãos, querendo arrancar o coração de quem quer que tivesse inventado aquele embuste. Continuou por não saber quando parar, até que um de seus movimentos mecânicos foi interrompido por um objeto estranho, com o formato de uma ferradura, embora de consistência frágil e porosa.

Usou um dedo para cutucar suas bordas, antes de pinçá-lo para fora da terra. Levantou-se para iluminá-lo junto à lamparina: um osso apodrecido, preto com manchas brancas, vestígios de sua coloração original. Girando-o, notou que tinha uns poucos caroços erodidos, talvez restos de uma fileira de dentes. Uma mandíbula, humana, afigurava-se. Colocando-a sobre a palma da mão, Shicheng preparava-se para observá-la com mais cuidado quando, "de novo", aquela voz suspirou, agora, de dentro da vala, com um riso repuxado que mais se assemelhava a um gemido macabro. O calafrio deixou-o teso, momento em que a mandíbula, animando-se, escorregou de suas mãos de volta para a voz.

Instantes se passaram até que, num ato reflexo, ele saiu da cova com um salto lépido, chispando para fora daquele aposento. Estava no limiar do beco curvo, de volta ao pátio abandonado, momento em que, não resistindo à curiosidade do horror que sentiu, voltou-se para conferir se algo vinha no seu encalço. A lamparina bruxuleava um azul lívido, enquanto um brilho cinzento começava a raiar do chão do lado leste. A todos os pulmões, fez o caminho do beco, o riso da voz emanando da descoberta e se aproximando cada vez mais, a cada passo que ele dava no túnel, a escuridão cerrando-se e abrindo-se, finalmente, com a porta pa-

ra o pátio. Sob a claridade difusa da lua, nada o seguia, o riso não o alcançara. O pátio estava vazio.

Achou um lugar para se restabelecer do susto, junto aos degraus sob o beiral do salão. Confirmou que não havia nada de estranho naquele espaço, sentando-se com as costas apoiadas na parede. Farto de tudo aquilo, deixou-se cochilar, "O Grande Ancestral não enterrou o tesouro na mansão...". Abriu os olhos para encontrar o brilho cinzento perto de si, e a voz: "Venha comigo... mostrarei o caminho a você". Examinando melhor, distinguiu traços de um rosto, um desconhecido em quem esbarrava com certa frequência na rua e que o fitava silente, com olhos mortos. Acenando para o brilho, Shicheng por fim compreendera.

A noite ainda reinava. Coruscando com ainda mais intensidade, a lua preparava-se para se ocultar a oeste. Naquele lado, à direita da porta principal da mansão, erguia-se o Pico do Poente, a uns trinta e cinco *li* de distância, beirando o rio. Os raios diáfanos incidiam nas costas do rochedo e na superfície da água, dando-lhe um tom pretejante e destacando suas formas, similares às de uma placa cerimonial, estreita e comprida, restrita às mãos dos altos funcionários públicos em audiência com o Imperador. O brilho no escuro moveu-se em seu rumo. "Está ali!"

Era longe demais. Porém, a tristeza e sofrimento daquela vida impelindo-o avante, decidiu aceitar e partir para o destino. Salão a salão, chegou à saída de sua propriedade, com a voz encorajando-o. Munindo-se de uma lanterna de papel, pendurou-a sobre um bastão e saiu pelas ruelas escuras, escolhendo a trilha mais curta até o Portão Oeste, dali era mais perto. "Abram o portão! Abram o portão!", impaciente com a lua, que se esconderia antes da hora. A voz confortava, "Ainda dá tempo".

Cheio de esperança, o herdeiro dos Chen avançou pela estrada larga até um descampado que iniciava a trilha para o pico. Nas imediações do rio, os sendeiros agrestes começavam a se ladear de árvores, mais adiante virando matagais, pelos quais o caminho se perdia. Foi neste ponto que a chama da lanterna fraquejou, emitiu um chiado e foi minguando, minguando, até que se consumiu. Um prenúncio de alvorada insinuava-se atrás dele. Jogou a lanterna apagada no chão, com um grito. "Ainda dá tempo, venha comigo..."

Passados uns dias, um pescador pescava no Lago dos Córregos, a uns quinze *li* do Portão Oeste, quando descobriu algo que se parecia com um cadáver, boiando em meio a uma grossa camada de algas verdes; de-

via ter sido despejado pelo rio do Pico do Poente. O fato passou de boca a boca, até chegar aos ouvidos do chefe de polícia do distrito.

A autoridade organizou um grupo na aldeia adjacente ao lago, para averiguar a situação. Recolheram "um homem, aparentando uns sessenta anos, de estatura média, com pele clara, sem barba, de cabelos curtos". Aquela descrição conformava com o aspecto de Chen Shicheng. Todavia, nem os vizinhos, nem os próprios parentes, foram reconhecer os restos mortais. "Enlouquecera já faz uns anos", repetiam.

Sem saber o que fazer, o chefe pediu instruções a um comissário do distrito, que autorizou a inumação do corpo putrescente.

Embora não conhecesse Chen Shicheng a fundo, o chefe sentia-se perturbado em seu íntimo. Recolhido do lago, estava nu em pelo. Consultou um funcionário especializado no assunto, quem lhe assegurou que a causa da morte estava clara, suicídio; também alegou ser normal que se roubassem as roupas dos defuntos, não vendo nisso indício de que o dito-cujo tivesse sido emboscado por bandidos.

O que acontecera?, inquiriu. O especialista reconstituiu os últimos momentos de Chen Shicheng. O falecido estava vivo quando entrou na água. Não se sabia por que razão ele tinha lutado para se manter submerso. Analisando o cadáver, mostrou as unhas que restaram, enegrecidas pela camada de lodo embaixo delas; as pontas dos dedos em carne viva; as palmas gravemente esfoladas; as mãos paralisadas em forma de gancho, devido ao rigor cadavérico. Logo, tinha cavado e se agarrado a algo pesado, muito pesado, mas o quê?

Junho de 1922

SOBRE COELHOS E GATOS

No verão passado, a Esposa de Terceiro, meu irmão mais jovem, os dois moram no pátio aqui atrás, comprou um par de coelhos, como presente para os meus sobrinhos brincarem.

Pelo jeito das criaturas, tinham sido desaleitadas não fazia muito; encantavam-me em que, não sendo gente, inspiravam, todavia, um ar de pureza e inocência.

E talvez por isso, não se habituassem ao convívio conosco, com suas orelhas compridas e encarnadas sempre em pé, os focinhos farejando frenéticos, os olhos transparecendo inquietação, em busca de uma paz e tranquilidade inexistentes em nossa casa. Tinham sido degredados de seu lar.

Faço um aparte, por oportuno, sobre os maus hábitos financeiros de minha cunhada. Se víssemos os coelhos como coisas, eram baratos, dois cordões pequenos de moedas, vinte cobres. Meros vinte cobres e se podia comprar qualquer coelho, em qualquer feriado, em qualquer mercado, em qualquer templo. A minha cunhada, nada obstante, gastou um *iuan*, um *iuan* inteiro, por conveniência, tendo mandado um menino de recados adquirir os bichos em seu lugar, poupando-a da barganha e onerando-nos com um dispêndio desnecessário.

Seja como for, os meus sobrinhos encantaram-se com aquelas vidinhas, não podendo ser de outra maneira. Quando os coelhinhos chegaram, os pequenos foram correndo, e gritando, saudá-los, em seu redor. Confesso que nós, os grandes, também não resistimos a ir vê-los, sem gritar, colocando-nos ao redor das crianças. Por último, saracoteando, lançando saliva para todos os lados, veio S, o nosso pulguentinho.

Como uma lança, S penetrou os dois cordões humanos dando duas cabeçadas, enfiando o nariz na caixa, fungando os dois novos membros de nosso convívio. Os coelhos encolheram-se, S deu um espirro e se afastou, lambendo as narinas. Mau começo para a relação. A Cunhada interveio, vociferando contra o canino, "Xô, fedorento, xô; ou você vai ver o que é bom", dando-lhe uma castanha. O cachorro ganiu em protesto, retirando-se da festa de boas-vindas. Com efeito, nunca mais chegou perto dos coelhos.

Verdade seja dita, a adaptação não foi fácil. Foram expulsos de dentro de casa, uma experiência fracassada, porque gostavam demais de comer o papel de parede e de roer as pernas dos móveis. Reincidindo com contumácia, foram degredados para um cercado no quintal, atrás da janela dos fundos do aposento de Terceiro. Penso que os dois gostaram da punição, afinal, pois ali havia uma amoreira selvagem, cujos frutos maduros caíam ao chão, pouco antes de serem devorados. E como o par gostava dos acepipes! Tanto que o espinafre com que os alimentávamos apodrecia intocado.

Com o passar do tempo, o cercado foi consagrado como domínio dos coelhos. Mesmo aves grandes, como pegas ou gralhas, saíam-se mal contra eles. Pousando por ali, levavam coice: os bichos contraíam seus corpos para projetar as patas traseiras com violência e, decolando do chão, bolas brancas de pelo, *pou!*, era o som do coice que os penados tomavam antes de voar para o galho mais próximo. Minha cunhada contou-me que, acontecendo umas poucas vezes, as aves aprenderam a respeitar o território dos dois.

Sem dúvida, gralhas ou pegas eram o problema menor, pois, no máximo, roubavam um pouco da ração dos coelhos. A Cunhada acentuou que o arquivilão, quem conspirava contra a harmonia animal em nossa morada, era um gato gordo, com olhos sonsos, que fazia vigília num socalco ao lado do cercado: alcunha, Carvão, pois era todo preto. Prestei atenção que, nas sonecas que o felino simulava, estava mesmo a planejar, ardilosamente, atos de ruindade. Tempestivamente, em minha autoridade de cabeça da família, decidi, por intermédio de minha cunhada, a quem delegara a responsabilidade pelos assuntos leporinos, colocar o S de patrulha, ali, de frente a Carvão, crente de que aquela beligerância felina contra os seus novos coabitantes não iria a lugar algum, pois S tinha ódio mortal daquele gato.

Uma vez os coelhinhos degredados de casa, eram os meninos a sair para se divertir com eles, entrando no cercado, procurando onde estavam, capturando-os pelas orelhas e afagando os dois com amor. Diferente dos pássaros, o par tinha carinho pelas crianças. Dentro das mãozinhas humanas, ficavam de pé, obedientes como se treinados tivessem sido, as orelhas relaxadas, os narizes cheirando os visitantes. Mas eram arteiros também, pois, na primeira chance, fugiam para um de seus esconderijos, quem sabe querendo brincar de esconde-esconde.

Para protegê-los do sereno e das intempéries, fizemos um leito coberto de palha de arroz numa caixa de madeira, colocada numa área protegida da chuva, coberta pelo beiral da janela dos fundos.

Envelhecida a novidade, os dias enfileiraram-se aos pares, o folguedo das crianças virou rotina, os adultos, eu inclusive, remetemo-nos aos nossos misteres. Com poucos meses morando em nossa mansão, porém, os coelhos já se sentiam à vontade para reformar o cercado como lhes aprouvesse, escavando aposentos em pontos de particular apelo.

Certa feita, vim espiá-los em obras. Usando as patas frontais como picaretas e como pás as patas traseiras, num movimento síncrono e contínuo, trabalhavam com ligeireza. Em metade de um dia, mais um túnel.

Por que tanta indústria, estando tão bem providos? Era o assunto de nossas refeições, estranhamento que cresceu num mistério que se desfez quando um de nós, vindo vistoriar a vivenda, aferiu que um ventre crescera bem mais do que o outro. O par era um casal, quem diria. Curioso que, descobertos não fazia dois dias, encheram os túneis de palha de arroz, folhas de amoreira, o que quer que encontrassem para reforçar a privacidade de que precisavam. Era uma nova azáfama para os dois.

A hora da comida era uma efusão de alegria. Jovens e velhos, todos queríamos ver os bebês de coelho.

A Esposa de Terceiro, sob meu implícito assentimento e delegação, publicou um decreto executivo implementando um toque de recolher estrito, válido para todos os não residentes do cercado. Que as crianças, ou qualquer adulto que fosse, não mais perturbasse os coelhos até segunda ordem! Expressões resignadas de desapontamento infantil.

Minha mãe, a Augusta Matriarca, pronunciou-se no sentido de expressar seu profundo contentamento, pelo fato de que a prenhez dos coelhos, evento mais do que auspicioso, prenunciava abundância, e prosperidade, para o nosso clã. Nesse contexto, tomara a decisão de, uma vez desmamada a ninhada, visitar, em pessoa, o cercado, com o fito de escolher, à mão, dois dos rebentos, para que fossem criados, concedidos todos os privilégios de praxe, num novo cercado, a ser construído atrás da janela dos fundos de seu palácio. Aplausos gerais.

A caixa de madeira havia sido preterida em favor das novas construções no solo. Notamos que, vez e outra, saíam para devorar o que lhes oferecíamos. Passado um tempo, desapareceram dos olhos de todos.

Sobre coelhos e gatos

Muito normal, concordávamos. Contudo, os jantares assumiram paulatinamente uma atmosfera tensa, à medida que pudemos confirmar que mesmo o que os coelhos haviam depositado na sua despensa não estava sendo consumido.

Mais uma semana, dez dias, até que recebemos um relato mais preciso da situação. A Esposa de Terceiro afirmou que o casal retornara à superfície para uma vida em tudo similar à que mantinham antes da prenhez. Deduziu que os coelhinhos deveriam ter morrido todos, pois a mãe ainda estava cheia de leite, o que significava, e nada o negava, que não ia mais amamentar os pequeninos. A Cunhada tinha muita raiva no rosto, pelo que aconselhei resignação no coração: "Não tem jeito".

Sem embargo, foi com grato gosto que mordi a própria língua. Não muito depois daquela pesarosa notícia, um sol saiu morno, desacatando o fim de outono, e o vento parou, outra afronta à estação, fazendo com que os meus familiares fossem para o quintal banhar-se no sol. Permaneci em meu escritório, lendo e escrevendo, como de costume, até que terminei expulso da cadeira pela curiosidade. Ouvindo risos e festejos, estiquei minha cabeça pela janela, mas não eram no meu pátio. Buscando o júbilo com os ouvidos, encontrei-o no terraço da Esposa de Terceiro. Uma pequena multidão espremia-se para ver, pulando para lá e para cá, um coelho filhote.

Comovi-me ainda mais por ver que era tão diminuto, o bichinho, uma pequena fração de seu pai e sua mãe no tempo em que chegaram ao nosso lar. Mesmo assim, o viço que a vida tem nos animais é admirável. Embora frágil, conseguia se mover com lepidez e prumo.

Sem sombra de dúvida, quem mais estava contente naquilo tudo eram os meus sobrinhos. Eu querendo ver melhor o filhote e eles pulando e cobrindo o meu ângulo de visão. Ao me curvar para fitar um, outro entrava na frente e outro começava a falar de trás e outro puxava a barra de minha beca, "Tio!, tio!, tio!". "O que é?" "Tem outro!" "Outro filhote, tio!" "Ali, olhe, olhe!" Naquele momento, o segundo rebento assustara-se com a atenção insueta e só deixara a cabecinha de fora do buraco. Devia ser um irmão, ainda menor, do outro, que punha a cara fora do abrigo.

Para premiar o bebê maior, jogávamos ervas e folhas, iguarias que reservávamos para momentos deste tipo. Os pais, todavia, não deixavam que abocanhasse nada, tomando-as para si e deixando por isso mesmo.

Os meninos encantavam-se com o espetáculo, correndo em torno do cercado para acompanhar os acontecimentos. A algazarra terminou por assustar o bebê, que voltou rapidamente para o seu esconderijo. Os pais, da mesma forma, correram para a porta de sua casa, enfurnando os bebês, supomos, pois apenas conseguíamos ver as patas traseiras dos grandes empurrando as costas dos pequenos. Estando as crias bem aconchegadas, pai e mãe selavam o túnel usando a terra do terreiro.

Pressenti que, doravante, aquele pátio ia se tornar o chamariz de nossa casa, as crianças ainda mais animadas, as janelas ainda mais visitadas — pois cada um de nós reservava um tempo ao longo do dia para observar os desenvolvimentos.

Sem embargo, mordi a língua, uma segunda vez. "Vocês viram os grandes?", "Não", "E os pequenos?", "Tampouco"; assim ia a conversa, sem exceção. A Esposa de Terceiro, como de costume, a mais bem-informada de todos e com aquela personalidade agitada que a distingue, deduziu que o desaparecimento do pequeno clã de orelhudos tinha algo a ver com as maquinações fatais, a "mão venenosa", eis o termo que usou, de Carvão, aquele gato gordo, gordo e preto.

Baseado no precedente de que a minha cunhada se enganara uma vez e no fim os filhotes não terminaram morrendo todos, tomei as dores do gato, em parte para desfazer da Cunhada. Foi durante um jantar. Não foi o Carvão, não; é o tempo frio; claro que os filhotes vão querer ficar embaixo da terra; é só o sol sair que vão voltar a aparecer. Descontraímo-nos, inclusive a Esposa de Terceiro, penso que sim. Talvez tenha se ressentido de mim, por eu ter ficado do lado do criminoso, em minha birra com ela.

No entanto, o sol saiu e os coelhos não voltaram a se mostrar. Com a sucessão dos dias, parece que ninguém mais percebeu, eu mesmo preferi ficar calado para evitar perder face e escapar dos alfinetes daquela mulher, até que todos nós esquecêssemos do assunto. Eu ansiava que as coisas terminassem dessa forma.

Ânsia pouco realista. A Esposa de Terceiro percebeu, claro que percebeu, que os filhotes não retornaram. Para ser justo, era ela quem zelava pelos coelhos, com escrúpulos admiráveis, diga-se de passagem. Até parecia que carregava aquelas folhas de espinafre nos bolsos todos os dias, para poder dar de comer aos bichos quando quer que voltassem à superfície. Numa dessas oportunidades, passando pelo pátio em que ficava o cercado, ela identificou, surpresa, um novo túnel, num lugar que permanecera intocado, até então. Por esse ensejo, foi examinar a morada habitual dos bichos, onde encontrou, um tanto erodidos, vestígios de unhadas, muitos.

Veio falar comigo, fazendo ares de quem não sabia de algo que sabia bastante bem. Em vez de ir direto à conclusão, argumentou, de início, que as marcas podiam ser dos pais-coelhos, arrematando os detalhes do buraco. Porém, as unhas dos coelhos não eram largas como as das riscas sobre o solo. Não seria o Carvão que, a propósito, não saía dali do socalco? Depois disso, nada dissuadiu a mulher de sua intenção de destruir o túnel, dias de trabalho dos coelhos, apenas para satisfazer sua curiosidade... Que cave, então!

Armada de uma enxada enferrujada que tínhamos em casa, ela avançou, bufando a cada dois passos, marcando o ritmo com uma batida surda do cabo sobre o chão. Comigo observando da janela. Começando a cavar, cavou e cavou, as suspeitas cobrindo seu rosto, perigando, todavia, alegrar-se de repente, se a certa altura encontrasse os filhotes. Acompanhei toda a obra, até que a enxada mordeu o final do túnel, onde havia uma cama de ervas e feixes de penugens. Concordei comigo mesmo, devia ter sido colocado pelos pais antes da parição. E nada mais. Nenhum indício do crime, nem folhas ensanguentadas, nem restos mortais. Ao mesmo tempo, nenhuma pista do paradeiro do Bola de Neve, o irmão mais velho, nem daquele de que só vi a cabeça, o irmão mais novo.

Diverti-me ao vê-la frustrada, reconheço. Entretanto, a indignação, o abandono, a frustração que transpirava davam-lhe um aspecto de tenacidade ímpar — tinha que continuar a procurar, custasse o que custasse, tinha que destruir os outros túneis, se fosse preciso. Moveu-se para o novo buraco, alavancando a enxada por trás de um dos ombros, afugentando o casal, que desabalou de dentro desorientado. Relinchando de gozo, exclamou, "Eles mudaram de casa! Mas não, vamos ao fundo disto". *Tchá-tchá-tchá*, generosos golpes da enxada dando nas mesmas folhas secas e forro de pelo que tinha o outro túnel. Esfregou o suor do rosto com o antebraço, olhando melhor para os despojos da casa arruinada. Nesta altura, aquele semblante obsessionado fraquejou, ganhou ares femininos, exsudando maternidade por procuração. Apanhou carinhosamente uma bolinha de carne rosada do entulho no fundo do buraco que não mais era. "Tem sete!", gritou. Pequeninos, frágeis, sequer abriram os olhos.

O mistério fora solucionado. Por mais que eu resistisse a dizê-lo em público, a Esposa de Terceiro não havia se equivocado. Aqueles dois primeiros filhotes já não mais eram. Para prevenir um novo sinistro, ela colocou cada um dos sete bolinhos de carne na caixa de madeira, levando-a para o quarto dela e do marido, não sem antes premir a mãe-coelho na caixa, constrangendo-a a dar de mamar. A Cunhada nem se deu o trabalho de satisfazer o orgulho do cabeça da família, vindo mostrar para ele os frutos de seus esforços.

O crime perfeito de Carvão que, para mim, era putativo, havia semeado a discórdia em nosso agregado familiar. A Esposa de Terceiro fervia de ódio por causa do gato, sentimentos tão efusivos que transbordavam para a mãe-coelho, ela mesma, pois não se mostrara à altura de seus deveres maternos.

Estávamos almoçando quando ela, tratando o uso da palavra como prerrogativa exclusiva sua, explicara como os dois filhotes tinham sido assassinados pelo gato, mas não só, era certo que havia mais, vários outros, que nós sequer conhecêramos. E fora a desídia da mãe-coelho que piorara tudo, pois não dera as tetas para cada um deles, matando a própria cria por negligência. Pensei com meus botões, no mundo animal, é a sobrevivência dos mais fortes: quem chora, não mama; quem mama, não chora...

E, sim, a Cunhada tinha sua dose de razão, pois na ninhada de sete, dois estavam muito fraquinhos. O que fez, então, sendo ela como era? Encarregou-se de comandar a amamentação, prendendo a mãe-coelho com uma mão, enquanto a outra levava filhote a filhote até as tetinhas para que se alimentassem, cada qual em sua vez. E cada um sugava leite pelo mesmo tempo, ai de quem se aproveitasse!

A Mãe juntou-se a mim, em ojeriza à Esposa de Terceiro. Óbvio que falávamos pelas costas daquele elemento ádvena de nosso clã. A mãe exclamava: "Um absurdo, tão trabalhosa, aquela maneira de criar coelhos, quem já ouviu dizer!". Dando-lhe razão, eu acrescentava que poderia ser a primeira estrangeira a entrar para o seleto número de mulheres ínclitas de *Vultos sem par*, a famosa coleção de gravuras comentadas sobre personagens que marcaram a história da China, obra que não pode faltar na estante de um erudito que se respeite. Venenos inocentes e ironias jocosas à parte, o clã dos coelhos ia bem, obrigado, e todos nós estávamos contentíssimos com aquela solução.

Contentes, mesmo?

Sobre coelhos e gatos

Um miado guturalizado, distante, ecoando das adjacências, prenunciava uma longa noite maldormida. Estava sentado à minha escrivaninha, sob a luz amarela, passara da meia-noite, fazendo mais um de meus exercícios de melancolia gratuita. Independentemente do que eu sentia pela Esposa de Terceiro, os dois filhotes da primeira ninhada tinham trazido alegria para a nossa casa e se foram, duas vidas frágeis, nenhuma pessoa sabe como, nenhuma alma perdida se deu conta; os dois nem entraram para os anais de nosso clã, nem ganharam um uivo de pranto de S. A frieza da história animal...

De fato, era algo que já testemunhara. Quando ainda morava na Associação dos Conterrâneos, acordara cedo um dia, deixando meu quarto para ir ao banheiro. Ao passar pela árvore-do-pagode, percebi um monturo, eram penas de pombo, mais algum lixo, folhas, terra, gravetos, a que as penas tinham aderido pelo sangue que, naquele momento, dava a impressão de ser uma nódoa gordurosa. O pombo virou aperitivo de um falcão, supus. Ao meio-dia, quando voltei para almoçar, o faxineiro já varrera para o esquecimento o amigo habitual que vivia arrulhando pela Associação.

E lembrei-me dos ganidos da carcaça de um cão agonizante, esmagado por uma carroça, quando passávamos, os três, pelo portal de Xisi. O cão também sumiu sem deixar vestígios, vi, no dia seguinte, ou no outro. Jogaram fora, como lixo. Os passantes, na pressa de quem ainda está vivo, sequer se davam conta de que ali houvera um bicho famélico, sarnento, asqueroso, cuja existência degradante se constituía num enigma para quem quer que se importasse, não, notasse, apenas notasse o fato de que ele não mais estava ali. Estou cansado, quero dormir.

Miados arrastados sobravam do silêncio morto, Carvão responde de seu socalco cativo. Era o fim da madrugada? Outra noite de verão abafada, suores noturnos, nem as malditas moscas conseguem dormir, zumbindo zonzas chocam-se contra a minha janela, ao chamado da luminária. Essas moscas também terão um mau desfecho, abocanhadas por uma lagartixa ou caindo na teia de uma aranha saltadora. Mosca é um inseto abjeto, a que ninguém dá atenção. Eu nunca dou. Quem lamentou a morte de uma mosca? Mas vivem, não? E morrem, e somem, sem que ninguém se dê conta. Coelhos e pombos, cães e moscas, gente não é diferente.

Deitado em minha cama, imagino, e se pudéssemos exigir do Criador das Coisas que assumisse suas responsabilidades? Eu diria para ele, "Meu senhor, se você sabe fazer algo, é desperdiçar vidas". Eu olharia nos seus olhos, "Você destrói demais", fazendo a gente entender e aceitar que a vida é para os fortes. A vida é para os fortes.

Dois miados espremidos, longos, aqui fora, quase que debaixo de minhas orelhas. Dirijo a luz da lamparina para a escuridão do pátio. São dois gatos; um deles é Carvão, que só consigo ver porque está com uma namorada, manchada de branco. Bichos devassos. O amor vira luta, começam a brigar, não sei por quê.

Uma voz velha acaba de acordar ao lado, "Xunzinho, olhe as horas, você está judiando do gato de novo?". "Não, mãe, são eles que estão se mordendo no pátio." Muito pouco convincentemente, "E eu sou de bater em gato?". Fico sem resposta.

A mãe, daquele jeito desligado dela, é quem se compadece dos animais sentidamente. Ela nunca gostou de me ver maltratando os felinos. Acho que ela começa a desconfiar que, cedo ou tarde, eu vou me escudar no pretexto das dores que tomei pelos dois coelhos desaparecidos e ceder aos meus impulsos sádicos, dirigidos preferencialmente aos bichanos. Bem, não posso negar que já tenho fama no clã e meus antecedentes falam por si.

Carvão, embora sonso, tem, tinha, sido uma exceção à regra, afinal, ele toma conta dos ratos e não faz, não fazia, estrepolia em casa. Mais importante, a Esposa de Terceiro o quer morto e eu resisto a lhe dar o braço a torcer... Porém, os gatos têm algo que me põe fora do sério. Cruzam no meio da noite. Nessas ocasiões, eu quero me livrar deles sem remorsos. Se fizessem o que fazem em silêncio, não odiaria tanto. Aquele miado de gata no cio e quando os machos respondem e quando as gatas miam ainda mais lascivas, ah, é insuportável.

Por que não vão direto aos finalmentes? É de perder o sono! Carvão, Carvão, não é que você fez mal aos coelhos? Como diz o *Clássico dos Ritos*, "Toda guerra exige uma razão", não se esqueça! Sei que a mãe é bondosa, por isso escondo-me por trás de dubiedades, respostas evasivas, sou sonso como você.

Indiferentes às minhas súplicas, os dois prolongam-se em suas atividades noturnas. Gato é um animal arrogante, ignora o que o separa do homem. Sei que O Criador das Coisas é culpado pelo caos que é este mundo, sei que preciso resistir à Lei que Ele nos deu... Contudo, algo dentro de mim quer servi-lo, auxiliar a sua obra...

Mais miados e ficarão revogados os privilégios de Carvão enquanto soberbo senhor do socalco. Serão as mãos nuas? Será uma arma bran-

Sobre coelhos e gatos

ca? Será venefício? Com o canto dos olhos, queimando de insônia, certifico-me de que ainda tenho um frasco de cianureto de potássio, oculto numa caixa no armário de livros. A decisão está tomada. A vida é para os fortes.

Outubro de 1922

(TRAGI)COMÉDIA DOS MARRECOS

A cítara bárbara de seis cordas, com seu braço estreito e sua caixa trapezoidal, pendia, a tiracolo, de um tipo estrangeiro, o corpo espichado, o nariz alto, os cabelos compridos, com franjas caídas feito nuvens encapeladas, da cor do sol no fim da tarde, rufo: era o jovem poeta russo, que tinha vindo de longe, dar aulas de esperanto em Pequim, Vassíli Ierochenko,[118] um nome longo e estranho que, em nosso falar, virava uma sucessão destrambelhada de sons, "Ai-luo-xian-ke" — esqueça o Vassíli, Ierochenko já é longo o bastante. Morava conosco não fazia muitos dias quando, de semblante taciturno, soltou um desabafo sofrido do peito, "Saudade... saudade... sinto uma saudade de casa... de quem está perdido... perdido, no meio de um deserto". Estávamos jantando.

Saudade e deserto, pensei.

Saudade. Devia ser um sentimento verdadeiro para ele, apesar de que eu não pudesse estar certo disso, pois a verdade do coração sempre se espelha nos olhos e Ierochenko tinha perdido a luz dos seus há muitos anos. Além disso, quando não temos um critério para julgar os homens, partimos de nós mesmos. Eu sou homem de me aclimar, cedo ou tarde, onde deito a minha cabeça todas as noites. É o velho ditado de que "Quem tem orquídeas em casa, pouco a pouco deixa de sentir sua fragrância". Logo, a meu ver, Ierochenko estava fazendo um drama de seus sentimentos, como qualquer poeta, como qualquer artista. Em minha opinião, enfatizo. Mas não sou o dono da verdade. Podia ser um sentimento verdadeiro de qualquer forma: drama para mim, saudade para ele.

Deserto. Com isso, eu concordo. Pequim é uma cidade sem primavera, sem outono. Privada dos meios, abundante nos extremos. Eu venho do Sul, onde a natureza é muito diferente de cá... Os pequineses, "velhos

---

[118] Vassíli Ierochenko (1889-1952) foi um poeta e escritor russo. Apesar de sua deficiência visual, Ierochenko viveu no Japão, Tailândia, Burma e Índia. Chegou à China em 1922, onde ensinou esperanto na Universidade de Pequim. Notabilizou-se como autor de histórias infantis, que escrevia em esperanto e em japonês, algumas das quais foram traduzidas para o chinês por Lu Xun.

locais", como se cognominam, desculpam-se da aridez destas bandas com a explicação de que a "energia vital da terra", o vapor úmido das montanhas, das árvores, dos rios, "migrou para o Norte", deixando para trás um tempo "mais tépido, mais agradável", o eufemismo com que escondem a relutância a darem o braço a torcer. Em minha opinião, sinto que Pequim não tem as estações amenas. Os queixos batem, hoje; amanhã, as costas se molham. Hoje, verão; inverno, amanhã. Mas não sou o dono da verdade. Podia ser um sentimento verdadeiro, de qualquer forma: os "velhos locais" são daqui; eu sou do Sul.

A propósito, uma história interessante de minha relação com Ierochenko data de um dos últimos dias de friúra, uma das vésperas da primeira canícula. A noite caíra. Eu, como de hábito, já encerrara meus afazeres públicos, menos do que laboriosos, para encetar meus passatempos privados, mais do que ociosos. Concluindo-os antes do que era normal, as altas horas, lembrei-me do hóspede ilustre que albergáramos. Não nos falávamos havia um bocado. Ierochenko estivera sob os cuidados do jovem mestre Tácito do Meio, eis um de seus nomes de pena, acadêmico famoso, malgrado a pouca idade. Por acaso, não só era morador do pátio de trás como também era o meu irmão do meio... Terminando o último cigarro do dia, o centésimo, talvez, pensei: por que não?, e fui visitar o visitante.

Tácito, com efeito; meu irmão estava caladíssimo quando cruzei o pátio: ele e a esposa dormiam o terceiro sono. Com tudo escuro nos arredores, a mansão caíra num silêncio absoluto. Avançando de leve com minhas sapatilhas de pano, entrei no vazio do pátio de meu irmão, procurando, dentre os aposentos confinantes em U, o quarto de Ierochenko. Olhei pela janela, encontrando-o sentado sobre o seu estrado, as costas eretas, as mãos abraçando os joelhos. Como tinha os ouvidos muito aguçados, a cabeleira loira agitou-se para o lado, revelando um cenho branco, claro no escuro, os ossos frontais pronunciados sobre órbitas profundas, que se contraiu ligeiramente para indicar que tinha percebido a minha presença. Entrei com uma saudação sussurrada em japonês, retribuída com uma delicada inclinação da cabeça.

O poeta expandiu-se em suas reminiscências de Burma, uma das terras de suas muitas andanças, falando-me das noites de lá. "Noites quentes como esta", sua voz, jovial e viva, contrastava com a melancolia de sua presença, "são cheias de música, com cada canto a tanger sua própria melodia." Tentei encorajá-lo, desconversando, com um humor inapropriado, "E as pessoas conseguem dormir?". Despercebendo, ou ignorando minha intenção, prosseguiu, "Não só nos lares humildes há música, mas também no mato embaixo e na copa das árvores em cima, um concerto de melopeias fantástico". Comentei, assombrado, "Um povo de músicos!". Fui ignorado, outra vez. "Sons de insetos, de todos os tipos, por todas as partes, mais o solfejo de sibilos de serpentes, como contraponto." Eu nunca fui de gostar de música, não sabia o que dizer; Ierochenko calou-se, a expressão distante, como se buscasse aquela cena viva em sua memória.

Refletindo bem, concluí que os sons de Pequim nunca me encantaram com tanto mistério, com tanta maravilha. Não importa quanto carinho se tenha pelo nosso país, vendo com mais cores ou ouvindo com mais sons aquilo que é nosso, no fim, é ingrato o esforço de confutar Ierochenko, que é estudado nas artes musicais. Se fosse uma questão de formas e cores, ainda poderia tentar discutir com ele, mas já que o tema são melodias e sons, dou-me por vencido, com minha visita sendo melhor autoridade.

Como se conseguisse ouvir meus pensamentos, todavia, meu parceiro de conversa reacendeu a polêmica. Dando um suspiro de desmerecimento impaciente, "Já estou aqui há tanto tempo, como é possível que nem som de sapos haja!". Embora sem intenção de ferir, dizer que Pequim nem sapos tem feriu-me os brios, agitando, no meu íntimo, um leve soluço de quizila, dando-me coragem para revidar a ignorância alheia: tem, sim, você não chegou a ver os torós que dão aqui, logo após os dias mais tórridos. Pequim é uma cidade de canais e fossos, havendo um complexo nas redondezas. Findas as chuvas, a saparia sai cantando desses aquíferos, a maioria de rãs dos campos de arroz, muitas mais do que se consegue contar. Lancei-lhe um olhar de desafio, apesar do pesar. Claro que ele não percebeu. No entanto, satisfazendo o meu orgulho ferido, foi a vez de Ierochenko, anuindo com uma interjeição de surpresa, cair num silêncio respeitoso. A seguir, a conversa migrou para outros assuntos, que não importam tanto para a história que se segue.

De fato, não precisamos esperar muito até que a natureza de Pequim respaldasse o que tinha dito a Ierochenko naquela noite. As chuvas vieram, pulularam os saltitantes, Ierochenko podia realizar o seu anelo por música, anfíbia, pelo menos. Provando a personalidade do homem, comprou um punhado de girinos na primeira chance que teve, acomodando-os no tanque que ficava no meio do pátio em que estava hospedado.

(Tragi)comédia dos marrecos

Um aparte sobre aquele grande marco arquitetônico de nosso clã. Era o único tanque em nossa mansão, cavado pelo senhor Tácito do Meio, com suas próprias mãos. Impunha-se majestoso, com seus três por dois *chi*, o bastante para plantar meia flor de lótus. Não importa, a sorte estava com o poeta e seus girinos, para quem o tanque mais do que servia a seus propósitos. E a tropa de girinos nadava para lá e para cá, feliz com a atenção de seu comprador; e a estranheza dos mascotes atiçava a curiosidade das crianças da casa. Controlei o riso quando, a certa altura, os meninos vieram bater à porta do "sr. Sheroshenko", todos animados, pois nos bichos haviam despontado pernas. Sem se importar com a gafe infantil, saiu de seu quarto tateando com um sorriso largo e grato entusiasmo, "Ôooooooooo!". O milagre da vida.

Prenunciava-se uma interessante reviravolta, nas duas semanas seguintes, com ares de tragédia grega, para o que, no entanto, requer conhecermos um pouco mais do nosso protagonista.

Maestro de coral de sapos era apenas uma de suas especialidades. Também era um ideólogo muito engajado em prol da autossuficiência das famílias — o caminho mais direto à paz universal, jactanciava. Por exemplo, sempre recomendava às mulheres que criassem animais em casa e que os homens não abandonassem a agricultura. Se tivesse relações de amizade com seus interlocutores, como era o nosso caso, era mais direto, encorajando, por persuasão ou pressão, que plantassem vegetais para consumo próprio.

No que concerne à nossa morada, eram repolhos, os quais, na China, são oblongos, de raízes mais estreitas. A Esposa de Segundo, melhor, a senhora de Tácito do Meio, converteu-se à causa e, com o amor ingênito à horticultura dos japoneses, plantou os benditos repolhos em qualquer fresta que encontrasse nos ladrilhos do pátio. Dela, não meu.

Irrequieto por haver formado uma entusiasta da autossuficiência, Ierochenko aplaudiu os repolhos e passou a lecionar à minha cunhada, diuturnamente, sobre os benefícios de se criar abelhas, frangos, porcos, até mesmo bois... camelos... em casa. Eu estava presente, anfitrião daquelas refeições. Criar frangos e porcos num quintal?, contrariado, eu agarrava minhas calças, sob a mesa. Colocar bois e camelos num pátio estreito?, enfuriava-me, em silêncio, mantendo um semblante sereno para os outros. Já Ierochenko não via problema. Nem os outros convivas, que acenavam com a cabeça para ele vigorosamente. Crueldade minha?

Aplaudindo a ideia, a Esposa de Segundo passou das palavras aos atos; como seria diferente, tratando-se dela? E apareceram, da noite para o dia, uns pintos, correndo e avoando, para lá e para cá, na casa de meu irmão. Por um tempo, tudo parecia ir bem para as aves, que cresciam rápido, mas os repolhos não mais deitavam folhas e não foi preciso muito tempo para que os ramos de dinheiro-em-penca, a erva que crescia em toda parte no pátio, tão frondosos que eram, começassem a ficar carecas. Para agradecer, tenho as teorias mirabolantes de meu visitante.

Tudo bem para as galinhas, disse, por enquanto. Elas têm saúde frágil, morrem fácil, ou de má digestão, ou da quentura seca, de modo que poucas da criação da Esposa de Segundo chegaram à maturidade. Em compensação, tornamo-nos clientes cativos de um granjeiro dos subúrbios que nos mantinha bem abastecidos de novos pintos. Eram vários os que nos vendia por visita. A propósito, um deles protagonizou "A tragédia do frangote", o único texto que Ierochenko produziu quando de sua estada em Pequim.

Uma das primeiras passagens do granjeiro foi fatídica para a presente história. Eu estava em casa. Como soía, tilintou sua campainha fora do portal de nossa mansão, soltando os berros de costume. A Esposa de Segundo saiu para atender, até aí nada de mais. Abri uma fresta na janela e apurei minhas oiças para ver se descobria, sem parecer inquisitivo, quanto aquela visita ia custar aos cofres do clã. Notei que a harmonia do coro galináceo era quebrada por assobios finos: *fiu-fiu, fiu-fiu*. Ótimo empresário, começara a vender marrecos. Para minha satisfação, entretanto, a cunhada recusou as investidas do granjeiro. Até que Ierochenko, ele veio, correndo, note-se, e o comerciante aproveitou o ensejo para colocar um filhote nas mãos dele. Não foram precisos muitos *fiu-fius* para que o poeta fosse persuadido de que eram animais encantadores. A Esposa de Segundo, sempre parcial, não bateu o pé, como deveria. Por fim, anotei em meu caderno: *"marrecos (Ierochenko), quatro, oitenta centavos cada"*.

Já que o dinheiro se foi, vamos gozar do que nos trouxe. Esperei umas horas antes de ir ver os bichos e, penitencio-me, são encantadores, de fato. O corpo amarelo, meio alaranjado, à maneira de inflorescências de pinho; o andar cômico manco de cai-não-cai; assoviando a cada passo, como se avisando por onde iam passar, fazendo evoluções em fila. Notei que todos os presentes manifestaram seu contentamento, então es-

(Tragi)comédia dos marrecos

tava bem para mim, também. Mas, "Amanhã vamos comprar uns peixinhos-cobra para lhes dar de comer", alguém propôs, segurei-me e não olhei para quem falara. Para meu alívio, Ierochenko secundou a proposta: "Ótimo, ótimo, eu vou pagar pelos peixes". Ótimo, digo eu.

Sob esse acerto, voltamos cada qual para nossos afazeres, com o poeta saindo para ir dar suas aulas.

No jantar, a Esposa de Segundo, alegríssima, relatou que os marrecos tinham se ambientado muito rápido. Enquanto os peixes-cobra não vinham, servira-lhes um pouco de sobras de arroz, encontrando-os recém-saídos do primeiro banho no tanque. Com efeito, ao colocar o arroz na cumbuca já ouvira, de dentro de casa, o som dos mergulhos. Correra para testemunhar uma cena mimosa, com os bichos secando as penas, agitando os pescoços, um prazer só. Havia um último, mais pertinaz, que devia ter mania de limpeza. A Esposa de Segundo tirou-o, à força, hora de comer.

No final da tarde do dia seguinte, estávamos nos preparando para outra refeição conjunta. Tendo esquecido temporariamente das galinhas, as crianças foram brincar com os marrecos e observar os girinos, cujos braços estavam se desenvolvendo. Com os marrecos marchando noutro lugar, os meninos investigaram o tanque, encontrando apenas umas raízes magras de lótus em meio à lama suspensa. Gritaram: "Mãe, cadê os girinos?". "Ai, ai, ai, ai", ela acudiu com as mãos na cabeça, "marrecos comeram!" Ato contínuo, denunciaram: "Sr. Sheroshenko, sr. Sheroshenko! Os marrecos comeram os girinos!". Um tanto desorientado, ele protestou de dentro de seu quarto: "Meus girinos!".

Assimilado o choque, propus que nos reuníssemos, solenemente, num jantar em memória dos girinos. Ao inconsolável Ierochenko, a Esposa de Segundo explicou-lhe que o primeiro banho na verdade teria sido o primeiro banquete dos marrecos. E por que ela não viu? Ela não viu, porque a água, agitada, ficara muito turva. Quem diria que marreco come girino? Sorri inocente. Um longo suspiro, seguido por um longo silêncio. O coral morrera antes de sua estreia.

Em seu anelo de promover a harmonia entre os homens, Ierochenko caiu na ilusão de poder promover a paz entre frangos e repolhos, entre girinos e marrecos. Aquele jovem e talentoso poeta de longas melenas loiras. Sofrendo de uma nostalgia cada vez mais aguda de sua Mãe Rússia, ele partiu, quase que sem fazer as malas, para as margens distantes do rio Tchitá. Os marrecos tinham começado a trocar as penas.

A vida em Pequim continuou como antes. Só que, graças a Iero-chenko, eu comecei a perceber sua música. Os sapos e as rãs, cujos coa-xos ecoavam dos quatro cantos, estrearam sua temporada em bom tem-po. Os marrecos cresceram bonitos, dois brancos, dois pintados, passan-do dos assovios aos grasnados. Embora não coubessem mais no tanque, para nossa sorte o pátio de Segundo tinha sido construído numa área mais baixa, facilmente inundável, com as chuvas torrenciais que caem em Pequim. Era nesses dias que assistíamos às melhores apresentações do quarteto, nadando em formação, batendo as asas em compasso, *quá-quá* aqui, *quá-quá* ali, catando insetos na água — uma vez que os girinos, seu aperitivo mais desejado, entraram em extinção.

Um dos últimos dias de friúra, uma das vésperas da primeira caní-cula — faz um ano mais ou menos. Onde estará o jovem Ierochenko? Não temos notícias. No pátio ali atrás, grasnam os quatro marrecos que ele deixou neste deserto pequinês, assim como, aqui dentro, dói a sauda-de que deixou em nós.

Dezembro de 1922

(Tragi)comédia dos marrecos

ÓPERA RÚSTICA

Nos últimos vinte anos, só assisti a duas apresentações de ópera, a qual difere das formas estrangeiras por sua origem chinesamente popular, rural, religiosa, e por sua forma heterogênea, precipuamente canto e recitação, dança e acrobacias. De qualquer modo, não é algo de que goste. Nos primeiros dez anos dos vinte, recusei-me a ir assistir, sem ensejo, nem desejo. Nos últimos dez, contudo, submeti-me à tortura em duas feitas; vencida a pachorra, que nunca tive muita, fui-me embora sem ver nada, de memorável, pelo menos, de ambas.

Nada obstante, há um certo humor naquelas experiências e um certo interesse de revisitar essas reminiscências, o que me impele a colocar palavras no papel, criando uma nova estória.

O meu primeiro espetáculo foi logo quando da fundação da República, pouco depois de haver me mudado para cá. Na época, foi um bom amigo que me cavou a cova... isto é, encorajou-me. Afinal, a ópera de Pequim é a melhor do mundo, o que é que você faz todo dia em casa, vá lá sentir o ambiente, você vai gostar, e assim por diante. Em minha inocência, pensei que ir à ópera era passatempo de dar gosto, quanto mais se estamos em Pequim, não é verdade?

Naquela feita, o arrebatamento foi tamanho que saímos correndo para procurar a performance mais próxima, encontrando-a em algum teatro, não me ocorre onde. O que me ocorre é que, sem termos certeza de onde ficava o prédio, orientávamo-nos pelo estremecer ininterrupto de gongos precípites, uma catarata de sons metálicos magros separados por um retinir gordo, quase aquoso, que de lá provinha.

Ao ingressarmos no recinto, encontramos a peça em seu decorrer, perdidas umas tantas falas. Exacerbando o efeito sonoro, o impacto visual também era tremendo, com um resplandecer persistente, ou carmesim, ou viridente, o que dava um aspecto ainda mais monstruoso ao chão de cabeças humanas que transbordava abaixo do nível do palco.

Tentando aliviar-me do empachamento de meus sentidos, examinei a área da plateia, procurando uma clareira entre as cabeças, indício de que ali haveria bancos desocupados. Metendo-me pelo meio de uns, empurrando a outros, abri o meu caminho, causando exclamações ininteligíveis em meio à zoadeira, até que um banco se mostrou ao meu alcance. Nesse ponto, entendi que uma mesma queixa se reiterava. Olhando em torno para encontrar sua origem, os ouvidos zumbindo, entendi que alguém reclamava o lugar para si. Dei de ombros.

Minorando minhas expectativas, fui explorar os ângulos menos privilegiados, as fileiras de trás, mais para o canto, de onde se via a ação quase que de perfil. Uma trança gorda, gordurenta, veio ajudar-nos a encontrar um lugar para sentar, pois estávamos numa fossa de breu. Apontou, acolá. Tateando, fomo-nos, até que lá estavam os bancos, que mais pareciam cavaletes: eram tão altos, que tive que escalá-los com minhas pernas curtas; eram tão estreitos, que tinha que me equilibrar sobre uma de minhas coxas. Ainda que quisesse, não encontrava coragem para subir no bicho: lembrava-me os instrumentos antigos de suplício, dos quais você só desce ou aleijado ou morto. Some-se a isso o encorajamento que recebi de meus vizinhos, reclamações e xingamentos, todos muito solícitos, e decidi ir embora, aterrorizado com aquela cena de pesadelo.

Desvencilhando-me do mar de gente, consegui sair do teatro e, apertando o passo, deixava aquele martírio para trás, por fim. Senti alguém correndo em meu encalço e uma voz, "Que foi que houve?", grita para que eu espere um pouco. Claro que era meu amigo, mas queria ignorá-lo a qualquer custo, pois sabia que, no fim, aquilo terminaria com um convite para voltarmos ao pandemônio. Porém, a consciência amoleceu-me: tinha vindo com ele. Diminuí as passadas para poder olhar para trás. Alcançou-me. Buscando fôlego, o amigo tinha um ar de perplexidade e exasperação. "Como é que você continua a andar para a frente, sabendo que estou atrás chamando você?" Envergonhado, recorro ao mais antigo seguro das amizades, a falta de franqueza: "Amigo, não consegui ouvi-lo da primeira vez. Os gongos quase me deixaram surdo", acrescentando um sorriso amarelo, para transmitir simpatia. Assim terminou a minha primeira experiência com a ópera de Pequim.

Dizem que o tempo cura tudo e, de fato, comecei a achar estranho que tivesse me comportado daquela maneira. Sem dúvida, ou o problema estava com a performance, em particular, muito ruinzinha, ou a culpa se devia a mim próprio, incapaz de sobreviver na plateia de uma tão esplêndida manifestação artística. Acho que a primeira alternativa era bem mais provável do que a segunda. Com isso quero dizer que, ultrapassado o trauma, estava pronto para uma nova tentativa.

Ela veio, não me recordo em que ano exato, com a impressão de que se tratava de um evento especial para levantar fundos em prol das vítimas das cheias em Hubei, e também de que atuaria o grande ator Tan Xinpei,[119] então ainda entre nós. A entrada custava nada menos do que dois *iuanes* — um senhor donativo — que, em compensação, não apenas abria as portas do Primeiro Palco, "o mais moderno, mais espaçoso teatro de Pequim", mas ainda brindava o felizardo com um elenco estelar, os mais finos praticantes da arte. Entre eles estava o magnífico Tan em pessoa, conhecido pelo nome artístico de Pequena Cotovia.

Comprei um bilhete, a princípio, apenas como um gesto, muito pequeno, diante do dever para com os flagelados e da insistência irritante do voluntário que vendia os ingressos. No entanto, na mesma ocasião, se me recordo bem, um entusiasta da arte comprava o seu próprio bilhete cantando loas à arte consumada de Pequena Cotovia, "Não posso perder". Que assim seja. A catástrofe auditiva e visual de anos antes ficara para trás em definitivo, parecia que não me lembrava de nada.

No dia da apresentação, porém, o que me fez levantar da cadeira e enfrentar o caminho até o Primeiro Palco foi aquele ingresso de ouro que me custara os olhos da cara. Metade da motivação foi não gastar aquele dinheiro em vão, obtendo alguma satisfação de volta. Tampouco queria ir muito cedo, pois, como ouvira falar dos entendidos, o número de Pequena Cotovia ficara para o final e não faltariam bancos, pois Primeiro Palco era tão moderno, e ninguém brigava por assentos, e assim por diante; permaneci tranquilo em casa até às nove em ponto.

Erro funesto. Quem imaginaria que, a despeito daquelas asseverações todas, todos os bancos estariam, como de praxe, ocupados? De pé, então? Como se fosse fácil; casa cheia. Contraindo um lado da boca, rumei para o canto menos espremido, unindo-me ao feixe de gente que se acotovelava para acompanhar um ator que interpretava uma personagem feminina idosa, perdido no palco a dezenas de metros de distância.

Sem saber qual era a passagem que estava representando, vi que ele tinha duas mechas de papel, penduradas no canto da boca, em chamas. Ao seu lado, parado de pé, um figurante, caracterizado como soldado do mundo espiritual, mantinha-a — o cantor interpretava uma mulher — sob sua custódia. Meditando sobre o que poderia ser aquilo, desconfiei

---

[119] Tan Xinpei (谭鑫培, 1847-1917), famoso ator de ópera de Pequim.

que talvez fosse a mãe de Maudgalyayana, discípulo do Buda.[120] Conforme a tradição, ela tinha ido para o inferno depois de morrer, donde o enredo da peça: Maudgalyayana fazia de tudo para salvá-la de lá. Mais um pouco e notei que um outro ator entrou em cena, um monge. Eu estava correto.

Contudo, não fazia a menor ideia de quem era a celebridade em causa. Virei o rosto para o aficionado à minha esquerda, um gordinho, vestido como *homem-bom*, pedindo-lhe esclarecimento. Com uma careta de profundo desprezo, dignou-se, todavia, a me olhar um instante com o canto dos olhos, "Gong Yunfu!",[121] continuando a apreciar o espetáculo como verdadeiro conhecedor que era. Testa e bochechas ferveram, de imediato, sintoma da vergonha pela ignorância e falta de criação minhas. Revolvendo aqueles instantes na mente, imaginei-me de dedo em riste para mim próprio "Não abra mais a boca por hoje, nem para morrer, entendeu?".

A seguir foi uma enxurrada de apresentações quase idênticas: personagem feminina jovem inocente; personagem feminina jovem coquete; personagem masculino velho, e assim por diante, até que perdi a conta dos que vieram depois. Para quebrar a monotonia, uma cena coletiva de luta, então outras duas ou três encenações de combates individuais e mais repetição... Olhava com intermitência para o relógio: nove e tanto, dez, onze, e meia... doze horas. Meia-noite e nada do Pequena Cotovia.

Admirava-me de mim mesmo. Nunca tinha pensado que fosse alguém tão paciente, capaz de manter tamanha expectativa por algo ou alguém. Sem mencionar o enfado de ter um obeso suarento comprimindo você por horas a fio, a respiração pesada de um paquiderme friccionando um de seus ouvidos, enquanto a outra oiça sofre vertigens com o rebombar interminável dos gongos. Nem os olhos têm paz, cegados pela profusão de cores, o mundo mudando de tonalidade a cada piscada que se dá. Era plena madrugada! Hora de desistir. Péssima ou espetacular, a qualidade da performance deixou de importar, pois eu estava seguro de

---

[120] De acordo com o *Sutra da salvação dos perdidos* [盂兰盆经], a mãe de Maudgalyayana violou as regras de disciplina budista, sendo condenada ao inferno, de maneira que seu filho teve que salvá-la. A ópera *Mulian salva a sua mãe* costumava ser muito apreciada.

[121] Gong Yunfu (龚云甫, 1862-1932), ator de ópera de Pequim.

que a culpa se devia a mim mesmo, incapaz de sobreviver na plateia de uma tão esplêndida manifestação artística.

Antes de que minha mente entrasse em colapso, meu corpo começou, por instinto, a se contorcer pelos interstícios da plateia, desembaraçando-me dos quatro vizinhos, em direção à saída. Naquela escapada, sentia que o vazio que deixava atrás de mim após cada avanço era preenchido de imediato, sendo que a impressão mais profunda foi deixada pelo erudito adiposo que me desprezara, pois parecia ganhar uma circunferência cada vez maior, cada vez maior, não importava o quanto me afastasse dele. Até o último instante, comigo a puxar e empurrar, fincando-me pelas frestas daquele denso feixe de corpos humanos, a saída permaneceu invisível.

Uma vez fora do Primeiro Palco, uma visão insólita: Pequim sem transeuntes, a rua quase que deserta. Havia, com efeito, uns riquexós esparsos a esperarem o melhor negócio do dia, os fãs de ópera, cansados das horas. Uma dúzia de espertalhões persistia espiando os números, de graça, com os pescoços esticados sobre o portão de ferro. Uma outra dúzia, mais dispersa e apática, não mostrava interesse pela arte dentro dos muros, guardando sua excitação para depois do espetáculo, para as beldades que sairiam de lá — a verdadeira atração.

Despedi-me da cena com um leve sorriso, escondido sob o meu bigode, e comecei uma caminhada, passo ante passo, para me desapoquentar: o Pequena Cotovia ainda não tinha entrado. Bolas! Pensando melhor, uma longa inspiração deste frescor e que agradável o sereno! Esta madrugada era como descreviam os antigos no provérbio "Algo que invade o coração". De fato, um ar daqueles, não seria a primeira vez que encontrava em Pequim? Fiz o caminho de casa, contente com aquele acaso.

A minha segunda experiência com uma apresentação de ópera chinesa terminara ali, naquela noite. Não encontrei animação para outra tentativa. Embora trafegasse pela fachada de um teatro, os pôsteres não atraíam a minha atenção. Havia um mundo a separar a ópera chinesa de meus interesses artísticos.

Nada obstante, nos últimos tempos o tema insinuou-se de volta aos meus pensamentos, por ensejo de uma obra, japonesa — que pena que me esqueci do nome, ou do autor —, não importa, era um livro sobre a ópera chinesa. Num dos capítulos, argumentava-se, se não me falha a memória, que as performances de ópera chinesa não se adequam a teatros congestionados. Os ribombos e trincolejos da orquestra, os gasgui-

Ópera rústica

435

tares e berregares dos cantores, as piruetas e cambalhotas dos atores, em suma, a abundância da arte causa vertigens e desconforto nos espectadores. Inegável é que ela tem seu interesse, se for vista de longe, com o público mais disperso, ao ar livre.

Aquela passagem pôs em palavras o que eu sentira em ambas as ocasiões, mas não fora capaz de explicar como, nem por quê. Uma associação de ideias e reencontrei, no fundo do baú de minhas experiências, um fragmento perdido de minha infância, um espetáculo de ópera, uma boa apresentação, que vira, justamente, ao ar livre. Não é que a antipatia pelas duas ocasiões em Pequim se originara de algo mal lembrado, uma intuição adquirida daquela primeira vez? Como lamento não conseguir me recordar do nome do livro, deixando a recomendação para os interessados pelo tema...

Resta, por conseguinte, o trabalho de relatar aquela boa apresentação que vira. Quando foi? Não sei mais, é coisa de "tempos distantes, dias esquecidos", como disse o poeta. Para ficarmos com uma data meio verídica, meio fictícia, vamos dizer que eu não tinha passado dos onze ou doze anos.

Nos clãs da Vila de Lu, observava-se o costume de que moça casada devia voltar para passar o período estival na habitação de sua genitora, se ainda não tivesse assumido a gestão da casa da família de seu marido. No caso de minha mãe, a sua sogra, minha avó, matriarca dela, ainda estava em boa saúde, podendo administrar em pessoa as coisas do lar; contudo, delegara-lhe algumas responsabilidades, como esposa do futuro chefe da família, para que ganhasse traquejo. Dada essa situação, de maneira a cumprir suas obrigações no clã do marido, a mãe não podia se demorar na Vila e, de maneira a respeitar o costume do clã de seu nascimento, tirava alguns dias para ficar lá, após varrer a tumba dos ancestrais, cerimônia do Feriado do Brilho Puro. Nessas ocasiões, ano a ano, eu ia junto com ela.

Minha mãe nascera numa aldeia, Ponte Baixa, um lugar não muito distante da água salobra do mar, ou seja, muito afastado de onde vivia com sua nova família. Era uma povoação diminuta, que surgira num meandro de rio, habitada por não mais de trinta famílias, que ganhavam sua subsistência plantando e pescando. Sequer sustentava algum tipo de comércio, pois um único armazém, um pequeno barracão, satisfazia todas as necessidades. Aos meus olhos, porém, por mais modesta, mais atrasada que fosse, Ponte Baixa era o meu paraíso. A razão é simples. Lá,

era recebido com todas as regalias — também podendo me esquecer, por dias que fossem, de declamar "no Sul sussurram as águas/ ecos de montes profundos".[122]

Nessas visitas, havia sempre uma tropinha de meninos para brincar comigo. Como eu era um visitante de longe, meus amiguinhos conseguiam que seus pais os dispensassem de parte do trabalho. Nas aldeias de minha terra há uma regra de etiqueta segundo a qual o visitante de uma família deve ser entretido por todos, ou quase assim.

Eu tinha mais ou menos a mesma idade de meus cicerones mirins, mas é interessante que, em termos de hierarquia geracional, praticamente todos eram mais velhos do que eu. A maior parte era de uma geração acima, "irmãos" de minha mãe; outros poucos chegavam a ser três gerações acima da minha, "tios-avôs" de minha mãe. Devo lembrar que, naquela aldeia, todos tinham o mesmo sobrenome, ou seja, eram todos integrantes de um mesmo clã.

Dito isso, a atmosfera prevalecente era a de amizade, e não de hierarquia. Havia ocasiões em que batíamos boca e até saíamos no braço, mas não havia problema algum para ninguém. Pois se eu dava um cocorote no coco do "irmão" de minha mãe, ou um pisão no pé do "tio-avô" dela, ninguém, fosse criança ou adulto, denunciava-me, jocosamente ou não, do crime de "violência contra superiores", embora os mais velhos, ainda que apenas na hierarquia geracional, não deixassem de ser meus superiores.

Fazendo um aparte sobre a força da doutrinação ética na China: "violência contra superiores" remonta a duas palavras perdidas nos *Analectos* de Confúcio. Como isso se gravou na consciência daquelas crianças e adultos, 99% dos quais eram analfabetos em absoluto? Só um pensamento esparso.

O passatempo de cada dia era, quase sempre, sairmos para pescar pitus. Primeiro procurávamos um solo cheio de minhocas, cavando-as para fora. A seguir, as espetávamos em anzoizinhos, que fazíamos com fios de cobre. Por fim, jogávamos as linhas no riacho, esperando os bichos virem morder. Aprendi que pitu é o idiota proverbial do mundo aquático. Você já viu aquelas duas garras que ele tem? Sabe para que servem? Para colocar o anzol na própria boca. Por isso, sempre voltávamos

---

[122] Verso de "Regato nas montanhas", poema recolhido no *Clássico dos Poemas* [诗经].

para casa com um balde de pitus, depois de uma manhã ou tarde de pescaria. E a mim cabia o privilégio de comê-los todos, como honra devida ao visitante de longe.

A despeito de me causar vergonha, preciso reconhecer que também matávamos o tempo pastoreando bois, o que não me aprazia tanto. Talvez fosse porque bois são mais evoluídos do que os pitus, de modo que, sejam búfalos ou zebus, todos têm o que precisam para acachapar forasteiros. E eu era o forasteiro. Já que podiam me fazer perder a face diante dos meus amiguinhos, era isso o que faziam. Logo, deixei de chegar perto dos bichos, levando-os para pastar onde podia vigiá-los de longe, bem de longe, movendo-me o mínimo, parado de pé, de preferência, atrás de uma árvore. Só que os bichos eram mesquinhos, mugiam de escárnio ao me descobrirem em meu esconderijo. Por consequência, eu virava um outro tipo de atração para os meus parentes caipirinhas, que mangavam de minha inépcia. Mesmo que me admirassem por saber declamar "no Sul sussurram as águas" de ponta a ponta, não me perdoavam a timidez, que ninguém por ali tinha.

Passatempos são o que são, formas de passar o tempo. Não exigem concentração, não servem para edificar. São puro prazer. Justamente por tal razão, servem de prelúdio para o que eu desejava com maior fervor, que a minha passagem por Ponte Baixa batesse com a realização de uma ópera, sempre encenada na Quinta dos Zhao, que ficava a uns cinco *li* de distância. Quem não conhece a região poderia perguntar por que uma aldeia de trinta famílias não conseguia organizar uma ópera de vez em quando, mas um único clã tinha esses meios. Os Zhao eram o clã ilustre e poderoso da região e sua quinta dava nome a uma vila maior do que a Ponte Baixa. Nós, quero dizer, Ponte Baixa, era demasiado "pequena", não dispondo do necessário para organizar esse espetáculo. Sem esquecer que aquela aldeia pagava uma módica fortuna para os Zhao, isto é, de uma certa maneira, podia considerar-se parceira naqueles eventos.

Inexperiente das coisas como era, eu não suspeitava por que se representavam óperas a cada ano que se sucedia. Agora desconfio que, dentre a miríade de ocasiões e tipos de apresentação requeridos pelas crenças e observâncias, ou se tratava de um agradecimento devido aos espíritos durante a primavera, ou de uma celebração regular da deidade da terra. De qualquer forma, a ópera tinha como pano de fundo ritos propiciatórios, crenças no sobrenatural.

Como dissera, quando tinha onze, doze anos, a minha passagem pela terra de minha mãe por fim coincidiu com a data do espetáculo. O nosso comparecimento foi quase frustrado por não conseguirmos um barco, pois embora a ópera fosse realizada em terra firme, íamos assisti-la do meio do rio. Ponte Baixa só era servida por uma única embarcação de passageiros, que saía pela manhã e voltava apenas de noite, por isso, sendo uma sampana de maior dimensão, não fazia o menor sentido que ficasse à nossa disposição. Óbvio que, aldeia de pescadores, ali tinha botes de sobra, mas eram demasiado pequenos para os nossos propósitos. Pensamos também em incumbir um amigo de pedir ajuda à aldeia vizinha, em vão, pois as sampanas e juncos que havia tinham sido reservados por outros entusiastas de ópera com antecedência.

Aquilo esteve a ponto de gerar uma crise familiar, pois a decepção estampada em minha cara era um fardo para os anfitriões. A mãe de minha mãe afobou-se, implicando ora com um parente meu, ora com outro, por não ter mostrado iniciativa, reservando um barco a tempo. Era só aparecer um adulto por perto e "Olha a cara do menino...", "Assim vai voltar para a cidade sem ver a ópera", "O coitadinho só fala em ir à Quinta dos Zhao"... Percebendo que ela ia dar um chilique, a mãe colocava panos quentes, "Exagero, mãe, há óperas o tempo todo na Vila de Lu, muito melhores do que há por aqui; se ele quiser ver, tem várias oportunidades o ano todo, deixe para lá".

Em meu egoísmo ingênuo, não sabia que a mãe estava tentando dissuadir uma velha muito consciente de seus deveres de hospitalidade para com o filho de sua filha, numa das raras oportunidades que teria de vê-lo em sua própria casa. Logo, se a minha cara de birra não funcionara, que tal um chorinho? Agitei-me para fazer sair duas lágrimas de um olho só, roncando um início de lamúria, colocando a mãe numa situação ainda mais difícil. Puxando-me para um lado, apertando meu braço, ela sussurrava ordens, conselhos, pedidos, súplicas para que parasse com aquele drama: "Você vai deixar a minha mãe nervosa", "Você vai enchê-la de preocupações", "Não vou deixar você ir com gente estranha, ponto final".

Fim de história, mesmo. Chegara o meio-dia, os conhecidos de outros clãs que tinham se precavido partiram para lá; um pouco mais e a ópera começou como previsto. Fugi para um lugar ao ar livre, mas à vista de quem quisesse me ver. Naquele descampado, os ecos do espetáculo

Ópera rústica

chegavam nítidos à nossa aldeia, gongos e tambores, cheios de emoção, ou seria fantasia minha? De todo jeito, em meu íntimo, eu fervia de inveja daqueles parceiros de brincadeiras, agora sentados junto ao palco, tomando seu leitinho de soja, comprado lá, à mão.

Fiz questão de mostrar que não tinha ido pescar e exibi meu poder de jejuar, de braços cruzados à mesa. A mãe passou mais vergonha, sem saber o que fazer. Uma repetição de meus talentos no jantar, e a mãe dela percebeu, por fim: "Olhe o desapontamento do menino! E que falta de hospitalidade, a de vocês! Isso é jeito de tratar as visitas? Os graus de cortesia, já se esqueceram? Cadê a criação que lhes dei?", era o chilique que a mãe evitara de manhã.

Depois do jantar nos encontramos com conhecidos que acabavam de voltar da apresentação. Transpareciam contentamento em voz e gesto, descrevendo o que tinham assistido. Eu, amuado como eu só, permaneci quieto — o único da tropa. Em resposta, consolavam-me com suspiros e expressões de simpatia.

Foi quando, de repente, o mais esperto de nosso bando, Alegria-Alegria, teve uma grande ideia, "Vamos de transporte!". Retrucaram alguma coisa, apáticos, e ele, "Voltou sim, voltou. Vi que o tio Oitavo já estava comendo arroz". E não era demasiado grande? Alegria-Alegria olhou em torno e uma dúzia de moleques musculosos, iguais em tamanho e aspecto, bradaram "Bora lá, bora lá", levantando o moral dos recalcitrantes, "Não tem problema, se todo mundo participar, podemos levá-lo". Em minha languidez, senti um contentamento mudo.

A partir daí, o maior desafio não era o transporte, era convencer a mãe de minha mãe. Aos seus olhos, éramos uma turma de crianças; como confiar tão ponderosa jornada a crianças? A minha mãe, como era de prever, secundou-a, não dá para incomodar nenhum adulto, pois têm que trabalhar o dia inteiro amanhã, não fazendo sentido obrigá-los a virar a noite por um motivo tão reles.

Eu percebia dúvidas e incertezas assomando nos rostos da comitiva mirim que viera negociar com os adultos. Alegria-Alegria fez prova de sua esperteza uma outra vez, erguendo um de seus braços e jurando com voz de trovão, "Eu assino um seguro para as senhoras! É uma sampana grande, não tem medo das ondas. Xunzinho tampouco vai ficar correndo de lá para cá, vamos ficar de olho nele". Eu nunca dera um sorriso de tanta obediência, enquanto olhava para as duas, simulando uma meiguice irrepreensível. O nosso líder perorou: "E não precisa perder o sono

por nós; eu e estes aqui, todo mundo é peixe". De fato! Como admirei aquele magricela alto com incisivos de coelho! Os doze musculosos sabiam mergulhar, boiar e nadar, eu vira, brincando no rio como patos. Dentre eles, os dois ou três mais exímios aguentavam-se até na correnteza do mar!

Findo o discurso, fitei a quem decidiria o meu destino: as duas mães. Por uns instantes, ambas ficaram imóveis, depois a jovem olhou para a velha, aguardando o veredito. Irritadiça nas últimas horas, a matriarca acenou de leve com a cabeça, não disse nada, exibindo confiança em Alegria-Alegria. A mãe olha para nós e as duas agora sorriem. Tudo chegara a uma boa resolução. Dando um grito de vitória, vazamos pela porta como uma enxurrada.

Criança é complicada, mas também sabe ser simples. O peso que tinha em meu coração sumiu de repente; o meu corpo, estorvado por algo informe, de imediato recobrou sua ligeireza pueril. Palpitando, fazíamos a trilha meio iluminada pela lua meio cheia, atravessando as ruelas de barro de Ponte Baixa até o fundeadouro, onde reluzia prateado o toldo branco da sampana. Pulamos dentro dela, que rangeu sob tantas pisadas. A tripulação, jovem mas calejada, assumiu suas posições. Alegria-Alegria, o capitão, ergueu sua vara para tanchar a proa do barco; Riquinho, fiel imediato, aguardava o comando na popa, vara em mãos, para manobrar o lenho em direção à corrente. Os mais jovens sentavam-se comigo no meio, o lugar mais estável, enquanto os maiores acolhiam-se no rabo da embarcação. "Bora!", deu o cru comando, o magro menino.

Um relance de luar iluminou uma silhueta, que vinha cambaleando sobre os pés de lótus, o grito de "Tomem cuidado!" repetido pela boca da floresta, correndo por cima da água até nós, já não perto da margem, ainda não aprumados para a Quinta dos Zhao: era a mãe. Sobressaltei--me quando a sampana bateu de leve na ponte de pedra que demarcava o limite da aldeia, nada que não fosse remediado por um recuo de alguns *chi* de distância e nova investida. Cruzando a ponte por baixo, o rio era nosso! Os fortes levantaram-se na popa, colocando duas gingas sobre os eixos, uma em cada lado. Ato contínuo, remavam vigorosos, quatro mãos para cada ginga. Era um esforço físico extenuante, pois a cada *li* de trajeto, tinham que trocar a turma de gingadores.

Uma alegria transbordante animava nosso vozerio infantil no meio do rio, gargalhadas e berrarias, ritmadas pelas marolas daquelas colheres de remos e pelos esguichos da lâmina do talha-mar. Adejávamos com rumo à Quinta dos Zhao, uma proeza naval testemunhada pelos campos de cevada e arbustos de soja, cobrindo a terra dormida como uma colcha verde-negra.

E a noite tinha cheiro, puro, de campos de trigo verde e de ervas de água frescas. Era um aroma que alisava os narizes como um lenço úmido de seda fina, agitado displicentemente pelo suave revolver da carena. As águas turvas expiravam a névoa que, sob o luar indeciso, assumiam uma consistência etérea. No escuro distante, os montes baixos viravam fantasmagoria, o espinhaço gigante de uma besta de ferro, que ora se levantava, ora se prosternava, perdendo-se de vista no infinito além da popa.

Devido à impaciência inerente aos poucos anos que tinha, ou ao goivo que me esperava dali a tão pouco, a chegada protelava-se, fazendo-me desprezar o barco por sua lerdeza. Entram em cena os quatro mais robustos dos doze garotos para o quarto revezamento, o ímpeto final. Aviamo-nos. Pouco a pouco, os ouvidos captam migalhas de música, cacos de canto, antes que as primeiras tochas, pontos bruxuleantes na distância, aparecem aos nossos olhos.

O coração bate mais rápido. Era o palco? Eram lanternas de sampanas de pescadores perdidos? Chegáramos à Quinta dos Zhao?

Pelo que podia discernir, a melodia vinha da doçura volúvel de uma flauta transversal, cheia de rodeios... E, entrando num estado de completa tranquilidade, perdi consciência de meu corpo, volitando junto com os sons dispersos no ar da alta noite, banhando-me no aroma das plantações, misturado à fragrância dos nenúfares.

As tochas vieram. Não era a Quinta, ainda, mas pescadores. Estávamos perto, de qualquer forma. Ocorreu-me que já tinha me aventurado pelo matagal na margem do meandro à frente da proa. Era um recôndito bosque de pinhos e de ciprestes, que exploráramos no ano anterior. Como podia estar certo, sendo noite? Reconhecia os contornos de uma velha estátua de pedra, um cavalo, arruinada. E devia ter também a de uma ovelha, agachada na moita. Guinando atrás do meandro, entramos num igarapé, de onde se podia avistar o nosso destino.

Estávamos chegando. O palco saltava aos olhos. Tinha sido construído numa clareira próxima da margem do rio em que reinava a Quinta. Numa noite de luar fosco, emoldurado pela névoa no longe, aquela armação de madeira e bambu não era muito diferente de uma cena na morada dos imortais, tal como vira em pinturas e quase podia presenciar, neste momento.

Dado que agora tínhamos um referencial fixo, sentia quão rápido o barco investia adiante, de modo que, em poucos instantes, teríamos os atores bem visíveis. Em cima do palco, bem iluminado, o movimento destacava o colorido da indumentária, enquanto o rio, coberto de escuridão, tinha um relevo desigual, de construções opacas, quase estáticas: eram os pomposos juncos de espectadores ricos, de toldos negros.

Riquinho, um menino atarracado, mas valente, deu instruções, "Não há lugar perto do palco, vamos fundear por ali e assistir à ópera de longe". Chegamos, manobrando com cuidado. Fincando as varas inexperientes, freavam o barco até segurá-lo num posto que parecia seguro.

Dispensa menção que os melhores lugares foram ocupados pelos espíritos, já que, em apresentações desse tipo, há um nicho de bambu à frente do palco, onde se acomodam as divindades celebradas, estátuas ou tabletes memoriais. Logo atrás, a praia estava pontilhada por uma pomposa frota de toldos negros. Donde ficarmos com as sobras. Mas e daí? Em nosso modesto toldo branco, ninguém queria ficar ao lado daqueles exibidos, quanto mais se tínhamos a desculpa de que não havia mais vagas.

Alheio ao atropelo do aferramento, consegui finalmente assistir ao meu primeiro número. O protagonista era um ator com o rosto maquiado de preto sobre um fundo de pomada branca, as barbas e os bigodes hirsutos caindo até a cintura, quatro estandartes militares pendurados nas costas. Ele ostentava uma alabarda, manipulada em movimentos espiralados, contra um pequeno grupo de figurantes de torso nu que o acossavam.

Vendo meus olhos arregalados e a boca escancarada, Alegria-Alegria excitou-se junto comigo, dando um tapa no meu ombro, aquele lá era Cabeça de Ferro, um ator de personagens masculinas no primor da idade; acrobata fino, conseguia dar oitenta e quatro saltos mortais, um atrás do outro, no mesmo lugar; tinha contado durante outra apresentação, mas fora de dia.

O combate enfurecia-se, secundado pela percussão. Acotovelávamo-nos no ângulo da proa, o melhor ângulo, para acompanhar a ação. Tinha meus olhos congelados em Cabeça de Ferro, aguardando uma sequência de mortais, mas ele se resumia às evoluções de kung fu, enquan-

to uns poucos, seminus, atravessavam o tablado na diagonal com vira-voltas. Sem mais, saíram de cena, e, de imediato, uma personagem feminina jovem avançou, com passos graciosos, cantarolando numa dicção arrastada e estridente, como era praxe.

Talvez por perceber meu desapontamento, Alegria-Alegria, à guisa de desmentido, defendeu-se: aquela noite tinha muito pouca gente; Cabeça de Ferro devia ter ficado com pena dos joelhos; mas quem poderia criticá-lo, para que exibir o que tem de melhor quando a casa está vazia? Eu mirei aquele contrariado dentuço de bom coração, concordando com um aceno de cabeça.

Sem dúvida, não tinha quase ninguém entre o nicho das divindades e o palco; naquelas horas, os moradores locais já estavam na cama, sonhando com a lida de ali a poucas horas, horas que, faltantes de sono, fariam diferença. Sobraram, sim, uns vinte, trinta gatos-pingados, desocupados, de outras aldeias e da nossa. Os toldos negros eram uma categoria à parte, seletos; donos de terras, familiares e agregados, refestelavam-se com o ócio que tinham de sobra. Gostavam mais da festa que da arte, enchendo-se de chá, empanturrando-se de guloseimas: sementes de girassol e frutas secas, pastéis recheados e doces gelatinosos. Por trabalho ou por lazer, com razão a plateia esvaziara-se.

Na verdade, o que queria mais ver não eram as cambalhotas. Primeiro, torcia para que tivesse um ator personificando a forma humana de um demônio-serpente, seu rosto coberto por um pano branco, andando hierático pelo tablado, carregando entre as duas mãos um cajado coroado por uma cabeça de cobra. Também queria ver um acrobata caracterizado como tigre, numa fantasia de pano, amarela mosqueada, saltando pelo ar ou envolvido numa dança marcial.

A esperança morreu muda de esperar. Um número acabava, outro começava e nada do demônio, nada do tigre. Terminada a sua apresentação, a personagem feminina desce do palco e nele sobe um personagem masculino jovem, um papel de galã — embora o ator devesse ter uns setenta, oitenta anos, alquebrado de lumbago... Era o enfado chegando.

Fiz um gesto com a mão para outro menino, Canela, "Quero leite de soja, vá comprar". Saindo de imediato, demorou-se e chegou de volta. Pela cara, sabia que não tinha comprado: "Não tem mais. O surdo... ahn, o vendedor voltou para casa. É tarde demais. De dia ainda tinha para comprar, eu mesmo tomei duas cumbucas. Se você está com sede, eu posso ir tirar uma cuia de água fresca".

Agradeci com um largo bocejo. Apoiei minha cabeça sobre a palma de uma das mãos. As pálpebras pesavam. Não sabia mais o que estava vendo, os rostos maquiados assumindo um aspecto anormal, os detalhes da face, olhos, nariz, boca dissolvendo-se numa mancha indistinta, achatando-se como um prato. Olhei em torno e constatei que vários entre os mais jovens cochilavam; entre bocejos gerais, os mais velhos conversavam entre si, sem prestar atenção para o número em cena.

Acordamos subitamente quando um palhaço, de camisa rubra, tomou seu posto no tablado. Um outro personagem, com barba e bigode delgados e grisalhos, emboscou-o pelas costas, amarrou-o a um pilar do palco e começou a judiar do coitado, açoitando-o com um chicote trançado. Ótimo. Gargalhamos todos. Lembro que foi, de longe, o melhor número daquela noite.

Quando os dois comediantes se preparavam para sair, fui tomado por um aperto ominoso no peito. A seguir era uma personagem feminina velha — a que eu mais odeio! Não suporto quando cainham, sentadas, dez minutos a fio. Nesse momento, notei que estávamos em consenso, os amigos e eu, com eles abanando a cabeça ou olhando para o vazio.

Na verdade, a performance começara bem, com o ator de pé, caminhando, com passos medidos, para lá e para cá. O que ninguém esperava era que, pelo meio, o homem abrisse uma cadeira dobrável e se sentasse, mesmo, no meio do tablado. Era o que eu temia! Com raiva, Alegria-Alegria rasgou o verbo, exclamando um "P...!", repetido, com variações, por toda a tripulação. Mantive-me calmo, pois aquilo podia ser rápido. Depois de mais uns quinze, vinte minutos, o ator por fim levantou a mão para acompanhar um falsete vibrato, muito sentido, o que, pensei, seria a conclusão do tormento: ele vai se levantar e dar a vez para o próximo número, tomara que seja o tigre... Nada disso. Baixou a mão e continuou a sua lamúria lacrimosa.

Os de personalidade mais forte urraram indignados, enquanto os menos interessados se espreguiçavam. A indefinição não durou muito, quando "Esse abestalhado vai cantar até a m... do sol nascer!", gritou o capitão, consumindo as suas últimas gotas de paciência, "Bora?", levantando um braço. O transporte tremeu sob um uníssono "Bora!", com cada menino retornando ágil às posições de manobra.

Três ou quatro na popa tancharam algumas vezes até o barco dar meia-volta, as gingas retornaram aos seus eixos e a sampana arrancou para a jornada de volta. Voltou a alegria, quando um dos mais musculosos puxou o coro "Filho de uma égua, filho de uma égua", xingando o inocente ator, que ainda gemia sobre o palco. Deixávamos o igarapé, guinando de volta ao meandro.

A lua ainda não se escondera atrás das águas. Assistimos por pouco tempo, isso quer dizer? Hmm, foi muito curto mesmo, pelo menos, pela saudade que eu já sentia. Com a Quinta dos Zhao para trás, melhor, com aquela experiência inesquecível para trás, o astro fulgia excepcional, uma branquidão imaculada de jade puro.

E as tochas, de volta ao seu aspecto de meros pontos bruxuleantes, evocavam o palco reimaginado, segundo minha lembrança virgem, embora, como na vinda, estilizado à maneira de um pavilhão dos imortais, coberto pela bruma; prestes a raiar rosa, aurora que se demorava.

Repousando os olhos ardentes da vigília, meus ouvidos reencontram o som voltívolo da flauta de bambu. Deu saudade. Será que aquele ator ainda estava a interpretar a mulher velha? Não, já deve ter recolhido sua cadeira e voltado para casa. Qual seria o próximo número? E se fosse o tigre? E se fosse o demônio-serpente? Que desperdício! O coração bateu mais rápido. Queria pedir para voltar, mas não ousei dizer nada.

A popa já não mais avistava o bosque de pinhos e ciprestes. No espaço de metade de uma noite, os musculosos já tinham se tornado remadores tarimbados. Ligeiros, não obstante o breu do trajeto, mais pronunciado do que na vinda: estávamos em plena madrugada. Todos bem despertos, relatávamos o que nos havia impressionado, vozes perdidas nas sombras, às vezes aplaudidas às gargalhadas por quem estava sentado, às vezes ignoradas por causa do rilhar das gingas, quando alguém jogava lenha na fogueira, "E aquele m... que ficou ganindo meia hora na cadeira...?", incitando mais palavrões de concordância, mais risos de zombaria.

Os remadores redobravam o ritmo do vaivém de quatro mãos. As gingas criavam uma voragem voraz nas águas, fazendo-me imaginar que estávamos deitados nas costas de um peixão branco, que trespassava as ondas do rio, quebrando a espuma. Tornáramo-nos uma atração à parte. Alguns pescadores de profissão, compenetrados no trabalho de seus barcos, paravam de puxar as suas redes para ver quem vinha ali: uns meninos, manobrando uma sampana de transporte, grande, a toda velocidade. Sob gritos de *eita* e aplausos calorosos daqueles profissionais, deixamos um rastro de glória.

Sempre com brio, persistiram os marujos. Todavia, homens que ainda não eram, exauriram-se a um *li* de Ponte Baixa, a barriga doendo, va-

Ópera rústica   451

zia de arroz. "Quem está com fome?", perguntou Canela, intuindo que teria apoio geral. Apontou para uma mancha menos escura na margem, "Ali tem uma plantação inteira de favas, madurinhas; aqui tem lenha para dar e vender... os donos não vão notar se bifarmos uns poucos feixes".

Ninguém pareceu titubear, salivando pelo lanche de favas cozidas. Tanchado o barco até uma água rasa, observamos carreiras e carreiras de plantas estreitas, altas até os ombros, carregadas de vagens intumescidas, cujo verdor dava um aspecto brilhoso à penumbra de que se cobriam. Quem seria o primeiro a descer do barco? Tremíamos.

Corajoso, Alegria-Alegria mais uma vez foi líder. Saltando da sampana, avançou acocorado. Diante da plantação, "Ei, Riquinho, de quem vamos pegar? Da sua família ou da do Velho Sexto?". Aberto o caminho, fomos, uns mais convictos, outros menos, atrás do capitão. Riquinho apoiou-se nas duas mãos, lançando as duas pernas juntas por sobre a borda, "Espere aí, deixe-me dar uma olhada primeiro". Agachado, apalpou as plantas de duas fileiras, voltando a ficar ereto, "Vamos roubar as de minha família, que estão bem maiores; já que é para fazer coisa ruim, vamos tomar o butim grande".

Rimos da nossa malvadeza, de criança traquina, espalhando-nos pela plantação de Riquinho, cada qual levando duas mancheias daquelas caras iguarias raras de volta para o nosso barco, e outra viagem, e outra viagem. Prudente, Alegria-Alegria disse que, se levássemos demais, a mãe de Riquinho ia chorar de ódio, dar-lhe uma surra e nos xingar para nossas mães, que também nos xingariam e dariam uma surra. Estávamos de acordo com nosso capitão, por isso fomos saquear, também, a plantação de seu Sexto, Marido da Tia mais velha.

Pesada com o butim, partiu a sampana. Uma turma de meninos mais velhos pilotava lenta, pois todas as atenções recaíam sobre os outros, que assumiram a função de cozinheiros. Na cabine da ré, puseram lenha e acenderam o fogareiro, mandando-nos, os mais jovens, debulhar as vagens. Em pouco tempo, os feijões mergulharam na água, sem precisarem ferver muito para chegar ao ponto. Os remadores, pressentindo que o lanche seria devorado antes de ser servido, largaram as gingas, fazendo o barco vagar à toa, não havia risco. Amontoamo-nos em torno da panela abarrotada, cada qual catava um punhado e comia, fava a fava, beliscando a massa para fora da casca, orgulhoso da aventura, incauto das consequências. Afinal, o lenho deixaria o lugar do furto, tudo seria lavado e recolocado como estivera. As vagens e cascas seriam afogadas

na água profunda, até a última. Não deixaríamos qualquer prova da traquinagem. Crime perfeito.

Relaxamento imprudente, para Alegria-Alegria, que mantinha um ar circunspecto. Usáramos sal e lenha do barco, com efeito, e seu Oitavo, Marido de uma Tia, esperto como uma raposa, tinha sua sampana na ponta dos dedos. "Ele vai descobrir o que fizemos e vão sobrar palavrões para quem estiver perto." Improvisamos um debate, no qual todos éramos convidados a tomar posição. Solidários e unânimes, se o velho Oitavo viesse com rudezas, exigiríamos que devolvesse o pé de pau-de-sebo que tinha arrancado e levado embora do bosque na margem próxima da casa de um de nosso grupo, apesar de que a árvore já estivesse morta e seu caule um tanto seco. Assinalando o nosso repúdio, trata-lo-íamos como "Oitavo Perebento", na cara dele, sem medo. Com a barriga cheia, recolhemo-nos para uns minutos de repouso.

"Está todo mundo aqui! Tudo em paz! Não assinei um seguro para a senhora? Ele está dormindo!", o capitão gritava da proa, um susto que me acordou de um cochilo exausto. Da cabine de vante, arqueei o tronco com a ajuda dos dois cotovelos, esticando o pescoço para olhar por uma fresta, chegávamos a Ponte Baixa. Alegria-Alegria falava com a minha mãe, de guarda tal qual uma sentinela no sopé da ponte de pedra.

Fora da cabine, acompanhei as manobras finais, de entrada na cidade e aferro da sampana. Desembarcamos em levas, rodeando aquela mulher baixinha. Ela tinha um ar contrariado e reclamava que menino não pode passar a madrugada fora de casa, como é que não voltavam nunca — será que tinha esperado fora de casa todo esse tempo? De toda forma, a mãe não era pessoa de guardar as coisas no coração, ficou feliz por nos ver seguros de volta, sorriu, quem está com fome? Querem arroz frito? Entreolhamo-nos culpados. Uns mais rápidos, outros mais lerdos, agradecemos, já fizemos um lanche, estamos cansados, é melhor dormir, tenho que ir dar notícia aos meus pais. Dispersamo-nos.

Acordei, de ressaca, depois do meio-dia, e saí, esquivo, de meu pouso. Não sabia se o seu Oitavo tinha implicado com o punhado de lenha e pitada de sal que emprestáramos do barco. Perguntei aos outros e ninguém tinha ouvido dizer. A tarde chegou tranquila, pelo que me dei o conforto de buscar o meu anzol de cobre e sair para pegar uns pitus, os idiotas do rio, com a turma, que já estava a postos.

Atravessava o mato em direção a um canal, quase chegando no nosso ponto, quando o braço do rio esbravejou, "Alegria-Alegria, corja de

condenados! Roubaram meus feijões! E ainda amassaram as plantas! Perdi meia colheita, seus pilantrinhas!". Chocado, levantei a cabeça, batendo, olho a olho, com o Velho Sexto, que vinha remando raivoso. Hoje era o dia, quem suspeitaria, que ele ia vender as favas; o negócio não devia ter sido bom, sobrara uma pilha de vagens no meio do bote.

O nosso líder tinha o raciocínio rápido, matreiro como só ele, "É verdade, tio, desculpe a gente. Voltamos tarde da ópera, nosso visitante de longe estava morrendo de fome. No princípio, nós só íamos pegar as favas de Riquinho, não precisava incomodar o senhor. Olhe só, essa gritaria espantou meus pitus!", a simpatia em pessoa.

O adulto parou de gingar o bote, tirou o chapéu de palha cônico, enxugou a testa e descansou meio corpo sobre a haste, os bigodes ralos formando um sorriso em *m*, "É mesmo? Ah, tudo bem, as visitas é que mandam... você fez bem, menino".

Então mirou-me, envergonhado com a impressão de avareza que dera, "Xunzinho, que tal a ópera de ontem?". Não sabendo onde pôr mãos e pés, acenei com a cabeça para agradecer a atenção, "Boa demais!". Ele riu alto, com satisfação autêntica. "Minhas favas são uma delícia, não é verdade?". Relaxei um tantinho e disse "Ótimas" com uma voz arrastada, comprimindo as pálpebras. Para minha total surpresa, o homem emocionou-se, realizado, levantando o polegar, "Gente da cidade, bem estudada, é outra coisa! Sabe o que é bom!". Eu devolvi o sinal.

Realizado, seu Sexto colocou o chapéu de volta, "Xunzinho, esse povo daqui, esses caipiras, não sabe distinguir o que presta. Dizem que minhas favas são piores que as da concorrência. Acredita? Minhas sementes são escolhidas por mim, uma a uma, à mão, antes de descerem à terra. Hoje mesmo vou passar por onde você está, dar um molho de vagens para a Esposa de seu Pai...". Despediu-se e remou para longe. Olhei para Alegria-Alegria, que piscou para mim.

Antes de anoitecer, a mãe foi nos chamar para o jantar. Uma cumbuca grande estava cheia de favas fumegantes, justamente aquelas presenteadas pelo seu Sexto, para deleite nosso, como ele tinha dito. Sentados à mesa, a mãe mencionou que ele me fizera elogios efusivos, "Muito esclarecido para a pouca idade... No futuro haverá de passar com a mais alta nota nos exames imperiais...", entre outras coisas, terminando com, "Assino-lhe um seguro, Esposa de seu Marido, da sua sorte, por ter esse menino". Nada obstante, as favas naquela noite não sabiam tão saborosas como as da véspera. Talvez por não estar dobrado de fome; talvez por não terem sido furtadas...

Mas, e daí? Até hoje, passados tantos anos, nunca comi favas com tanto gosto, nem assisti a uma ópera tão memorável como naquela noite, perdida em minha infância, em que virei comparsa dos piratas de uma sampana de toldo branco, os donos do rio, os flagelos das plantações.

Outubro de 1922

E LU XUN FALOU PORTUGUÊS...
PRESSUPOSTOS TEÓRICO-CRÍTICOS DE UMA TRADUÇÃO DRAMATIZADA

Giorgio Sinedino

Traduzir Lu Xun para o português é um desafio ainda maior do que traduzi-lo para o chinês. Piadas à parte, Lu Xun é notório na China por sua forma dolorosamente obscura de se expressar, que, para surpresa de muitos, voltou a ser apreciada nos últimos anos (de 2022 para cá). As novas imitações ganharam o apelido de *luxunti* [鲁迅体], ou "estilo/gênero luxuniano", com uma ironia digna de seu modelo. Isso não só prova o vigor secular, e valor secular, da literatura de Lu Xun em chinês, mas também justifica o presente esforço de buscar meios para que ela seja bem compreendida e bem apreciada e bem reconhecida em português.

Em termos literários, três razões explicam a dificuldade de compreender a escrita de Lu Xun. Primeiro, Lu Xun foi um pioneiro da nova língua escrita, decalcada da linguagem oral. A antiga língua clássica, chamada de *wenyan* [文言], era um idioma artificial, o que significa que, até o início do século XX, os chineses falavam conforme uma gramática e escreviam de acordo com outra — o vocabulário era mais ou menos o mesmo, por óbvio, com concessões para uma incontável gama de registros, regionalismos e idioletos. Nesse contexto, Lu Xun foi um dos primeiros a tentar produzir literatura em prosa nesse novo jeito de se expressar por escrito e o primeiro a se notabilizar como um grande escritor sob tais condições. Contudo, enquanto nosso escritor estava vivo, ainda não tinha sido instituída uma língua-padrão (hoje chamada de *putonghua* [普通话] ou, como estamos mais habituados a dizer, o mandarim), donde Lu Xun se situar num momento em que cada autor seguia os hábitos linguísticos de sua comunidade de origem. Como ele era do Sul — e o mandarim atual é do Norte — a linguagem de Lu Xun é marcada pelos respectivos regionalismos gramaticais e lexicais. Um outro aspecto que complica a sua leitura em chinês é o de que, pelas primeiras décadas do século XX, a China encontrava-se em acelerado processo de modernização, importando ideias — e palavras — de outros países, sem que tivesse sido possível harmonizar e padronizar esses empréstimos, inclusive no que toca à transliteração. Para complicar ainda mais o quadro, Lu Xun viveu cerca de sete anos no Japão, cuja língua (e expressão) teve influência sobre seu estilo e mesmo sua forma de pensar e criar literariamente.

Uma segunda razão para a dificuldade de apreciar Lu Xun é a de que ele não produziu literatura nos moldes que hoje são aceitos como "universais". Dizermos que os textos integrantes de *Grito* são "contos" é um atalho conceitual. Por um lado, ajuda, assumindo uma tipificação familiar para esses textos, pois, com efeito, parecem-se com contos. Por outro, atrapalha, criando um conjunto de expectativas equivocadas sobre o que eles são e sobre o que eles devem fazer. Como apontamos na apresentação histórica, Lu Xun não só era um praticante moderno do gênero literário chinês dos *xiaoshuo* [小说], que ele tentou atualizar, mas também devotou sua vida madura ao estudo da história de tal gênero. Via de regra, em seus exemplares mais antigos, os *xiaoshuo* eram microtextos em língua clássica, contando desde algumas linhas até poucos parágrafos, que poderiam ser confundidos com um relato jornalístico ou um trecho de diário, não fosse o material-fonte, anedótico, supernatural, folclórico ou, mais raro, amoroso. No período tardio (a partir do século XV), começaram a aparecer *xiaoshuo* imensos, com vários volumes, divididos em capítulos encabeçados por poemas, dos quais são mais conhecidos entre nós a *Exortação ao Dever*, baseada na *História dos Três Reinos* (mais conhecido como *Romance dos Três Reinos*); *Registro da Peregrinação para o Oeste* (ou *Viagem para o Oeste*), etc. Porém, mesmo esses textos eram mosaicos de narrativas curtas, que podiam ser lidas de modo independente. Os *xiaoshuo* de Lu Xun também têm a ver com o que ele viu no Japão. Aquele país importara os *xiaoshuo* da China muito cedo e desenvolvera uma tradição autóctone em sua própria língua clássica, o *kobun* [古文]. Durante a passagem de Lu Xun pelo Império Meiji, aquele país estava adiante da China em termos de modernização e abertura para o exterior, o que também se aplicava à vida cultural. Nesse contexto, o gênero dos *shōsetsu* (leitura japonesa de *xiaoshuo*, ou vice-versa) já tinha adotado a nova língua literária — o Japão fizera sua reforma linguística antes da China — e estava a avançar em direção ao que se entende por "romance" na literatura ocidental. Apesar de que Lu Xun também tenha sido influenciado pelas ideias e práticas literárias do Japão, ele tomou um caminho diferente enquanto escritor. Ele tentou atualizar o *xiaoshuo* chinês dentro dos limites criados pela tradição chinesa. Em parte se deve a esse intento o que nós, leitores de língua portuguesa (e até os leitores chineses de hoje), identificamos como os "defeitos" dos textos de Lu Xun: sua extensão demasiadamente breve, a ausência de enredo claro, a relativa pobreza descritiva, o foco no que acontece a um (ou dois) personagens, os diálogos rígidos, as transições abruptas, etc.

A terceira razão para a obscuridade de Lu Xun é pessoal: ele era intencionalmente ambíguo. A escrita de Lu Xun reflete o seu temperamento de escritor, profundamente irônico, polêmico e misantrópico. *Grito* não estava voltado para o "público em geral", na medida em que, na China de então, apenas uma proporção reduzidíssima da população tinha acesso aos jornais e revistas para os quais Lu Xun contribuía. No fundo, ele escrevia para os seus colegas, pessoas de mesmo perfil socioeconômico que ele, os quais, igual a Lu Xun, também estavam organizados em grupos/facções. Isso explica por que muito do que ele escrevia eram artigos de opinião, comentando sobre a situação da China, naturalmente, mas direcionados sobre — mais frequentemente contra — posições alheias. Assim como havia intercâmbio de ideias, também estavam em jogo vaidades e interesses, pelo que os textos podiam desencadear conflitos, inimizades e represálias. Uma leitura adequada dos *xiaoshuo* incluídos em *Grito* revela que, mesmo eles, ainda possuem uma dimensão faccional. Como Lu Xun afirma no "Prefácio do autor", ele estava escrevendo sob comissão dos editores de *La Jeunesse* e havia expectativa de que os seus textos tivessem uma mensagem político-ideológica. Neste ponto, encontramos um outro motivo para a obscuridade/dubiedade intencional de Lu Xun, nomeadamente, o de não se comprometer demais, inclusive para com o seu grupo. Embora estivessem temporariamente unidos sob a bandeira da Nova Cultura, não deixavam de existir linhas de fratura entre esses intelectuais. Enquanto típico *outsider*, individualista e, até então, apolítico, o Lu Xun de *Grito* demarcava sua independência e indisposição a subscrever certas agendas, como o afirma no discurso do senhor N em "Confidências de uma trança cortada" ou nas atitudes de Fang Xuanchuo em "Feriado dos Dois Cincos".

Reconhecidos esses obstáculos, a nossa tradução pretende desenvolver o texto em chinês numa "tradução dramatizada" em português. Embora reconheçamos que uma tradução literal é em geral aceitável, acreditamos que isso não se aplica ao caso de *Grito*, pelo fato de que as características literárias mais importantes do texto terminam sacrificadas numa transposição mais servil ao texto de partida. Por isso, é necessário realizar um esforço de mediação com o fim de reproduzir o valor expressivo dos textos originais, o que só é possível se nos orientarmos pelo efeito e resposta do leitor em língua portuguesa. Obviamente, a obra em chinês é o ponto de partida e o referencial para o que deve ser expressado em português, embora seja o "espírito" da obra que deva assumir uma nova forma em português. Em nível de gêneros literários, a "tradução dramatizada" pode ser vista como uma "adaptação" do *xiaoshuo* para o gênero ocidental do "conto", também absorvendo, conforme as peculiaridades de cada caso, certas características da "crônica", do "ensaio", das "memórias", etc. As principais mudanças requeridas por tal aportuguesamento da literatura chinesa situam-se no campo das técnicas narratológicas e descritivas, do refinamento da coerência e estrutura textual, entre outras minúcias. Isso não significa, contudo, que os textos chineses sejam minimamente alterados no que tange à sua concepção fundamental, de enredo, personagens, local, tempo e intenção autoral. Com a única exceção de "O brilho no escuro", o que explicaremos no devido momento, todas as estórias incluídas neste volume são traduções em sentido estrito, vertendo o texto original inteiro, da primeira à última letra, seguindo a sua ordem.

Já que estabelecemos o objetivo de reproduzir o valor expressivo de cada texto em português, como nos orientarmos pelo efeito e resposta do público? Em uma frase, é necessário redefinir a relação hermenêutica que o texto estabelece com o seu novo público. Na teoria literária e artística chinesa, tem destaque o conceito de *liubai* [留白] — literalmente, "os espaços deixados em branco". Quem viu pinturas antigas daquele país, apercebeu-se de que a maior parte dos elementos visuais — água, nuvens, rochedos, roupa, traços físicos — não são mais do que espaços em branco, cujo conteúdo é sugerido pelo contorno. Na literatura tradicional, ocorria o mesmo. Quem lia um *xiaoshuo* na China antiga devia usar a imaginação para complementar os detalhes da estória. Cabia ao escritor dar a direção do enredo, ficando a visualização ao encargo de quem lia ou contava a estória para os outros. Na China contemporânea, isso ainda é verificável, à exemplo da performance, ainda muito popular, chamada de *pingshu* [评书], "leitura dramatizada". Nela, os contadores de estórias "encenam" os textos para o público, seguindo o material-base, mas dando maior vida à narrativa, explorando detalhes sugeridos pelo texto ou requisitados pelas situações, mas ausentes nele. Sob esse pressuposto, é preciso ressaltar que, em nossa cultura, essa prática não é habitual. Não se permite aos leitores intervirem no texto da mesma maneira que os chineses, pois o texto é protegido pela noção de autoridade/autoralidade. Ficamos então com o problema de que uma tradução literal de *Grito* é artisticamente natimorta, porque falha em produzir o mesmo tipo de engajamento que o seu original. Por exemplo, observamos que, nas escolas da China, os textos de Lu Xun são lidos e devidamente explicados pelos professores, pelo que os alunos muitas vezes contam a estória ou a explicam com elementos não evidentes no texto, mas respaldados pela práxis de sua reprodução. Logo, esta tradução assume um quadro hermenêutico, como se faz nas escolas chinesas, e dramatiza o material, como se faz nos *pingshu*, confiante de que esse é o procedimento autêntico e de que o resultado será mais interessante para o público de chegada.

Ainda em termos teóricos, a dramatização deve ser baseada num entendimento correto da intenção autoral, em especial como pode ser verificada na concepção e no desenvolvimento do texto. Por tal motivo, é preciso estudar as circunstâncias de composição de cada obra incluída em *Grito*, sua estrutura, enredo, mensagem, bem como os recursos estilísticos empregados por Lu Xun, assinale-se dentre os que tinha disponíveis em sua tradição literária. Com base nessas informações, procedemos à dramatização propriamente dita, realçando certos aspectos do texto para que assumam valores identificáveis pelo leitor de língua portuguesa e que se produza o efeito aplicável, em coerência com o que foi intentado no texto original. Por exemplo, dito da forma mais simples, o leitor da tradução deve identificar e reagir ao humor, indignação, ironia, tristeza, revolta, quando estão no texto de partida. A tradução dramatizada tem por objetivo reproduzir o mesmo efeito, sem recurso a didascálias, elementos críticos extratradução, como notas e apontamentos, que informem o leitor sobre o que está em jogo no original. Isso nos cria um grande problema prático, de como construir uma ponte que cubra a distância cultural entre o Brasil do século XXI e a China de cem anos atrás.

Nesse contexto, passamos à discussão sucinta de duas questões fulcrais para a dramatização. A primeira é o impacto desconcertante que certos elementos das estórias de Lu Xun exerciam sobre seus leitores originais — o que, de certa maneira, também se estende às expectativas dos leitores de língua portuguesa. Para quem está familiarizado mormente com a literatura ou filosofias clássicas daquele país, ler Lu Xun é uma experiência chocante, porque a cultura antiga chinesa, concentrando-se em modelos idealizados de sapiência e perfeição ética, deita um véu de pureza atemporal sobre o fenômeno humano. Lu Xun, no entanto, rasga esse véu e assume uma atitude "realista/naturalista", revelando qualidades pouco laudáveis e até vergonhosas em suas criações, qualidades essas que são colocadas no centro dos enredos. Com efeito, a literatura chinesa, antiga e moderna, não exclui o feio e o mal. Porém, eles via de regra são moralizados e edulcorados, transformados em atributos exclusivos de contraexemplos, vilões tão unidimensionais como os heróis. Lu Xun assume uma outra atitude.

Em seus estudos sobre o *xiaoshuo* antigo, Lu Xun critica a sua própria tradição, pois, para ele, a dubiedade moral é condição inerente ao ser humano. Essa dubiedade é potencializada por um outro traço estético de *Grito*, o do exagero, que é desenvolvido como um elemento "expressionista" em várias de suas estórias. Dentre as mais bizarras, o melhor exemplo é a "Crônica autêntica de Quequéu, um chinês". Nela, violência, linguagem de baixo calão, alusões sexuais e vulgaridade são cobertas por um verniz tragicômico. Esse tipo de liberdade criativa é incomum na história literária chinesa, valendo comparar o texto de Lu Xun com uma adaptação feita para o cinema em 1981, *A-Q Zhengzhuan* [阿Q正传]. Não é a mesma obra. Quequéu é transformado num simpático palhaço das velhas matinês, absolutamente higienizado em aspecto e conduta. Isso reflete bem o gosto-padrão e a influência da crítica oficial sobre as obras de Lu Xun. Recusando esse lado da recepção chinesa, a nossa dramatização resgata e valoriza os elementos textuais autênticos, conforme uma análise imparcial das intenções de Lu Xun, a que procederemos mais adiante.

A segunda questão fulcral é a de como reproduzir a "cor local" de *Grito*. Como sabemos, o livro reveza estórias ambientadas no meio rural e no meio urbano. As tramas neste último são relativamente transparentes para o leitor de língua portuguesa, em parte por terem como protagonistas pessoas que podemos representar por analogia a nós mesmos, no que concerne a estrutura familiar, instrução, ocupação, valores e estilo de vida. A montagem do "cenário", isto é, fazer com que o leitor consiga imaginar a Pequim de 1910-1920, contribui para que melhoremos a experiência do texto, mas a ausência desse cenário não impede a apreciação. Já os enredos que se desenrolam no meio rural estão profundamente marcados pela cultura regional do Sul da China, em geral, e de Shaoxing, em particular. Este tipo de literatura posiciona Lu Xun artisticamente no espectro do que chamamos de "autores regionalistas". No caso do Brasil, por inexistirem barreiras linguísticas, as diferenças de cultura regional podem se tornar um atrativo, fazendo com que escritores como Monteiro Lobato e Graciliano Ramos, Jorge Amado e Erico Verissimo sejam prontamente apreciáveis enquanto literatura, passado um século, ou quase. O mesmo não ocorre no que se refere a Lu Xun e Shaoxing, uma vez que o leitor de língua portuguesa careça do mesmo sistema de referências. Estamos falando de uma cidade cuja visão de mundo era especificamente chinesa, dando papel central aos laços de parentesco e às redes privadas de patrocínio, que dependia da "indústria" da aguardente e do comércio fluvial e cuja vida social era marcada pela dinâmica entre o poder burocrático e a autoridade dos clãs locais. O que fizemos, para evitar recurso a notas enciclopédicas, foi ancorar as referências chinesas ao que pudemos encontrar de análogo com uma experiência regional a que os leitores da tradução possam compreender de imediato, enquanto deixamos claro, por outros meios, que as estórias se passavam na China.

Nesse sentido, sem adulterar o material de partida, aproximamos Shaoxing ao que chamamos de "Brasil arcaico", com ecos da cultura interiorana do Nordeste na primeira metade do século XX: pré-urbanização, pré-industrialização, pré-modernidade. Essa aproximação não é tão absurda como pode parecer. A jornalista Heloneida Studart, passando pela China do início da Abertura e Reforma, escolheu *O Nordeste que deu certo* para título de seu livro. Se a comparação servia em 1978, é possível que seria ainda mais adequada em 1920, momento em que não havia qualquer indício de salto econômico de ambos os lados. Sem fazermos juízos de valor, as tradições do velho Nordeste eram inseparáveis do familismo, da cultura dos "doutores" e do sistema de relações de patrocínio, propriedades idênticas às da sociedade de Lu Xun. Os desenraizados, vagabundos, mendigos e loucos, que cada cidade do interior tinha os seus, tampouco faltam nas estórias rurais de *Grito*. A cultura dos xingamentos é tão viva quanto a nossa, embora os palavrões raramente se dirigirem à sexualidade e fisiologia humanas.

Naturalmente, não impus a cor local brasileira, nem as convenções de nosso regionalismo. As diferenças climáticas e de paisagem natural do Sul da China, o desenho fluvial de Shaoxing, as instituições dos "homens-bons", do Budismo, da burocracia, etc., preservam o que é tipicamente chinês do texto original. Por motivos óbvios, a onomástica impõe dificuldades para o leitor de língua portuguesa, enfraquecendo um importante recurso da construção de enredos, nomeadamente, o da criação de referências mentais a partir de que os leitores consigam distinguir os caracteres dos personagens, as peculiaridades dos locais e a significância das instituições. Por isso tentamos traduzir o máximo possível dos nomes próprios. Nesse particular, esclarecemos que, no que se refere aos personagens masculinos, há uma clara divisão entre pessoas do povo e da elite governante. Os nomes dos homens do povo dividem-se em dois tipos básicos. Um, os ligados aos próprios clãs, cujos nomes refletem a ordem de nascimento, vindo também grafados com maiúscula (Primeiro, Segundo... Quinto, etc.). Dois, as personagens marginais que, não trabalhando na terra, encontram-se afastadas da vida de seu clã. No mais das vezes, têm por "nome" um apelido carinhoso/depreciativo (Quequéu) ou baseado numa característica pessoal, normalmente de escárnio (Wang das Costeletas). Os homens da elite, se titulados nos exames Keju de acesso à carreira burocrática, são referidos pelo seu título (Talento Florescente). Se possuem um cargo qualquer, utiliza-se-o como se nome pessoal fosse (Bazong). Os filhos dos grandes clãs possuem honoríficos, gozando da glória de serem filhos de quem são (Jovem Senhor ou Sinhozinho), até que eles mesmos obtenham títulos ou cargos próprios. Na China tradicional, as mulheres raramente tinham um nome próprio. Seu "nome" era o do estatuto familiar — pelo que esses termos vêm grafados com maiúscula, para corresponderem à realidade chinesa (Mãe, Viúva, Esposa, etc.). Os sobrenomes das personagens femininas são os do clã a que se encontravam atualmente ligadas: antes do casamento, usavam o sobrenome do clã do pai; após seu casamento, ingressavam no do marido.

Feitas essas considerações, genéricas e de cunho teórico, sobre o que significa dramatizar a tradução de *Grito*, é importante registrar quais as interpretações em que nos baseamos para realizar a dramatização de cada texto. Portanto, passamos agora à realização de breves estudos individuais, descrevendo quais as circunstâncias em que os *xiaoshuo* de *Grito* foram concebidos, qual a influência dos editores e patronos, quais as fontes autobiográficas e históricas em que Lu Xun se baseou e quais as mensagens desses textos. No final de cada estudo, explicaremos os aspectos mais importantes da dramatização em causa.

Prefácio do autor [自序]

Na ordem de publicação, o "Prefácio do autor" é o último dos textos que integram *Grito*. É interessante notar que, tendo sido escrito no início de dezembro de 1922, ele foi republicado como um *xiaoshuo* (gênero-padrão chinês para estórias escritas em prosa), em 21 de agosto do ano seguinte, no suplemento decendial de literatura do *The Morning Post* [晨报文学旬刊], jornal sobre o qual voltaremos a falar no momento oportuno. Naquela altura, Lu Xun já era reconhecido como autor de *Grito*, não mais como um colaborador eventual de *La Jeunesse*. Num intervalo de poucos anos, a fama seria tamanha, que o pseudônimo "Lu Xun" substituiria o nome real do indivíduo Zhou Shuren. Nesse contexto, o "Prefácio", que se supõe ser o texto menos fictício de *Grito*, assume um interesse especial. Por um lado, ele dá início à narrativa segundo a qual Lu Xun é um "símbolo cultural chinês". Por outro, justamente ao contribuir para essa mitificação — e não falsificação, frise-se — do real, damo-nos conta da fluidez, em termos de gênero literário, do texto em epígrafe.

No que importa à narrativa de Lu Xun enquanto símbolo, as páginas do "Prefácio" estão entre as mais famosas do autor, tendo moldado efetivamente a maneira como ele foi recebido na história da cultura chinesa. Em particular, a seção a respeito do "Episódio do diapositivo" é repetida como o momento decisivo da sua carreira, destacando o caráter patriótico e idealista do escritor, que, a partir de então, desistia de curar os corpos para assumir as letras, como uma missão sagrada para iluminar as mentes dos seus compatrícios. Também por isso, ele seria visto, em retrospecto, como oráculo do problema nacional chinês, a exemplo do que ele manifesta sobre o tema no "Prefácio". Apesar de que ele, sem dúvida, tenha tido coragem em tratar com franqueza de alguns traços percebidos como negativos do espírito nacional, a leitura-padrão da crítica chinesa amplia o campo de visão de Lu Xun, conjugando-o teleologicamente à construção da República Popular da China, nos seguintes termos: "[O 'Prefácio do autor'] faz um retrospecto do desenvolvimento intelectual de Lu Xun e do processo que o levou a buscar o caminho da revolução". Essa visão não é completamente falsa, mas merece ser analisada com base na evidência textual de *Grito* e no complexo contexto pré-1923, o que tentamos fazer, resumidamente, na apresentação histórica a Lu Xun.

A partir desta seção, faremos o mesmo com relação à crítica dos textos de *Grito*, mantendo um diálogo estreito com os breves ensaios de *Lu Xun xiaoshuolide renwu* [鲁迅小说里的人物] (*Os personagens dos xiaoshuo de Lu Xun*), escritos por Zhou Zuoren, que nos oferecem pistas preciosas sobre como entender o "desenvolvimento e processo" referidos pela leitura oficial. Ele não apenas era irmão do meio de Lu Xun e tinha sido sócio dele em seus principais projetos na década e meia que conduziram a *Grito*, mas também coabitou com o escritor nos anos em que os *xiaoshuo* incluídos no livro foram escritos. É preciso assinalar que, embora *Os personagens* tenham saído em 1954, no ápice do movimento revolucionário, Zhou é cauteloso ao assinalar quais as ideias e motivações existentes na época de composição e início de circulação dos textos em causa. Isso nos ajudará a compreender a relação de continuidade/coerência entre o homem e o símbolo, de maneira a podermos separar um do outro, quando necessário.

Passemos ao tema da fluidez do "Prefácio" no que se refere ao seu gênero literário. O "Prefácio" é, assumidamente, um texto autobiográfico. No entanto, como argumentaremos nas próximas seções, várias das obras incluídas em *Grito* são autobiográficas e todas são mais ou menos registros de experiências ou eventos verdadeiros. Como, então, separar o "Prefácio" dos *xiaoshuo* em sentido estrito? Dito de outra forma, onde estabelecer a linha que demarca ficção e realidade? Essa questão é muito importante para nós, mas nem tanto para os leitores originais. Na cultura chinesa tradicional, e em sua literatura, o eixo "realidade/ficção", se existia, estava submetido ao de "ortodoxo/heterodoxo" (ou autêntico/apócrifo, o que dá na mesma), pois vigia uma presunção de que todo texto transmitido era "verdadeiro" conforme seu valor de instrução moral/espiritual. A questão que devemos colocar é a de que, até que ponto essa presunção continuava a se fazer presente na construção de uma literatura "moderna" no quadro do movimento da Nova Cultura? Nesse contexto, há uma tensão intrínseca, no "Prefácio", entre a necessidade de expressão individual do autor e a expectativa dos leitores originais, de que ele dissesse algo edificante, conforme os objetivos de então: criticar a velha cultura e delatar os seus pecados. Neste item, notamos que o próprio Zhou Zuoren, apesar de estar atento para os problemas da mitificação de seu irmão mais velho, reitera a visão pedagógica de *Grito* em seus fundamentos.

A melhor estratégia de leitura do "Prefácio" trata dele não como uma fotografia, mas como uma pintura: um autorretrato. O que temos em mãos não é um documento histórico que oferece uma descrição jornalística, factual e objetiva, do homem, mas um testemunho pessoal e seletivo de como Lu Xun se via e, mais importante ainda, desejava ser visto. Neste sentido, malgrado abranger um período de mais ou menos 41 anos (1881-1922), o "Prefácio" está organizado em torno de três eventos centrais: os "traumas" da doença/morte do pai (1894); o "Episódio do diapositivo" (1906); e a "Casa de ferro" (1917). Por coincidência, os três estão espaçados cerca de doze anos um do outro, sem que o texto conceda elementos que nos permitam entender como o indivíduo Zhou Shuren amadureceu e mudou nesses interstícios.

Ademais, o "Prefácio" é construído com um certo teor literário, quem sabe empregado para cobrir as pistas do que Lu Xun fazia e pensava em sua condição privada. Como em narrativas mitológicas, há um enfoque em poucos eventos e ainda menos personagens centrais — até o irmão Zhou Zuoren e Xu Shouchang, amigo e maior benfeitor de Lu Xun, companhias inseparáveis, não são mencionados. Isso nos ilude sobre o fato de que Lu Xun, a despeito de ser uma pessoa reservada, sempre esteve envolvido em grupos e, involuntariamente, participava dos conflitos faccionais tão típicos de sua e de várias etapas da história chinesa. Nada obstante, os "traumas", eventos pessoais, são, inquestionavelmente, potencializados para destacar as frustrações do indivíduo Lu Xun com respeito à sua coletividade pátria, o que dá a impressão vaga de ter um cariz político, sem, no entanto, comprometer o autor e suas pessoas próximas. Toda a vida pública da China nesses anos ricos de acontecimentos permanece de fora do "Prefácio". Não encontramos qualquer *slogan* político ou sugestão de alinhamento que pudesse ser manipulado para comprometer Lu Xun e/ou sua família. Nada obstante, como sabemos, ele era um decidido membro do círculo de políticos e intelectuais que moldaram a Nova Cultura, com uma agenda de modernização social que, em retrospecto, foi amplamente referendada e posta em prática — continuando viva em nossos dias.

Uma outra chave para a leitura e interpretação do "Prefácio" é claramente literária: o poder irresistível que a ironia, em especial a autoironia, tinha para Lu Xun. Por mais inspiradoras que sejam, citações isoladas, sem atenção para o seu lugar e função no texto, tendem a oferecer uma perspectiva enganadora das intenções do autor. Por exemplo, o sonho de se tornar médico de campanha/pregador da "Renovação"

(*Weixin*) termina com o "Episódio do diapositivo"; o sonho de se tornar médico das mentes através de uma revista de letras e artes termina com o fracasso de *Vita Nuova*; o escrever literatura para despertar as pessoas vira suicídio por asfixia na "Casa de ferro"; a exortação à reforma social e crítica da sociedade, com uma visão positiva de futuro, existe apenas enquanto exigência do corpo editorial de *La Jeunesse*...

Mesmo que Lu Xun tivesse intenção de vestir o manto de voz da consciência chinesa à medida que se tornasse uma figura pública, o que também é discutível, a única tese que o "Prefácio" deixa de pé é a da solidão. A solidão pode ser intelectualizada como o difícil processo de afirmação do indivíduo numa cultura incompatível com a concepção de que há vários *zhenglu* [正路], "caminhos corretos", para a vida. Foi isso que levou Lu Xun a deixar para trás os exames de acesso à carreira burocrática, indo tentar a sorte no Japão, só para se ver de volta à China, como burocrata a serviço no Ministério da Educação e professor universitário — empregos que conseguiu, o que raramente se enfatiza, mediante indicação de patronos e aliados, o novo "caminho correto" de então, menos merecido e honroso do que a aprovação em exames potencialmente abertos para todos. O próprio convite de Jin Xinyi (Qian Xuantong na vida real) para que Lu Xun contribuísse para *La Jeunesse* foi, na realidade, uma decisão coletiva da equipe editorial, que deve ter sido intermediada por Zhou Zuoren. Lembremos que Zuoren era um colega de trabalho de Qian e dos colaboradores até então mais importantes da revista.

Depois de esclarecer qual o procedimento de leitura e de interpretação que assumimos como base para a tradução, explicamos, de um modo mais geral, o que significou dramatizar este texto.

O objetivo maior foi o de destacar a ironia, aspecto central da exposição de Lu Xun que, no entanto, exige maior inteligibilidade no texto de chegada. O autor costuma marcá-la secamente, ou deixá-la nas entrelinhas, o que pode se confundir com a delegação de responsabilidade para os intérpretes. No entanto, o movimento do texto providencia um referencial objetivo. Depois de martelar o tema da morte dos sonhos de juventude — o que se subentende valer para o presente em que se escrevia o "Prefácio" —, as emoções atingem um clímax pela metade do texto, com a decisão messiânica de ir estudar medicina em Sendai. A partir daí, Lu Xun entra num processo de contínua redução das expectativas, em que mesmo a realização extemporânea de trabalhar com letras e artes, através do convite de Jin Xinyi, é cancelada pelo reconhecimento de que o escritor não se via como um herói, nem reconhecia em si próprio o carisma que o transformaria num líder. Em suma, cada passo que dá na construção da autoimagem em primeiro plano é objetado pelo próprio autor, produzindo um efeito geral de ironia.

Um segundo objetivo é mais localizado. Tentamos acentuar as propriedades estilísticas do original, no sentido de calibrar o efeito do texto de chegada para responder às expectativas e preferências dos leitores de língua portuguesa. Vale mencionar alguns exemplos. Determinadas metáforas, dispersas pelo texto, merecem ser desenvolvidas alegoricamente, como a do inseto que não consegue sair do casulo como repúdio dos sonhos de juventude ou do líder messiânico que é colocado sobre uma montanha e seguido por rios de gente. São imagens eficazes, sugeridas pelo chinês, para o que Lu Xun tem a dizer. Além disso, procede-se a um reforço do trabalho descritivo, em particular nos trechos que encenam os diversos "traumas" — a ajuda que prestou durante a doença do pai, os sonhos frustrados, a alucinação da serpente que se torna um dragão. Os diálogos, a exemplo da conversa entre o narrador e Jin Xinyi (Qian Xuantong), são trasladados com abundância de expressão e variedade vocabular na linha do que é esperado e preferido por leitores de língua portuguesa, convertendo repetições e reticências no chinês em trechos mais significativos para o nosso público.

Diário de um alienado [狂人日记]

O título tende a ser traduzido como "Diário de um louco", num aceno à obra homônima de Gógol que, como indicaremos, influenciou o texto, mas não tanto como se acredita. A etimologia do termo chinês *kuang* [狂], o "louco" do título, remete ao comportamento do cão raivoso (talvez com sintomas de infecção pelo vírus da hidrofobia), tendo sido posteriormente emprestado para qualificar seres humanos com perturbação mental. Nada obstante, a palavra também se empregava, pejorativamente, para criticar pessoas para todos os efeitos normais, cuja forma de ser e pensar fugia aos ditames em vigor. Como ambas as acepções são intentadas pelo autor, a presente tradução utiliza "alienado", por representar melhor o que está em jogo.

Surgindo no contexto do Movimento da Nova Cultura e, especificamente, no apogeu de *La Jeunesse* (1917-1919), "Diário de um alienado" é o *xiaoshuo* que, em retrospectiva, simboliza o nascimento da moderna prosa literária chinesa. De fato, experimentos já tinham sido feitos com a nova língua escrita no campo da poesia, reunidos nas coletâneas *Changshiji* [尝试集] (*Tentativas*) de Hu Shi (胡适, 1891-1962), publicada em 1920, e *Nüshen* [女神] (*Deusa*) de Guo Moruo (郭沫若, 1892-1978), no ano seguinte. É também verdade que o emprego da nova prosa, associada à ascensão da imprensa, também fora exigido em toda a produção de *La Jeunesse* no ano de 1917, antes, portanto, da publicação de "Diário" em maio de 1918. Mesmo assim, "Diário" é visto como o primeiro texto em que os elementos intrínsecos da língua são potencializados para produzir um estilo notadamente individual. Sua maneira de escrever caracteriza-se por uma linguagem despojada vocabular e sintaticamente, por uma decidida aversão a detalhes nos planos narrativo/descritivo e por uma concepção idiossincrática dos gêneros em que escreve. Em termos de conteúdo, os melhores textos de Lu Xun criam uma atmosfera opressiva, tonalizada por sarcasmo, desencanto e misantropia, cuja tensão insolúvel com a forma produz mensagens opacas, até indecifráveis.

Com relação à hermenêutica do "Diário", já analisamos as circunstâncias anteriores à canonização de Lu Xun na apresentação histórica e já lemos o "Prefácio do autor" a *Grito*, que servem de fundamento para a hermenêutica deste texto. A despeito de originariamente terem uma mensagem dúbia, com o passar do tempo tanto o "Diário", em particular, como os demais textos de *Grito* terminaram relacionados à "literatura de protesto social" e subsumidos a uma linha hermenêutica revolucionária. Numa citação conhecida, o próprio Lu Xun em 1935 parece ter referendado que "a intenção (do 'Diário de um alienado') é a de expor os males do regime social dos clãs e da doutrinação dos Ritos" (OC, VI, 247). Porém, uma leitura cuidadosa desse texto revela, num outro parágrafo, o que parece ser a intenção real de Lu Xun, que ataca a tentativa de lhe darem um rótulo: "o lançamento continuado dos textos iniciais de *Grito* de certa forma pode ser considerado como evidência das realizações da chamada 'revolução da literatura' [n.b.: termo utilizado por Hu Shi, em velada oposição à chamada 'literatura da revolução', ou seja, à literatura alinhada ideologicamente e voltada para pregar a revolução social] [...]. No entanto, a paixão (que meus textos geraram nos corações e mentes de uma parte dos leitores jovens) foi causada pelo desinteresse deles para com (o meu objetivo implícito de) apresentar a literatura do continente europeu" (OC, VI, 246).

No texto em causa, o prefácio à *Segunda antologia de xiaoshuo* do *Grande compêndio da nova literatura chinesa*, Lu Xun expõe as principais influências literárias do continente europeu no que se refere ao "Diário": o "Diário de um louco" de Nikolai Gógol (1809-1852) e *Assim falou Zaratustra* de Friedrich Nietzsche (1844-1900). Ele também comenta o efeito de sua obra, "marcada por um senso de revolta mais nítido do que em Gógol, embora não tão desolada como a narrativa do *Übermensch* de Nietzsche". Zhou Zuoren assinala que Lu Xun não só tinha lido, mas ainda apreciava o conto homônimo de Gógol. Contudo, a influência direta resumiu-se ao motivo do texto e a alguns detalhes menores, tais como o cão dos Zhao (ninguém criava cães em Shaoxing) e a breve referência ao "Senhor Antiquário" (*gujiu xiansheng* [古久先生]). Com relação a Nietzsche, Lu Xun põe algumas palavras do Zaratustra, com sotaque evolucionista, no último delírio do autor do diário. Talvez a megalomania que revela no fim do texto, com seus ares de profeta do caos, tenha algo a ver com Zaratustra. De qualquer forma, nota-se que o diálogo com os dois autores ocorre num plano abstrato, de influências axiológicas e estéticas. A concepção intelectual e dramática do "Diário de um alienado" é própria de Lu Xun, com uma temática consentânea à realidade chinesa de então, refletindo, como é natural, sentimentos e experiências pessoais do autor.

Como os demais textos de *Grito*, a estória do "Diário" é largamente modelada num personagem verídico. Zhou Zuoren esclarece que o modelo para o "alienado" de Lu Xun foi um primo, que tinha perambulado pelo noroeste da China como "adjunto militar" de uma certa facção, quando Lu Xun estava a serviço no Ministério da Educação, pouco tempo antes da escrita do "Diário". Logo, a inspiração veio de uma época mais recente do que a presumida pelo texto, em que a burocracia imperial ainda estava a funcionar. A certa altura, o primo começou a desconfiar que seus colegas queriam atentar contra a sua vida, indo abrigar-se em Pequim, ocasião em que contou a Lu Xun como tinha sido seguido durante a sua fuga, com espiões a acompanharem todos os seus passos. Lu Xun acolheu-o na Associação dos Conterrâneos, onde pôde testemunhar um acesso de paranoia do seu parente. Zhou explica que, levando-o ao psiquiatra, Lu Xun teve que contê-lo ao passarem por um policial, em que o primo reconhecera outro enviado para assassiná-lo. Por fim, Lu Xun encarregou-se de mandá-lo de volta para a terra natal, após o parente "melhorar um pouco", onde permaneceu.

A ideia central do texto, portanto, é original. O "Diário" celebrizou-se na história literária chinesa por criar o neologismo *chiren shehui* [吃人社会], "sociedade canibal", que continua a ser usado em nossos dias. Atualmente, o termo envolve uma condenação do sistema em que as classes superiores, protegidas pelo seu estatuto, sobrevivem da exploração ilimitada das classes subalternas. Esse termo tornou-se um *slogan* da Nova Cultura no final da década de 1910 e, finalmente, da própria Revolução Socialista. Escrevendo no início dos anos 1950, com Lu Xun já plenamente canonizado e legitimado como um escritor comunista, Zhou Zuoren concorda que "a doutrinação pelos Ritos (professa o) canibalismo" (*lijiao chiren* [礼教吃人]) e serve de pensamento central deste conto. A "doutrinação pelos Ritos" era o alicerce ideológico da estrutura social e da governança chinesa durante o período imperial, mas, sobretudo, a fase tardia dos seus últimos setecentos anos. Os Ritos apregoavam o dever de obediência e serviço dos governados para com os governantes, dos filhos para com os pais, das mulheres para com os maridos, etc. Sob esse princípio, notavam-se várias formas de distorção e abuso.

É preciso notarmos que, como Zhou assinala, a oposição à "doutrinação pelos Ritos" não é um produto original da Nova Cultura, mas uma bandeira secular dos intelectuais-burocratas chineses, dirigida contra a ideologia ortodoxa baseada no pensamento construído por Zhu Xi (朱熹, 1130-1200), parcialmente com base nos ensinamentos dos irmãos Cheng Hao (程颢, 1032-1085) e, sobretudo, Cheng Yi (程颐, 1033-1107). Vale a pena explicarmos o que está em jogo. Sancionada e institucionalizada desde a dinastia Yuan (1279-1368), a "Escola Cheng-Zhu" passou a ser vista como excessivamente puritana e restritiva, donde a acusação de impor o seu ensinamento central, de que há um "Princípio" ("Verdade") imutável que perpassa a Natureza, a sociedade e a moralidade humana. Logo, na dinastia Ming (1368-1644) ouvem-se vozes acusando os poderes instituídos de se escudarem na ideologia Cheng-Zhu para exercerem controle amplo da vida social. Essas críticas só vieram a aumentar.

Dito isso, a revolta contra a "doutrinação pelos Ritos" se transformou com o tempo. Como os exames imperiais eram decalcados das lições de Cheng-Zhu, no final da dinastia Qing essa ideologia tornou-se o foco da oposição dos intelectuais contra a casa reinante manchu e contra a sua organização burocrática. Após o final do regime imperial, a "doutrinação pelos Ritos" pouco a pouco metamorfoseou-se num sinônimo do que estava errado na "velha sociedade", sendo vista como um dos motivos para o atraso da China em relação ao estrangeiro. Com a ascensão do comunismo, a "doutrinação pelos Ritos" veio a ser vista como um obstáculo para a utopia de uma sociedade sem classes.

Como situar o texto de Lu Xun, especialmente a noção de "sociedade canibal", nessas transformações? Talvez a leitura mais correta seja a da evidência interna do texto. Apesar de que a ênfase maior seja de crítica à classe superior dos burocratas terratenentes, o "canibalismo" é retratado como perpassando a sociedade como um todo. Vemos que os agricultores da Vila dos Lobos comem os malfeitores, os policiais comem os revoltosos, e até as mulheres ameaçam comer seus filhos malcriados. Logo, distingue-se uma dimensão de coletivismo no ato de se alimentar de indivíduos desviantes, o que é legitimado pela suposta superioridade moral de quem é como os outros, de quem aceita o arranjo social. O próprio alienado, um "homem-bom", que deveria dar o exemplo e "canibalizar" os seus inferiores, perde os privilégios de sua condição social a partir do momento em que deixa de pensar como todos pensam.

Tentemos agora compreender como a prática da "antropofagia social" é construída pelo enredo do "Diário". Segundo o texto, o alienado adquire uma fixação com o consumo de carne humana depois de ter uma série de alucinações relacionadas ao ato de comer outros seres humanos. Essa fixação é pouco a pouco desrecalcada e identificada criticamente com um vício de origem da civilização chinesa. Embora pareça forçado para o leitor, o desrecalque acontece de forma natural para um candidato à burocracia na velha sociedade chinesa: ele intui como a antropofagia estava inscrita em *loci classici* dos textos sagrados confucianos, o que equivalia a uma profanação das autoridades centrais da cultura chinesa clássica. O irmão do alienado tenta adverti-lo, em vão, de que as leituras do alienado são equivocadas.

Notamos um padrão nos "erros" do alienado: o de entender literalmente as passagens clássicas sobre canibalismo, quando elas são evidentemente figurações ou exageros. Algo que parece escapar dos próprios especialistas chineses em Lu Xun é que o termo *chi ren* [吃人], "comer gente", parece ser uma corruptela de *shi ren* [食人], um conceito do pensamento clássico (pré-imperial), que remete aos tributos em espécie devido a um mandarim pelos agricultores de sua circunscrição. Esse conceito pode ser encontrado numa passagem célebre de Mêncio (capítulo III, parte 1, passagem 4), em que ele afirma que certos homens trabalham com suas mentes (os mandarins), outros com seus corpos (os agricultores): os primeiros governam os últimos, os últimos são governados pelos primeiros. Como consequência, cabe aos agricultores alimentar os mandarins e aos mandarins alimentarem-se dos agricultores. Desta forma, a metáfora de Mêncio é lida denotativamente. Uma das ironias da estória é que esse erro do alienado não está distante do que ocorre, metaforicamente, na realidade.

Podemos então dizer que o "canibalismo" do "Diário" envolve duas características centrais e contraditórias do alienado. Primeira, a de que ele é um membro da elite. Segunda, a de que ele é um elemento marginal da sociedade, enquanto doente mental. Há uma tensão entre essas duas qualidades que, por um lado, dão-lhe acesso à autoridade da alta cultura e, por outro, libertam-no do dever de decoro, permitindo-lhe criticar o sistema cultural desde suas bases. Na literatura chinesa antiga, o tema da loucura, real ou fingida, servia para suspender os deveres sociais ou desfazer os laços de subordinação dos personagens, por exemplo nas narrativas sobre imortais daoistas ou sobre homens virtuosos que buscavam se proteger em tempos maus. Porém, ficava implícito que essa margem de autonomia não podia ser instrumentalizada contra a sociedade. Nesse contexto, Lu Xun toma emprestado elementos da literatura estrangeira para, por um lado, tratar realisticamente a insanidade e, por outro, dar um simbolismo romântico a esse tipo de personagem, que passa ironicamente a representar a voz da "razão".

Entrando no trabalho específico de "dramatização" do texto, notamos que o texto de partida se concentra na mensagem abstrata de denúncia do "canibalismo social", em detrimento da caracterização dos personagens e do desenvolvimento do enredo. Por exemplo, o leitor entende que se trata de alucinações, apesar de a descrição das mesmas não possuir marcas do chocante, grotesco ou fantástico. Essas marcas deveriam existir, pois se trata de um "diário", isto é, de um relato pessoal do que o alienado viu e ouviu. Todavia, por vezes acontece que o texto deixa a impressão de que o próprio alienado talvez estivesse convencido da irracionalidade de suas impressões. Afora a visão que teve durante um pico de febre ou alguns traços macabros do médico que vem examiná-lo, o leitor não tem dificuldades em notar que é uma pessoa doente que está escrevendo. Isso talvez seja intencional. Como em outras estórias, Lu Xun não faz questão de disfarçar a realidade que ele, como escritor, percebe, traindo a realidade de seus personagens, prejudicando o efeito cênico em favor da mensagem que ele deseja veicular, autoralmente, ao público.

Desta forma, pareceu melhor, em termos literários, atenuarmos a função apologética do texto e ampliarmos ligeiramente o que tem de enredo. Uma primeira preocupação é a de que tenhamos uma atmosfera de horror, compatível com o tema. Intentamos manter uma sensação fugidia de plausibilidade que, de fato, houvesse afinal um elemento de antropofagia na vila. Por isso, destacamos aspectos materiais ou imagéticos relacionados ao "canibalismo". Um exemplo é a repetida menção a dentes e unhas que, menos frequente no original, evoca a violência iminente daqueles seres, destacando o lado bestial dos seres humanos, as "armas" que têm em comum com o reino animal. Num outro ponto de relevo, embora o discurso seja a principal forma dos protagonistas existirem no relato, reforçamos ligeiramente uma ou outra ação para criar mais senso de espaço e tempo, como no almoço em que o alienado tem a primeira pista de que ele também é um canibal. Além disso, enquanto Lu Xun tende a focalizar apenas em quem faz ou diz algo, alargamos a referência a vários personagens sem papel ativo, com descrições mais detidas de seu aspecto ou esboçando ações úteis para produzir um certo clima, como no ápice final em que os conterrâneos se concentram fora da cerca da casa.

Por fim, esta tradução busca salientar o caráter irônico da escrita do "Diário", em desprestígio da visão que afirma ser um puro exercício de crítica social. Ao nos lembrarmos de que o texto está organizado em duas partes, enfatizamos que Lu Xun intenta distingui-las em termos de autoria, estilo e perspectiva. No original, o prefácio é obra do editor, um amigo do irmão do alienado. O editor também é um "homem-bom", o que se percebe do fato de que emprega a velha língua literária e critica as inovações do alienado como "erros de estilo". Sua perspectiva é a que define a nossa leitura. É o editor que nos condiciona para os "fatos" de que quem escreveu o diário estava sofrendo um acesso de doença mental e que, recuperado, tinha ido buscar um cargo público, o que "comprova" o seu retorno à sanidade. O prefácio é o verdadeiro final da estória, que ironicamente cancela a validade da mensagem, o grito de revolta do alienado. Ou seja, o "canibalismo social", que o leitor reconhece ser a "verdade" sobre a China, é um *insight* perdido para a sociedade "real" em que se insere o alienado. Neste ponto está, parece-nos, a verdadeira crítica, dirigida antes de tudo ao coletivismo que "consome" as individualidades. Para dar mais força a essa intenção autoral, pareceu interessante acrescer ao enredo a mesma dubiedade que tem a mensagem: os canibais talvez sejam um pouco canibais; o louco talvez seja um pouco sua vítima sacrifical. Será que realmente melhorou e saiu para servir na burocracia? Não há certeza. O único testemunho que temos é o do irmão mais velho, repetido pelo editor.

Kong Yiji, o ladrão de livros [孔乙己]

Além de Kong Yiji, que dá título ao texto em chinês, agregamos um subtítulo, "o ladrão de livros". Isso se justifica porque Kong Yiji não é prontamente reconhecível como um nome pessoal em português, quanto menos como uma antonomásia para os candidatos fracassados à burocracia do final do Império Chinês. Além de ter simetria fonética e um ritmo fácil, "o ladrão de livros" revela o nó do enredo sem revelar muito da trama, despertando a curiosidade do leitor.

O *xiaoshuo* "Kong Yiji" foi escrito no final de 1918 e veio a lume em abril de 1919, quase um ano depois do "Diário de um alienado". O motivo desta estória já estava presente nas entrelinhas do "Diário": os exames de acesso a carreiras burocráticas como espada de Dâmocles pendendo sobre a cabeça dos membros da elite letrada, decidindo sua vida ou morte, mais frequentemente esta última, no seu meio social. A estrutura do texto é mais simples e menos linear do que seu antecessor: são fatos passados há vinte anos, lembrados pelo narrador. Em compensação, há notáveis ganhos em termos narratológicos, mormente no que concerne à caracterização dos tipos sociais e indivíduos envolvidos. Não por acaso, Kong Yiji tornou-se um dos personagens mais célebres de Lu Xun. Apesar de não haver influências estrangeiras declaradas, ele utiliza técnicas de realismo literário na construção do enredo e tratamento da psicologia humana, descartando a estereotipação moral que Lu desaprovava na tradição literária chinesa. Nesse particular, é imprescindível notarmos que, diferente da "literatura da revolução", Lu Xun em *Grito* não cede ao impulso de idealizar e heroicizar as classes baixas. Pelo contrário, as classes baixas são apresentadas como portadoras de valores e concepções tão distorcidos e negativos quanto os de seus superiores, produzindo a atmosfera de misantropia que serve de regra para as relações humanas neste e em outros textos.

Zhou Zuoren confirma que o "Kong Yiji" deve muito a lembranças e experiências pessoais de Lu Xun. Embora a "Vila de Lu" não exista em Shaoxing e o termo não apareça mais em *Grito*, é certo que é o lugar em que o autor cresceu, a "Vila de Lu (Xun)". Com efeito, "Felicidade Geral", tradução aproximada do original *Xianheng* [咸亨] ("[onde] todos têm bom proveito"), era um estabelecimento real, situado à frente da mansão do clã do escritor e mantido por um tio dele. Zhou narra que, quando criança, Lu Xun tinha o hábito de ir ao bar "Felicidade Geral" todos os dias, observar o movimento. O "Felicidade Geral" era um lugar perigoso, frequentado por vagabundos e gente de má vida, que furtavam coisas do balcão quando o garçom não estava prestando atenção. Por isso, os proprietários cercaram as imediações do bar com uma grade baixa de laca verde, para dificultar a fuga desses indivíduos. Por outro lado, Lu Xun também observou as práticas do bar de trapacear os clientes, aguando a bebida, descritas na estória. Os garçons misturavam água à bebida de duas formas, antes de derramá-la nas jarras de cerâmica ou ao tirá-la com conchas trapezoidais. Visto que as jarras e conchas eram enxaguadas após o uso, os garçons aproveitavam-se para "esquecer" um pouco de água dentro das mesmas. Os leitores originais de "Kong Yiji", as novas elites intelectuais, classes médias urbanas, identificavam a situação como um boteco pobre de interior, com poucos pratos, normalmente dois ou três tipos de petiscos grosseiros, como favas de funcho, grãos de soja no molho, tofu seco com amendoim, etc. Carne, particularmente de vaca, era um artigo de luxo. Tampouco havia grande variedade de bebidas. Shaoxing é famosa na China por sua *huangjiu* [黄酒] (lit. "Aguardente Amarela"), feita com diferentes tipos de grãos, como arroz, painço, cevada, etc., e fermentada com leveduras específicas. Seu teor alcoólico varia, em geral, entre oito e vinte graus. A "Aguardente Velha", uma espécie envelhecida dessa bebida, era especialmente apreciada pelos frequentadores dos bares locais. Como a estória indica, a bebida era servida quente, com temperatura entre 60 e 70 ºC.

O protagonista da narrativa também era uma pessoa real. Zhou Zuoren esclarece que Kong Yiji assemelhava em muitos detalhes ao seu modelo, por exemplo o fato de ter fracassado nos exames, o vício do alcoolismo, a vida incerta com bicos de amanuense e a má fama pelos furtos de material de escritório. O bêbado pertencia ao clã Meng, tendo ganhado dos frequentadores do bar o apelido zombeteiro de "Meng-Fuzi". "Meng-Fuzi" é o chamamento respeitoso de Mêncio (孟子, 371-389

a.C.). Note-se que práticas populares reprováveis, como esta de debochar de outrem, tendiam a ser filtradas no processo de reinvenção literária tradicional. O fato de elas se tornarem parte do enredo comprova o realismo de Lu Xun. Esse exemplo também nos serve para observar as técnicas onomásticas empregadas pelo autor, um aspecto interessante da ficcionalização de suas memórias. Num lance de irreverência, Lu Xun troca Meng (Mêncio) por Kong (Confúcio), donde a brincadeira com as folhas de caligrafia e certas alusões, discretas, à aparência física do mendigo, fazendo-o parecer com o que se sabe de Confúcio. Por último, a estória não é um reprocessamento mecânico de memórias. Zhou explica que o enredo, da prisão, surra e morte de Kong Yiji, embora também inspirados em fatos reais, não têm relação com Meng.

A crítica literária chinesa tende a analisar "Kong Yiji" como um "estudo de caso" da "sociedade canibal". Neste sentido, o personagem Kong simboliza os fracassados nos exames de acesso à carreira burocrática, um canibal frustrado que termina caindo na vala comum dos que estão para ser comidos. Kong é contraposto ao "Homem Recomendado" Ding, "canibal" por excelência que, titulado no segundo nível das provas, tinha prestígio e poder suficientes para acionar as engrenagens da justiça retributiva, agora vista como instrumento particular de opressão. A recepção imediata de "Kong Yiji", logo após ser publicado, nega fundamento a essa leitura, sublinhando o caráter literariamente realista do texto. À época, Lu Xun anexou um breve pós-escrito, em que declarava que não pretendia realizar quaisquer ataques pessoais com essa obra. Embora os detalhes sejam obscuros, um intelectual de outra facção vestiu a carapuça, sentindo-se ridicularizado. Note-se que o pós-escrito reconhece que essa era uma prática usual naquele momento, em que os *xiaoshuo* tinham um público limitado e uma circulação restrita, sendo utilizados para atacar figuras públicas e/ou membros de outros grupos. Além desse desmentido, Lu Xun confirma que sua intenção principal era a de "descrever um tipo de existência social", sem buscar atribuir "qualquer sentido mais profundo" à sua criação.

A evidência interna tampouco justifica a leitura que resume "Kong Yiji" a uma crítica da "sociedade canibal". Sem dúvida, os exames públicos são o pano de fundo, como não podiam deixar de ser enquanto única via para a afirmação social. Mas existe aí um elemento de diálogo com a história literária chinesa. Os exames eram um elemento importante, mesmo central, dos *xiaoshuo* da dinastia Qing, seja como o caminho para um *happy ending*, como na estória de amor *Pingshan Lengyan* [平山冷燕, 1658] (*Uma andorinha voou sobre o monte*), seja como objeto de derrisão, como na paródia satírica *Rulin Waishi* [儒林外史, 1750] (*Crônica informal do mundo burocrático*). À maneira dos demais intelectuais do final do Império, Lu Xun preferia a atitude iconoclástica de *Rulin Waishi*, em que abundavam narrativas sobre a mediocridade, corrupção e ausência de sentido da carreira burocrática. Ele inova, contudo, ao descrever realisticamente um dos abundantes exemplos de fracassados nos exames, sem recorrer a *dii ex machina* para dar um bom final à narrativa, como retratar a conversão ao Budismo ou a busca do Dao — e posterior iluminação espiritual. A tragédia de Kong Yiji é real e anônima, acentue-se, sendo não apenas imperceptível às pessoas de seu meio, mas também falha dramaticamente, pois é incapaz de gerar a simpatia esperada de quando morre o protagonista numa obra de ficção. Esse parece ser o objetivo de "Kong Yiji" enquanto literatura.

Vale observar mais de perto a distinção entre "roupas-longas" e "roupas-curtas". Apesar de que, na superfície, seja uma linha de separação entre "governantes" e "governados", "eruditos" e "iletrados", "homens-bons" e "mesquinhos", o que se observa de fato é a falência de um sistema social em que tal distinção não se justifica. Como as coisas "deveriam ser", os "roupas-longas" deveriam estar preparando-se para os exames ou a serviço no governo; os "roupas-curtas" deveriam estar ganhando a vida e cuidando de suas famílias. Porém, ambas as roupas se igualam na medida em que são dois aspectos, complementares, do "Felicidade Geral" enquanto síntese niilista de uma realidade chinesa. Sem dúvida, os "roupas-longas" talvez tinham acesso a um ambiente mais confortável, com mais aguardente, mais comida — talvez algum ópio, porém não deixam de estar passando seus dias da mesma maneira que os braçais, num estado de profunda apatia. Nesse contexto, encontramos Kong Yiji como um personagem que conjuga aspectos de "roupas-longas" e "roupas-curtas". Ele é mais um protagonista *outsider* que sofre sob o cruel coletivismo de seu meio, revelando a inutilidade das distinções e pagando um preço alto por tanto.

A dramatização do texto parte do entendimento de que, se há alguma forma de opressão no enredo, ela é a dos "roupas-curtas" que se aproveitam de sua superioridade numérica para fazer o *bullying* de Kong, destituindo-o de sua dignidade e festejando a sua ruína. O aberto desprezo votado pelos que bebem de pé ao protagonista é o que, em última instân-

E Lu Xun falou português...

cia, cose uma narrativa das diferentes nuanças do *ennui* que é Kong Yiji. Nesse sentido, enquanto o original privilegia o discurso dos bêbados, pareceu importante individualizar e corporificar suas vozes, estipulando suas características físicas, especialmente os traços grotescos que devem ficar na mente do leitor, e, concedendo textura às falas, conectando-as às posturas corporais, tons de voz, etc. É importante destacar que Kong está sozinho no meio de uma malta hostil que sempre o tem como alvo de ridículo e também que são esses algozes anônimos que representam a normalidade do mundo. Essa é a atmosfera misantrópica visada pelo autor.

O jovem garçom que narra a história assumidamente é um coprotagonista, cujo papel é observar e transmitir a "realidade" para o leitor. Nada obstante, ele também está tolhido pelo procedimento de descrição minimalista adotado por Lu Xun em suas criações, merecendo ser dramatizado. Seu temperamento forte faz-nos descobrir Kong Yiji, não como Kong é, mas de acordo com os diferentes tons de simpatia-antipatia com que o garçom reage ao seu cliente. Portanto, já que o garçom está envolvido emocionalmente com as desventuras do falso "roupa-longa", pareceu preciso demorar um pouco mais nos elementos que Lu Xun nos providencia a respeito do narrador, por exemplo, nas primeiras páginas em que se prepara o palco para a subida de Kong Yiji. Nelas, aprendemos que o garçom não é tão diferente socialmente dos "roupas-curtas", distinguindo-se, contudo, por ser mais inquisitivo, por enxergar os seres humanos que estão em torno de si e, ultimamente, por criar vínculos emocionais com eles. O sucesso artístico de "Kong Yiji" deve-se também à forma como Lu Xun captura a simpatia do garçom pelo ladrão de livros. Apesar de mal conseguir exprimi-la enquanto Kong frequentava o bar, é esse garçom semianalfabeto que faz o obituário do aleijado, vinte anos depois de sua morte putativa, deixando um único vestígio para aquela existência.

PANACEIA [药]

O título segue o original chinês, mas prefere reforçar a acepção neutra de "remédio" para a de "cura milagrosa". Porém, como a estória indica, há um intuito sarcástico no termo "cura milagrosa", pois se trata de uma superstição macabra de longa data, sem qualquer fundamento científico.

"Panaceia" foi composto rapidamente e publicado em maio de 1919, no mês seguinte a "Kong Yiji". Zhou Zuoren parece referendar que este é o texto mais explicitamente "revolucionário" de *Grito*. A principal razão é que Lu Xun faz uma homenagem, velada, a Qiu Jin (秋瑾, 1875-1907), que serve de pano de fundo real a este *xiaoshuo*. Qiu foi uma figura tão excepcional para sua época quanto excêntrica. Como uma das "novas mulheres" da China, ela revoltou-se contra o próprio casamento arranjado, deixando marido e criança em sua terra natal, Shaoxing, para ir estudar no Japão. Após filiar-se à Guangfuhui, sociedade antimanchu formada por conterrâneos de Zhejiang, Qiu fez agitação política em prol da derrubada violenta da casa reinante. De retorno à China, ela e uma amiga poetisa lançaram um tabloide subversivo, logo proibido pelas autoridades. Como dissemos na apresentação histórica, Qiu Jin viu-se envolvida no fracassado "Levante de Anhui" em 1907. Xu Xilin (徐锡麟, 1873-1907), outro radical de Shaoxing ligado à Guangfuhui, orquestrou um pequeno atentado que vitimou o interventor provincial Enming. Xu foi logo depois capturado pelas forças de segurança e decapitado. Até então, Qiu responsabilizara-se pela organização subterrânea de um grupo armado mascarando-se em sua função de professora da escola secundária Datong. Com a captura de Xu, ela foi delatada e presa, sofrendo a mesma pena que ele. Por ser conterrânea de Lu Xun, o escritor encontrou-se com ela durante sua passagem pelo Japão, mas não parece ter se tornado íntimo, nem sequer ter tido uma impressão particularmente positiva dela. Se podemos especular sobre os motivos, não só o temperamento passional de Qiu era muito diferente do de Lu Xun, mas ela tinha um comportamento reportadamente agressivo para com aqueles de perfil político ideológico diferente de si. Isso não impede, claro, que o escritor se tivesse compadecido do fim daquela conhecida.

Além da opinião, normalmente confiável, de Zhou Zuoren, podemos argumentar em prol da linha "filorrevolucionária" de Lu Xun neste conto de duas formas. Primeiro, os ideais de igualdade "republicana" atribuídos a Qiu Jin são descritos em termos inequivocamente positivos numa passagem de "Panaceia"; depois, ela é homenageada através do elemento de "realismo mágico" no final da estória, com a materialização, do nada, de uma magra coroa de flores brancas e vermelhas em sua tumba. Apesar disso, não resta dúvidas de que, escrevendo cinco anos após a fundação da República Popular da China, Zhou estava seguindo a linha ortodoxa da crítica oficial, que destacava o papel didático da literatura de Lu Xun. Mesmo assim, o próprio Lu Xun parece não excluir que o texto possuísse tal linha ideológica, quando acentua no "Prefácio do autor" que, "seguindo as ordens do comandante (i.e., a chefia editorial de *La Jeunesse*)", tinha que dar um final positivo ao texto.

Uma rápida leitura do texto, todavia, deixa claro que a participação de Qiu no enredo é muito discreta, de modo que ela e a revolução anti-manchu estão no segundo plano da estória. Ainda que sejam reconhecidamente importantes, não são mais do que detalhes importantes. Como se anuncia no título irônico, o foco da narrativa é a crença chinesa antiga, ostensivamente referendada pela sua medicina tradicional, de que o sangue de um condenado é capaz de curar males como a tuberculose. Vimos no "Prefácio do autor" que Lu Xun condenava a medicina chinesa em dois planos. Primeiro, atribuía a morte de seu pai ao charlatanismo dos médicos tradicionais, fato que mergulhou seu clã numa crise pública. Segundo, o que certamente aconteceu de forma progressiva, Lu Xun veio a utilizar a medicina chinesa como emblema do espírito anticientífico da cultura de seu país no início do século XX.

Considerando o ambiente social e intelectual quando da publicação de "Panaceia", a crítica da medicina chinesa podia ser vista como bandeira da Nova Cultura. Zhou Zuoren chama a atenção para que a literatura do império tardio, por exemplo o famoso *xiaoshuo* longo *Shuihuzhuan* [水浒传, século XIV] (*A Margem do Rio*, traduzido por Pearl Buck como *All Men Are Brothers* e por Sidney Shapiro como *Outlaws of the Marsh*), difundia essa superstição com credulidade. Zhou ainda a relaciona aos hábitos de piedade filial (devoção religiosa aos pais), por exemplo, anedotas muito antigas e veneradas do tipo que um filho cortou a carne das coxas/quadris para cuidar de seus genitores doentes. Num comportamento sintomático da reflexão sobre a Nova Cultura, embora Zhou recusasse essas "crendices do povo", ele tenta defender a medicina chinesa como instituição, alegando que Li Shizhen, patriarca de uma influente linhagem médica criticada no "Diário de um alienado", opunha-se ao uso de sangue humano como remédio, "sob princípios éticos". Naturalmente, isso pode ser encarado como uma contemporização de Zuoren, porque, ao mesmo tempo que reconhece a existência do problema, ele exime-se da própria responsabilidade de tentar resolvê-lo. Lu Xun não demonstrava tal flexibilidade, defendendo com renitência a medicina estrangeira, que lhe parecia científica.

Ao considerarmos o texto como um todo, percebemos que a construção do enredo tem uma sutileza maior do que nos revela a análise estática de temas. A nomenclatura das personagens é um bom início para nossa análise. O nome e o sexo de Qiu Jin (秋瑾) são alterados, donde o jovem Xia Yu (夏瑜) morrer executado por suas ideias. Como dissemos no caso de Kong Yiji, há um padrão para essas transformações. Em chinês, o significado usual de "Qiu" é outono; o de "Xia" é verão. Ambos os nomes pessoais "Jin" e "Yu" designam jade de boa qualidade, mas "Jin" é um termo feminino e "Yu" é masculino. Esse jogo de palavras possui um significado mais profundo quando o comparamos ao do outro morto da estória. Juntos, o sobrenome "Hua", do tísico, e "Xia", do decapitado, formam a palavra *huaxia* [华夏], um termo clássico/poético que indica a civilização dos chineses. Ora, aproximamo-nos do que parece ser a intenção dramática de Lu Xun, nomeadamente, a de produzir uma alegoria para a cultura de seu país, já que o desenlace da estória enterra Pino Filho e Xia Yu um ao lado do outro. Se deixarmos de lado a guirlanda de flores, uma concessão do autor a exigências editoriais, notamos que a intenção original de Lu Xun era a de que os dois jovens estivessem num certo patamar de igualdade, reforçando o niilismo do desfecho. Podemos postular que ambos terminaram sacrificados a aspectos negativos da cultura chinesa. Um, claramente, às crendices da medicina tradicional; mas Xia Yu foi sacrificado a quê?

Como vimos, os elementos extratexto alegam que Xia teria sido sacrificado à "luta revolucionária"; o problema desta postura é que a "revolução" não passa de um conteúdo indireto e circunstancial da narrativa. Xia Yu é conhecido através do que é filtrado por dois outros personagens: "Cara-Gorda" e "Zé Justiça", o "carcereiro dos olhos encarnados". É importante lembrar que a antipatia que os dois sentem pela "revolução antimanchu" parece poder ser estendida a toda a arraia-miúda. Durante a cena na casa de chá, os clientes agem como fiéis súditos dos Qing, criticando os *slogans* subversivos de Xia Yu — *slogans* que, frise-se, representavam as bandeiras dos leitores de "Panaceia". Ao invés de usar o texto para elogiar os mártires da revolução, Lu Xun empenha-se na denúncia desses personagens como defensores interesseiros da ordem, cada um tendo expectativa de obter vantagens da situação. Note-se que o autor não declara qualquer simpatia de classe: a elite possui uma conduta idêntica à das classes baixas, como quando Cara-Gorda relata que Xia foi delatado por um parente seu. No que se refere aos fatos reais que inspiraram a estória, Zhou Zuoren não acredita que isso tenha ocorrido, porém resta a impressão de que havia fundamento para pelo menos suspeitá-lo, pois um tio de Qiu Jin teria ao menos se manifestado contra ela.

Seja como for, mais uma vez, a prosa labiríntica de Lu Xun conduz o leitor por uma série de personagens tão conformistas quanto ciosos dos benefícios que obtêm desse conformismo. A participação no grupo é marca desse pacto de apatia, que pune quem se exclui do grupo. Isso aconteceu a Pino Filho e Xia Yu, os quais, sendo individualizados como tísico e criminoso, são expelidos da "comunidade". Na última cena, lemos uma confirmação cabal desse ponto de vista. Embora as mães sintam compaixão mútua por estarem ligadas pela mesma desgraça, corporificada no pão embebido de sangue que dá título à estória, essa solidariedade é suspensa quando Xia Yu se torna "diferente" após a materialização da grinalda de flores. Ela individualiza o túmulo de Xia Yu em relação aos outros. Perceba-se que a Mãe de Pino Filho sofre inveja ao notar o milagre sucedido. Para a Mãe de Pino Filho, sua reação é justificada não apenas porque, em nível individual, seu filho estava enterrado do lado dos que não tinham cometido crimes, mas sobretudo porque, em nível coletivo, ninguém além de Xia Yu recebera o "privilégio" daquela homenagem sobrenatural. Esse tipo de pressão social para a conformidade, que culmina com aviltamento geral, é um dos alvos da crítica discretamente tecida por Lu Xun em sua estória.

Orientada por tal leitura, a tradução buscou realçar a construção da trama, carregando nas cores dos elementos expressionistas intentados por Lu Xun. Enquanto o texto está organizado em quatro "cenas", o enredo possui três partes distintas.

O interesse da primeira parte, de quando o Pino Pai deixa sua casa de madrugada para trazer a "panaceia" ao seu filho, está no contraste entre a psicologia do homem e o ambiente que encontra fora. O leitor deve ser capaz de, inicialmente, comover-se com a esperança misteriosa que sente o homem — veja que ele usa todas as economias da família, enquanto se desilude, passo a passo, de que nada de bom virá de seu sacrifício. Lu Xun quer que os lugares por onde passa Pino Pai, as criaturas que encontra, etc. sejam ominosos. Os poucos detalhes descritivos que temos recomendam que os transeuntes sejam percebidos como figuras espectrais e, no clímax da chegada ao "Pavilhão do ... velho", o profundo medo sentido pelo homem justifica que as pessoas vindas para apreciar o "espetáculo" e, em particular, o carrasco, sejam assemelhados a demônios. Lu Xun conhecia de segunda mão as realizações do Expressionismo europeu, o que inspira o reforço descritivo empreendido pela dramatização tradutória. O caminho de volta para casa tem um tom irônico, na medida em que o ambiente se aproxima da psicologia de Pino Pai devido a que ele, ignorando os maus prenúncios que viu, ter se lançado ao culto daquela "panaceia". A luz que raiava não vinha diretamente do sol, mas do reflexo das letras douradas em que Xia Yu havia sido decapitado — o lugar do sacrifício ao culto da coletividade. A ironia consuma-se com a preparação e tomada do remédio, um anticlímax tão forte que retira Pino Pai da estória.

A segunda parte gira em torno de Cara-Gorda, cuja aparência repulsiva espelha sua carência de humanidade por dentro. Há uma breve preparação do cenário na casa de chá, que faz da chegada do antagonista um dos clímaces do *xiaoshuo*. A casa de chá torna-se uma reprodução, em pequena escala, do "show de horrores" da sociedade. Note-se que os clientes que ganham voz nessa altura se distinguem por seus traços caricaturais e seus defeitos morais únicos, mas são iguais quando se deleitam com a malevolência para com os indivíduos excluídos da "comunidade". Isso reforça o suspense angustiante dos pais de Pino Filho (e do leitor) sobre se vão falar da tísica, se vão falar do pão embebido de sangue, se vão falar da execução. Cara-Gorda tem uma presença dominante de ponta a ponta, reduzindo os patrões da casa à quase insignificância cênica, o que se justifica, emocionalmente, pela vergonha que estão passando devido à moléstia do filho.

A terceira e última parte reúne as duas mães em luto, que chegam cedo demais ao cemitério, em parte pelo desejo de evitarem ser vistas. A maior vergonha (e dor), por óbvio, é a da que teve seu filho executado. No momento mais comovente da história, as duas desconhecidas travam um diálogo sem palavras, mediante a descrição repetida do procedimento com que "alimentam" seus filhos. O monólogo interior da Mãe de Pino Filho desenvolve o conflito final sobre a absurda guirlanda funerária. Ambas sofrem. Uma de inveja, a outra da angústia em notar que a "homenagem" foi inútil para alterar a sua sorte. Esta última abandona-se a uma esperança que para Lu Xun é causa de perplexidade. O materialismo dos intelectuais chineses modernos não é diferente, em substância, do agnosticismo confuciano tradicional, que tratava friamente qualquer expectativa de uma vida além da morte. Para eles, a morte sempre foi o fim. Por tal motivo, o original parece ter um fim gélido, para nós, com o corvo a bater suas asas e ir embora, ignorando, assim, o pedido da mãe de Xia Yu por um milagre. Dada a força dos sentimentos envolvidos na cena, contudo, o voo final do corvo talvez não seja desprovido de dubiedade para Lu Xun e os leitores originais: o autor poderia ter deixado o corvo sobre a árvore como negação categórica do "sinal divino", mas preferiu fazê-lo voar quando as duas mães se tinham dado por vencidas e começavam a trilhar o retorno. Esse sinal representa bem o tema luxuniano da "esperança como uma contradição em termos", deslocando o foco das grandes questões coletivas para o das pequenas questões individuais. Ou seja, se a coroa de flores era uma resposta a pedidos dos editores de *La Jeunesse*, de que se fizesse uma homenagem a uma mártir revolucionária, o voo extemporâneo do corvo é um gesto de quem se solidariza com o sofrimento anônimo, tentando conciliar o próprio ceticismo com a possibilidade, ainda que mínima, da agência sobrenatural.

O DIA SEGUINTE [明天]

Literalmente, o título chinês quer dizer "Amanhã". Preferimos utilizar o quase sinônimo "O dia seguinte" por colocar em foco a situação no desfecho da estória. Assim, não apenas o título é mais coerente, mas ainda se destaca o momento decisivo da narrativa, o clímax que permanece aberto para a imaginação do leitor.

"O dia seguinte" saiu em outubro de 1919, não em *La Jeunesse*, mas no 1º número do segundo volume da revista literária *Xinchao* [新潮] (literalmente, *Nova Onda*), que recebeu o nome estrangeiro *The Renaissance*. Apesar de que *The Renaissance* acenasse para as influências recebidas da cultura europeia, o título original é escrito com os mesmos caracteres de um dos mais importantes periódicos literários japoneses, que se afirmara como revelador dos grandes talentos da vanguarda no período Taisho (1912-1926). O *The Renaissance* havia sido criado por alunos da Universidade de Pequim, alguns dos quais se tornariam figuras de relevo na Nova Cultura. Portanto, era uma geração mais jovem, de concepções diferentes das do corpo editorial de *La Jeunesse*. De qualquer forma, como sói acontecer, a equipe da *The Renaissance* buscou apoio de lideranças estabelecidas na universidade, encontrando-a em Hu Shi. O convite para contar com a colaboração de Lu Xun também se explica pela mesma busca de relações com a geração mais velha. Embora ele somente viesse a ser integrado ao corpo docente da Universidade de Pequim no ano seguinte, Lu já se tornara uma figura relativamente conhecida naquela instituição como pioneiro da prosa moderna.

Passando ao conteúdo, "O dia seguinte" foi escrito poucos meses depois de "Panaceia". Os dois textos têm uma relação íntima, compartindo a mesma problemática, enredo e mensagem. Mais uma vez enfoca-se a morte de uma criança, mais uma vez a mãe serve de protagonista; mais uma vez ataca-se a medicina tradicional chinesa. A leitura-padrão reconhece estes três pontos como núcleo da mensagem pretendida pela estória, seguindo o procedimento, já familiar, de historizá-la e moralizá-la, transformando-a numa alegoria da revolução social que, com efeito, estava em curso. Nessa leitura, encontramos duas posições hermenêuticas opostas: a primeira elogia a Viúva Shan como uma mulher do povo, "trabalhadora e de bom coração", enquanto a segunda a censura como uma mulher do povo "dos velhos tempos, ignorante e submissa". Ambas convergem ao tratarem o enredo como uma tragédia, pelo fato de que a Viúva está presa "ao seu pilar espiritual", a ilusão de que o amanhã pode guardar milagres, enquanto a realidade é aquela que se vive materialmente. Se deixarmos de lado os *slogans* de revolta contra a "velha sociedade", essa interpretação é válida para supormos o que estava na mente de Lu Xun quando compôs o texto. Mais importante ainda, entretanto, é como os elementos autobiográficos e de ficção misturam-se no enredo, sugerindo tendências (ou intenções) dramáticas.

Temos boas razões para "psicologizar" "O dia seguinte" como uma reminiscência da tragédia pessoal de Lu Xun e, com quase a mesma certeza, como uma tentativa de ele lidar com o dano que a medicina chinesa causou à sua família. Zhou Zuoren oferece-nos bons argumentos de fato, atestando que alguns coadjuvantes cruciais para o enredo de "O dia seguinte" não só eram inspirados em pessoas reais, mas ainda estavam envolvidos nos erros médicos que atingiram o clã dele e de seu irmão mais velho. Vejamos como Lu Xun emprega suas técnicas de nomenclatura para situar essas pessoas em seus *xiaoshuo*. Primeiro, o doutor Divino do clã dos He, que trata com negligência de Tesouro neste texto, tem o mesmo sobrenome que o He Lianchen que tratou do pai de Lu Xun. Não se trata de uma coincidência. O médico tradicional do "Diário de um alienado" também é do clã He. No ensaio de memórias "Fuqinde Bing" [父亲的病] ("A morte de meu pai"), recolhido na obra de 1926 *Zhaohua Xishi* [朝花夕拾] (*Flores matinais colhidas ao anoitecer*),

Lu Xun inverte as sílabas de He Lianchen para se referir ao pseudônimo "Chen Lianhe". Segundo, a farmácia tradicional Salva-Mundo (*jiushi* [济世]), de "O dia seguinte", foi batizada com a denominação análoga de "Céu Protege" (*tianbao* [天保]), onde Lu Xun em sua infância ia buscar os remédios para o pai, como aprendemos no "Prefácio do autor". Com relação ao conluio entre o doutor He e os donos da Salva-Mundo, Zhou enfatiza que era uma prática relativamente comum manter-se "parceria" com uma farmácia de amigos para explorarem juntos as famílias dos doentes. Além dos óbvios interesses comerciais, não deve estar muito longe da verdade que havia um interesse mútuo de os clãs preservarem sua reputação na sociedade e defenderem seu monopólio dos conhecimentos em causa, pois as carreiras médicas na China antiga eram transmitidas como linhagens hereditárias, mais fechadas do que as corporações de ofício medievais na Europa. Terceiro, além do pai de Lu Xun, que nunca é diretamente ficcionalizado, a medicina chinesa também vitimou o seu irmão mais jovem, terceiro na ordem, que morreu aos seis anos. Em chinês, ele era o *sidi* [四弟] (lit. "quarto irmão"), que nos leva a mais uma associação mental: a protagonista de "O dia seguinte" recebeu o nome de "Viúva de Quarto do clã dos Shan" [单四嫂]. Se a relação entre os dois "Quarto" parece um tanto forçada, todas as dúvidas são dirimidas quando Zhou Zuoren afirma que, tal como o Tesouro de "O dia seguinte", o Quarto Irmão morreu de pneumonia em 1898. Lu Xun, que estava cursando a Academia Naval de Jiangnan em Nanquim, precisou voltar emergencialmente para casa, quando presenciou a agonia do menino. Isso também pode ter servido de material para esta obra.

Interesse autobiográfico à parte, podemos ler o texto como um relato da tragédia individual da Viúva Shan, de perder o único filho logo após o falecimento de seu marido. Essa tragédia, contudo, é muito mais impactante quando agregamos o abandono absoluto em que ela estava, devido à cultura de seu meio. Na velha sociedade chinesa, as mulheres tinham um estatuto precário. Sob a regra milenar das "Três Submissões" (*sancong* [三从]), a existência delas estava circunscrita aos papéis que exerciam na família: filha, esposa, mãe. Antes de serem casadas, estavam submetidas ao patriarca. Depois de se casarem, ao marido. Com a morte do marido, ao seu primogênito. Apesar de que o espírito chinês de moderação e harmonia atenuasse a dureza dessa dependência, havia riscos de que especialmente as mulheres de famílias mais carentes terminassem enfrentando uma situação extrema como a da protagonista. O nome

"Viúva de Quarto do clã dos Shan" reflete o fato de que, após se casarem, as mulheres chinesas na sociedade tradicional passavam à família do marido. De acordo com o contexto, depois de enviuvar, ela foi rejeitada por algum motivo, mais provavelmente pelo de que o clã afim não tinha condições para apoiá-la. Fosse como fosse, não existiam obrigações fora da consanguinidade, de modo que não seria imoral que se dessem as costas a ela ou mesmo se exigissem dela que buscasse um novo marido (i.e., que cortasse seu vínculo com o clã afim). É interessante que, inversamente, seria imoral que ela se casasse após a morte do marido, conforme a exigência confuciana de fidelidade absoluta por parte da esposa... Tampouco se justificava que a viúva pedisse apoio de seus genitores e parentes de sangue. Enquanto o vínculo com o clã de nascença não era totalmente rompido nas famílias de melhor situação econômica, no caso das sem posses, as mulheres eram um pesado fardo. Elas deixariam de contribuir para a sobrevivência comum de seu clã tão logo se casassem, precisando ser alimentadas e criadas até esse momento — donde a "razão" para que meninas fossem vendidas e bebês do sexo feminino fossem sacrificados nos casos mais desesperadores. Afinal, uma boca a mais podia quebrar o tênue equilíbrio da subsistência de todos. É difícil exigirmos um vínculo emocional ou dívidas morais quando há incertezas sobre se será possível sobreviver a uma má colheita.

Tampouco havia fortes vínculos entre pais e filhos até certa idade. Em sociedades tradicionais, a mortalidade infantil era muito alta. O sistema ritual chinês não exigia um luto rigoroso para os filhos que não tivessem chegado ao final da infância. Por tal motivo, Zhou Zuoren afirma que o Tesouro, contando apenas três anos, nunca seria enterrado na vida real com a pompa descrita por Lu Xun. Os gastos descritos são excessivos, a escala do funeral era dispensável e bastava uma caixa de madeira pintada toscamente para colocar o corpo. Esses detalhes passam despercebidos para leitores não chineses que, sob valores contemporâneos correspondentes a famílias nucleares cada vez menores, exigem um maior envolvimento emocional com qualquer filho que se perca. Mesmo que não haja dano para a nossa leitura, é preciso tentar entender por que Lu Xun criou uma cena pouco verossímil para os leitores originais. Uma possibilidade é a de que o autor não tivesse vivenciado esse tipo de situação, uma vez que, até a publicação de *Grito*, ele tinha tido uma trajetória relativamente "nômade", pouco usual para um chinês da velha sociedade, ademais de viver como um solteirão. Contudo, o primogênito de

Zhou Jianren, irmão caçula de Lu Xun, tinha morrido em Shaoxing pouco após nascer no ano de 1915. Será que realizaram um funeral demasiadamente conspícuo nessa ocasião? Será que Lu Xun voltou para participar? Muito improvável, mas não impossível. Um argumento melhor em favor da quebra de verossimilhança, com Tesouro sendo celebrado além do que permitia a sua idade, é o de que a encenação do enterro é imprescindível para que se acumulem as emoções necessárias para o clímax da estória — o fechar da tampa, a casa vazia após o banquete fúnebre e a exaustão que joga Viúva Shan no sono profundo. Sem esse clímax, o *xiaoshuo* não teria o impacto que tem.

No "Prefácio do autor", Lu Xun diz que o final aberto de "O dia seguinte" é outra de suas concessões aos editores de *La Jeunesse*, os quais desejavam mensagens "positivas" para as estórias. Contudo, há uma diferença clara entre a coroa de flores de "Panaceia" e a tentativa da Viúva Shan de encontrar Tesouro no mundo do além. Embora ambas empreguem meios sobrenaturais, a coroa de flores honra uma protomártir do movimento político chinês, o que justifica a suspensão do Realismo prescrito como regra da Nova Literatura chinesa. Mas a conclusão da história antes de que saibamos o que acontecerá à Viúva Shan, se verá ou não Tesouro em sonho, qual justificativa tem? Não seria ela uma perigosa transigência para com as superstições da China tradicional? Antes de propormos uma resposta, é útil comparar o sono da Viúva Shan ao voo do corvo no final de "Panaceia". As duas situações têm em comum o fato de que são ambíguas face às expectativas das personagens. A leitura "niilista", para a qual tudo é circunstancial, é mais provável por estarmos falando de Lu Xun. Todavia, nada impede que as reticências do voo do corvo e do sono profundo sejam lacunas preenchíveis por um tipo de esperança que não poderia ser posta em palavras, a preço de alterar o tom e subverter a ordem narrativa da obra.

Além de moldar com maior clareza e detalhamento o percurso emocional da Viúva Shan, a tradução também continuou atenta a pontos particulares, especialmente no que se refere ao desenvolvimento dos elementos expressionistas que pontilham certas cenas do texto. O caso mais significativo talvez seja o da quebra da barreira entre realidade empírica e psicológica, entre passado, presente e futuro, para não esquecer a transformação física do quarto habitado pela protagonista, que ocorrem na sequência de três noites (da agonia, da morte e do pós-enterro de Tesouro) que dão a ordem cronológica da narrativa. As mesmas influências estéticas podem ser identificadas no aspecto grotesco do par de vagabundos alcoólatras, "Ventas-Vermelhas dos Gong" e "Quintinho Beiço-Roxo", duas caricaturas ao gosto de Lu Xun. Contrapontos cômicos à figura trágica da Viúva Shan, os dois assumem comportamentos bizarros, inadmissíveis no plano da literatura tradicional. "Ventas-Vermelhas" e "Beiço-Roxo" são um exercício preliminar na transformação de vulgaridade, violência e vileza em literatura, prefigurando uma das criações maiores de Lu Xun, o biscateiro Quequéu. Em relação à cultura brasileira, não são tipos humanos que nos causem aversão, já que o nosso regionalismo literário produziu figuras comparáveis, e a própria comédia nacional, embora hoje totalmente urbanizada, ainda contenha um pouco desse gosto de subverter as regras básicas de civilidade — a chamada "irreverência". Por conseguinte, a malícia da cena do soco nas costas, com que se inicia o conto, ou de quando Beiço-Roxo se aproveita da boa vontade da viúva para assediá-la sexualmente, talvez venham a gerar uma resposta de menor choque e, quem sabe, maior prazer cômico, do que quando esses textos vieram a lume na China.

NADA DEMAIS [一件小事]

O título chinês é "Uma coisa menor", "Uma nuga", etc. Apesar de ter valor adverbial, "Nada demais" é um sinônimo desses termos que, dada a conclusão do texto, soa como uma grande ironia. Dadas as características pessoais que Lu Xun revela em *Grito*, algo que o faz ter esperança sobre o futuro pode ser chamado de "nada demais"?

"Nada demais" tende a ser visto como um texto menor de *Grito*, sem o brilho dos *xiaoshuo* mais famosos. Deixando de lado o julgamento sobre seu valor literário por um instante, devemos notar que ele tem uma posição muito peculiar no plano da obra, por uma série de razões. Primeiro, é, de longe, o mais breve de todos os escritos, com apenas cerca de mil caracteres. Segundo, ele não foi publicado numa revista literária como *La Jeunesse*, mas num suplemento literário de um jornal. Por fim, ele não apresenta todas as características de um *xiaoshuo* típico, sendo mais reminiscente do nosso gênero literário das crônicas. É claro que essas três razões estão relacionadas umas às outras: Lu Xun estava se adaptando a um novo meio que, não por acidente, viria a se tornar o principal veículo para sua produção literária no longo prazo. Enquanto os *xiaoshuo* tiveram uma função central na educação ideológica durante as primeiras décadas da República Popular da China e continuam a ter um estatuto fundador para toda a literatura chinesa moderna, atualmente está em curso uma reavaliação da imagem de Lu Xun enquanto literato e de sua posição no cânone chinês, segundo a qual esses textos de ocasião, mais breves, diretos, opinativos, vêm despertando uma atenção cada vez mais detida. Chamados de *zawen* [杂文] (lit. "prosa mista") em chinês, podemos denominá-los de "textos de ocasião", cuja forma livre é explorada por Lu Xun para tratar dos mais diversos temas. Há precedentes tipicamente chineses, como o das "notas de estudo" (*zhaji* [劄记]), muito marcantes na produção intelectual dos eruditos da dinastia Qing. Aos nossos olhos, contudo, os "escritos mistos", através dos quais Lu Xun se erigiu num dos grandes intelectuais públicos do período da China Nacionalista, não diferem tanto das criações dos articulistas da imprensa.

"Nada demais" foi publicado no jornal *Chenbao* [晨报], que possui o título em inglês de *The Morning Post*. Esse periódico havia sido criado sob o nome de *Chenzhongbao* [晨钟报] em 1916 por Liang Qichao (梁启超, 1873-1929), outra figura de proa da vida intelectual chinesa nesse período de transição. Desde a década final do século XIX, Liang já havia se notabilizado como um hábil utilizador da imprensa, então nascente, para fins de edificação de um público que crescia com velocidade. Em contraste com o grupo de *La Jeunesse* e dos grupos de intelectuais comunistas que viriam a sucedê-lo, Liang, enquanto membro de uma geração mais velha, tinha preferido a via da transformação dentro da ordem às diversas receitas de revolução. Por conseguinte, ele sempre atuou como *insider*, seja do regime imperial-burocrático, seja do sistema republicano-oligárquico que o sucedeu. Nada obstante, em setembro de 1918, o jornal foi proscrito pelo governo republicano, por haver publicado denúncias de um empréstimo secreto do Império Taisho para Duan Qirui (段祺瑞, 1865-1936), o caudilho que controlava o Executivo chinês. Havia então uma intensa luta pelo poder, com o final da Primeira Guerra a se aproximar e as pretensões japonesas sobre as antigas possessões alemãs ficando cada vez mais evidentes.

Embora os detalhes sejam obscuros, o grupo político que controlava *La Jeunesse* assumiu o jornal no final de 1918, dando-lhe um novo nome e passando a utilizá-lo como nova plataforma de ação social. A historiografia oficial chinesa destaca a orientação marxista e protorrevolucionária dessa publicação, o que não é de todo despropositado, pelo menos como desfecho de um processo. Sob o apadrinhamento do futuro Kuomintang, em particular da facção da província de Zhejiang, *La Jeunesse* havia sido instituída como um compromisso entre diferentes propostas ideológicas que buscavam a modernização da sociedade. Desta forma, concordou-se que tal revista serviria para o debate cultural, não podendo entrar abertamente no debate político. Ao refundarem o *Chenbao*, garantiu-se margem de manobra para o arranjo sobre *La Jeunesse*, deixando para o jornal os textos de teor abertamente polêmico e de comentário social. O cargo de editor-chefe foi atribuído a Li Dazhao que, como descrito na apresentação histórica, nesta altura já se aproximara do Marxismo revolucionário. De qualquer maneira, havia um certo equilíbrio ideológico, dado que Hu Shi tinha influência sobre a linha editorial. O resultado era que as diversas posições e interesses por trás de *La Jeunesse* estavam livres para utilizar *Chenbao* como plataforma para atacar os respectivos adversários e até mesmo para se atacar mutuamente. Nesse contexto, é importante notar que "Nada demais" foi publicado em dezembro de 1919, quando o grupo marxista estava numa posição de fraqueza. Chen Duxiu havia sido preso em agosto, devido a panfletos considerados subversivos, e seria exonerado pela Universidade de Pequim após sua saída da prisão. A participação de Lu Xun, todavia, manteve-se nos mesmos moldes de sempre, já que o jornal, buscando atenuar sua imagem pública, decidira lançar um suplemento literário de conteúdo similar à produção de *La Jeunesse*, incluindo traduções e conteúdos originais.

Em seus traços fundamentais, "Nada demais" é uma história verídica. Estruturalmente, o texto divide-se em duas partes. Os primeiros parágrafos são uma espécie de prólogo, em que Lu Xun atiça a curiosidade do leitor, preparando o terreno com algumas reflexões sobre o sentido da história, o conceito de grandeza humana, etc., que desembocam num anticlímax irônico, de enobrecimento do cotidiano, de exaltação do ignóbil. Esse é o ensejo da parte principal, a anedota, em que o ângulo de visão é radicalmente estreitado, no tempo e no espaço, para registrar o desfecho extraordinário de uma manhã como qualquer outra. Por serem eventos prosaicos, "nada demais", os seus detalhes são controlados para, sob as limitações de extensão, dar destaque à opinião do autor e gerar o debate com seu público. Como numa crônica, sua finalidade não é narrativa, mas discursiva, para que, depois de o jornal ser dobrado e posto de lado, a questão central permaneça viva. Embora tenha uma vida útil muito curta, tal gênero literário, de certa forma, tem uma vida mais intensa, porque o autor fala diretamente ao seu leitor enquanto homem de seu tempo e de sua sociedade, comunicando-se sob o impulso de atualidades, quem sabe irrelevantes após anos, meses, semanas, mas plenamente significativas no calor da hora.

É exatamente por esse motivo que a apreciação deste texto, hoje em dia, começa com uma desvantagem séria: a impassibilidade do leitor, para quem o que era candente cem anos atrás, hoje não passa de uma brasa morta. 1919 foi o ano em que explodiu o chamado Movimento Quatro de Maio, que entrou para a história com a aura mística de "despertar da juventude". No início daquele ano, os detalhes da negociação do Tratado de Versalhes foram divulgados na China, quando se soube que os novos donos do poder, autoritários dentro de casa, tinham "se vendido para as potências estrangeiras". Falava-se de um certo empréstimo feito pelo Império Japonês. Falava-se de um compromisso de transferir as antigas possessões alemãs, parte derrotada no conflito, para o Japão, parte vencedora no conflito. Porém, como todos na China sabiam então, a China havia vencido a Primeira Guerra Mundial. Essa parece ter sido a convicção da nova elite intelectual que estava começando a despontar, as classes médias urbanas, ainda irrelevante numericamente, mas com presença física na capital e em Xangai. Relata-se mobilizações estudantis, espontâneas para alguns, mas certamente articuladas por grupos políticos hostis aos caudilhos e àqueles outros que se acomodaram à nova realidade. Havia uma mistura complexa de orgulho cultural ferido, de rancor contra os governantes e de insustentabilidade das utopias livrescas que tinham criado a República da China. No segundo semestre de 1919, as coisas tinham voltado ao "normal". O governo de Xu Shichang havia habilmente manobrado domesticamente, em Paris e nos contatos secretos com os imperialistas japoneses. Na China, as punições foram direcionadas aos líderes das manifestações violentas e lenientes para o resto. Os diplomatas chineses responsáveis pelas negociações "foram demitidos com desonra". Os políticos da oposição, *insiders* do regime, discursavam contra o "entreguismo", embora estivessem conscientes da necessidade de anuir às demandas do Império Japonês para evitar o pior. Esse é o pano de fundo emocional dos primeiros parágrafos do texto, dando autenticidade e pungência ao desabafo de Lu Xun.

A seguir, é necessário determinar qual a relação significativa entre esse prólogo e a anedota que lhe segue. Esse é um problema a que a crítica literária chinesa não parece dar tanto relevo, pois assume que o texto como um todo é um elogio às virtudes da classe trabalhadora, ao mesmo tempo que critica o individualismo e subjetivismo dos intelectuais, representados pelo narrador-personagem. Indubitavelmente, Lu Xun está realizando uma crítica, mas o que está em primeiro plano é sua condição pessoal, mesmo que represente um chinês de sua classe e um trabalhador braçal. O que o texto nos diz, explicitamente, é que os grandes acontecimentos da história recente não deixaram nenhuma lição importante no "coração" do autor. Essa hipérbole, apesar de que seja aceitável pelo desencanto dos meses que se passaram, parece ter um sentido mais racional. Absorto em seu próprio dia a dia e perplexo com as grandes questões, o narrador ficou mais cínico, incapaz de acreditar na bondade, pura e simples, dos seus compatriotas. Nesse nível, ele pode ser considerado como os chineses em geral. O homem do riquexó, por outro lado, começa como um trabalhador qualquer, excepcionalizando-se na medida em que suas atitudes são capazes de comover Lu Xun. A tradução concentra-se no objetivo de desenvolver esse processo de enternecimento, de amolecimento do coração do narrador, deixando-o menos repentino para o leitor do texto de chegada.

Um dado importante, confirmado por Zhou Zuoren, é o de que se trata de um texto autobiográfico. Isso dá maior cor às experiências descritas no texto, pois se torna possível identificar o trajeto realizado pelo narrador. Lu Xun ainda não havia se mudado para Badaowan [八道湾], ou seja, ainda morava na Associação dos Conterrâneos. Era um trajeto curto que o separava do Ministério da Educação, pelo que o riquexó se fazia necessário mais pelas condições do tempo. O inverno em Pequim é caracterizado por temperaturas gélidas, o vento seco, forte, cortante; uma provação para os moradores locais e muito mais difícil para um sulino como Lu Xun, cuja terra natal raramente tinha dias com menos de dez graus celsius. O caminho de casa ao trabalho envolvia cruzar a muralha de Xuanwu, mencionada no texto, uma construção não mais existente. Fotos antigas revelam que era uma estrutura maciça, passando de trinta metros de altura. No momento em que Lu Xun sente mais admiração pelo condutor, ele descreve como este começa a ganhar estatura, tornando-se, por fim, um colosso tão alto como o muro. Temos assim mais um elemento expressionista, ou de "realismo mágico", no original que dramatizamos para maior efeito, inclusive ressaltando o processo oposto, de encolhimento de Lu Xun.

Um último ponto é o de como uma coisa tão pequena pode causar uma impressão tão profunda em alguém. É possível que o leitor fique com a impressão de que qualquer um na posição do puxador de riquexó agiria como ele. As coisas não eram tão simples assim. Como o texto assinala, sem mencionarmos o desconforto físico de parar a corrida e sentir o corpo esfriando rapidamente, havia o risco de perder o pagamento do cliente, e Lu Xun o ameaça. Também sabemos que, na pior das hipóteses, o puxador teria que assumir responsabilidades incertas, de indenizar e até de sofrer punição nas mãos da polícia — pois cabia a ela resolver esses tipos de problemas, na ausência de procedimento judicial claro. Contudo, nenhuma dessas razões era a principal para Lu Xun. Como esclarece Zhou Zuoren, era comum que pessoas mais pobres, especialmente mulheres, fingissem ser atingidas pelos riquexós para exigirem "indenização". Esse tipo de fenômeno está na raiz da desconfiança mútua que caracterizava as relações interpessoais na China. O próprio autor havia perdido a capacidade de solidarizar-se com os outros de forma espontânea, duvidando das intenções reais que estavam por trás dos gestos mais corriqueiros. Como o início do texto indica, Lu Xun dedicava ceticismo aos grandes homens, à história, querendo dizer com isso que ninguém é capaz de mudar. O puxador, mostrando-se capaz de acreditar na sua vítima, tendo coragem de enfrentar as autoridades, mesmo quando não havia testemunhas para incriminá-lo, tocou profundamente o autor, causando o arriscado sentimento da esperança. Sua reação automática foi a de querer recompensar aquele indivíduo com o dinheiro que tinha no bolso, o que conduz a uma crise final, desta vez centrada em si próprio. Embora a recompensa não violasse a pureza da atitude do puxador — ele havia assumido o risco de perder a corrida e até de incorrer num crime —, ela no entanto machucava o autor por declará-lo crédulo e submetê-lo a novas dúvidas. Pois Lu Xun era sabidamente pouco afeito a confiar nos outros, segundo o comentário de Qian Xuantong, colega na equipe de edição de *La Jeunesse*. De qualquer forma, "Nada demais" é o único texto de teor efetivamente positivo em *Grito* e pode ser visto como uma chave para Lu Xun resolver o "problema chinês", pelo menos no momento histórico abrangido por esta obra.

Confidências de uma trança cortada [头发的故事]

"Confidências de uma trança cortada" pareceu mais expressivo do que a tradução literal, que seria "Uma estória sobre o cabelo". Antecipando um pouco do enredo, sabemos do título que alguém abrirá seu coração sobre os precedentes e consequentes de haver cortado a sua trança. O leitor atento à significância política desse ato suspeitará de um pouco mais, precisamente que, se quem cortou a trança terminou sendo o vencedor na história chinesa, qual a necessidade de se confidenciar algo?

Assim como "Nada demais", "Confidências de uma trança cortada" também foi publicado num suplemento jornalístico, mas de outro periódico: *Xuedeng* [学灯] (lit. *Lanterna do Estudo*), criado em 1918 pelo *Shishi Xinbao* [时事新报] (*The China Times*) de Xangai. O jornal e seu suplemento tinham uma relação complexa. O primeiro servia de porta-voz do Jinbudang [进步党] (Partido Progressista), um partido da oposição institucionalizada que, no entanto, adotava uma política de acomodação com os caudilhos e as oligarquias. O *Lanterna do Estudo*, por outro lado, possuía uma linha editorial autônoma que, como sugere a participação de Yu Songhua (俞颂华, 1893-1947), era coordenada por indivíduos relacionados ao *The Morning Post*. O suplemento, portanto, estava próximo do grupo sulino apoiador do futuro Kuomintang, então na clandestinidade. Nesse contexto, a periodicidade do *Lanterna do Estudo* aumentou rapidamente depois de seu lançamento, contando com a participação de autores hoje em dia reconhecidos como os mais importantes do período na China. O presente texto das "Confidências" saiu em 10 de outubro de 1920, ou seja, no aniversário de dez anos (segundo a contagem chinesa) da chamada Revolução de Xinhai, que pôs fim ao regime imperial, e no mesmo dia em que o Kuomintang estava sendo fundado, em Xangai.

Além do fato de que Lu Xun escreveu este texto rapidamente, um mês antes da publicação, não estão claras para nós as condições sob as quais trabalhou, por exemplo, qual o conteúdo exato da comissão feita pelos editores de *Lanterna do Estudo*, se houve alguma orientação ou exigência no que se refere ao conteúdo, etc. Este é o ponto de partida para tentarmos compreender quais as motivações e intenções do autor. O tom geral da obra é de desencanto com a situação na China pós-Xinhai, um campo minado para alguém na posição de Lu Xun. Ele tinha um cargo de confiança no Ministério da Educação, por isso tomou muito cuidado para não se comprometer politicamente com a obra que estava assinando. Em termos literários, Lu Xun utiliza dois artifícios para se proteger dos possíveis ataques, que poderiam vir tanto dos inimigos, pelo fato de que o autor estava condenando a fonte de seu próprio ganha-pão, como dos aliados, por não fazer propaganda adequada dos males do regime. Falemos sobre cada um dos artifícios.

Primeiro, todo o discurso é colocado na boca de um outro personagem, de quem o narrador, presumivelmente Lu Xun, afirma distanciar-se e mesmo não nutrir simpatias. O autor tenta despistar esse "ventriloquismo" literário, dando ao senhor N algumas características reconhecíveis de Xia Cengyou (夏曾佑, 1863-1924), um conterrâneo de Zhejiang que também era chefe de departamento no Ministério da Educação, portanto superior hierárquico de Lu Xun. Diz-se que alguns hábitos de expressão reproduzidos no texto são parecidos com os de Xia, muito embora as experiências relatadas, sejam reais, sejam levemente ficcionalizadas, pertençam, com certeza, ao autor: estudar no Japão, cortar a trança lá chegando, comprar uma falsa ao voltar para casa nas férias, etc. A menção ao evento relacionado a Zou Rong, um contemporâneo de Lu Xun no Japão, tem menos a ver com política revolucionária do que com uma travessura de adolescentes. Conta Zhou Zuoren que o cabelo do supervisor foi cortado à força, com efeito, mas por um trote dos alunos chineses, que o capturaram "no flagra", cometendo adultério com a concubina de uma certa "pessoa famosa". Futilidades divertidas à parte, vale a pena inquirir até que ponto Lu Xun aproveita o ensejo para falar a sério de si próprio, por exemplo, ao relatar a frustração de ter que deixar o Japão, o pouco gosto pelo trabalho num liceu, o comportamento arredio temperado pelo instinto de autopreservação, e assim por diante. A hostilidade que sofreu dos conterrâneos é um fato, mas sua intensidade é discutível. Zhou Zuoren parece defender as pessoas simples de sua terra, quando diz que reprovavam mais Lu Xun por ter usado uma trança falsa do que por tê-la cortado, já que o fingimento despertava suspeitas sobre o seu caráter. Embora não contribua para o efeito da estória, Zhou sustenta que o xingamento "diabo estrangeiro de araque" tinha menos de autêntica xenofobia do que do simples prazer interiorano de escarnecer a aparência esquisita com que Lu Xun voltara do exterior.

O segundo artifício é bastante comum em outros textos de *Grito*. As críticas não são feitas contra pessoas ou facções no poder (ou em luta por ele), apesar de que Lu Xun se permita dar nome aos bois quando se trata de acontecimentos passados, ou de pessoas que já não tinham mais relevância política. Por exemplo, a revolta chamada de Império Celestial da Grande Paz (1851-1864) era uma vaga memória no debate público da década de 1920. O autor utiliza-o, contudo, para estigmatizar os movimentos políticos chineses de então. Da mesma forma que com os Taiping, o orgulho étnico pré-Revolução Xinhai tinha se revelado pouco mais do que uma arma de propaganda para derrubar os Qing. Os revoltosos da Grande Paz não tinham escrúpulos ao intimidarem seu próprio povo quando necessário, o que se parece com a situação com que se inicia o texto, da polícia sair para mandar o povo pendurar a bandeira fora das casas e comemorar a revolução. Perceba-se que Lu Xun é mais enfático ao criticar a obediência passiva do povo, cuja indiferença ao novo símbolo nacional, ironicamente descrito como um "pano estrangeiro" (i.e., algo que não repercute emocionalmente, que não cria um senso de pertença), harmoniza-se ao autoritarismo de quem tem o fardo de governar. É preciso reconhecer que Lu Xun critica a todos e, de certa forma, a ninguém, pois são formas de ser e de conviver que ele reconhece até mesmo em si próprio. Note-se como ele (na pele do "senhor N") se vinga do homem com trança, denunciando-o à polícia — uma perfeita inversão do que o personagem sofrera antes de Xinhai, quando as autoridades exigiam a trança! Como resultado, a fastidiosa lamúria do senhor N dá a impressão, não de todo verdadeira, de não levar a lugar algum. Passemos, portanto, à mensagem do texto.

A leitura chinesa padrão, como é de se esperar, sublinha que Lu Xun possui um intuito didático, dando mais ênfase a certos aspectos do discurso do senhor N, em que se "delatam os crimes das forças reacionárias" ao implementarem suas reformas políticas. Seja como for, é interessante que, ao falar de cabelo, o que parece ter se tornado algo anódino após a Revolução Xinhai, Lu Xun dirige-se ao que ele entende ser a "raiz do problema". A trança é um símbolo não só de uma questão da *grande histoire*, a ascensão e queda da dinastia Qing, mas também um tema de micro-história, a atitude dos chineses uns para com os outros.

Sobre o primeiro aspecto do símbolo, podemos supor que Lu Xun ironiza a Revolução Xinhai. Na China imperial, a tomada de poder *manu militari* por uma nova dinastia era legitimada pela noção de "Mandato do Céu" — o favor da deidade celeste. Já que o poder político passava de um clã reinante para outro, o povo era um elemento passivo dessas transformações, mesmo que ocorressem "para o seu bem-estar". No início do século XX, contudo, a palavra chinesa "Mandato do Céu" havia sido reinterpretada como a palavra ocidental "Revolução". De forma coerente com o novo sentido, o discurso político pouco a pouco começara a incluir elementos nacionalistas, de igualdade jurídica e de participação popular. Como sabemos, isso embasou o novo discurso legitimador da Revolução Xinhai que, todavia, perdeu-se na tentativa de Yuan Shikai (袁世凱, 1859-1916) de restaurar o antigo regime. Quando Yuan morreu, a China ficou retalhada em vários grupos regionais liderados por caudilhos, situação não muito diferente da ocorrida durante as transições dinásticas no período do império.

O segundo aspecto do símbolo é tratado abertamente. Lu Xun critica a memória curta, o espírito de apatia e o conservadorismo invejoso de seus contemporâneos. O senhor N cai num espírito lúgubre após se recordar dos jovens idealistas que conhecera, seus corpos enterrados em sepulturas anônimas. Enquanto a propaganda revolucionária tenderia a reforçar o heroísmo altruísta desses indivíduos, o protagonista assume uma perspectiva individualista. O senhor N ressente-se de que foram sacrifícios em vão, uma vez que tais pessoas perderam as próprias vidas enquanto a realidade, com toda a indiferença, seguiu adiante. Sem negar o valor dos ideais em abstrato, ele ressalva que o chinês é tradicionalmente incapaz de compreender esse tipo de idealismo, porque carece de solidariedade para com as pessoas de que não é íntimo. Nisso encontramos um interessante paradoxo. O coletivismo (compreendido como a expectativa de uniformidade e conformidade — vide o caso do "cabelo") é justificado pelo instinto de autopreservação de cada um e seu círculo de pessoas íntimas. O idealista, ao contrário, está pronto para desafiar o coletivismo... e terminar perdendo.

É nesse contexto que precisamos situar dois desabafos, polêmicos, do senhor N. Um é o de que o chinês só entende "a língua do cacete". O autor alega, o que não conseguimos confirmar, que a expressão é do botanista japonês Honda Seiroku (本多靜六, 1866-1952). Obviamente, trata-se de uma opinião inadmissível para qualquer chinês, ainda mais escandalosa se vinda de Lu Xun. Zhou Zuoren vê-se na obrigação de justificar o relato como sendo um protesto de seu irmão contra o imperialismo. Porém, as relações entre China e Japão ainda não haviam chegado a um ponto de ebulição naquele momento, mesmo com a Questão de Shandong sendo uma lembrança recente para todos. Além disso, este é um momento cômico do texto original, em que a citação, sem qualquer intento maldoso, assume um valor retórico, a despeito de o autor nunca poder dizer tal coisa em próprio nome.

O segundo desabafo é o de que as moças abandonem o ativismo social para "procurarem um bom marido". Embora isso soe muito mal, ainda pior hoje em dia, no contexto original, não pode ser entendido fora de contexto. Não há qualquer traço de machismo, porque a mensagem não era endereçada às moças, ainda menos intentada como uma proposta séria. O senhor N pretendia assim dar sobriedade a quem quisesse influenciar um movimento de transformação social. Precisamos saber melhor o que estava em jogo. Algumas moças que cortavam o cabelo, conhecidas de Lu Xun, estavam sendo ameaçadas de indeferimento de matrícula nas universidades e, caso já estivessem inscritas, de expulsão. Como explica Zhou Zuoren, as ameaças vinham, frise-se, de uma mulher, que atuava como diretora da instituição. O senhor N compadecia-se dessas moças que, como as coisas eram, seriam as únicas a sair perdendo.

Apesar de que o narrador termine a conversa nesta altura, desagradado pelo que diz sua visita, há bons argumentos para crermos que era uma opinião do próprio Lu Xun. A citação do senhor N a Mikhail Artsybáchev (1878-1927) vem de *O operário Cheviróv* (*Rabotchii Cheviriov*, 1909), novela que Lu Xun traduziu. Pelos textos críticos que ele escreveu, sabemos que tinha simpatia por aquele literato russo-polaco. Também é esclarecedor que Artsybáchev, malquisto dos revolucionários de outubro, tinha concepções individualistas que podem se confundir com um tipo não ideológico de anarquismo. Além disso, Zhou Zuoren indica que a passagem sobre o "chicote do Criador", quando o senhor N entra em frenesi, é uma apropriação do estilo de Nietzsche. É prontamente compreensível para nós que o conceito do *Übermensch* conduz à misantropia, não à revolução social. Isso revela um pouco da "ideologia" de Lu Xun quando escreveu a estória.

No que concerne aos aspectos formais da dramatização, o maior obstáculo à apreciação literária do texto é o fato de que é um longo discurso reproduzido *verbatim* pelo narrador, ainda que se façam apartes isolados e haja um mínimo de elementos descritivos. O resultado, em termos genéricos, é o de que temos em mãos uma mistura de coluna e crônica, com a observação de que ambos os potenciais não são desenvolvidos plenamente na língua de partida. Tal como construído em chinês, o senhor N não é um personagem concreto o bastante para capturar a atenção e simpatia/antipatia do leitor. Suas falas são longas demais, as reações do narrador discretas demais, não se "perde tempo" com descrição, o que destaca, exclusivamente, a mensagem pretendida por Lu Xun. Essa estratégia, adequada para os leitores originais, não se justifica no texto traduzido. Retomando um ponto de vista suscitado na análise de "Nada demais", os leitores de língua portuguesa não estão familiarizados, quanto mais envolvidos emocionalmente, com as questões em debate. Portanto, é preciso construir fisicamente o senhor N, aproveitando as poucas pistas que há no chinês — e o aspecto de Xia Cengyou, já que Lu Xun intentou retratá-lo. As falas sugerem um temperamento, que pode ser expandido para a expressão corporal e facial. Esses novos elementos descritivos podem quebrar o longo discurso em trechos mais significativos, intercalando-se reações do narrador, inspiradas pelos seus brevíssimos comentários e pelo tom que depreendemos de elementos entre as linhas, em particular o jogo que Lu Xun mantinha com os seus leitores originais, flertando com o que havia de irreverente e escandaloso para com ambos os espectros da opinião pública.

Fumaça sem fogo [风波]

"Fumaça sem fogo" é um jogo de palavras com o título original chinês. Embora signifique "agitação", "situação instável", o termo *fengbo* [风波] é, literalmente, "onda causada pelo vento". Considerado o enredo, Lu Xun deve querer ter dito *beishui fengbo* [杯水风波], correspondendo ao nosso ditado "tempestade em copo d'água" — um comentário irônico sobre a estória como um todo. Para ficarmos com algo mais inusitado, e com valor irônico similar, partimos de outro provérbio, "onde há fumaça, há fogo", invertendo-o para "fumaça sem fogo".

"Fumaça sem fogo" é um *xiaoshuo* escrito em agosto de 1920 e publicado no mês seguinte por *La Jeunesse*. Ou seja, deveria anteceder "Confidências de uma trança cortada" na ordem de *Grito*. De qualquer maneira, os dois textos podem ser lidos como um díptico. Do lado das semelhanças, há uma mesma perspectiva de comparação histórica, envolvendo o Império Celestial da Grande Paz e os primeiros anos da China Nacionalista. Além disso, ambos tratam de um mesmo tema, a questão do cabelo (penteado) como símbolo de subordinação política. À maneira de um díptico, as diferenças entre as duas estórias são complementares. "Confidências" ocorre num ambiente urbano, privado e intelectual; "Fumaça sem fogo" trata do campo, das relações num clã e de pessoas de um nível educacional menor. Por conseguinte, juntos, servem de comentário sobre a sociedade chinesa durante a Revolução Xinhai. Do lado narratológico, as técnicas complementam uma à outra: se "Confidências" por um lado enfatiza o aspecto do *telling*, reproduzindo o discurso articulado de alguém que foi capaz de entender e se posicionar criticamente sobre o que tinha acontecido na China, "Fumaça sem fogo" destaca o do *showing*, dramatizando os valores e modo de agir das pessoas, uma vez que elas, por motivos compreensíveis, não tivessem como se expressar abstratamente a respeito das mudanças que estavam ocorrendo.

O texto começa de uma forma particularmente irônica, com o que poderíamos chamar de "prólogo cênico". Primeiro uma vista idílica é descrita em *close-up*, com um clã de camponeses preparando-se para uma refeição coletiva estival — embora algumas notas de realismo ponham o tom bucólico em dúvida, como os mosquitos de dengue e a evidente inópia das pessoas. Abrindo o ângulo, o narrador propõe que esta é uma cena atemporal, cantada nas composições poéticas dos burocratas que governavam nos tempos do império. Isso remete a uma convenção da poesia chinesa, segundo a qual os camponeses eram felizes na vida simples (ou pobre) que levavam. Por fim, o narrador intervém abruptamente, para desafiar essa convenção literária como crassa ignorância da realidade. Chegando a este ponto, o leitor dá-se conta de que fora conduzido intencionalmente pelo narrador a erro, com um impacto ainda maior para aquelas pessoas que, como Lu Xun, haviam sido condicionadas a acreditar num pensamento que deita raízes com Laozi (*floruit*, século VI a.C.?), segundo o qual quem vive na luta pela subsistência ("não tem desejos") tende a ser mais "satisfeito" e até mais "sábio" do que quem vive na abundância. A natureza humana é complexa e, como veremos, conflitiva, não importando qual o status socioeconômico das pessoas envolvidas.

Por conseguinte, o que temos sob os olhos é um estudo das complexas relações num típico clã de camponeses, em que se problematiza uma série de tópicos relacionados à modernização chinesa, tais como a hierarquia entre gerações, a situação subordinada das mulheres, o conservadorismo político inerente ao povo, etc. Todas essas questões vêm à tona por ocasião de um contexto histórico excepcional, o da tentativa fracassada de Restauração do imperador Xuantong [宣统], mais conhecido por seu nome pessoal Pu Yi (溥仪, 1906-1967), pelo "Marechal de Trança"

E Lu Xun falou português...

Zhang Xun (张勋, 1854-1923). Zhang era um colaborador próximo de Yuan Shikai no chamado Exército de Beiyang, que conquistou importantes méritos na repressão, em finais de 1912, à facção liderada por Sun Yat-Sen, posteriormente conhecida como Kuomintang. Após a morte de Yuan Shikai em meados de 1916, os diversos grupos armados de Beiyang entraram na luta pela sucessão. Confiando-se em sua intimidade com a realeza, Zhang Xun valeu-se da situação estratégica favorável em Pequim para declarar-se o primeiro-ministro de Pu Yi, manobra que vingou durante os primeiros dez dias de julho de 1917. Em "Fumaça sem fogo", a estória transcorre com a chegada do boato da restauração a Shaoxing, cujo sucesso em dominar a China restava num clima de incerteza, provocado pela precariedade das comunicações.

Ao discutir o significado de "Fumaça sem fogo", Zhou Zuoren mostra-se excepcionalmente circunspecto. Lembra que "ouvi dizer que este é o *xiaoshuo* mais lido de *Grito* [...] porque é o que explica qual o problema com a grande maioria das pessoas (no país)". A despeito de prometer muito, ele se nega a esmiuçar a razão desse julgamento, usando o resto do ensaio para resumir o enredo, não sem insipidez. Para entendermos a atitude de Zhou, devemos investigar a leitura-padrão no momento em que Zhou Zuoren organizou seus comentários sobre *Grito*. De acordo com a versão oficial, "Fumaça sem fogo" era considerado uma crítica da Revolução Xinhai, pois ela tinha sido uma revolução "pela metade". Diz-se que Xinhai não foi capaz de promover a consciência democrática dos camponeses, evitando a Restauração, por um lado, e, por outro, promovendo o sucesso da verdadeira Revolução — aqui sinônima do vitorioso movimento socialista.

Em dois outros ensaios de Zhou Zuoren, encontramos pistas de qual seria a sua opinião sobre o "problema", que parece ser o "caráter atemporal do chinês". Num deles, ele explica que a resistência a cortar a trança era vista como uma marca de Piedade Filial, donde o apego a esse símbolo de submissão a uma dinastia para todos os efeitos estrangeira, havendo gente como o Honorável Sétimo, a esconder a trança sob o chapéu depois de Xinhai. Mais do que uma idiossincrasia pessoal de Sétimo, Zhou indica que é um sintoma do profundo conservadorismo dos chineses, remetendo a tempos priscos. De fato, como lemos no *Xiaojing* [孝经] (*Clássico da Piedade Filial*), o corpo (incluindo o cabelo) devia ser considerado um presente dos pais. Isso tem um sentido político. Lembramo-nos de uma cena famosa de *Lunyü* [论语] (*Analectos*), em que o mestre Zeng Shen (曾参, 505-432 a.C.), durante sua agonia final, pede aos discípulos que descubram seu corpo, revelando-o intocado por qualquer punição. Nesse sentido, a integridade física (manter a trança, em nosso caso) não apenas era uma retribuição aos pais, mas não se distinguia da conformidade a uma ordem política.

No outro ensaio, Zhou debate a personagem de Seis Jin, sobretudo a questão dos "pés de lótus", que os intelectuais chineses no final da dinastia Qing vieram a considerar um símbolo do atraso social de seu país. Zhou destaca o fato, irônico, de que os governantes manchus, povo que não adotava os "pés de lótus", tentaram revogar essa prática. O que não se imagina é que encontraram forte resistência dos próprios chineses. Ele também observa, *en passant*, que o costume tinha deixado de ser observado na altura da criação da República Popular da China, sendo preciso registrá-lo em seu livro, "porque as novas gerações deixarão de compreender do que se tratava", o que é interessante, porque a revogação dos pés de lótus era então propagandeada como uma vitória da emancipação feminina. Em suma, se confrontarmos a crítica literária padrão com a linha sugerida por Zhou Zuoren, notamos que "Fumaça sem fogo" para este último funcionava como uma espécie de denúncia dos males de origem da sociedade tradicional, simbolizados por práticas irracionais e desumanas. Não há motivos para duvidar disso, pois, como dissemos, Lu Xun solidarizava-se com tragédias provocadas pelas velhas tradições e costumes.

Sob esses pressupostos, vale a pena destacarmos a evidência textual, para entendermos de que maneira confere, e não confere, com a crítica chinesa. Como em "Confidências de uma trança cortada", Sete Jin, uma personagem de "Fumaça sem fogo", também se livrara do penteado Qing. Fizera-o no calor da Revolução Xinhai, não por convicção política, mas simplesmente para seguir a "nova moda" da cidade. Com a Restauração, porém, havia a possibilidade de que ele fosse punido como um traidor da Casa de Qing — pois ele tinha um inimigo sequioso de desforra, o Honorável Sétimo do clã dos Zhao. Sete Jin é o foco da trama, mas não é a personagem principal. Sua mulher é. Sob o pano de fundo dos valores e costumes chineses antigos, a "Esposa de Sete Jin" aparece como um estudo de caso da subordinação feminina. Formalmente, ela tinha um estatuto precário na família, pois vinha de outro clã; em compensação, ela poderia se afirmar como uma voz poderosa na família, já que tinha expectativas de se tornar a mãe do filho de Sete Jin, que era o cabeça da família. Até aquele momento, todavia, dera à luz apenas uma filha, o que não contava. Mesmo assim, a "Esposa de Sete Jin" prevalecia sobre o marido por ser mais esperta, e agressiva, do que ele. Contudo, se a Restauração permanecesse e se Sete Jin fosse condenado, ela e a filha ficariam numa situação vulnerável, porque o marido seria enjeitado pelo resto do clã: os crimes de lesa-majestade na China imperial podiam carregar responsabilidade solidária. Nesse contexto, o leitor é capaz de observar que, com o desenvolvimento da trama, os laços de parentesco se desfazem numa luta implícita pela sobrevivência. É importante notarmos que os camponeses não são descritos como fiéis ao imperador, tampouco à revolução. Para todos, em primeiro lugar vem a harmonia do clã, segundo a ordem hierárquica das gerações. Se a harmonia do clã é ameaçada, as personagens mostram-se prontas para restabelecê-la, em detrimento do indivíduo que causou problemas. Entendemos assim a lógica do autointeresse e o instinto de autopreservação que o senhor N havia criticado com tanta sutileza em "Confidências de uma trança cortada".

Considerando que "Fumaça sem fogo" é a obra de maior complexidade dramática em *Grito*, é importante analisar a função de duas outras personagens. Nove Jin, a Mãe Velha, é utilizada como a voz da razão, a despeito de, ironicamente, já estar meio surda e um pouco caduca. O seu bordão de "uma geração é pior do que a outra" é, na aparência, um comentário sobre o seu clã, pois cada geração possui um peso menor em *jin*, o que seria prova objetiva de que aquele clã estava a regredir. No entanto, o bordão diz algo mais, sobre um conjunto maior de pessoas. Zhou Zuoren opina sobre isso, parecendo sugerir que seu irmão intentava criticar os valores da classe governante chinesa tradicional. De fato, como vimos no "prólogo cênico", Lu Xun dirige-se à elite intelectual. Zhou esmiúça que os burocratas dos tempos do império escondiam o seu carreirismo e sede de poder no culto à Antiguidade e na exaltação do povo pequeno — lugares-comuns da retórica confuciana. Além disso, se considerarmos o que está no texto, confirmamos que a crítica de Lu Xun tem um alvo mais amplo, ao sugerir que a geração de Xinhai não necessariamente é melhor do que os revoltosos de Qing. Para comprovar esse ponto, notamos que "Fumaça sem fogo" repete a comparação feita pelo senhor N em "Confidências", igualando o Império Celestial da Grande Paz e a Revolução Xinhai. Desta vez, em sua maneira atrapalhada de se comunicar, a Mãe Velha parece protestar que a modernização chinesa do final da década de 1910 não tinha criado uma situação diferente à existente cinquenta anos antes.

O segundo coadjuvante de relevo é o Honorável Sétimo, outro *homem-bom* do clã Zhao que, como sabemos, representa o utilitarismo e a mediocridade das elites locais em *Grito*. Sétimo é apegado à sua trança, supostamente um gesto de lealdade à velha ordem. Contudo, não é uma lealdade de princípio. A verdade parece ser que ele a defendia por se beneficiar dela, pelo menos através da estabilidade social que os imperadores Qing garantiam. Por exemplo, é curioso que tal "lealdade" nunca o moveu a lutar contra a revolução, nem a pegar em armas para defender a Restauração. O texto demonstra que, com a chegada de Xinhai, Sétimo assumiu uma atitude de submissão e, com o fracasso da Restauração, voltou a esconder sua trança sob o chapéu, da forma mais inconspícua possível. Se observarmos a atitude do antagonista durante sua visita à vila dos Jin, concluímos que a Restauração nunca é louvada pelos benefícios públicos que trará em contraste com Xinhai. Isso não existe na mente de qualquer personagem. Para Sétimo, o seu único sentido é o de instrumentalizar a situação para obter uma vingança, privada, contra Sete Jin. Além disso, Sétimo é ridicularizado como um dos pseudointelectuais da era imperial, que tratava a obra literária *Três Reinos* [三国演义, século XIV] como relato verídico em termos factuais e morais — o que não era algo tão extraordinário como pode parecer. Obviamente, isso destaca as poucas letras e a falta de luzes dos camponeses, que se deleitavam com o folclore magro narrado por Sete Jin. Sétimo estava num nível superior ao deles, mas é transparente para o leitor: sua erudição postiça, uma coleção de fatos inúteis e citações anódinas, era louvada pela comunidade como marca de um homem respeitável. Da mesma forma, vem à mente dos leitores de língua portuguesa o fetiche com os dons de oratória em tempos recentes, que eram apreciados como prova de competência nos políticos.

Em termos formais, o trabalho de dramatização tentou dar mais clareza às relações, interesses e intenções dos personagens, indicando como os valores chineses, tacitamente compreensíveis para os leitores originais, entravam em ação. Nesse sentido, além de dar nitidez e concretude ao cenário, aproveitamos o dinamismo das cenas para dar mais vida à interação entre coisas e coisas (panelas e mesa, *fachi* e cabeça, lama e rosto, etc.). Nas cenas em que há maior carga emocional, desenvolvemos o aspecto dos personagens — embora esteja mais bem esboçado neste *xiaoshuo* que no resto — para criarmos simpatia/antipatia no leitor, emoções que Lu Xun tende a sugerir de forma mais telegráfica. É justificado explicar com mais detalhe o trabalho feito sobre o clímax da estória, que parece ser um dos momentos de maior sucesso artístico em *Grito*. Com a visita do Honorável Sétimo, as recriminações da Esposa de Sete Jin conduzem a um momento de rebelião do clã, que submete o seu cabeça a uma humilhação pública. Condizente com o caráter chinês, não há tanta violência física dirigida a Sete Jin, mas há intensa violência emocional. Ao chegarem a um ponto de ebulição, ele e a esposa batem na filha — a corporificação do vínculo marital que os dois possuíam. Esse é o momento em que a Mãe Velha recupera a sua lucidez e intervém para tentar restaurar um mínimo de ordem no clã. No entanto, o Honorável Sétimo captura o momento, rejubilando-se da ruína moral de seu inimigo. Nesse ponto em que a estória pede algum tipo de resolução, Lu Xun emprega um recurso de grande poder cênico: o grotesco. "Possuído" pelo espírito de Zhang Fei, um dos protagonistas de *Três Reinos* e suposto "ancestral" de Zhang Xun, ele começa uma dança bizarra, à maneira de uma apresentação marcial de ópera chinesa, saindo de cena.

Embora não tenha sido tratado abertamente por Lu Xun, um outro elemento central do enredo, que dá mais tensão à trama, é o do vínculo entre o Honorável Sétimo, Sete Jin e a Esposa de Sete Jin. Como se percebe, num plano simbólico, todos estão unidos pelo "Sete" de seus nomes, o que talvez dê fundamento à suspeita de haver algo mais a conectá-los do que está claramente representado no texto. De fato, é a Esposa de Sétimo que avista a chegada do Honorável, que o apresenta para o leitor e que, por derradeiro, busca reconciliação com o marido após assinalar que "a trança do Honorável voltou para debaixo do chapéu". Por que toda essa atenção, e até intimidade, dedicada a um desafeto do marido legítimo? Como ela sabia dos ódios privados daquele homem? E por que não defendeu o marido, como era obrigatório a uma mulher chinesa, diante daquele homem de fora da família? Se pensarmos bem, Sete Jin passava todos os dias fora de casa... Considerando as diferentes expectativas dos leitores originais e dos do texto traduzido, pareceu bem recomendado sublinhar melhor esse aspecto do enredo.

Minha terra [故乡]

Embora o título original em chinês seja bem recebível numa tradução literal para o português ("Terra natal"), agregamos o possessivo para destacar uma certa conexão emotiva do narrador-personagem. Isso se justifica pela complexa atitude dele para com a sua partida definitiva de Shaoxing, que dá o mote para a estória.

O texto foi escrito rapidamente e publicado em maio de 1921 em *La Jeunesse*. Apesar de que esse fosse o último *xiaoshuo* publicado por Lu Xun na revista, ele e o irmão ainda publicaram traduções e poemas nos números restantes de 1921 e no único volume que saiu em 1922. A partir de 1923, *La Jeunesse* tornou-se semestral e assumiu formalmente a linha da Comintern (Internacional Comunista), conforme um novo manifesto — em que Lu Xun não poderia ter participado ou referendado.

No contexto do Leste Asiático, "Minha terra" é um dos textos de maior sucesso de público de *Grito*, tendo sido incluído em manuais escolares da China, Japão e Coreia. A razão principal, em nossa análise, é que ele corresponde a expectativas estilísticas, temáticas e estéticas comuns desse contexto cultural. Sobre o estilo, notamos que as técnicas descritivas são decalcadas da escrita poética clássica chinesa, cujas raízes milenares alimentam um código comum naquela região do planeta. O objetivo de tais técnicas é menos a reprodução realista do que se representa, do que a evocação de um estado de espírito. A cena de abertura, por exemplo, indica uma correspondência entre paisagem e íntimo do narrador, transladando para a nova prosa chinesa um efeito poético antiquíssimo. Em segundo lugar, o tema do retorno/partida, embora importante para a tradição ocidental, é um lugar-comum na literatura clássica chinesa (i.e., do Leste Asiático) que, paradoxalmente, pode sempre adquirir novidade e vivacidade nas mãos de um mestre — como Lu Xun. Aqui, ele agrega a distância no tempo para falar de duas "terras natais", ou seja, do passado e do presente, confrontando encontros e desencontros, lembranças e atualidades, expectativas e frustrações. Para usar de uma metáfora, o confronto entre memória e atualidade dá um sabor diferente para um prato tradicional. Por fim, "Minha terra" moderniza a estética da nostalgia. Há dois pontos a ressaltar. Primeiro, é uma nostalgia tão sentida, como relutante. O homem crescido tenta reencontrar emoções que não está certo de ter sentido. Seja a paisagem, seja a chegada na velha casa, são tão familiares como estranhas; por exemplo, a breve descrição da porta e do telhado refletem a arquitetura de Pequim, onde Lu Xun estava morando há poucos anos, e de que não parece ter gostado tanto. A melancolia que permeia a estória talvez seja criada pelo medo de ter perdido algo e não o saber em tempo de fazer algo a respeito. Como as coisas acontecem, todavia, dado o desenrolar da trama, o narrador não encontra nada que, efetivamente, apegue-o a sua "terra natal", indo embora com toda a sua família. Segundo, é uma nostalgia cheia de amargura. O narrador tem a satisfação de rever um amigo de infância, cuja situação atual mata a inocência das lembranças, idealizadas, que o narrador guardara. Sem nunca termos certeza, o velho amigo torna-se, como outros conterrâneos malquistos, alguém que se aproveita da partida do narrador e sua família. De fato, os leitores chineses estão corretos em destacar a reviravolta final, um mecanismo de compensação com que o narrador transfere suas belas lembranças do amigo para a nova geração. Essa nova esperança, porém, é baseada no que o narrador admite ser uma existência gorada, que não lhe permite otimismo autêntico.

A crítica literária chinesa hoje reconhecida como padrão relega o lado pessoal/autobiográfico do texto ao segundo plano, para constituir "Minha terra" num documento semifilosófico, capaz de dar uma direção às transformações do país. Nesse sentido, postula-se que a obra pretende descrever a situação difícil numa vila do interior no Sul da China após dez anos da Revolução Xinhai, espelhada nas mudanças sofridas pelo protagonista Runtu entre infância e maturidade, com mais filhos do que consegue sustentar, o peso dos impostos, a corrupção dos burocratas, a violência de bandidos e tropas, etc. Isso corresponde a um trecho relevante de "Minha terra". Conforme essa interpretação, referendada nos manuais escolares chineses, Lu Xun escreve no intuito de dedicar suas esperanças às novas gerações, "imbuído pelo fervor de buscar reformas (para o país)". Sem surpresas, segue-se o procedimento normal da crítica luxuniana, que privilegia uma das mensagens centrais, vocacionando-a à sua aplicação político-ideológica. Nesse caso, a referência textual é o que traduzimos como "na verdade, não havia caminho algum, pelo menos antes de que alguém o fizesse, e outro depois, e assim por diante. A esperança, acho, é algo parecido". São palavras muito semelhantes às dos famosos versos do poeta espanhol Antonio Machado (1875-1939) em "Caminante, no hay camino", publicados na coletânea *Campos de Castilla* em 1912. Sem termos certeza de que Lu Xun conhecia essas linhas e as tinha em mente ao transladá-las para a prosa chinesa, há afinidades emocionais e estilísticas entre quem Lu Xun era naquela altura e o Machado "maduro", pós-simbolista. Além de preferências estéticas, seria revelador se pudéssemos aproximar os dois escritores no que se refere à postura política: progressistas, mas não necessariamente engajados; humanitários, mas não necessariamente populares.

Antes de explorarmos a estrutura e mensagem de "Minha terra" com base na evidência textual, devemos dedicar algumas linhas ao que há de objetivamente biográfico no texto, segundo o testemunho de Zhou Zuoren. Sabemos que, no início de dezembro de 1920, Lu Xun voltou para Shaoxing, com o fim de organizar a mudança dos familiares que lá estavam para Pequim, o que ocorreria dias antes do fim do ano. Tanto o escritor como seu irmão do meio, Zhou Zuoren, estavam muito bem empregados como funcionários públicos, o primeiro no Ministério da Educação, o segundo na Universidade de Pequim. Lu Xun havia reformado um prédio no beco de Badaowan, situado na zona leste da capital chinesa, grande o bastante para acomodar três famílias nucleares, dele e dos outros irmãos. Em Shaoxing, o casarão velho já estava vendido, de modo que Lu Xun estava indo mais para oferecer assistência às seis pessoas que continuavam a morar lá: a mãe, a esposa do irmão do meio, o irmão caçula, sua mulher e dois filhos pequenos. O Pequeno Hong foi inspirado no sobrinho mais jovem, que, no entanto, ainda era uma criança de colo. Lu Xun ficcionalizou-o como um menino maior, para que pudesse servir de parceiro do filho de Runtu, criando o paralelismo com as memórias de infância. O nome real de Runtu, um dos protagonistas do texto, era Zhang Yunshui (章运水). Seguindo o padrão das transformações onomásticas que produziam os nomes dos personagens, Lu Xun realiza uma associação de ideias com os ideogramas do nome verdadeiro. No dialeto de Shaoxing, "Run" e "Yun" têm o mesmo som; "Tu" (terra) e "Shui" (água) são dois dos Cinco Elementos. De maneira a corresponder às expectativas dramáticas de Lu Xun, Runtu foi retratado como mais velho do que o narrador (na realidade, ambos tinham a mesma idade) e absorveu algumas características do pai, como saber caçar pássaros e outros conhecimentos que despertam a admiração do narrador da estória. O pai de Runtu aparece em outro texto de Lu Xun, incluído em *Flores matinais colhidas ao anoitecer*. A tragédia pessoal de Runtu, central para o enredo de "Minha terra", também foi romantizada. Conta Zhou Zuoren que as finanças da família pioraram após o Runtu real haver se envolvido com uma viúva e ter decidido devolver sua esposa legítima para sua família de nascimento. Isso obrigou o pai a se endividar para pagar a indenização. Tais eventos eram do saber de Lu Xun, pois numa das outras vezes em que Yunshui veio fazer bicos no casarão dos Zhou, provavelmente em 1900, Lu Xun testemunhou a visita dele a um adivinho que lhe prenunciou o divórcio. Além disso, a "Formosa do Tofu" é uma criação composta, combinando características e acontecimentos de diversas pessoas conhecidas do escritor.

Julgamentos ideológicos à parte, a crítica-padrão de "Minha terra" está correta no que se refere ao nó do enredo. Perplexo por não encontrar um motivo para seu retorno à terra natal, além do de levar a família embora para um lugar com o qual ele não sente afinidade especial, o narrador atribui às suas memórias de Runtu menino a função de "âncora emocional" com aquele lugar. O encontro com Runtu crescido é angustiante, porque reforça o estranhamento sentido pelo narrador com o lugar onde cresceu. Da mesma forma que em "Diário de um alienado", o narrador remete suas vagas esperanças para o futuro, sem que indique uma razão concreta para que as possa cultivar. Diferentemente do "Diário", todavia, este texto termina com um tom mais íntimo e floreios retóricos, que deixam uma impressão mais positiva e até mesmo otimista desse "futuro" muito pouco provável.

Reconhecida a força da interpretação centrada em Runtu, o estudo dos elementos formais do enredo deve ser realizado sob uma leitura menos moralizante de "Minha terra". Crucial para a dramatização é a flutuação do estado de espírito do narrador nas partes em que se divide o texto. A anedota da falência humana de Runtu é apenas o principal aspecto dessa flutuação. Como é característico de Lu Xun, nem mesmo a breve extensão de seus textos impede divagações que, ocupando um espaço desproporcional do texto, são capazes de despertar um interesse literário próprio. Por exemplo, a explicação dos motivos para que Runtu tivesse vindo ajudar em casa, a vinheta sobre os hábitos sacrificais do clã, o folclore dos meninos filhos de agricultores, as visitas menos interessadas em se despedir do que em levar as coisas que não cabem na mudança, etc. Nesse contexto, vale discutir como a "Formosa do Tofu" ilustra esse tipo de divagações, criando uma atmosfera emocionalmente estranha à nostalgia amarga da trama principal. A "Formosa" (e as outras visitas, não focalizadas) são reveladoras do que parece ser um outro traço da personalidade de Lu Xun enquanto escritor: o pesado sarcasmo e antipatia com que constrói os personagens secundários, vários dos quais assumem o aspecto de caricaturas bizarras. Na ordem narrativa, é claro que podemos entender a visita da "Formosa" como uma preparação à subida ao palco de Runtu, produzindo um contraste de emoções prazeroso para o leitor envolvido. Por outro lado, também parece ser acertado que a "Formosa" de algum jeito represente a aversão sentida pelo narrador (Lu Xun) em relação aos seus conterrâneos.

Sob esse entendimento geral do texto, a dramatização buscou enriquecer essas "seções" do texto original, reforçando o contraste dos estilos de escrita, em particular atentando para a diversidade de tons. Damos dois exemplos. A abertura do texto, que descreve a viagem de barco e a chegada no casarão, tem uma carga lírica que merece ser apreciada independentemente, com o tipo de beleza encontrada numa natureza-morta ou numa paisagem, isto é, sendo dispensáveis personagens e elementos de ação. Segundo, a vinheta da "Formosa do Tofu" tem uma função estruturalmente importante. Por um lado, ela entra em cena abruptamente, quebrando a intimidade carinhosa entre o narrador e seu sobrinho. O diálogo cômico-satírico dela e o narrador tem certa vulgaridade debochada, que dá lugar à visita de Runtu. Após a partida do mesmo, a "Formosa" reaparece como antagonista. Depois de delatar o suposto furto preparado por Runtu, ela reclama sua "recompensa" e faz uma saída ridícula de cena. Este recurso dramático atrai os olhos do leitor para longe do desapontamento com o amigo de infância, permitindo um final melancolicamente terno, com o narrador refletindo sobre o futuro.

Crônica autêntica de Quequéu, um chinês [阿Q正传]

O título original é "Crônica autêntica de A-Q" (lê-se "Aquiu", "A" é um prefixo de intimidade). As principais transformações propostas pela tradução incluem abrasileirar "Aquiu" — termo ininteligível e com sonoridade desagradável — para Quequéu, um apelido plausível em nossa realidade e suscitando a mesma origem popular do original. O segundo acréscimo foi o étimo "um chinês", colocando em perspectiva uma postura que entendemos ser a de Lu Xun, segundo a qual seu personagem representava algumas características gerais do que ele concebia como temperamento nacional.

"Quequéu" é o mais longo texto literário escrito por Lu Xun, em parte devido a que foi uma publicação serializada — cada uma das nove seções que o compõe possui uma extensão próxima da média dos outros textos de *Grito*. A série durou entre outubro e dezembro de 1921 como coluna integrante do suplemento literário do jornal *The Morning Post* que, como sabemos, era uma publicação irmã da equipe editorial de *La*

Jeunesse. Alega-se que o escritor foi convidado para colaborar com o suplemento, recém-criado, com o fim de "melhor diversificar o conteúdo naquele periódico". Sabemos que o *The Morning Post* era, em linhas fundamentais, um jornal de oposição ao regime de Beiyang, de maneira que uma seção de letras e artes, saindo todo domingo, diluía a politização de sua linha editorial. Lu Xun ainda assumiu um outro pseudônimo ao escrever Quequéu, chamado de Baren [巴人] (lit. "homem da região dos Ba", ou seja, da atual província de Sichuan). Isso causou certa polêmica. Sendo o editor-chefe do *The Morning Post* oriundo daquela província, alguns leitores pensaram que fosse obra dele, tentando ver no texto alusões pessoais concretas. A estória, pelo contrário, pretendia ser um retrato coletivo, a começar do personagem Quequéu. Segundo Zhou Zuoren, o que determinou a escolha do nome desse personagem foi o tipo gráfico "Q", pois Lu Xun decifrava essa letra estrangeira como o desenho estilizado de uma cabeça com a trança característica dos chineses sob domínio manchu.

Como é regra nos textos de *Grito*, o material devia muito às reminiscências de Lu Xun. Quequéu foi modelado num vagabundo de Shaoxing conhecido como "A-gui" [阿桂]. Apesar de que o nome fosse idêntico ao do personagem, na vida real "A-gui" tinha por sobrenome Xie. Lu Xun preferiu relacionar seu personagem aos Zhao, porque Zhao e Qian eram os clãs oligárquicos da Vila do Nunca (a ficcionalização de Shaoxing na estória). Esses dois clãs em particular foram escolhidos por serem os primeiros itens do famoso texto *Baijiaxing* [百家姓, séculos X--XIII] — *Sobrenomes dos cem mais importantes clãs* —, que era memorizado pelas crianças em alfabetização no período imperial. Portanto, representavam as elites rurais tradicionais por antonomásia. No plano geral de *Grito*, os Zhao são especialmente importantes, sendo referidos no "Diário de um alienado", em "Fumaça sem fogo", etc. Seriam, de alguma forma, um decalque dos Zhou, o próprio clã de Lu Xun? Não podemos excluir essa possibilidade, pois, segundo Zhou Zuoren, a conversa entre Quequéu e Olho-Branco dos Zhao no capítulo VII é uma reprodução *verbatim* de um diálogo que Lu Xun testemunhou entre "A-gui" e um tio seu... Os Qian aparecem só em "Quequéu", mas também têm a ver com Lu Xun. As experiências e o aspecto do "Diabo Estrangeiro de Araque" de certa forma satirizam os do próprio escritor.

No contexto da literatura chinesa, "Quequéu" é uma obra notável por seu "naturalismo cômico", o que significava relegar o intento didático e moralizante ao segundo plano, concentrando-se na "diversão e relaxamento" exigida pelos editores do suplemento. Exploremos esse estilo de escrita, remetendo aos elementos autobiográficos que lhe dão substância.

Os primeiros dois terços de "Quequéu" retratam o mundo dos vagabundos que habitavam Shaoxing. É um mosaico de lembranças da juventude de Lu Xun, incluindo as passagens pelo boteco de seu parente; a observação dos pilantras que burlavam os inocentes com jogos de azar; a carreira de furtos e pequenos roubos que normalmente terminavam em suborno, surras, picota. As brigas de vagabundos eram um acontecimento relativamente comum e as descrições encontradas na estória parecem descrever fielmente suas particularidades, como a tática de agarrar a trança do outro, o golpe-padrão de esmagar a cabeça dos adversários contra paredes ou chão, etc. O "Quequéu" real parece ter sido, de fato, um ladrão, pois Zhou Zuoren se recorda de comportamentos suspeitos e de uma possível confissão que "A-gui" fez para seu irmão honesto, "A--you". Em notas sobre o aparato policial-judiciário de Shaoxing, Zuoren relata que o chamado chefe de polícia era um "pau-mandado" das famílias importantes, estando a meio caminho entre eles e os vagabundos. O chefe de polícia tinha os mesmos vícios da bandidagem (álcool, ópio) e se aproveitava do poder que tinha para "multar" os criminosos e, como na estória, exigir que eles se desculpassem das suas vítimas presenteando--lhes velas. Aparentemente, a escolha da vela tinha um motivo religioso, de aplacar deidades e cancelar o mau carma. Merece nota, também, que a cena em que Quequéu ataca a Mãezinha dos Wu foi inspirada por um evento idêntico envolvendo um dos tios-avôs de Lu Xun, figura reminiscente de Kong Yiji — o "Sinhozinho Tong" [桐少爷]. Órfão em sua infância, ele foi criado por uma parente. Sem conseguir encontrar emprego na fase adulta, caiu no alcoolismo. Ganhava a vida com bicos em diversos ramos do clã, quando, certo dia, foi "dar uma mãozinha" na casa do parente que era inspetor da Academia Naval de Jiangnan (aquela por que Lu Xun e Zhou Zuoren tinham passado). Naquele dia, o Sinhozinho, embriagado, fracassou ao assediar uma serva na cozinha, cujos gritos atraíram a atenção dos donos da casa. O "Sinhozinho" terminou levando uma surra de bambu de um dos filhos do inspetor, apelidado de "Peixe Dourado", devido a ser briguento e ter os olhos muito protuberantes.

No último terço de "Quequéu", nota-se uma mudança repentina de enredo e enfoque, para retratar o mundo da elite interiorana. A abordagem naturalista, também presente nos capítulos sobre a ralé, dá homogeneidade ao conjunto, ainda que o tom desta parte final, no original, seja mais parecido com "Diário de um alienado" (e "Nostalgia", o primeiro *xiaoshuo* de Lu Xun, escrito na língua clássica). As referências biográficas foram as experiências do escritor com o processo revolucionário entre 1910 e 1912 em Hangzhou e Shaoxing, os dois lugares em que ele atuou como professor de liceu. Neste período, Lu Xun acompanhou a criação de um governo provisório, de cunho militar, que terminou considerando necessário fazer compromissos com as instituições e os grupos que governaram nos últimos anos de Qing. Isso fazia sentido, pelo menos em parte, porque os novos grupos em ascensão ainda não tinham o *know-how* e a experiência necessários para gerir um regime autenticamente "republicano". Desta forma, seguindo o padrão dos interstícios entre dinastias na velha ordem imperial, formaram-se ordens políticas locais semi-independentes, chefiadas pelos grupos armados e garantidas pela cooperação com as oligarquias assentadas. Como mencionado na apresentação histórica, o próprio Lu Xun chegou a manter uma cooperação, efêmera e precária, com o candidato a caudilho Wang Jinfa (王金发, 1883-1915). Wang esteve na cabeça do governo provisório de Shaoxing por algum tempo e convocou Lu Xun para assumir a direção do liceu local. Pouco tempo depois, a relação entre ambos chegou ao ponto de fratura, mas o escritor conseguiu um emprego em Pequim.

Qual a atitude de Lu Xun para com esse início da criação de uma república? Pelo teor dos últimos três capítulos de "Quequéu", mais os textos correlatos ("Confidências de uma trança cortada"; "Fumaça sem fogo", etc.), tudo leva a crer que é irônica e desengajada. Mas não é essa a visão ainda comum na China. Utiliza-se o prisma da "luta de classes" para ensinar que, com "Quequéu", Lu Xun pretendia delatar a opressão e espoliação dos camponeses pela elite terratenente. Tenta-se desculpar Quequéu, argumentando-se que ele foi "envenenado" pelo pensamento dominante e pela concepção hierárquica da sociedade, o que "perverteu" sua psicologia e seu temperamento. Isso não impede que se critique a fraqueza espiritual de Quequéu como um traço da maior parte do povo chinês, de maneira que Lu Xun pretendia manifestar sua esperança em prol de reformas. Nesses termos, propõe-se que Quequéu buscava, de forma imatura, a revolução, mas foi castrado pelas forças reacionárias, com o que o escritor estaria atacando as limitações da Revolução de Xinhai. Nesse sentido, o texto vislumbra a necessidade de "esclarecer a massa camponesa e satisfazer as demandas revolucionárias dos mesmos", como quer a crítica autorizada, referida pela *Cronologia de Lu Xun*.

Como sói na hermenêutica luxuniana autorizada, uma interpretação que reflete a situação sociopolítica da República Popular da China é adotada retroativamente e amalgamada aos textos, como se representando a intenção original do autor em 1922. Escrevendo no início dos anos 1950, Zhou Zuoren, seguindo um pouco essa linha, postula que Lu Xun estava debatendo questões centrais para a futura revolução socialista, tais como a situação feminina, a corrupção das velhas elites, o oportunismo das novas elites e até acena para a atuação do irmão durante um breve período de anomia quando da chegada do "Partido Revolucionário". Conta-se que Lu Xun organizou uma pequena milícia com seus alunos, distribuindo-lhes algumas espingardas velhas que tinha conseguido algures. Esse evento, tudo indica que isolado, é repetido como outra das magras provas de que o autor tinha simpatias revolucionárias.

Seja como for, a intenção autoral nunca pode carecer do respaldo da autoridade textual. É verdade que as questões sociais são relevantes para a construção do enredo e que o próprio Lu Xun, tendo um perfil moderadamente progressista, se interessava pelas mesmas — por exemplo, escreveu vários textos sobre a questão feminina, que podem documentar tal entendimento. Entretanto, de forma geral, ele não é excepcionalmente progressista. Também é certo que, por um lado, a preocupação com temais sociais é comum ao grupo de que Lu Xun participava e se generalizou no ambiente social pós-Quatro de Maio pela nova elite intelectual e urbana que vivia em Pequim e Xangai. Além disso, mais especificamente, "Quequéu", como os outros textos de *Grito*, simplesmente servem de constatação de uma realidade, em momento algum chegando ao ponto de indicar um caminho a ser seguido, nem mesmo de declarar pertença a um "partido", qualquer que seja. Nisso, percebe-se que "Quequéu" não tem heróis. O protagonista é notoriamente ditatorial contra os fracos e subserviente para com os fortes. Ele não tem relação com os camponeses em nível algum, sendo um desenraizado que ganha a vida como marginal numa pequena cidade. Excetuando a falsa acusação de haver participado do arrombamento dos Zhao — na verdade obra de bandidos escondidos sob o manto do Partido Revolucionário —, os problemas em que se envolve são resultado de sua própria vilania. Ele não expressa simpatia por quem comparte a sua condição: Wang das Costeletas, Donzinho, os colegas de arrombamento... Pelo contrário, Quequéu é um pícaro num enredo realista, cuja morte é dramaticamente insignificante. Cúmulo da ironia, o protagonista "Quequéu" vira um bode expiatório para o Bazong, que precisava "dar o exemplo" quando o problema eram as suas próprias tropas, e um mau agouro para as velhas elites do tipo dos Zhao e Qian, que não mais conseguiam mobilizar o aparato repressivo para angariar proteção e preservar a estabilidade no interior da China.

Visto em retrospecto, esse foi o ponto de partida para a revolução social que gerou a República Popular da China. No interior da província de Guangdong, outra província do Sul, encontramos várias mansões das primeiras décadas do século XX, que tanto atraem pelos traços arquitetônicos estrangeiros, como pela presença de distintivos do Kuomintang em suas paredes. Muitas delas, a exemplo da atração turística dos "Prédios esculpidos de Kaiping" [开平碉楼], são militarizadas, com muradas, torres, janelas protegidas por chapas de aço, etc. Isso reflete o estado de anomia social na década de 1920, com o avanço do banditismo a ameaçar tanto as velhas elites como os camponeses. Esse banditismo recrutava pessoas como Quequéu — lembre-se os motivos que o levam a declarar "vou me juntar à revolução...". A conscientização política do povo, uma estratégia implementada pelo Partido Comunista, ainda estava muitos anos por vir, o que passaria por realidades mais familiares historicamente, como a unificação militar de Guangdong na chamada "Expedição para o Leste" de 1925-1926.

No que se refere ao trabalho formal de dramatização, o maior desafio em "Quequéu" é o de tentar reproduzir em português o tipo de humor crasso que é intentado por Lu Xun (esse é um lado pouco enfocado hoje em dia na China — e que lhe rendeu críticas duras em sua época). Por um lado, pode-se dizer felizmente, as esporas para o riso são próximas da nossa comédia popular. Ridiculariza-se a aparência e os defeitos morais dos personagens, utiliza-se linguagem pesada e chula, há muito pastelão e *slapstick* — busca-se intensamente o bizarro, como no episódio da competição dos piolhos. Por outro lado, há diferenças culturais em termos do que é ofensivo na sociedade chinesa, por exemplo, linguagem que é tabu no original, mas que soa anódina para nós, frases que são intencionalmente calão, mas que carecem da intensidade a que estamos acostumados na língua de chegada. No caso da comédia de situação, é preciso estar atento ao que Lu Xun quer fazer em termos de enredo, pois as ferramentas que utiliza são, em termos cênicos, muito discretas — por exemplo, as "cenas de luta", tão importantes para o efeito do texto. Os momentos da estória em que há "malícia" picante, pesados para um chinês de 1920, são extremamente brandos para um leitor como o brasileiro, imerso numa cultura mais sexualizada. As alusões dirigidas à monja, o assédio à Mãezinha, a obsessão com o "gingado" das mulheres da cidade, o sonho lúbrico de transformar a Vila do Nunca num grande harém, essas e outras passagens saem demasiado insossas se não as calibrarmos para o tipo de expressão usual no Brasil. Sem dúvida, o resultado pode causar repugnância a alguns leitores, mas é um elemento da arte (ou "arte") literária de Lu Xun nesses momentos de *Grito*.

Um outro aspecto, indispensável para o efeito estético da obra, é o da "cor local". Como explicamos no início deste texto, as estórias ambientadas no interior estão ameaçadas de perderem o efeito numa tradução. Não é possível resolver esse problema por meio de conversão linguística, nem ainda é desejável que se empreguem recursos explicativos, já que o efeito literário deve ser simultâneo à leitura do texto. Sem podermos recorrer a técnicas tradicionais, a melhor solução é a de ancorarmos a experiência local de Shaoxing em outra, mais bem conhecida pelo leitor, com que se possa criar uma certa analogia. Assume-se o pressuposto de que essa ancoragem possa, de fato, causar os mesmos efeitos que o texto original em relação a seus leitores. Ou seja, a cultura local a que se ancora o texto de partida serve para fazer o leitor rir quando é necessário rir, perceber ironia quando ela é intentada e todas as outras sutilezas de sentido que Lu Xun — um autor sutil — produz com seu chinês. Dito isso, escolhemos o que nos pareceu ser a cultura mais prontamente relacionável a Shaoxing, o que chamamos de "Brasil arcaico". Em compensação, ao mesmo tempo que criamos uma referência linguística e axiológica prontamente compreensível para o leitor, realizamos a "estrangeirização" de aspectos típicos de Shaoxing/China, como elementos da cultura material — comida, mobiliário, vestuário, etc. —, uma vez que contribuam para a apreciação do texto, não dificultem a resposta do leitor e produzam um equilíbrio entre familiar e exótico.

O Feriado dos Dois Cincos, ou O dia do acerto de contas [端午节]

O título original refere-se apenas ao feriado celebrado no quinto dia do quinto mês lunar (donde "Dois Cincos") que, entre nós, é conhecido como "dos barcos de dragão". Como explicamos numa nota a "Kong Yiji, o ladrão de livros", tal competição náutica é só um aspecto da data que, em sua origem, era voltada para a realização de cerimônias religiosas contra as pestilências trazidas pelo verão. Embora com o passar do tempo tal significado tenha se perdido, o Feriado dos Dois Cincos continuou a ter uma importância cerimonial, enquanto dia em que as dívidas deveriam ser quitadas. Acrescentamos o subtítulo, não só para reduzir a estranheza dos "Dois Cincos", mas ainda para antecipar um pouco do enredo, fomentando expectativa no leitor.

"O Feriado dos Dois Cincos" foi publicado em setembro de 1922 no *Xiaoshuo Yuebao* [小说月报] (*The Short Story Magazine*) de Xangai. Esse periódico literário mensal era mantido pela Commercial Press [商务印书], um empreendimento de sulinos de Zhejiang e Jiangsu, que despontava como uma importante editora chinesa moderna. Como relatado na apresentação histórica, não se trata de uma colaboração ocasional. Os irmãos Zhou (Zhou Zuoren e Lu Xun) já tinham acumulado algumas publicações de relevo com ela e a parceria continuaria a dar frutos, com a reputação acadêmica de Zhou Zuoren a se consolidar e com Lu Xun dando passos cada vez mais firmes em sua carreira literária. O afastamento de *La Jeunesse* parece ter tido repercussões criativas, pois este e os textos seguintes de *Grito* têm características distintas das obras anteriores. Embora continue dando vazão ao seu temperamento crítico e embora os primeiros textos também tenham um fundo autobiográfico, este "Feriado dos Dois Cincos" e os últimos quatro *xiaoshuo* invertem as ênfases, com o escritor dando mais espaço à exploração de sua *persona* e discutindo com menor fervor a "questão chinesa". Juízos de gosto literário à parte, encontramos um conjunto de sentimentos e atitudes diferentes nestes textos, que enriquecem, no todo, a experiência de leitura de *Grito*.

No caso de "O Feriado dos Dois Cincos", ganha-se um interessante vislumbre da vida e dos conflitos de um casal da nova classe média, com destaque para a personalidade, um tanto neurótica, do narrador-protagonista, Fang Xuanchuo. Todas as experiências de Fang remetem ao que o escritor estava vivenciando no período da concepção e elaboração do texto. Fiquemos com dois exemplos circunstanciais. Primeiro, temos a brincadeira em tom de reclamação — ou reclamação em tom de brincadeira — de que os jornais pagavam pouco pelos artigos, o que se refere aos honorários de "Quequéu" pagos pelo *The Morning Post*. Segundo,

522   Giorgio Sinedino

o "chefe que tinha as chaves do cofre na mão" que, perdendo o cargo público, passou a simular espiritualidade, indica o conterrâneo de Shaoxing, Chen Wei [陈威, 1880-1950], um alto funcionário do Ministério de Finanças de Yuan Shikai e vice-presidente do Banco da China. Ele afastou-se da vida burocrática para passar um tempo no Japão, de onde voltou num quimono branco e pregando o *Caigentan* [菜根谭, *c.* 1590; algo como *Conversas sobre as raízes da sabedoria*], obra cuja mensagem enfatiza o desprezo a carreiras e honrarias.

De fato, podemos argumentar que "O Feriado dos Dois Cincos" é uma "ficção autobiográfica". Zhou Zuoren confirma que Fang Xuanchuo é Lu Xun. O escritor havia recebido o apelido irônico de "Quinto Velho do clã dos Fang" [方老五], alegadamente, de Liu Bannong (刘半农, 1891-1934). Este último, natural de Jiangsu, uma província vizinha de Zhejiang, tinha sido recrutado por Cai Yuanpei em 1917 para trabalhar na Universidade de Pequim e *La Jeunesse*, em outras palavras, para se engajar no movimento da Nova Cultura. Liu pertencia a um círculo diferente do de Lu Xun. Enquanto o escritor vivia no oeste de Pequim, a casa de Liu ficava no leste, perto de outros personagens que, como Liu, tinham sido pupilos de Zhang Binglin. Como falamos *en passant* na apresentação histórica, Zhang era um personagem da velha geração de reformistas, da qual vários protegidos entraram na Universidade de Pequim. Para voltarmos ao apelido, "Quinto Velho do clã dos Fang" é uma piada erudita que remete à paródia satírica *Rulin Waishi*. Numa anedota desse livro, há um personagem que sempre promete a ele que "um dia vou à sua casa visitar você", sem ter a intenção de fazê-lo. Entende-se que era Lu Xun que tratava a Liu e outros de seu grupo dessa forma, respeitosa e distante, mais uma indicação de que ele não era uma pessoa muito gregária. Apesar de que, na estória de *Rulin Waishi*, "Quinto Velho do clã dos Fang" era a vítima das promessas, e foi esse o apelido que ficou.

Expliquemos o pano de fundo histórico desse texto. Entre janeiro de 1921 e julho do ano seguinte, Lu Xun já estava habituado à rotina de trabalhar como diretor de seção no Ministério da Educação e instrutor em universidades locais, principalmente a Universidade de Pequim. Enquanto os salários do ministério tinham até então sido pagos relativamente em dia, os das universidades sofriam sob um calendário incerto, pelo menos desde 1917. Como indica Zhou Zuoren, havia um agravante na situação financeira geral, o de que as péssimas finanças públicas de Beiyang afetavam a confiança no papel-moeda que expedia, de maneira

E Lu Xun falou português...

que o dinheiro emitido em diferentes localidades e por diferentes bancos era recebido no mercado com desconto, que variava segundo a sua credibilidade. Sob intensa pressão econômica, oito universidades de Pequim tomaram a iniciativa sem precedentes de organizar um movimento para reclamar os atrasados, o que evoluiu para uma paralisação profissional, com uma mobilização realizada no início de junho de 1921. Um grupo de professores fez um protesto na frente de Zhongnanhai, onde ficava o Palácio Presidencial, sendo reprimidos com certo grau de violência. Nesse processo, os pleiteantes tanto se tornaram objeto de críticas dos alunos, que exigiam o retorno às aulas, como de colegas como Wang Maozu (汪懋祖, 1891-1949), professor da Universidade de Educação para Moças. Zhou Zuoren singulariza Wang, outro quase conterrâneo da província de Jiangsu, como uma facção lealista a Beiyang. De qualquer maneira, no clímax das negociações, o ministro da Educação Fan Yuanlian (范源濂, 1876-1927) confirmou a linha-dura do governo, que parece ter sido apoiada pela "opinião pública" de então. Em paralelo, a situação financeira do ministério piorou, o que criou o mesmo tipo de dilema para os funcionários públicos. Lu Xun, que tinha tergiversado ante os colegas de magistério, também parece ter se mantido passivo nas movimentações dos funcionários públicos, como indica "O Feriado dos Dois Cincos". A autoironia e o nervosismo bem-humorado do texto são reveladores da personalidade e inclinações artísticas do escritor, pois a severa crise financeira de Beiyang, provocada pelos encargos da dívida externa, viria a se agravar ainda mais pelas convulsões políticas internas e o ressurgimento do Kuomintang no Sul do país.

Sempre com um viés didático, a crítica literária tradicional postula que "O Feriado dos Dois Cincos" pretende, por um lado, denunciar a corrupção política do regime militar de Beiyang e, por outro, criticar intelectuais como Fang Xuanchuo, que "ignoram sua boa consciência para levar vantagem sobre os outros", na medida em que "dão as costas para os conflitos sociais e fogem à luta". Naturalmente, essa é uma aplicação ideológica do texto, que retira o interesse da construção dramática para se concentrar na moral da estória. Mesmo assim, não deixa de suscitar uma reflexão válida e relevante para a trama, que resumimos a três pontos. Um: se, como sabemos, Lu Xun é Fang Xuanchuo, até que ponto ele queria fazer uma autocrítica de sua passividade? Dois: admitindo que seja o caso, quais os objetivos de fazê-lo? Três: dado o evidente caráter autobiográfico desse texto, por que Lu Xun não se escusou a escrever coisas que, em última instância, desmereceriam a si próprio? Essa é uma questão delicada, em termos de história literária chinesa, e nem Zhou Zuoren nos oferece pistas sólidas sobre de onde devemos começar a discussão.

A nossa atitude para com os últimos textos de *Grito* é a de que Lu Xun, tendo obtido reconhecimento como escritor, sente-se mais à vontade para escrever o que prefere, incluindo mostrar a sua *persona* para os leitores. Nestes textos, Lu Xun não esconde características menos simpáticas e, diferentemente de "Confidências de uma trança cortada", não hesita em veicular opiniões polêmicas em nome próprio. Por exemplo, o veredito da crítica chinesa, de que Fang Xuanchuo é um intelectual "alienado", não se coaduna bem com o bordão de que "tudo muda sem mudar". Essa é uma mensagem central do texto que, de certa forma, mostra que Fang tem consciência de sua realidade e se posiciona criticamente em relação à mesma. Isso parece responder à primeira pergunta. Em segundo lugar, chegando a esta altura de *Grito*, já estamos familiarizados com os textos reconhecidos como "revolucionários" desta obra. Chegamos à conclusão de que, apesar de que o termo "revolucionário" possa ser aplicado, ele tem um sentido diferente de "pregar a revolução". Estes textos refletem as transformações linguísticas, estilísticas e estéticas que configuram a Nova Cultura, parte do que se chama de "Revolução Literária". "Revolução Literária" não pode ser confundida com "Literatura da Revolução" — aquelas obras engajadas que, assumindo um viés marxista/comunista, pregam um movimento de transformação da sociedade. Não se pretende negar que Lu Xun, como parte da Nova Cultura, esteja envolvido no debate da modernização chinesa, nem se pretende invalidar a possibilidade de que Lu Xun tenha um diagnóstico próprio da "Questão Chinesa". Talvez isso satisfaça a segunda questão. Por último, como exposto na apresentação histórica, Lu Xun a esta altura não poderia imaginar sua canonização, muito menos os termos em que seria incorporado à literatura oficial da Nova China. Por conseguinte, é plausível que, sem se preocupar tanto com a sua imagem póstuma, ele tivesse aproveitado novas oportunidades editoriais como a da *The Short Story Magazine* para escrever algo à sua maneira, conforme suas inclinações naquele momento. Desta forma, Fang Xuanchuo critica a tudo e a todos, sem poupar sequer a si próprio. "O Feriado dos Dois Cincos" indica que não há heróis e que cada parte busca os próprios interesses, ainda que Fang manifeste alguma dor de consciência e simpatia, passiva, para com os que são oprimidos.

Passando aos detalhes da dramatização, do ponto de vista do leitor de língua portuguesa, é argumentável que "O Feriado dos Dois Cincos" sofre com problemas de coesão. O texto é nitidamente dividido em duas partes. A primeira envolve a exposição do mantra "Tudo muda sem mudar" no ambiente público da sala de aula e sua confirmação prática na repartição e nas leituras de jornal. A outra enfoca a questão privada das relações conjugais entre Fang e "Ei", jogadas numa crise devido às dificuldades financeiras do "chefe de família". Nada obstante, a quase inexistência de transições narratológicas de vinheta a vinheta prejudica a construção da estória como um todo unificado, impedindo a realização de todo o seu potencial cênico. Isso é uma pena, porque "O Feriado dos Dois Cincos" seria o texto mais facilmente adaptável para o palco. Nota-se que, a certa altura, o mantra some completamente da estória, com o leitor ficando exposto a uma série de anedotas e observações sobre burocratas, professores, alunos, imprensa, até que, de repente, surge a segunda protagonista, cuja relação com Fang finalmente produz uma trama visualizável mais para o final do texto. Mesmo assim, nesta segunda metade, há uma clara dependência do diálogo em prejuízo da ação, sem termos a descrição de atitudes, posturas e movimentos sutis que revelam tanto dos personagens, concretizando a estória na mente do leitor.

Fang Xuanchuo e "Ei" são dois personagens memoráveis de *Grito*. Respeitando a concepção artística do enredo e a sua estrutura original, é expediente realçar a personalidade neurótico-introspectiva de Fang Xuanchuo. Se há um fio condutor para a leitura crítica de todo o texto, é o contínuo exercício de crítica e autocrítica que ele repete em todos os ambientes abrangidos pela estória, observáveis pelos apartes cheios de autoironia que dão sabor ao texto em chinês. No desenrolar da trama, o narrador deixa a impressão, viva para o leitor, de suas profundas incoerências no que se refere a saber como pensar criticamente, mas continua a agir da mesma forma egocêntrica que "as outras pessoas", pelo simples fato de os outros, sendo indignos de confiança, não merecerem que Fang se sacrifique em benefício deles. Essa é a psicologia do protagonista. "Ei", por outro lado, é levemente esboçada como uma mulher da velha sociedade, mas não sabemos exatamente como ela é, fisicamente, no texto original. Numa leitura cuidadosa, encontramos o interessante paradoxo de que, para alguém consciente de sua inferioridade em relação ao marido, ela é extremamente astuciosa e sabe como defender seus interesses (e dignidade pessoal). As cenas mais íntimas, seja as refeições, seja o jogo de "prover/gerir", seja as sessões de autocrítica com álcool e cigarros, dão concretude às emoções sugeridas pelo diálogo, carecendo, porém, de maior senso de espaço, não sendo explorado o ambiente em que ocorrem as conversas. Uma melhor dramatização dos diálogos é imprescindível, pois, afinal de contas, é esta segunda metade do texto que transforma os discursos filosóficos do início em sátira, com o medo de Fang dos colegas que agora têm o poder de lhe recusarem ajuda, seu remorso depois do pedido gorado de empréstimo a Jin Yongsheng, sua vitória oca de obter o cheque durante um longo feriado bancário, etc. O golpe de misericórdia, na cena final, é o de perceber que a falta de fundos o impeliu a querer comprar um bilhete de loteria, depois de afugentar a esposa por suas "superstições do povinho", uma reviravolta irônica que cancela qualquer pretensão de superioridade entre homem e mulher, novo e velho, modernidade e atraso. Essa última conversa entre Fang e a esposa é demasiado despojada no original, pelo que o quarto e as posturas físicas dos personagens podem ajudar a dar mais volume a este desenlace, tão interessante que é.

O BRILHO NO ESCURO [白光]

"O brilho no escuro" é uma intensificação do título original que lê "Luz branca". "Luz branca" descreve com aptidão um aspecto central do enredo deste *xiaoshuo*. Todavia, preferimos substituir a característica da luz pelo ambiente em que ela raia ("no escuro"), produzindo uma aura de mistério, o que é indispensável a uma narrativa que toca no sobrenatural.

Apesar de vir depois de "O Feriado dos Dois Cincos" na ordem de *Grito*, este texto foi escrito ao mesmo tempo e saiu antes dele, em julho de 1922, pela *Dongfang Zazhi* [东方杂志] (*The Eastern Miscellany*) de Xangai. Trata-se de uma outra publicação da Commercial Press, desta vez uma revista de notícias e variedades. Uma das colunas dessa publicação era "Xiaoshuo", donde a comissão para que Lu Xun colaborasse com um texto. Nessa altura, Xangai era uma concessão internacional, tendo uma atmosfera menos politizada e mais diversa do que Pequim (e, naturalmente, o resto da China). Há indícios de que esse ambiente e as características da publicação talvez tenham influenciado a concepção deste texto. Zhou Zuoren nota que "O brilho no escuro" compartilha a

E Lu Xun falou português...

temática de "Diário de um alienado", com o importante porém de que não se denuncia a "sociedade canibal" da doutrinação dos Ritos — ou seja, não há mensagem política explícita. Mas não só, o irmão de Lu Xun aponta que, nesta obra, o escritor pretendia somente descrever os eventos de forma realista. A crítica literária chinesa consagrada discorda, advogando uma dimensão apologética para o escrito. Conforme tal linha, "O brilho no escuro" tem por objetivo descrever a velha elite, que qualifica como inebriada pelos exames de acesso à carreira burocrática, suas vantagens e rendimentos estáveis. Critica-se a personagem principal que, ao ser reprovada pela décima sexta vez, transfere suas ilusões para a lenda sobre um tesouro revelado pela "luz branca" do título. Logo, o protagonista Chen Shicheng [陈士成] é rotulado como um caso típico de "intelectual reacionário", pelo que a estória não deixa de ser uma crítica aos pecados da "sociedade canibal". Em outras palavras, o irmão e colaborador de Lu Xun nega que se trate de uma crítica aos males da velha sociedade, contradizendo a leitura oficial. Como se posicionar diante de duas interpretações tão contraditórias?

Segundo sua prática usual, a hermenêutica luxuniana chinesa tende a alegorizar os textos, o que não deixa de corresponder ao intento juvenil de Lu Xun exposto no "Prefácio do autor", ou seja, o de criar literatura como um "médico das mentes". Por outro lado, as características morfológicas dos textos de *Grito* indicam uma outra postura, de criar literatura pura e simples, ficcionalizando lembranças, registrando acontecimentos importantes e verbalizando uma atitude irônica diante da vida, sob as condições dessa etapa da história intelectual chinesa, em que o velho ainda não morreu e o novo ainda não amadureceu. No seu contexto cultural, Lu Xun é um moderno que trabalha com ferramentas tradicionais. Se há um sentido maior para os textos, ele é construído sobre os alicerces de experiências concretas, pois a educação confuciana não diferencia literatura e história: ambas devem ser relatos factuais de aspectos diferentes da realidade, mesmo que, a certa altura, a verossimilhança possa ser questionada pelo leitor. Desta forma, "O brilho no escuro" é um mosaico de lembranças de infância de Lu Xun, enfeixadas na figura de seu protagonista. Vamos tentar entender como se dá esse processo de ficcionalização do real.

Em primeiro lugar, falemos do protagonista. Chen Shicheng foi modelado com base num primo-tio de Lu Xun, chamado de Zhou Zijing (周子京, ?-1895). Sua mansão ficava perto da do escritor, de modo que lhe era uma figura conhecida, mas não próxima. O pai de Zijing tinha morrido durante a revolta do Império Celestial da Grande Paz, sendo honrado pela casa imperial com uma sinecura hereditária. Ocorre que tal sinecura facultava a Zijing a titulação atingida pelo seu pai, um "Talento Florescente", de maneira que ele podia, diretamente, participar da segunda etapa das provas. Todavia, por um motivo desconhecido, Zijing continuou a buscar a primeira titulação, sem nunca passar nos exames. Tal como refletido na estória, Zijing abriu uma escola preparatória em sua casa, ocasião que permitiu aos irmãos Zhou conhecerem as limitações intelectuais de seu parente. Em que pese o testemunho de Zuoren, Zijing de fato tinha poucas luzes e um estilo incompreensível. Ao esclarecer que a primeira etapa do exame era muito pouco exigente, Zuoren chega a dizer que quaisquer respostas minimamente legíveis eram bastantes para aprovação. Para ilustrá-lo, ele confidencia que várias pessoas do clã, inclusive Lu Xun, conseguiram passar sem grandes dificuldades em suas primeiras tentativas, cabendo a classificação mais alta — primeira lista — ao tio dono do boteco que serviu de inspiração para o "Felicidade Geral", com o próprio Lu Xun ficando mais atrás, na terceira lista.

A seguir, vamos relatar o comportamento de Zijing, conhecido por Lu Xun. Como a maioria dos doentes mentais, ele alternava períodos de lucidez e de crise. Na maior parte do tempo estava bem, cuidando das atividades docentes e participando dos exames. Porém, como Zhou Zuoren explica, mesmo nos momentos de normalidade, ele era uma pessoa estranha. Sua esposa havia morrido e os filhos, por motivos pouco claros, tinham se afastado do pai. Isso ilumina circunstâncias parecidas do texto, além de explicar os motivos para a situação pouco usual do desfecho, no qual ninguém vem reclamar o corpo. Em seus acessos de loucura, conta-se que Zijing começava a gritar nas altas horas da noite, culpando-se de não haver observado seus deveres filiais. Especula-se que isso se deve ao fato de o pai de Zijing haver morrido em lugar incerto, com o filho não conseguindo encontrar o corpo do genitor e enterrá-lo da forma prescrita tradicionalmente. Estamos certos de que Zijing tinha uma vida isolada, já que tinha acessos violentos. Conta-se que, por vezes, espancava-se a si próprio na frente dos outros, que não tinham coragem de contê-lo. Diferente do desfecho macabro de "O brilho no escuro", a última crise de Zijing parece-se com uma piada de humor negro: depois de ter fechado a escola em sua mansão (por falta de alunos?), ele voltou a ensinar num templo budista, onde se restabeleceu por alguns anos. A certa altura, decidiu de forma repentina tomar um empréstimo sobre a colheita de suas terras, em termos bastante desfavoráveis, tendo os aldeões descoberto que o homem tinha sido ludibriado por uma casamenteira que fingiu lhe apresentar uma nova esposa. Depois de ambas fugirem com o dinheiro, frustrado e sem um tostão nos bolsos, ele perdeu a razão durante os dias de canícula, quando, gritando "não aguento mais este calor", aspergiu um monte de palha de arroz com querosene, acendeu-o e se deitou na "cama" ardente. Conta-se que Zijing resistiu às chamas por algum tempo, até que se pôs de pé e saiu correndo pela aldeia, gritando "o boi vai beber água!" antes de mergulhar no rio. Desta vez, os conterrâneos venceram o medo de socorrê-lo, salvando-o do afogamento, mas o louco morreu no dia seguinte, devido às queimaduras.

O nó do enredo, a "luz branca", também é baseado em fatos verídicos, mas não foi uma alucinação de Zijing. Esse outro episódio, com o humor típico de Shaoxing, foi estrelado por uma serva de meia-idade do louco, conhecida como "Dona Feliz". Ela nem cuidava da casa de seu patrão, nem de si própria, sendo famosa por viver esquálida e embriagada. Numa certa vez, entrou de repente no escritório de Zijing, parando de pé assustada, grogue da aguardente, antes de ser socorrida. Voltando aos sentidos, disse então que tinha visto uma "luz branca", identificando o lugar para seu amo. Por coincidência, tal como no *xiaoshuo*, uma parelha de versos sugeria a existência de um tesouro na casa, "a um fio do poço e uma linha do beirado do teto". A casa, obviamente, tinha um poço. Zijing contratou uns trabalhadores para as escavações, encontrando o que parecia ser uma urna de pedra. Ele veio averiguar a descoberta, uma laje do tipo utilizado como tampa de caixão — na China antiga, famílias de posses cobriam seus féretros com os chamados "caixões exteriores", feitos de pedra. Como desenterrar corpos era um tabu e os chineses, em geral supersticiosos, tinham medo de fantasmas, relata-se que Zijing saiu do buraco de um pulo, torcendo as costas e ficando de cama por um tempo.

Esse é o material com que trabalha Lu Xun. Analisemos de que maneira ele o transforma literariamente. Como não poderia deixar de ser num texto de curta extensão, ele faz com que todos os aspectos da trama estejam relacionados à loucura do protagonista, donde termos uma narrativa muito coesa, sem as divagações que ocorrem noutras criações de *Grito*. Dentre os possíveis tons compatíveis com as experiências de Zijing, o escritor formata a narrativa como um relato trágico, no qual o desapego do narrador reforça o sentido de solidão de Chen Shicheng. A mensagem implícita nesse nome foi explicada em "O brilho no escuro": um desejo dos pais de que ele tivesse sucesso nos exames burocráticos. Claro que esse é um recurso irônico, uma vez que ouvimos, logo no início da estória, que se trata de alguém que acumulou décadas de fracasso. No entanto, diferente de Zijing, Lu Xun nunca sugere que seu personagem é um intelectual medíocre, nem justifica o isolamento que ele sofre. Essa escolha sem dúvida reitera a simpatia do escritor por *outsiders*, personagens que são rejeitados pelos outros devido ao simples motivo de que não se conformam à regra. Numa sociedade tão coesa, em que as grandes famílias mantinham convivência quase diária, é de se admirar que Shicheng do início ao fim da estória só interaja com as criações de sua mente.

Desta forma, podemos entender o enredo como as repercussões do colapso psicológico de Chen Shicheng ao confirmar sua décima sexta reprovação, processo que culmina com sua morte por afogamento. É imprescindível acentuar que não há qualquer pista de intenção apologética ou moralizante no texto. A técnica narrativa, na terceira pessoa, oferece um relato imparcial do que o protagonista pensa e faz. O tratamento desses temas, largamente naturalista, impede Lu Xun de ir além dos fatos concretos das alucinações para conectá-las na mente do leitor, como faria alguém na condição do próprio Shicheng. Por conseguinte, embora se tenha escolhido um tema sobrenatural para guiar o desenvolvimento da estória, Lu Xun recusa-se a dar qualquer verossimilhança às manifestações da doença mental de seu protagonista. Não só Lu Xun, mas os outros intelectuais de seu tempo eram inimigos das "velhas superstições", uma vez que, por razões diferentes, davam continuidade à milenar aversão confuciana ao sobrenatural. Os leitores originais de Lu Xun não reagiriam bem a uma "história de terror", podendo, como era o ambiente à época, desacreditar o escritor como tendo saído da pauta da Nova Cultura. Em outras palavras, à maneira do "Diário de um alienado", está mais ou menos patente para o leitor que o protagonista de "O brilho no escuro" é louco. Contudo, no caso do "Diário", o naturalismo de Lu Xun é mascarado pelo foco narrativo de primeira pessoa, permitindo uma leitura mais dúbia da saúde mental do autor do diário, dubiedade que foi reforçada pela dramatização, com um resultado que, entendemos, é mais prazeroso literariamente para o leitor do texto traduzido em português.

Tais diferenças de cultura e convenções literárias dos públicos de partida e chegada recomendam ligeiros ajustes no texto de partida de "O brilho no escuro". Consideradas as diferentes expectativas do leitor de língua portuguesa, além de dramatizar o texto original como nos outros *xiaoshuo*, também se afinou a narrativa *cum grano salis* em dois aspectos não essenciais do enredo. Antes de falarmos sobre eles, é conveniente explicarmos as características da dramatização neste caso. Adota-se o princípio de que o estilo de escrita deve acompanhar a psicologia do protagonista. Inspirados pela intenção autoral de explicar o estado mental de Shicheng no processo em que vai ver os resultados, descobre que não passou e retorna para casa, utilizamos longas frases de arrastão para mimetizar a maré caudalosa de pensamentos e sentimentos, que produz uma série de alucinações. Como o leitor da tradução se apercebe, tal estilo continua até a primeira manifestação da voz fantasmagórica ("De novo!"), quando eclode o episódio de insanidade que faz a psicologia do personagem desdobrar-se em "eu" e "a voz". A partir daí, o estilo torna-se mais narrativo e ordenado, intentando produzir uma descrição verossimilhante da aparição, o suposto espírito de um ancestral ("a luz branca"), que guia Shicheng ao tesouro. Ou seja, mesmo que se continue a utilizar, como regra, o mesmo tipo de narração em terceira pessoa que o escritor, a tradução representa a realidade tal como percebida pelo protagonista. Desta forma, o intuito naturalista de registrar o comportamento excêntrico de um homem demente abre espaço para que os elementos sobrenaturais do enredo produzam um novo tipo de interesse, no caso, o suspense sobre se, realmente, havia uma presença espiritual a guiar Shicheng em direção às supostas riquezas.

O texto original nunca produz esse suspense, porque assume o ponto de vista de um observador são — Lu Xun — que não sofre desdobramento psicológico. Por tal razão, os comportamentos de Shicheng são representados como claramente absurdos e desprovidos de significado. Uma análise crítica do enredo demonstra que, na segunda metade do texto, há dois pontos da trama que, se adaptados, propiciam um interessante patamar de dubiedade/verossimilhança sobre a (in)sanidade de Shicheng e a existência da "luz branca", resgatando o enredo da "caça ao tesouro". O primeiro diz respeito à quadrinha ouvida pelo protagonista na sua infância. No texto chinês, essa quadrinha não tem nenhuma repercussão prática sobre o enredo, muito embora o autor caracterize bem o contexto em que foi ouvida. Literalmente, a quadrinha lê: "Curva à esquerda, curva à direita, ande para a frente, ande para trás; conte o ouro, conte a prata, nenhum *dou* (medida de volume) basta". Na tradução, utilizamos a quadrinha como ponto de partida para um longo delírio sobre a sua mensagem secreta e criamos a cena em que Shicheng procura o lugar do tesouro em sua mansão, na qual são seguidas as quatro direções da quadrinha, por mais tolas que soem. Um segundo aspecto do enredo original que sofre alterações é o da escavação do piso. Este é um outro anticlímax do texto chinês, em que, após delirar sobre se o tesouro estaria no pátio alugado a um outro clã, Shicheng termina cavando o piso de seu próprio estúdio, sem reconhecer que as marcas no chão tinham sido feitas por ele próprio num acesso de loucura. No original, tudo o que antecede a partida para a montanha fora das muralhas ocorre no raio de uns poucos metros, com a aparição do guia espiritual ofuscada por pensamentos incoerentes de Shicheng, os quais, novamente, comprovam para o leitor que ele estava louco. A tradução modifica os acontecimentos em que, após seguir a quadrinha/diagrama, encontra-se um aposento antigo de um pátio abandonado, onde é feita a escavação. Embora não tenha encontrado o tesouro naquele quarto, fica no ar que Shicheng encontrou um féretro antigo — note-se a mandíbula e a voz macabra. Neste ponto, continuamos a seguir estritamente o original chinês, mas resta a impressão de que o protagonista libertou o espírito de sua tumba. Para um leitor de língua portuguesa habituado à literatura fantástica, isso é aceitável, no plano da ficção, sendo coerente com a fuga e o desmaio do personagem, que volta aos sentidos com a aparição do guia que o leva ao seu destino final. Ou seja, a estrutura da narrativa original não é violada, enquanto as expectativas do leitor de língua portuguesa não são frustradas antes do clímax.

Esses desvios, na verdade procrastinações do original, visam manter o suspense até o desfecho da estória e deixar um ponto de interrogação sobre o que realmente ocorreu. A verossimilhança do tesouro, aos olhos do louco, é o que dá urgência à perseguição final da "luz branca", antes de que o sol nascesse. A luz da lanterna era necessária para que Shicheng encontrasse seu caminho pelo mato. Todas essas circunstâncias explicam, do ponto de vista do demente, os riscos em que ele se coloca. Esses pequenos ajustes também terão um impacto na revelação de que o homem morreu afogado. O texto chinês termina com o médico-legista notando o lodo negro sobre as unhas das mãos esfoladas, mas essa dubiedade também precisa ser realçada no enredo, permitindo que o leitor imagine outra possibilidade que não a de que Shicheng estava louco e que poderia ter agarrado qualquer coisa. Na tradução dramatizada, porém, tendo em vista a forma como se deixou aberta a linha narrativa da "caça ao tesouro" na mansão, não se excluem preliminarmente outras possibilidades, inclusive a de que tenha sido a urna do tesouro. São todas questões autorizadas pelo texto original, desde que abertas para diferentes enfoques, a serem determinados pelo leitor do texto de chegada.

Sobre coelhos e gatos [兔和猫]

"Sobre coelhos e gatos" (o título é idêntico ao original) foi publicado em outubro de 1922 no *The Morning Post* de Pequim. Este e o próximo texto têm as mesmas características, providenciando um vislumbre relaxado da vida privada de Lu Xun, agora acompanhado de toda a família e já bem instalado no prédio em Badaowan. Por serem tão próximos da realidade, há dúvidas sobre a qual gênero pertencem. Não são crônicas, por carecerem do mesmo caráter opinativo que "Nada demais". Não são fictícios o bastante para serem considerados "contos" como "Kong Yiji". Não são autobiográficos o bastante, faltando o tom confidencial do "Prefácio do autor". Essa polivalência amorfa ilustra bem as diferenças entre o *xiaoshuo* chinês e a tipologia literária ocidental, impondo-nos a tarefa de explicar de que maneira o texto pode aparecer ao lado de criações tão diversas como "Quequéu" e "Minha terra".

Zhou Zuoren não dá muitos detalhes sobre esta obra. O que ele afirma é que, com efeito, havia gatos de rua perto de sua morada, os quais, nas altas horas da noite, miavam interminavelmente, fazendo com que se perdesse o sono. Ele manifesta uma profunda aversão a esse bicho, como sendo pouco afeito à vida em comum com o ser humano, opinião interessante na medida em que pode ilustrar o que pensava também Lu Xun. De fato, a menção a um cachorro em casa destaca uma mudança de hábito com relação à vida dos Zhou em Shaoxing. Ao explicar as outras estórias, Zuoren nota que os cães de sua terra natal eram, em sua grande maioria, animais de rua — lembre-se que o cachorro dos Zhao no "Diário de um alienado" foi uma invenção do escritor. Os gatos, por outro lado, eram tolerados dentro de casa por serem uma forma natural de controlar ratos, ainda que as pessoas não tivessem afeto por eles. Deixando de fora as famílias abastadas, os animais de estimação mais comuns na China de então, tomando o exemplo de Pequim, eram aves canoras e grilos, pela razão de que também "cantam". Os coelhos da estória, embora sejam descritos como animais de estimação, provavelmente terminariam sendo comidos se chegassem à idade adulta.

Diferentemente de Zhou Zuoren, seguro de que não há uma intenção didática na história, a crítica tradicional destaca as reflexões finais do narrador, o próprio Lu Xun, que se compadece do triste destino dos coelhos. A leitura ortodoxa postula que o escritor trata a relação entre coelho e gato como uma alegoria para a sociedade humana, em que vale o princípio da sobrevivência dos mais fortes. Aplaude-se que, para intervir nessa "ordem natural" e castigar o gato Carvão, o narrador estaria se insurgindo contra o que ele chama de "Criador das Coisas". Ao contrário de Zuoren, que não oferece maiores subsídios para sua posição, a crítica-padrão fornece uma interpretação mais consistente da parte central do enredo. Veicula-se uma marcada ânsia de justiça e solidariedade, coerente com as bandeiras de transformação social que justificariam a Revolução Chinesa.

Nada obstante, a mensagem de Lu Xun não é tão inequívoca como querem os hermeneutas chineses. Uma leitura imparcial nota que, ao intervir para vingar/salvar os coelhos, o narrador não estaria fugindo à ordem natural; pelo contrário, ele estaria confirmando a "lei do mais forte". O fato de ele estar munido de bons motivos, de que se preocupe com a legitimidade do uso da violência, é meramente circunstancial — atente-se para que o ódio dos miados à noite também é um motivo confessado para se livrar de Carvão. Por conseguinte, quando Lu Xun diz que, "contudo, algo dentro de mim quer servir ao Criador das Coisas, auxiliar a sua obra...", ele não está pensando em nada mais do que dar cumprimento à lei dos mais fortes, pois o "Criador", como diz o texto, "desperdiça vidas", "destrói demais" — mesmo que isso desgoste o narrador. Precisamos enfatizar que o "Criador das Coisas", citado por Lu Xun, não é o Deus bom dos cristãos, mas uma metonímia encontrada no *Livro do Mestre Zhuang*, que indica, pura e simplesmente, a ordem natural. Lu Xun, que não tinha simpatia pelo Cristianismo, atualiza o *Mestre Zhuang* nos termos de seu tempo. O que isso quer dizer? Lembremos que uma das leituras mais influentes da juventude de Lu Xun foi *Evolution and Ethics*, de T. H. Huxley, texto de popularização do Darwinismo Social. Ao longo de *Grito*, percebemos que as relações entre personagens podem ser decodificadas em termos da dominação dos fracos pelos fortes, apesar de que Lu Xun manifeste seu interesse e simpatia pelos vencidos. Ou seja, o escritor subscreve-se ao dogma de que os fracos sempre perdem para os fortes, mesmo que não se sinta bem com suas repercussões. A "justiça" pela morte do coelhinho é conscientemente irônica, visto que, em suas palavras, "sei que preciso resistir à Lei que Ele nos deu (i.e., de que o forte prevalece sobre o fraco), mas...". Constata-se um certo descompasso entre a leitura chinesa e o que o enredo sugere.

Convém fazer algumas observações sobre o trabalho concreto de dramatização. Além do enredo central, do triângulo coelho-gato-homem, as relações entre Lu Xun e seus familiares também despertam interesse. É compreensível que Zhou Zuoren, tendo convivido diariamente com o escritor nessa época, não tenha feito comentários sobre esse assunto, por lhe parecer um assunto privado. Desta forma, assumimos a "realidade" ficcionalizada pelo texto, para entendermos que, por trás do jogo de vida e morte que se dá entre coelhos e gatos, há um outro jogo, de poder, entre Lu Xun e a esposa de seu irmão caçula. Esse é o outro eixo da estória, que dá mais profundidade literária a uma criação de outra forma menos conspícua.

O texto começa com a crítica de que a Esposa de Terceiro é gastadeira, pouco a pouco sendo perdoada, pela alegria que os coelhos trouxeram à casa. Pelo meio da estória, notamos a implicância do narrador, que não deseja dar o braço a torcer à teoria de que o gato teria comido os coelhos. Ele termina saindo por baixo, de novo, pois a cunhada estava certa. Próximo do desfecho, há passagens em que a personalidade dela é castigada com sarcasmo, momento em que o narrador envolve até a mãe na maledicência. Sem dúvida, a cunhada termina por cima, porque é ela que dá prova de iniciativa e persistência. Não é absurdo querermos ver nesse relato ranzinza, e até divertido, uma marca de orgulho ferido do narrador, pelo fato de ele, o homem "chefe da família", ser colocado de lado por uma mulher, casada com o caçula e, imaginamos, ainda mais estrangeira. Claro que esses são fatos literários, uma "verdade" criada no enredo, para divertir o leitor.

Na dramatização, também destacamos o sentido de autoimportância do narrador. Enfatiza-se-o no texto de chegada pela linguagem burocrática que ele utiliza durante as "reuniões familiares", assim como nas passagens em que descreve suas preferências e caprichos. Notamos que o narrador é muito dado a amores e ódios, malgrado se comportar como uma pessoa distante, sempre envolvido com seu próprio mundo interior. Essa é a moldura da cena final do texto, em que um Lu Xun insone luta contra a sua melancolia e, apesar de se mostrar um apreciador passivo dos coelhos e um inimigo secreto do gato, toma uma decisão radical, deixando o leitor apreensivo, e cético, sobre se não matará, ou matará, o bicho.

(Tragi)comédia dos marrecos [鸭的喜剧]

O título original é "Comédia dos marrecos", uma inversão bem-humorada do título de um conto infantil de Vassíli Ierochenko — "A tragédia do frangote" (*Xiaoji de beiju* [小鸡的悲剧]). Lu Xun havia traduzido esse texto, junto com outras oito estórias de Ierochenko. Ao acrescentarmos o prefixo "tragi", entre parênteses, repetimos o mesmo tipo de humor que Lu Xun, fazendo um comentário sobre o enredo de sua criação. Ao mesmo tempo, provocamos uma reflexão sobre o "gênero" escolhido para esta narrativa. A "Comédia dos marrecos" não é uma comédia em sentido próprio (i.e., um texto "divertido" e com final feliz), mas um tipo de comentário irônico dirigido ao idealismo de Ierochenko. Nesse comentário, Lu Xun mais uma vez esposa sua visão social-darwinista do mundo, utilizando o episódio dos marrecos para comprovar que, desde a ordem natural, não é viável estabelecer harmonia. Antes de demonstrarmos, com base na análise do texto, essa intenção luxuniana, precisamos esclarecer as circunstâncias em que a "(Tragi)comédia" foi composta, o que revela mais uma componente autobiográfica de *Grito*.

Militante comunista, Ierochenko chegou à capital chinesa nos primeiros meses de 1922 para lecionar esperanto na Universidade de Pequim, depois de ter sido expulso do Japão por atividades subversivas. Ele encontrou acomodação na casa de Lu Xun, apesar de não ser um conhecido do escritor. Não está claro como isso se produziu. É razoável pensar que ele estivesse mais proximamente relacionado, num nível profissional, a Zhou Zuoren, já que Zuoren era professor em tempo integral naquela universidade e, de fato, era mais envolvido com o grupo de *La Jeunesse* do que Lu Xun. Apesar de ter perdido a visão devido a uma doença que contraiu em sua infância na Ucrânia, Ierochenko estudou música e possuía talento para idiomas, tendo aprendido, além de esperanto, também inglês e japonês. Era nessa última língua que se comunicava com os irmãos Zhou. A despeito de suas limitações, Ierochenko levou uma vida cigana até então, com passagens mais longas por Burma (atual Mianmar), como indica a estória, além do Japão.

E Lu Xun falou português...

Talvez seja necessário explicar a importância do esperanto no contexto chinês para entendermos a situação de Ierochenko. Cai Yuanpei tinha interesse no ensino de esperanto, que trouxe de volta de seu autoexílio na França e Alemanha. Lembremos que ele era um político do grupo de Sun Yat-Sen que havia assumido a reitoria da Universidade de Pequim em 1917. Esse interesse refletiu-se na linha editorial de *La Jeunesse*, bem como no convite para que Ierochenko viesse criar turmas e, formalmente, uma escola da língua no quadro da Universidade de Pequim. Num plano maior, sabe-se que o esperanto estava, desde a sua invenção, associado a movimentos internacionalistas, em geral, e ao trabalhismo revolucionário, em particular. Desta forma, Ierochenko, como confirma Zuoren, utilizava o ensino de esperanto para propagar ideias de transformação social. Zuoren afirma que Ierochenko era um militante anarco--comunista afeito à organização das bases, não sem apreço por técnicas conspiratórias. Ele tinha admiração pela Revolução Russa e tentou aproveitar a sua cátedra para divulgar a literatura daquele país na universidade, ficando nas entrelinhas que era, especificamente, a literatura revolucionária dos últimos anos. Embora Zuoren diga que Ierochenko "viria a mudar de ideia" depois de conhecer a experiência bolchevique *in loco*, as barreiras linguísticas não o impediram de atrair uns poucos alunos com seu fervor ideológico. O irmão de Lu Xun nota que Ierochenko participou de atividades culturais na universidade, onde cantou o hino da Internacional ao som de sua balalaica e fez propaganda do heroísmo dos cossacos, presume-se, dos cossacos vermelhos, que governavam o soviete da Ucrânia no início do regime.

"(Tragi)comédia dos marrecos" é um texto autobiográfico de ocasião. Lu Xun escreveu-o porque, no final do primeiro semestre letivo de 1922, Ierochenko voltou à Rússia e, chegado o mês de outubro, ele ainda não tinha voltado, como deveria. Acreditando que o ucraniano não fosse mais aparecer, a "(Tragi)comédia" foi concebida como uma recordação daquele "amigo de longe", seguindo uma tradição literária chinesa. Contudo, antes que o texto fosse publicado, "Ierochenko apareceu de volta, como um furacão". Nas breves férias de inverno, ele viajou para Hangzhou e Xangai. Infelizmente não sabemos se estava envolvido com alguma forma de articulação política envolvendo a Comintern, mas é fato histórico que, no final de janeiro, em Xangai, foi firmado o "Manifesto Sun-Joffe" selando o início da cooperação entre o Kuomintang e o Partido Comunista chinês, então de orientação plenamente soviética.

538   Giorgio Sinedino

Também está claro que Ierochenko retornou a Pequim em fevereiro de 1923 e, em abril, foi embora definitivamente.

Que tipo de pessoa era Ierochenko? Percebemos de sua trajetória que uma característica marcante de seu temperamento era a "inquietude". Uma outra era a melancolia, um profundo senso de "solidão", o termo-chave da "(Tragi)comédia". Entretanto, é preciso reconhecer que esse traço não está bem desenvolvido na estória, porque, como o próprio Lu Xun afirma, ele não entendia qual o motivo para que Ierochenko se sentisse daquela maneira. No entanto, há duas razões mais óbvias, uma geral e outra circunstancial. Falaremos da circunstancial mais adiante, no momento apropriado. A razão geral é que Ierochenko se percebia como um elemento estranho, estivesse onde estivesse.

Podemos tomar emprestado o enredo de "A tragédia do frangote" para comprová-lo. Logo na primeira linha, sabemos que o protagonista morreu afogado num tanque em que nadavam patos. A estória desenvolve o tema do homem alienado, através de um frangote que não se dava bem com os da sua espécie. Nas palavras da galinha-mãe, "tinha uma doença incompreensível". Por tal motivo, ia buscar companhia junto a outras aves, os patos. Ele tenta fazer amizade com eles, mas as diferentes visões de mundo impedem que o frangote encontre um lugar para si. Ele tenta provar que pode viver como um pato, buscando o seu alimento ao nadar no tanque, mas, como era de se imaginar, fracassa. Sua morte é desprezada pelos patos e lamentada pela mãe, que lembra sempre tê-lo ensinado que "frangos devem brincar com frangos; patos, com patos" (*Traduções completas de Lu Xun*, vol. 1, pp. 528-530). Acreditamos que esse enredo deve ter despertado alguma simpatia em Lu Xun e, provavelmente, incitado-o a traduzir mais textos de Ierochenko, que foram publicados em julho de 1922, sob o título de *Antologia de estórias infantis de Vassíli Ierochenko* (*Ailuoxianke Tonghuaji* [爱罗先珂童话集]), pela Commercial Press de Xangai.

Esta "(Tragi)comédia dos marrecos" foi publicada em dezembro de 1922 na revista *Funü Zazhi* [妇女杂志], *The Ladies' Journal*, de Xangai. Era mais uma publicação associada à Commercial Press, nesse caso voltada, evidentemente, para o público feminino. Com a eclosão do Movimento Quatro de Maio, em resposta a pressões políticas, tal empresa contratou o editor Zhang Xichen (章錫琛, 1889-1969), natural de Shaoxing, que, além de implementar uma linha mais rente à da "Nova Cultura" de luta contra os males da "velha sociedade" (casamentos arranjados, pés de lótus, falta de acesso à educação, etc.), também envolvia em seu trabalho os conterrâneos, em que se contava o escritor. Seja como for, esta criação de Lu Xun faz poucas concessões à ideologia da Nova Cultura, cuja trama gira em torno de uma medição de forças entre o escritor e Ierochenko, os dois protagonistas do *xiaoshuo*. Lu Xun, como de hábito, assume a visão individualista e social-darwinista, que termina prevalecendo sobre os ideais protocomunistas de autossuficiência defendidos pelo seu hóspede.

Isso não é o que pensa a crítica autorizada. A leitura tradicional desta estória tenta argumentar que Ierochenko é uma caixa de ressonância para os pensamentos de Lu Xun. Enquanto ficcionalização, Ierochenko é tratado como um espírito livre que tem amor por todas as formas de vida, de maneira que suas frustrações, ao comparar Pequim a um deserto, funcionam como projeções do "ódio que Lu Xun sente pela realidade". De fato, essa é uma tentativa de leitura que ignora os detalhes cotidianos da "solidão" de Ierochenko. Como disséramos, há uma razão circunstancial que agravou a "solidão" e, com ela, o desejo de deixar a China para trás. Embora tenha acontecido depois da criação do texto, ilustra o que Ierochenko passou em seu breve serviço na Universidade de Pequim. Em dezembro de 1922, ele foi participar, junto com Lu Xun, de uma celebração do aniversário daquela instituição, quando os dois assistiram a uma apresentação da Shiyan Jushe [实验剧社], "Companhia de Teatro Experimental", organizada por alunos. Por mais implausível que fosse, associou-se a Ierochenko a crítica de que não passavam de aprendizes de *youling* [优伶] ("atores de peças populares e cabarés típicos da China antiga") — isso causa espanto, porque Ierochenko não compreendia chinês e o conceito cultural de *youling* não existe em japonês. Há indícios de que foi o próprio Lu Xun a dizê-lo, mas, afinal de contas, aquele visitante estrangeiro e inconspícuo era um alvo mais fácil para jovens intelectuais cheios de si. No início de janeiro, um deles escreveu um longo e tedioso artigo para o *The Morning Post* em que atacava Ierochenko e o ofendia por ser cego. Zhou Zuoren deixa claro que, para aqueles e outros defensores grandiloquentes dos ideais da Nova Cultura, Ierochenko "não passava de um mendigo". Em janeiro do ano seguinte, Lu Xun interveio com um desagravo em que castigava os juniores, mas Ierochenko estava próximo de deixar a China (cf. OC, vol. 8, 141-150).

Isto nos traz ao conteúdo da "(Tragi)comédia dos marrecos", em que encontramos mais um interessante vislumbre da vida e dos sentimentos privados de Lu Xun. É essa situação que nos dá o tema para a dramatização. Da mesma maneira que em "Sobre coelhos e gatos", Lu Xun assume um disfarce (ou se revela) como sujeito patriarcal, fazendo troça de si próprio, enquanto chefe de família e dono da casa que implica com aquelas pessoas que lhe negam deferência. Na prática, como descobrimos, Lu Xun é um observador passivo das peripécias de seu visitante e dos parentes, confidenciando seus pensamentos à literatura — como a sua fixação com o orçamento familiar (na verdade, ele ganhava bem, em ambos os serviços, o que põe em questão sua atitude para com o dinheiro).

No que se refere ao conflito central desta "(Tragi)comédia", Lu Xun parece opor-se aos ideais que Ierochenko tenta transmitir, reitere-se, à família dos Zhou, e nisso imaginamos a convicção do narrador de que ela deveria estar seguindo e obedecendo a quem era, de fato, o chefe. Mas isso não se coaduna com a forma de ser, irônica, distante e reflexiva, do protagonista, donde o prazer que tem o leitor em observar tal contradição. Deste modo, literariamente, o enredo segue a implementação da "plataforma ideológica" de Ierochenko, seja criar um "coro de sapos", seja liderar a família Zhou para se tornar autossuficiente, etc. Isso dá ensejo para um experimento bizarro, em que a esposa de Zhou Zuoren começa a cultivar hortaliças e criar aves numa casa relativamente pequena. Lu Xun permanece cético, apesar de que aproveite os bons momentos trazidos pelos girinos e marrecos. Porém, com o passar do tempo, é impossível controlar o impulso da cadeia trófica: os frangos comem as hortaliças (e plantas ornamentais) e os marrecos consomem os girinos. A visão darwinista por fim triunfa sobre o comunismo primitivo, como Lu Xun certamente antecipara.

A transição final, em que se descrevem os sapos coaxando nas redondezas e as aves crescidas dentro de casa, é um final anticlimático, do ponto de vista do enredo, mas funciona como um retorno ao início da estória, invertendo as relações: agora é Lu Xun que sente "saudade" de sua interessante visita, incerto de seu retorno para o "deserto" de Pequim.

ÓPERA RÚSTICA [社戏]

"Ópera rústica" é uma tradução simplificada do título original, "Shexi" [社戏], que privilegia o aspecto do espetáculo em detrimento de seu conteúdo cultural. *Xi* aqui indica uma longa apresentação teatral de variedades, composta por segmentos cênicos de canto, dança, música, acrobacias, etc. *She* pode ser tratado como um termo coletivo para as deidades locais. *Shexi*, portanto, é um espetáculo de cunho popular e religioso, que serve para celebrar (e propiciar) as forças sobrenaturais em momentos específicos do ano — poderíamos dizer, do calendário litúrgico dos camponeses. Dentre as divindades comemoradas, temos a deidade da terra, dos grãos, da riqueza, das pestilências, do fogo, entre outras, cujas denominações sugerem seus papéis sociopolíticos. Neste caso, Zhou Zuoren argumenta que a cerimônia teria sido realizada no verão, para pedir "tranquilidade e paz" à deidade do fogo. Lu Xun explica que, embora a comunidade participasse desses espetáculos, o público real eram os "deuses", representados por tabletes/placas memoriais, dispostas na frente do palco.

Este texto, publicado na *The Short Story Magazine* em dezembro de 1922, conclui a edição definitiva de *Grito*. Como dissemos, trata-se de uma publicação da Commercial Press, que era, naquela altura, a principal parceira dos irmãos Zhou. Nesta época, *La Jeunesse* já tinha completado sua transição, de uma publicação dedicada à plataforma geral da Nova Cultura, a um periódico engajado na divulgação e promoção do Marxismo. A revista estava formalmente sob a bandeira do Partido Comunista chinês, que já contava quase um ano e meio de existência e tinha Chen Duxiu como primeiro dirigente.

Apesar de ser uma obra reconhecidamente autobiográfica, há um intento discursivo em "Ópera rústica" que lhe confere unidade temática, a saber, o de opinar sobre o valor artístico das apresentações teatrais chinesas. Conforme as características do enredo luxuniano, o ponto de partida importa menos do que o desenvolvimento espontâneo, às vezes aleatório, das ideias. Neste caso, o sucesso da estória deve-se à catalisação de emoções autênticas, seja na primeira parte, na Pequim de "hoje", seja na segunda, da Shaoxing/Vilarejo da Ponte Baixa, de "ontem". O caráter literário é bem estabelecido, na medida em que o desaprovo à ópera de Pequim e a súbita lembrança de uma experiência aprazível com o teatro popular interiorano são desenvolvidos narrativamente, em vinhetas cômicas. O forte tom irônico das estórias precedentes dissipa-se, fazendo com que *Grito* termine num tom de nostalgia autêntica, com um retrato leve de traquinices infantis. Apenas desta forma, muito limitada, é que podemos referendar o ensinamento da crítica chinesa autorizada, segundo o qual Lu Xun, com este *xiaoshuo*, pretende "elogiar a simplicidade, altruísmo e franqueza dos camponeses", pois não parece haver intento de interpretar o ambiente de Ponte Baixa baseado em distinções de classe, como desejaria a hermenêutica chinesa.

Logo, em vez da preferência ideológica pelos camponeses, talvez seja melhor nos concentrarmos em como Lu Xun reage, pessoalmente, a forma como é ou se vê tratado por pessoas ou grupos de pessoas. De fato, um dos aspectos paralelos da trama envolve a tensão existente entre Lu Xun como menino da "cidade", de família "boa", que tem "cultura", e todos aqueles parentes da roça, perfeitamente integrados à vida no seu meio. Também há uma nota de antipatia dirigida aos interioranos abastados, que se exibem em seus barcos de toldos negros. Como ficou manifesto no "Prefácio do autor", Lu Xun comporta-se como uma pessoa de forte senso de dignidade e orgulho pessoal, que se melindra a cada atitude alheia indesejada, seja de fato, seja imaginada. Essa impressão é confirmada no texto de "Ópera rústica", por exemplo, na passagem em que ele se dá conta de que nem sua erudição infantil é capaz de poupá-lo das humilhações por causa de sua patente inadequação à vida no campo. Ao mesmo tempo, a despeito de inexistir interação direta, as descrições da quinta dos Zhao (note-se a impressão negativa que esse sobrenome desperta em *Grito*) e dos toldos negros são carregadas de antipatia. Não deixamos de atentar para a suscetibilidade do autor para com o amigo que o convida para ir, pela primeira vez, à ópera de Pequim e para o gozo, expressado discretamente, em se perceber o centro das atenções na Ponte Baixa, por vir da cidade e por escapar à rígida hierarquia de gerações do seu clã materno.

A aversão por Pequim é um detalhe interessante da literatura de Lu Xun em *Grito*, malgrado estar sempre bem escondido nas entrelinhas. Neste texto, temos a ópera de Pequim como alvo das críticas, mas subjacente a ela está um elemento da forma de ser dos habitantes da capital. Os espetáculos teatrais não se realizavam ao ar livre, como em Shaoxing, mas dentro de teatros ou cabarés. Zhou Zuoren fala mal desses ambientes, aludindo ao desalinho do público e o caráter vulgar de situações que não esmiúça — neste texto, Lu Xun chega a mencionar a presença de mulheres dentro do teatro (os atores eram todos homens), com parte do público as esperando fora. Embora pareça ser uma crítica pontual, é reveladora da moral estrita dos irmãos Zhou — um amigo de Lu Xun confirma que ele nunca se relacionou com cortesãs, o que, pode-se dizer, era um hábito frequente nos homens de posição aborrecidos com a própria vida familiar e de repartição. Seja como for, na "(Tragi)comédia dos marrecos" encontramos alfinetadas contra Pequim e os pequineses. E o início de "Confidências de uma trança cortada" é um retrato pouco elogioso da índole dos habitantes locais da capital. Não é absurdo especularmos que tal antipatia se origina na dualidade "nortista" e "sulino", para além de que Pequim estava marcada como sede da dominação manchu. De qualquer maneira, é inquestionável que a primeira parte de "Ópera rústica" se passa em Pequim, e tem uma conotação negativa; a segunda parte é em Shaoxing/Ponte Baixa, produzindo uma leitura positiva.

Nesse contexto, o pivô das lembranças de Lu Xun é a leitura do comentário feito por um crítico japonês, que o conduz a uma apreciação positiva das artes cênicas chinesas. O exemplo que o autor encontra é, para todos os efeitos, de sua terra natal. Diz-se "para todos os efeitos" porque se chega ao final da estória com a impressão de que o espetáculo não foi tão importante quanto as aventuras que o pequeno Lu Xun compartilhou, como convidado, dos meninos de Ponte Baixa. Se lermos toda a cena da ópera com cuidado, notamos que o único momento em que houve diversão, sem ressalvas, foi a surra de chicote que levou o palhaço de camisa rubra. Cabeça de Ferro decepcionou Lu Xun por não dar os oitenta e tantos saltos mortais, tampouco ele chegou a assistir à performance do demônio-serpente, nem à do acrobata fantasiado de tigre. Com efeito, só temos certeza de que ele gostara de fato da performance quando, depois de terem partido, lemos o diálogo interior sobre o desejo de retornar. Esse mesmo temperamento *blasé* é notado com respeito às favas do Velho Sexto, pois ao comê-las no dia seguinte, o que Lu Xun diz é que não estavam tão boas como quando estava faminto. Indiferente a como o leitor se sinta em relação a esse protagonista do *xiaoshuo*, a forma como homem e menino se espelham, a influência que a personalidade do narrador exerce sobre a modelagem da estória, etc., são aspectos do prazer literário que buscamos construir na dramatização.

Além de fazer com que o protagonista seja mais palpável como um ser humano e que seu temperamento seja facilmente deduzido das situações em que se envolve, o maior destaque do texto de chegada é de mostrar para o leitor como são construídos dramaticamente os contrastes que pautam a trama, entre fase adulta e infância, urbano e rural, etc. A simpatia para com as pessoas e eventos de Ponte Baixa, em última instância, é produzida pela forma de ser, agir e falar, tanto quanto as peripécias da trama. Contudo, no original chinês, não há muito empenho em dar vida individual às crianças que interagem com o narrador, pois elas aparecem e desaparecem do texto na medida em que despertam atenção de Lu Xun ou deixam de despertá-la. Esse tratamento dos personagens, idiossincrático para nós, corresponde a uma convenção da literatura antiga chinesa. Os coadjuvantes tendem a perder consistência, à maneira de figuras recortadas de papelão colocadas em segundo plano, ou como, na ópera chinesa, dos acrobatas cuja função é criar massa nas cenas de luta. Personagens como Alegria-Alegria e Riquinho, contudo, são elementos orgânicos do enredo e merecem maior presença e reconhecibilidade, deixando de ser apenas vozes de terceiros produzidas pelo narrador — precisam, assim, ter características físicas e manifestar suas próprias emoções. Desta forma, ainda que a jornada da sampana pela noite tenha maior requinte narrativo do que qualquer outra cena comparável em *Grito*, é preciso reconhecer que necessita de maior profundidade espacial, isto é, a tripulação deve atuar em seus papéis de um jeito mais cinemático, enquanto o narrador deve ser dramatizado conforme o personagem passivo e secundário no enredo que é, não obstante o leitor observe a cena a partir de seus olhos.

A MONTANHA INACABADA [不周山]

Quando a primeira tiragem de *Grito* foi publicada, em janeiro de 1923, a coletânea possuía um *xiaoshuo* a mais, chamado "Buzhoushan" [不周山] ("A montanha inacabada"), uma narrativa inspirada por uma passagem de *Shanhaijing* [山海经, século IV a.C.] (*Escritura das Montanhas e dos Mares*). Esse texto terminou abjurado por Lu Xun e subitamente excluído em janeiro de 1930, na sua décima terceira tiragem, devido a um episódio que podemos tomar como sintomático da personalidade do escritor. É uma história não só digna de registro, mas também, cremos, serve de final perfeito para este livro.

Na segunda metade da década de 1920, surgia uma nova geração de escritores que viria a desafiar Lu Xun e, como as coisas aconteceram, levá-lo a assumir posições e a dizer coisas que ele, provavelmente, preferia ter deixado intocadas. Nascidos cerca de duas gerações depois de nosso escritor, eles tinham uma visão da China bastante diferente, donde

E Lu Xun falou português...

também conceberem a (boa) literatura como algo distante do que o autor de *Grito* fazia. Desta forma, intelectuais como Cheng Fangwu (成仿吾, 1897-1984) partiram para o ataque. Ele argumentou que, com a exceção de "A montanha inacabada", *Grito* era um livro "*yongsu*" [庸俗] — medíocre, vulgar — adepto de um "naturalismo superficial". "A montanha", por outro lado, "tinha alma", "apesar de que tivesse alguns aspectos insatisfatórios [...] tinha conseguido entrar no palácio das letras puras". Por óbvio, eram palavras que mexiam nos brios de alguém que esperava respeito pelo fato de ser mais sênior do que o crítico, para não dizer consciente das próprias realizações e de seu estatuto no meio intelectual chinês.

Isso levou a que "A montanha inacabada" fosse incluída na obra *Gushi xinbian* [故事新编], *Nova compilação de estórias velhas*, a terceira e última antologia de *xiaoshuo* de Lu Xun, lançada em janeiro de 1936, poucos meses antes da morte do escritor. No prefácio dessa compilação, ele lembra os motivos para ter retirado "A montanha inacabada" de *Grito* cerca de seis anos antes. Reconhecendo as críticas de Cheng Fangwu, ele admitia que aquela estória tinha, de fato, imperfeições, particularmente na segunda metade do texto. Lu Xun também confessou que destoava do resto de *Grito*, outra vez concordando com Cheng. Nesse sentido, ele exigiu à editora que "A montanha" ficasse excluída de sua primeira coletânea de *xiaoshuo*, enfatizando que, em respeito ao crítico, desejava que sua obra ficasse sem "alma", mas não só, queria, sobretudo, que *Grito* contasse apenas com textos "medíocres e vulgares"... Será que o mesmo ironismo seria dedicado por Lu Xun aos Cheng Fangwus das traduções de *Grito*?

* * *

Este livro cresceu com o tempo, acumulando muitas dívidas de gratidão e amizade. Um primeiro e essencial agradecimento deve ser feito ao ministro Shu Jianping que, a serviço na Embaixada da China, ofereceu seu forte apoio ao projeto de procurar um Lu Xun em meio à nossa literatura brasileira. Ao professor Lei Heong Iok, sem cujo estímulo não teria podido correr o risco de tentar ensinar tradução literária chinês-português com base em textos de *Grito*. Ao professor Yao Jingming, pelo reiterado encorajamento para que eu fizesse algo a respeito de que não conseguia me decidir por mim mesmo.

Institucionalmente, agradeço o apoio indispensável do Center for Language Education and Cooperation do Ministério da Educação da China, por todo o suporte em termos de facilitação de contatos, além da nova bolsa concedida para este projeto. À Fundação Cultural Lu Xun, na pessoa do seu presidente — e neto do grande escritor — Zhou Lingfei, pela orientação e ajuda. Ao Museu Lu Xun, na pessoa de sua presidente, dra. Jiang Yixin, por haver generosamente cedido as imagens incluídas neste livro, bem como pelas discussões esclarecedoras. À Fundação Feng Zikai, que tão gentilmente anuiu à reprodução das famosas ilustrações.

Um obrigado especial à equipe da Editora 34, sem cuja paciência e profissionalismo este livro não teria resultado como resultou. Aos muitos colegas da imprensa chinesa, pelo interesse e aplauso por este projeto ao longo de seu desenvolvimento. Aos bons amigos, com quem não consegui manter contato, aqui está uma das razões. À paciência e tolerância de meus alunos. E à Huang Nan, que testemunhou sozinha as tempestades e terremotos destes anos.

CRONOLOGIA ATÉ 1923

Ano	Idade	Vida	Obra	História
1881	0	Nasce em 25 de setembro na mansão Zhou, bairro Dongchang Fengkou, dentro das muralhas de Shaoxing (atual província de Zhejiang). Recebe o nome pessoal Zhangshou e o nome de cortesia Yushan.		16/fevereiro: aprovação da Constituição Loris-Melikov (não implementada) na Rússia. 13/março: assassinato do tsar Alexandre II. Outubro: fracassa o Golpe do 14º Ano Meiji no Japão.
1882	1			14/março: partida da Missão Itō Hirobumi, estadista japonês, à Europa para estudos constitucionais.
1883	2			Novembro: inauguração da casa de eventos Rokumeikan, em Tóquio, símbolo da ocidentalização do Japão.
1885	4	Em 16 de janeiro nasce seu irmão Zhou Zuoren.		15/abril: convenção de Tianjin entre os impérios Qing (chinês) e Meiji (japonês) sobre a Questão de Joseon (Coreia).
1886	5			Março: publicação de *Genbun Itchi*, de Mozume Takami, em favor da adoção de uma nova língua escrita no Japão, baseada no falar coloquial. Abril: publicação do texto completo de *Shōsetsu Shinzui*, de Tsubouchi Shoyo, primeira teorização da nova literatura em prosa.

1887	6	Recebe as primeiras letras em casa, de parentes titulados nos exames de acesso à burocracia.		
1888	7	Nasce seu irmão Zhou Jianren.		
1889	8			11/fevereiro: proclamação da Constituição do Império do Japão, e assassinato de Mori Arinori, ministro da Educação do país, por um radical nativista. Setembro: publicação do texto completo de *Ukigumo*, de Futabatei Shimei, primeiro *shōsetsu* na nova língua escrita japonesa.
1890	9			30/outubro: promulgação do Kyōiku ni Kansuru Chokugo (Decreto Educacional Meiji) no Japão.
1892	11	Ingressa em Sanwei Shuwu (Estúdio dos Três Sabores), escola mantida pelo tutor Shou Jingwu.		
1893	12	Outono: o avô Zhou Fuqing é aprisionado por subornar um examinador-chefe das provas de acesso à burocracia. Lu Xun vai viver com parentes durante a crise.		
1894	13	Primavera: retorna para casa. Estudos em Sanwei Shuwu.		1/agosto: guerra entre os impérios Meiji e Qing, conhecida

		Inverno: seu pai Zhou Boyi adoece em consequência do escândalo envolvendo o avô.		na China como Guerra do Ano Jiawu.
1895	14	Mostra interesse antiquário por obras de caráter narrativo não autorizado, como *Shubi* (sobre o caudilho Zhang Xianzhong, que dominou Sichuan no final da dinastia Ming), *Jileibian* (uma miscelânea de tradições e fatos variados datando das dinastias Tang e Song) e *Mingji Beishi Huibian* (uma coletânea de inscrições de estelas de pedra sobre feitos de personalidades diversas), entre outras.		17/abril: Tratado de Shimonoseki (rendição do império Qing ao Meiji) e fim do movimento reformista chinês Yangwu ("Autofortalecimento").
1896	15		Começa a escrever um diário (hoje perdido), interrompido por sua partida para o Japão em 1902.	
1898	17	1/maio: ingressa na Jiangnan Shuishi Xuetang (Academia Naval de Jiangnan), em Nanquim, alterando seu nome pessoal e de cortesia para Zhou Shuren e Yucai, respectivamente.	Primeiros textos de caráter antiquário na forma chinesa de *biji* (notas), sobre usos e costumes.	11/junho: Reforma do ano Wuxu, proposta por Kang Youwei, Liang Qichao, Tan Sitong e outros. 1/julho: arrendamento de Hong Kong à Grã-Bretanha.

		Outubro: transfere-se para a Jiangnan Lushi Kuanglu Xuetang (Escola de Ferrovias e Minas do Exército de Jiangnan).		19/setembro: Tan Sitong tenta cooptar Yuan Shikai; contragolpe da facção conservadora, liderada pela imperatriz-viúva chinesa Cixi. 28/setembro: Sitong é executado; Kang Youwei e Liang Qichao fogem para o Japão.
1899	18	Janeiro: inicia estudos na Academia do Exército.		6/setembro: os Estados Unidos promovem a política de "Portas Abertas" para o império Qing. 8/outubro: eclode a Revolta dos Boxers, anti-imperialista.
1900	19		Escreve poemas à moda arcaica e breves textos de ocasião em prosa antiga, prática que se manterá nos anos seguintes.	10/junho: formação da Aliança das Oito Nações (que culminará com a derrota dos boxers e a ocupação de Pequim).
1901	20	Lê *Evolução e ética* (1893) de Thomas Huxley, na tradução *Tianyanlun* (1898) realizada por Yan Fu.		Abril: início da elaboração das "Novas Políticas" da imperatriz Cixi.
1902	21	27/janeiro: conclui os estudos na Academia do Exército. 24/março: após obter aprovação das autoridades Qing, parte de Nanjing rumo ao Japão, chegando a Yokohama em 4 de abril.		30/janeiro: aliança entre os impérios britânico e japonês.

		30/abril: ingressa no Kobun Gakuin, na turma dos alunos originários de Jiangnan, seguindo o curso ordinário (essencialmente língua japonesa). Novembro: fundação da Associação de Estudantes de Zhejiang em Tóquio, envolvendo mais de cem alunos, dentre os quais se nota a presença de Xu Shouchang, um de seus mais importantes amigos, e de Tao Chengzhang, que fundará o grupo Guangfuhui (Sociedade da Restauração Gloriosa), anti-Qing.		
1903	22	17/fevereiro: a Associação de Estudantes lança a revista *Zhejiangchao* (*Maré do rio Zhe*). Março: corta a trança; tira a famosa foto que hoje inicia o seu registro fotográfico. 13/julho: morte do pai Zhou Boyi.	Março (?): presenteia a "foto sem trança" a Xu Shouchang, inscrevendo-a com um poema antigo na forma *jueju*, hoje conhecido como "Ziti Xiaoxiang" ("Foto com título"). Junho: publica a primeira parte de "Sibada Zhihun" ("O espírito de Esparta") no quinto número de *Zhejiangchao*.	Início do ano: Zou Rong divulga o panfleto *Geminjun*, propondo derrubar o império Qing *manu militari*; Zhang Taiyan publica "Bo Kang Youwei Lungeming Shu" ("Carta em repúdio à visão de Kang Youwei sobre a derrubada de Qing"); início do "*Subao* An" ("Caso *Subao*"), Zou e Zhang serão presos.

			Traduz do japonês uma breve passagem de *Choses vues*, coletânea de Victor Hugo, reintitulada *Aichen* (*Pó de tristeza*).	Novembro: atividades antimanchu organizadas pela Zhexuehui (Associação de Estudantes de Zhejiang) em Tóquio, ligada à Guangfuhui.
			Outubro: publica "Shuo Ri" ("Sobre o elemento químico rádio") e "Zhongguo dizhi Lüelun" ("Breve ensaio sobre a geologia da China"), em *Zhejiangchao*.	
			Outubro: traduz do japonês *De la Terre à la Lune*, de Jules Verne, publicada pela Dongjing Jinhuashe.	
			Dezembro: traduz do japonês *Voyage au centre de la Terre*, de Jules Verne, publicada em 1906 pela Nanjing Qixin Shuju.	
1904	23	Abril: conclui os estudos no Kobun Gakuin. Setembro: ingressa na Sendai Igaku Senmon Gakko (Escola Técnica de Medicina de Sendai). 13/julho: falece o avô Zhou Fuqing.		Fevereiro: Guerra Russo-Japonesa (concluída em setembro do ano seguinte, com reconhecimento dos direitos do Japão sobre a Manchúria).

1905	24		Ao longo do ano: traduções (hoje perdidas) de textos diversos, como história universal, viagem ao Polo Norte, biologia, etc. Retraduz do japonês parte do conto "An Unscientific Story", de Louise J. Strong, reintitulado "Zaorenshu" ("Tecnologia da criação humana") publicado nos volumes 4-5 da revista *Nüzi Shijie* (*Mundo Feminino*), de Xangai.	22/janeiro: Domingo Sangrento (início da Revolução Russa de 1905). 20/agosto: formação da Tongmenghui (Liga Unida) em Tóquio, sob a liderança de Sun Yat-Sen. 2/setembro: abolição dos exames de acesso à burocracia imperial na China.
1906	25	Janeiro: assiste à decapitação de um compatriota que supostamente atuou como espião durante a Guerra Russo-Japonesa, episódio que seria recontado no "Prefácio" a *Grito*. Março: abandona os estudos médicos e regressa a Tóquio. Prof. Fujino Genkurō presenteia a foto inscrita "Sekibetsu Xibie" ("Triste separação"). Junho: ingressa no curso da Tokyo Doitsugo Kyokai (Associação de Língua Alemã de Tóquio).	Maio: publica *Zhongguo Kuangchanzhi* (*Anais da mineralogia chinesa*) junto com Gu Liang, pela Shanghai Puji Shuju.	24/fevereiro: fundação do Partido Socialista Japonês. 27/abril: convenção dos impérios britânico e Qing sobre o Tibete. 6/maio: o tsar Nicolau II outorga a Constituição Russa. Novembro: criação da Minami-Manshū Tetsudō Kabushiki Gaisha (Companhia Ferroviária do Sul da Manchúria) pelo Império Japonês.

		Coleciona um grande número de obras da literatura estrangeira, especialmente os grandes nomes da literatura ocidental, da Era de Prata da literatura russa e de países da periferia da Europa envolvidos em lutas nacionalistas. Verão/outono: sob exigência da mãe, retorna a Shaoxing, onde acontece seu casamento surpresa com Zhu An. Volta ao Japão sem consumar a noite de núpcias.		
1907	26	Verão: preparativos malogrados da revista literária *Xinsheng* (*Vita Nuova*), com Xu Shouchang, Zhou Zuoren e outros. Ao longo do ano: colabora com a revista *Henan*, organizada pelos estudantes oriundos dessa província.	Ao longo do ano: traduz 16 poemas do romance *The World's Desire*, de Rider Haggard e Andrew Lang, incluídos na tradução de Zhou Zuoren do japonês, reintitulada *Hongxing Yishi* (*História desautorizada de uma estrela rubra*), publicada pela Commercial Press. Ao longo do ano: publica na revista *Henan* os textos de juventude "Renjian zhi Lishi" ("História da Humanidade"), "Moluo Shilishuo"	6/julho: o chefe de polícia de Anhui, Xu Xilin, membro da Guangfuhui, assassina o governador provincial, Enming, no fracassado Levante de Anhui contra os manchus. 15/julho: Qiu Jin, diretora da escola Datong (fachada para a revolta antimanchu), é executada por seu envolvimento com o Levante de Anhui.

			("Sobre o poder *mara* da poesia"), "Kexueshi Jiaopian" ("Apostila de história da ciência") e "Wenhua Pianzhilun" ("Ensaio sobre extremismos culturais").	
1908	27	Verão: junto com Xu Shouchang, Quan Xuantong, Zhou Zuoren e outros, organiza palestras semanais do intelectual antimanchu Zhang Taiyan sobre filologia chinesa na sede do jornal *Minbao*, curso que dura seis meses.	Ao longo do ano: entrega traduções do japonês de poemas do autor húngaro Sándor Petőfi e o ensaio "Po Esheng Lun" ("Destruindo uma má reputação") para a revista *Henan*, não publicados devido ao fechamento da mesma.	14/novembro: morre o imperador Guangxu. 15/novembro: morre a imperatriz-viúva Cixi. 2/dezembro: entronização do imperador Xuantong (Pu Yi).
1909	28	Primavera: seu irmão Zhou Zuoren desposa a japonesa Habuto Nobuko. Julho: retorno definitivo à China. Agosto: inicia magistério em química e fisiologia na Liangji Shifan Xuetang (Academia de Educação de Duplo Currículo), em Hangzhou, pedindo demissão em julho do ano seguinte.	Março: publicação do primeiro volume de *Yuwai Xiaoshuoji* (*Antologia de contos de regiões estrangeiras*), o segundo volume sai em 27/julho. Abril: retraduz do japonês o conto "Krásni smiékh" ("Riso vermelho") de Leonid Andrêiev, tradução hoje perdida.	

			Abril/maio: escreve prefácio para a tradução feita do japonês de *Kniáz Serebriáni* (*Duque Serebriáni*), de Aleksei Tolstói, por Zhou Zuoren (não publicada). Agosto: prepara as apostilas "Rensheng Xiangxiao" ("Iniciação aos aspectos da vida humana") e "Shengli Shiyanshu Yaolüe" ("Fundamentos de métodos experimentais em fisiologia").	
1910	29	Começa a trabalhar como supervisor e professor de biologia na Shaoxingfu Zhongxuetang (Escola Média da Prefeitura de Shaoxing).	Ao longo do ano: começa a coligir fragmentos de *xiaoshuo* (breves narrativas) da dinastia Tang, ou mais antigos, posteriormente publicadas como *Guxiaoshuo Gouchen* (*Compilação de xiaoshuo chineses arcaicos*).	25/maio: incidente Koutoku, atentado fracassado de radicais socialistas japoneses contra o imperador Meiji. Agosto: o Império Japonês anexa a Coreia.
1911	30	Maio: viaja para o Japão para buscar o irmão Zhou Zuoren (e sua esposa Habuto Nobuko), permanecendo ali algumas semanas.	Ao longo do ano: compila os fragmentos e prepara uma recensão filológica de *Lingbiao Luyi* (*Registro das*	30/julho: Yoshihito sobe ao trono, iniciando a era Taishō do Império Japonês. 10/outubro: Levante de Wuchang, na província chinesa de Hubei,

		Inverno: assume o cargo de diretor da Shankuai Chuji Shifan Xuetang (Academia de Educação de Currículo Básico do Distrito de Shanyin/ Kuaiji), sob os auspícios de Wang Jinfa, chefe do governo militar da prefeitura. Inverno: apoia a criação do *Yuefeng Ribao* (*Diário da Vanguarda de Yue*) pelos estudantes da Yueshe (Associação de Yue, nome antigo da região de Shaoxing), tornando-se seu editor-chefe honorário.	*maravilhas da região de Lingnan*), de Liu Xun, da dinastia Tang. Ao longo do ano: conclui a colagem de sete versões de *Shenyijing* (*Escritura das divindades e prodígios*), coleção de breves textos sobre folclores locais na forma de *xiaoshuo*.	contra a dinastia Qing (início da Revolução Xinhai). Novembro: criação da comissão bancária internacional para reparações contra os boxers. 1/novembro: Yuan Shikai torna-se primeiro-ministro do império Qing. 29/dezembro: Sun Yat-Sen é eleito presidente (provisório) da República da China em Nanquim.
1912	31	Fevereiro: demite-se da Academia de Educação. Março: ingressa no Ministério da Educação do governo provisório de Nanjing, sob os auspícios do diretor-geral Cai Yuanpei. Meados de abril: resolve questões familiares, em preparação à sua mudança para Pequim. 5/maio: chega em Pequim, reiniciando seu diário.	3/janeiro: escreve a mensagem inicial no primeiro número de *Yuefeng Ribao*. Fevereiro: publicação do primeiro número de *Yueshe Congkan* (*Seleções da Associação de Yue*), editado sob sua responsabilidade, em que publica "Xinhai You" ("Um passeio neste ano"), poema narrativo em prosa. Março/abril: inicia a compilação de	12/fevereiro: sob mediação de Yuan Shikai, o imperador Xuantong abdica. 10/março: Yuan Shikai é eleito presidente da República da China em Pequim (com a anuência de Sun Yat-Sen). Março: negociações de empréstimos para ajuste fiscal. Maio: o governo provisório instala-se em Pequim. 10/outubro: fundação do Governo de Beiyang.

		6/maio: instala-se no prédio Tenghua da Associação dos Conterrâneos de Shaoxing, no Nanbanjie Hutong, fora da muralha de Xuanwu.	*Antologia de narrativas lendárias e curiosas das dinastias Tang e Song*, trabalhando com edições antigas consultadas na Biblioteca de Jiangnan, a exemplo de *Shen Xiaxian Wenji* (*Obras completas de Shen Yazhi*), da dinastia Tang.	
		21/junho: profere a palestra "Uma breve discussão das belas-artes" num seminário de verão do Ministério da Educação.	22/julho: escreve três poemas na forma regulada de cinco sílabas em pêsames pelo falecimento de Fan Ainong.	
		21/agosto: assume o cargo de *qianshi* (funcionário de médio escalão) no Ministério da Educação. É promovido cinco dias depois para Chefe da Primeira Seção do Departamento de Educação Social (médio escalão).	A partir de agosto: inicia colagem de duas edições do *Houhan Shu* (*Livro de Han Posterior*).	
		Ao longo do ano: seu irmão Zhou Zuoren começa a trabalhar como inspetor do Departamento de Educação da província de Zhejiang; depois de seis meses, torna-se professor de inglês do 5º Liceu Estadual de Zhejiang.	Depois do conflito com Wang Jinfa (?): compõe "Huaijiu" ("Nostalgia"), uma atualização da forma *xiaoshuo*, escrito na língua clássica.	
1913	32	Fevereiro: apontado como vogal do Conselho de Unificação da Pronúncia.	Fevereiro: publica "Ni Bobu Meishu Yijianshu" ("Parecer sobre a difusão das belas-artes").	Janeiro: dissolução da Assembleia Nacional por Yuan Shikai. 1/maio: Constituição de Yuan Shikai.

19/junho à primeira quinzena de agosto: visita Shaoxing para tratar de assuntos familiares.	Março: publica uma série de prefácios sobre a colagem do *Livro de Han Posterior* e do *Jinshu* (*Livro de Jin*). Maio a novembro: traduz uma série de textos de Ueno Yoichi, intitulados em chinês como "Yishu Wanshang zhi Jiaoyu" ("Educação para a apreciação das artes"), "Shehui Jiaoyu yu Quwei" ("Educação social e interesse"), "Ertong zhi Haoqixin" ("Da curiosidade infantil"), publicados em *Jiaoyubu Bianzuanchu Yuekan* (*Revista Mensal da Divisão de Compilação do Ministério da Educação*). 1/junho: faz a colagem e prefacia a edição de *Yungu Zaji* (*Notas mistas sobre o Vale coberto de nuvens*), de Zhang Hao, autor da dinastia Song Meridional. 15/outubro: faz recensão filológica	Fevereiro: eleições para a Assembleia Nacional, com vitória expressiva do movimento Kuomintang. 22/março: Sun Yat-Sen convoca a "Segunda Revolução" contra Yuan Shikai (fracassará em 4/novembro). Agosto: Sun Yat-Sen foge para o Japão. 6/outubro: Yuan Shikai assume a presidência da Zhonghua Minguo (República Popular da China) — início do Regime de Beiyang.

			da *Antologia de Ji Kang*, trabalho que se estenderá por anos.	
1914	33	Abril: compra um grande número de obras budistas, aplicando-se ao estudo desse pensamento. Neste ano: Zhou Jianren casa-se com Habuto Yoshiko, irmã da esposa de Zhou Zuoren, que viera morar em Pequim com o clã Zhou.	27/novembro: traduz a monografia de Takashima Heizaburō intitulada em chinês de *Ertong Guannianjie zhi Yanjiu* (*Investigação do mundo dos conceitos infantis*). Ao longo do ano: escreve breves notas críticas sobre obras de personagens históricas antigas relacionadas a Shaoxing, como Fan Li, Wei Lang, Ren Yi e Yu Xi.	Julho: início da Primeira Guerra Mundial. 23/agosto: o Império Japonês declara guerra à Alemanha. 7/novembro: início do Cerco de Tsingtao pelo Império Japonês.
1915	34	15/janeiro: em comemoração do 60º aniversário da mãe, encomenda da famosa gráfica tradicional Jinling Kejingchu uma edição luxuosa do *Baiyujing* (*Sutra das Cem Alegorias*). Abril: começa a colecionar decalques de gravuras da dinastia Han e de inscrições das Seis Dinastias. 3/agosto: como representante do	Julho: *Kuaijijun Gushu Zaji* (*Miscelânea de textos antigos sobre a província de Kuaiji*), publicada em Shaoxing.	18/janeiro: o Império Japonês dirige ultimato com as "21 exigências" a Yuan Shikai, incluindo a posse dos territórios alemães da "Questão de Shandong". 7/junho: Li Yuanhong assume a presidência da República da China. 12/dezembro: Yuan Shikai declara-se imperador da China com o título Hongxian.

		Ministério da Educação, participa de seminário sobre educação pública. 1/setembro: nomeado diretor do grupo de *xiaoshuo* da Comissão de Pesquisa de Educação Pública.		
1916	35	Maio: muda-se para o Bushu Shuwu (Estúdio da Árvore Replantada), outro prédio da Associação dos Conterrâneos), onde redigirá os primeiros textos de *Grito*. Agosto: recomenda cancelar as novas diretrizes de educação propostas por Yuan Shikai no "Memorando interno do Ministério da Educação". Primeira quinzena de dezembro à primeira quinzena de janeiro de 1917: visita Shaoxing para tratar de assuntos familiares.		22/março: Yuan Shikai abdica e decreta a revogação definitiva do regime imperial. 6/junho: morre Yuan Shikai. Início da fragmentação do Regime de Beiyang — formação da Clique de Anhui, chefiada por Duan Qirui; formação da Clique de Fengtian, chefiada por Zhang Zuolin. 15/setembro: primeiro número de *La Jeunesse*, revista que se destacará pela organização da nova língua escrita e, com a criação do PC chinês em 1921, pela promoção do comunismo de tipo soviético.
1917	36	1/abril: seu irmão Zhou Zuoren muda-se para Pequim, assumindo funções administrativas na Universidade de Pequim. 7/julho: demite-se do Ministério da Educação, em		1/janeiro: Hu Shi publica "Primeiras ideias sobre o aprimoramento da literatura nacional" em *La Jeunesse*. 8/março: Revolução de Fevereiro (Rússia). 6/abril: os Estados

		protesto à restauração (retorna após o fracasso do golpe, no dia 16 do mesmo mês). 9/agosto: Qian Xuantong começa a visitar Lu Xun. Ao longo do ano: seu irmão Zhou Zuoren ingressa na Divisão de Compilação da História Nacional, subordinada à Universidade de Pequim.		Unidos declaram guerra à Alemanha. 1/julho: Tentativa de restauração de Pu Yi orquestrada por Zhang Xun (fracassada em 12/julho). 6/agosto: Feng Guozhang assume a presidência da República da China. 14/agosto: China entra na Primeira Guerra Mundial contra as Potências Centrais. 25/agosto: o movimento Kuomintang cria um governo militar em Guangzhou. 2/novembro: Acordo Lansing-Ishii, sobre o respeito à integridade territorial da China. 7/novembro: Revolução de Outubro (Rússia). Neste ano: Lênin publica *Imperialismo, estágio superior do capitalismo*.
1918	37	Início do ano: seu irmão Zhou Zuoren torna-se professor da Faculdade de Humanidades da Universidade de Pequim, ministrando cursos sobre literatura greco-romana, história da literatura europeia, prosa	2/abril: escreve "Kuangren Riji" ("Diário de um alienado"), utilizando pela primeira vez o pseudônimo Lu Xun. O texto é publicado em maio, no 5º número do quarto volume de *La Jeunesse*.	Janeiro: início da Guerra Civil Russa. 8/janeiro: Woodrow Wilson discursa sobre os "Catorze pontos". 3/março: Rússia assina o Tratado de Brest-Litovsk, saindo da Primeira Guerra Mundial.

		chinesa moderna, literatura budista, etc. Setembro: assume a coluna "Suiganlu" de *La Jeunesse*, até então sob responsabilidade de Chen Duxiu.	No mesmo número, publica poemas na forma nova: "Meng" ("Sonho"), "Aishen" ("Cupido"), "Taohua" ("Flor de pessegueiro"). Setembro: primeiros *zawen* (textos dissertativos de ocasião). 11/junho: nota crítica à inscrição funerária de Lü Chao. 20/julho: escreve o ensaio "Minha visão da honra uxória". Inverno: escreve o *xiaoshuo* "Kong Yiji" ("Kong Yiji, o ladrão de livros").	8/março: em seu 7º congresso extraordinário, o Partido Operário Social-Democrata Russo altera seu nome para Partido Comunista da Rússia. Março: Sun Yat-Sen convoca Chiang Kai-shek para assessorá-lo em Guangzhou. Agosto: o Japão mobiliza forças na Sibéria. 10/outubro: Xu Shichang assume a presidência da República da China. 15/outubro: Li Dazhao publica "Shuminde Shengli" ("Vitória do povo") e "Buershiweizhuyide Shengli" ("Vitória do bolchevismo") em *La Jeunesse*. 18/novembro: a China celebra sua vitória na Primeira Guerra Mundial. Inverno: o premiê Duan Qirui reafirma secretamente a intenção de transferir o domínio sobre Shandong para o Império Japonês.
1919	38	21/novembro: muda-se para um prédio originalmente utilizado como	30/março: publica três peças de "Pensamentos aleatórios" em	Janeiro: Conferência de Paz, em Paris.

		depósito público, no nº 11 de Badaowan, próximo ao portão de Xizhi.

1/dezembro: parte para buscar a família em Shaoxing, retornando em 29 do mesmo mês. | *Meizhou Pinglun* (*Comentário Semanal*).

25/abril: escreve o *xiaoshuo* "Yao" ("Panaceia").

12/agosto: publica quatro textos breves de opinião na coluna "Cuntie" ("Polegada de ferro") do *Guomin Gongbao* (*National Gazette*) de Pequim.

19/agosto a 9/setembro: escreve sete ensaios intitulados "Ziyan Ziyun" ("Falando sozinho").

Outubro: escreve o artigo "Jintian Zenyang zuo Fuqin" ("Como ser pai nos dias de hoje?").

1/dezembro: publica o *xiaoshuo* "Yijian Xiaoshi" ("Nada demais"). | 2/março: fundação da Comintern (Terceira Internacional).

4/maio: Movimento Quatro de Maio em Pequim, seguido por ações em Xangai.

11/junho: Chen Duxiu preso em Pequim.

28/junho: assinatura do Tratado de Versalhes.

10/outubro: fundação do Kuomintang por Sun Yat-Sen na concessão francesa de Xangai. | |
| 1920 | 39 | 6/agosto: contratado como leitor da Universidade de Pequim, inicia o curso que servirá de base para a *Breve história dos xiaoshuo chineses*. No mesmo mês: contratado como leitor da Beijing Gaodeng Shifan Xuexiao (Escola | 20/março: republicação de *Yuwai Xiaoshuoji* (*Antologia de contos de regiões estrangeiras*), com novo prefácio de Lu Xun, pela Shanghai Qunyi Shuju. | 10/janeiro: fundada a Liga das Nações.

23/julho: derrota da Clique de Anhui pela Clique de Zhili.

17/novembro: o exército vermelho vence os brancos no cerco de Perekop (Rússia); início do "Terror Vermelho". | |

		Superior de Educação de Pequim). No mesmo mês: vogal da Comissão de Estudos Nacionais (órgão de pesquisa). Ao longo do ano: aproveita-se das incumbências docentes para estudar a fundo a história dos *xiaoshuo* chineses.	5/agosto: escreve o *xiaoshuo* "Fengbo" ("Fumaça sem fogo"). 10/agosto: traduz do japonês (talvez com base também no texto alemão) duas versões do prólogo de *Assim falou Zaratustra*, de Nietzsche. Setembro: publicação de "Chalatusitela de Xuyan" ("Prólogo a *Zaratustra*") no 5º número do segundo volume de *Xinchao* (*The Renaissance*). 10/outubro: publica "Toufa de Gushi" ("Confidências de uma trança cortada").	9/dezembro: fundação da Liga Socialista Japonesa, dissolvida em 28/maio do ano seguinte.
1921	40	Julho: fundação da Chuangzaoshe (Associação da Criação) em Tóquio, reunindo Guo Moruo, Yu Dafu e Cheng Fangwu.	Janeiro: escreve "Guxiang" ("Minha terra"). 4/dezembro: "A-Q Zhengzhuan" ("Crônica autêntica de Quequéu, um chinês") começa a ser serializado no *Beijing Chenbao Fukan* (suplemento do *The Morning Post*).	Janeiro: Hu Shi escreve carta aberta para a comissão editorial de *La Jeunesse* sugerindo o fechamento da revista. Lu Xun se distanciará tacitamente. 23/julho: fundação do Partido Comunista da China, tendo Chen Duxiu como secretário-geral (sob orientação da Comintern e com perfil urbano). Novembro: Tratado Naval de Washington.

1922	41		28/janeiro: conclui a edição de *Ailuoxianke Tonghuaji* (*Antologia de estórias infantis de Vassíli Ierochenko*), com traduções de Lu Xun e outros, publicadas em julho pela Shanghai Shangwu Yinshuguan (Commercial Press de Xangai).	2/junho: Zhou Ziqi assume a presidência da República da China (renunciará após nove dias).
			9/fevereiro: publica "Zawen Gu Xueheng" ("Uma apreciação da revista *Critical Review*").	11/junho: Li Yuanhong assume a presidência da República da China.
			Maio: publica sua tradução do japonês do romance russo *Rabotchii Cheviriov* (*O operário Chevirióv*), de Mikhail Artsybáchev, como *Gongren Suihuilüefu*, pela Commercial Press, texto que será republicado em junho de 1927 pela Shanghai Beixin Shuju.	
			Maio: publica *Xiandai Xiaoshuo Yicong* (*Antologia de contos modernos*), traduzidos em colaboração com seus irmãos Zhou Zuoren e Zhou Jianren pela Shangwu Yinshuguan (Commercial Press). Lu Xun traduziu textos de Andrêiev, Artsybáchev, Tchekhov, Alexander Filander (Finlândia), Minna Canth (Finlândia) e Ivan Vazov (Bulgária).	

			Junho: escreve "Baiguang" ("O brilho no escuro") e "Duanwujie" ("O Feriado dos Dois Cincos"). Setembro: publica tradução do roteiro da peça *Aru seinen no yume* (*Sonho de um certo jovem*), de Mushanokōji Saneatsu, com o título *Yige Qingnian de Meng*, pela Commercial Press (republicado em julho de 1927 pela Shanghai Beixin Shuju). Outubro: escreve "Tu he Mao" ("Sobre coelhos e gatos"), "Ya de Xiju" ("(Tragi)comédia dos marrecos") e "Shexi" ("Ópera rústica"). 17/novembro: publica o *zawen* "Fandui Hanlei de Pipingjia" ("Contra os críticos que 'seguram as lágrimas'"). Novembro: escreve o *xiaoshuo* mítico-alegórico "Buzhoushan" ("A montanha inacabada"), posteriormente renomeado como "Butian" ("Remendando o Céu"). 3/dezembro: escreve o "Prefácio do autor" a *Grito*, concluindo o trabalho de compilação da obra.	

1923	42	19/julho: rompe com seu irmão Zhou Zuoren. 2/agosto: muda-se para Zhuanta Hutong, nº 61. 13/outubro: primeira palestra na Nüzi Shifan Daxue (Universidade de Educação para Moças) de Pequim sobre a história dos *xiaoshuo* chineses. Contratado como leitor, será promovido a professor no ano seguinte. 17/setembro: indicado membro do Conselho da Escola Especializada de Esperanto em Pequim, onde ministra curso de história dos *xiaoshuo* chineses até março de 1925. 26/dezembro: palestra na Universidade de Educação para Moças, intitulada "Nala Zouhou Zeyang?"("Como ficam as coisas depois que Nora vai embora?"), inspirada na peça *Casa de bonecas*, de Henrik Ibsen.	Junho: publica o volume *Xiandai Riben Xiaoshuoji* (*Antologia de shōsetsu modernos do Japão*) em colaboração com o irmão Zhou Zuoren, pela Shangwu Yinshuguan (Commercial Press). Lu Xun traduziu obras de Natsume Sōseki, Mori Ōgai, Arishima Takeo, Eguchi Kiyoshi, Kikuchi Kan e Akutagawa Ryūnosuke. Julho: publica tradução do japonês da peça infantil *Taose de Yun* (*Nuvem cor de pêssego*) de Vassíli Ierochenko pela Beijing Xinchaoshe. Agosto: *Nahan* (*Grito*) é publicado pela Beijing Xinchaoshe. 11/dezembro: publicação do primeiro volume da *Breve história dos xiaoshuo chineses*, pela Beijing Xinchaoshe.	26/janeiro: Manifesto Sun-Joffe de cooperação entre o Kuomintang e a União Soviética (envio de agentes da Comintern para a China). 14/junho: Gao Lingwei assume a presidência da República da China. 10/outubro: Cao Kun assume a presidência da República da China (permanecerá no poder até 2/ novembro do ano seguinte).

SOBRE O AUTOR

Lu Xun (pseudônimo literário de Zhou Shuren) nasceu em 1881 na cidade de Shaoxing, ao sul de Xangai, numa família de proprietários de terras e burocratas empobrecidos. Sua infância foi marcada pela desgraça que recaiu sobre o nome da família em 1893, quando seu avô, Zhou Fuqing, outrora membro da prestigiosa Academia Hanlin, tentou subornar um colega de profissão para que seu filho, Zhou Boyi, pai de Lu Xun, fosse aprovado numa das etapas do exame de acesso à burocracia. Embora tenha recebido uma educação clássica chinesa, e quem sabe influenciado pela desgraça que se abateu sobre seu clã familiar, Lu Xun se desinteressou muito cedo pela carreira burocrática e optou por uma formação técnica, mais afim ao modelo ocidental, ingressando em 1898 na Academia Naval de Jiangnan e pouco depois se transferindo para a Escola de Ferrovias e Minas. Após se formar, em 1902, foi selecionado para prosseguir os estudos no Japão, onde estudou medicina na Universidade de Sendai.

É durante sua estadia no Japão que Lu Xun resolve se dedicar à literatura. Com seu irmão Zhuo Zuoren, planeja a criação de uma revista literária, iniciativa que fracassa por falta de fundos. Conseguem, no entanto, traduzir e publicar uma antologia de autores estrangeiros com textos de Wilde, Poe, Maupassant e Marcel Schwob, entre outros; Lu Xun contribui majoritariamente com traduções de autores russos como Leonid Andrêiev e Vsiévolod Gárchin. Em 1909 Lu Xun retorna à China e passa a lecionar fisiologia e química em escolas secundárias de sua província natal. Em 1912, muda-se para Pequim para trabalhar no Ministério da Educação da recém-proclamada República da China, posto que ocuparia até 1926, em concomitância com as aulas de literatura chinesa que, a partir de 1919, ministrava na Universidade de Pequim.

A obra de ficção de Lu Xun une um repertório moderno e cosmopolita — ao longo de sua vida, traduziria mais de duzentos autores estrangeiros — a uma base sólida de conhecimentos da literatura tradicional chinesa, da qual foi um estudioso refinado, como mostra sua *Breve história da narrativa curta na China* (1923). Num período que abrange pouco mais de uma década, Lu Xun deixou uma contribuição imensurável para a modernização da literatura chinesa e a reinvenção do chinês vernáculo como língua literária. Destacam-se seus dois volumes de contos, *Grito* (1923) e *Hesitação* (1926), poderosos diagnósticos da crise social e política de seu país, cujos enredos, em grande parte, giram em torno do fracasso da revolução de 1911, que pôs fim à dinastia Qing e ao sistema imperial apenas para substituí-los por uma república submissa às forças coloniais e impotente diante da tarefa de modernização da China.

Em 1926, após o brutal Massacre de 18 de Março, Lu Xun abandona seus postos na Universidade de Pequim e no Ministério da Cultura e muda-se para Guangzhou. Em sua última década de vida, marcada pela eclosão da guerra civil e o acirramento da perseguição aos intelectuais de esquerda, Lu Xun se dedica ao estudo e à tradução de obras marxistas, à articulação da Zuolian, Liga dos Escritores de Esquerda, publica uma extensa série de ensaios e se envolve em polêmicas acirradas com representantes da ortodoxia ideológica do Partido Comunista chinês, ao qual nunca se filiou.

Em 1936, meses antes de sua morte por tuberculose, Lu Xun publica sua última obra de ficção, *Velhas histórias recontadas*, uma reunião de releituras paródicas de fábulas tradicionais chinesas.

SOBRE O TRADUTOR

Poliglota por vocação, Giorgio Sinedino vive na China desde 2005. Veio, originalmente, trabalhar na Embaixada do Brasil em Pequim, após concluir mestrado no Instituto Rio Branco. Com doutorado pela China Renmin University e mestrado pela Peking University, recebeu treinamento exaustivo na erudição antiga chinesa. Estudou Budismo no Templo da Fonte do Dharma e Daoismo no Templo da Nuvem Branca, tendo também aprendido sobre diversas tradições chinesas.

Publica frequentemente sobre o pensamento e a literatura da China. Além de *Grito*, traduziu *Os Analectos*, de Confúcio (2012), *Dao De Jing*, de Laozi (2016), e *O Imortal do Sul da China*, de Zhuang Zhou (2022), lançados no Brasil pela Fundação Editora da Unesp e no estrangeiro pela Waiwen Chubanshe (Edições em Línguas Estrangeiras da China). Além disso, mantém o programa *Ideias chinesas: os clássicos que fizeram a China*, resultado de parceria entre a Rádio China Internacional/CGTN e a Universidade de Macau.

Participa de um conjunto de associações acadêmicas e culturais, sendo conselheiro da Associação Confuciana Internacional, vogal do Conselho Mundial de Sinólogos, e membro-especialista da Associação Chinesa de Tradutores, participando em comissões oficiais de concursos de tradução chinês-português. Exerceu funções no Gabinete do Chefe do Executivo em Macau e em instituições de ensino superior de Macau. Atualmente ensina na Universidade de Macau, e em 2025 recebeu o Special Book Award of China, o principal prêmio do setor editorial do país, que homenageia estrangeiros que contribuíram para a promoção da cultura chinesa no mundo.

SOBRE O ILUSTRADOR

Feng Zikai (1898-1975) é o nome artístico de Feng Run, que se notabilizou como pioneiro do *Novo Manhua* chinês e estudioso das artes. Natural da província de Zhejiang, nasceu em Shimen, atualmente um vilarejo da cidade de Jiaxing, a cerca de cem quilômetros da terra natal de Lu Xun. Seu clã prosperou no ramo da tinturaria. Ao mesmo tempo, seu pai atingiu a titulação de "Homem Recomendado", segundo nível dos exames de acesso à burocracia, no último ano de sua aplicação.

Tendo recebido formação tradicional em sua infância, Feng cursou uma escola média do "Novo Ensino" ocidentalizado em Hangzhou. Nesse período, teve como mentor Li Shutong (1880-1942), conhecido na China como "Mestre Hongyi", uma figura influente do Budismo chinês contemporâneo. Concluídos os estudos, Feng decidiu usar sua herança para passar um ano sabático no Japão, onde teve contato direto com várias artes ocidentais. Interessando-se pela técnica do *Novo Mangá* de Takehisa Yumeji (1884-1934), decidiu adaptá-la ao gosto chinês.

Retornou à China em 1923, a partir daí ganhando a vida como educador. A despeito da situação instável no país na década de 1930, Feng Zikai manteve-se distante da vida política e se converteu privadamente ao Budismo. Em seus anos maduros, fixou residência em Hangzhou e, por fim, Xangai, onde se dedicou à tradução e divulgação da literatura estrangeira, bem como às "artes do pincel". Sua obra acadêmica recolhe uma quantidade expressiva de textos sobre estética e história da arte, fazendo dele um pioneiro nesse campo. A coleção dos *manhua* sobre os *xiaoshuo* ("contos") de Lu Xun é uma de suas obras mais famosas, tendo se tornado uma referência visual incontornável para os leitores daqueles textos na China.

Este livro foi composto em Sabon
pela Franciosi & Malta, com CTP
e impressão da Edições Loyola em
papel Pólen Natural 70 g/m² da Cia.
Suzano de Papel e Celulose para a
Editora 34, em junho de 2025.